JubiläumsEdition

Zu diesem Buch

Wer ist der Schakal? Ein Superkiller aus London, angeheuert von den Offizieren der französischen Untergrundorganisation OAS. Das ausersehene Opfer: Frankreichs Staatspräsident Charles de Gaulle, der bestbewachte Politiker der westlichen Welt. Der Schakal ist nicht nur ein hochdotierter Berufsmörder, sondern auch ein Mann mit tausend Masken, der nur zwei Leidenschaften kennt: Geld und die Lust des Profis an eiskalter Präzision. Frederick Forsyth folgt der Spur des intelligenten Killers, die quer durch Europa führt, und erzählt, wie es Kommissar Claude Lebel schließlich gelingt, den Mann, der in keiner Fahndungsliste der Welt steht, einzukreisen und ausfindig zu machen. Die Jagd steigert sich zum atemberaubenden Duell des gesamten französischen Polizeiapparats mit dem todbringenden Einzelgänger.

Frederick Forsyth, geboren 1938 in Ashford/Kent, war mit neunzehn Jahren der jüngste Jetpilot der Royal Air Force. Nach seinem Ausscheiden war er als Auslandskorrespondent in verschiedenen europäischen Ländern tätig. Ab 1965 arbeitete er als Fernsehreporter der BBC unter anderem in Westafrika. Er lebt heute in London. Seit seinem ersten Roman, »Der Schakal«, mit dem er weltberühmt wurde, erreichten alle seine Thriller die Spitzen der Bestsellerlisten. Zuletzt erschien »Der Rächer«.

Frederick Forsyth
Der Schakal

Thriller

Aus dem Englischen von
Tom Knoth

JubiläumsEdition
Piper München Zürich

Von Frederick Forsyth liegen in der Serie Piper vor:
Der Schakal (3125, 4109)
Die Akte ODESSA (3126)
Die Hunde des Krieges (3127)
Der Lotse (3128)
Des Teufels Alternative (3129)
In Irland gibt es keine Schlangen (3130)
Das vierte Protokoll (3131)
Der Unterhändler (3132)
McCreadys Doppelspiel (6093)

JubiläumsEdition
Mai 2004
© 1971 Frederick Forsyth
Titel der englischen Originalausgabe:
»The Day of the Jackal«, Hutchinson & Co. Ltd.,
London 1971
© der deutschsprachigen Ausgabe:
1972 Piper Verlag GmbH, München
Umschlag / Bildredaktion: Büro Hamburg
Isabel Bünermann, Friederike Franz,
Charlotte Wippermann, Katharina Oesten
Umschlagabbildung: Mary Steinbacher / photonica
Foto Umschlagrückseite: Tracey Rowe
Satz: Carl Ueberreuter Druckerei Ges.m.b.H., Korneuburg
Druck und Bindung: Clausen & Bosse, Leck
Papier: Munken Print, 70 g 1,5 f. Vol., total chlorfrei,
der Papierfabrik Arctic Paper Munkedals AB, Schweden
Printed in Germany   ISBN 3-492-24109-3

www.piper.de

Inhalt

Erster Teil: Der Plan 7
Zweiter Teil: Die Jagd 217
Dritter Teil: Das Ende 387

Für meine Mutter
und meinen Vater

Erster Teil

Der Plan

Erstes Kapitel

Es ist kalt um 6 Uhr 40 in der Frühe eines Pariser Märztages, und es scheint noch kälter zu sein, wenn zu dieser Zeit ein Mann von einem Exekutionskommando füsiliert werden soll.

Am 11. März 1963 stand zu jener Stunde ein Oberstleutnant der französischen Luftwaffe im Gefängnishof des Fort d'Ivry an einem in den Kies getriebenen Pfahl, hinter welchem man ihm die Hände zusammenband, und starrte mit langsam schwindendem Zweifel auf den Zug Infanteristen, der ihm gegenüber in zwanzig Meter Entfernung Aufstellung genommen hatte.

Schritte, unter denen der Kiesboden knirschte, brachten ein kaum merkliches Nachlassen der Spannung, als Oberstleutnant Jean-Marie Bastien-Thiry die Binde auf die Augen gelegt und ihnen das Licht für immer genommen wurde. Das Gemurmel des Priesters bildete den monotonen Kontrapunkt zum Klicken der zwanzig Gewehrschlösser, als die Soldaten ihre Karabiner durchluden und spannten.

Jenseits der Mauern sicherte sich ein stadteinwärts fahrender Berliet-Laster mit schmetterndem Hupsignal das Vorfahrtsrecht, als ein kleineres Fahrzeug seinen Weg kreuzen wollte. Die Hupe, die das vom Führer des Infanteriezugs gegebene »Legt an!«-Kommando übertönt hatte, verhallte in der Ferne. Als dann die Gewehrsalve krachte, löste sie mit dem sekundenlangen Aufflattern eines himmelwärts gescheuchten Taubenschwarms im Weichbild der erwachenden Stadt kaum mehr als einen flüchtigen örtlichen Reflex aus. Und der Knall des Sekunden später abgegebenen Gnadenschusses wurde vom anschwellenden Lärm des Verkehrs, der von außerhalb der Mauern herüberdrang, vollends verschluckt.

Mit der Hinrichtung des Offiziers als des Chefs eines organisierten Geheimbundes ehemaliger Armeeangehöriger, die dem Präsidenten der Republik Frankreich nach dem Leben trachteten, sollte weiteren Anschlägen auf den Präsidenten ein Ende gemacht werden. Die Ironie des Schicksals wollte es jedoch, daß sie einen neuen Anfang setzte. Um aber davon zu berichten, muß zuvor erklärt werden, wie es dazu kam, daß an jenem frühen Märzmorgen im Hof des südöstlich von Paris gelegenen Militärgefängnisses ein von Schüssen durchsiebter Leichnam in den Fesseln, die ihn an den Pfahl banden, zusammensank...

Die Sonne war endlich hinter die Mauern des Palastes gesunken, und die längerwerdenden Schatten, die jetzt über den Innenhof krochen, brachten eine willkommene Linderung. Am heißesten Tag des Jahres betrug die Temperatur in Paris um 19 Uhr noch dreiundzwanzig Grad Celsius. Überall in der vor Hitze verschmachtenden Stadt verstauten Familienväter ihre nörgelnden Ehefrauen und greinenden Kinder in Automobile und Zugabteile, um mit ihnen das Wochenende auf dem Land zu verbringen. Es war der 22. August 1962, der Tag, an dem der Präsident der Republik, Charles de Gaulle, auf Beschluß einer Handvoll Männer, die sich außerhalb der Stadtgrenzen bereithielten, sterben sollte.

Während die Bevölkerung der Metropole sich zur Flucht vor der Hitze in die an Flüssen und Stränden herrschende relative Kühle rüstete, wurde hinter der prächtigen Fassade des Elysée-Palastes die Kabinettsitzung fortgesetzt. Stoßstange an Stoßstange waren auf dem braunen Kies des jetzt in wohltuendem Schatten abkühlenden Hofes sechzehn Citroën-DS-Limousinen im Halbkreis aufgefahren.

Die Fahrer, die nahe der Innenhoffassade des Westflügels, dort, wohin der Schatten zuerst gefallen und wo es jetzt am kühlsten war, herumstanden, ergingen sich — nach der Art von Leuten, die ihre Arbeitstage größtenteils damit verbringen, auf einen Wink ihrer Herrschaft zu warten — in müßigen gegenseitigen Frotzeleien.

Das vage Murren über die ungewöhnlich lange Dauer der Kabinettsitzung hörte erst auf, als gegen 19 Uhr 30 auf der obersten der sechs zu den Spiegelglastüren führenden Treppenstufen ein mit Ketten und Medaillen behängter Diener erschien und dem Wachtposten ein Zeichen gab. Halbgerauchte Gauloises wurden von den Fahrern fallen gelassen und im Kies ausgetreten. Die Sicherungsbeamten und Wachtposten in ihren Schilderhäusern beiderseits der Einfahrt zum Hof erstarrten in militärischer Haltung, und das massive Eisengitter schwang auf.

Die Fahrer saßen schon am Steuer ihrer Limousinen, als die erste

Gruppe von Ministern hinter den Spiegelglasscheiben erschien. Der Diener öffnete die Türen, die Mitglieder des Kabinetts wünschten einander ein angenehmes Wochenende und stiegen die Stufen hinab. Die Limousinen hielten nacheinander am Fuß der Treppe, der Diener öffnete den Schlag zum Fond und verbeugte sich, dann bestiegen die Minister ihre Wagen und fuhren an den salutierenden Posten der Garde Republicaine vorbei auf die rue Faubourg St-Honoré hinaus und davon.

Innerhalb von zehn Minuten waren alle fort, bis auf zwei langgestreckte Citroën DS 19. Beide fuhren jetzt langsam am Fuß der Treppe vor. Der erste, der den Stander des Präsidenten der Französischen Republik führte, wurde von François Marroux gesteuert, einem vom Trainings- und Ausbildungszentrum der Gendarmerie Nationale in Satory abkommandierten Polizeifahrer. Schweigsam wie immer, hatte er sich an den Scherzen der Ministerfahrer im Hof nicht beteiligt. Daß er de Gaulles ständiger Chauffeur geworden war, verdankte er seinen eiskalten Nerven und der Fähigkeit, sehr sicher und sehr schnell zu fahren. Außer Marroux saß niemand im Wagen. Den zweiten DS 19 fuhr ebenfalls ein Gendarm aus Satory.

Um 19 Uhr 45 tauchte eine weitere Gruppe hinter den Glastüren auf, und wiederum erstarrten die Männer auf dem Kiesboden in »Habt acht!«-Stellung. Wie üblich in dunkelgrauem doppelreihigem Anzug und dunkler Krawatte, erschien de Gaulle hinter den Spiegelglasscheiben. Mit altmodischer Höflichkeit geleitete er Mme. Yvonne de Gaulle zunächst durch die Türen und nahm dann ihren Arm, um sie die Stufen hinab zum wartenden Citroën zu führen. Am Wagen trennten sie sich, und die Gattin des Präsidenten bestieg den Fond des ersten Wagens durch dessen linke hintere Tür. Der General stieg von rechts dazu und setzte sich neben Mme. de Gaulle.

Ihr Schwiegersohn, Oberst Alain de Boissieu, zu der Zeit Stabschef der Panzer- und Kavallerieeinheiten der französischen Armee, überzeugte sich, daß beide Türen fest geschlossen waren, und nahm dann neben Marroux auf dem Beifahrersitz Platz.

In den zweiten Wagen stiegen zwei Männer aus der Gruppe von Beamten, die das Präsidentenehepaar die Treppe hinab begleitet hatte. Henri d'Jouder, der ungeschlachte Leibwächter vom Dienst, ein Kabyle aus Algerien, lockerte den Halfter des schweren Revolvers unter seiner linken Achselhöhle und lehnte sich in das Polster zurück. Von diesem Moment ab würde er seine Blicke unaufhörlich wandern lassen, weniger zu dem vorausfahrenden Wagen als vielmehr über das Pflaster und die Straßenecken, die sie passierten. Nach einer letzten Anweisung an einen der zurückbleibenden diensttuenden Sicherungsbeamten setzte sich der zweite Mann allein in den Fond. Es war Kommissar Jean Ducret, Chef der persönlichen Sicherungsgruppe des Präsidenten.

Zwei weißbehelmte Polizisten warfen ihre Motorräder an und fuhren, von der Innenhoffront des Westflügels herkommend, langsam aus dem Schatten heraus und auf das Portal zu. Drei Meter Abstand voneinander haltend, stoppten sie vor der Einfahrt und blickten zurück.

Marroux steuerte den ersten Citroën von der Treppe fort, bog in Richtung auf das Tor ein und hielt hinter den motorisierten Vorreitern. Der zweite Wagen folgte. Es war 19 Uhr 50. Wieder schwang das eiserne Gitter auf, und der kleine Konvoi brauste an den zu Ladestöcken erstarrenden Wachtposten vorüber in die rue Faubourg St-Honoré. Am Ende des Westflügels angelangt, bog er nach links in die Avenue Marigny ein.

Unter den Kastanienbäumen am Straßenrand saß ein junger Mann in weißem Sturzhelm auf einem Motorroller und wartete, bis der Konvoi vorbeigefahren war. Dann stieß er sich vom Bordstein ab und folgte ihm.

Für ein Wochenende im August war der Verkehr normal. Man hatte keine die Abfahrt des Präsidenten betreffende Vorwarnung gegeben. Lediglich das Heulen der Motorradsirenen machte die diensttuenden Verkehrspolizisten auf den herannahenden Konvoi aufmerksam, und nur unter beträchtlichem Aufwand an hektisch winkenden Gesten und schrillen Pfiffen auf ihren Trillerpfeifen gelang es ihnen, den Verkehr zu stoppen.

Auf der baumbeschatteten Avenue beschleunigte der Konvoi seine Geschwindigkeit und schoß auf die sonnenbeschienene Place Clemenceau hinaus, die er schnurstracks in Richtung auf den Pont Alexandre III überquerte. Im Windschatten der Regierungswagen fahrend, war es für den jungen Mann auf dem Motorroller nicht allzu schwer, sich an den Konvoi anzuhängen.

Hinter der Brücke folgte Marroux den motorisierten Polizisten in die Avenue du Maréchal Gallieni und von dort in den breiten Boulevard des Invalides. Der Fahrer des Motorrollers wußte nun, was er hatte wissen wollen: die Route, auf welcher der General Paris verlassen würde. An der Ecke der rue de Varenne nahm er das Gas weg und steuerte auf ein Café zu. Mit langen Schritten durchquerte er den Raum, in dessen hinterem Teil sich das Telephon befand, holte eine metallene Marke aus der Tasche, steckte sie in den Schlitz des Apparats und wählte eine Ortsnummer.

Im Pariser Vorort Meudon hatte Oberstleutnant Jean-Marie Bastien-Thiry auf den Anruf gewartet. Er war fünfunddreißig Jahre alt, im Luftfahrtministerium tätig, verheiratet und Vater dreier Kinder. Hinter der konventionellen Fassade seines Berufs- und Familienlebens nährte er eine tiefe Bitterkeit gegen Charles de Gaulle, der seiner Überzeugung nach Frankreich und die Männer, die ihm 1958 die Rückkehr an die Macht ermöglichten, durch die Preisgabe Algeriens an die algerischen Nationalisten schmählich verraten hatte.

Er persönlich hatte durch die Aufgabe Algeriens nichts verloren, und es waren keine persönlichen Beweggründe, von denen er sich leiten ließ. Er fühlte sich als Patriot und war überzeugt, seinem Land einen Dienst zu erweisen, indem er den Mann tötete, der es, wie er meinte, verraten hatte. Es gab Tausende und aber Tausende, die dachten wie er, aber nur wenige von ihnen zählten zu den Mitgliedern der geheimen Armeeorganisation, die sich verschworen hatten, de Gaulle zu beseitigen und seine Regierung zu stürzen. Bastien-Thiry war einer dieser Männer.

Er nippte an einem Glas Bier, als der Anruf kam. Der Kellner reichte ihm das Telephon herüber und ging dann zum anderen Ende der Theke, um den Fernseher leiser zu stellen. Bastien-Thiry lauschte ein paar Sekunden, flüsterte: »Sehr gut, danke«, in die Muschel und legte den Hörer auf.

Sein Bier hatte er schon bezahlt. Er verließ die Bar, schlenderte auf die Straße hinaus, schlug die zusammengefaltete Zeitung, die er bis dahin unter dem Arm getragen hatte, auf und blätterte demonstrativ zweimal um.

Auf der anderen Seite der Straße trat eine junge Frau hinter der zugezogenen Spitzengardine vom Fenster ihrer im ersten Stock gelegenen Wohnung zurück und sagte, indem sie sich den zwölf Männern zuwandte, die in dem Zimmer herumsaßen: »Er nimmt Route Nummer zwei.«

Fünf von den zwölf Männern waren noch ganz junge Burschen, Amateure im Handwerk des Tötens; sie hörten auf, ihre Finger zu kneten, und fuhren hoch. Die sieben anderen waren älter und weniger nervös. Der Ranghöchste unter ihnen, Alain Bougrenet de la Tocnaye, fünfunddreißig, verheiratet und Vater von zwei Kindern, ein aus einer Familie adliger Großgrundbesitzer stammender Mann der extremen Rechten, fungierte bei dem von Bastien-Thiry geleiteten Anschlag als verantwortlicher Unterführer.

Der gefährlichste war der neununddreißigjährige Georges Watin, ein breitschultriger OAS-Fanatiker mit eckiger Kinnlade. Ehedem landwirtschaftlicher Berater in Algerien, war er nach zwei Jahren als einer der schießwütigsten Killer der OAS wieder aufgetaucht. Einer alten Verwundung wegen wurde er »Das Hinkebein« genannt.

Als die junge Frau die Nachricht bekanntgab, stürmten die zwölf Männer über die Hintertreppe und den Hof in eine Seitenstraße, auf der sechs teils gestohlene, teils gemietete Wagen geparkt waren. Es war 19 Uhr 55.

Bastien-Thiry hatte Tage gebraucht, um den geeigneten Tatort für den Mordanschlag zu bestimmen, Geschwindigkeit, Entfernung und Abstand der heranbrausenden Wagen sowie die Feuerkraft zu errechnen, die erforderlich war, um sie zu stoppen. Schließlich hatte er sich für die Avenue de la Liberation entschieden, eine schnurgerade, lange Ausfallstraße, die zur großen Kreuzung von Petit-Clamart führt.

Der Plan sah vor, daß die mit Karabinern ausgerüsteten Scharfschützen der ersten Gruppe etwa zweihundert Meter vor der Kreuzung das Feuer auf den Wagen des Präsidenten eröffnen sollten. Sie würden hinter einem am Straßenrand geparkten Lieferwagen in Dekkung liegen und schon aus einem extrem flachen Schußwinkel heraus auf die herannahenden Fahrzeuge zu feuern beginnen, um ein Maximum an Treffern zu gewährleisten. Nach Bastien-Thirys Berechnung mußte der erste Citroën zu dem Zeitpunkt, da er mit dem geparkten Lieferwagen auf gleicher Höhe war, bereits von hundertfünfzig Geschossen durchlöchert sein. Sobald das Automobil des Präsidenten gestoppt war, würde der zweite OAS-Wagen, aus einer Seitenstraße kommend, heranpreschen und den Begleitwagen der Polizei aus kürzester Distanz zusammenschießen. Beide Gruppen würden nur wenige Sekunden benötigen, um den Insassen des Präsidentenwagens den Rest zu geben, und dann zu den drei in einer anderen Seitenstraße zur Flucht bereitgestellten Automobilen rennen. Bastien-Thiry, der dreizehnte Mann der Gruppe, würde seinerseits auf Vorposten als Späher fungieren.

Um 20 Uhr 05 hatten die Trupps Stellung bezogen. Die zusammengefaltete Zeitung unter dem Arm, stand Bastien-Thiry an einer vom Hinterhalt etwa hundert Meter in Richtung Paris entfernten Bushaltestelle. Durch Winken mit der Zeitung würde er Serge Bernier, der als Führer des ersten Kommandos hinter dem geparkten Lieferwagen stand, das Zeichen geben, das dann von diesem an die ihm zu Füßen im Gras liegenden Scharfschützen weitergegeben wurde.

Bougrenet de la Tocnaye würde, das »Hinkebein« Watin mit der Maschinenpistole im Anschlag neben sich, am Steuer des Wagens sitzen, der die Sicherheitspolizei auszuschalten hatte.

Als am Straßenrand in Petit-Clamart die Schußwaffen entsichert wurden, hatte General de Gaulles Konvoi den dichteren Straßenverkehr von Paris hinter sich gelassen und die weniger befahrenen Avenuen der Vorstädte erreicht. Hier beschleunigte er seine Geschwindigkeit auf hundert Stundenkilometer. François Marroux, der die gereizte Unruhe des hinter ihm sitzenden Generals spürte, warf einen Blick auf seine Armbanduhr und erhöhte, sobald sich der Straßenverkehr weiter gelichtet hatte, das Tempo abermals. Die beiden motorisierten Vorreiter fielen zurück, um sich an den Schluß des Konvois zu setzen. De Gaulle schätzte derart ostentative Ankündigungen ohnehin nicht und verzichtete auf sie, wann immer er konnte. In dieser

Formation erreichte der Konvoi die Avenue de la Division Leclerc in Petit-Clamart. Es war 20 Uhr 17.

Anderthalb Kilometer voraus sollte Bastien-Thiry die Folgen seines Irrtums, der ihm übrigens, bis ihn die Polizei Monate später in der Todeszelle darüber aufklärte, verborgen blieb, in wenigen Minuten zu spüren bekommen. Beim Aufstellen des Zeitplans für den Anschlag hatte er anhand eines Kalenders ermittelt, daß am 22. August die Dämmerung um 20 Uhr 35 hereinbrechen würde — immer noch spät genug selbst dann, wenn de Gaulle sich seinerseits verspäten sollte, was in der Tat der Fall war. Aber der Kalender, den der Luftwaffen-Oberstleutnant zu Rate gezogen hatte, bezog sich auf das Jahr 1961. Am 22. August 1962 brach die Dämmerung um 20 Uhr 10 ein. Dieser Unterschied von fünfundzwanzig Minuten sollte für die Geschichte Frankreichs entscheidend sein.

Um 20 Uhr 18 machte Bastien-Thiry den mit einer Geschwindigkeit von über hundert Stundenkilometer auf der Avenue de la Liberation heranbrausenden Konvoi aus. Aufgeregt winkte er mit seiner Zeitung.

Hundert Meter weiter spähte Bernier von der anderen Straßenseite aus wütend zu der in der sinkenden Dämmerung nur undeutlich erkennbaren Gestalt an der Bushaltestelle hinüber. »Hat der Oberstleutnant schon mit der Zeitung gewinkt?« fragte er, ohne von irgendeinem seiner Männer eine Antwort zu erwarten. Er hatte die Frage kaum ausgesprochen, als er in Höhe der Bushaltestelle das Haifischmaul des Präsidentenwagens in Sicht kommen sah.

»Feuern!« schrie er den mit angeschlagenen Karabinern rechts und links vor ihm im Gras liegenden Schützen zu. Sie eröffneten das Feuer, als der Konvoi praktisch schon auf gleicher Höhe mit ihnen war, und mußten mit einem Vorhalt von neunzig Grad auf ein bewegtes Ziel schießen, das sie mit einer Geschwindigkeit von mehr als hundert Kilometer pro Stunde passierte.

Daß der Wagen dennoch von zwölf Geschossen durchlöchert wurde, zeugte von der eminenten Treffsicherheit der Scharfschützen. Die meisten Kugeln durchschlugen die Rückfront des Citroën. Zwei Reifen wurden durch Feuereinwirkung zerfetzt, und obgleich sie mit Schläuchen gefüllt waren, die sich selbsttätig abdichteten, bewirkte der plötzliche Druckabfall, daß der Fahrer über den ins Schleudern geratenen Wagen vorübergehend die Kontrolle verlor. Das war der Augenblick, in dem Marroux' Fahrkunst de Gaulle das Leben rettete.

Während der beste Scharfschütze, Ex-Legionär Varga, die Reifen durchsiebte, leerten die anderen, auf das sich rasch entfernende Rückfenster des Wagens haltend, ihre Magazine. Mehrere Geschosse durchschlugen die Karosserie, und eines zerschmetterte das Rückfenster, wobei es die Nase des Präsidenten nur um wenige Zentimeter verfehlte.

Der neben dem Fahrer sitzende Oberst de Boissieu drehte sich zu seinen Schwiegereltern um und schrie: »Deckung!«

Mme. de Gaulle barg den Kopf im Schoß ihres Gatten. Der General machte seinem Unmut über den Zwischenfall mit einem ungehaltenen »Was, schon wieder?« Luft und wandte sich zum Rückfenster, um hinauszublicken.

Marroux umklammerte das bebende Lenkrad und drehte es, wobei er langsam den Gashebel durchtrat, sacht in die Richtung der Schleuderbewegung. Nach einem vorübergehenden Geschwindigkeitsabfall zog der Citroën rasch an und schoß wieder vorwärts, auf die Kreuzung mit der Avenue du Bois zu, der Nebenstraße, auf der das zweite Kommando der OAS-Männer lauerte. Unmittelbar hinter dem Citroën folgte der von keinem einzigen Schuß getroffene Sicherungswagen.

Die hohe Geschwindigkeit der beiden heranpreschenden Automobile stellte den mit laufendem Motor in der Avenue du Bois wartenden Bougrenet de la Tocnaye vor die Wahl, sie entweder abzufangen und dabei, indem er sich von den aufeinanderprallenden Metallteilen in Stücke reißen ließ, Selbstmord zu begehen, oder den Gang um Bruchteile von Sekunden zu spät einzulegen. Er entschied sich für letzteres. Und so war es, als er aus der Seitenstraße hinausschoß und in die Fahrtrichtung des Konvois einschwenkte, nicht de Gaulles Wagen, mit dem er in gleicher Höhe fuhr, sondern der mit dem Scharfschützen d'Jouder und Kommissar Ducret besetzte Sicherungswagen.

Den Oberkörper bis zur Hüfte aus dem rechten Seitenfenster gelehnt, richtete Watin seine Maschinenpistole auf das Rückfenster des ihm unmittelbar vorausfahrenden DS 19 und schoß das Magazin leer. Hinter der zersplitterten Glasscheibe war das hochmütige Profil des Generals deutlich erkennbar.

»Warum schießen diese Idioten nicht zurück?« fragte de Gaulle vorwurfsvoll.

Aus dem zwischen seinem und dem Wagen der OAS-Killer bestehenden Abstand von drei Metern versuchte d'Jouder zum Schuß zu kommen, aber der Polizist auf dem Motorrad nahm ihm die Sicht. Ducret befahl dem Fahrer, sich an den Wagen des Präsidenten zu hängen, und in der nächsten Sekunde hatten sie die OAS hinter sich gelassen. Die beiden motorisierten Vorreiter, von denen der eine fast aus dem Sattel gehoben worden wäre, als de la Tocnayes Wagen plötzlich aus der Seitenstraße herausgeschossen kam, schlossen jetzt rasch auf und nahmen wieder ihre vormalige Position ein. In dieser Formation durchraste der Konvoi den Kreisverkehr der Kreuzung von Petit-Clamart und setzte seinen Weg in Richtung Villacoublay fort.

Zu gegenseitigen Beschuldigungen hatten die am Tatort verbliebenen Männer der OAS keine Zeit. Das mußte auf später verschoben werden. Sie ließen die drei beim Überfall benutzten Fahrzeuge zurück, sprangen in ihre bereitgestellten Fluchtwagen und verschwanden in der hereinbrechenden Dämmerung. Über sein im Citroën eingebautes Sprechfunkgerät rief Ducret Villacoublay und berichtete kurz, was geschehen war. Als der Konvoi zehn Minuten später die Ortschaft erreicht hatte, bestand de Gaulle darauf, sogleich zum Flugplatz, wo der Hubschrauber wartete, weitergefahren zu werden.

Dort eingetroffen, wurde der Wagen von Offizieren und Honoratioren umringt, welche die Türen aufrissen, um der sichtlich mitgenommenen Mme. de Gaulle beim Aussteigen behilflich zu sein. Die Glassplitter von den Aufschlägen seines Jacketts abschüttelnd, entstieg der General dem zerschossenen Fahrzeug auf der anderen Seite. Er überhörte die angstvollen Beschwörungen der ihn umdrängenden Offiziere geflissentlich, umschritt den Wagen und bot seiner Frau den Arm.

»Kommen Sie, meine Liebe«, sagte er, »wir fliegen heim.«

Abschließend gab er den Mitgliedern des Luftwaffenstabs seine

Meinung über die OAS kund: »Nicht einmal richtig schießen können sie.« Damit wandte er sich um, half seiner Frau beim Besteigen des Hubschraubers und nahm neben ihr Platz.

D'Jouder stieg hinzu, und der Hubschrauber, mit dem der General und seine Gattin für ein Wochenende aufs Land flogen, hob ab.

Auf der Landebahn war François Marroux mit aschfahlem Gesicht am Steuer des Citroën sitzen geblieben. Aus dem Reifen sowohl des rechten Vorder- als auch des rechten Hinterrads war die restliche Luft entwichen, und der DS fuhr auf Felgen. Ducret beglückwünschte Maroux mit ein paar gemurmelten Worten und machte sich daran, Ordnung zu schaffen.

Während die Journalisten in aller Welt Spekulationen über den Mordanschlag anstellten und ihre Kolumnen mangels Fakten mit unverbindlichen Vermutungen und persönlichen Betrachtungen füllten, startete die Sureté Nationale, unterstützt sowohl vom Geheimdienst als auch von der Gendarmerie, die umfassendste Polizeiaktion der französischen Geschichte. Sie sollte sich schon bald zur größten Menschenjagd entwickeln, die das Land je erlebt hatte, und nur noch von der Großfahndung nach einem anderen Attentäter übertroffen werden, der in den Polizeiakten noch heute unter seinem Decknamen »Der Schakal« geführt wird, weil sein bürgerlicher Name unbekannt geblieben und seine Lebensgeschichte nie veröffentlicht worden ist.

Ein erster Erfolg konnte am 3. September verzeichnet werden. Wie so oft war es eine routinemäßig vorgenommene Ausweiskontrolle, die auf eine wichtige Spur führte. Eine Polizeistreife hielt außerhalb der südlich von Lyon gelegenen Stadt Valence auf der von Paris nach Marseille führenden Nationalstraße einen Privatwagen mit vier Insassen an. Sie hatte an diesem Tag bereits Hunderte gestoppt, um Ausweise zu kontrollieren. Einer der vier Männer hatte keine Papiere bei sich. Er behauptete, sie verloren zu haben. Daraufhin wurde er mitsamt den drei anderen zu einem Routineverhör nach Valence gebracht.

Dort stellte sich rasch heraus, daß die übrigen drei Insassen, abgesehen davon, daß sie ihn ein Stück mitgenommen hatten, mit dem vierten nichts zu tun hatten. Man ließ sie frei. Von dem vierten Mann wurden lediglich Fingerabdrücke angefertigt und nach Paris geschickt, weil man seine Identität überprüfen wollte. Zwölf Stunden später traf die Auskunft ein: Die Fingerabdrücke waren die eines 22jährigen fahnenflüchtigen Fremdenlegionärs, aber der Name, den er angegeben hatte — Pierre-Denis Magade —, stimmte.

Magade wurde nach Lyon in die Zentrale des *Service Regional* der *Police Judiciaire* gebracht. Während er in einem Vorzimmer auf seine Vernehmung wartete, fragte ihn einer seiner Bewacher scherzhaft: »Na, und in Petit-Clamart — wie hat sich das abgespielt?«

Magade zuckte hilflos mit den Achseln. »Also gut«, sagte er, »was wollen Sie wissen?«

Acht Stunden lang lauschten Polizeibeamte gebannt und kratzten emsige Stenographenfedern über Stöße von Papier, während Magade »sang«. Als er endete, hatte er die Namen jedes einzelnen der am Attentat von Petit-Clamart Beteiligten sowie die neun weiteren Mitwisser genannt, die in der Planungsphase der Verschwörung und bei der Beschaffung von Waffen, Gerät und Fahrzeugen kleinere Rollen gespielt hatten — zweiundzwanzig Namen insgesamt. Die Jagd begann, und diesmal wußte die Polizei, wen sie suchte.

Nur ein einziger Mittäter entkam ihr und wurde bis zum heutigen Tag nicht gefaßt: Georges Watin. Dem Vernehmen nach soll er, wie die meisten Ex-Bosse der OAS, unter ehemals frankoalgerischen Siedlern in Spanien leben.

Im Dezember waren Ermittlung und Anklagevorbereitung gegen Bastien-Thiry, Bougrenet de la Tocnaye und die anderen Verschwörer abgeschlossen, und im Januar 1963 wurde die Gruppe vor Gericht gestellt.

Während man den beiden Hauptangeklagten und ihren Mittätern den Prozeß machte, sammelte die OAS alle ihr verfügbaren Kräfte zu einer neuerlichen Großoffensive gegen das gaullistische Regime, das diese von seinen Geheimdiensten mit unbarmherzigen Gegenangriffen beantworten ließ. Hinter den gefälligen äußeren Formen des pariserischen Lebensstils wurde unter dem Firnis von Kultur und Zivilisation im Untergrund ein grausamer und erbitterter Krieg geführt.

Der französische Geheimdienst trägt die offizielle Bezeichnung

Service de Documentation Exterieure et de Contre-Espionage, die unter der Abkürzung SDECE allgemein bekannt ist. Zu seinen Aufgaben zählen sowohl die Spionage außerhalb als auch die Spionageabwehr innerhalb Frankreichs, wobei sich die Aufgabenbereiche der einzelnen Dienste gelegentlich überschneiden. Die Abteilung I versieht ausschließlich nachrichtendienstliche Aufgaben und ist in diverse, durch den Buchstaben R (Renseignement = Information) gekennzeichnete *bureaux* gegliedert. Diese Unterabteilungen sind im einzelnen das *Bureau* R 1 (Nachrichtenauswertung), R 2 (Osteuropa), R 3 (Westeuropa), R 4 (Afrika), R 5 (Mittlerer Osten), R 6 (Ferner Osten), R 7 (Amerika/Westliche Hemisphäre). Die Abteilung II ist mit der Spionageabwehr betraut, die zusammengelegten Abteilungen III und IV sind für das Sachgebiet Kommunismus zuständig; VI ist für die Finanzen und VII für die Verwaltung verantwortlich.

Die offizielle Bezeichnung für die Abteilung V besteht aus einem einzigen Wort, das ihre Tätigkeit gleichwohl treffend wiedergibt, und lautet: Aktion. Die Abteilung ist nahe der Porte des Lilas in einem unauffälligen, gleich hinter dem Boulevard Mortier im Pariser Nordosten gelegenen Gebäudekomplex untergebracht, von dem aus die hundert eisenharten Burschen des Aktionsdienstes in den Kampf geschickt werden. Diese Männer, die in ihrer Mehrzahl korsischer Herkunft sind, verkörpern einen Typus, der James Bond ähnlicher ist als alles, was die Wirklichkeit bislang in Fleisch und Blut hervorgebracht hat. Sie waren zunächst durch spezielle Trainingsmethoden in Spitzenkondition gebracht und dann zur Polizeischule nach Satory versetzt worden, wo man sie in einem vom regulären Schulungsbetrieb hermetisch abgeschlossenen Sonderlehrgang mit allen bis dato bekannten Formen der Zerstörung und Vernichtung vertraut machte. Sie wurden Experten im Kampf mit leichten Waffen, im waffenlosen Zweikampf, in Judo und Karate. Sie absolvierten Spezialkurse in funktechnischer Kommunikation, in Demolierung und Sabotage, Menschenraub, Brandstiftung und Mord sowie Verhörtechniken mit und ohne Anwendung von Foltermethoden.

Einige von ihnen sprachen nur Französisch, andere beherrschten mehrere Fremdsprachen und kannten sich in allen Hauptstädten der Welt aus, als seien sie dort zu Hause. Sie waren berechtigt, in Ausübung ihres Dienstes zu töten, und machten nicht selten von diesem Recht Gebrauch.

Als die Aktionen der OAS zusehends bedenkenloser und brutaler wurden, entschloß sich General Guibaud, der Leiter des SDECE, seine Männer loszuketten und auf die OAS zu hetzen. Einige von ihnen traten der Geheimorganisation bei und gelangten bis in deren höchste Gremien. Dort beschränkte sich ihre Tätigkeit auf die Übermittlung von Informationen, auf denen dann die gezielten Aktionen ihrer außerhalb der OAS verbliebenen Kollegen basierten. So wurden viele OAS-Kuriere, die in geheimer Mission nach Frankreich oder in Länder entsandt worden waren, die mit Frankreich Auslieferungsabkommen geschlossen hatten, aufgrund von Informationen verhaftet, welche die in die OAS eingeschleusten Männer des Aktionsdienstes geliefert hatten. In anderen Fällen wurden steckbrieflich gesuchte Männer, die sich nicht nach Frankreich locken ließen, außerhalb des Landes brutal ermordet. Viele Angehörige verschwundener OAS-Mitglieder sind nach wie vor überzeugt, daß der Aktionsdienst diese Männer liquidiert hat.

Nicht daß die OAS ihrerseits Lektionen in Gewalttätigkeit nötig gehabt hätte. Ihre Mitglieder haßten die ihrer Untergrundtätigkeit wegen »*les barbouzes*« — die »Bärtigen« — genannten Männer des Aktionsdienstes mehr als jeden Polizeibeamten. In den letzten Tagen des zwischen OAS und gaullistischen Behörden ausgetragenen Kampfes um die Macht in Algerien gerieten sieben *barbouzes* lebend in die Hände der Geheimorganisation. Ihre Leichen wurden später, von Balkonen und Laternenpfählen baumelnd, ohne Ohren und Nasen aufgefunden. In dieser Weise ging der Untergrundkrieg weiter, und die ganze Wahrheit darüber, wer von wem in wessen Keller zu Tode gefoltert wurde, wird nie ans Licht kommen.

Die außerhalb der OAS verbliebenen *barbouzes* hielten sich dem SDECE ständig zur Verfügung. Einige von ihnen, die vor ihrer Anwerbung schwere Jungens gewesen waren, hatten ihre alten Kontakte zur Unterwelt niemals abreißen lassen und konnten auf diese Weise so manches Mal, wenn es im Auftrag der Regierung eine besonders schmutzige Arbeit zu verrichten galt, die Hilfe ihrer alten Freunde in der Unterwelt in Anspruch nehmen. Diese Praktiken waren es vor allem, die den in Frankreich kursierenden Gerüchten von einer Jacques Foucard, Präsident de Gaulles rechter Hand, unterstehenden »Parallel«-Polizei Nahrung gaben. In Wirklichkeit existierte eine solche »Parallel«-Polizei nicht; die ihr zugeschriebene Tätigkeit blieb den Gorillas des Aktionsdienstes und den zeitweilig angeheuerten Gangsterbossen aus dem *milieu* vorbehalten.

Auf Vendetten haben sich die Korsen, die sowohl die Pariser als auch die Marseiller Unterwelt kontrollierten, von jeher verstanden, und nach der Ermordung der sieben *barbouzes* in Algerien begannen sie eine Vendetta gegen die OAS. In gleicher Weise, wie die korsische Unterwelt 1944 den Alliierten bei ihrer Landung in Frankreich Hilfsdienste leistete (wahrlich nicht zu ihrem Schaden übrigens — bald darauf nahm sie das organisierte Laster an der Côte d'Azur weitgehend in eigene Regie), kämpften die Korsen in den frühen sechziger Jahren in ihrer Vendetta gegen die OAS wiederum für Frankreich. Viele OAS-Männer waren *pieds noirs* — in Algerien geborene französische Siedler — und den Korsen vom Typ her sehr ähnlich, und zeitweilig steigerte sich der Krieg zum Brudermord.

Während die Verhandlung gegen Bastien-Thiry und seine Kameraden ihren Fortgang nahm, eskalierte auch die Kampagne der OAS. Ihr Führer war Oberst Antoine Argoud, der hinter den Kulissen schon als eigentlicher Anstifter der Verschwörung von Petit-Clamart gewirkt hatte. Argoud verfügte über einen geschulten Intellekt und dynamische Energie; er war Absolvent der zu den besten Hochschulen Frankreichs zählenden Ecole Polytechnique und hatte unter de Gaulle als Leutnant für die Befreiung Frankreichs von den Nazis gekämpft. Später befehligte er ein Kavallerieregiment in Algerien. Als hervorragender, wenngleich unbarmherziger Soldat war der kleine, drahtige Mann bereits 1962 zum Operationschef der exilierten OAS avanciert.

Erfahren in der Technik psychologischer Kriegführung, hatte er sogleich erkannt, daß der Kampf gegen das gaullistische Frankreich auf allen Ebenen, mit Terror, Diplomatie und unter Anwendung wirksamer Public-Relations-Methoden, aufgenommen werden müßte. Es entsprach diesem Konzept, daß er eine Serie von Interviews plante, die der ehemalige französische Außenminister Georges Bidault als Vorsitzender des den politischen Flügel der OAS repräsentierenden Nationalen Widerstandsrates westeuropäischen Zeitungen und Fernsehstationen gewähren sollte, um der Weltöffentlichkeit die Gründe für die unversöhnliche Gegnerschaft der OAS zum gaullistischen Regime in »würdiger« Form darzulegen.

Auch hierbei kam Argoud die ungewöhnliche Intelligenz zugute, die ihn einst zum jüngsten Obersten der französischen Armee werden und jetzt als den gefährlichsten Mann der OAS gelten ließ. Er organisierte für Bidault eine Reihe von Interviews mit Zeitungs-, Rundfunk- und Fernsehjournalisten, bei denen der alte Politiker die weniger ruhmreichen Aktionen der OAS zu bemänteln oder herunterzuspielen verstand. Der offenkundige Erfolg der von Argoud initiierten Propagandaaktion Bidaults beunruhigte die französische Regierung nicht weniger als die terroristische Taktik und die Welle der in Paris und überall in Frankreich in Kinos und Cafés explodierenden Plastikbomben.

Am 14. Februar wurde dann ein weiteres Komplott zur Ermordung General de Gaulles aufgedeckt. Für den darauffolgenden Tag war ein Vortrag des Präsidenten in der Ecole Militaire auf den Champs de Mars angesetzt gewesen. Der Plan sah vor, daß de Gaulle beim Betreten des Saales vom Dach des angrenzenden Gebäudes aus hinterrücks niedergeschossen werden sollte.

Jean Bichon, einem Hauptmann der Artillerie namens Robert Poinard und Mme. Paule Rousselet de Liffiac, einer Englischlehrerin an der Militärakademie, wurde später wegen des geplanten Attentats der Prozeß gemacht. Der Mordschütze hätte Georges Watin sein sollen, aber das »Hinkebein« entkam wiederum. In Poinards Wohnung fand man einen Karabiner mit Zielfernrohr, und die drei Verschwörer wurden verhaftet. In der Verhandlung wurde erklärt, daß Feldwebelleutnant Marius Tho, mit dem sie darüber beratschlagt hatten, wie Watin mit seinem Gewehr unbemerkt in die Akademie geschmuggelt werden könne, schnurstracks zur Polizei gegangen war. General de Gaulle nahm wie vorgesehen an der militärischen Veranstaltung teil, machte aber — wenngleich nur ungern — die Konzession, in einem gepanzerten Wagen vorzufahren.

Als Anschlag war das Ganze unglaublich dilettantisch geplant gewesen; aber es hatte de Gaulle doch außerordentlich verstimmt. Am Tag darauf bestellte er Innenminister Roger Frey zu sich, schlug mit der Faust auf den Tisch und machte Frey als dem für die nationale Sicherheit verantwortlichen Minister unmißverständlich klar, daß er die fortgesetzten Anschläge nunmehr satt habe.

Man beschloß, an einigen der OAS-Verschwörer zur Abschreckung der anderen ein Beispiel zu statuieren. Über den Ausgang des Verfahrens gegen Bastien-Thiry, das vor dem Obersten Militärgerichtshof verhandelt wurde, hatte Frey keinerlei Zweifel, denn der Angeklagte war seinerseits bemüht, eingehend darzulegen, aus welchen Gründen er Charles de Gaulles Beseitigung als unerläßlich erachtete. Was dennoch not tat, war eine Maßnahme, deren abschreckende Wirkung stärker und unmittelbarer beeindruckte als Gerichtsurteile.

Am 22. Februar landete die Kopie eines Memorandums, das der Direktor der Abteilung II des SDECE (Spionageabwehr/Innere Sicherheit) dem Innenminister zugeleitet hatte, auf dem Schreibtisch des Aktionsdienstchefs. Der Inhalt sei hier auszugsweise wiedergegeben:

»Es ist uns gelungen, den Aufenthaltsort des ehemaligen Obersten der französischen Armee, Antoine Argoud, eines der Hauptdrädelsführer der subversiven Bewegung, ausfindig zu machen. Er ist nach Westdeutschland entflohen, wo er, den Informationen unseres dortigen Abwehrdienstes zufolge, einige Tage zu verbleiben beabsichtigt...

In Anbetracht dieses Umstandes sollte es möglich sein, Argoud zu stellen und gegebenenfalls zu ergreifen. Da der an die zuständigen westdeutschen Sicherheitsbehörden gestellte Antrag unseres Spionageabwehrdienstes abgelehnt worden ist und die genannten Behörden jetzt annehmen, daß unsere Agenten Argoud und anderen OAS-Verschwörern auf der Spur sind, müßte das Unternehmen, soweit es die Person Argouds betrifft, mit blitzartiger Schnelligkeit und unter äußerster Geheimhaltung ausgeführt werden.«

Die Aufgabe wurde dem Aktionsdienst übertragen.

Am 25. Februar nachmittags traf Argoud, von Rom kommend,

wo er mit anderen OAS-Führern zu einer Besprechung zusammengetroffen war, wieder in München ein. Anstatt sich sogleich in die von ihm in der Unertlstraße gemietete Wohnung zu begeben, fuhr er im Taxi zum Hotel Eden-Wolff, wo er offenbar für eine geplante Konferenz ein Zimmer reserviert hatte.

Zu der Konferenz ist er nie erschienen. In der Hotelhalle traten zwei Männer auf ihn zu, die ihn in akzentfreiem Deutsch ansprachen. Argoud, der die beiden offenbar für deutsche Kriminalbeamte hielt, griff in seine Brusttasche, um seinen Paß hervorzuziehen.

Er fühlte, wie seine Arme mit schraubstockartigem Griff gepackt wurden, während seine Füße sich vom Boden hoben. Man schleifte ihn zu einem wartenden Wäschereiauto hinaus. Er versuchte zum Schlag auszuholen und wurde von einem Sturzbach französischer Flüche überschüttet. Eine harte Faust traf seine Nase, eine andere schlug ihm in die Magengrube, ein Finger tastete nach dem neuralgischen Punkt unter seinem Ohr, und sein Bewußtsein erlosch wie ein Licht.

Vierundzwanzig Stunden später klingelte in der *Brigade Criminelle* der *Police Judiciaire* am Quai des Orfèvres Nr. 36 in Paris das Telephon. Eine heisere Stimme, die behauptete, im Auftrag der OAS zu sprechen, erklärte dem Sergeanten, der den Anruf entgegennahm, Antoine Argoud befände sich, »säuberlich verschnürt«, in einem hinter dem PJ-Gebäude geparkten Lieferwagen. Wenige Minuten später wurde die Tür des Lieferwagens aufgerissen, und vor den Augen der staunend im Halbkreis versammelten Polizeibeamten taumelte Argoud heraus.

Seine Augen, die vierundzwanzig Stunden lang verbunden gewesen waren, vermochten nichts zu erkennen. Argoud mußte gestützt werden, um nicht zusammenzusinken. Sein Gesicht war mit getrocknetem Blut bedeckt, das von dem Faustschlag auf die Nase herrührte, und seine Mundhöhle schmerzte von dem Knebel, den die Polizeibeamten daraus entfernten. Befragt, ob er Oberst Antoine Argoud sei, flüsterte er tonlos: »Ja.« Auf bis heute nichtgeklärte Weise hatte ihn der Aktionsdienst in der vorhergegangenen Nacht über die Grenze geschafft, und der anonyme Anruf bei der Polizei wegen des auf ihrem eigenen Parkplatz für sie hinterlegten »Pakets« war nur ein für die vom Aktionsdienst bevorzugte Art von Humor kennzeichnender Scherz gewesen.

Eines aber hatte der Aktionsdienst nicht bedacht: die Ausschaltung Argouds wirkte sich auf die OAS zwar ungemein demoralisierend aus, zugleich aber hatte sie zur Folge, daß nun Argouds schattenhafter Stellvertreter, der wenig bekannte, aber nicht minder intelligente Oberstleutnant Marc Rodin, die Leitung der auf die Beseitigung de Gaulles abzielenden Operationen übernahm. Und das sollte sich für die Regierung als ein schlechter Tausch erweisen.

Am 4. März verkündete der Oberste Militärgerichtshof sein Urteil über Jean-Marie Bastien-Thiry. Er und zwei andere Angeklagte wurden zum Tode verurteilt, desgleichen drei weitere Mittäter — unter ihnen das »Hinkebein« Watin —, die flüchtig waren.

Am 8. März lauschte General de Gaulle drei Stunden lang schweigend den von den Anwälten der Verurteilten vorgebrachten Gnadengesuchen. Zwei der Todesurteile verwandelte er in lebenslängliches Zuchthaus, aber im Falle Bastien-Thirys blieb es bei der erkannten Strafe.

Noch in der Nacht wurde der Oberstleutnant der Luftwaffe von seinem Anwalt über die Entscheidung des Präsidenten unterrichtet. »Das Datum ist auf den 11. März festgesetzt«, sagte der Anwalt seinem Klienten, und als dieser weiterhin ungläubig lächelte, platzte es aus ihm heraus: »Man wird Sie erschießen!«

Bastien-Thiry schüttelte lächelnd den Kopf.

»Sie verstehen das nicht«, sagte er dem Anwalt. »Kein französisches Erschießungskommando wird seine Karabiner auf mich in Anschlag bringen.«

Er täuschte sich. Die Hinrichtung wurde in den 8-Uhr-Nachrichten über Radio Europa Eins in französischer Sprache bekanntgegeben. In den meisten europäischen Ländern konnte die Meldung gehört werden. In einem kleinen Hotelzimmer in Österreich setzte sie eine Kette von Überlegungen und Aktionen in Gang, die General de Gaulle in größere Lebensgefahr bringen sollte als je zuvor in seiner gesamten militärischen und politischen Laufbahn.

Zweites Kapitel

Marc Rodin knipste sein Transistorradio aus und erhob sich vom Tisch, auf dem das Frühstück fast unberührt geblieben war. Er ging zum Fenster hinüber, zündete sich eine weitere Zigarette an und starrte auf die Landschaft hinaus. Der spät einsetzende Frühling hatte die Schneedecke noch nicht aufzutauen vermocht.

»Hunde.« Er stieß das Wort leise und voller Haß aus. Rodin war in jeder Weise das völlige Gegenteil seines Vorgängers. Hochgewachsen und mager, mit einem vom Haß ausgezehrten, totenähnlichen Gesicht, pflegte er seine Gefühlsregungen für gewöhnlich hinter der Maske einer ganz ungallischen Kälte zu verbergen. Ihm hatten die Tore der Ecole Polytechnique, deren Absolvierung seiner Beförderung dienlich gewesen wäre, nicht offengestanden. Der Sohn eines Schusters war noch keine Zwanzig gewesen, als er in den Tagen, da die Deutschen Frankreich überrannten, in einem Fischerboot nach England entkam, um sich dort als einfacher Soldat freiwillig zum Dienst unter dem Zeichen des Lothringer Kreuzes zu melden.

Die Beförderung zum Sergeanten und später zum Feldwebelleutnant hatte er sich in den blutigen Schlachten von Nordafrika unter Koenig und in der Normandie unter Leclerc verdient. Die Offizierslitzen, die er nach Herkunft und Erziehung nie erhalten hätte, verdankte er seiner im Kampf um Paris bewiesenen Tapferkeit vor dem Feind, und nach dem Krieg hatte er vor der Wahl gestanden, in das Zivilleben zurückzukehren oder in der Armee zu verbleiben.

Aber auf welchen Beruf hätte er zurückgreifen sollen? Er verstand sich auf nichts anderes als das Schusterhandwerk, das er von seinem Vater erlernt hatte; zudem erkannte er, daß die werktätige Klasse seines Landes von den Kommunisten, die bereits die Résistance und die innerfranzösische Bewegung des Freien Frankreich kontrollierten, weitgehend beherrscht wurde. Er blieb daher in der Armee, um in den folgenden Jahren als aus dem Mannschaftsstand hervorgegangener Offizier eine neue Generation gebildeter Jungen die Kriegsschulen absolvieren und sich die gleichen Offizierstressen beim theoretischen Unterricht im Klassenzimmer verdienen zu sehen, für die er hatte Blut und Wasser schwitzen müssen. Daß sie rascher als er befördert und ihm auch sonst vorgezogen wurden, verbitterte ihn.

Ihm blieb nur übrig, sich in ein Kolonialregiment versetzen zu lassen, zu den Haudegen und Rabauken, die das Kriegführen besorgten, während die aus Wehrpflichtigen rekrutierten Einheiten auf den Exerzierplätzen paradierten.

Innerhalb eines Jahres nach seiner Abkommandierung zur kolonialen Fallschirmtruppe in Indochina war er Kompanieführer geworden; er lebte unter Männern, die so dachten und sprachen wie er. Auch dem Sohn eines Schusters konnten Beförderungen winken — nach Fronteinsatz und abermaligem Fronteinsatz. Als der Krieg in Indochina zu Ende ging, war er Major, und nach einem unglücklichen und enttäuschenden Jahr in Frankreich wurde er nach Algerien geschickt.

Der französische Rückzug aus Indochina und das in Frankreich verbrachte Jahr hatten seine latente Bitterkeit in einen verzehrenden Haß auf alle Politiker und Kommunisten — was für ihn ein und dasselbe war — verwandelt. Nur ein Frankreich, das von Soldaten geführt wurde, konnte für immer aus dem Würgegriff der Verräter und Speichellecker, die das öffentliche Leben beherrschten, befreit werden. Und nur in der Armee hatte diese Brut nichts zu melden.

Wie die meisten Frontoffiziere, die ihre Männer hatten sterben sehen und gelegentlich auch die schaurig zugerichteten Leichen derjenigen hatten begraben müssen, die lebend in die Hand des Feindes geraten waren, sah er im Typus des Soldaten das wahre Salz der Erde, den Mann, der sein Blut opferte, damit die Bourgeoisie daheim ein behagliches Leben führen konnte. Nach acht im indochinesischen Dschungel verbrachten Jahren des Kämpfens erkennen zu müssen, daß den meisten Zivilisten im Mutterland das Soldatentum und seine Tugenden vollkommen gleichgültig waren; die von Linksintellektuellen verfaßten Schmähungen des Militärs zu lesen, die auf Lappalien wie dem Erhalt lebenswichtiger Informationen dienenden Folterungen von Kriegsgefangenen basierten — dies alles hatte Marc Rodin zu einem blinden Eiferer gemacht.

Er war nach wie vor überzeugt, daß die Armee, sofern sie nur von seiten der Kolonialverwaltung, der Regierung in Paris und der Bevölkerung des Mutterlandes genügend unterstützt worden wäre, den Viet Minh geschlagen hätte. Die Preisgabe Indochinas war ein ungeheuerlicher Verrat an den Tausenden jungen Männern gewesen, die dort hatten fallen müssen — umsonst, wie sich jetzt erwies.

Einen Treubruch wie diesen, das schwor sich Rodin, konnte und durfte es nie wieder geben. Algerien würde das beweisen.

Als er sich im Frühjahr 1956 in Marseille nach Algerien einschiffte, war er nahezu ein glücklicher Mann, glücklicher jedenfalls, als er es je zuvor gewesen war und je wieder sein sollte.

In den darauffolgenden zwei Jahren zäher, erbitterter Kämpfe geschah nur wenig, was ihn an seiner Überzeugung hätte irre werden lassen können. Zugegeben, mit den Rebellen fertig zu werden, war nicht so leicht, wie er anfangs geglaubt hatte. Wie viele Fellachen er und seine Männer auch immer erschossen, wie viele Dörfer auch immer sie dem Erdboden gleichmachten, wie viele FLN-Terroristen auch immer sie zu Tode folterten — der Aufstand breitete sich aus, bis er das ganze Land erfaßt hatte und auch auf die Städte übergriff.

Was not tat, war mehr und wirksamere Unterstützung aus Paris. Schließlich handelte es sich hier ja nicht um einen Krieg in irgendwelchen entlegenen Gegenden des Kolonialreiches. Algerien, das war Frankreich — ein von drei Millionen Franzosen bevölkerter Landesteil, um den man kämpfte, wie man um die Normandie, die Bretagne oder die Seealpen kämpfen würde.

Als Rodin zum Oberstleutnant befördert wurde, verlagerte sich sein militärischer Aufgabenbereich von den Stützpunkten draußen auf dem Lande in die Städte, zunächst nach Bône, dann nach Constantine. Von den Stützpunkten aus hatte er die ALN bekämpft — eine irreguläre Truppe zwar, aber doch eine Kampftruppe. Sein Haß auf sie verblaßte gegen die kalte Mordlust, die ihn der gemeine, hinterhältige Krieg in den Städten lehrte, ein Krieg, der mit Plastikbomben geführt wurde, die das Reinigungspersonal und andere algerische Bedienstete in von Franzosen bevorzugten Cafés, Supermarkets und Parks legten. Die Maßnahmen, die Rodin ergriff, um Constantine von dem aufständischen Gesindel zu säubern, das sich nicht scheute, diese Bomben mitten unter französische Zivilpersonen zu werfen, brachten ihm in der Kasbah den ehrenvollen Beinamen »Der Schlächter« ein.

Um die FLN und ihre Armee, die ALN, endgültig zu vernichten, fehlte es einzig und allein an wirksamerer Hilfe aus Paris. Wie die meisten Fanatiker machte der verbohrte Glaube auch Rodin blind gegen offenkundige Tatsachen. Die steigenden Kosten der Kriegführung, die kritische Lage der von der Bürde eines zusehends aussichtsloser werdenden Krieges schwer belasteten französischen Wirtschaft, die Demoralisation der Wehrpflichtigen — in Rodins Augen waren das lediglich Bagatellen.

Im Juni 1958 kehrte General de Gaulle als Ministerpräsident an die Macht zurück. Souverän liquidierte er die korrupte und zerrüttete Vierte Republik und gründete die Fünfte. Als er dann seinerseits jenes von den Generälen im Munde geführte Wort vom »französischen Algerien« aufnahm, das ihn ins Matignon zurück und im Januar 1959 in den Elysée-Palast bringen sollte, ging Rodin auf sein Zimmer und weinte. Und als de Gaulle Algerien besuchte, war es Rodin, als habe sich Zeus persönlich aus dem Olymp herabbemüht. Die neue Politik, dessen war er gewiß, würde nicht lange auf sich warten lassen. Die Kommunisten würden aus ihren Ämtern entfernt, Jean-Paul Sartre und seine Gesinnungsfreunde ohne Zweifel wegen Verrats erschossen, die Gewerkschaften zur Räson gebracht. Das Mutterland würde endlich zum Schutz seiner Bürger in Algerien wie auch zur Unterstützung seiner die Grenzen der französischen Zivilisation sichernden Armee wirksame Maßnahmen beschließen.

Rodin war dessen so sicher wie der Tatsache, daß die Sonne allmorgendlich im Osten aufgeht. Als de Gaulle indes die ersten Schritte einleitete, um Frankreich seinen eigenen Vorstellungen gemäß zu reformieren, führte er dies zunächst auf gewisse, anfänglich nicht zu vermeidende Fehler zurück. Man mußte dem großen alten Mann schon ein wenig Zeit lassen. Den ersten Gerüchten über vorbereitende Gespräche mit Ben Bella und der FLN vermochte er keinen Glauben zu schenken. Obschon er mit dem vom großen Jo Ortiz angeführten Siedleraufstand von 1960 sympathisierte, war er noch immer der Meinung, daß die mangelnden Fortschritte, die bei der endgültigen Vernichtung der Fellachen zu verzeichnen waren, nichts anderes als ein taktisches Manöver de Gaulles darstellten. *Le Vieux* würde, da gab es gar keinen Zweifel, schon wissen, was er tat. Hatte er sie nicht ausgesprochen, die goldenen Worte vom »französischen Algerien«? Als dann schließlich der unwiderlegbare Beweis erbracht war, daß Charles de Gaulles Konzept von einem erneuerten Frankreich ein französisches Algerien nicht vorsah, zersprang Rodins Weltbild wie eine zu Boden geschmetterte Vase. Rodin führte sein Bataillon — von ein paar Duckmäusern abgesehen, die hinter den Ohren noch nicht trocken waren — geschlossen in den Putsch von 1961.

Der Putsch mißlang. Mit einem einzigen, beängstigend schlauen Trick wurde er, noch ehe er an Boden gewonnen hatte, von de Gaulle vereitelt. Als in den Wochen, die den angekündigten Gesprächen mit der FLN vorausgingen, Tausende von simplen Transistorradios an die Truppe ausgegeben wurden, hatte dem keiner der Offiziere sonderliche Bedeutung beigemessen. Die Radioapparate wurden als harmlose Zerstreuung für die Soldaten angesehen, und viele der Offiziere billigten die Idee sogar ausdrücklich. Die von Hitze, Flöhen und Langeweile geplagten Jungen empfanden die über Ätherwellen aus Frankreich kommende Rock 'n' Roll- und Schlagermusik als willkommene Ablenkung.

Die Wirkung der Stimme de Gaulles war weniger harmlos. Als dann die Loyalität der Armee auf die entscheidende Probe gestellt wurde, schalteten in den Kasernen ganz Algeriens Zehntausende zwangsrekrutierter junger Soldaten ihre Radios ein, um die Nachrichten zu hören. Anschließend vernahmen sie dieselbe Stimme, der Rodin im Juni 1940 gelauscht hatte. Auch die Botschaft war nahezu gleichlautend: »Ihr steht vor einer Gewissensentscheidung. Frankreich, das bin ich, das Werkzeug seines Schicksals. Hört auf mich. Gehorcht mir.«

Manche Bataillonskommandeure fanden anderntags nur noch eine Handvoll Offiziere und die meisten ihrer Sergeanten vor. Die Meuterei war niedergeworfen — per Rundfunk.

Rodin hatte mehr Glück als manche seiner Kameraden. Hundertzwanzig seiner Offiziere hielten zu ihm. Das war darauf zurückzuführen, daß die von ihm befehligte Einheit einen höheren Prozentsatz in Indochina und Algerien bewährter altgedienter Soldaten aufwies als die Mehrzahl sonstiger Formationen. Gemeinsam mit den anderen Putschisten gründeten sie die geheime Armeeorganisation, die sich verschworen hatte, den Judas im Elysée-Palast zu beseitigen.

Auf verlorenem Posten zwischen der triumphierenden FLN einerseits und der loyalen französischen Armee andererseits, versäumte die OAS keine Gelegenheit, wahre Orgien der Zerstörung zu veranstalten. Während der letzten sieben Wochen, in denen die französischen Siedler ihren in lebenslanger Arbeit erworbenen Besitz für ein Ei und ein Butterbrot verkauften und die vom Krieg heimgesuchte Küste flohen, ließ sich die geheime Armeeorganisation an dem, was sie nicht hatten mitnehmen können, in einem letzten, absurden Racheakt ihre Zerstörungswut aus. Als auch das vorüber war, blieb den OAS-Führern, deren Namen der Regierung bekannt waren, nur die Flucht ins Exil übrig.

Im Winter 1961 wurde Rodin zum Stellvertreter Antoine Argouds, des Stabschefs der exilierten OAS, ernannt. Das Flair, die strategische Begabung und der Einfallsreichtum, von denen die nunmehr in die Städte des Mutterlandes getragenen OAS-Aktionen zeugten, gingen auf das Konto Argouds; die glänzende Organisation, die taktische Geschicklichkeit und die listenreiche Schläue auf das Rodins.

Wäre er nichts weiter als ein hartgesottener Fanatiker gewesen, hätte man Rodin einen zwar gefährlichen, aber doch berechenbaren Mann nennen können. Es gab eine Menge anderer Männer dieses Kalibers, die in den frühen sechziger Jahren bereit gewesen waren, sich für die OAS zu schlagen. Aber Rodin war mehr als das. Der alte Schuhmacher hatte einen Sohn großgezogen, der präzise denken konnte, wenngleich diese Fähigkeit weder durch eine entsprechende Schulbildung noch durch den Dienst in der Armee jemals gefördert worden war. Rodin hatte sich selbst fortgebildet, und das auf seine eigene Weise.

Solange es um Frankreich und die Ehre der Armee ging, zeigte er sich als ebenso blinder Eiferer wie jeder andere OAS-Führer. Wenn er sich jedoch einem rein taktischen Problem gegenübersah, konnte er dem mit konzentriertem logisch-pragmatischen Denken zu Leibe rücken, das wirksamer war als alle fanatische Begeisterung und sinnlose Gewalttätigkeit.

Eben diese Fähigkeit war es, die er auf das Problem, mit dem er sich am Vormittag jenes 11. März befaßte, methodisch ansetzte: das Problem, wie man Charles de Gaulle umbringen konnte. Er war nicht so töricht zu meinen, daß es leicht zu lösen sei. Im Gegenteil, das Debakel von Petit-Clamart und der mißlungene Anschlag in der Ecole Militaire hatten das Problem ungemein erschwert. Einen Killer anzuwerben, war jederzeit möglich. Die Schwierigkeit lag darin, einen Mann oder einen Plan zu haben, welcher einen einzigen durchschlagenden Faktor aufwies, der so wenig vorherzusehen war, daß er alle den Präsidenten seit den jüngsten Vorkommnissen konzentrisch umgebenden Sicherheitsmechanismen ausschalten konnte.

Seit Petit-Clamart hatte sich die Lage grundlegend geändert. Die Unterwanderung der höheren Chargen und Kader der OAS durch Agenten des Aktionsdienstes hatte alarmierende Ausmaße erreicht. Die kürzlich erfolgte Entführung von Rodins eigenem Vorgesetzten Argoud machte deutlich, zu welchen Anstrengungen der Aktionsdienst entschlossen war, um die Führer der OAS in Gewahrsam zu nehmen und zu verhören. Dafür war man sogar bereit, scharfe Demarchen der deutschen Regierung in Kauf zu nehmen.

Zwei Wochen nachdem der seither endlosen Verhören unterzogene Oberst Argoud dingfest gemacht worden war, wurde es auch für die letzten OAS-Führer Zeit, sich abzusetzen oder unterzutauchen. Bidault fand an Publicity und öffentlicher Selbstdarstellung auf einmal keinen Geschmack mehr. Andere Mitglieder des Nationalen Widerstandsrates (CNR) flohen, von Panik ergriffen, nach Spanien, Amerika und Belgien. Urplötzlich setzte eine rasch steigende Nachfrage nach falschen Papieren und Flugtickets zu entlegenen Orten ein.

Das alles hatte sich auf die Moral des Fußvolks der OAS verheerend ausgewirkt. In Frankreich legten jetzt Männer, die bisher bereit gewesen waren zu helfen, steckbrieflich gesuchte Kameraden zu beherbergen, Waffenkisten zu schleppen, Meldungen weiterzugeben und Informationen zu übermitteln, mit einer gemurmelten Ausrede den Telephonhörer auf. Nach dem Fehlschlag von Petit-Clamart und den Verhören der Festgenommenen mußten drei ganze *réseaux* schleunigst stillgelegt werden. Mit genauen Informationen versorgt, durchsuchte die französische Polizei ein Haus nach dem anderen, hob ein Waffenlager nach dem anderen aus und deckte zwei weitere auf die Beseitigung Charles de Gaulles abzielende Konspirationen auf: als die Verschwörer zu ihrer zweiten Besprechung zusammentraten, wurden sie von einem Riesenaufgebot an Polizei gestellt.

Knapp bei Kasse, im Begriff, sowohl die nationale und internationale Unterstützung als auch ihre Mitglieder — und damit ihre Glaubwürdigkeit — zu verlieren, drohte die OAS von den massierten Aktionen des französischen Geheimdienstes und der Polizei zermalmt zu werden.

Die Exekution Bastien-Thirys konnte die Moral nur noch weiter untergraben. Es würde schwer sein, Männer zu finden, die in dieser Phase des Kampfes bereit waren, sich für die Sache einzusetzen. Und die Gesichter derjenigen, welche auch jetzt noch weitermachen wollten, hatten sich jedem französischen Polizisten ins Gedächtnis gegraben — und einigen Millionen Staatsbürgern ebenfalls. Jeder neue Plan würde, weil er zu diesem Zeitpunkt eine Vielzahl von Vorbereitungen wie auch die Koordination verschiedener Gruppen erforderte, »auffliegen«, noch bevor der Attentäter auch nur näher als hundert Kilometer an de Gaulle herangekommen wäre.

Am Ende seines stummen Zwiegesprächs mit sich selbst murmelte Rodin: »Ein Mann, den keiner kennt...« Er überflog die Liste derjenigen, von denen er wußte, daß sie nicht davor zurückschrecken würden, einen Präsidenten zu ermorden. Über jeden einzelnen von ihnen existierte im französischen Polizeiministerium eine Akte, die so dick war wie die Bibel. Weshalb würde er, Marc Rodin, sich sonst in einem obskuren österreichischen Gebirgsdorf versteckt halten?

Gegen Mittag hatte er dann plötzlich die Lösung gefunden. Er verwarf sie zunächst, kam aber doch immer wieder auf sie zurück. Wenn sich ein solcher Mann finden ließe — sofern es ihn überhaupt gab... Mit verbissener Geduld begann er, einen neuen, auf diesen Mann zugeschnittenen Plan auszuarbeiten, den er dann einer scharfen, alle nur denkbaren Hindernisse und Einwände berücksichtigenden Prüfung unterzog. Der Plan bestand sie und erwies sich, selbst was das Problem der Sicherheit betraf, als hieb- und stichfest.

Kurz bevor die Mittagsstunde schlug, zog sich Rodin den Wintermantel über und ging hinunter. Vor der Haustür traf ihn der Wind, der die Straße entlangfegte, mit voller Wucht. Er ließ Rodin zusammenfahren, befreite ihn jedoch augenblicklich von den dumpfen Kopfschmerzen, die ihm die zahllosen in dem überhitzten Zimmer gerauchten Zigaretten verursacht hatten. Er wandte sich nach links und stapfte durch den knirschenden Schnee zum Postamt in der Adlerstraße. Dort gab er eine Reihe kurzgefaßter Telegramme auf, in denen er seine sich unter Decknamen in Süddeutschland, Österreich, Italien und Spanien verbergenden Gesinnungsfreunde davon unterrichtete, daß er sich in den folgenden Wochen auf eine geheime Mission begeben und daher für sie vorübergehend nicht erreichbar sein würde.

Auf dem beschwerlichen Rückweg zu seiner bescheidenen Unterkunft wurde ihm klar, daß manche seiner Kameraden jetzt glauben mochten, auch er wolle sich nur verdrücken und vor der drohenden Entführung oder Ermordung durch den Aktionsdienst in Sicherheit bringen. Er zuckte mit den Achseln. Sollten sie doch denken, was sie wollten. Zu langatmigen Erklärungen war jetzt keine Zeit mehr.

Obschon die im indochinesischen Dschungel und in der algerischen Wildnis verbrachten Jahre seinen Geschmack nicht gerade kultiviert hatten, fiel es ihm schwer, das Tagesgericht der Pension — Eisbein mit Nudeln — hinunterzubringen. Am frühen Nachmittag hatte er Koffer und Aktentasche gepackt, die Rechnung bezahlt und das Haus verlassen. Er war bereit, sich in einsamer Mission auf die Suche nach einem bestimmten Mann — genauer: dem ganz bestimmten Typ eines Mannes — zu begeben, von dem er nicht einmal wußte, ob es ihn überhaupt gab.

Als Rodin den Zug bestieg, schwebte eine Comet 4 B in die auf Landebahn Null-vier des Londoner Airport zuführende Flugschneise ein. Die Maschine kam aus Beirut. Unter den Passagieren befand sich ein hochgewachsener, blonder Engländer. Sein Gesicht wies eine von der Sonne des Nahen Ostens herrührende Bräune auf. Nach den zwei Wochen, in denen er die unbestreitbaren Freuden des Libanon genossen und das für ihn sogar noch erfreulichere Vergnügen gehabt hatte, die Transferierung eines ansehnlichen Geldbetrags von einer Bank in Beirut auf eine andere in der Schweiz bestätigt zu erhalten, fühlte er sich ungemein fit und entspannt.

Weit, weit hinter ihm im sandigen Boden Ägyptens und lange schon begraben von der ebenso empörten wie ratlosen ägyptischen Polizei, lagen die Leichen zweier deutscher Raketeningenieure, beide mit einem sauberen Einschußloch im Genick. Ihr Hinscheiden hatte die Entwicklung der Al-Zafira-Rakete Nassers um einige Jahre zurückgeworfen und einem zionistischen Millionär in New York zu der angenehmen Gewißheit verholfen, sein Geld nicht umsonst ausgegeben zu haben.

Nachdem der Engländer die Zollkontrolle rasch passiert hatte, nahm er sich ein Taxi und fuhr nach Mayfair in seine Wohnung.

Rodins Suche endete erst nach neunzig Tagen, und alles, was er vorzuweisen hatte, waren drei schmale Dossiers, jedes in einem der Schnellhefter steckend, die er ständig in der Aktentasche mit sich führte.

Es war Mitte Juni, als er nach Österreich zurückkehrte und sich in Wien in der Pension Kleist, Brucknerallee, ein Zimmer mietete.

Auf der Wiener Hauptpost hatte er zwei kurze Telegramme aufgegeben, eines nach Bozen, das andere nach Rom, um seine beiden engsten Mitarbeiter zu einer dringenden Besprechung zu zitieren. Innerhalb von vierundzwanzig Stunden waren die beiden Männer in Wien. René Montclair war mit einem gemieteten Wagen aus Bozen gekommen, André Casson per Flugzeug aus Rom. Beide reisten unter falschem Namen und mit gefälschten Papieren, denn sowohl in Italien als auch in Österreich führten die dort residenten Agenten des SDECE Montclair und Casson als dringend gesuchte OAS-Anhänger in ihren Akten und gaben eine Menge Geld aus, um an Grenzübergängen und auf Flughäfen Agenten und Informanten anzuwerben.

André Casson traf als erster in der Pension Kleist ein, sieben Minuten vor Beginn der auf elf Uhr angesetzten Besprechung. Er ließ das Taxi an der Ecke Brucknerallee halten und verwandte ein paar Minuten darauf, sich vor dem Schaufenster eines Blumenladens die Krawatte zu richten, bevor er sich mit raschen Schritten in die Pension begab.

Rodin hatte sich wie immer unter einem von zwanzig nur seinen engsten Mitarbeitern bekannten falschen Namen eingeschrieben. Jeder der beiden Herbeigerufenen hatte am Tag zuvor ein mit »Schulze« unterzeichnetes Telegramm erhalten. Rodins Codenamen wechselten vereinbarungsgemäß in zwanzigtägigem Rhythmus.

Casson blickte den jungen Mann hinter dem Empfangstisch fragend an. »Herr Schulze, bitte?«

»Zimmer vierundsechzig. Werden Sie erwartet, mein Herr?«

»Allerdings, ja«, entgegnete Casson und stieg rasch die Treppe hinauf. Im ersten Stock ging er den Korridor entlang bis zum Zimmer Nummer vierundsechzig. Als er die Hand hob, um an die Tür zu klopfen, wurde sie von hinten beim Gelenk gepackt. Er wandte sich um und starrte in ein blauwangiges Gesicht über ihm. Unter den zu einem Gestrüpp schwarzer Haare zusammengewachsenen Brauen blickten Augen auf ihn herab, die keinerlei Gefühlsregung, geschweige denn Neugier verrieten.

Der Mann war ihm gefolgt, als er an einem vier Meter entfernten Alkoven vorüberkam, und obwohl der Veloursteppich abgetreten war, hatte Casson keinen Laut gehört.

»*Vous désirez?*« sagte der Riese in einem Tonfall, als könne ihm nichts gleichgültiger sein als die Beantwortung seiner Frage. Aber der Griff, mit dem er Cassons Handgelenk gepackt hielt, lockerte sich nicht.

Einen Augenblick lang drehte sich Casson der Magen um, weil er an Argouds Verschleppung aus dem Eden-Wolff-Hotel in München denken mußte. Aber dann erkannte er in dem Hünen einen polnischen Fremdenlegionär aus Rodins Kompanie in Indochina und Algerien. Er erinnerte sich, daß Rodin Viktor Kowalsky gelegentlich zu Spezialaufgaben heranzog.

»Ich habe eine Verabredung mit Oberst Rodin, Viktor«, entgegnete er leise.

Die Nennung seines eigenen wie auch des Namens seines Herrn

bewirkte, daß Kowalskys Brauen sich zu einem noch dichteren Dickicht runzelten.

»Ich bin André Casson«, fügte er hinzu.

Kowalsky schien nicht beeindruckt zu sein. Er langte mit der Linken um Casson herum und pochte an die Tür von Zimmer vierundsechzig.

Drinnen antwortete eine Stimme: »*Oui?*«

Kowalsky trat nahe an die hölzerne Türfüllung heran. »Ich habe da einen Besucher«, knurrte er, und die Tür öffnete sich einen Spaltbreit. Rodin blinzelte hindurch und machte sie dann ganz auf. »Mein lieber André! Tut mir leid, das.« Er nickte Kowalsky zu. »Schon gut, Corporal. Ich habe diesen Mann erwartet.« Casson rieb sich das rechte Handgelenk, das der Pole endlich losgelassen hatte, und trat in das Zimmer. Rodin wechselte auf der Schwelle noch ein paar Worte mit Kowalsky und schloß dann die Türe wieder. Der Pole ging zum Alkoven zurück, wo er erneut Posten bezog.

Rodin schüttelte Casson die Hand und führte ihn zu den beiden Sesseln, die vor der Gasheizung standen. Obschon es Mitte Juni war, herrschte regnerisches, kühles Wetter, und beide Männer waren an das heiße Klima Nordafrikas gewöhnt. Rodin hatte die Gasheizung voll aufgedreht. Casson zog seinen Mantel aus und setzte sich.

»Solche Vorsichtsmaßnahmen haben Sie doch sonst nie getroffen, Marc«, bemerkte er.

»Es ist nicht meinetwegen«, entgegnete Rodin. »Wenn irgend etwas passieren sollte, werde ich schon allein klarkommen. Aber ich muß ein bißchen Zeit gewinnen, um diese Papiere da loszuwerden.« Er deutete auf den Schreibtisch am Fenster, auf dessen Platte ein dicker Heftordner neben seiner Aktentasche lag. »Deswegen habe ich Viktor mitgebracht. Was auch immer los sein mag, er wird mir die sechzig Sekunden verschaffen, die ich brauche, um die Papiere zu vernichten.«

»Sie müssen ziemlich wichtig sein.«

»Schon möglich.« Rodins Tonfall war dennoch eine gewisse Befriedigung anzumerken. »Aber warten Sie ab, bis René da ist. Ich habe ihn wissen lassen, daß er um elf Uhr 15 kommen soll, damit Sie beide nicht zugleich eintreffen und mir Viktor aus der Ruhe bringen. Er wird nervös, wenn er zu viele Gesichter um sich hat, die er nicht kennt.«

Bei dem Gedanken an das, was zu erwarten stand, wenn Viktor mit dem schweren Colt unter der linken Achselhöhle nervös werden würde, gestattete sich Rodin — was nur selten geschah — ein schmales Lächeln.

Es klopfte. Rodin durchquerte das Zimmer und brachte seinen Mund nahe an die Türfüllung: »*Oui?*«

Diesmal war es René Montclairs Stimme. Sie klang nervös und gepreßt:

»Marc, um Himmels willen...«

Rodin riß die Tür auf. Zwergenhaft im Vergleich zu dem polnischen Hünen hinter ihm, die Arme in dessen eisernem Griff, stand Montclair da.

»*Ça va, Viktor*«, murmelte Rodin. Kowalsky ließ Montclair los, der erleichtert das Zimmer betrat und eine Grimasse zog, als er Casson sah, der ihn aus dem Sessel neben der Gasheizung angrinste. Rodin schloß die Tür, bat Montclair wegen der ungewohnten Art des Empfangs um Entschuldigung, trat auf ihn zu und schüttelte ihm die Hand. Montclair zog den Mantel aus, unter dem er einen verknitterten, schlechtgeschnittenen dunkelgrauen Anzug trug. Wie so viele ehemalige Militärs nur an Uniformen gewöhnt, wirkten sowohl Montclair als auch Rodin in Zivil alles andere als elegant.

Als Gastgeber bestand Rodin darauf, daß die zwei Männer es sich in den beiden einzigen Sesseln des Zimmers bequem machten. Er selbst würde auf dem Stuhl hinter dem einfachen Tisch, an dem er zu arbeiten pflegte, Platz nehmen. Zuvor holte er aus dem Ankleideschrank eine Flasche französischen Cognac und hielt sie, indem er seine Besucher fragend anblickte, in die Höhe. Beide Gäste nickten. Rodin goß ein großzügig bemessenes Quantum in jedes der drei Gläser und reichte Montclair und Casson je eines hinüber. Sie tranken stumm, und die beiden Besucher spürten, wie die angenehme Wärme des Alkohols das innerliche Kältegefühl, das sie in diesen Breiten nur selten verließ, zu verdrängen begann.

René Montclair, ein untersetzter, kleiner Mann, der sich, den Nacken auf das Kopfende des Bettes gestützt, im Sessel zurücklehnte, war wie Rodin aktiver Armeeoffizier gewesen. Aber im Unterschied zu diesem hatte er nie ein Frontkommando innegehabt. Den größeren Teil seines Lebens hatte er in verschiedenen Armeeverwaltungen verbracht und die letzten zehn Jahre in der Buchhaltungs- und Besoldungsabteilung der Fremdenlegion. Seit dem Frühjahr 1963 war er Schatzmeister der OAS.

Der einzige Zivilist unter ihnen war André Casson. Feingliedrig und von kleinem Wuchs, kleidete er sich korrekt, wie er es als Bankdirektor in Algerien gewohnt gewesen war. Er fungierte als Koordinator der OAS und des CNR in den Großstädten des französischen Mutterlandes.

Beide Männer galten wie auch Rodin selbst innerhalb der OAS als »Falken«, wenngleich aus unterschiedlichen Gründen. Montclair hatte einen Sohn gehabt, einen neunzehnjährigen Jungen, der vor drei Jahren seinen Militärdienst in Algerien ableistete, während sein Vater die Besoldungsstelle der außerhalb Marseilles stationierten Stamm- und Ersatzabteilung der Fremdenlegion leitete. Den Leichnam seines Sohnes bekam Major Montclair nie zu sehen; er war von der Legionärspatrouille, die das Dorf einnahm, in welchem die Guerillas den jungen Soldaten gefangengehalten hatten, im Steppensand begraben worden. Aber später erfuhr Montclair die Einzelheiten dessen, was man dem Jungen angetan hatte. Auf längere Dauer bleibt in der Fremdenlegion nichts geheim. Die Leute reden.

In Algerien geboren, war André Casson in noch stärkerem Maß als Montclair in die Geschehnisse verstrickt. Sein ganzes Leben hatte um sein Geschäft, sein Haus und seine Familie gekreist. Die Hauptgeschäftsstelle der Bank, für die er arbeitete, befand sich in Paris, so daß er auch nach der Räumung Algeriens nicht stellungslos gewesen wäre. Als es jedoch 1960 zum Aufstand der Siedler kam, nahm er als einer ihrer Führer in seinem Geburtsort Constantine aktiv daran teil. Seine Stellung hatte er dennoch behalten können; als aber ein Bankkonto nach dem anderen geschlossen wurde und die Geschäftsleute mit dem Ausverkauf ihrer Lagervorräte begannen, erkannte er, daß die Tage der französischen Herrschaft in Algerien gezählt waren. Kurz nach dem Militäraufstand, der sich an der Empörung über die neue gaullistische Politik und das Elend der kleinen Siedler und

Händler entzündet hatte, die als ruinierte Leute in ein jenseits des Meeres gelegenes Land fliehen mußten, das viele von ihnen nie gesehen hatten, leistete Casson einer OAS-Einheit dabei Vorschub, seine eigene Bank um 30 Millionen alter Francs zu berauben. Seine Mittäterschaft wurde von einem jüngeren Kassierer entdeckt und gemeldet, und damit war seine Laufbahn als Bankangestellter beendet. Er schickte seine Frau und seine beiden Kinder zu Verwandten nach Perpignan und trat in die OAS ein. Seine persönliche Kenntnis einiger Tausend OAS-Sympathisanten, die jetzt in Frankreich lebten, war für die Organisation besonders wertvoll.

Marc Rodin nahm hinter seinem Tisch Platz und sah seine beiden Besucher nachdenklich an. Gespannt erwiderten sie seinen Blick, ohne jedoch Fragen zu stellen.

Mit analytischer Sorgfalt begann Rodin die Lage zu referieren und kam zunächst auf die wachsende Zahl der Fehlschläge und Niederlagen zu sprechen, welche die OAS in den letzten Monaten erlitten hatte. Seine Gäste starrten bedrückt in ihre Gläser.

»Wir müssen den Tatsachen ins Auge blicken. In den vergangenen vier Monaten haben wir drei schwere Schläge eingesteckt. Der mißlungene Versuch in der Ecole Militaire, Frankreich von dem Diktator zu befreien, ist nur das letzte in einer langen Kette derartiger Unternehmen, von denen nicht einmal gesagt werden kann, daß es gelang, sie auch nur richtig ins Rollen zu bringen. Die einzigen beiden Versuche, bei denen es unseren Leuten tatsächlich glückte, nahe genug an ihn heranzukommen, sind an elementaren Fehlern in Planung und Ausführung gescheitert. Ich brauche hier nicht in die Einzelheiten zu gehen, die Sie ja ebenso gut kennen wie ich. Die Verschleppung Antoine Argouds hat uns eines unserer fähigsten Führer beraubt. Ungeachtet seiner Loyalität der gemeinsamen Sache gegenüber, kann angesichts der vermutlich auch die Verwendung von Drogen einschließenden modernen Technik, die bei seinen Verhören benutzt werden dürfte, kein Zweifel bestehen, daß die gesamte Organisation in punkto Sicherheit aufs äußerste gefährdet ist. Antoine wußte alles, was es zu wissen gab, und wir müssen jetzt wieder ganz von vorn anfangen. Das ist auch der Grund, weswegen wir hier in einer obskuren Pension sitzen und nicht in unserem Hauptquartier in München. Noch vor einem Jahr wäre es nicht derart katastrophal gewesen, wenn wir wieder von vorn hätten anfangen müssen. Damals konnten wir noch auf die enthusiastische Hilfe von Tausenden patriotisch gesinnter Freiwilliger zählen. Jetzt ist das keineswegs mehr so sicher. Der Mord an Jean-Marie Bastien-Thiry erschwert die Dinge noch weiter. Ich kann es unseren Sympathisanten nicht verdenken. Wir haben ihnen Resultate versprochen und keine geliefert. Sie haben ein Recht darauf, Resultate zu erwarten und nicht Worte.«

»Schon gut, schon gut. Worauf wollen Sie hinaus?« fragte Montclair. Beide Zuhörer waren sich völlig darüber im klaren, daß Rodin recht hatte. Niemand wußte besser als Montclair, daß die durch Banküberfälle in ganz Algerien beschafften Geldreserven zur Deckung der laufenden Unkosten benötigt wurden und die Geldspenden rechtsorientierter Industrieller spärlicher zu fließen begannen. Seit kurzem begegnete man ihm, sobald er diesbezüglich vorstellig wurde, nicht selten mit schlecht verhehlter Geringschätzung. Casson seinerseits war sich bewußt, daß seine Drähte zum Untergrund in Frankreich mit jeder Woche rarer, daß bisher als sicher geltende Häuser laufend durchsucht wurden und seit der Gefangennahme Argouds viele Franzosen ihre Unterstützung der OAS eingestellt hatten. Bastien-Thirys Exekution konnte diese Entwicklung nur beschleunigen. Die zusammenfassende Darstellung, die Rodin gegeben hatte, entsprach der Wahrheit, die zu hören darum doch um keinen Deut angenehmer wurde.

Rodin fuhr unbeirrt fort, als sei er nicht unterbrochen worden.

»Wir haben jetzt einen Punkt erreicht, an dem das vordringlichste Ziel unserer der Befreiung Frankreichs dienenden gemeinsamen Sache, die Beseitigung des Tyrannen, ohne die alle unsere sonstigen Pläne vergeblich bleiben müssen, mit traditionellen Mitteln praktisch unerreichbar geworden ist. Meine Herren, ich zögere, noch weiter patriotisch gesinnte junge Männer auf Unternehmen anzusetzen, die kaum eine Chance haben, der französischen Gestapo länger als ein paar Tage verborgen zu bleiben. Kurz, es gibt in unseren Reihen zu viele ›Sänger‹, zu viele unsichere Kantonisten, zu viele Spitzel.

Die Geheimpolizei hat diesen Umstand für sich zu nutzen gewußt und die Bewegung so vollständig infiltriert, daß selbst die Beschlüsse unserer höchsten Gremien nicht geheim bleiben. Sie scheint innerhalb von wenigen Tagen, nachdem eine Entscheidung getroffen ist, genauestens über das, was wir vorhaben, wie wir es durchführen wollen und mit welchen Leuten, im Bild zu sein. Es ist zweifellos unangenehm, diesen Tatsachen ins Auge zu sehen, aber ich bin überzeugt, daß wir einen verhängnisvollen Irrtum begehen würden, wenn wir es unterließen. Meiner Auffassung nach bleibt uns zur Lösung unserer vordringlichsten Aufgabe, der Beseitigung des Diktators, nur ein Weg, der das ganze Netzwerk von Spionen, Agenten und Spitzeln umgeht und die Geheimpolizei auf diese Weise ihrer Vorteile beraubt, um sie in eine Situation zu bringen, von der sie nicht nur nichts ahnt, sondern die sie, selbst wenn sie von ihr wüßte, ihrerseits nicht kontrollieren, geschweige denn verhindern könnte.«

Montclair und Casson blickten auf. In dem Pensionszimmer herrschte Totenstille, die nur von dem Prasseln an die Fensterscheibe schlagender Regentropfen unterbrochen wurde.

»Wenn Sie mit mir in der Beurteilung der Lage, so wie ich sie geschildert habe, übereinstimmen«, fuhr Rodin fort, »dann werden Sie einräumen müssen, daß alle diejenigen, von denen wir wissen, daß sie fähig und willens wären, den Großen Hexenmeister umzulegen, auch der Geheimpolizei keine Unbekannten mehr sein dürften. Sie alle wären Freiwild, sobald sie französischen Boden beträten, gehetzt nicht nur von der regulären Polizei, sondern auch verraten von den Barbouzes und den Spitzeln. Meine Herren, ich glaube, daß die einzige Alternative, die uns bleibt, darin besteht, einen Außenseiter zu verpflichten.«

Montclair und Casson, die ihn zunächst verständnislos angestarrt hatten, begannen zu begreifen.

»Was für einen Außenseiter?« fragte Casson schließlich.

»Bei dem Mann unserer Wahl — wer immer das auch sein mag — müßte es sich um einen Ausländer handeln«, sagte Rodin. »Er wäre kein Mitglied der OAS oder des CNR. Kein Polizeibeamter in Frankreich würde ihn kennen und sein Name wäre auf keiner Fahndungsliste und in keiner Kartei verzeichnet. Die Schwäche aller Diktaturen besteht darin, daß sie von einem gewaltigen bürokratischen Apparat abhängig sind. Was nicht in den Akten steht, existiert nicht. Der Attentäter wäre in diesem Fall eine unbekannte und daher nichtexistente Größe. Er würde mit einem ausländischen Paß reisen, den Auftrag erledigen und in sein eigenes Land zurückkehren, während das französische Volk sich erhebt, um die Reste des verräterischen de Gaulleschen Pöbels davonzujagen. Ob es unserem Mann gelänge, der Polizei zu entgehen, wäre dabei nicht unbedingt von entscheidender Bedeutung, da wir ihn ohnehin sofort nach Übernahme der Macht befreien würden. Einzig und allein ausschlaggebend ist vielmehr, daß er unerkannt und ohne Verdacht zu erregen, einreisen kann. Das ist etwas, was zur Zeit keinem von uns möglich sein dürfte.«

Seine beiden Zuhörer schwiegen nachdenklich eine Weile, während sich die Umrisse von Rodins Plan in ihrer Vorstellung deutlicher abzuzeichnen begannen.

Montclair stieß einen leisen Pfiff aus.

»Ein professioneller Killer also.«

»Genau das«, erwiderte Rodin. »Es wäre töricht anzunehmen, daß sich ein Außenseiter bereit fände, einen solchen Auftrag etwa uns zuliebe oder gar aus reinem Patriotismus ohne Gegenleistung auszuführen. Nur ein echter Profi verfügt über das Höchstmaß an Erfahrung und Kaltblütigkeit, das für eine Spezialaufgabe wie diese erforderlich ist. Und ein solcher Mann arbeitet nur gegen Geld — viel Geld«, fügte er mit einem raschen Blick auf Montclair hinzu.

»Aber woher wissen wir, ob wir so einen Mann überhaupt finden?« fragte Casson.

Rodin hob die Hände. »Eins nach dem anderen, meine Herren. Daß es eine Fülle von Einzelheiten auszuarbeiten gilt, bedarf keiner Diskussion. Was ich zuvor von Ihnen wissen will, ist, ob Sie dieser Idee grundsätzlich zustimmen oder nicht.«

Montclair und Casson blickten einander an, wandten die Köpfe dann wieder Rodin zu und nickten.

»*Bien.*« Rodin lehnte sich so weit zurück, wie ihm dies die steile Rückenlehne seines Stuhls gestattete. »Damit wäre Punkt eins geklärt — und Übereinstimmung im Grundsätzlichen erzielt. Punkt zwei betrifft die Sicherheit, von der das Gelingen des Vorhabens weitgehend abhängt. Meiner Auffassung nach ist die Zahl derjenigen, die über jeden Verdacht erhaben sind, verschwindend klein und nimmt ständig weiter ab. Womit nicht etwa gesagt sein soll, daß ich irgendeinen unserer Kameraden in der OAS oder im CNR für einen potentiellen Verräter der gemeinsamen Sache hielte. Aber die alte Binsenweisheit, daß die Bewahrung eines Geheimnisses um so gefährdeter ist, je mehr Eingeweihte es gibt, hat sich bekanntlich oft genug bestätigt. Und absolute Geheimhaltung ist das A und O dieses Plans. Je weniger davon wissen, desto besser.

Selbst in den Reihen der OAS sitzen Agenten, die verantwortliche Posten innehaben und der Geheimpolizei laufend unsere Pläne verraten. Mit diesen Männern wird eines Tages abgerechnet werden, im Augenblick aber sind sie noch ungemein gefährlich. Unter den Politikern des CNR gibt es einige, die zu zimperlich oder zu feige sind, um sich das Ausmaß und die Konsequenzen der Sache, der sie sich angeblich auf Gedeih und Verderben verschworen haben, ganz klarzumachen. Ich könnte es nicht gutheißen, wenn das Leben eines Mannes — wer auch immer er sein mag — dadurch, daß man diese Leute ohne zwingenden Grund über seine Existenz informiert, in gänzlich überflüssiger Weise gefährdet würde.

Ich habe Sie, René, und Sie, André, herbeigerufen, weil ich von Ihrer absoluten Loyalität unserer Sache gegenüber überzeugt bin und weiß, daß Sie schweigen können. Zudem, René, ist Ihre Mitarbeit als Schatz- und Zahlmeister bei dem Vorhaben, an das ich denke, schon wegen des Honorars, das jeder professionelle Killer ohne Zweifel verlangen wird, unerläßlich. Ihre Mitarbeit, André, wird dagegen nötig sein, um dem betreffenden Mann die Unterstützung einer Handvoll absolut zuverlässiger Männer in Frankreich für den Fall zu sichern, daß er auf sie zurückgreifen muß.

Aber ich sehe keinen Grund, warum die Kenntnis der Einzelheiten des Plans irgend jemandem außer uns dreien zugänglich gemacht werden sollte. Ich schlage daher vor, daß wir einen dreiköpfigen Ausschuß bilden und die gesamte Verantwortung für das Vorhaben, seine Planung, Ausführung und Finanzierung selbst übernehmen.«

Wieder herrschte Schweigen. Schließlich fragte Montclair:

»Sie meinen, wir sollten weder den Rat der OAS konsultieren noch den CNR verständigen? Das werden die nicht mögen.«

»Erstens werden sie nichts davon erfahren«, entgegnete Rodin gelassen. »Wenn wir die Idee allen vortragen wollten, wäre eine Plenarsitzung erforderlich. Das allein würde schon Aufmerksamkeit erregen und die Barbouzes zu verstärkter Tätigkeit veranlassen, um herauszubekommen, aus welchem Grund die Plenarsitzung einberufen wurde. Zudem kann nicht ausgeschlossen werden, daß womöglich irgendein Mitglied eines der beiden Räte nicht dichthält. Wenn wir andererseits jedes Mitglied einzeln aufsuchen wollten, würde es Wochen dauern, bis wir auch nur die grundsätzliche Zustimmung aller eingeholt hätten. Dann würden sie Einzelheiten wissen und über jede neue Planungsphase genauestens orientiert werden wollen. Sie wissen doch, wie diese verdammten Politiker und Komiteemitglieder sind. Sie wollen immer alles erfahren, bloß um mitreden zu können. Sie selbst tun überhaupt nichts, aber jeder einzelne von ihnen kann die gesamte Operation durch ein einziges Wort, das ihm in der Trunkenheit oder aus Unbedachtsamkeit entschlüpft, aufs schwerste gefährden.

Zweitens wären wir, falls der Plan die Billigung des gesamten Rats der OAS wie auch des CNR fände, darum in der Sache doch um keinen Schritt vorangekommen, aber nahezu dreißig Leute wüßten von ihr. Dagegen ständen wir, falls wir uns entschlössen, die Verantwortung selbst zu tragen, und die Sache ginge schief, deswegen doch nicht schlechter da als heute. Selbstverständlich hätten wir Beschuldigungen und Vorwürfe zu gewärtigen, aber mehr doch nicht. Gelingt der Plan jedoch, dann sind wir an der Macht, und niemand wird uns zu dem Zeitpunkt noch zur Rechenschaft ziehen wollen. Die Frage nach der genauen Art und Weise der Beseitigung des Diktators dürfte dann eine rein akademische geworden sein und nur noch die Historiker interessieren. Kurzum, sind Sie bereit, mir als einzige Mitarbeiter bei der Planung, Organisation und Ausführung des Unternehmens, das ich Ihnen soeben erläutert habe, zur Seite zu stehen?«

Wiederum blickten Casson und Montclair einander an, wandten die Köpfe dann Rodin zu und nickten. Es war das erste Mal, daß sie seit der drei Monate zuvor erfolgten Verschleppung Argouds mit ihm zusammentrafen. Als Argoud Stabschef war, hatte sich Rodin stets im Hintergrund gehalten. Jetzt erwies er sich seinerseits als nicht weniger profilierter Führer. Der Chef der Untergrundbewegung und der Schatzmeister waren beeindruckt.

Rodin blickte beide an, stieß langsam den Rauch seiner Zigarette aus und lächelte.

»Gut«, sagte er, »dann können wir uns jetzt den Einzelheiten zuwenden. Die Idee, einen professionellen Killer zu engagieren, kam mir an dem Tag, an dem ich über das Radio die Nachricht von dem Mord an dem armen Bastien-Thiry hörte. Seither habe ich nach dem Mann gesucht, den wir brauchen. Daß solche Leute schwer zu finden sind, versteht sich; sie machen keine Werbung. Ich bin seit Mitte März auf der Suche gewesen, und das Ergebnis liegt hier vor.«

Er hielt drei Hefter hoch, die auf dem Tisch gelegen hatten. Neuerlich hoben Montclair und Casson die Brauen, wechselten einen Blick und schwiegen.

Rodin fuhr fort. »Ich halte es für das beste, wenn Sie die Dossiers jetzt lesen und wir dann anschließend unsere erste Wahl treffen könnten. Ich persönlich habe mir alle drei nach vorrangiger Eignung für den Fall notiert, daß der an erster Stelle Angeführte den Auftrag entweder nicht übernehmen kann oder nicht übernehmen will. Von jedem Dossier existiert nur ein Exemplar, so daß Sie sich in der Lektüre abwechseln müssen.« Er griff in den Ordner und entnahm ihm drei dünnere Akten, von denen er eine Montclair und eine Casson überreichte. Die dritte behielt er in der Hand, warf aber keinen Blick darauf, da er alle drei Akten genau kannte.

Es gab wenig genug zu lesen, und wenn Rodin die Dossiers »kurz« genannt hatte, so war das eine deprimierend akkurate Bezeichnung gewesen. Casson hatte das ihm ausgehändigte Papier als erster durchgelesen, sah Rodin an und schnitt eine Grimasse.

»Ist das alles?«

»Männer wie diese machen es einem nicht leicht, Einzelheiten über sie in Erfahrung zu bringen«, entgegnete Rodin. »Sehen Sie sich einmal den hier an.« Er reichte Casson das Dossier, das er in der Hand hielt.

Kurz darauf hatte auch Montclair seine Lektüre beendet und reichte das Dossier Rodin zurück, der ihm seinerseits dasjenige gab, welches Casson gerade gelesen hatte. Beide Männer vertieften sich neuerlich in das Studium der Papiere. Diesmal war es Montclair, der zuerst aufblickte. Er sah Rodin an und zuckte mit den Achseln.

»Nun — allzuviel läßt sich daraus nicht ersehen, aber von solchen Burschen haben wir bestimmt fünfzig auf Lager. Pistolenhelden kommen im Dutzend billiger ...«

Casson unterbrach ihn.

»Einen Augenblick. Warten Sie, bis Sie das hier gelesen haben.« Er schlug die letzte Seite auf und überflog die restlichen Sätze. Als er fertig war, schloß er den Ordner und blickte zu Rodin auf. Der OAS-Chef verriet mit keiner Miene, welche Wahl er selbst getroffen hatte. Er nahm das von Casson gelesene Dossier und reichte es Montclair weiter. Dann gab er Casson den dritten Hefter. Vier Minuten später hatten beide Männer die Lektüre beendet.

Rodin sammelte die Dossiers ein und legte sie auf den Tisch zurück. Er nahm den Stuhl mit der geraden Rückenlehne, drehte ihn herum, rückte ihn an die Gasheizung heran und setzte sich, die Arme auf der Lehne, rittlings darauf. In dieser Haltung wandte er sich an seine beiden Besucher.

»Nun, ich sagte Ihnen ja, daß der Markt klein ist. Es mag mehr Männer geben, die diese Art von Arbeit verrichten, aber ohne Zugang zu den Akten eines gut funktionierenden Geheimdienstes lassen sie sich verflucht schwer aufspüren. Und vermutlich dürften die besten ohnehin in keinerlei Akten zu finden sein. Sie haben alle drei Dossiers gelesen. Bezeichnen wir sie für den Augenblick lediglich als den Deutschen, den Südafrikaner und den Engländer.

André?«

Casson zuckte mit den Achseln. »Für mich ist es keine Frage. Seinem Dossier zufolge — sofern es der Wahrheit entspricht — ist der Engländer den anderen haushoch überlegen.«

»René?«

»Ich bin der gleichen Ansicht. Der Deutsche ist schon ein bißchen alt für eine solche Sache. Abgesehen von ein paar Jobs, die er gegen die Israelis im Auftrag der von ihnen gejagten Nazis erledigt hat, scheint er auf politischem Gebiet nicht allzu viele einschlägige Erfahrungen gesammelt zu haben. Zudem dürften seine Motive gegen die Juden persönlicher Art sein und daher nicht wirklich professionell. Der Südafrikaner mag sich darauf verstehen, Niggerpolitiker wie Lumumba abzuschlachten, aber das qualifiziert ihn noch lange nicht dazu, dem Präsidenten der Französischen Republik eine Kugel in den Leib zu schießen. Außerdem spricht der Engländer fließend Französisch.«

Rodin nickte nachdrücklich. »Ich hatte auch nicht angenommen, daß sich noch irgendwelche Zweifel ergeben würden. Noch bevor ich mit der Zusammenstellung der Dossiers fertig war, schien mir das Ergebnis der Wahl schon eindeutig festzustehen.«

»Sind Sie sich, was diesen Engländer betrifft, auch ganz sicher?« fragte Casson. »Hat er diese Aufträge tatsächlich ausgeführt?«

»Ich war selbst überrascht«, sagte Rodin, »und habe deswegen zusätzliche Zeit auf ihn verwendet. Falls Sie absolute Beweise wollen — die gibt es nicht. Und wenn es sie gäbe, wäre das ein schlechtes Zeichen. Es würde bedeuten, daß er überall als unerwünschter Ausländer gelten müßte. Tatsächlich aber liegt nichts gegen ihn vor, was man ihm nachweisen könnte. Es gibt nur Gerüchte; im übrigen ist seine Weste weiß wie Schnee. Selbst wenn die Briten ihn auf der Liste haben sollten, können sie hinter seinen Namen nur ein Fragezeichen setzen. Das genügt aber nicht, um ihn in die Akten der Interpol aufzunehmen. Und die Wahrscheinlichkeit, daß die englischen Behörden den SDECE auf einen solchen Mann aufmerksam machen würden, wäre selbst dann, wenn eine offizielle Anfrage vorläge, nur gering. Sie wissen, wie sehr die beiden Geheimdienste einander hassen. Selbst Bidaults Londoner Aufenthalt im letzten Januar erwähnten die Briten mit keiner Silbe. Nein, für einen Auftrag dieser Art bringt der Engländer alle Voraussetzungen und Vorzüge mit — mit Ausnahme eines einzigen.«

»Und der wäre?« fragte Montclair rasch.

»Ganz einfach. Er wird nicht billig sein. Ein Mann wie der kann viel Geld verlangen. Wie steht es um die Finanzen, René?« Montclair hob die Schultern. »Nicht allzu gut. Die Ausgaben sind ein bißchen zurückgegangen. Seit der Argoud-Affäre haben sich die CNR-Helden in billige Hotels verkrochen. Sie scheinen an Fünf-Sterne-Hotels und Fernsehinterviews keinen Gefallen mehr zu finden. Andererseits sind unsere Einnahmen äußerst spärlich geworden. Wie Sie bereits sagten, müssen wir etwas unternehmen, wenn wir nicht schon sehr bald wegen mangelnder Mittel am Ende sein wollen.«

Rodin nickte grimmig. »Das dachte ich mir. Wir müssen von irgendwoher Geld auftreiben. Andererseits wäre es sinnlos, wenn wir uns auf eine solche Aktion einließen, bevor wir wissen, wieviel wir dazu brauchen werden...«

»Woraus folgt«, schaltete sich Casson ein, »daß der nächste Schritt sein wird, den Kontakt mit dem Engländer aufzunehmen und ihn zu fragen, ob er den Job übernehmen wird und zu welchem Preis.«

»Allerdings. Sind wir uns darin einig?« Rodin sah nacheinander beide Männer an. Sie nickten. Rodin warf einen Blick auf seine Uhr. »Es ist kurz nach eins. Ich habe einen Agenten in London, dem ich jetzt telephonisch Weisung geben werde, den Mann zu kontaktieren und ihn zu fragen, ob er herkommen kann. Wenn er sich bereit erklärt, die Abendmaschine nach Wien zu nehmen, könnten wir nach dem Essen hier mit ihm zusammentreffen. In jedem Fall werden wir Bescheid wissen, sobald mein Agent zurückruft. Ich habe mir erlaubt, für Sie beide in diesem Stockwerk benachbarte Zimmer reservieren zu lassen. Ich halte es für sicherer, von Viktor beschützt zusammenzubleiben, als ohne Schutz getrennt zu wohnen. Nur für den Fall der Fälle, versteht sich.«

»Sie waren Ihrer Sache ziemlich sicher, stimmt's?« fragte Casson ein wenig pikiert darüber, daß seine Meinung sich als vorhersehbar erwiesen hatte.

Rodin zuckte mit den Achseln. »Es war langwierig und umständlich genug, diese Information zu beschaffen. Je weniger Zeit von jetzt ab verschwendet wird, um so besser. Wenn wir die Dinge vorantreiben wollen, sollten wir auch Dampf dahinter machen.«

Er stand auf, und die anderen beiden erhoben sich ebenfalls. Rodin rief Viktor und befahl ihm, in die Halle hinunterzugehen und sich die Schlüssel für die Zimmer fünfundsechzig und sechsundsechzig geben zu lassen. Während er auf Viktors Rückkehr wartete, sagte er zu Montclair und Casson:

»Ich muß vom Hauptpostamt aus telephonieren und nehme Viktor mit. Ich darf Sie bitten, gemeinsam in einem Zimmer zu verbleiben, solange ich fort bin, und die Tür abzuschließen. Öffnen Sie nur auf mein Zeichen hin; ich werde dreimal pochen, eine Pause machen und dann noch zweimal pochen.«

Das Zeichen entsprach dem vertrauten Kampfruf »Algérie Française«, nach dessen Rhythmus Pariser Autofahrer in den vergangenen Jahren auf die Hupe gedrückt hatten, um ihrer Mißbilligung der gaullistischen Politik Ausdruck zu geben. »Übrigens«, fuhr Rodin fort, »hat einer von Ihnen eine Pistole?«

Beide Männer schüttelten den Kopf. Rodin ging an den Schreibtisch und holte eine MAB 9 mm hervor, die er zum persönlichen Gebrauch mit sich zu führen pflegte. Er überprüfte das Magazin, ließ es zurückschnappen und lud durch. Er reichte sie Montclair.

»Kennen Sie sich mit dem Ding aus?« fragte er.

Montclair nickte. »Das will ich meinen«, sagte er und nahm die Pistole an sich.

Viktor erschien mit den Schlüsseln und eskortierte die beiden Männer auf Montclairs Zimmer. Als er zurückkehrte, knöpfte sich Rodin gerade den Mantel zu.

»Kommen Sie, Corporal«, sagte er. »Gehen wir.«

Als sich an jenem Abend die Dämmerung zu nächtlicher Dunkelheit verfärbte, näherte sich die aus London kommende BEA-Vanguard dem Wiener Flughafen Schwechat. Der blonde Engländer im Heck des Flugzeugs lehnte sich in seinem Fenstersitz zurück und blickte auf die unter der rasch an Höhe verlierenden Maschine hinweghuschenden Einflugfeuer hinaus. Es bereitete ihm immer wieder Vergnügen, sie näher und näher kommen zu sehen, bis es fast gewiß erschien, daß das Flugzeug auf dem Gras des Vorfeldes aufsetzen würde. Im allerletzten Augenblick wurden der nur undeutlich erkennbare, schwach beleuchtete Grasboden, die numerierten Tafeln zu beiden Seiten der Piste und schließlich die Platzbefeuerung selbst weggewischt, um von dem ölig geschwärzten Beton der Landebahn abgelöst zu werden. Dann erst setzten die Räder auf. Die Exaktheit des Landemanövers befriedigte ihn. Er schätzte Präzision.

Nervös blickte ihn der neben ihm sitzende junge Franzose aus dem französischen Reisebüro am Piccadilly Square von der Seite her an. Seit dem Telephonanruf, der in der Mittagspause gekommen war, befand er sich in einem Zustand gelinder Erregung. Vor nahezu einem Jahr hatte er, auf Urlaub in Paris, der OAS seine Dienste angetragen, aber lediglich den Bescheid erhalten, an seinem Schreibtisch in London zu verbleiben. Briefliche oder telephonische Weisungen, die ihn unter seinem korrekten Namen erreichten, jedoch mit den Worten »Lieber Pierre« begannen, seien unverzüglich genauestens auszuführen. Bis zum heutigen Tag, dem 15. Juni, war nichts geschehen.

Die Dame in der Telephonvermittlung des französischen Reisebüros hatte ihm gesagt, sie habe »Vienne« für ihn in der Leitung, und dann, um einer Verwechslung mit der gleichnamigen französischen Stadt vorzubeugen, hinzugefügt: »*Vienne en Autriche.*« Verwundert hatte er den Anruf entgegengenommen, um eine Stimme zu hören, die ihn »Mein lieber Pierre« nannte. Es hatte ein paar Sekunden gedauert, ehe er sich seines eigenen Codenamens erinnerte. Nach der Mittagspause hatte er Kopfschmerzen vorgeschützt, die angegebene Wohnung in einer kleinen Nebenstraße der South Audley Street aufgesucht und dem Engländer, der ihm die Tür öffnete, die Botschaft überbracht. Über das Ansinnen, innerhalb von drei Stunden nach Wien zu fliegen, war diesem keinerlei Erstaunen anzumerken gewesen. Er hatte gelassen einen leichten Koffer gepackt, und die beiden waren im Taxi zum Flugplatz Heathrow hinausgefahren. Wortlos hatte der Engländer ein Bündel Banknoten gezückt, um zwei Retourtickets in bar zu zahlen, nachdem der Franzose hatte eingestehen müssen, daß er nicht daran gedacht habe, Bargeld mitzunehmen, und nur Paß und Scheckbuch bei sich trüge.

Seitdem hatten sie kaum ein Wort gewechselt. Der Engländer hatte weder danach gefragt, wohin sie in Wien gehen, noch, wen sie dort treffen und warum sie dies tun sollten — es wäre auch vergebens gewesen, denn der Franzose wußte es ebenso wenig. Seine Anweisungen schrieben ihm lediglich vor, vom Londoner Flughafen aus zurückzurufen und seine Ankunft mit der BEA-Maschine auf dem Wiener Flughafen Schwechat zu bestätigen. Dort, so war ihm bei dem Anruf gesagt worden, sollte er sich umgehend am Informationsschalter melden. Alles das machte ihn nervös, und die souveräne Gelassenheit des Engländers neben ihm war nicht geeignet, ihn ruhiger zu stimmen.

Am Informationsschalter in der Haupthalle reichte ihm das hübsche österreichische Mädchen, nachdem er seinen Namen genannt und es in die Fächer des Regals geschaut hatte, einen Notizzettel, auf dem lediglich vermerkt war: »Rufen Sie die Nummer 61 44 03 an. Verlangen Sie Schulze.«

Er wandte sich um und ging auf die Reihe öffentlicher Telephonzellen an der gegenüberliegenden Wand zu. Der Engländer tippte ihm auf die Schulter und deutete auf den Kiosk, der die Aufschrift »Wechselstube« trug.

»Sie werden ein paar Münzen brauchen«, sagte er in fließendem Französisch. »Nicht einmal die Österreicher sind derart großzügig.«

Der Franzose bekam einen roten Kopf und marschierte zur Wechselstube, während der Engländer es sich auf einer der gepolsterten Bänke an der Wand bequem machte und sich eine weitere englische King-Size-Filterzigarette ansteckte. Kurz darauf kehrte sein Reisebegleiter mit einigen österreichischen Banknoten und einer Handvoll Kleingeld zurück. Der Franzose trat in eine leere Zelle und wählte. Am anderen Ende der Leitung meldete sich Herr Schulze und gab ihm knappe, präzise Anweisungen. Es dauerte nur ein paar Sekunden, dann hatte er eingehängt.

Der junge Franzose ging zu der Sitzbank zurück, und der Engländer blickte ihn fragend an.

»*On y va?*« fragte er.

»*On y va.*« Als der Franzose sich zum Gehen wandte, zerknüllte er den Zettel mit der Telephonnummer und warf ihn auf den Boden. Der Engländer hob ihn auf, strich ihn glatt und hielt ihn in die Flamme seines Feuerzeugs. Sie flackerte einen Augenblick lang auf, und der Zettel zerfiel in schwarze Flocken, die unter der Sohle des eleganten Wildlederstiefels verschwanden.

Schweigend verließen sie das Flughafengebäude und bestiegen ein Taxi.

Im Zentrum der Stadt waren die Straßen vom Neonlicht gleißend hell erleuchtet und vom Automobilverkehr so gründlich verstopft, daß das Taxi erst nach vierzig Minuten vor der Pension Kleist hielt.

»Hier trennen wir uns. Ich habe Anweisung, Sie herzubringen und dann mit dem Taxi weiterzufahren. Sie sollen gleich zum Zimmer Nummer vierundsechzig hinaufgehen. Dort werden Sie erwartet.«

Der Engländer nickte und stieg aus. Der Taxifahrer drehte sich fragend zu dem Franzosen um.

»Fahren Sie weiter.«

Während das Taxi die Straße hinunterfuhr und in der Dunkelheit verschwand, wanderte der Blick des Engländers von der altertümlichen Frakturschrift auf dem Straßenschild zu den großen römischen Ziffern der Hausnummer über dem Eingang der Pension Kleist hinauf. Schließlich warf er seine halbgeraucht Zigarette fort und betrat die Pension.

Der diensttuende Portier stand mit dem Rücken zu ihm hinter dem Empfangstisch, aber die Tür knarrte. Der Engländer machte keine Anstalten, an die Portiersloge heranzutreten, sondern ging sogleich auf die Treppe zu. Der Portier war im Begriff, den Besucher zu fragen, wen er zu sprechen wünsche, als der Engländer in seine Richtung blickte, ihm wie einem beliebigen Hotelbediensteten flüchtig zunickte und »Guten Abend!« sagte.

»Guten Abend, mein Herr«, erwiderte der Portier automatisch, und im nächsten Augenblick war der blonde Mann, jeweils zwei Stufen auf einmal nehmend, ohne dabei den Eindruck sonderlicher Eile zu erwecken, bereits die Treppe hinaufgegangen. Oben angelangt, blieb er einen Moment lang stehen und blickte den Korridor entlang. Am anderen Ende befand sich Zimmer Nummer achtundsechzig. Rückwärts zählend, rechnete er sich aus, wo Nummer vierundsechzig sein müßte.

Die Entfernung zwischen ihm und der Tür von Zimmer vierundsechzig betrug etwa sechseinhalb Meter; zur Rechten wurde die Korridorwand von zwei Türen unterbrochen, zur Linken von einem schmalen, zum Teil mit einem Vorhang aus rotem Velours verhängten Alkoven. Er unterzog den Alkoven einer eingehenden Betrachtung. Unter dem bis auf etwa zehn Zentimeter über dem Fußboden herabhängenden Vorhang war die Spitze eines einzelnen schwarzen Schuhs sichtbar.

Der Engländer drehte sich auf dem Absatz um und ging zur Portiersloge zurück.

»Geben Sie mir Zimmer vierundsechzig, bitte«, sagte er. Der Portier sah ihn einen Augenblick unschlüssig fragend an, gehorchte dann aber. Nach wenigen Sekunden trat er von dem kleinen Klappenschrank zurück, nahm den Hörer des Telephons auf dem Tresen ab und reichte ihn dem Engländer.

»Wenn der Gorilla im Alkoven nicht innerhalb von fünfzehn Sekunden verschwunden ist, fliege ich sofort zurück«, sagte der blonde Mann und legte auf. Dann stieg er wieder die Treppe hinauf.

Oben angekommen, wartete er, bis sich die Tür von Nummer vierundsechzig öffnete und Oberst Rodin erschien. Er starrte einen Moment zu dem Engländer hinüber und rief dann leise: »Viktor.«

Der hünenhafte Pole trat aus dem Alkoven heraus und blieb, vom einen zum anderen blickend, abwartend stehen. Rodin sagte: »Es ist in Ordnung. Er wird erwartet.«

Kowalsky ließ den Engländer, der jetzt auf den Oberst zuging, nicht aus den Augen.

Rodin führte den Besucher in das Zimmer. Das Mobiliar war umgestellt worden, und der Raum wirkte jetzt wie die Schreibstube einer Musterungskommission. Von Papieren übersät, diente der Schreibtisch als Tisch des Vorsitzenden. Dahinter stand der Stuhl mit der hohen Lehne, den jetzt zwei weitere, aus den angrenzenden Zimmern herbeigebrachte Stühle flankierten. Montclair und Casson, die auf ihnen Platz genommen hatten, blickten dem Engländer neugierig entgegen. Vor dem Tisch stand kein Stuhl.

Der Engländer sah sich in dem Raum um, entschied sich für einen der beiden Sessel und drehte ihn so, daß er dem Tisch gegenüber stand. Als Rodin Viktor mit neuen Instruktionen versehen und endlich die Tür hinter ihm geschlossen hatte, saß der Engländer bereits bequem zurückgelehnt in dem Sessel und starrte seinerseits unverwandt Casson und Montclair an.

Rodin nahm auf seinem Stuhl hinter dem Tisch Platz. Sekundenlang fixierte er den Mann aus London. Was er sah, mißfiel ihm keineswegs, und er war ein Experte in der Beurteilung von Männern. Der Besucher war etwa einsachtzig groß, Anfang Dreißig und von schlankem, athletischem Wuchs. Er sah fit aus, seine regelmäßigen, aber nicht sonderlich auffallenden Gesichtszüge waren gebräunt, und seine Hände lagen ruhig auf den Armlehnen des Sessels. Auf Rodin machte er den Eindruck eines Mannes, der auch in kritischen Situationen die Kontrolle über sich selbst nicht verlor. Was ihn störte, waren einzig die Augen des Engländers. Sie erwiderten ungerührt den kritischen Blick, mit dem man ihn musterte, und wirkten offen und klar, sofern man von dem fleckigen Grau der Iris absah, das einen unwillkürlich an den nebligen Frost eines frühen Wintermorgens denken ließ. Rodin brauchte ein paar Sekunden, um zu entdecken, daß sie bar jeden Ausdrucks waren. Was auch immer sich in diesem Menschen abspielen mochte, das Grau seiner Augen blieb undurchdringlich wie eine Rauchwand und verriet nichts. Rodin beschlich ein Gefühl des Unbehagens. Wie jedem von Systemen und vorgeschriebenen Prozeduren geprägten Menschen mißfiel ihm alles Unberechenbare und daher Unkontrollierbare.

»Wir wissen, wer Sie sind«, begann er ohne Übergang. »Es ist daher an der Zeit, daß ich mich Ihnen vorstelle. Ich bin Oberst Marc Rodin —«

»Ich weiß«, sagte der Engländer. »Sie sind der Stabschef der OAS. Sie sind Major René Montclair, Schatzmeister, und Sie Monsieur André Casson, Chef der Untergrundbewegung in der Metropole.« Während er sprach, blickte er die drei Männer der Reihe nach an und griff nach einer Zigarette.

»Sie scheinen ja schon eine ganze Menge zu wissen«, warf Casson ein.

Der Engländer steckte sich die Zigarette an, lehnte sich zurück und stieß einen dichten Strahl von blauem Rauch aus. »Meine Herren, sprechen wir doch offen miteinander. Ich weiß, wer Sie sind, und Sie wissen, was ich bin. Unsere beiderseitige Tätigkeit — sowohl Ihre als auch meine — ist keine ganz alltägliche. Sie werden gejagt, während ich ohne Überwachung reisen kann, wohin ich will. Ich arbeite gegen Geld, Sie tun es aus Idealismus. Aber wenn es um konkrete Einzelheiten geht, sind wir allesamt Praktiker, Profis der gleichen Branche. Wir brauchen einander also nichts vorzumachen. Sie haben Erkundigungen über mich eingezogen. Es ist schlechthin nicht möglich, derartige Nachforschungen anzustellen, ohne daß dies demjenigen, dem sie gelten, zu Ohren kommt. Selbstverständlich habe ich wissen wollen, wer sich so angelegentlich für mich interessiert. Es hätte jemand sein können, der sich an mir rächen, oder auch jemand, der mich engagieren will. Es war wichtig für mich, das herauszubekommen. Als ich erfuhr, welche Organisation es war, die ein solches Interesse an mir bekundete, genügten zwei Tage, die ich in der französischen Abteilung des Zeitungsarchivs im Britischen Museum verbrachte, um mich über Sie und Ihre Organisation ausreichend ins Bild zu setzen. Der Besuch Ihres kleinen Laufjungen am heutigen Nachmittag war daher für mich keine allzu große Überraschung mehr. *Bon.* Ich weiß, wer Sie sind und wen Sie repräsentieren. Was ich gern wüßte, ist, was Sie wollen.«

Minutenlang herrschte Schweigen. Casson und Montclair sahen Rodin fragend an. Der Fallschirmjäger-Oberst und der Killer fixierten einander unverwandt. Rodin kannte sich mit gewalttätigen Männern zu gut aus, um nicht schon jetzt zu wissen, daß der, welcher ihm gegenübersaß, der gesuchte Mann war. Von diesem Augenblick an waren Montclair und Casson nur noch Randfiguren.

»Da Sie über uns schon so gründlich unterrichtet sind, will ich Sie nicht mit einer Darlegung der Motive und Ziele unserer Organisation, die Sie zutreffend als idealistisch bezeichnen, langweilen. Wir meinen, daß Frankreich derzeit von einem Diktator regiert wird, der das Land zugrunde richtet und seine Ehre besudelt. Wir meinen, daß sein Regime nur gestürzt und Frankreich den Franzosen wiedergeschenkt werden kann, wenn diesem Mann zuvor das Leben genommen wird. Von den sechs Versuchen, die unsere Anhänger unternommen haben, um ihn zu beseitigen, wurden drei bereits in der frühen Planungsphase aufgedeckt, einer am Vortag des Anschlags verraten und zwei ausgeführt, die jedoch mißlangen.

Wir erwägen — wohlgemerkt: erwägen! — gegenwärtig, die Dienste eines Profis in Anspruch zu nehmen, der dieser Aufgabe gewachsen ist. Wir wollen jedoch nicht unser Geld verschwenden. Als erstes müßten wir wissen, ob Sie einen solchen Auftrag für ausführbar halten.«

Rodin hatte seine Karten geschickt ausgespielt. Die im letzten Satz enthaltene Frage, auf die er die Antwort bereits wußte, ließ in den grauen Augen erstmals so etwas wie einen Anflug von Ausdruck erkennbar werden.

»Es gibt auf der ganzen Welt keinen einzigen Mann, der gegen die Kugeln eines Mörders gefeit wäre«, sagte der Engländer. »De Gaulles Exponierungsquote ist sehr hoch. Selbstverständlich ist es möglich, ihn zu töten. Die Schwierigkeit liegt darin, daß der Mörder kaum eine Chance hat, mit heiler Haut davonzukommen. Ein Fanatiker, der bereit ist, bei dem Mordanschlag selbst draufzugehen, bietet noch immer die sicherste Gewähr für das Gelingen eines Attentats auf einen Diktator, der sich der Öffentlichkeit aussetzt. Ich stelle fest«, fügte er nicht ohne Bosheit hinzu, »daß es Ihnen ungeachtet Ihres Idealismus bislang nicht gelungen ist, einen solchen Mann aus Ihren Reihen zu rekrutieren. Sowohl Pont-de-Seine als auch Petit-Clamart mußten fehlschlagen, weil sich niemand fand, der bereit gewesen wäre, sein eigenes Leben zu riskieren, um einen Mißerfolg auszuschließen.«

»Selbst jetzt gibt es noch genügend französische Patrioten, die —« protestierte Casson erregt, aber Rodin winkte ab. Der Engländer hatte Casson nicht einmal eines Blickes gewürdigt. »Und wie beurteilen Sie die Chancen für einen Profi?« wollte Rodin wissen.

»Ein Profi handelt nicht aus Leidenschaft, ist also ruhiger und läuft folglich weniger Gefahr, elementare Fehler zu begehen. Da er kein Idealist ist, wird er schwerlich dazu neigen, sich im letzten Augenblick Gedanken darüber zu machen, ob durch die Explosion — oder welchen Effekt die von ihm verwendete Technik auch immer haben mag — außer dem Opfer noch andere Personen zu Schaden kommen könnten. Und als Profi, der er ist, wird er die Risiken bis ins letzte kalkuliert haben. Die Aussichten auf pünktlichen Erfolg sind deswegen bei ihm weit sicherer als bei jedem anderen, aber er wird nicht daran denken, auch nur in irgendeiner Weise aktiv zu werden, ehe er nicht einen Plan entwickelt hat, der es ihm nicht nur ermöglicht, den Auftrag zu erfüllen, sondern auch ungeschoren davonzukommen.«

»Halten Sie es für denkbar, daß ein solcher Plan, der einem Profi die Möglichkeit gäbe, Charles de Gaulle zu töten und sich in Sicherheit zu bringen, ausgearbeitet werden könnte?«

Der Engländer zog ohne Hast an seiner Zigarette und sah minutenlang aus dem Fenster. »Im Prinzip ja«, sagte er schließlich. »Im Prinzip ist dergleichen immer möglich, sofern es nur von langer Hand geplant und mit genügender Sorgfalt vorbereitet wird. Aber in diesem Fall wäre es doch außerordentlich schwierig. Weit schwieriger als bei anderen Zielen.«

»Warum das?«

»Weil de Gaulle vorgewarnt ist — nicht in bezug auf den einzelnen Versuch als solchen, wohl aber im Hinblick auf die Absicht im allgemeinen. Alle großen Männer lassen sich von Leibwächtern und Sicherheitsbeamten beschützen; wenn jedoch im Verlauf von ein paar Jahren kein ernst zu nehmender Anschlag auf das Leben des großen Mannes stattfindet, läßt die Wachsamkeit nach, werden die Überprüfungen zur reinen Formsache, die Sicherheitsvorkehrungen zu bloßer Routine. Das eine Geschoß, das sein Ziel erwischt und erledigt, kommt völlig unerwartet und löst daher eine Panik aus, die dem Täter die Flucht ermöglicht. In unserem Fall wird von reduzierter Wachsamkeit und zur Routineangelegenheit gewordenen Sicherheitsmaßnahmen keine Rede sein können, und wenn die Kugel ins Ziel trifft, wird es viele geben, die nicht in Panik geraten, sondern die Verfolgung des Täters aufnehmen werden. Es ließe sich schaffen, aber es wäre bestimmt einer der schwierigsten Jobs, die es gegenwärtig auf dieser Welt gibt. Denn Ihre Versuche, meine Herren, sind nicht nur fehlgeschlagen, sie haben die Aufgabe auch für jeden anderen ungemein erschwert.«

»Falls wir uns entschlössen, einen professionellen Killer zu engagieren, der diesen Job für uns übernimmt —« begann Rodin.

»Sie müssen einen Profi engagieren«, unterbrach der Engländer gelassen.

»Und warum, bitte? Es gibt noch immer genug Männer, die willens wären, diese Arbeit aus rein patriotischen Gründen zu verrichten.«

»Ja, Watin und Curutchet gibt es immer noch«, entgegnete der Blonde. »Und zweifellos müssen irgendwo auch noch weitere Degueldres und Bastien-Thirys existieren. Aber Sie drei haben mich weder zu einem unverbindlichen Schwätzchen über die Theorie des politischen Mordes hergerufen, noch auch, weil etwa die Killer bei Ihnen plötzlich rar geworden wären. Sie haben mich hergerufen, weil Sie sich reichlich spät darüber klargeworden sind, daß Ihre Organisation von der französischen Geheimpolizei so weitgehend unterwandert ist, daß kaum eine Ihrer Entscheidungen längere Zeit geheim bleibt, und auch deswegen, weil das Gesicht jedes einzelnen von Ihnen jedem Polizisten in Frankreich bekannt ist. Deswegen brauchen Sie Außenseiter. Und damit haben Sie recht. Wenn der Job ausgeführt werden soll, muß ein Außenseiter damit beauftragt werden. Bleibt nur die Frage, wer und für wieviel. Nun, meine Herren, ich finde, Sie haben sich die Ware jetzt lange genug angeschaut, meinen Sie nicht?«

Rodin sah Montclair von der Seite her an. Montclair nickte. Casson ebenfalls. Der Engländer schaute gelangweilt zum Fenster hinaus.

»Werden Sie de Gaulle umlegen?« fragte Rodin schließlich. Seine Stimme war ruhig, aber die Frage schien in dem Raum nachzuhallen. Wie aus weiter Ferne kommend, richtete sich der Blick des Engländers auf ihn, und wieder ließen seine Augen jeglichen Ausdruck vermissen.

»Ja, aber es wird Sie eine Menge Geld kosten.«

»Wieviel?« fragte Montclair.

»Sie müssen begreifen, daß dies ein Job ist, wie man ihn nur einmal in seinem Leben übernehmen kann. Der Mann, der sich darauf einläßt, wird nie wieder arbeiten können. Die Aussichten, nicht nur nicht gefaßt zu werden, sondern auch unentdeckt zu bleiben, sind außerordentlich gering. Es muß demnach bei diesem einen Job für den Täter so viel herausspringen, daß er für den Rest seiner Tage ein angenehmes Leben führen und sich darüber hinaus gegen zu erwartende Racheakte von seiten der Gaullisten schützen kann.«

»Sobald wir die Macht übernommen haben«, sagte Casson, »werden uns auch die nötigen Mittel zur Verfügung stehen...«

»Es kommt nur Barzahlung in Frage«, erklärte der Engländer. »Die Hälfte des Betrages ist als Vorschuß fällig, die andere bei Erledigung des Jobs.«

»Wieviel?« fragte Rodin.

»Eine halbe Million.«

Rodin sah Montclair an, der eine Grimasse schnitt. »Das ist viel Geld — eine halbe Million Neuer Franc...«

»Dollar«, korrigierte der Engländer.

»Eine halbe Million Dollar?« schrie Montclair und sprang von seinem Stuhl auf. »Sind Sie verrückt geworden?«

»Nein«, sagte der Engländer ruhig, »aber ich bin der beste Mann und daher auch der teuerste.«

»Ich bin ganz sicher, daß wir weit günstigere Angebote einholen könnten«, bemerkte Casson erregt.

»Gewiß«, bestätigte der Blonde gleichmütig. »Sie werden einen billigeren Mann bekommen und dann feststellen, daß er sich mit Ihrer Anzahlung von fünfzig Prozent aus dem Staube gemacht hat oder sich darauf hinausredet, daß es aus irgendwelchen Gründen nicht möglich war, den Auftrag auszuführen. Wenn Sie den besten Mann engagieren wollen, müssen Sie zahlen. Eine halbe Million Dollar, das ist der Preis. Wenn man bedenkt, daß Sie dafür Frankreich zu gewinnen hoffen, schätzen Sie den Wert Ihres Vaterlandes sehr niedrig ein.«

Rodin, der sich an dem Wortwechsel nicht beteiligt hatte, gab sich geschlagen.

»*Touché*«, sagte er. »Die Sache ist nur, wir haben keine halbe Million Dollar in bar, Monsieur.«

»Das ist mir klar«, antwortete der Engländer. »Wenn Sie die Arbeit getan haben wollen, werden Sie die Summe irgendwo auftreiben müssen. Ich brauche den Job nicht, verstehen Sie. An meinem letzten Auftrag habe ich genug verdient, um ein paar Jahre lang gut leben zu können. Aber die Vorstellung, so viel zu haben, daß man sich gänzlich aus dem Geschäft zurückziehen und zur Ruhe setzen kann, reizt mich. Deswegen wäre ich bereit, gegen diesen Preis eine Reihe ungewöhnlich hoher Risiken in Kauf zu nehmen. Ihre Freunde hier verlangen ihrerseits einen weit höheren Preis — nämlich Frankreich. Und doch lehnen Sie den Gedanken, daß sich gewisse Risiken dabei kaum werden vermeiden lassen, empört ab. Tut mir leid, aber wenn Sie die von mir genannte Summe nicht auftreiben können, werden Sie wieder damit anfangen müssen, Ihre eigenen Pläne zu entwickeln und zuzusehen, wie sie einer nach dem anderen von der Polizei durchkreuzt werden.«

Er drückte seine Zigarette aus und erhob sich halb aus dem Sessel. Rodin stand gleichfalls auf.

»Bitte setzen Sie sich, Monsieur. Wir werden das Geld beschaffen.«

Beide nahmen wieder Platz.

»Gut«, sagte der Engländer. »Aber da wären noch einige Bedingungen.«

»Ja?«

»Der Grund, weshalb Sie auf die Dienste eines Außenseiters angewiesen sind, ist die notorische Durchlässigkeit Ihrer Organisation für Informationen aller Art, die der französischen Geheimpolizei auf diesem Wege zur Kenntnis gelangen. Wie viele Ihrer Mitglieder sind über die Idee, daß man überhaupt einen Außenseiter — von mir ganz zu schweigen — für diesen Job engagieren sollte, unterrichtet?«

»Nur wir drei in diesem Zimmer hier. Ich habe die Idee am Tag nach Bastien-Thirys Hinrichtung ausgearbeitet und seither alle Ermittlungen auf eigene Faust und ohne Mitwirkung anderer durchgeführt. Es gibt keine weiteren Mitwisser.«

»Dann muß es so bleiben«, sagte der Engländer. »Sämtliche Protokolle, Akten und sonstigen schriftlichen Unterlagen müssen vernichtet werden. Außerhalb Ihrer drei Köpfe darf nichts zu finden sein. In Anbetracht dessen, was im Februar mit Argoud geschehen ist, behalte ich mir vor, die Sache abzublasen, falls einer von Ihnen dreien festgenommen wird. Bis der Auftrag ausgeführt ist, sollten Sie sich daher an irgendeinem möglichst sicheren, gut bewachten Ort aufhalten. Einverstanden?«

»*D'accord.* Sonst noch etwas?«

»Wie die Aktion selbst, so bleibt auch die Planung ausschließlich mir überlassen. Die Einzelheiten werden niemandem mitgeteilt, auch Ihnen nicht. Kurz, ich verschwinde von der Bildfläche. Sie werden nichts mehr von mir hören. Sie haben meine Londoner Adresse und Telephonnummer, aber ich werde beide aufgeben, sobald ich meine Abreise in die Wege geleitet habe. Im übrigen werden Sie mich dort ohnehin nur im dringendsten Notfall kontaktieren. Darüber hinaus wird es keinerlei Kontakt geben. Ich lasse Ihnen den Namen meiner Schweizer Bank da. Wenn ich von ihr erfahre, daß die ersten 250.000 Dollar eingezahlt worden sind, und sobald ich meinerseits alle erforderlichen Vorbereitungen abgeschlossen habe, nehme ich meine Tätigkeit auf — und zwar zum jeweils späteren der beiden Termine. Ich werde mich weder über das von mir als notwendig erachtete Maß hinaus unter Zeitdruck setzen lassen noch irgendwelche Einmischungen dulden. Ist das klar?«

»*D'accord.* Aber unsere Leute im französischen Untergrund können Sie mit wichtigen Informationen versorgen, die für Sie von beträchtlichem Wert sein dürften. Einige von ihnen sitzen in sehr hohen Stellungen.«

Der Engländer überlegte kurz. »Gut. Wenn Sie soweit sind, schicken Sie mir per Post eine einzelne Telephonnummer, möglichst eine Nummer in Paris, damit ich sie von überall in Frankreich aus direkt anrufen kann. Ich werde niemandem meinen Aufenthaltsort angeben, sondern die Nummer nur anrufen, um die jeweils letzten Informationen über die Sicherheitsverhältnisse in der Umgebung des Präsidenten zu erhalten. Aber der Mann am anderen Ende der Leitung sollte nicht wissen, weswegen ich in Frankreich bin. Sagen Sie ihm nur, daß ich in Ihrem Auftrag reise und seine Unterstützung benötige. Je weniger er erfährt, desto besser. Lassen Sie ihn lediglich als Nachrichtenauswertungsstelle fungieren. Seine Quellen sollten sich ausschließlich auf solche Informanten beschränken, die aufgrund ihrer Stellung in der Lage sind, wichtige Interna zu melden und kein überflüssiges Zeug, das ich in jeder Zeitung nachlesen kann. Abgemacht?«

»Selbstverständlich. Sie wollen gänzlich allein und auf sich selbst gestellt operieren, ohne Freunde und ohne Zufluchtsort. Wie Sie wünschen. Wie steht es mit falschen Papieren? Wir haben da zwei ausgezeichnete Fälscher an Hand.«

»Danke, die beschaffe ich mir selbst.«

Casson schaltete sich ein. »Nach dem Muster der Résistance unter der deutschen Besatzung habe ich in Frankreich eine Organisation aufgezogen, die völlig intakt ist. Zu Ihrer Unterstützung könnte ich Ihnen das gesamte Netz uneingeschränkt zur Verfügung stellen.«

»Nein, danke. Ich ziehe es vor, auf meine vollständige Anonymität zu bauen. Sie ist die beste Waffe, die ich habe.«

»Aber angenommen, es geht etwas schief und Sie müssen untertauchen...«

»Nichts wird schiefgehen, es sei denn durch Ihre Schuld. Ich werde operieren, ohne mit Ihrer Organisation Kontakt aufzunehmen und ohne meinerseits von ihr kontaktiert zu werden — und das aus dem gleichen Grund, aus dem Sie mich kommen lassen mußten: Weil es in Ihrer Organisation von Agenten und Spitzeln nur so wimmelt, Monsieur Casson.«

Casson sah aus, als würde er gleich explodieren. Montclair starrte blicklos auf das Fenster und versuchte sich darüber klarzuwerden, wie er rasch eine halbe Million Dollar auftreiben könnte. Rodin blickte den ihm gegenübersitzenden Engländer nachdenklich an.

»Beruhigen Sie sich, André. Monsieur wünscht allein zu arbeiten. Soll er doch, wenn er das unbedingt will. Jedenfalls werden wir die halbe Million nicht einem Mann zahlen, der genauso gehätschelt und gepäppelt werden muß wie unsere eigenen Scharfschützen.«

»Was ich wissen möchte«, murmelte Montclair, »das ist,, wie wir soviel Geld so schnell aufbringen sollen.«

»Bedienen Sie sich Ihrer Organisation, um ein paar Banken auszurauben«, schlug der Engländer leichthin vor.

»Das ist ausschließlich unser Problem«, sagte Rodin. »Gibt es noch irgendwelche Punkte, die zu klären wären, bevor unser Besucher nach London zurückfliegt?«

»Was hindert Sie, die erste Viertelmillion einzukassieren und sich nie wieder blicken zu lassen?« fragte Casson.

»Ich sagte Ihnen bereits, *messieurs*, daß ich mich zur Ruhe setzen will. Ich lege keinen Wert darauf, von einer ganzen Armee ehemaliger Fallschirmjäger aufgespürt und um den halben Erdball gejagt zu werden. Um mich vor ihnen zu schützen, müßte ich mehr Geld ausgeben, als mir die Sache eingebracht hätte. Es wäre bald alle.«

»Und was«, insistierte Casson, »hindert uns zu warten, bis der Auftrag ausgeführt ist, und Ihnen dann die Auszahlung der zweiten Viertelmillion zu verweigern?«

»Der gleiche Grund«, antwortete der Engländer ungerührt. »In dem Fall würde ich mich auf eigene Rechnung an die Arbeit machen. Und das Ziel wären dann Sie, meine Herren. Ich glaube jedoch nicht, daß dergleichen nötig sein wird. Was meinen Sie?«

Rodin unterbrach den Wortwechsel. »Nun, wenn das alles ist, sollten wir unseren Gast nicht länger aufhalten. Oh, da wäre noch eine Kleinigkeit. Ihr Name. Wenn Sie anonym bleiben wollen, sollten Sie sich einen Decknamen zulegen. Haben Sie diesbezüglich schon irgendwelche Ideen?«

Der Engländer überlegte einen Augenblick. »Da wir von der Jagd gesprochen haben — was hielten Sie von der Bezeichnung ›Der Schakal‹? Ginge das?«

Rodin nickte. »Ja, das wäre ausgezeichnet. Tatsächlich gefällt mir der Name sogar ausnehmend gut.«

Er geleitete den Engländer zur Tür und öffnete sie. Viktor trat aus seinem Alkoven und trat näher. Rodin lächelte erstmals und reichte dem Mörder die Hand. »Wir werden in vereinbarter Weise das Weitere veranlassen, sobald wir können. Würden Sie Ihrerseits inzwischen schon einmal mit den allgemeinen Vorausplanungen beginnen, damit nicht allzu viel Zeit verlorengeht? Gut. Dann also *bon soir*, Monsieur Schakal!«

Viktor blickte dem Besucher nach, der so leise davonging, wie er gekommen war. Der Engländer verbrachte die Nacht im Flughafenhotel und flog mit der ersten Morgenmaschine nach London zurück.

In der Pension Kleist sah sich Rodin ganzen Salven von Vorwürfen und verspäteten Einwänden von seiten Cassons und Montclairs ausgesetzt, die beide von den zwischen 21 Uhr und Mitternacht vergangenen Stunden sichtlich mitgenommen waren.

»Eine halbe Million Dollar«, wiederholte Montclair unermüdlich, »wie, zum Teufel, sollen wir eine halbe Million Dollar auftreiben?«

»Möglicherweise werden wir die Anregung des Engländers aufgreifen und ein paar Banken ausrauben müssen«, entgegnete Rodin.

»Ich mag den Mann nicht«, sagte Casson. »Er arbeitet allein, ohne Helfer. Solche Männer sind gefährlich. Man hat sie nicht unter Kontrolle.«

Rodin beendete die Diskussion. »Hören Sie, wir haben einen Plan entwickelt, uns auf einen von mir gemachten Vorschlag geeinigt und einen Mann gesucht, der fähig und bereit ist, den Präsidenten der Republik Frankreich gegen Geld zu ermorden. Ich verstehe ein bißchen was von solchen Männern. Wenn es irgend jemand schafft, dann er. Wir haben die Weichen gestellt. Tun wir weiter unsere Arbeit, und lassen wir ihn seine verrichten.«

Drittes Kapitel

Während der zweiten Hälfte des Juni und den ganzen Juli des Jahres 1963 hindurch wurde Frankreich von einer Serie gegen Banken, Juwelierläden und Postämter gerichteter Gewaltverbrechen heimgesucht, die damals ohne Beispiel war und sich in diesem Ausmaß seither nicht wiederholt hat. Die Einzelheiten jener Welle von Einbrüchen und Überfällen sind heute aktenkundig.

Von einem Ende des Landes bis zum anderen wurden Bankangestellte von Pistolen, Schrotflinten mit abgesägtem Lauf und Maschinenpistolen nahezu tagtäglich bedroht. Einbrüche in Juwelierläden häuften sich in den genannten anderthalb Monaten so sehr, daß die örtlichen Polizeikräfte nicht selten, kaum daß sie die Aussagen zitternder und oft auch blutender Juweliere und ihrer Angestellten aufgenommen hatten, schon zu einem weiteren gleichartigen Überfall innerhalb ihres Distrikts gerufen wurden. Zwei Bankangestellte wurden bei dem Versuch, den Räubern Widerstand zu leisten, erschossen.

Gegen Ende Juli hatte sich die Situation derart verschärft, daß die Männer des *Corps Républicain de Sécurité*, der jedem Franzosen unter der Abkürzung CRS geläufigen Spezialeinheit zur Niederwerfung von Aufständen und Bekämpfung von Sabotageakten, zusammengerufen und erstmals mit Maschinenpistolen bewaffnet wurden. Die Bankkunden gewöhnten sich rasch an den Anblick eines oder zwei blauuniformierter Gardisten, die mit umgehängter Maschinenpistole in der Schalterhalle Wache standen.

Von den geschädigten Bankiers und Juwelieren, die den Behörden Laxheit vorwarfen, unter Druck gesetzt, verstärkte die Polizei die nächtliche Überwachung der Banken durch vermehrte Kontrollgänge und erhöhten Einsatz von Streifen — jedoch ohne Erfolg, denn die Räuber waren keine professionellen Einbrecher, die sich darauf verstanden, im Schutze der Dunkelheit Tresorkammern aufzusprengen, sondern maskierte Gangster, schwer bewaffnet und entschlossen, beim geringsten Anlaß zu schießen.

Die Überfallgefahr bestand bei Tage, während die Bankschalter geöffnet waren und die Juweliere ihre Kunden bedienten. Überall im Lande, am hellichten Tag, konnten plötzlich zwei oder drei bewaffnete und maskierte Männer auftauchen und »Hände hoch!« befehlen.

Drei Bankräuber wurden gegen Ende Juli bei verschiedenen Überfällen angeschossen und festgenommen. Zwei von ihnen waren kleinere Betrüger und Schwindler, von denen man wußte, daß sie die Existenz der OAS als Vorwand zu anarchistischem Treiben benutzten, und bei dem dritten handelte es sich um einen Deserteur aus einem der ehemaligen Kolonialregimenter, der zugab, der OAS anzugehören. Aber trotz eingehender Verhöre in der Polizeipräfektur konnte keiner der drei überredet werden, über die Hintergründe dieser urplötzlich im ganzen Land auftretenden Serie von Raubüberfällen mehr auszusagen, als daß ihm sein *»patron«* (Bandenchef) das Objekt — eine Bank oder ein Juweliergeschäft — genannt habe. Über kurz oder lang kam die Polizei zu dem Schluß, daß den Festgenommenen der Zweck der Raubüberfälle nicht bekannt war; man hatte ihnen einen Anteil an der Beute versprochen, und da sie nur kleine Diebe waren, hatten sie getan, was man ihnen auftrug.

Die französischen Behörden brauchten nicht allzu lange, um sich darüber klarzuwerden, daß die OAS hinter dem Ganzen stand, und auch, daß sie aus irgendeinem Grund sehr rasch Geld benötigte. Warum, das sollte die Polizei freilich erst Wochen später, in den ersten vierzehn Tagen des August, herausfinden, und das dann auf eine ganz andere Weise.

Innerhalb der letzten beiden Juniwochen spitzte sich die Situation in einer derart bedrohlichen Weise zu, daß *Commissaire* Maurice Bouvier, der hochgeschätzte Chef der *Brigade Criminelle* der *Police Judiciaire*, mit der Aufklärung der beispiellosen Welle von Gewaltverbrechen beauftragt wurde. In seinem überraschend kleinen, von Papieren und Akten überbordenden Büro im Hauptquartier der PJ am Quai des Orfèvres Nr. 36 wurde eine graphische Darstellung angefertigt, auf der die Höhe der geraubten Geldbeträge und, soweit es sich um Juwelen handelte, der annähernde Kaufwert der gestohlenen Schmucksachen abzulesen war. In der zweiten Julihälfte überstieg der Gesamtbetrag bereits die Summe von zwei Millionen Neuer

Francs oder 400.000 Dollar. Selbst wenn man davon eine Summe abzog, die zur Deckung der mit jedem der organisierten Raubüberfälle zunächst verbundenen Unkosten ausreichen mochte, und darüber hinaus einen weiteren Betrag in Abzug brachte, der zur Entlohnung der Deserteure und kleinen Gewohnheitsverbrecher diente, die sie ausführten, blieb nach Schätzung des *Commissaire* eine beträchtliche Summe Geldes übrig, deren Verwendung ungeklärt war.

In der letzten Juniwoche landete auf dem Schreibtisch von General Guibaud, dem Leiter des SDECE, ein vom Chef seines ständigen Büros in Rom verfaßter Bericht. Er besagte, daß die drei Männer an der Spitze der OAS, Marc Rodin, René Montclair und André Casson, sich gemeinsam im obersten Stockwerk eines in unmittelbarer Nähe der Via Condotti gelegenen Hotels eingemietet hatten. Der Bericht erwähnte darüber hinaus, daß die drei Männer, ungeachtet der zweifellos nicht unbeträchtlichen Kosten eines Hotelaufenthalts in einem so exklusiven Viertel, das gesamte oberste Stockwerk für sich und das darunter befindliche für ihre Leibwächter reserviert hatten. Sie ließen sich Tag und Nacht von nicht weniger als acht bewährten ehemaligen Fremdenlegionären bewachen und gingen grundsätzlich nicht aus. Zunächst hatte man angenommen, daß sie zu einer Konferenz zusammengetroffen seien; als aber ein Tag nach dem anderen verging, gelangte der SDECE zu der Ansicht, sie träfen lediglich ungewöhnlich umfangreiche Sicherheitsvorkehrungen, um nicht Opfer einer Kidnapping-Aktion zu werden, wie sie bereits Antoine Argoud gegolten hatte.

General Guibaud, der den Bericht als Routinesache ablegte, konnte bei dem Gedanken an die drei Top-Männer der Terroristenorganisation, die sich jetzt ihrerseits in ein römisches Hotel verkrochen hatten, ein grimmiges Lächeln nicht unterdrücken. Trotz der zwischen dem französischen Außenministerium am Quai d'Orsay und dem Bonner Auswärtigen Amt noch immer schwelenden Verstimmung wegen der flagranten Verletzung westdeutscher territorialer Hoheitsrechte, die sich der französische SDECE bei der gewaltsamen Entführung Oberst Argouds aus dem Münchner Eden-Wolff-Hotel hatte zuschulden kommen lassen, glaubte Guibaud, Grund genug zu haben, mit den Männern seines Aktionsdienstes, die den Coup ausgeführt hatten, zufrieden zu sein. Die Vorstellung angsterfüllt davonlaufender OAS-Bosse war an sich schon eine Belohnung. Der General verdrängte das ihn beim Studium der Akte Marc Rodins beschleichende leichte Unbehagen und ließ die Frage, warum ein Mann wie Rodin es so rasch mit der Angst bekommen sollte, unbeantwortet. Als Mann von beträchtlicher Erfahrung auf seinem Spezialgebiet und genauer Kenntnis der Realitäten von Politik und Diplomatie wußte er, daß er schwerlich damit rechnen konnte, jemals die Genehmigung zur Vorbereitung und Durchführung eines weiteren Menschenraubs zu bekommen. Was es in Wahrheit mit den umfänglichen Vorsichtsmaßnahmen auf sich hatte, welche die drei OAS-Bosse zu ihrer eigenen Sicherheit trafen, dämmerte ihm erst sehr viel später.

In London verbrachte der Schakal die beiden letzten Juniwochen und die ersten vierzehn Tage des Juli mit gründlichen Vorbereitungen. Seit dem Tag seiner Rückkehr war er damit beschäftigt, sich nahezu jedes gedruckte Wort von oder über Charles de Gaulle zu beschaffen und zu lesen. Am Ende des Artikels über den französischen Staatspräsidenten in der Encyclopaedia Britannica, den er im Lesesaal der öffentlichen Bibliothek seines Stadtviertels nachschlug, fand er eine Zusammenstellung einschlägiger Werke über seinen Gegenstand.

Daraufhin bestellte er unter Angabe eines falschen Namens und einer Deckadresse in der Praed Street in Paddington bei einer Reihe bekannter Buchläden die wichtigsten Titel, die ihm innerhalb weniger Tage dorthin mit der Post zugestellt wurden. Während er allnächtlich in seiner Wohnung bis in die frühen Morgenstunden kreuz und quer und diagonal in ihnen las, begann sich in seiner Vorstellung ein ungemein detailliertes Bild vom Bewohner des Elysée-Palastes zu formen, das von dessen Kindheit bis zur unmittelbaren Gegenwart reichte. Von den Informationen, die er auf diese Weise sammelte, war vieles von keinerlei praktischem Nutzen, aber hier und da wurde eine Angewohnheit oder eine Eigenart deutlich, die er sich in einem kleinen Schulheft notierte. Besonders aufschlußreich für den Charakter des französischen Staatspräsidenten war der dritte Band seiner Memoiren, in welchem Charles de Gaulle auf seine persönliche Einstellung zum Leben, zu seinem Land und seinem Schicksal, wie er es auffaßte, näher einging. Der Schakal war weder ein langsamer noch ein dummer Mann. Er las gierig, plante sorgfältig und besaß die Fähigkeit, Informationen auf die bloße Möglichkeit hin, daß sie ihm später einmal von Nutzen sein könnten, in enormer Menge im Gedächtnis zu speichern.

Aber wenngleich ihm die Lektüre der Werke von und über Charles de Gaulle ein nahezu vollständiges Bild vom stolzen, hochfahrenden Wesen des französischen Staatspräsidenten vermittelte, vermochte sie ihn doch der Lösung des zentralen Problems, das ihn ständig beschäftigte, seit er am 15. Juni in Rodins Wiener Pensionszimmer den Mordauftrag angenommen hatte, um keinen Schritt näherzubringen. Am Ende der ersten Juliwoche hatte er auf die Frage, wann, von wo aus und wie der tödliche Schuß abgegeben werden sollte, noch immer keine Antwort gefunden.

Schließlich suchte er den Lesesaal des Britischen Museums auf, und nachdem er einen Antrag auf Benutzung der Bibliothek zu wissenschaftlichen Zwecken wie üblich mit seinem falschen Namen unterschrieben hatte, begann er sich durch die alten Jahrgänge der führenden französischen Tageszeitung »Le Figaro« hindurchzuarbeiten.

Wann genau er auf die Lösung kam, ist nicht bekannt. Aber die Wahrscheinlichkeit spricht dafür, daß es an einem der drei auf den 7. Juli folgenden Tage geschah. Innerhalb dieser drei Tage war der Mörder, ausgehend von dem Keim einer Idee, die von einem 1962 geschriebenen Leitartikel herrührte, und daraufhin die betreffenden Nummern der alle Amtsjahre de Gaulles seit 1945 umfassenden Archivexemplare überprüfend, auf die Lösung seines Problems gestoßen. In diesem Zeitraum wurde ihm klar, an welchem Tag sich Charles de Gaulle weder durch Krankheit oder von schlechtem Wetter noch auch durch seine persönliche Sicherheit betreffende Überlegungen davon abhalten lassen würde, sich erhobenen Hauptes der Öffentlichkeit zu zeigen. Von diesem Augenblick an traten die Vorbereitungen des Schakals aus der Forschungs- und Erkundungsphase in die der praktischen Planung.

Unzählige Stunden des Nachdenkens vergingen, in denen er, unablässig die gewohnten King-Size-Filterzigaretten rauchend, in seiner

Wohnung auf dem Sofa lag und zur crèmefarben gestrichenen Zimmerdecke hinaufstarrte, bevor auch die letzte Einzelheit in den Gesamtplan eingefügt werden konnte.

Nicht weniger als ein Dutzend Ideen war von ihm erwogen und verworfen worden, bis der Plan, den er dann befolgen sollte, seine endgültige Form fand und damit dem »Wann« und »Wo«, über die er bereits entschieden hatte, das fehlende »Wie« hinzugefügt wurde.

Der Schakal vergaß keinen Augenblick, daß Charles de Gaulle im Jahre 1963 nicht nur der Präsident Frankreichs, sondern auch der bestbeschützte und schärfstbewachte Mann der westlichen Welt war. Ihn umzubringen war, wie sich später erwies, wesentlich schwieriger, als Präsident John F. Kennedy zu ermorden. Dabei wußte der Schakal nicht einmal, daß französische Sicherheitsexperten, denen die amerikanischen Behörden Gelegenheit dazu gegeben hatten, die zum persönlichen Schutz Präsident Kennedys getroffenen Sicherungsmaßnahmen zu studieren, mit einer ziemlich verächtlichen Meinung über eben diese vom amerikanischen Geheimdienst praktizierten Sicherungsmaßnahmen zurückgekehrt waren. Wie berechtigt die Ablehnung der amerikanischen Methoden durch die französischen Experten war, sollte sich im November 1963 erweisen, als John F. Kennedy von einem halbverrückten und in Sicherheitsdingen völlig ignoranten Amateur erschossen wurde, während Charles de Gaulle weiterlebte, um Jahre später zurückzutreten und in Frieden auf seinem Landsitz zu sterben.

Was der Schakal dagegen wußte, war, daß die Sicherheitsbeamten, gegen die er antrat, zum mindesten zu den besten der Welt gehörten; daß der gesamte Sicherheitsapparat, der Präsident de Gaulle umgab, sich in einem Zustand permanenter Vorwarnung befand, der ihn auf die bloße Möglichkeit eines auf das Leben seines Schützlings geplanten Anschlags hin sofort reagieren ließ, und daß die Organisation, für die er, der Schakal, arbeitete, ihrerseits von Spitzeln und Geheimagenten unterwandert und durchsetzt war.

Auf der Habenseite konnte er lediglich seine Anonymität sowie die cholerische Weigerung seines Opfers verbuchen, den eigenen Sicherheitsexperten irgendwie entgegenzukommen. Der Stolz, die Dickköpfigkeit und die absolute Verachtung jedweder ihm drohenden Gefahr würden den französischen Staatspräsidenten zwingen, am festgesetzten Tage aus der Deckung herauszutreten und, gleichgültig, welche Risiken damit verbunden waren, ein paar Sekunden lang ein weithin sichtbares Ziel abzugeben.

Im Ausrollen vollführte die soeben gelandete SAS-Maschine aus Kopenhagen-Kastrup vor dem Londoner Flughafengebäude eine letzte Schwenkung, die sie in die vorgesehene Position brachte, glitt noch ein paar Meter weiter und blieb dann stehen. Nach wenigen Sekunden erstarb das Heulen der Triebwerke, und kurz darauf wurde die Treppe herangerollt. Der lächelnden Stewardeß ein letztes Mal zunickend, verließen die Passagiere einer nach dem anderen das Flugzeug und stiegen die Treppe hinunter.

Der blonde Mann auf der Aussichtsterrasse schob seine dunkle Sonnenbrille über die Stirn hinauf und blickte durch sein Fernglas. Die sich treppabwärts bewegende Prozession der Fluggäste war die sechste an diesem Morgen, der er seine Aufmerksamkeit widmete. Aber da die Terrasse bei dem warmen Sonnenschein von Menschen überfüllt war, die auf ankommende Passagiere warteten und sie, sobald sie aus ihren Flugzeugen heraustraten, zu entdecken und durch Winken auf sich aufmerksam zu machen hofften, fiel sein Verhalten niemandem auf.

Als der achte Fluggast aus der Tür ins Helle hinaustrat, beugte sich der Mann auf der Terrasse unwillkürlich vor, während sein Blick dem Ankömmling die Treppe hinunter folgte. Der Passagier aus Dänemark, ein Priester oder Pastor, war mit einem dunkelgrauen geistlichen Anzug und steifem hohem Kragen bekleidet. Dem aus der Stirn gekämmten eisengrauen Haar nach zu urteilen, das er mittellang trug, mochte er Ende Vierzig sein, aber sein Gesicht wirkte entschieden jünger. Er war hochgewachsen, hatte breite Schultern und sah körperlich fit aus. Seine Figur glich annähernd derjenigen des Mannes, der ihn von der Terrasse aus beobachtete.

Während die Fluggäste der Ankunftshalle zustrebten, um sich der Zoll- und Paßkontrolle zu unterziehen, verstaute der Schakal den Feldstecher in seiner Aktentasche und begab sich ohne Hast durch die geöffnete Glastür in die ein Stockwerk tiefer gelegene Haupthalle.

Fünfzehn Minuten später hatte der dänische Geistliche die Zollkontrolle passiert und betrat, mit Koffer und Reisetasche bewaffnet, die Haupthalle. Er schien von niemandem abgeholt zu werden und steuerte auf den Schalter von Barklay's Bank zu, um Geld zu wechseln.

Den Angaben zufolge, die er sechs Wochen später der dänischen Polizei gegenüber machte, bemerkte er den blonden jungen Engländer nicht, der, offenbar darauf wartend, daß er an die Reihe kam, neben ihm in der Schlange stand und ihn eingehend durch die dunklen Gläser seiner Brille fixierte. Jedenfalls erinnerte sich der Däne nicht, den Mann gesehen zu haben.

Aber als er die Haupthalle verließ, um den BEA-Bus zum Cromwell-Road-Terminal zu besteigen, ging der Engländer, der seine Aktentasche trug, nur wenige Schritte hinter ihm, und beide fuhren mit demselben Bus in die Stadt.

Am Terminal mußte der Däne ein paar Minuten warten, bis sein Koffer aus dem an den Bus gekoppelten Gepäckanhänger geholt worden war. Dann machte er sich, den mit einem Pfeil und dem internationalen Wort »Taxi« versehenen Exit-Schildern folgend, auf den an einer Reihe von Check-in-Schaltern vorbeiführenden Weg zum Ausgang.

Währenddessen ging der Engländer um das hintere Ende des Busses herum und quer über das für abgestellte Autobusse reservierte Areal zum Parkplatz des BEA-Personals hinüber, auf dem er seinen Wagen stehengelassen hatte. Er legte die Aktenmappe auf den Beifahrersitz des offenen Sportwagens, stieg ein und ließ den Motor an. Dicht an der Mauer des Terminals zu seiner Linken entlangfahrend, stoppte er nach wenigen Metern. Von hier aus konnte er, nach rechts blickend, die lange Reihe der unter den Arkaden wartenden Taxis übersehen. Der Däne bestieg das dritte Taxi. Gleich darauf scherte es aus der Reihe aus, bog in die Cromwell Road ein und entfernte sich in Richtung Knightsbridge. Der Sportwagen folgte ihm.

Das Taxi setzte den ahnungslosen Pastor vor einem kleinen, aber behaglichen Hotel in der Half Moon Street ab, während der Sportwagen am Hoteleingang vorbeischoß und wenige Augenblicke später vor einer freien Parkuhr an der Ecke Curzon Street stoppte. Der Schakal verschloß die Aktenmappe im Kofferraum, kaufte sich beim Zeitungshändler am Shepherd Market die Mittagsausgabe des »Evening Standard« und betrat fünf Minuten später das Hotelfoyer. Er mußte fünfundzwanzig weitere Minuten warten, bis der Däne nach unten kam und seinen Zimmerschlüssel bei der Empfangsdame abgab. Als sie ihn an den Haken gehängt hatte, schwang der Schlüssel noch ein paar Sekunden lang hin und her, und der in einem der Armsessel des Foyers sitzende Mann, der, offenbar in Erwartung eines Freundes, seine Zeitung gesenkt hatte, als der Däne auf dem Weg ins Restaurant des Hotels an ihm vorüberging, merkte sich, daß der Schlüssel die Nummer 47 trug. Als sich die Empfangsdame ein paar Minuten später in das hinter der Rezeption gelegene Hotelbüro begab, um dort telephonisch Theaterkarten für einen Gast zu bestellen, schlich der Mann mit der dunklen Sonnenbrille rasch und unbemerkt die Treppe hinauf.

Ein etwa vier Zentimeter breiter Streifen flexiblen Glimmers erwies sich als ungeeignet zum Öffnen der Tür von Zimmer Nr. 47. Mit Hilfe eines biegsamen kleinen Palettenmessers, das den Glimmerstreifen verstärkte, gelang der Trick dann aber doch, und die Schloßfeder sprang mit einem metallischen Klicken zurück. Da er lediglich zum Lunch hinuntergegangen war, hatte der Pastor seinen Paß auf dem Nachttisch zurückgelassen. Innerhalb von dreißig Sekunden war der Schakal wieder auf dem Korridor. Er hatte das Heft mit den Traveller-Schecks in der Hoffnung, daß die Behörden den Dänen unter Hinweis auf das Fehlen jeglicher Anzeichen eines Diebstahls davon zu überzeugen versuchen würden, daß er seinen Paß woanders verloren haben müsse, unberührt gelassen. Und genauso geschah es denn auch. Lange bevor der Däne seinen Kaffee ausgetrunken hatte, war der Engländer ungesehen entkommen, und erst sehr viel später am Nachmittag informierte der Däne nach gründlicher und ratloser Suche im ganzen Zimmer den Hotelmanager über den Verlust seines Passes. Der Hotelmanager durchsuchte das Zimmer ebenfalls und wandte, nachdem er eindringlich auf den Umstand verwiesen hatte, daß alles andere, einschließlich des Scheckheftes, an seinem Platz verblieben war, seine ganze Beredsamkeit auf, um dem Dänen klarzumachen, daß keinerlei Notwendigkeit bestehe, die Polizei in sein Hotel zu rufen, da er seinen Paß offenkundig irgendwo anders auf der Reise verloren habe. Der Däne, der ein freundlicher Mann und seiner Rechte auf ausländischem Boden nicht sonderlich sicher war, stimmte ihm wider besseres Wissen zu. Am Tag darauf meldete er seinem Generalkonsulat den Verlust, erhielt einen ersatzweise ausgestellten Reiseausweis, mit dem er nach Abschluß seines vierzehntägigen Aufenthalts in London die Rückreise nach Kopenhagen antreten konnte, und vergaß die Angelegenheit. Der Angestellte des Generalkonsulats, der ihm die Ersatzpapiere ausgehändigt hatte, machte den Verlust eines auf den Namen Per Jensen, Pastor an der Sankt Kjeldskirke in Kopenhagen, ausgestellten Reisepasses in Form eines entsprechenden Vermerks aktenkundig und vergaß dann die Angelegenheit ebenfalls. Das war am 14. Juli.

Zwei Tage später erlitt ein amerikanischer Student aus Syracuse im Staate New York den gleichen Verlust. Er war soeben im Transatlantik-Gebäude des Londoner Flughafens eingetroffen und hatte am Schalter des American Express seinen Paß vorgewiesen, um den ersten seiner Traveller-Schecks einzulösen. Das ausgezahlte Geld steckte er in eine Innentasche seiner Jacke und den Paß in einen mit einem Reißverschluß versehenen Beutel, den er anschließend wieder in seiner kleinen ledernen Reisetasche verstaute. Ein paar Minuten später stellte er die Tasche für einen Moment ab, um einen Gepäckträger herbeizuwinken, und nach drei Sekunden war sie verschwunden. Zunächst beschwerte er sich bei dem Gepäckträger, der ihn zum Auskunftsschalter der Pan Am brachte, von wo aus er an den nächsten Beamten der Flughafenpolizei verwiesen wurde, der ihn zur Polizeiwache geleitete, auf welcher er dann sein Mißgeschick zu Protokoll gab.

Nachdem eine Überprüfung ergeben hatte, daß die Handtasche unmöglich von irgend jemandem in der irrtümlichen Annahme, sie gehöre ihm, mitgenommen worden sein konnte, wurde ein Bericht aufgenommen und der Vorfall als vorsätzlicher Diebstahl gemeldet.

Man entschuldigte sich dem hochgewachsenen, athletischen jungen Amerikaner gegenüber in aller Form wegen des bedauerlichen Unwesens, das Taschen-, Reise- und Handtaschendiebe vorzugsweise in öffentlichen Gebäuden trieben, und informierte ihn eingehend über die zahllosen Vorkehrungen, mit denen die Flughafenbehörde ausländische Fluggäste vor Diebstählen zu schützen suchte. Der Amerikaner hatte den Anstand, seinerseits zuzugeben, daß einer seiner Freunde auf der Grand Central Station in New York in ganz ähnlicher Weise beraubt worden sei.

Der Bericht wurde zusammen mit einer Beschreibung der verschwundenen Reisetasche, ihres Inhalts sowie des in dem Beutel befindlichen Passes und der Papiere allen Dienststellen der Londoner Polizei routinemäßig zugestellt und sein Eingang dort aktenkundig vermerkt. Als aber Wochen vergingen, ohne daß sich für den Verbleib der Tasche oder ihres Inhalts irgendwelche Anhaltspunkte ergeben hätten, geriet auch dieser Vorgang in Vergessenheit. Inzwischen war Marty Schulberg auf sein Konsulat am Grosvenor Square gegangen, hatte den Diebstahl seines Passes gemeldet und Reisepapiere ausgestellt bekommen, mit denen er nach der vierwöchigen Rundreise, die er gemeinsam mit einer ihm befreundeten Austauschstudentin durch das schottische Hochland unternehmen wollte, in die Vereinigten Staaten zurückfliegen konnte. Der Verlust wurde auf dem Konsulat registriert, dem State Department in Washington gemeldet und anschließend von beiden Ämtern vergessen.

Wie viele Flugpassagiere bei ihrer Ankunft vor einem der beiden für eintreffende Überseefluggäste reservierten Gebäude des Londoner Flughafens von der Aussichtsterrasse aus durchs Fernglas gemustert wurden, wird nie genau festzustellen sein. Trotz ihres Altersunterschieds hatten die beiden Männer, die ihrer Pässe verlustig gingen, einiges gemeinsam. Beide waren etwa ein Meter achtzig groß, breitschultrig und schlank, beide hatten blaue Augen und Gesichtszüge, die denen des unauffälligen Engländers, der sie beobachtet und beraubt hatte, nicht unähnlich waren.

Im übrigen war Pastor Jensen achtundvierzig Jahre alt, grauhaarig und trug beim Lesen eine goldgefaßte Brille; Marty Schulberg war fünfundzwanzig, hatte kastanienbraunes Haar und eine dicke Manager-Hornbrille, die er ständig trug.

Das waren die Gesichter, deren Paßbilder der Schakal auf dem Sekretär in seiner Wohnung hinter der South Audley Street ausgiebig studierte. Er verbrachte einen Tag damit, Maskenbildner, Optikerläden sowie ein Herrenausstattungsgeschäft aufzusuchen, um sich ein Paar blaugefärbter Klarsicht-Kontaktlinsen, zwei Brillen — eine goldgefaßte und eine mit schwerem schwarzem Gestell —, eine vollständige Garnitur, bestehend aus einem Paar schwarzer Mokassins, T-Shirt, Slip, crèmefarbener Hose und himmelblauer Windjacke mit Reißverschluß und angestricktem Kragen und Manschetten aus roter und weißer Wolle, alles das *Made in USA*, zu besorgen, ferner ein weißes Hemd mit gestärktem hohem Kragen und schwarzer Krawatte, wie sie von Geistlichen getragen zu werden pflegen. Aus jedem der drei letztgenannten Artikel trennte er das Firmenschild sorgfältig heraus.

Sein letzter Besuch an diesem Tag galt einem von zwei Homosexuellen betriebenen Laden in Chelsea, in welchem es Herrenperükken und Toupets zu kaufen gab. Hier erhielt er eine Tinktur, die das Haar mittelgrau, und eine zweite, die es braun tönte, zusammen mit ebenso präzise wie diskret erteilten Instruktionen darüber, wie die Flüssigkeit aufzutragen sei, um eine möglichst echt aussehende Färbung innerhalb kürzester Zeit zu erzielen. Er kaufte auch mehrere kleine Haarbürsten zum Auftragen der Tinkturen. Ansonsten — und abgesehen von der kompletten amerikanischen Garnitur — tätigte er in keinem der Läden mehr als jeweils einen einzigen Kauf. Am nächsten Tag — es war der 18. Juli — brachte »Le Figaro« auf der Innenseite eine kurze Notiz. Sie besagte, daß Kommissar Hyppolite Dupuy, stellvertretender Leiter der *Brigade Criminelle* bei der *Police Judiciaire*, in seinem Büro am Quai des Orfèvres in Paris einen Schlaganfall erlitten habe und auf dem Transport in ein nahe gelegenes Krankenhaus verstorben sei. Zu seinem Nachfolger habe man Kommissar Lebel, den bisherigen Leiter der Mordkommission, ernannt, der in Anbetracht der in den Sommermonaten besonders starken Arbeitsüberlastung aller Abteilungen der Brigade seine verantwortungsvolle Tätigkeit in der neuen Stellung unverzüglich aufnehmen werde. Der Schakal, der täglich alle in London erhältlichen französischen Zeitungen las, hatte die Meldung überflogen, weil ihm in der Überschrift das Wort »*Criminelle*« ins Auge gesprungen war, aber über ihren Inhalt nicht weiter nachgedacht.

Bevor er seinen Beobachtungsposten auf dem Londoner Flughafen bezog, hatte er beschlossen, während des gesamten Zeitraums des bevorstehenden Mordunternehmens unter falschem Namen zu operieren. Es gehört zu den einfachsten Dingen der Welt, sich einen britischen Paß zu verschaffen. Der Schakal bediente sich hierbei einer Methode, wie sie von den meisten Söldnern, Schmugglern und Banditen benutzt wird, wenn sie sich, um Staatsgrenzen überschreiten zu können, eine andere Identität zuzulegen wünschten. Auf der Suche nach kleinen Ortschaften, die für seine Zwecke geeignet erschienen, unternahm er zunächst eine Autotour durch die Home Counties des Themsetals. Nahezu jedes englische Dorf hat eine hübsche Kirche nebst einem kleinen Friedhof, der sich in ihren Schatten schmiegt. Auf dem dritten Friedhof, den der Schakal aufsuchte, fand er einen Grabstein, der ihm für seine Pläne geeignet erschien. Er war für den im Jahre 1931 im Alter von zweieinhalb Jahren verstorbenen Alexander Duggan errichtet worden. Wäre das Kind der Duggans am Leben geblieben, würde es im Juli 1963 nur um wenige Monate älter als der Schakal gewesen sein. Der Vikar zeigte sich dem Besucher gegenüber, der im Vikariat erschien, sich als Amateurgenealoge ausgab und behauptete, sich als solcher für den Stammbaum der Familie Duggan zu interessieren, freundlich und hilfsbereit. Der Besucher hatte gehört, daß es hier eine Familie Duggan gäbe, die sich vor Jahren in diesem Dorf niedergelassen habe, und war gekommen, um sich, übrigens durchaus bescheiden, ja sogar ein wenig schüchtern, zu erkundigen, ob die Eintragungen im Kirchenbuch ihm wohl auf seiner Suche weiterzuhelfen vermochten. Der Vikar war die Freundlichkeit selbst, und das auf dem Gang zur Kirche der Schönheit ihres normannischen Baus gezollte Kompliment wie auch der in die hierfür vorgesehene Büchse gesteckte Beitrag zum Renovierungsfonds taten ein übriges, um die Atmosphäre vollends aufzulockern. Das Kirchenbuch wies aus, daß beide Eltern Duggan im Verlauf der letzten sieben Jahre verstorben waren, und natürlich auch, daß ihr einziger Sohn Alexander vor mehr als dreißig Jahren auf dem Friedhof eben dieser Kirche begraben worden war. Der Schakal blätterte in den Seiten des Geburts-, Heirats- und Sterberegisters für das Jahr 1929 und entdeckte unter den im April jenes Jahres vorgenommenen Eintragungen den in schnörkliger geistlicher Schönschrift vermerkten Namen Duggan.

Alexander James Quentin Duggan, geboren am 3. April 1929 in der St.-Markus-Gemeinde, Sambourne Fishley.

Er notierte sich die Einzelheiten, dankte dem Vikar überschwenglich und ging. Wieder in London, wandte er sich an die zentrale Meldestelle für Geburten, Eheschließungen und Sterbefälle, wo seine Visitenkarte, die ihn als Partner eines Anwaltsbüros in Market Drayton, Shropshire, auswies, wie auch seine Erklärung, daß er den Aufenthaltsort der Enkel einer kürzlich verstorbenen Klientin seiner Firma, die ihnen ihren Grundbesitz vermacht habe, ausfindig zu machen versuche, von einem hilfsbereiten jungen Behördenangestellten ohne Rückfragen akzeptiert wurden. Eines dieser Enkelkinder sei Alexander James Quentin Duggan, geboren in Sambourne Fishley am 3. April 1929.

Englische Beamten pflegen sich im allgemeinen freundlich und entgegenkommend zu zeigen, wenn sie höflich um eine Auskunft gebeten werden, und der junge Behördenangestellte machte darin keine Ausnahme. Eine Überprüfung der Akten ergab, daß die eingetragen Daten des betreffenden Kindes mit den vom Auskunftsuchenden angegebenen genau übereinstimmten; ferner, daß es am 8. November 1931 bei einem Verkehrsunfall ums Leben gekommen sei. Gegen Zahlung einer Gebühr von wenigen Shilling erhielt der Schakal eine Photokopie sowohl der Geburts- als auch der Sterbeurkunde. Auf seinem Heimweg suchte er eine Filiale des Arbeitsministeriums auf, um sich ein Paßantragsformular aushändigen zu lassen, hielt dann vor einem Spielzeugladen, wo er für 15 Shilling einen Setzkasten für Kinder kaufte, und schließlich an einem Postamt, auf dem er eine Postanweisung über 1 Pfund ausfüllte.

In seiner Wohnung füllte er das Antragsformular auf den Namen Duggan aus, wobei er Alter, Geburtsdatum usw. bis auf die Personenbeschreibung korrekt angab. Er nannte seine eigene Größe, Augen- und Haarfarbe und schrieb unter »Beruf« schlicht »Geschäftsmann« hin. Den vollen Namen der Eltern, der auf der Geburtsurkunde des Kindes stand, trug er ebenfalls ein. Als Referenz machte er den Reverend James Elderly, Vikar an der St.-Markus-Kirche in Sambourne Fishley, namhaft, den er an jenem Vormittag aufgesucht hatte und dessen voller Name samt seines juristischen Doktortitels praktischerweise auf einem Schild an der Kirchentür prangte. Die Unterschrift des Vikars fälschte er in magerer Handschrift mit verdünnter Tinte und spitzer Feder, und mit Hilfe des Setzkastens verfertigte er einen Stempel mit der Aufschrift: »St.-Markus-Pfarrkirche, Sambourne Fishley«, den er mit festem Druck neben den Namen des Vikars placierte. Die Photokopie der Geburtsurkunde, das ausgefüllte Antragsformular sowie die Postanweisung schickte er dem Paßamt in der Petty France zu, und die Sterbeurkunde vernichtete er. Vier Tage später, als er gerade die Ausgabe des »Figaro« jenes Morgens las, erhielt er die Benachrichtigung, daß der nagelneue Paß seiner Deckadresse zugestellt worden sei. Er holte ihn sich nach dem Lunch ab. Am späten Nachmittag sperrte er die Wohnung zu und fuhr zum Flughafen hinaus, wo er ein Ticket nach Kopenhagen buchte, und zwar, um die Benutzung eines Scheckhefts zu vermeiden, gegen bar. Im doppelten Boden seines Handkoffers, einem Geheimfach, das kaum dicker als eines der gängigen Publikumsmagazine und so gut wie unauffindbar war, befanden sich 2000 Pfund, die er am gleichen Tage seiner im Tresor einer Anwaltsfirma in Holborn verwahrten Privatkassette entnommen hatte.

Der Besuch in Kopenhagen war kurz und verlief geschäftsmäßig. Bevor er den Flughafen Kastrup verließ, buchte er bei der Sabena für den Nachmittag des folgenden Tages einen Flug nach Brüssel. Als er die Innenstadt erreichte, waren die Geschäfte bereits geschlossen. Er nahm sich im Hotel D'Angleterre am Kongens Nytorv ein Zimmer, aß vorzüglich im »Seven Nations«, flirtete auf einem abendlichen Bummel durch den Tivoli-Park mit zwei dänischen Blondinen und lag um ein Uhr morgens in seinem Hotelbett.

Am nächsten Tag kaufte er bei einem der besten Herrenausstatter Kopenhagens einen leichten Anzug in klerikalem Dunkelgrau, ein Paar schlichte schwarze Schuhe, ein Paar Socken, eine Garnitur Unterwäsche und drei weiße Hemden mit festem Kragen. Er achtete sorgfältig darauf, nur solche Artikel zu kaufen, die auf der Innenseite den Namen ihres dänischen Herstellers auf einem kleinen Stoffschild trugen. Bei den drei weißen Hemden, die er nicht benötigte, ging es ihm lediglich um die Schildchen, die er heraustrennen und an das priesterliche Hemd, den runden hohen Kragen und das Bäffchen annähen würde — drei Bekleidungsartikel, die er sich unter der Vorspiegelung, er sei ein kurz vor dem Empfang der Weihen stehender Theologiestudent, in London besorgt hatte.

Sein letzter Einkauf in Kopenhagen war ein in dänischer Sprache verfaßtes Buch über die bedeutendsten Kirchen und Kathedralen Frankreichs. Zum Lunch nahm er in einem am Seeufer gelegenen Restaurant im Tivoli-Park einen kalten Imbiß zu sich, und um 15 Uhr 15 bestieg er die Maschine nach Brüssel.

Viertes Kapitel

Weshalb sich ein Mann von so unbestreitbaren Gaben wie Paul Goossens in mittleren Jahren eine derart schwerwiegende Verfehlung hatte zuschulden kommen lassen können, war nicht nur seinen wenigen Freunden, sondern auch seinen um einiges zahlreicheren Kunden und nicht zuletzt der belgischen Polizei ein Rätsel geblieben. In den dreißig Jahren, in denen er als hochgeschätzte Fachkraft in der *Fabrique Nationale* in Liège arbeitete, hatte er sich auf einem technischen Spezialgebiet, auf dem Exaktheit absolut unerläßlich ist, den Ruf unfehlbarer Präzision erworben. Und was die Aufrichtigkeit seines Charakters betraf, so hatte es niemals auch nur den Schatten eines Zweifels gegeben. Darüber hinaus war er in jenen dreißig Jahren zum hervorragendsten Experten der Firma für alle Waffenarten und -typen geworden, die sie produziert und die von der winzigsten Damen-Automatic bis zum schwersten Maschinengewehr reichen.

Auch in den Kriegsjahren war sein Verhalten vorbildlich gewesen. Zwar hatte er nach der Besetzung in der dann von den Deutschen geleiteten Waffenfabrik für die Rüstung der Nazis weitergearbeitet, aber eine spätere eingehende Überprüfung seiner beruflichen Laufbahn ergab zweifelsfrei, daß er im Untergrund für die Résistance gearbeitet, sich privat an der Gewährung sicheren Unterschlupfs für abgeschossene alliierte Flieger beteiligt und in der Fabrik einen Sabotagering geleitet hatte, der dafür sorgte, daß ein beträchtlicher Prozentsatz der hergestellten Waffen entweder nicht zielgenau feuerte oder beim fünfzigsten Schuß explodierte und die deutschen Schützen tötete.

Goossens war ein so bescheidener und zurückhaltender Mann, daß seine Verteidiger alles das später mühsam aus ihm herausholen mußten, um es in der Verhandlung triumphierend zu seiner Entlastung vorzubringen. Es trug wesentlich zur Milderung seines Strafmaßes bei, und die Geschworenen waren von seinem zögernden Eingeständnis beeindruckt, daß er sich über seine Tätigkeit während des Krieges deswegen ausgeschwiegen habe, weil ihm nachträglich erwiesene Ehrungen und verliehene Orden nur in Verlegenheit gebracht hätten.

Zu dem Zeitpunkt, als in den fünfziger Jahren ein ausländischer Kunde bei der Abwicklung eines einträglichen Waffengeschäfts um eine beträchtliche Summe Geldes geprellt worden und der Verdacht auf ihn gefallen war, hatte er die Stellung eines Abteilungsleiters bekleidet, und seine eigenen Vorgesetzten waren diejenigen gewesen, welche die von der Polizei hinsichtlich des hochgeschätzten Monsieur Goossens' geäußerten Mutmaßungen am entschiedensten zurückgewiesen hatten.

Sogar vor Gericht hatte sich sein Generaldirektor für ihn eingesetzt. Aber der Vorsitzende war der Auffassung, daß der Mißbrauch einer Vertrauensstellung ein besonders strafwürdiges Vergehen sei, und verurteilte ihn zu zehn Jahren Gefängnis. In der Berufung wurde die Strafe auf fünf Jahre herabgesetzt. Wegen guter Führung war er nach dreieinhalb Jahren entlassen worden.

Seine Frau hatte sich von ihm scheiden lassen und die Kinder mit sich genommen. Mit dem Leben, das er früher als Vorortsbewohner in einem schmucken, von Blumenbeeten umgebenen Einzelhaus in einem der reizvolleren Außenbezirke von Liège (davon gibt es nicht viele) verbracht hatte, war es vorbei. Mit seiner Karriere bei der F. N. ebenfalls. Er bezog eine kleine Wohnung in Brüssel und später, als sein blühendes Geschäft, das die Unterwelt halb Westeuropas mit illegalen Waffen versorgte, steigende Einnahmen abwarf, ein Haus außerhalb der Stadt.

Seit den frühen sechziger Jahren war er in einschlägigen Kreisen als »L'Armurier« — »Der Büchsenmacher« — bekannt. Jeder belgische Staatsbürger kann sich in jedem Sport- oder Waffengeschäft gegen Vorlage einer Identitätskarte, die seine belgische Staatsangehörigkeit ausweist, eine tödliche Waffe — sei es einen Revolver, eine Automatic oder ein Gewehr — besorgen. Goossens benutzte nie seine eigene Karte, da jeder Waffen- und anschließende Munitionskauf vom Waffenhändler gebucht und der Name des Käufers sowie die Nummer seiner Identitätskarte eingetragen werden muß. Goossens benutzte die Identitätskarten anderer Leute, entweder gestohlene oder gefälschte.

Er stand in engen Geschäftsbeziehungen zu einem der erfolgreichsten Taschendiebe der Stadt, der, sofern er nicht gerade auf Staatskosten im Gefängnis gastierte, mühelos jede Brieftasche aus jeder beliebigen Reise-, Einkaufs-, Hand- oder Anzugtasche entwenden konnte. Goossens kaufte die Brieftaschen gegen Barzahlung direkt bei dem Dieb. Er hatte darüber hinaus einen Meisterfälscher an der Hand, der sich, nachdem er in den späten vierziger Jahren durch die Produktion großer Mengen französischer Francs in Schwierigkeiten geraten war, auf denen er versehentlich das »u« der »Banque de France« ausgelassen hatte (er war noch sehr jung gewesen damals), mit weitaus größerem Erfolg auf das Fälschen von Pässen verlegt hatte.

Übrigens war es niemals Goossens selbst, der sich, wenn er für einen Kunden eine Feuerwaffe beschaffen mußte, dem Waffenhändler gegenüber mit einer säuberlich gefälschten Identitätskarte auswies, sondern stets irgendein arbeitsloser kleiner Gauner oder ein Schauspieler ohne Engagement.

Von seinen »Mitarbeitern« kannten nur der Taschendieb und der Fälscher seine wahre Identität. Desgleichen wußten einige seiner Kunden von ihr, vornehmlich die Bosse der belgischen Unterwelt, die ihn nicht nur ungestört seinen Geschäften nachgehen ließen, sondern ihm auch, weil er für sie nützlich war, einen gewissen Schutz gewährten, indem sie, wenn sie gefaßt wurden, hartnäckig jede Auskunft darüber verweigerten, woher sie ihre illegalen Waffen bezogen hatten.

Das hinderte die belgische Polizei zwar nicht, sich über einen Teil seiner Tätigkeit durchaus im klaren zu sein, aber es hinderte sie, ihn jemals mit den in seinem Besitz befindlichen Waren zu erwischen oder sich Zeugenaussagen zu sichern, die vor Gericht aufrechterhalten worden wären und zu seiner Verurteilung geführt hätten. Die Polizei kannte die kleine, aber vorzüglich ausgerüstete Werkstatt, die er sich in seiner umgebauten Garage eingerichtet hatte, sehr wohl, wiederholte Razzien hatten jedoch nichts weiter zutage gefördert als gußeiserne Medaillons und Souvenirs, die Brüsseler Denkmälern nachgebildet waren. Bei ihrem letzten Besuch hatte Goossens dem Oberinspektor als Zeichen seiner Hochschätzung für die Hüter von Gesetz und Ordnung feierlich eine Nachbildung des Maeneken pis überreicht.

Er hatte keinerlei ungute oder sonstwie geartete Vorgefühle, als er am späten Vormittag des 21. Juli 1963 auf den Besuch eines Engländers wartete, für den sich einer seiner besten Kunden telephonisch verbürgt hatte — ein ehemaliger Söldner im Dienste Katangas, der inzwischen zum Boss einer Unterweltorganisation aufgestiegen war, deren Beschützerdienste sich die Freudenhäuser der belgischen Hauptstadt etwas kosten ließen.

Der Besucher erschien, wie vereinbart, um 12 Uhr, und Monsieur Goossens führte ihn in sein kleines Büro neben der Werkstatt. »Würden Sie bitte die Brille abnehmen?« fragte er, nachdem sein Besucher Platz genommen hatte, und fügte, als der Engländer zögerte, hinzu: »Sehen Sie, ich halte es für wichtig, daß wir einander für die Dauer unserer Geschäftsverbindung so weitgehend wie nur möglich vertrauen. Trinken Sie etwas?«

Der Mann nahm die dunkle Brille ab und starrte den kleinen Büchsenmacher, der zwei Gläser einschenkte, fragend an. Goossens nahm hinter seinem Schreibtisch Platz, trank einen Schluck Bier und fragte: »Womit kann ich Ihnen dienen, Monsieur?«

»Ich nehme an, Louis hat Ihnen meinen Besuch avisiert?«

»Gewiß«, nickte Goossens. »Sonst wären Sie nicht hier.«

»Hat er Ihnen von meiner Tätigkeit erzählt?«

»Nein. Nur, daß er Sie von Katanga her kennt, daß er sich für Sie verbürgt, daß Sie eine Feuerwaffe benötigen und daß Sie bereit sind, in bar zu zahlen — Sterling.«

Der Engländer nickte bedächtig. »Nun ja, da mir bekannt ist, was für ein Geschäft Sie betreiben, sehe ich keinen Grund, warum Sie nicht auch über meines Bescheid wissen sollten — um so mehr, als die Waffe, die ich brauche, mit gewissen Zubehörteilen versehen werden müßte, die einigermaßen unüblich sein dürften. Ich bin auf die — ah — Beseitigung von Männern spezialisiert, die mächtige und reiche Gegner haben. Daß solche Männer zumeist selbst reich und mächtig sind, liegt auf der Hand. Es ist nicht immer so ganz leicht. Sie haben die nötigen Mittel, um sich von Spezialisten beschützen zu lassen. Ein solcher Job erfordert sorgfältige Planung und vor allem die richtige Waffe. Ich habe gerade einen derartigen Job übernommen. Ich brauche ein Gewehr.«

Goossens trank einen Schluck Bier und nickte seinem Gast wohlwollend zu.

»Ausgezeichnet, ich verstehe. Ein Spezialist, wie auch ich einer bin.

Ich habe das Gefühl, das wird eine wirklich interessante Aufgabe. An welche Art von Gewehr denken Sie?«

»Wichtig ist nicht so sehr der Typ des Gewehrs. Worum es geht, das sind vielmehr die Beschränkungen, die durch die Art des Jobs bedingt sind, und die Frage, woher man ein Gewehr nimmt, das unter diesen Beschränkungen zufriedenstellend funktioniert.«

Monsieur Goossens Augen leuchteten vor Vergnügen.

»Eine Waffe also«, meinte er verklärt, »die für einen ganz bestimmten Mann und eine ganz bestimmte Aufgabe unter ganz bestimmten, unwiederholbaren Umständen nach Maß angefertigt werden müßte. Sie sind bei mir an die richtige Adresse geraten, Monsieur. Doch, doch, das würde mich schon reizen. Ich bin froh, daß Sie gekommen sind.«

Der Engländer mußte über den professionellen Enthusiasmus des Belgiers lächeln. »Ich auch, Monsieur«, sagte er.

»Nun, dann erzählen Sie mir zunächst einmal, welcher Art diese Beschränkungen sind.«

»Die Beschränkungen betreffen hauptsächlich die Maße, nicht die der Länge, sondern die des Umfangs der beweglichen Teile. Kammer und Verschluß dürfen nicht dicker sein als das...« Er hob die rechte Hand, deren Mittelfinger die Daumenkuppe mit dem Endglied berührte und so ein »o« bildete, dessen Durchmesser keine sechseinhalb Zentimeter betrug.

»Das bedeutet meiner Ansicht nach, daß es kein Mehrladegewehr sein kann, weil eine Gaskammer zu groß wäre. Aus dem gleichen Grund kommt auch ein Federmechanismus nicht in Frage«, sagte der Engländer. »Mir scheint, es wird sich nur um ein Bolzengewehr handeln können.«

Goossens sah zur Decke hinauf, während er sich im Geiste das Bild von einem Gewehr zu machen versuchte, dessen Verschlußteile sich, wie es sein Besucher wünschte, durch außerordentliche Schlankheit auszeichneten.

»Gut, weiter.«

»Andererseits darf es keinen Bolzen mit einem Riegel haben, der wie bei der Mauser 7.92 oder der Lee Enfield .303 seitlich herausragt. Der Bolzen muß sich zum Einlegen des Geschosses in die Kammer mit Daumen und Zeigefinger fassen und spielend leicht auf der Kammerbahn zur Schulter hin zurückschieben lassen. Ebensowenig darf es einen Abzugbügel geben, und der Abzug selbst muß abnehmbar sein, damit er erst unmittelbar vor dem Feuern aufgesetzt zu werden braucht.«

»Warum das?« fragte der Belgier.

»Weil der ganze Mechanismus in einem röhrenförmigen Behälter untergebracht und transportiert werden muß und der Behälter nicht auffallen soll. Zu diesem Zweck darf sein Durchmesser aus Gründen, auf die ich noch zu sprechen kommen werde, nicht größer sein, als ich eben angegeben habe. Ist es möglich, einen abnehmbaren Abzug herzustellen?«

»Gewiß, möglich ist fast alles. Natürlich könnte man ein Einzelladegewehr entwerfen, das zum Laden wie eine Schrotflinte aufgeklappt wird. Das würde den Bolzen gänzlich überflüssig machen, aber ein Gelenk erfordern und wäre insofern wohl nicht unbedingt von Vorteil. Außerdem müßte ein solches Gewehr von Grund auf neu entworfen, angefertigt und dabei das für Kammer und Schloß benötigte Metallstück gewalzt werden. Keine ganz leichte Aufgabe in einer so kleinen Werkstatt, aber doch zu schaffen.«

»Wie lange würden Sie dazu brauchen?« fragte der Engländer. Der Belgier zuckte mit den Achseln und hob die Hände. »Ein paar Monate schon, fürchte ich.«

»So viel Zeit habe ich nicht.«

»In dem Fall wird es nötig sein, sich ein im Handel erhältliches Gewehr zu beschaffen und daran die entsprechenden Änderungen vorzunehmen. Bitte, fahren Sie fort.«

»Gut. Die Büchse muß außerdem leicht sein. Sie braucht kein schweres Kaliber zu haben, das Geschoß wird schon seine Wirkung tun. Der Lauf muß kurz sein, nach Möglichkeit nicht länger als dreißig Zentimeter...«

»Aus welcher Entfernung werden Sie feuern müssen?«

»Das steht noch nicht fest, aber vermutlich werden es nicht mehr als hundertdreißig Meter sein.«

»Wollen Sie einen Kopf- oder einen Brustschuß abfeuern?«

»Es wird wahrscheinlich ein Kopfschuß sein müssen. Möglicherweise bleibt mir nichts anderes übrig, als auf die Brust zu zielen, aber der Kopf ist sicherer.«

»Mit größerer Sicherheit tödlich, ja, wenn Sie treffen«, sagte der Belgier. »Aber sicherer zu treffen ist die Brust. Zumindest, wenn man eine leichte Waffe mit kurzem Lauf über eine Entfernung von hundertdreißig Meter benutzt — und das womöglich unter hinderlichen Umständen. Aus Ihrer Unbestimmtheit, was diesen einen Punkt betrifft — ob Kopf- oder Brustschuß —, schließe ich, daß irgend jemand dazwischentreten könnte?«

»Ja, das könnte schon sein.«

»Glauben Sie, daß Sie die Chance haben werden, einen zweiten Schuß abzugeben — wo Sie doch einige Sekunden benötigen, um die leere Patronenhülse herauszunehmen, eine zweite einzulegen, den Verschluß zu betätigen und neuerlich zu zielen?«

»Das halte ich für so gut wie ausgeschlossen, es sei denn, ich hätte einen Schalldämpfer aufgesetzt und das Ziel mit dem ersten Schuß so weit verfehlt, daß von keinem Umstehenden etwas bemerkt worden wäre. Aber auch wenn ich gleich mit dem ersten Schuß die Stirn treffe, brauche ich den Schalldämpfer, um mir die Flucht zu sichern. Es müssen ein paar Minuten verstreichen, bevor irgend jemand aus der näheren Umgebung des Getroffenen auch nur annähernd begreift, aus welcher Richtung der Schuß gekommen ist.«

Der Belgier, der jetzt nicht mehr zur Zimmerdecke hinauf, sondern auf den Schreibblock vor sich starrte, nickte mehrmals.

»In diesem Fall wird es besser sein, wenn Sie Explosivgeschosse verwenden. Ich kann Ihnen eine Handvoll davon zusammen mit dem Gewehr zurechtmachen. Sie wissen, was ich meine?«

Der Engländer nickte. »Glyzerin oder Quecksilber?«

»Oh, Quecksilber, würde ich meinen. Das ist hübscher und sauberer. Gibt es noch weitere Punkte zu besprechen, die das Gewehr betreffen?«

»Ich fürchte, ja. Um die Waffe möglichst schlank zu halten, sollte nicht nur der Schaft, sondern auch der Kolben entfernt werden. Zum Feuern müßte es eine Schulterstütze erhalten, deren drei Teile sich wie beim Sten-Gewehr auseinanderschrauben lassen. Und schließlich muß es sowohl mit einem hundertprozentig funktionierenden

Schalldämpfer als auch mit einem Zielfernrohr ausgestattet sein. Beides muß sich zur Lagerung und zum Transport abschrauben lassen.«

Der Belgier dachte sehr lange nach und trank gemächlich schluckend sein Bier aus. Der Engländer wurde ungeduldig.

»Also, wie ist es — werden Sie es schaffen?«

Goossens schien aus seinen Träumereien zu erwachen. Er lächelte, um Entschuldigung bittend.

»Verzeihen Sie. Es ist ein recht komplexer Auftrag. Aber ja, selbstverständlich schaffe ich das. Schließlich habe ich bislang noch jeden gewünschten Artikel produzieren können. Was Sie da beschrieben haben, ist recht eigentlich eine Jagdexpedition, bei der die Ausrüstung gewisse Kontrollen passieren muß, ohne Mißtrauen zu erwecken. Auf einer Jagdexpedition braucht man ein Jagdgewehr, und das ist es, was Sie bekommen werden. Kein .22er-Kaliber-Gewehr, denn das ist für Hasen und Kaninchen gedacht, aber auch keine .300er-Kanone wie die Remington, weil die sich niemals auf die von Ihnen gewünschten Größenmaße reduzieren ließe.

Ich glaube, das Gewehr, an das ich denke, wäre schon richtig für Ihre Zwecke. Ein erstklassiges Präzisionsgewehr, das hier in Brüssel in einigen Sportgeschäften zu haben ist. Außerordentlich zielgenau gearbeitet, dabei leicht und schlank. Wird viel für die Gamsjagd und zum Erlegen von anderem Kleinwild benutzt, dürfte aber mit Explosivgeschossen für lohnende Ziele genau das Richtige sein. Sagen Sie, wird der — hm — Gentleman sich rasch, langsam oder überhaupt nicht bewegen?«

»Letzteres.«

»Dann ist es kein Problem. Die Anfertigung einer aus drei getrennten Stahlstreben bestehenden Schulterstütze sowie eines abschraubbaren Abzugshahns ist bloßes Handwerk. Die Befestigung des Schalldämpfers am Ende des Laufs wie auch dessen Kürzung um zwanzig Zentimeter kann ich selbst vornehmen. Man verliert an Zielgenauigkeit, wenn man den Lauf verkürzt. Schade, schade. Sind Sie Scharfschütze?«

Der Engländer nickte.

»Dann werden Sie auf hundertdreißig Meter Entfernung mit einem

Zielfernrohr bei unbewegtem menschlichen Ziel kaum Schwierigkeiten haben. Was den Schalldämpfer betrifft, so werde ich den selbst bauen. Schalldämpfer sind alles andere als kompliziert, aber im Handel schwer zu bekommen, besonders die langen für Gewehre, weil die zur Jagd nicht gebraucht werden. Nun, Monsieur, Sie sprachen vorhin von zylindrischen Behältern, in denen Sie das zerlegte Gewehr transportieren wollen. Woran hatten Sie gedacht?«

Der Engländer stand auf und ging zum Schreibtisch hinüber. Über den kleinen Belgier gebeugt, ließ er seine Hand in die Innentasche seiner Jacke gleiten, und eine Sekunde lang schien in den Augen des kleinen Mannes Furcht aufzuflackern. Zum erstenmal bemerkte der Belgier, daß die Augen des Engländers von dem Ausdruck, den sein Gesicht zeigte, gänzlich unberührt blieben und von grauen, streifigen Flecken wie von Rauchschleiern durchzogen waren, die jede Regung, welche sich dort verraten mochte, undurchdringlich verbargen. Aber der Engländer holte nur einen silbernen Kugelschreiber hervor.

Er drehte Goossens Schreibblock zu sich herum und fertigte mit raschen Strichen eine Skizze an.

»Können Sie das erkennen?« fragte er dann und schob den Block wieder dem Büchsenmacher zu.

»Aber natürlich«, erklärte der Belgier, nachdem er einen Blick auf die präzis gezeichnete Skizze geworfen hatte.

»Gut. Also, das Ganze besteht aus einer Anzahl hohler Aluminiumröhren, die zusammengeschraubt sind. Dieses Rohrstück hier« — er deutete mit der Spitze des Kugelschreibers auf eine Stelle des Diagramms — »enthält eine Strebe des Gewehrkolbens und das da die andere. Beide sind in den Röhren verborgen, die zusammen diesen Teil ergeben. Das dort ist die Schulterstütze des Gewehrs und also der einzige Teil, der einen doppelten Zweck erfüllt, ohne im geringsten verändert zu werden. Und hier« — er tippte mit der Spitze des Kugelschreibers auf einen anderen Punkt der Skizze, während sich die Augen des Belgiers vor Überraschung weiteten —, »an der dicksten Stelle, wird die Röhre mit dem größten Durchmesser montiert, die die Kammer mit dem darin befindlichen Bolzen aufnimmt. Von hier ab verjüngt sie sich zum Lauf hin ohne Unterbrechung. Da das Zielfernrohr die Visiereinrichtung überflüssig macht, gleitet das

Ganze aus diesem Teil heraus, wenn die Röhre aufgeschraubt wird. Die letzten beiden Abschnitte — hier und hier — enthalten das Fernrohr und den Schalldämpfer. Und dann die Geschosse — die sollten in dem kleinen Stumpf dort unten verwahrt werden. Wenn das ganze Ding zusammengesetzt ist, muß man es für genau das halten, wonach es aussieht. Sobald man es in seine sieben Abschnitte zerlegt, können die Geschosse, der Schalldämpfer, das Zielfernrohr, das Gewehr und die drei Streben, welche die Schulterstütze bilden, herausgenommen und zu einem voll funktionsfähigen Gewehr zusammengesetzt werden. O. K.?«

Der kleine Belgier blickte noch einige Sekunden länger unverwandt auf das Diagramm. Dann stand er langsam auf und streckte dem Engländer die Hand hin.

»Monsieur«, sagte er bewundernd, »das ist eine geniale Konzeption. Absolut unerkennbar und doch ganz einfach. Genauso werde ich es Ihnen machen.«

Der Engländer zeigte sich weder erfreut noch verstimmt.

»Gut«, sagte er. »Dann kommen wir jetzt zur Frage des Termins. Ich werde die Waffe in etwa vierzehn Tagen brauchen. Läßt sich das einrichten?«

»Ja. Ich kann das Gewehr innerhalb von drei Tagen besorgen. Die notwendigen Änderungen müßten in einer Woche zu machen sein. Der Kauf des Teleskops ist kein Problem. Hinsichtlich der Wahl des Fabrikats können Sie sich ganz auf mich verlassen, ich weiß, was bei einer Distanz über hundertdreißig Meter, von der Sie sprachen, gebraucht wird. Das Kalibrieren und die Festlegung der Nulleinstellung des optischen Geräts bleibt besser Ihrem eigenen Belieben überlassen. Die Anfertigung des Schalldämpfers, das Aufladen der Geschosse und die Konstruktion des äußeren Behälters — ja, das ist in der vorgesehenen Zeit zu schaffen, wenn ich alles andere zurückstelle. Dennoch wäre es besser, wenn Sie, für den Fall, daß in letzter Minute noch irgendwelche Einzelheiten zu besprechen sein sollten, um einen oder zwei Tage früher kämen. Könnten Sie in zwölf Tagen wieder hier sein?«

»Ja, ab nächster Woche, von heute an gerechnet, kann ich in den darauffolgenden sieben Tagen jederzeit kommen. Aber vierzehn Tage sind der äußerste Termin. Ich muß am 4. August wieder in London sein.«

»Sie werden die bis ins letzte Detail Ihren Wünschen entsprechend angefertigte Waffe am 4. August vormittags in Empfang nehmen können, sofern es Ihnen möglich sein wird, am 1. August zu abschließender Diskussion und Abholung hier einzutreffen, Monsieur.«

»Gut. Bliebe noch die Frage Ihres Honorars und Ihrer Auslagen zu klären. Haben Sie eine Ahnung, wie hoch sie sich belaufen werden?«

Der Belgier überlegte eine Weile. »Für einen Job solcher Art und die Arbeiten, die damit verbunden sind, für den Gebrauch der Werkzeuge und für meine eigenen Spezialkenntnisse muß ich ein Honorar von eintausend englischen Pfund fordern. Ich gebe zu, das ist mehr als der übliche Preis für ein einfaches Gewehr, aber dies ist kein einfaches Gewehr. Es muß ein Kunstwerk werden. Ich glaube der einzige Mann in Europa zu sein, der in der Lage ist, Ihnen genau das zu liefern, was Sie benötigen, eine wirklich perfekte Arbeit. So wie Sie auf Ihrem Gebiet, Monsieur, bin ich auf meinem der Beste. Für das Beste muß man zahlen. Dazu kämen dann noch die Anschaffungskosten der Waffe, der Geschosse, des Fernrohrs und der Rohmaterialien — sagen wir, alles in allem weitere zweihundert Pfund.«

»Gemacht«, sagte der Engländer. Er langte wiederum in seine Brusttasche und holte ein Bündel Fünfpfundnoten hervor. Sie waren in Päckchen zu je zwanzig Scheinen sortiert. Er zählte fünf Päckchen ab.

»Ich würde vorschlagen«, fuhr er fort, »daß ich, um meinen guten Glauben zu demonstrieren, eine Anzahlung in Höhe von fünfhundert Pfund als Vorschuß und zur Deckung der Unkosten leiste. Die restlichen siebenhundert Pfund werde ich mitbringen, wenn ich in elf Tagen wiederkomme. Sind Sie damit einverstanden?«

»*Monsieur*«, sagte der Belgier und steckte das Geld sorgsam in seine Brieftasche, »es ist ein Vergnügen, mit jemandem ein Geschäft abzuschließen, der ein Profi und ein Gentleman zugleich ist.«

»Und noch etwas«, fuhr der Engländer fort, als sei er nicht unterbrochen worden. »Sie werden Ihrerseits keinen weiteren Versuch machen, Louis zu kontaktieren. Sie werden weder ihn noch sonst jemanden fragen, wer ich bin und was es mit meiner wahren Identität auf sich hat. Auch werden Sie nicht herauszufinden suchen, für wen ich arbeite, und ebensowenig, gegen wen. Falls Sie dergleichen dennoch versuchen sollten, bekomme ich todsicher Wind davon. In diesem Fall werden Sie sterben. Sollte sich bei meiner Rückkehr nach hier herausstellen, daß irgendein Versuch unternommen worden ist, die Polizei zu informieren oder mir eine Falle zu stellen, werden Sie ebenfalls sterben. Ist das klar?«

Goossens war schmerzlich berührt. Im Gang stehend, blickte er zu dem Engländer hinauf, während sich in seinen Eingeweiden kalte Furcht zu regen begann. Er war vielen skrupellosen Männern der belgischen Unterwelt begegnet, die ihn aufgesucht hatten, um spezielle oder unübliche Waffen in Auftrag zu geben oder auch einfach einen regulären, stumpfnasigen Colt Special. Das waren harte Männer. Aber der Besucher von jenseits des Kanals, der einen bedeutenden und sorgsam bewachten Mann zu töten beabsichtigte — keinen Gangsterboß, sondern einen großen Mann, möglicherweise einen Politiker —, hatte etwas Unnahbares und zugleich Unerbittliches an sich.

Der Belgier dachte einen Moment lang daran, sich gegen die Unterstellung zu verwahren, besann sich dann jedoch eines Besseren.

»Monsieur«, sagte er leise, aber deswegen doch nicht weniger eindringlich, »ich will gar nichts über Sie wissen, überhaupt nichts. Das Gewehr, das Sie erhalten, wird keine Seriennummer tragen. Sehen Sie, für mich ist es wichtiger, sicherzustellen, daß von dem, was Sie tun, nicht etwa eine Spur zu mir führt, als meinerseits zu versuchen, mehr über Sie in Erfahrung zu bringen. *Bonjour, monsieur.*«

Der Schakal trat in den strahlenden Sonnenschein hinaus und winkte zwei Straßenecken weiter ein leeres Taxi heran, das ihn in die Stadt zurück und zum Hotel Amigo fuhr.

Er vermutete zwar, daß Goossens, um Gewehre erwerben zu können, einen Fälscher beschäftigte, zog es jedoch vor, sich einen Mann seiner Wahl zu suchen. Wieder war ihm Louis, sein Kumpan aus den alten Tagen in Katanga, dabei behilflich. Nicht, daß es sonderlich schwierig gewesen wäre. Brüssel hat eine lange Tradition als Zentrum der Identitätskarten-Fälscherindustrie, und nicht wenige Ausländer wissen die Leichtigkeit, mit der man sich dort auf diesem Gebiet helfen lassen kann, zu schätzen. In den frühen sechziger Jahren hatte sich Brüssel darüber hinaus zur Operationsbasis der Söldner entwickelt, denn damals waren die französischen und südafrikanischen bzw. englischen Einheiten, die später in diesem Gewerbe dominieren sollten, noch nicht im Kongo aufgetaucht. Seit dem Verlust Katangas trieben sich mehr als dreihundert arbeitslose »Militärberater« des alten Tschombé-Regimes, von denen viele im Besitz mehrerer falscher Ausweise waren, in den Bars und Kneipen des Bordellviertels herum.

Der Schakal traf seinen Mann in einer Bar hinter der rue Neuve, nachdem Louis die Zusammenkunft vereinbart hatte. Er stellte sich vor, und die beiden zogen sich in einen Eckalkoven zurück. Der Schakal zog seinen Führerschein hervor, der auf seinen eigenen Namen lautete, vor zwei Jahren vom London County Council ausgestellt und noch zwei Monate gültig war.

»Der gehörte einem Mann, der nicht mehr am Leben ist«, erklärte er dem Belgier. »Da ich in Großbritannien Fahrverbot habe, brauche ich eine neue Vorderseite mit meinem eigenen Namen darauf.«

Dann legte er dem Fälscher den auf den Namen Duggan ausgestellten Paß vor. Der Mann warf einen Blick darauf, sah, daß er erst vor drei Tagen ausgestellt worden war, und lächelte den Engländer durchtrieben an.

»*En effet*«, murmelte er und sah sich den aufgeschlagenen kleinen roten Führerschein genauer an. Nach ein paar Minuten blickte er auf.

»Keine Schwierigkeit, Monsieur. Die britischen Beamten sind Gentlemen. Scheinen nicht für möglich zu halten, daß amtliche Ausweise gefälscht werden können, und treffen daher keine nennenswerten Vorsichtsmaßnahmen. Dieser Fetzen« — er wies auf das kleine Papier, das auf die erste Seite des Ausweises geklebt war und die Nummer der Lizenz und den vollen Namen des Inhabers trug — »könnte mit einem Spielzeug-Setzkasten angefertigt werden. Das

Wasserzeichen ist leicht nachzumachen. Das Ganze ist überhaupt kein Problem. War das alles, was Sie von mir wollten?«

»Nein. Da wären noch zwei weitere Ausweise.«

»Ah. Nehmen Sie es mir nicht übel, aber es kam mir merkwürdig vor, daß Sie mich wegen einer so simplen Sache kontaktiert haben sollten. Es muß bei Ihnen in London genügend Männer geben, die dergleichen in zwei Stunden für Sie erledigen. Diese beiden anderen Ausweise — was sind das für welche?«

Der Schakal beschrieb sie ihm bis in die letzten Einzelheiten. Die Augen des Belgiers verengten sich, während er scharf nachdachte. Er holte eine Schachtel »Bastos« heraus, bot dem Engländer, der ablehnte, eine Zigarette an und entzündete sich selbst eine.

»Das ist nicht so einfach. Mit der französischen Identitätskarte ginge es schon. Es gibt genügend davon, nach denen man arbeiten kann. Sie verstehen, man muß nach einem Original arbeiten, um die besten Resultate zu bekommen. Aber die andere. Also, von der Sorte habe ich in meinem Leben noch keine gesehen, glaube ich. Das ist eine ganz ungewöhnliche Aufgabe.«

Er schwieg, während der Schakal einen vorbeikommenden Kellner beauftragte, ihre Gläser nachzufüllen. Als der Kellner gegangen war, fuhr er fort.

»Und dann das Photo. Das wird nicht leicht sein. Es muß einen Unterschied im Alter, in der Haarfarbe und -länge zeigen, sagen Sie. Wer falsche Papiere braucht, will meist sein eigenes Bild darauf haben und eine geänderte Personenbeschreibung dazu. Aber ein neues Photo zu machen, das Ihnen, so wie Sie heute aussehen, noch nicht einmal ähnlich sein soll, das kompliziert die Dinge.«

Er trank sein Bier, während er den Engländer unverwandt anstarrte, zur Hälfte aus. »Um das zu schaffen, ist es nötig, einen Mann zu finden, der annähernd das Alter des Inhabers der Karten und zudem eine gewisse Ähnlichkeit mit Ihnen hat, jedenfalls soweit es Kopf und Gesicht betrifft, und ihm das Haar in der Länge zu schneiden, die Sie verlangen. Als nächstes muß dann eine Photographie dieses Mannes auf die Karte praktiziert werden. Und von da ab läge es bei Ihnen, Ihre Maske dem Äußeren dieses Mannes anzupassen, und nicht andersherum. Können Sie mir folgen?«

»Ja«, sagte der Schakal.
»Das wird ein bißchen dauern. Wie lange bleiben Sie in Brüssel?«
»Nicht lange«, sagte der Schakal. »Ich muß ziemlich bald abreisen, aber ich könnte am 1. August wiederkommen. Von da ab könnte ich drei Tage bleiben. Am Vierten muß ich nach London zurück.«
Der Belgier dachte eine Weile nach und starrte dabei unverwandt auf das Photo in dem vor ihm liegenden Paß. Schließlich klappte er ihn zu, und nachdem er sich auf einem Stück Papier, das er aus seiner Tasche holte, den Namen Alexander James Quentin Duggan notiert hatte, reichte er ihn dem Engländer zurück. Den Führerschein und das Stück Papier steckte er ein.
»Geht in Ordnung. Aber ich muß zwei gute Porträtphotos von Ihnen haben, die Sie im Profil und en face zeigen, wie Sie jetzt aussehen. Das braucht seine Zeit. Und Geld. Es sind Extrakosten damit verbunden... Es kann möglich sein, daß ich mit einem Kollegen, der sich auf Taschendiebstahl versteht, nach Frankreich gehen muß, um die zweite dieser beiden Karten, von denen Sie sprechen, zu besorgen. Selbstverständlich werde ich es zunächst in und um Brüssel herum versuchen, aber es ist nicht ausgeschlossen, daß eine solche Reise unumgänglich wird...«
»Wieviel?« unterbrach ihn der Engländer.
»Zwanzigtausend Belgische Francs.«
Der Schakal überlegte einen Augenblick. »Etwa hundertzwanzig Pfund Sterling. Gut. Ich werde Ihnen hundert Pfund anzahlen, und den Rest bekommen Sie bei Lieferung.«
Der Belgier erhob sich. »Dann machen wir jetzt am besten die Porträtphotos. Ich habe ein eigenes Studio.«
Sie fuhren im Taxi zu einer etwa drei Kilometer entfernten kleinen Kellerwohnung, die sich als das verschmutzte, schäbige Atelier eines Photographen erwies, der laut Firmenschild darauf spezialisiert war, Paßphotos aufzunehmen, auf deren Entwicklung der Kunde warten konnte. Im Schaufenster prangten die unvermeidlichen Photos von jener Art, die der Passant für die Höhepunkte der bisherigen Arbeit des Inhabers halten mußte — zwei gräßlich retuschierte Porträts geziert lächelnder Mädchen, das Hochzeitsbild eines Paars, das unsympathisch genug aussah, um die Einrichtung der Ehe schlechthin in

Frage zu stellen, und zwei Babyphotos. Der Belgier ging die Treppe hinunter zur Ladentür voran, schloß sie auf und führte seinen Gast hinein.

Die Sitzung dauerte zwei Stunden, in denen der Belgier eine Geschicklichkeit im Umgang mit der Kamera bewies, wie sie der Schöpfer der im Fenster ausgestellten Photos unmöglich besitzen konnte. Eine große Kiste in der Ecke, die er mit seinem eigenen Schlüssel aufschloß, enthielt eine Anzahl teurer Kameras und Blitzlichtgeräte sowie Unmengen maskenbildnerischer Artikel einschließlich diverser Haarfärbe- und Bleichmittel, Toupets und Perücken, ferner Brillen in großer Auswahl sowie einen Schminkkasten.

Mitten in der Sitzung kam dem Belgier eine Idee, welche die Suche nach einem Ersatzmann, der für das endgültige Photo posierte, überflüssig machte. Während er die Wirkung der auf das Make-up des Schakals verwandten halbstündigen Arbeit studierte, begann er plötzlich in der Kiste zu kramen und holte eine Perücke hervor.

»Was halten Sie hiervon?« fragte er.

Die Perücke war eisengrau und *en brosse* geschnitten.

»Meinen Sie, daß Ihr eigenes Haar, in dieser Länge geschnitten und in diesem Ton gefärbt, so aussehen könnte?«

Der Schakal nahm die Perücke und sah sie sich näher an. »Wir können es ja versuchen und dann sehen, wie es auf dem Photo wirkt«, schlug er vor.

Und es klappte. Nachdem er sechs Aufnahmen von seinem Kunden gemacht hatte, kam der Belgier mit einer Anzahl feuchter Abzüge aus der Dunkelkammer. Gemeinsam beugten sie sich über den Tisch, auf dem ihnen das Gesicht eines alten, erschöpften Mannes entgegenstarrte. Seine Haut war aschgrau, und die dunklen Ringe unter seinen Augen zeugten von Müdigkeit und Schmerz. Der Mann war bartlos, aber das graue Haupthaar ließ darauf schließen, daß er ein Fünfziger sein mußte, und noch dazu kein sonderlich robuster Fünfziger.

»Ich glaube, es wird gehen«, meinte der Belgier.

»Das Dumme ist nur, daß Sie eine halbe Stunde lang mit allen möglichen Kosmetika an mir herumarbeiten mußten, um diesen Effekt zu erzielen. Dazu kam dann noch die Perücke. Ich kann das unmöglich alles selbst schaffen. Dabei haben wir hier künstliches Licht, während ich die Papiere, die ich benötige, bei Tageslicht vorweisen muß.«

»Aber genau das ist nicht der Punkt, um den es sich dreht«, erwiderte der Belgier rasch. »Es geht weniger darum, daß Sie nicht der genaue Abklatsch des Photos sind, sondern vielmehr darum, daß das Photo nicht der genaue Abklatsch von Ihnen ist. Das Gehirn eines Mannes, der Ausweise kontrolliert, arbeitet folgendermaßen: Zuerst sieht er dem Inhaber des Ausweises ins Gesicht, dann verlangt er die Papiere. Und dann schaut er sich das Photo an. Der erste Eindruck von dem Gesicht des vor ihm stehenden Mannes hat sich ihm schon eingeprägt. Das beeinflußt sein Urteil. Er achtet auf übereinstimmende, nicht auf abweichende Details.

Zweitens mißt dieser Abzug hier zwanzig mal fünfundzwanzig Zentimeter, während das Photo auf der Identitätskarte nicht größer als drei mal vier sein wird. Drittens sollte eine allzu genaue Ähnlichkeit vermieden werden. Wenn die Karte schon vor einigen Jahren ausgestellt wurde, ist es ganz ausgeschlossen, daß der Mann sich inzwischen kein bißchen verändert haben sollte. Auf dem Photo hier haben wir Sie in einem offenen gestreiften Hemd mit festem Kragen. Vermeiden Sie es zum Beispiel, dieses Hemd oder überhaupt Hemden mit offenem Kragen anzuziehen. Tragen Sie eine Krawatte, ein Halstuch oder einen Sweater mit Rollkragen.

Und schließlich ist keine der Veränderungen, die ich an Ihnen vorgenommen habe, schwer zu simulieren. Die Hauptsache ist selbstverständlich das Haar. Es muß einen Bürstenschnitt bekommen und grau gefärbt werden — vielleicht sogar noch grauer als auf dem Photo, aber jedenfalls nicht weniger grau —, bevor Sie das Photo vorweisen. Lassen Sie sich, um den Eindruck von Alter und Hinfälligkeit zu verstärken, einen drei Tage alten Stoppelbart stehen. Rasieren Sie sich dann mit einem Klapprasiermesser, aber schlecht, und schneiden Sie sich an ein paar Stellen. Alte Männer tun das häufig. Und was die Haut betrifft — also die ist sehr wichtig. Um Mitleid zu erregen, muß sie grau und schlaff wirken, möglichst wächsern und kränklich aussehen. Können Sie sich ein paar Stückchen Kordit besorgen?«

Der Schakal hatte den Ausführungen des Fälschers voller Bewunderung gelauscht, wenngleich sein Gesicht davon nichts verriet. Zum zweitenmal an ein und demselben Tag war er einem Profi begegnet, der sich auf seinem Gebiet wirklich auskannte. Er beschloß, sich Louis in angemessener Form erkenntlich zu zeigen — nachdem der Job erledigt war.

»Das müßte sich schon machen lassen«, sagte er zurückhaltend.

»Zwei oder drei Körnchen Kordit, zerkaut hinuntergeschluckt, erzeugen innerhalb einer halben Stunde ein Gefühl leichter Übelkeit, das unbehaglich, aber nicht weiter schlimm ist. Sie bewirken außerdem, daß die Gesichtshaut grau und schweißig wird. Wir haben diesen Trick in der Armee angewandt, wenn wir uns vor Extradienst oder Gewaltmärschen drücken wollten.«

»Herzlichen Dank für die Information. Und was das andere betrifft — glauben Sie, daß Sie die Papiere rechtzeitig liefern können?«

»Rein technisch gesehen, dürfte es kein Problem darstellen. Die einzige Schwierigkeit, die noch verbleibt, ist die Beschaffung eines Originals des zweiten französischen Dokuments. Da wird die Zeit vielleicht ein wenig knapp werden. Aber wenn Sie in den ersten Augusttagen zurückkommen, kann ich sie, glaube ich, allesamt für Sie fertig haben. Sie — äh — sprachen von einer Anzahlung zur Deckung der Unkosten...«

Der Schakal griff in die Innentasche seiner Jacke und zog ein einzelnes Bündel von zwanzig Fünfpfundnoten hervor, das er dem Belgier überreichte.

»Wie setze ich mich mit Ihnen wieder in Verbindung?« fragte er.

»Auf die gleiche Weise wie heute, würde ich vorschlagen.«

»Das ist mir zu unsicher. Womöglich ist mein Kontaktmann unerreichbar oder gerade nicht in der Stadt. Ich hätte dann keine Möglichkeit, Sie zu finden.«

Der Belgier überlegte kurz und sagte dann: »Ich werde an jedem der drei ersten Augusttage von 18 bis 19 Uhr in der Bar, in der wir uns heute getroffen haben, auf Sie warten. Wenn Sie nicht kommen, ist die Sache, was mich betrifft, abgeblasen.«

Der Engländer hatte die Perücke abgenommen und sich mit einem in eine Abschminkflüssigkeit getauchten Handtuch das Gesicht abgewischt. Schweigend band er sich die Krawatte und schlüpfte in seine Jacke. Dann wandte er sich an den Belgier.

»Es gibt da ein paar Dinge, über die zwischen uns keine Mißverständnisse aufkommen sollten«, sagte er. Seine Stimme, aus der alle Freundlichkeit gewichen war, klang jetzt kalt, und das Grau seiner auf den Belgier gerichteten Augen hatte den farblos-bleichen Ton undurchsichtiger Nebelschwaden. »Wenn Sie alles besorgt und erledigt haben, werden Sie sich, wie vereinbart, in der Bar einfinden. Sie werden mir den neuen Führerschein liefern und die aus dem alten entfernte Seite zurückgeben, desgleichen mir alle Negative und Abzüge der Photos, die Sie eben aufgenommen haben, aushändigen. Sie werden den Namen Duggan wie auch den des ursprünglichen Eigentümers dieses Führerscheins vergessen. Den Namen auf den beiden französischen Ausweisen, die Sie anfertigen werden, können Sie nach eigenem Gutdünken aussuchen, vorausgesetzt, daß er einfach und in Frankreich gebräuchlich ist. Nachdem Sie mir die beiden Ausweise ausgehändigt haben, werden Sie auch diesen Namen vergessen. Sie werden mit niemandem über diesen Auftrag sprechen. Falls Sie gegen irgendeine dieser Bedingungen verstoßen, werden Sie sterben. Haben wir uns verstanden?«

Der Belgier starrte ihn ein paar Sekunden lang wortlos an. In den vergangenen drei Stunden war er zu der Auffassung gelangt, daß es sich bei dem Engländer um einen nicht sonderlich bedeutenden Kunden handelte, der nichts weiter vorhatte, als in Großbritannien einen Wagen zu fahren und sich in Frankreich aus irgendwelchen persönlichen Gründen als älterer Mann zu verkleiden. Vielleicht ein Schmuggler, der Rauschgift oder Diamanten von einem einsamen bretonischen Fischerdorf nach England transferierte. Aber eigentlich doch ein recht sympathischer Typ. Jetzt änderte er seine Meinung.

»Voll und ganz, Monsieur«, sagte er.

Wenige Sekunden später war der Engländer in die Dunkelheit der Nacht hinausgetreten. Erst fünf Querstraßen weiter nahm er ein Taxi, das ihn zum Amigo zurückbrachte. Es war Mitternacht, als er dort ankam. Er ließ sich eine Flasche Mosel und ein kaltes Brathähnchen aufs Zimmer bringen, badete ausgiebig, um die letzten Spuren des Make-up zu beseitigen, und ging schlafen.

Am anderen Morgen zahlte er die Hotelrechnung und bestieg den Brabant-Expreß nach Paris. Es war der 22. Juli.

Um die gleiche Zeit saß der Chef des Aktionsdienstes des SDECE an seinem Schreibtisch und blickte auf die beiden Schriftstücke, die vor ihm lagen. Es handelte sich um Kopien zweier von Agenten oder anderen Dienststellen übermittelter Routineberichte. Beide trugen oben auf der Seite eine Verteilerliste mit den Namen der zu ihrer Lektüre autorisierten Abteilungschefs. Sie enthielten auch seinen eigenen Namen, der mit einem Kreuzchen versehen war. Beide Berichte waren an diesem Morgen eingetroffen, und normalerweise würde Oberst Rolland sie überflogen, ihren Inhalt irgendwo in seinem unglaublichen Gedächtnis gespeichert und die Berichte dann unter verschiedenen Stichwörtern abgelegt haben. Aber es hatte da einen Namen gegeben, der in beiden Berichten aufgetaucht war, einen Namen, der seine Aufmerksamkeit erregte.

Bei dem Bericht, der zuerst eingetroffen war, handelte es sich um ein abteilungsinternes Memorandum von R 3 (Westeuropa), das die Zusammenfassung einer Meldung ihres ständigen Büros in Rom enthielt. Sie besagte, daß Rodin, Montclair und Casson noch immer in ihrer Zimmerflucht im obersten Stockwerk des römischen Hotels hockten, wo sie sich nach wie vor von acht Fremdenlegionären bewachen ließen. Sie hatten das Gebäude, seit sie am 18. Juni eingezogen waren, nicht ein einziges Mal verlassen. Aus Paris waren zusätzliche Beamte der Abteilung R 3 nach Rom beordert worden, um die dortigen Agenten bei der Tag und Nacht aufrechterhaltenen Überwachung des Hotels zu unterstützen. Die Anweisungen aus Paris lauteten unverändert dahingehend, daß nichts unternommen, die Beobachtung jedoch fortgesetzt werden solle. Drei Wochen zuvor hatten die Männer im Hotel ein bestimmtes Schema festgelegt, nach welchem sie die Verbindung mit der Außenwelt aufrechtzuerhalten pflegten (siehe R 3 / Rom-Bericht vom 30. Juni), und es seither beibehalten. Der Kurier war stets Viktor Kowalsky. Ende der Mitteilung.

Oberst Rolland nahm den ledernen Aktenordner zur Hand, der neben der abgesägten 10,5-cm-Granatenhülse lag, die ihm als Aschenbecher diente und schon jetzt von »Disque Bleue«-Stummeln halb gefüllt war, und schlug ihn auf. Sein Blick glitt rasch über die Zeilen des R 3 / Rom-Berichts vom 30. Juni, bis er den Absatz fand, den er gesucht hatte.

Täglich, so hieß es da, verließ einer der Wachposten das Hotel und ging aufs Hauptpostamt. Dort war ein offenes *Poste Restante*-Fach auf den Namen eines gewissen Poitiers reserviert. Die OAS hatte, offenbar aus Furcht, es könnte ausgeraubt werden, kein mit einem Schlüssel versehenes Postfach genommen. Die gesamte für die Männer an der Spitze der OAS bestimmte Post war an Poitiers adressiert und wurde vom diensttuenden Beamten am *Poste Restante*-Schalter verwahrt. Ein Versuch, den Mann durch Bestechung dazu zu bewegen, die Post einem Agenten von R 3 auszuhändigen, schlug fehl. Der Beamte hatte seinen Vorgesetzten das ihm gestellte Ansinnen gemeldet und war durch einen dienstälteren Kollegen ersetzt worden. Möglich, daß die Post für Poitiers jetzt von der italienischen Sicherheitspolizei kontrolliert wurde, aber R 3 war angewiesen, sich nicht mit der Bitte um Zusammenarbeit an die Italiener zu wenden. Der Versuch, den Beamten zu bestechen, war zwar fehlgeschlagen, aber man hatte geglaubt, die Initiative ergreifen zu müssen. Jeden Tag wurde die über Nacht im Postamt eingetroffene Post dem Leibwächter ausgehändigt, der als ein Viktor Kowalsky, ehemaliger Korporal der Fremdenlegion und Angehöriger der von Rodin in Indochina geführten Kompanie, identifiziert war. Kowalsky mußte offenbar über entsprechende falsche Papiere, die ihn gegenüber dem Postamt als Poitiers auswiesen, oder über eine Vollmacht verfügen, die vom Postamt akzeptiert wurde. Wenn Kowalsky Briefe aufzugeben hatte, pflegte er neben dem Briefkasten in der Haupthalle des Gebäudes bis fünf Minuten vor der Entleerung auszuharren, die Briefe durch den Schlitz zu werfen und dann wiederum abzuwarten, bis der Kasten geleert und sein Inhalt zum Sortieren in die hinteren Räume des Gebäudes gebracht wurde. Jedweder Versuch, in den Prozeß der Absendung oder des Empfangs von OAS-Post einzugreifen, würde notwendig mit einem Grad an Gewalttätigkeit verbunden sein, wie er von Paris ausdrücklich untersagt worden war. Zuweilen führte Kowalsky von der für Überseegespräche vorgesehenen Zelle aus Ferngespräche, aber auch hier waren alle Versuche, die angerufene Nummer in Erfahrung zu bringen oder das Gespräch abzuhören, fehlgeschlagen. Ende der Mitteilung.

Oberst Rolland klappte den Lederdeckel des Aktenordners zu und nahm sich auch den zweiten der beiden an diesem Morgen eingetroffenen Berichte nochmals vor. Es war ein Polizeibericht der *Police Judiciaire* in Metz, aus dem hervorging, daß bei der routinemäßig durchgeführten Razzia einer Bar ein Mann vernommen worden sei, der dabei zwei Polizisten angeschossen habe. Auf der Polizeiwache sei besagter Mann aufgrund seiner Fingerabdrücke als der fahnenflüchtige Fremdenlegionär Sandor Kovacs, ein 1956 aus Budapest geflohener gebürtiger Ungar, identifiziert worden. Kovacs, das besagte eine von der PJ Paris am Schluß des Berichts aus Metz angefügte Notiz, sei ein berüchtigter OAS-Bandit, der wegen seiner Mittäterschaft an einer Serie terroristischer Morde an staatsloyalen Beamten der algerischen Distrikte Bone und Constantine seit 1961 gesucht werde. Zu jener Zeit habe er vorwiegend gemeinsam mit einem anderen bis heute nicht gefaßten OAS-Killer operiert, einem ehemaligen Korporal der Fremdenlegion namens Viktor Kowalsky. Ende der Mitteilung.

Rolland sann nochmals über die zwischen den beiden Männern bestehende Verbindung nach, wie er dies schon in der vergangenen Stunde getan hatte. Schließlich drückte er einen Knopf des Sprechgeräts und antwortete auf das aus dem Apparat dringende *»Oui, mon colonel?«*:

»Bringen Sie mir die Personalakte Kowalsky, Viktor, sofort.«

Innerhalb von zehn Minuten lag ihm die aus dem Archiv herbeigeholte Akte Kowalsky vor, und er verbrachte eine weitere Stunde mit deren Lektüre. Mehrmals kehrte sein Blick zu einem ganz bestimmten Satz zurück. Während andere, in weniger aufreibenden Berufen beschäftigte Pariser unten auf den Trottoirs den Bistros und Cafeterias entgegenstrebten, in denen sie ihr Mittagsmahl einzunehmen pflegten, beraumte Oberst Rolland eine dienstliche Besprechung an, bei der außer ihm selbst sein persönlicher Sekretär, ein Schriftsachverständiger der drei Stockwerke tiefer untergebrachten Dokumentationsabteilung sowie zwei Gorillas seiner privaten Prätorianergarde anwesend waren.

»Meine Herren«, sagte er, »mit unfreiwilliger, aber unerläßlicher Unterstützung eines hier nicht Anwesenden werden wir jetzt einen Brief entwerfen, schreiben und abschicken.«

Fünftes Kapitel

Kurz vor 13 Uhr lief der Brabant-Expreß in die Gare du Nord ein. Der Schakal nahm sich ein Taxi, das ihn zu einem kleinen, jedoch ungemein behaglichen Hotel in der von der Place de la Madeleine abgehenden rue de Suresne brachte. Es war kein Hotel in der Preislage des D'Angleterre in Kopenhagen oder des Brüsseler Amigo, aber der Schakal hatte seine Gründe, die ihn für die Dauer dieses Aufenthalts in Paris ein bescheideneres und weniger bekanntes Haus vorziehen ließen. Da war einmal der Umstand, daß er längere Zeit bleiben würde, und zum anderen die weitaus größere Wahrscheinlichkeit, hier in Paris jemandem, der ihn in London unter seinem richtigen Namen flüchtig gekannt haben mochte, zufällig wiederzubegegnen, als in Kopenhagen oder Brüssel. Draußen auf der Straße würden die dunklen Gläser seiner Brille, die im strahlenden Sonnenlicht der Boulevards zu tragen ganz normal war, seine Identität hinreichend schützen. Die mögliche Gefahr bestand darin, auf dem Korridor oder in der Halle eines Hotels gesehen zu werden. Was er in dieser Phase um jeden Preis vermeiden wollte, das war, von irgend jemandem mit einem fröhlichen »Na so was — Sie hier wiederzusehen!« angehalten und womöglich in Hörweite eines Empfangschefs, der ihn als Mr. Duggan kannte, mit seinem richtigen Namen angesprochen zu werden.

Nicht daß sein Aufenthalt in Paris in irgendeiner Weise geeignet war, Aufmerksamkeit zu erregen. Er verbrachte seine Tage mit der beflissenen Geschäftigkeit eines Touristen. Am ersten Tag kaufte er sich einen Stadtplan von Paris, auf dem er anhand eines mitgebrachten kleinen Notizbuchs die Plätze und Bauwerke, die er unbedingt sehen wollte, ankreuzte. Diese besuchte und besichtigte er sodann mit bemerkenswerter Ausdauer, wobei er der architektonischen Schönheit sein besonderes Augenmerk widmete oder doch, wo von solcher nicht die Rede sein konnte, ihrer historischen Bedeutung ständig eingedenk war.

Er verbrachte drei Tage damit, in der unmittelbaren Umgebung des Arc de Triomphe umherzustreifen oder das Bauwerk und die Dächer der die Place de l'Etoile säumenden Gebäude von der Terrasse des

Café de l'Elysée aus in Augenschein zu nehmen. Wer ihm in jenen Tagen nachspioniert hätte (was niemand tat), wäre überrascht gewesen, daß sogar die Architektur des verdienstvollen Monsieur Haussmann einen so glühenden Bewunderer gefunden haben sollte. Gewiß hätte kein noch so scharfer Beobachter auch nur ahnen können, daß der gepflegt aussehende, elegant gekleidete englische Tourist, der in seinem Kaffee rührte und stundenlang unverwandt zu den Dächern der umstehenden Gebäude hinaufstarrte, insgeheim Schußwinkel, Entfernungen von den oberen Stockwerken bis zur Ewigen Flamme, die unter dem Triumphbogen flackerte, und die Chancen, über Feuerleitern zu entkommen und unerkannt in der flanierenden Menschenmenge unterzutauchen, berechnete.

Nach drei Tagen verließ er die Gegend des Etoile und besuchte die Gedenkstätte für die Märtyrer der französischen Résistance auf dem Montvalérien. Hier traf er mit einem Blumenstrauß ein; und ein Wärter, den diese Geste gegenüber seinen ehemaligen Résistance-Kameraden von seiten eines Engländers rührte, veranstaltete ihm zu Ehren eine ausgedehnte Einzelführung durch die Gedenkstätte. Er dürfte kaum bemerkt haben, daß der Blick des Besuchers immer wieder von deren Portal fort- und zu den hohen Gefängnismauern hinüberwanderte, die jede Möglichkeit, von den Dächern der umgebenden Gebäude aus direkte Einsicht in den Hof zu nehmen, verwehrten. Nach zwei Stunden verabschiedete er sich mit einem höflichen »Thank you« sowie einem großzügigen, aber nicht exzessiven Trinkgeld.

Er suchte auch die Place des Invalides auf, die von dem an ihrem südlichen Ende gelegenen Invalidendom, der Herberge der Grabstätte Napoleons und dem Hort des Ruhms der französischen Armee, beherrscht wird. Die von der rue Fabert gebildete Westseite des weiten Platzes interessierte ihn am meisten, und einen ganzen Vormittag lang saß er vor dem Eckcafé, das sich dort befindet, wo die rue Fabert an die kleine dreieckige Place de Santiago du Chili grenzt. Vom siebten oder achten Stockwerk des hinter ihm befindlichen Gebäudes aus — dem Eckhaus Nr. 146 der die rue Fabert in einem Winkel von neunzig Grad schneidenden rue de Grenelle — mußte ein Scharfschütze seiner Schätzung nach die Vorgärten des Hôtel des Invalides, den Eingang zum inneren Hof, den größten Teil der Place des Invalides sowie zwei oder drei Straßen kontrollieren können. Ein für Nachhuten zu hinhaltendem letzten Widerstand, nicht aber ein für Attentate geeigneter Ort. Zum einen betrug die Entfernung zwischen den oberen Fenstern und dem kiesbestreuten Weg, der vom Invaliden-Palast dorthin führte, wo die Wagen am Fuß der Treppe zwischen den beiden Tanks vorfahren würden, mehr als zweihundert Meter. Zum anderen würde die Sicht von den Fenstern des Hauses Nr. 146 aus zum Teil durch die obersten Zweige der Lindenbäume, mit denen die Place de Santiago dicht bepflanzt war und von denen die Tauben ihren grauweißen Tribut der geduldigen Statue Vaubans auf die Schultern fallen ließen, beeinträchtigt sein. Schweren Herzens zahlte er seinen Vittel Menthe und ging.

Einen Tag verbrachte er in der unmittelbaren Umgebung der Kathedrale von Notre-Dame. Hier, im Labyrinth der Ile de la Cité, gab es Hintertreppen, -höfe und schmale Gänge, aber die Entfernung vom Portal der Kathedrale zu den am Fuß der Treppe geparkten Wagen betrug nur wenige Meter, und die Dächer der Gebäude an der Place Parvis waren zu weit weg, die derjenigen am winzigen Square Charlemagne dagegen zu nah und von den Sicherheitskräften auch allzu leicht durch Beobachter zu kontrollieren.

Sein letzter Besuch galt dem Platz am südlichen Ende der rue de Rennes, den er am 28. Juli in Augenschein nahm. Ehedem Place de Rennes genannt, war der Platz, als die Gaullisten die Macht im Hotel de Ville übernahmen, in »Place du 18 Juin 1940« umbenannt worden. Der Schakal ließ seinen Blick zu dem nagelneuen Straßenschild an der Hausmauer wandern, und die Erinnerung an etwas, wovon er im vergangenen Monat gelesen hatte, stellte sich wieder ein. Der 18. Juni 1940 war der Tag gewesen, an welchem der einsame, aber stolze Mann im Londoner Exil sich an das Mikrophon begeben hatte, um den Franzosen zu verkünden, daß sie zwar eine Schlacht, nicht aber den Krieg verloren hatten.

Irgend etwas an diesem für die Pariser der Kriegsgeneration von Erinnerungen erfüllten Platz, mit der gedrungenen Masse der Gare Montparnasse an seiner Südseite, veranlaßte den Schakal stehenzubleiben. Sein Blick umfaßte die weite, asphaltierte Fläche, die jetzt vom Mahlstrom des den Boulevard du Montparnasse entlang dröhnenden und sich mit anderen Strömen aus der rue d'Odessa und der rue de Rennes vereinigenden Verkehrs gekreuzt wurde. Er sah zu den hohen, schmalen Häusern zu beiden Seiten der rue de Rennes zurück, deren Fenster ebenfalls auf den Platz hinausgingen. Langsam umschritt er ihn bis zur Südseite und schaute durch die Gitterstäbe des Geländers in den Innenhof der Gare Montparnasse. Der Hof war erfüllt vom Lärm der Taxis und Privatwagen, die tagtäglich Zehntausende von Pendlern vom Bahnhof abholten oder zu ihm brachten. Länger als ein halbes Jahrhundert hindurch einer der großen Pariser Kopfbahnhöfe, sollte er noch in jenem Winter zu einem stummen Klotz werden, der über den menschlichen und geschichtlichen Ereignissen brütete, die in seinen rauchgeschwärzten Hallen stattgefunden hatten. Der Bahnhof war zum Abbruch vorgesehen*.

Der Schakal drehte dem Geländer den Rücken zu und blickte nach Norden die breite rue de Rennes hinauf. Vor ihm lag die Place du 18 Juin 1940 — der Platz, an welchem, dessen war er ganz sicher, Charles de Gaulle sich am vorgesehenen Tag ein letztes Mal einfinden würde. Was das betraf, stellten die anderen Plätze, die er in der vergangenen Woche aufgesucht hatte, bloße Möglichkeiten dar; dieser dagegen, darüber bestand keinerlei Zweifel, bedeutete eine Gewißheit. In Kürze würde es keine Gare Montparnasse mehr geben; die Arkaden, die auf so vieles hinabgeblickt hatten, würden verschwinden, und der Vorhof, der die Schmach der abziehenden Besatzer und die Befreiung von Paris erlebt hatte, würde einer Cafeteria für Büroangestellte weichen. Aber bevor das geschah, würde er, der Mann im *képi* mit den beiden goldenen Sternen, noch einmal hier erscheinen. Indes betrug die Entfernung vom obersten Stockwerk des Eckhauses auf der Westseite der rue de Rennes bis zur Mitte des Vorhofs etwa hundertdreißig Meter...

Der Schakal musterte die Stadtlandschaft vor ihm mit geübtem Auge. Beide Eckhäuser der rue de Rennes, die sich dort befanden, wo die Straße in den Platz einmündete, boten ganz offenkundig die günstigsten Möglichkeiten. Die nächsten drei Häuser, weiter die Straße

---

* Anm. d. Verf.: Die Fassade der alten Gare Montparnasse wurde 1964 abgerissen, um einem Hochhaus Platz zu machen. Das neue Bahnhofsgebäude erhebt sich heute etwa 500 m südwestlich davon.

hinauf, offerierten einen engen Schußwinkel in den Vorhof zum Bahnhof und kamen ebenfalls in Frage. Jenseits dieser Häuser wurde der Winkel zu eng. Desgleichen waren die ersten drei Gebäude am Boulevard du Montparnasse, der den Platz in gerader ost-westlicher Richtung kreuzte, geeignet. Hinter ihnen wurde der Winkel wiederum zu eng und die Entfernung zu groß. Sonstige Gebäude, die den Platz beherrschten und nicht zu weit entfernt waren, gab es nicht — es sei denn, das Bahnhofsgebäude selbst. Aber das würde abgesperrt und sein oberes Stockwerk mit den auf den Vorhof hinausgehenden Fenstern von Sicherheitsbeamten besetzt sein. Der Schakal beschloß, als erstes die drei Eckhäuser auf der westlichen Seite der rue de Rennes näher in Augenschein zu nehmen, und schlenderte zu einem auf der Ostseite gelegenen Eckcafé, dem Café Duchesse Anne, hinüber.

Hier nahm er, nur wenige Meter vom lärmenden Straßenverkehr entfernt, auf der Terrasse Platz, bestellte sich einen Kaffee und starrte zu den Häusern auf der anderen Straßenseite hinüber. Er blieb drei Stunden. Später lunchte er in der gegenüberliegenden Hansi Brasserie Alsacienne und studierte die Häuserfronten der Ostseite. Nach dem Essen schlenderte er auf und ab und machte sich mit den Eingängen der in Frage kommenden Apartmenthäuser vertraut. Auf diese Weise gelangte er schließlich bis zu den ersten Häusern des Boulevard du Montparnasse, die jedoch Büros neueren Datums beherbergten und von geschäftigem Leben erfüllt waren.

Am nächsten Tag war er wieder da, schlenderte an den Häuserfronten entlang, kreuzte die Fahrbahn, um sich unter den Bäumen auf eine der Straßenbänke zu setzen und nochmals die oberen Stockwerke zu inspizieren. Fünf- oder sechsgeschossige Steinfassaden, gekrönt von einem umgitterten First, dann die steile, von Mansardenfenstern unterbrochene Schräge des mit schwarzen Ziegeln gedeckten Dachstuhls, der ehedem die Unterkünfte der Dienstboten beherbergte und jetzt ärmeren Pensionären als Wohnung diente. Die Dächer, und möglicherweise auch die Mansarden, würden an dem betreffenden Tag vermutlich überwacht werden. Es mochte sogar Beobachtungsposten auf den Dächern geben, die, den Feldstecher auf die gegenüberliegenden Fenster und Dächer gerichtet, zwischen den Kamingruppen umherkrochen. Aber die Höhe des unmittelbar unter dem

Dachboden gelegenen obersten Stockwerks war ausreichend, vorausgesetzt, man konnte weit genug vom Fenster weg im Schatten sitzen, um nicht vom gegenüberliegenden Haus aus gesehen zu werden. In der schwülen Hitze jenes Sommers würde das offene Fenster nicht auffallen. Aber je weiter man den Stuhl ins Zimmer hinein rückte, desto enger wurde der Schußwinkel zum Vorhof des Bahnhofs hinunter. Aus diesem Grund schied das jeweils dritte Haus zu beiden Seiten der rue de Rennes aus. Damit blieben dem Schakal vier Häuser, unter denen er wählen konnte. Da es zu der Tageszeit, zu welcher er seiner Schätzung nach zum Schuß käme, Nachmittag sein und die Sonne bereits im Westen, aber immer noch hoch genug am Himmel stehen würde, um über das Dach des Bahnhofsgebäudes hinweg in die Fenster der auf der Ostseite der Straße gelegenen Häuser zu scheinen, entschied er sich schließlich für eines auf der Westseite. Um ganz sicher zu gehen, wartete er an jenem 29. Juli bis 16 Uhr und stellte fest, daß die Sonne die obersten Fenster der Häuser auf der Westseite nur mit einem schrägen Strahl erreichte, die Häuser auf der Ostseite dagegen noch immer voll beschien.

Am nächsten Tag bemerkte er die Concierge. Es war der dritte Tag, an dem er entweder auf einer Caféterrasse oder auf einer Straßenbank saß, und er hatte sich eine Bank ausgesucht, die nur wenige Meter von den Eingängen der beiden Miethäuser entfernt war, für die er sich noch immer interessierte. Ein paar Schritte hinter ihm und nur durch die Breite des Bürgersteigs, über den endlose Schwärme von Passanten dahineilten, von ihm getrennt, saß die Concierge in ihrem Hauseingang und strickte. Einmal kam ein Kellner aus einem benachbarten Café zu einem Plausch herübergeschlendert. Er nannte die Concierge Madame Berthe. Es war eine reizende Idylle, der Tag war warm, die Sonne strahlte und reichte, solange sie noch im Südosten und Süden über dem Bahnhofsdach auf der anderen Seite des Platzes hoch am Himmel stand, zwei bis drei Meter weit in den dunklen Hauseingang hinein.

Die Concierge war eine gemütvolle großmütterliche Person, und aus der Art, wie sie »*Bonjour monsieur*« flötete, wenn gelegentlich jemand das Miethaus verließ oder betrat, wie auch aus dem fröhlichen »*Bonjour, Madame Berthe*«, das sie jedesmal zur Antwort erhielt, schloß der auf der fünf Meter entfernten Straßenbank sitzende Beobachter, daß sie beliebt sein mußte. Eine mitleidige Natur, die für die weniger gut Weggekommenen dieser Erde ein Herz hatte: Kurz nach 14 Uhr erschien eine Katze, und innerhalb weniger Minuten kam Madame Berthe, die vorübergehend ihre Portiersloge im hinteren Teil des Parterres aufgesucht hatte, mit einer Untertasse voll Milch für das Tier, das sie »ma petite Minette« nannte, zurück.

Kurz vor 16 Uhr packte sie ihr Strickzeug zusammen, steckte es in eine der geräumigen Taschen ihrer Schürze und schlurfte auf ihren Pantoffeln die Straße hinunter zur Bäckerei. Der Schakal stand von der Bank auf und betrat das Mietshaus. Er zog es vor, statt des Aufzugs die Treppen zu benutzen, und rannte lautlos nach oben.

Die Treppen umliefen den Liftschacht und erreichten bei jeder zum hinteren Teil des Gebäudes führenden Wendung einen kleinen Absatz. Auf jedem zweiten Stockwerk gelangte man von diesem Absatz aus durch eine Tür in der hinteren Mauer des Hauses zu einer eisernen Feuertreppe. Vor dem sechsten — dem obersten — Stock, über dem sich lediglich der Dachboden befand, öffnete der Schakal diese Tür und blickte hinunter. Die Feuertreppe führte in einen Innenhof, auf den die Hintereingänge der anderen Häuser gingen, welche die Ecke des hinter ihm befindlichen Platzes bildeten. Auf der gegenüberliegenden Seite des Hofs wurde die Masse der Gebäude von einer nach Norden verlaufenden schmalen, überdachten Passage unterbrochen.

Der Schakal schloß die Tür leise, schob den Riegel wieder vor und stieg die letzte halbe Treppe zum sechsten Stock hinauf. Von hier aus führte am Ende des Korridors eine schmalere Treppe zu den oberen Dachböden. Der Korridor hatte zwei Türen zu Wohnungen, die auf den inneren Hof hinausgingen, und zwei weitere zu Wohnungen im vorderen Teil des Hauses. Sein Orientierungssinn sagte ihm, daß eine dieser beiden Wohnungen Fenster haben müsse, die auf die rue de Rennes oder halb seitlich zum Platz und darüber hinaus zum Vorhof des Bahnhofs hinausgingen. Das waren die Fenster, die er so lange von der Straße aus beobachtet hatte.

Auf dem einen der Namenschilder neben den Klingelknöpfen der beiden vorderen Wohnungen stand »Mlle Béranger«, auf dem anderen »M et Mme Charrier«. Er lauschte einen Augenblick, aber aus keiner der Wohnungen drang ein Laut. Er untersuchte die Schlösser; beide waren in das Holz eingelassen, das überaus hart und von beträchtlicher Stärke war. Die Schloßzapfen an den Innenseiten der Türen waren vermutlich von der Art jener stählernen Riegel, wie sie die um ihre Sicherheit so besorgten Franzosen bevorzugten, und wahrscheinlich auch von der doppelt verschließbaren Sorte. Er würde Schlüssel benötigen, von denen Mme Berthe gewiß irgendwo in ihrer kleinen Loge für jede Wohnung mindestens einen verwahrte.

Ein paar Minuten später lief er die Treppe, über die er hinaufgekommen war, lautlos wieder hinunter. Alles in allem hatte er sich keine fünf Minuten lang in dem Haus aufgehalten. Die Concierge war inzwischen zurückgekehrt. Durch die Milchglasscheibe der Tür zu ihrer Loge sah er im Vorübergehen flüchtig ihre verschwommenen Umrisse. Im nächsten Augenblick hatte er sich nach rechts gewendet und mit großen Schritten den von einem Bogen überwölbten Hauseingang erreicht.

Er ging nach links ein Stück weit die rue de Rennes hinauf, kam an zwei weiteren Mietshäusern und einem Postamt vorbei und bog, der Fassade des Postamts noch immer folgend, in die erste Querstraße — die rue Littre — ein. Am Ende des Postgebäudes befand sich eine enge, überdachte Passage. Der Schakal blieb stehen, um sich eine Zigarette anzuzünden, und blickte, während die Flamme aufflackerte, verstohlen die Passage entlang. Sie führte zu dem von der Nachtschicht der Telephonvermittlung benutzten Hintereingang des Postamtes. Jenseits des tunnelartigen Durchgangs war ein sonnenbeschienener Hinterhof zu sehen. Auf der gegenüberliegenden beschatteten Seite konnte er die letzten Sprossen der Feuerleiter des Hauses erkennen, das er gerade verlassen hatte. Der Schakal machte einen tiefen Zug aus seiner Zigarette und ging weiter. Er hatte seinen Fluchtweg entdeckt.

Am Ende der rue Littre wandte er sich wiederum nach links und folgte der rue de Vaugirard bis zum Boulevard du Montparnasse. Er hatte die Ecke erreicht und hielt, den Boulevard hinauf- und hinunterblickend, Ausschau nach einem freien Taxi, als ein Polizei-Motorradfahrer heranbrauste, seine Maschine aufbockte und von der Mitte der Kreuzung aus den Verkehr anzuhalten begann. Mit schrillen Pfiffen seiner Trillerpfeife stoppte er alle aus der rue de Vaugirard wie auch die aus der Richtung des Bahnhofs den Boulevard hinunter kommenden Automobile. Der Gegenverkehr von Duroc her wurde gebieterisch an den rechten Straßenrand verwiesen. Kaum hatte er sämtliche Fahrzeuge zum Stillstand gebracht, als auch schon das entfernte Heulen von Polizeisirenen aus der Richtung Duroc hörbar wurde. Von der Ecke der rue de Vaugirard aus den Boulevard hinunterblickend, sah der Schakal fünfhundert Meter weiter einen aus dem Boulevard des Invalides kommenden Automobilkonvoi über die Kreuzung der rue de Sèvres hinweg auf sich zufahren. Vornweg knatterten zwei lederbekleidete Motorradfahrer in weißen Helmen, die im Sonnenlicht blinkten, und ließen ihre Sirenen aufheulen. Hinter ihnen wurden die Haifischmäuler zweier Citroën DS 19 sichtbar. Der Polizist, der mit dem Rücken zum Schakal auf der Kreuzung stand und den Verkehr regelte, wies, den gebeugten rechten Arm mit der Handfläche nach unten über die Brust gelegt und so die Vorfahrt des herannahenden Konvois signalisierend, mit straff ausgestrecktem linkem Arm zur Avenue du Maine.

Nach rechts geneigt, kurvten die beiden Motorradfahrer, gefolgt von den Limousinen, in die Avenue du Maine. Aufrecht hinter dem Fahrer im Fond des ersten Wagens sitzend und starr geradeaus blickend, wurde sekundenlang eine hochgewachsene, mit einem dunkelgrauen Anzug bekleidete Gestalt sichtbar. Der Schakal erhaschte einen flüchtigen Blick auf das hocherhobene Haupt und die unverkennbare Nase, bevor der Konvoi vorbeigebraust war. Das nächstemal, wenn ich dein Gesicht sehe, schwor er der blitzartig entschwundenen Erscheinung, werde ich es scharf eingestellt im Fadenkreuz meines Zielfernrohrs haben.

Dann fand er ein Taxi und ließ sich in sein Hotel zurückfahren.

Ein Stück weiter den Boulevard hinauf, nahe der Métro-Station Duroc, der sie soeben entstiegen war, hatte eine andere Gestalt die Vorbeifahrt des Präsidenten mit mehr als dem üblichen Interesse beobachtet. Sie war im Begriff gewesen, die Straße zu überschreiten, als ein Polizist sie zurückwinkte. Sekunden später schoß der aus dem Boulevard des Invalides kommende Automobilkonvoi über die kopfsteingepflasterte Place Léon Paul Fargue in den Boulevard du Montparnasse. Auch sie hatte das unverkennbare Profil im Fond des ersten Citroën gesehen, und ihre Augen hatten in leidenschaftlichem Haß gefunkelt. Noch als die Wagen lange schon vorübergefahren waren, hatte sie ihnen nachgestarrt, bis sie sah, daß der Polizist sie mißtrauisch von oben bis unten zu mustern begann. Rasch hatte sie ihren Weg zur anderen Straßenseite fortgesetzt.

Jacqueline Dumas war damals sechsundzwanzig Jahre alt und von beträchtlicher Schönheit, die sie vorzüglich zur Geltung zu bringen verstand, da sie als Kosmetikerin in einem teuren Salon hinter den Champs Elysées arbeitete. Am späten Nachmittag des 30. Juli beeilte sie sich, rechtzeitig in ihre bei der Place de Breteuil gelegene kleine Wohnung zurückzukehren, um sich für ihr Rendezvous am Abend zurechtzumachen. Sie wußte, daß sie sich in wenigen Stunden nackt in den Armen ihres Liebhabers finden würde, den sie haßte, und sie wollte so schön aussehen, wie es ihr nur möglich war.

Noch vor wenigen Jahren war das nächste Rendezvous alles gewesen, was in ihrem Leben zählte. Sie stammte aus gutem Haus, und ihre Familie bildete eine engverbundene, von starkem Zusammengehörigkeitsgefühl erfüllte kleine Gruppe. Ihr Vater war ein verdienter Angestellter eines Bankhauses, ihre Mutter die typische Hausfrau und *maman* der französischen Mittelklasse, sie selbst im Begriff, ihren Kosmetikkurs zu beenden, und ihr Bruder Jean-Claude damals dabei, seinen Militärdienst abzuleisten. Die Familie wohnte in dem Pariser Vorort le Vésinet, nicht gerade in dessen bester Gegend, aber doch in einem recht hübschen Haus.

Das Telegramm des Ministeriums der bewaffneten Streitkräfte war eines Tages gegen Ende des Jahres 1959 zum Frühstück gebracht worden. Es besagte, daß der Minister es unendlich bedaure, Madame und Monsieur Dumas vom Tod ihres Sohnes Jean-Claude, Soldat im Ersten Kolonialen Fallschirmjägerregiment in Algerien, Mitteilung machen zu müssen. Seine persönliche Habe werde der schwergetroffenen Familie so rasch wie möglich übersandt werden.

Eine Zeitlang war Jacquelines private Welt wie zerstört. Nichts mehr schien einen Sinn zu haben — weder die stille Geborgenheit im Schoß der Familie in le Vésinet noch das Geplauder der anderen Mädchen im Schönheitssalon über den Charme Yves Montands oder *le Rock*, den jüngst aus Amerika importierten Modetanz. Das einzige, was ihr wie eine sich ewig um dieselbe Spule drehende Bandaufnahme im Kopf herumging, war der Gedanke daran, daß der kleine Jean-Claude, ihr so verletzliches und sanftes geliebtes Brüderchen, das Krieg und Gewalttätigkeit immer gehaßt und sich nichts sehnlicher gewünscht hatte, als mit seinen Büchern allein gelassen zu werden, in einem Gefecht irgendwo in einem gottverlassenen algerischen *wadi* erschossen worden war. Sie begann zu hassen. Es waren die Araber, die widerwärtigen, dreckigen und feigen »*melons*«, die ihr das angetan hatten.

Dann war François gekommen. Ganz plötzlich war er eines Morgens an einem Sonntag im Winter erschienen, als die Eltern das Haus verlassen hatten, um Verwandte zu besuchen. Es war im Dezember gewesen, Schnee hatte auf der Avenue gelegen und auch den Gartenpfad bedeckt. Andere Leute waren blaß und verfroren, und François sah braun gebrannt und fit aus. Er fragte, ob er Mademoiselle Jacqueline sprechen könne. Sie sagte »*C'est moi même*«, und was er denn wünsche? Er sagte, daß er den Zug führe, dem der gefallene Soldat Jean-Claude Dumas zugeteilt gewesen sei, und daß er einen Brief zu überbringen habe. Sie bat ihn hereinzukommen.

Der Brief war einige Wochen, bevor Jean-Claude fiel, geschrieben worden, und er hatte ihn auf der Patrouille im Djebel, auf der sie nach einer Bande von Fellachen Ausschau hielten, die eine ganze Siedlerfamilie niedergemacht hatte, in der inneren Brusttasche seiner Uniformjacke verwahrt. Sie hatten die Guerillas nicht aufgespürt, waren aber auf ein Bataillon der ALN, der kampferprobten regulären Truppe der algerischen Nationalbewegung FLN, gestoßen. In der anbrechenden Dämmerung hatte es ein erbittertes Gefecht gegeben, bei dem Jean-Claude einen Lungendurchschuß erhielt. Bevor er starb, übergab er den Brief seinem Zugführer.

Jacqueline las ihn und weinte ein wenig. Der Brief erwähnte die letzten Wochen nicht, sondern beschrieb lediglich das Kasernenleben in Constantine, die Nahkampfübungen und die strenge Disziplin. Den Rest erfuhr sie von François: Er berichtete ihr von dem fünf Kilometer langen Rückmarsch durch das Unterholz, während die ALN sie überholte und einkreiste; von den verzweifelten Funkrufen nach Luftunterstützung und dem Eingreifen der Kampfbomber mit ihren heulenden Triebwerken und donnernden Raketen. Und davon, wie ihr Bruder, der sich freiwillig zum Dienst in einem der härtesten Regimenter gemeldet hatte, um zu beweisen, daß er ein Mann war, auch wie ein solcher zu sterben wußte, während er im Schatten eines Felsbrockens auf die Knie eines Korporals Blut hustete.

François war sehr zartfühlend ihr gegenüber gewesen. Als Mann war er hart wie die Erde der kolonialen Provinz, die ihn in vier Kriegsjahren zum Berufssoldaten gestählt hatte. Aber gegenüber der Schwester eines seiner Männer war er zartfühlend und sanft. Das nahm sie für ihn ein, und so stimmte sie seinem Vorschlag, in Paris zu Abend zu essen, gern zu. Abgesehen davon befürchtete sie, ihre Eltern könnten zurückkehren und sie überraschen. Sie wollte nicht, daß sie erführen, wie Jean-Claude gestorben war, denn beide hatten es verstanden, sich in den seither vergangenen zwei Monaten dem Schmerz zu verschließen und ihr gewohntes Leben weiterzuleben. Beim Essen beschwor sie den Leutnant, ihren Eltern nichts von alldem zu sagen, und er versprach es ihr.

Sie selbst aber konnte nicht genug erfahren über den Krieg in Algerien; sie mußte wissen, was in Wahrheit geschah, worum es in Wahrheit ging, was die Politiker in Wahrheit bezweckten. General de Gaulle hatte im vergangenen Januar als Premierminister die Präsidentschaft erlangt und war von einer Woge vaterländischer Begeisterung als der Mann, der den Krieg beenden und Algerien dennoch Frankreich erhalten würde, in den Elysée-Palast getragen worden. Es geschah aus François' Mund, daß sie erstmals die Bezeichnung »Verräter Frankreichs« für den Mann hörte, den ihr Vater bewunderte.

Solange François' Urlaub währte, trafen sie sich allabendlich nach ihrer Arbeit im Schönheitssalon, in dem sie seit Januar 1960, als sie ihre Kosmetikprüfung abgelegt hatte, beschäftigt war. Er berichtete ihr von dem Verrat an der französischen Armee, von den geheimen Verhandlungen, welche die Pariser Regierung mit Ahmed Ben Bella, dem Führer der FLN, aufgenommen hatte, und von der bevorstehenden Übergabe Algeriens an die *melons*. In der zweiten Januarhälfte war er in seinen Krieg zurückgekehrt, und in Marseille hatte sie noch einmal eine kurze Zeit mit ihm allein verbringen können, als es ihm gelang, eine Woche Urlaub zu erhalten. Seither hatte sie auf ihn gewartet, und in ihren geheimsten Gedanken war er ihr zu einem Symbol alles dessen geworden, was an junger französischer Männlichkeit gut und sauber und aufrichtig war. Sein Photo, das bei Tag und am Abend neben ihrem Bett auf dem Tischchen stand, hielt sie im Schlaf unter dem Nachthemd an ihren Bauch gepreßt. Sie wartete den Herbst und Winter 1960 hindurch auf ihn.

Auf seinem letzten Urlaub im Frühjahr 1961 war er wiederum nach Paris gekommen, und als sie die Boulevards entlangschlenderten, er in Uniform, sie in ihrem schönsten Kleid, fand sie, daß er der stärkste, bestgewachsene und hübscheste Mann der Stadt war. Eine ihrer Arbeitskolleginnen hatte sie mit ihm zusammen gesehen, und am nächsten Tag machte die aufregende Nachricht von Jacquis schönem »*para*« im Schönheitssalon die Runde. Sie selbst war gar nicht da: sie hatte ihren Jahresurlaub genommen, um die Zeit ganz mit ihm verbringen zu können.

François war erregt. Es lag etwas in der Luft. Die Nachricht von den Gesprächen mit der FLN hatte sich allgemein herumgesprochen. Die Armee, die richtige Armee, würde dem nicht mehr lange tatenlos zuschauen, prophezeite er. Daß Algerien französisch blieb, war für sie beide, den kampferprobten 27jährigen Offizier und die ihn anbetende 23jährige werdende Mutter, ein Glaubensartikel.

François hat nie erfahren, daß er Vater werden sollte. Im März 1961 kehrte er nach Algerien zurück, und am 21. April meuterten mehrere Einheiten der französischen Armee gegen die Pariser Regierung. Nur eine Handvoll wehrpflichtig Dienender schlich sich aus den Kasernen, um sich im Büro des Präfekten zu melden. Die Berufssoldaten ließen sie laufen. Innerhalb einer Woche kam es zu Kämpfen zwischen den Meuterern und den loyalen Regimentern. Anfang Mai fiel François im Gefecht mit einer regierungstreuen Armee-Einheit.

Jacqueline, die seit April keine Briefe mehr erwartet hatte, war, bis man ihr im Juli die Nachricht überbrachte, arglos geblieben. Sie mietete sich eine Wohnung in einem billigen Pariser Vorort, um sich dort mit Gas zu vergiften. Der Versuch mißlang, weil der Raum nur ungenügend abzudichten war, aber sie verlor das Baby. Im August nahmen ihre Eltern sie auf ihre alljährliche Sommerreise mit, und bei ihrer Rückkehr schien sie sich gut erholt zu haben. Im Dezember begann sie ihre aktive Untergrundarbeit für die OAS.

Ihre Motive waren einfach: François, und nach ihm Jean-Claude. Sie sollten gerächt werden, gleichgültig, mit welchen Mitteln, und gleichgültig auch, was es sie und andere kosten würde. Von dieser Leidenschaft abgesehen, gab es nichts mehr auf der Welt, wofür es sich zu leben lohnte. Ihre einzige Klage war, daß man sie nur Botengänge machen, Meldungen weitergeben und gelegentlich einen mit Plastik-Explosivstoff gefüllten Brotlaib in ihrer Einholtasche an seinen Bestimmungsort bringen ließ. Sie war überzeugt, mehr tun zu können. Ließen sie die nach jedem Bombenanschlag auf Cafés und Kinos an den Straßenecken postierten *flics* bei der Durchsuchung wahllos herausgegriffener Passanten denn nicht regelmäßig schon auf ein bloßes Senken ihrer seidigen langen Wimpern, ein leichtes Schürzen ihrer vollen Lippen hin unbehelligt?

Nach dem Petit-Clamart-Vorfall hatte einer der nicht zum Zuge gekommenen flüchtigen Killer drei Nächte in ihrer Wohnung bei der Place de Breteuil verbracht. Es war ihr großer Augenblick gewesen, aber dann hatte der OAS-Kämpfer den Unterschlupf gewechselt. Einen Monat später war er gefaßt worden, hatte aber über seinen Aufenthalt in ihrer Wohnung kein Wort verlauten lassen. Um sicherzugehen, wurde sie jedoch von ihrem Zellenleiter instruiert, ein paar Monate lang, bis Gras über die Sache gewachsen sei, nicht mehr für die OAS zu arbeiten. Es war Januar 1963, als sie wieder Meldungen zu übermitteln begann.

Und so ging es weiter, bis dann im Juli ein Mann sie aufsuchte. Er war in Begleitung ihres Zellenleiters gekommen, der ihm gegenüber großen Respekt an den Tag legte. Er hatte keinen Namen. Ob sie bereit sei, eine Spezialaufgabe für die Organisation zu übernehmen? Selbstverständlich. Eine vielleicht gefährliche, gewiß aber unangenehme Aufgabe? Auch das.

Drei Tage später zeigte man ihr einen Mann, der aus einem Apartmenthaus trat. Sie saßen in einem geparkten Wagen. Ihr wurde gesagt, wer es war und welche Stellung er bekleidete. Und was sie zu tun hatte.

Mitte Juli hatten sie, offenkundig per Zufall, Bekanntschaft geschlossen, als sie in einem Restaurant in unmittelbarer Nähe des Mannes saß und ihn mit scheuem Lächeln um das auf seinem Tisch befindliche Salzfaß bat. Er war gesprächig geworden, sie zurückhaltend und scheu geblieben. Dieses Verhalten erwies sich als genau richtig. Ihre Sprödigkeit reizte ihn. Die Unterhaltung, die der Mann führte und der sie artig folgte, belebte sich. Innerhalb von vierzehn Tagen hatten sie eine Affäre miteinander.

Sie verstand genug von den Männern, um sehr rasch über die generelle Richtung und Beschaffenheit ihrer Wünsche Bescheid zu wissen. Ihr neuer Liebhaber war leichte Eroberungen und erfahrene Frauen gewohnt. Sie spielte die Scheue, war aufmerksam, aber keusch, nach außen hin kühl, jedoch nicht ohne gelegentlich durchblicken zu lassen, daß sie ihren erlesenen Leib eines Tages, sofern nur der Richtige käme, willig hingeben würde. Das zog. Sie zu gewinnen, wurde für den Mann zu einer Angelegenheit von höchster Priorität.

Ende Juli wies sie ihr Zellenleiter an, daß ihr Zusammenleben in Kürze beginnen solle. Das einzige Hindernis stellten die Frau und die Kinder des Mannes dar, von denen er nicht getrennt lebte. Am 29. Juli reisten sie zum Landhaus der Familie im Loiretal ab, während der Mann seiner Arbeit wegen in Paris zurückbleiben mußte. Wenige Minuten nach der Abreise seiner Familie hatte er bereits im Salon angerufen und darauf bestanden, daß Jacqueline und er noch am gleichen Tag in seinem Apartment gemeinsam zu Abend aßen.

In ihrer Wohnung angekommen, warf Jacqueline Dumas einen Blick auf ihre Armbanduhr. Sie hatte drei Stunden Zeit, um sich für den Abend herzurichten, und obschon sie beabsichtigte, ihre Vorbereitungen mit größter Sorgfalt zu treffen, würden dazu zwei Stunden genügen. Sie zog sich aus, duschte und sah, während sie sich vor dem in die Innenseite der Schranktür eingelassenen Standspiegel abtrocknete, mit teilnahmsloser Gleichgültigkeit zu, wie das Handtuch in kreisender Bewegung ihre Haut frottierte, und als sie die Arme hochstreckte, um ihre vollen, von zarten rosa Knospen gekrönten Brüste zu heben, geschah es ohne jenes Vorgefühl kommender Entzückungen, das sie noch stets empfunden hatte, wenn sie wußte, daß François' Handflächen sie bald liebkosen würden.

Sie dachte mit Widerwillen an die bevorstehende Nacht, und ihre Bauchmuskeln strafften sich vor Ekel. Sie würde, das gelobte sie sich, durchhalten und es hinter sich bringen, egal, welche Art von Liebe er von ihr verlangte. Aus einer Kommodenlade holte sie das Photo von François hervor, aus dessen Rahmen er ihr mit dem gleichen, leise ironischen Lächeln zuzunicken schien, das seine Lippen immer umspielt hatte, wenn er sie über die ganze Länge des Bahnsteigs hinweg auf ihn zulaufen sah, um von ihm in die Arme genommen zu werden. Das weiche braune Haar, das khakifarbene Uniformhemd mit der breiten, muskulösen Brust darunter, an der den Kopf zu bergen sie vor langer, langer Zeit so sehr geliebt hatte, das Abzeichen mit den stählernen Fallschirmjägerschwingen, das sich an ihrer heißen Wange so kühl anfühlte, alles das war noch immer da — auf Photopapier. Sie lag auf dem Bett und hielt François über sich, der auf sie hinunterblickte, wie er es getan hatte, wenn sie sich liebten. Und seine Frage: »*Alors, petite, tu veux...?*« wäre auch jetzt wieder ganz überflüssig gewesen. Wie stets flüsterte sie: »*Oui, tu sais bien...*« und schloß die Augen. Sie glaubte ihn in sich zu fühlen, seine ganze heiße und harte, pochende Kraft, meinte seine ihr leise ins Ohr geraunten Koseworte und schließlich den erstickten Befehl: »*Viens, viens...!*« zu hören, dem sie noch immer gehorcht hatte.

Sie öffnete die Augen und starrte zur Zimmerdecke hinauf. »François«, flüsterte sie und preßte das erwärmte Glas des Photos an ihre Brüste, »hilf mir, bitte, hilf mir heute nacht.«

Am letzten Tag des Monats war der Schakal ungemein beschäftigt. Er verbrachte den Vormittag auf dem Flohmarkt, wo er, eine zusammenlegbare, billige Reisetasche mit sich führend, von Stand zu Stand ging. Er kaufte ein speckiges schwarzes *beret*, ein Paar ausgetretener Schuhe, eine nicht allzu saubere Hose und, nach langem Suchen, einen ausgedienten schweren Militärmantel. Er würde einen Mantel aus leichterem Stoff vorgezogen haben, aber Militärmäntel sind selten für den Hochsommer geschneidert, und die der französischen Armee werden aus Duffel angefertigt. Der Mantel war jedoch lang genug, selbst an ihm, dem er, und darauf kam es ihm an, ein gutes Stück bis unters Knie reichte.

Im Weggehen fiel sein Blick auf einen Stand voller Orden und Medaillen, die zumeist alt und fleckig waren. Er suchte sich eine Kollektion aus und erwarb sie zusammen mit einer Broschüre, welche die französischen Militärmedaillen mitsamt Ordensbändern auf verblichenen Farbabbildungen zeigte und den Betrachter anhand ausführlicher Bildunterschriften darüber aufklärte, für welche Schlachten oder tapferen Handlungen sie verliehen zu werden pflegten.

Nach einem leichten Lunch bei Queenie's in der rue Royale ging er in sein nahes Hotel, zahlte seine Rechnung und begann zu packen. Seine jüngsten Anschaffungen wurden im doppelten Boden eines seiner beiden teuren Koffer verstaut. Aus der Medaillensammlung stellte er mit Hilfe der erworbenen Broschüre eine Ordensschnalle zusammen, die von der *Médaille Militaire* für Tapferkeit vor dem Feind über die *Médaille de la Libération* bis hin zu fünf der den Angehörigen der Streitkräfte des Freien Frankreich im Zweiten Weltkrieg verliehenen Gefechtsauszeichnungen reichte. Er verlieh sich selbst Medaillen für die Teilnahme an den Kämpfen bei Bir Hakeim, in Libyen, Tunesien und der Normandie sowie das Abzeichen für die Angehörigen der von General Philippe Leclerc befehligten Zweiten Panzerdivision.

Die restlichen Medaillen wie auch die Broschüre deponierte er in zwei auf dem Boulevard Malesherbes an Laternenkandelabern befestigten Papierkörben. Der Empfangschef seines Hotels unterrichtete ihn, daß der bequeme Etoile-du-Nord-Expreß nach Brüssel um 17 Uhr 15 von der Gare du Nord abfuhr. Er erreichte den Zug, speiste ausgezeichnet zu Abend und traf in den letzten Stunden des Juli in Brüssel ein.

Sechstes Kapitel

Der Brief an Viktor Kowalsky traf am folgenden Morgen in Rom ein. Als der hünenhafte Pole vom Postamt zurückkehrte, wo er die an Monsieur Poitiers adressierten Briefe in Empfang genommen hatte, und die Hotelhalle durchschritt, rief ihm einer der Pagen nach: »*Signor, per favore...!*«

Schroff wie immer, wandte er sich um. Spaghettifresser waren eine Sorte Mensch, die er grundsätzlich nicht zu beachten pflegte. Er übersah sie, wenn er durch die Hotelhalle zum Aufzug stapfte. Der dunkeläugige Junge, der auf ihn zutrat, hielt einen Brief in der Hand.

»*E una lettera, signor. Per un Signor Kowalsky. No cognosco questo signor... E forse un francese...*«

Kowalsky verstand kein Wort von dem italienischen Redeschwall, begriff aber den Sinn und vor allem, daß es sein eigener Name war, den der Hotelpage, wenn auch in falscher Aussprache, genannt hatte. Er riß ihm den Brief aus der Hand und starrte auf den in ungelenker Schrift gekritzelten Namen und die Adresse. Kowalsky war unter falschem Namen gemeldet, und da er keine Zeitungen las, wußte er nicht, daß ein Pariser Blatt vor drei Tagen berichtet hatte, daß die drei ranghöchsten OAS-Führer sich im obersten Stockwerk des Hotels verbarrikadiert hatten.

Was ihn betraf, so hätte niemand wissen sollen, wo er sich aufhielt. Und doch freute er sich über den Brief. Er bekam nur selten Post, und wie die meisten einfachen Leute empfand er die Ankunft eines Briefes als ein größeres Ereignis. Daß unter den im Empfang beschäftigten Hotelangestellten keiner einen Gast dieses Namens kannte und niemand mit dem Brief etwas anzufangen wußte, hatte Kowalsky dem Redeschwall des kleinen Italieners, der jetzt mit treuen Hundeaugen zu ihm aufblickte, als sei er der Hort menschlicher Weisheit und könne das Dilemma lösen, immerhin entnommen.

»*Bon. Je vais demander*«, sagte er gnädig.

Der Italiener blickte ihn noch immer fragend an.

»*Demander, demander*«, wiederholte Kowalsky und deutete nach oben. Der Italiener begriff.

»*Ah, sì. Domandare. Prego, Signor. Tante grazie ...*«

Kowalsky ließ ihn stehen und fuhr im Lift zum achten Stock hinauf, wo er beim Verlassen des Aufzugs vom in der Rezeption des Stockwerks postierten Wachhabenden mit gezogener Pistole empfangen wurde. Eine Sekunde lang starrten die beiden Männer einander an, dann sicherte der Posten seine Waffe und steckte sie wieder ein. Außer Kowalsky war niemand im Aufzug gewesen. Das Ganze war eine reine Routinesache, die sich jedesmal abspielte, wenn das Licht über der Fahrstuhltür ankündigte, daß der Aufzug höher als bis zum siebenten Stock hinauffahren würde.

Neben dem diensthabenden Mann am Empfangstisch gab es einen weiteren, der die Tür zur Feuerleiter am Ende des Korridors bewachte, und einen dritten, der auf dem Treppenabsatz postiert war. Obschon das Hotelmanagement nichts davon wußte, waren sowohl die Treppe als auch die Feuerleiter mittels Schreckminen gesichert, die nur durch Betätigung eines die Stromzufuhr zu den Zündern regulierenden Schalters unter dem Empfangstisch entschärft werden konnten.

Der vierte Mann hielt auf dem Dach über dem neunten Stock, in dem die Bosse wohnten, Wache. Im Falle eines Überraschungsangriffs würden drei weitere Männer, die Nachtschicht gehabt hatten und jetzt in ihrem Zimmer am Ende des Korridors schliefen, in wenigen Sekunden geweckt und einsatzbereit sein. Die Fahrstuhltür im neunten Stock war von außen zugeschweißt worden, aber sobald das Licht über der des achten Stocks anzeigte, daß der Lift zum neunten hinauffuhr, wurde Alarm geschlagen. Es war nur ein einziges Mal geschehen, und das rein zufällig. Ein Page, der Drinks heraufbringen wollte, hatte den Knopf »Neun« gedrückt. Die Unart war ihm rasch abgewöhnt worden.

Der Wachhabende am Empfangstisch telephonierte mit dem neunten Stock, um die Ankunft der Post zu melden, und gab Kowalsky ein Zeichen, nach oben zu gehen. Der Ex-Korporal hatte den an ihn gerichteten Brief bereits in seine innere Jackentasche gesteckt, während er die für seine Chefs bestimmte Post in einem an sein linkes Handgelenk geketteten Stahletui trug. Sowohl die Kette als auch der flache Stahlbehälter waren mit Schnappschlössern versehen, zu denen nur Rodin die Schlüssel besaß. Ein paar Minuten später waren beide vom OAS-Chef aufgeschlossen, und Kowalsky kehrte in sein Zimmer zurück, um zu schlafen, bevor er den Wachhabenden am Empfangstisch am späten Nachmittag ablöste.

Auf seinem Zimmer im achten Stock las er schließlich den Brief, wobei er mit der Unterschrift begann. Er war überrascht, daß er von Kovacs sein sollte, den er seit einem Jahr nicht gesehen hatte und der so schlecht schreiben konnte, daß Kowalsky sich mit dem Lesen schwertat. Aber mit einiger Mühe gelang es ihm dann doch, den Brief zu entziffern. Er war nicht lang. Kovacs schrieb, er habe an dem Tag, an dem er diesen Brief abschickte, einen Bericht in der Zeitung gesehen, der ihm von einem Freund vorgelesen worden sei und besagte, daß Rodin, Montclair und Casson sich in dem Hotel in Rom versteckt hielten. Er habe angenommen, sein alter Kumpel Kowalsky würde bei ihnen sein, und daher auf die Möglichkeit hin, ihn auf diesem Weg zu erreichen, den Brief geschrieben.

Es folgten mehrere Sätze des Inhalts, daß die Dinge in Frankreich, wo an jeder Straßenecke *flics* die Ausweise kontrollierten und noch immer Anweisungen zu neuen Einbrüchen in Juwelierläden kämen, von Tag zu Tag schwieriger würden. Er selbst habe bei vier solcher Überfälle mitgemacht, schrieb Kovacs, und ein Vergnügen sei das, weiß Gott, nicht gewesen, schon deswegen nicht, weil man das ganze Zeug habe abliefern müssen. Da habe er sich in den guten alten Zeiten in Budapest weit besser gestanden, obwohl die nur zwei Wochen gedauert hätten.

Der letzte Satz berichtete davon, daß Kovacs vor einigen Wochen Michael getroffen habe, und Michael habe gesagt, daß er Jo-Jo gesehen habe, die gesagt habe, daß die kleine Sylvie krank sei und Leuko-irgendwas hätte. Jedenfalls hatte es damit zu tun, daß mit ihrem Blut etwas nicht in Ordnung sei, aber er, Kovacs, hoffe, daß sie bald wieder gesund würde, und Viktor solle sich keine Sorgen machen.

Aber Viktor machte sich Sorgen. Der Gedanke daran, daß die kleine Sylvie krank war, beunruhigte ihn sehr. In den sechsunddreißig gewalttätigen Jahren seines Lebens hatte es nicht sonderlich vieles gegeben, was Viktor Kowalsky unter die Haut gegangen war. Als die Deutschen in Polen einmarschierten, war er zwölf Jahre alt gewesen, und ein Jahr älter, als seine Eltern in einem grauen Lastwagen abgeholt wurden — alt genug, um zu wissen, was seine Schwester in dem großen, hinter der Kathedrale gelegenen Hotel tat, das von den Deutschen übernommen worden war und von ihren Offizieren rege besucht wurde. Seine Eltern hatten sich so sehr darüber empört, daß sie sich bei der Dienststelle des Militärbefehlshabers beschwerten. Er war alt genug, sich den Partisanen anzuschließen. Seinen ersten Deutschen hatte er mit fünfzehn getötet. Er war siebzehn Jahre alt, als die Russen kamen, aber seine Eltern hatten sie stets gefürchtet und gehaßt und ihm schaurige Geschichten von dem erzählt, was sie den Polen antaten, und so trennte er sich von der Partisanengruppe, die später auf Befehl des Kommissars exekutiert wurde, schlug sich nach Westen in die Tschechoslowakei durch und landete schließlich in einem Lager für Displaced Persons in Österreich. Man hielt den hochaufgeschossenen, grobknochigen Jungen, der nur Polnisch sprach und vom Hunger geschwächt war, für einen der unzähligen hilflosen Entwurzelten, die ziellos im Nachkriegseuropa umherwanderten. Amerikanische Verpflegung ließ ihn rasch wieder zu Kräften kommen. Eines Nachts im Frühjahr 1946 entwich er aus dem Lager, machte sich per Anhalter auf den Weg nach Italien und von dort in Begleitung eines anderen Polen, den er im DP-Lager kennengelernt hatte und der Französisch sprach, nach Frankreich. In Marseille verübte er einen nächtlichen Ladeneinbruch, brachte den Besitzer um, der ihn überrascht hatte, und war neuerlich auf der Flucht. Sein Kumpan trennte sich von ihm und gab Viktor den Rat, zur Fremdenlegion zu gehen. Er unterschrieb am nächsten Morgen, und noch ehe die polizeilichen Ermittlungen im vom Krieg zerstörten Marseille richtig angelaufen waren, befand er sich in Sidi-bel-Abbès. Marseille war damals noch immer das große Importzentrum für amerikanische Lebensmittel, und dieser Lebensmittel wegen verübte Morde gehörten zur Tagesordnung. Der Fall wurde binnen kurzem zu den Akten gelegt, weil sich kein der Tat unmittelbar Verdächtiger finden ließ. Kowalsky war damals neunzehn, und die alten Kämpen der Fremdenlegion nannten ihn anfänglich »*petit bonhomme*«. Dann zeigte er ihnen, wie gut er killen konnte, und von da ab nannten sie ihn Kowalsky.

Sechs Jahre Indochina beseitigten vollends, was in ihm von einer normalen, zivilisierten Maßstäben angepaßten Persönlichkeit übriggeblieben sein mochte, und danach wurde der hünenhafte Korporal nach Algerien versetzt. Zwischendurch schickte man ihn jedoch auf einen sechsmonatigen Waffenlehrgang nach Marseille. Dort lernte er Julie, eine kleine, aber bösartige Hure, die mit ihrem Zuhälter Schwierigkeiten hatte, in einer Hafenbar kennen. Kowalsky beförderte den Mann mit einem einzigen Schlag, der ihn erst zehn Stunden später das Bewußtsein wiedererlangen ließ, sechs Meter weit quer durch den Schankraum. Noch Jahre danach hatte der Mann Artikulationsschwierigkeiten, so übel war sein Unterkiefer zugerichtet worden.

Julie gefiel der riesenhafte Korporal, und ein paar Monate lang begleitete er sie als ihr ständiger »Beschützer« regelmäßig auf ihrem nächtlichen Heimweg von der Arbeit in ihre schlampige Dachbodenkammer am Vieux Port. Ihre Beziehung bescherte beiden, besonders aber ihr, ein beträchtliches Maß an körperlicher Lust, hatte jedoch mit Liebe nur wenig zu tun; und als sie entdeckte, daß sie schwanger war, noch weniger. Sie behauptete, das Kind sei von ihm, und er mag ihr das geglaubt haben, weil er es glauben wollte. Sie sagte ihm auch, daß sie es nicht haben wolle und eine alte Frau kenne, die es ihr wegmachen würde. Kowalsky schlug sie und drohte ihr, sie umzubringen, wenn sie das täte. Drei Monate später mußte er nach Algerien zurückkehren. Er hatte sich inzwischen mit einem anderen Exilpolen angefreundet, einem Josef Grzybowski, genannt Jo-Jo, der Pole, der als Invalide aus dem Indochinakrieg gekommen war und sich mit einer lustigen Witwe zusammengetan hatte, die auf dem Hauptbahnhof einen fahrbaren Imbißstand die Bahnsteige hinauf- und hinunterschob. Seit sie 1953 geheiratet hatten, betrieben sie das Geschäft gemeinsam, und Jo-Jo hinkte hinter seiner Frau her, nahm das Geld entgegen und gab Kleingeld heraus, während sie die Snacks austeilte. An seinen freien Abenden suchte Jo-Jo mit Vorliebe die von den Legionären aus den nahen Kasernen frequentierten Kneipen auf, um von den alten Zeiten zu reden. Es waren meist junge Burschen, die man seit seinen längst vergangenen Tagen in Tourane in die Fremdenlegion aufgenommen hatte, aber eines Abends war er auf Kowalsky gestoßen. Und Jo-Jo war es gewesen, den Kowalsky wegen des Babys um Rat gefragt hatte. Jo-Jo hatte ihm den Rücken gestärkt. Schließlich waren sie beide einmal Katholiken gewesen.

»Sie will sich das Kind wegmachen lassen«, sagte Viktor.

»*Salope*«, sagte Jo-Jo.

»Dreckstück«, pflichtete ihm Viktor bei. Sie tranken weiter und starrten trübe in die Spiegelglasscheibe hinter der Theke.

»Nicht anständig gegen den kleinen Kerl«, meinte Viktor

»Sauerei«, stimmte ihm Jo-Jo zu.

»Hab' noch nie ein Kind gehabt«, sagte Viktor nach einigem Nachdenken.

»Ich auch nicht, obwohl ich verheiratet bin und alles«, entgegnete Jo-Jo.

Irgendwann lange nach Mitternacht trafen sie eine Abmachung und stießen mit der Ernsthaftigkeit der total Betrunkenen darauf an. Am nächsten Morgen fiel Jo-Jo sein feierliches Versprechen wieder ein, aber er wußte nicht, wie er es Madame beibringen sollte. Er brauchte drei Tage dazu. Ein- oder zweimal redete er vorsichtig um den heißen Brei herum, dann platzte er, als die Dame neben ihm im Bett lag, mit der Sache heraus. Zu seiner Erleichterung war Madame hocherfreut. Und so war denn alles klar.

Viktor kehrte nach Algerien zurück, wo er Major Rodin, der jetzt ein Bataillon befehligte, wieder zugeteilt wurde, und zog mit ihm in einen neuen Krieg. In Marseille überwachten Jo-Jo und seine Frau die schwangere Julie und bedachten sie abwechselnd mit Drohungen und Schmeicheleien. Als Viktor Marseille verließ, war sie bereits im vierten Monat, und wie Jo-Jo dem Zuhälter mit dem gebrochenen Unterkiefer, der sich sehr bald wieder eingefunden hatte, unmißverständlich zu verstehen gab, kam eine Abtreibung nicht mehr in Frage. Der Bursche hatte inzwischen begriffen, daß es nicht ratsam war, sich mit Fremdenlegionären, und sei es auch nur ein Veteran mit einem Holzbein, ernstlich anzulegen; er stieß obszöne Verwünschungen gegen die vormalige Quelle seines Einkommens aus und sah sich anderweitig um.

Ende 1955 gebar Julie ein blauäugiges, goldhaariges Mädchen. Mit Zustimmung der Mutter reichten Jo-Jo und seine Frau einen vorschriftsmäßig ausgefüllten Adoptionsantrag ein, der genehmigt wurde. Julie nahm ihr altes Leben wieder auf, und die Jo-Jos hatten eine Tochter. Sie unterrichteten Viktor brieflich, den auf seinem Strohsack in der Kaserne ein seltsames Glücksgefühl überkam. Aber er sprach mit niemandem darüber. Soweit er zurückdenken konnte, hatte er nie etwas besessen, was ihm nicht, sobald er anderen davon Mitteilung machte, fortgenommen worden war.

Ungeachtet dessen hatte er drei Jahre später, bevor ihn ein langfristiger Kampfauftrag in die algerischen Berge führte, den Vorschlag des Kaplans, sein Testament zu machen, akzeptiert. Von selbst wäre er schon deswegen nie auf die Idee gekommen, weil er in den wenigen dienstfreien Tagen regelmäßig seinen gesamten aufgelaufenen Sold in den Kneipen und Bordellen der Städte auszugeben pflegte, und was er sonst besaß, gehörte der Legion. Aber der Kaplan versicherte ihm, daß es in der heutigen Legion keineswegs unüblich sei, ein Testament zu machen, und mit freundlicher Hilfe des Geistlichen setzte Kowalsky seines auf. Er vermachte seine gesamte bewegliche Habe der Tochter des derzeit in Marseille wohnhaften ehemaligen Fremdenlegionärs Josef Grzybowski. Eine Kopie dieses Dokuments wurde zusammen mit seinen restlichen Personalunterlagen dem Ministerium der bewaffneten Streitkräfte in Paris übersandt und im dortigen Archiv abgelegt. Als Kowalskys Name den französischen Sicherheitsbehörden im Zusammenhang mit den 1961 in Bone und Constantine verübten Terrorakten zur Kenntnis gelangte, wurde seine Personalakte zusammen mit vielen anderen ausgegraben und Oberst Rollands Aktionsdienst übersandt. Ein Besuch bei den Grzybowskis in Marseille folgte, und die Geschichte war heraus. Aber Kowalsky erfuhr nie etwas davon.

Er hatte seine Tochter zweimal in seinem Leben gesehen, das erstemal 1957, als er am Oberschenkel verwundet und auf Genesungsurlaub nach Marseille geschickt worden war, und dann wieder 1960, als er Oberstleutnant Rodin, der als Zeuge bei einer Militärgerichtsverhandlung in Marseille erscheinen mußte, dienstlich begleitete. Beim ersten Besuch war das kleine Mädchen zwei, beim nächsten viereinhalb Jahre alt gewesen. Mit Geschenken für die Jo-Jos und Spielzeug für Sylvie beladen, war Kowalsky angekommen. Das kleine Kind und sein bärenstarker Onkel Viktor hatten sich gut verstanden. Aber er sprach mit niemandem darüber, nicht einmal mit Rodin.

Und jetzt hatte sie Leuko-irgendwas, und Kowalsky war den restlichen Vormittag hindurch außerordentlich beunruhigt. Nach dem Mittagessen ging er nach oben, um sich das Stahletui für die Post ans Handgelenk ketten zu lassen. Rodin erwartete einen wichtigen Brief aus Frankreich, der weitere Einzelheiten über die Höhe der Gesamtsumme enthielt, die durch die von Cassons kriminellen Untergrundelementen während des letzten Monats verübten Banküberfälle und Einbrüche erbracht worden war, und wollte daher, daß Kowalsky am Nachmittag nochmals zum Postamt ging.

»Was ist Leuko-irgendwas?« brach es unvermittelt aus dem Korporal hervor.

Rodin, der ihm die Kette ans Handgelenk schloß, blickte überrascht auf.

»Davon habe ich noch nie etwas gehört«, sagte er.

»Es ist eine Blutkrankheit«, fügte Kowalsky hinzu.

Casson, der in einer anderen Ecke des Hotelzimmers saß und in einem Magazin blätterte, lachte.

»Sie meinen Leukämie«, sagte er.

»Ja. Was ist das, Monsieur?«

»Es ist Krebs«, sagte Casson. »Blutkrebs.«

Kowalsky sah Rodin an. Er traute Zivilisten nicht.

»Aber die Quacksalber können es doch heilen, *mon colonel?*«

»Nein, Kowalsky, Leukämie ist unheilbar. Da kann man nichts machen. Warum?«

»Ach, nichts«, murmelte Kowalsky, »ich hab' nur so was gelesen.«

Dann ging er. Wenn Rodin überrascht gewesen war, daß sein Leibwächter, von dem niemand angenommen hätte, daß er jemals etwas Komplizierteres als seinen Tagesbefehl durchgelesen hatte, auf ein solches Wort gestoßen sein sollte, so ließ er es sich jedenfalls nicht anmerken, und der Vorfall geriet bei ihm rasch in Vergessenheit. Denn mit der Nachmittagspost war der erwartete Brief gekommen, der besagte, daß sich das gesamte Guthaben der OAS auf schweizerischen Bankkonten jetzt auf mehr als 250.000 Dollar belief.

Rodin war zufrieden, als er sich hinsetzte, um den Banken zu schreiben und die Überweisung des Betrags auf das Konto des gedungenen Killers zu veranlassen. Wegen der restlichen Summe machte er sich keine Sorgen. Wenn Präsident de Gaulle erst einmal tot war, würden die Bankiers und Industriellen der extremen Rechten, die die OAS in früheren und erfolgreicheren Tagen finanziert hatten, nicht anstehen, ihrerseits die anderen 250.000 Dollar beizubringen. Dieselben Leute, die seine dringenden Bitten um einen weiteren Vorschuß noch vor wenigen Wochen mit dem fadenscheinigen Hinweis abgelehnt hatten, der »Mangel an Initiativen und eindrucksvollen Erfolgen«, den die patriotischen Kräfte in den letzten Monaten gezeigt hätten, habe ihre Aussichten, jemals von den bei früheren Gelegenheiten investierten Geldern etwas wiederzusehen, erheblich vermindert — dieselben Leute würden sich um die Ehre reißen, die Militärs, die in Kürze die neuen Herren des wiedergeborenen Frankreich wären, finanziell nach Kräften zu unterstützen.

Bei Einbruch der Dunkelheit hatte er die Anweisungen an die Banken aufgesetzt, aber als Casson die von Rodin verfügten Instruktionen las, denen zufolge die schweizerischen Bankhäuser das Geld an den Schakal überweisen sollten, erhob er Einwände. Er machte geltend, daß eine eminent wichtige Zusage, die sie alle drei ihrem Engländer gemacht hatten, darin bestand, ihm einen Kontaktmann in Paris zu nennen, der in der Lage war, ihn mit den jeweils neuesten Informationen über die Aktivitäten des französischen Präsidenten wie auch jede mögliche Änderung der seine Person betreffenden Sicherheitsvorkehrungen zu versorgen. Diese Informationen könnten, ja würden für den Killer von entscheidender Bedeutung sein. Den Schakal zum gegenwärtigen Zeitpunkt von der Überweisung des Geldes in Kenntnis setzen, hieße, so argumentierte Casson, ihn zu vorzeitigem Handeln ermutigen. Wann der Mann zuschlagen wolle, war ausschließlich ihm selbst überlassen, dabei würden ein paar Tage keinen entscheidenden Unterschied machen. Was dagegen sehr wohl den Unterschied zwischen einem Erfolg und einem weiteren, dann aber gewiß letztmaligen Fehlschlag bewirken könne, das seien die dem Killer verfügbaren Informationen.

Er, Casson, habe mit der heutigen Post Nachricht erhalten, daß es seinem wichtigsten Repräsentanten in Paris gelungen sei, einen Agenten in unmittelbare Nähe eines zu de Gaulles engstem Mitarbeiterstab zählenden Mannes zu placieren. Schon in wenigen Tagen würde dieser Agent in der Lage sein, über den jeweiligen Aufenthaltsort, die Reisepläne und jedes vorgesehene öffentliche Auftreten des Generals — über Dinge also, die nicht mehr im voraus angekündigt zu werden pflegten — laufend verläßliche Informationen zu erhalten. Ob Rodin daher seine Instruktionen bitte noch ein paar Tage zurückhalten würde, bis er, Casson, in der Lage sei, dem Killer eine Pariser Telephonnummer zu nennen, unter der er die für das Gelingen seines Auftrags so entscheidend wichtigen Informationen erhalten könne?

Rodin ließ sich Cassons Einwände lange durch den Kopf gehen und kam endlich zu dem Schluß, daß er recht habe. Keiner der beiden Männer konnte wissen, wie der Schakal vorzugehen beabsichtigte, und in der Tat würden die Instruktionen an die Schweizer Banken, gefolgt von der Übersendung des Briefs mit der Pariser Telephonnummer nach London, den Killer in keiner Weise zu einer Änderung seines Zeitplans veranlaßt haben. Keiner der Terroristen in Rom konnte ahnen, daß der Schakal den Tag schon festgelegt hatte und seine Vorbereitungen und Absicherungen gegen unvorhergesehene Zufälle mit der Präzision eines Uhrwerks fortsetzte.

Den Colt locker in der geübten Hand, saß Kowalsky, eine hockende bullige Gestalt, die mit dem Schatten des Ventilationsschachts der Klimaanlage verschmolz, in der heißen römischen Nacht auf dem Hoteldach und sorgte sich um ein kleines Mädchen, das mit Leukoirgendwas in Marseille im Bett lag. Kurz vor Anbruch der Dämmerung kam ihm eine Idee. Er erinnerte sich, daß Jo-Jo, als er ihn das letztemal sah, davon geredet hatte, sich Telephon in seine Wohnung legen zu lassen.

Am gleichen Morgen, an dem Kowalsky seinen Brief bekam, verließ der Schakal das Hotel Amigo in Brüssel und fuhr per Taxi zur Ecke der Straße, in der Goossens wohnte. Er hatte den Büchsenmacher vor dem Frühstück angerufen und sein Kommen für 11 Uhr angekündigt. Um 10 Uhr 30 traf er an der Straßenecke ein und verbrachte eine halbe Stunde damit, auf einer Bank in einer nahen öffentlichen Anlage sitzend, hinter einer aufgeschlagenen Zeitung hervor die Straße zu beobachten.

Sie erschien ihm ruhig genug. Um Punkt 11 Uhr stand er vor der Tür des Büchsenmachers, der ihn einließ und in das vom Korridor abgehende kleine Arbeitszimmer führte. Als der Schakal eingetreten war, schloß Goossens die Haustür ab und legte die Kette vor. Im Büro drehte sich der Schakal zu ihm um.

»Irgendwelche Schwierigkeiten?« fragte er. Der Belgier blickte verlegen drein.

»Nun ja, ich fürchte schon.«

Der Killer sah ihn aus halbgeschlossenen Augen von oben bis unten kalt an.

»Sie sagten mir, wenn ich am 1. August zurückkäme, könnte ich das fertige Gewehr am vierten mitnehmen«, entgegnete er. »Das ist vollkommen richtig«, sagte der Belgier. »Und ich versichere Ihnen, die Schwierigkeit hat nichts mit dem Gewehr zu tun. Das ist fertig, und ich halte es, ehrlich gesagt, für eines meiner Meisterwerke. Schwierigkeiten hat mir der andere Teil des Auftrags bereitet, bei dem ich ganz von vorn anfangen mußte. Kommen Sie, ich zeige es Ihnen.«

Auf der Tischplatte lag ein etwa sechzig Zentimeter langer, fünfundvierzig Zentimeter breiter und zehn Zentimeter hoher Attachékoffer. Goossens öffnete ihn und ließ den Deckel zurückfallen. Der untere Teil des Koffers war in sorgfältig geformte Kästchen gegliedert, deren jedes den Umriß desjenigen Gewehrteils aufwies, den es enthielt.

»Das ist nicht etwa der ursprüngliche Gewehrkasten«, erklärte Goossens. »Der wäre viel zu lang gewesen. Ich habe den Koffer selbst gebaut. Es paßt alles.«

Entlang der oberen Wand des Koffers war der Lauf mit dem Verschluß untergebracht, deren Länge zusammen nicht mehr als fünfundvierzig Zentimeter betrug. Der Schakal hob den Lauf heraus und untersuchte ihn. Er war sehr leicht und sah aus wie der Lauf einer Maschinenpistole. Der Verschluß enthielt einen schmalen Bolzen, der nach rückwärts in einem gerändelten Riegel endete, welcher seinerseits nicht über die Kammer, in die der Bolzen gebettet war, hinausragte.

Der Engländer nahm den gerändelten Riegel zwischen Daumen und Zeigefinger seiner Rechten und drehte ihn ruckartig im Gegenuhrzeigersinn. Der Riegel rastete aus und legte sich nach links. Als der Engländer an ihm zog, glitt er zurück und ließ die schimmernde Kehlung sichtbar werden, in welcher das Geschoß liegen würde, sowie das dunkle Loch am hinteren Ende des Laufs. Er stieß den Riegel wieder nach vorn und drehte ihn jetzt im Uhrzeigersinn. Geschmeidig rastete er ein.

Unmittelbar unter dem rückwärtigen Ende des Bolzens war eine runde Stahlscheibe von etwas mehr als einem Zentimeter Dicke angeschweißt worden, deren Durchmesser zwei Zentimeter betrug. Der obere Teil der Scheibe wies eine halbmondförmige Perforation auf, die dem Bolzen nach hinten freien Durchlaß gewährte. Im Zentrum der Scheibe befand sich ein Loch von etwas mehr als einem Zentimeter Durchmesser, dessen Ränder, offenbar zur Aufnahme einer Schraube, gerillt waren.

»Das dient zur Befestigung der Streben für die Schulterstütze«, sagte der Belgier.

Der Schakal bemerkte, daß außer den Flanschen entlang der Unterseite des Schlosses vom Holzschaft des ursprünglichen Gewehrs nichts mehr geblieben war. Die beiden Löcher, in denen die den Holzteil mit dem Gewehr verbindenden Schrauben gesessen hatten, waren sorgfältig gedichtet und gebläut worden.

Er drehte das Gewehr herum und betrachtete die Unterseite. Unter dem Verschluß befand sich ein schmaler Schlitz, durch den die Unterseite des Bolzens zu sehen war, der die Zündnadel, die das Geschoß abfeuerte, enthielt. Durch beide Schlitze hindurch ragte der Stumpf des Abzugs; er war in Höhe des Verschlußmantels abgesägt worden.

An dem Stumpf befand sich ein angeschweißter Metallknopf, der ebenfalls ein gerilltes Loch aufwies. Schweigend reichte Goossens dem Engländer ein zweieinhalb Zentimeter langes, gekrümmtes und an einem Ende gerilltes Metallstückchen. Der Schakal führte das gerillte Ende in das Loch ein und drehte die Abzugzunge rasch mit

Zeigefinger und Daumen fest. Als sie angeschraubt war, ragte sie unterhalb des Verschlusses heraus.

Der Belgier griff in den kofferartigen Behälter, der geöffnet auf dem Tisch lag, und hielt eine einzelne, schmale Stahlstange hoch, die an einem Ende ein Gewinde aufwies.

»Die erste Strebe für die Schulterstütze«, sagte er.

Der Killer paßte das Ende der Stahlstange in das Loch hinten am Verschluß ein und schraubte sie fest. Von der Seite gesehen, ragte die Stange in einem abwärts geneigten Winkel von dreißig Grad rückwärts aus dem Gewehr heraus. Fünf Zentimeter vor ihrem gerillten Ende war sie flach gewalzt und durch die Mitte dieses abgeflachten Teils in schräger Richtung ein Loch gebohrt worden.

Goossens hielt eine zweite Stahlstange hoch.

»Die obere Strebe«, sagte er.

Auch sie wurde eingeschraubt, so daß jetzt beide Streben — die obere in einem flacheren Winkel als die untere — nach hinten aus dem Gewehr herausragten wie ein spitzwinkeliges Dreieck, dem die Basis fehlte. Goossens ergänzte sie. Die Schulterstütze war gekrümmt, etwa fünfzehn Zentimeter lang und üppig mit schwarzem Leder gepolstert. An beiden Enden der Schulterstütze befand sich ein kleines Loch.

»Hier gibt es nichts anzuschrauben«, sagte der Büchsenmacher. »Drücken Sie es nur gegen die Enden der Streben.«

Der Engländer tat es, und die Schulterstütze rastete ein. Von der Seite betrachtet, sah das Gewehr mit Abzug und einem Kolben, dessen Umrisse von den beiden Streben sowie der Schulterstütze gebildet wurden, jetzt viel normaler aus. Der Schakal brachte es in Anschlag, zielte, die linke Hand an der Unterseite des Laufs, den rechten Zeigefinger um den Abzug gekrümmt, auf die gegenüberliegende Wand und drückte durch. Im Verschluß machte es leise »klick«.

Er drehte sich zu dem Belgier um, der in jeder Hand eine etwa fünfundzwanzig Zentimeter lange schwarze Röhre hielt.

»Schalldämpfer«, sagte der Engländer. Er nahm die ihm gereichte Röhre entgegen und betrachtete den mündungsnahen Teil des Laufs, der mit feinen Rillen versehen war. Der Schakal streifte das breitere Ende des Schalldämpfers über den Lauf und schraubte es fest. Der

Schalldämpfer ragte über die Mündung hinaus wie eine lange Wurst. Der Engländer streckte die Hand aus, und Monsieur Goossens reichte ihm das Zielfernrohr.

In Längsrichtung war oben auf dem Lauf eine Anzahl zweibahniger Nuten eingefräst, in welche die gefederten Klammern an der Unterseite des Zielfernrohrs gedrückt wurden, um die parallele Richtung von Lauf und Teleskop zu gewährleisten. Auf der rechten Seite des Zielfernrohrs wie auch oben auf ihm waren winzige Einstellschrauben angebracht, die zum Adjustieren des Fadenkreuzes in der Optik dienten. Wieder hob der Engländer das Gewehr, kniff das linke Auge zu und blinzelte mit dem rechten, zum Schein zielend, durchs Fernrohr. Dem flüchtigen Beobachter mochte er wie ein Gentleman erscheinen, der sich in einem eleganten Waffengeschäft am Piccadilly Square ein neues Jagdgewehr zeigen ließ. Aber was noch vor zehn Minuten eine Anzahl merkwürdig aussehender Einzelteile gewesen war, war kein Jagdgewehr mehr; es war eine weitreichende, schallgedämpfte Mordwaffe. Der Schakal setzte sie ab. Er wandte sich dem Belgier zu und nickte zufrieden.

»Gut«, sagte er. »Sehr gut. Ich beglückwünsche Sie. Eine hervorragende Arbeit.«

Goossens strahlte.

»Bleibt noch, die Nulleinstellung vorzunehmen. Außerdem muß ich ein paar Probeschüsse abgeben. Haben Sie Patronen da?«

Der Belgier griff in die Tischlade und holte eine Schachtel mit hundert Geschossen heraus. Die Siegel der Schachtel waren aufgebrochen, und sechs Patronen fehlten.

»Ich habe sechs herausgenommen und als Explosionsgeschosse hergerichtet«, sagte der Büchsenmacher. »Der Rest ist zum Üben da.«

Der Schakal nahm die Schachtel, schüttelte eine Handvoll Patronen in seine geöffnete Linke und betrachtete sie. Für die Aufgabe, die einer unter ihnen zugedacht war, erschienen sie fast lachhaft klein, aber er sah, daß sie von der extralangen Sorte dieses Kalibers waren, und wußte, daß die zusätzliche Explosivladung dem Geschoß eine sehr viel höhere Geschwindigkeit und damit erhöhte Zielgenauigkeit und Wirkungsweise verleihen würde. Im Gegensatz zu den meisten auf der Jagd verwendeten Kugeln waren diese Patronen nicht stumpf, sondern zugespitzt und die Patronenköpfe noch dazu nicht wie jene aus Blei, sondern aus einer Kupfer-Nickel-Legierung gegossen. Es waren Schießwettbewerbspatronen vom gleichen Kaliber wie das Jagdgewehr, das er in der Hand hielt.

»Wo sind die richtigen Geschosse?« fragte er.

Goossens ging wieder zum Tisch hinüber und holte ein in Seidenpapier gewickeltes Päckchen hervor.

»Normalerweise verwahre ich dergleichen selbstverständlich an einem sicheren Platz«, erklärte er, »aber als Sie mir sagten, Sie kämen, habe ich sie bereitgelegt.«

Er öffnete das Päckchen und schüttete den Inhalt auf seinen weißen Schreibblock. Auf den ersten Blick sahen sie genauso aus wie die Patronen, die der Engländer jetzt wieder in die Pappschachtel zurückschüttete. Als er seine Hand geleert hatte, nahm er eines der auf dem Schreibblock liegenden Geschosse und schaute es sich genauer an.

Vom Kopf der Patrone war die Kupfer-Nickel-Schicht sorgfältig weggeschliffen worden, so daß man an dieser Stelle die Bleifüllung sehen konnte. Die scharfe Geschoßspitze war geringfügig gekürzt und in sie ein winziges, etwa einen halben Zentimeter tiefes Loch gebohrt worden, das der Länge der Geschoßkappe entsprach. In diese Öffnung hatte Goossens ein Tröpfchen Quecksilber gegossen und sie dann mit einem Tropfen flüssigen Bleis verschlossen. Nachdem das Blei erhärtet war, hatte Goossens es ebenfalls so lange zurechtgeschliffen, bis die Geschoßspitze wieder ihre ursprüngliche Form aufwies.

Der Schakal kannte diese Geschosse, hatte selbst jedoch nie Gelegenheit gehabt, eines zu verwenden. Viel zu umständlich in der Herstellung, um in größerer Anzahl benutzt zu werden, von der Genfer Konvention verboten, weil von noch weit verheerenderer Wirkung als das simple Dumdumgeschoß, würde das Explosivgeschoß krepieren wie eine kleine Granate, wenn es den menschlichen Körper traf. Beim Feuern wurde das Quecksilbertröpfchen in seinem Hohlraum durch die Vehemenz des vorwärtsschießenden Projektils in ganz ähnlicher Weise zurückgeschleudert, wie ein Autofahrer durch plötzliche Akzeleration in das Polster seines Sessels gepreßt wird. Sobald das Geschoß auf Fleisch, Knorpel oder Knochen traf, bewirkte die plötzliche Minderung seiner Geschwindigkeit, daß das Quecksilber nach vorn gegen die plombierte Geschoßspitze gepreßt wurde, wobei es das Blei nach außen bog wie die Finger einer gespreizten Hand oder die Blätter einer aufblühenden Blume. In dieser Form würde es sich seinen Weg durch Nerven und Gewebe bahnen und dabei Fragmente seiner selbst in einem Umkreis von der Größe einer Untertasse im Fleisch zurücklassen. Traf es den Kopf, so würde ein solches Projektil nicht aus ihm wieder austreten, sondern alles, was sich in ihm befand, zerreißen und durch den Druck der freigewordenen Energie die Schädeldecke sprengen.

Der Killer legte das Geschoß sorgfältig wieder auf das Seidenpapier zurück. Der sanfte kleine Mann neben ihm sah ihn fragend an.

»Die scheinen mir in Ordnung zu sein. Sie verstehen wirklich etwas von Ihrem Handwerk, Monsieur Goossens. Wo also liegt denn nun die Schwierigkeit, von der Sie sprachen?«

»Ich meinte die Röhren, Monsieur. Die waren viel schwerer anzufertigen, als ich angenommen hatte. Zunächst habe ich Aluminium genommen, wie Sie es vorgeschlagen hatten. Aber verstehen Sie bitte, daß ich zuerst das Gewehr erworben und hergerichtet habe. Deswegen bin ich erst vor ein paar Tagen dazu gekommen, mich mit den anderen Dingen zu befassen. Ich hatte gehofft, es würde relativ einfach sein, mit meiner Erfahrung und den Geräten, die ich in der Werkstatt habe. Um die Röhren so schmal wie möglich anfertigen zu können, habe ich sehr dünnes Metall gekauft. Es war zu dünn. Als ich es in meiner Maschine hatte, um es für die Montage mit Schraubengewinden zu versehen, war es, als hätte ich Silberfolie genommen. Schon unter geringfügigem Druck verlor es jede Form. Um einen Durchmesser zu erhalten, der groß genug war, damit der breiteste Teil des Verschlusses hineinpaßte, hätte ich, sofern ich ein dickeres Metall verwendet hätte, etwas bauen müssen, was nicht so aussieht, wie wir es uns vorgestellt haben. Es würde einfach nicht natürlich gewirkt haben. Deswegen habe ich mich für rostfreien Stahl entschieden. Es war das einzig Mögliche. Er sieht aus wie Aluminium, ist aber etwas schwerer. Da er stärker ist, darf er auch dünner sein. Er hält das Gewinde aus und ist immer noch stark genug, um nicht zu verbiegen. Aber natürlich ist er schwieriger zu bearbeiten, und es dauert etwas länger. Ich habe gestern damit angefangen...«

»Schon gut. Was Sie sagen, klingt logisch. Aber ich brauche die Dinger, und sie müssen einwandfrei sein. Wann kann ich sie haben?«
Der Belgier hob die Schultern. »Das ist schwer zu sagen. Ich habe alle Bestandteile da, es sei denn, es treten noch andere Schwierigkeiten auf. Was ich bezweifle. Ich bin sicher, daß die letzten technischen Schwierigkeiten so gut wie überwunden sind. Fünf Tage, sechs Tage — vielleicht eine Woche...«
Der Engländer ließ sich seine Verstimmung nicht anmerken. Sein Gesicht blieb ausdruckslos, während er den Ausführungen des Belgiers lauschte.
»Also gut«, sagte er schließlich. »Das bedeutet, daß ich meine Reisepläne abändern muß. Möglicherweise sind die Folgen nicht so katastrophal, wie ich annahm, als ich das letztemal hier war. Das wird bis zu einem gewissen Grad von dem Ergebnis eines Telephongesprächs abhängen, das ich zu führen habe. Auf jeden Fall muß ich mich mit dem Gewehr vertraut machen, und das kann ebensogut in Belgien geschehen. Ich werde es also mitnehmen, dazu die normalen Patronen und eine von den hergerichteten. Was ich brauche, ist eine einsame, abgelegene Gegend, wo mich niemand stört, wenn ich die Waffe über eine Distanz von hundertdreißig bis hundertfünfzig Meter im Freien ausprobiere. Wohin würde man in diesem Land fahren, um entsprechende Bedingungen vorzufinden?«
Goossens überlegte einen Augenblick. »In die Ardennen«, sagte er schließlich. »Es gibt dort ausgedehnte Waldgebiete, wo man stundenlang niemandem begegnet. Sie können an einem Tag dort sein und zurückkommen. Heute ist Donnerstag, morgen fängt das Wochenende an, und möglicherweise gehen die Leute in den Wäldern picknicken. Ich würde Montag, den fünften, vorschlagen. Dienstag oder Mittwoch bin ich dann hoffentlich mit dem Rest fertig.« Der Engländer nickte.
»Einverstanden. Dann nehme ich jetzt das Gewehr und die Munition mit und melde mich am Dienstag oder Mittwoch nächster Woche wieder bei Ihnen.«
Der Belgier schien Einwendungen machen zu wollen, aber sein Kunde kam ihm zuvor.
»Ich glaube, ich schulde Ihnen noch siebenhundert Pfund. Hier«

— er ließ ein paar Päckchen gebündelter Banknoten auf den Schreibblock fallen — »sind weitere fünfhundert. Die noch ausstehenden zweihundert Pfund erhalten Sie, sobald Sie mir das restliche Gerät übergeben haben.«

»*Merci, monsieur*«, sagte der Büchsenmacher und steckte die zwanzig 25-Pfund-Noten ein. Stück für Stück nahm er das Gewehr auseinander und bettete die Einzelteile sorgsam in die mit Flanell ausgeschlagenen Kästen des Attachékoffers. Das Explosivgeschoß, um das der Killer gebeten hatte, wurde in Seidenpapier gewickelt und in das für die Reinigungslappen und -bürsten vorgesehene Fach gelegt. Als der Koffer geschlossen war, reichte er ihn mitsamt der Munitionsschachtel dem Engländer, der die Munition in die Tasche steckte und den Attachékoffer in die Hand nahm.

Höflich geleitete Goossens ihn hinaus.

Der Schakal war rechtzeitig zum Lunch wieder in seinem Hotel. Bevor er in den Speisesaal ging, stellte er den Koffer mit dem zerlegten Gewehr in den Garderobenschrank, schloß ihn ab und steckte den Schlüssel ein.

Am Nachmittag schlenderte er zum Hauptpostamt hinüber und verlangte, mit einer Nummer in Zürich verbunden zu werden. Es dauerte eine halbe Stunde, bis die Verbindung zustande kam, und weitere fünf Minuten, bis Herr Meier an den Apparat geholt worden war. Der Engländer meldete sich, indem er zunächst eine Nummer und dann seinen Namen nannte.

Herr Meier entschuldigte sich für einen Augenblick und war nach zwei Minuten wieder da. Der Tonfall seiner Stimme, der eben noch vorsichtige Zurückhaltung verraten hatte, war wie ausgewechselt. Kunden, deren Guthaben in Dollar und Schweizer Franken stetig wuchs, verdienten mit ausgesuchter Höflichkeit behandelt zu werden. Der Mann in Brüssel stellte eine Frage, und wiederum entschuldigte sich der schweizerische Bankmanager, um diesmal in weniger als dreißig Sekunden die gewünschte Auskunft zu geben. Er hatte offenkundig die Bankauszüge und Unterlagen des Kunden aus dem Safe holen lassen und durchgesehen.

»Nein, mein Herr«, sagte er. »Wir haben Ihre Anweisung hier vorliegen, daß Sie per Luftpost-Expreßbrief unterrichtet zu werden wünschen, sobald neue Einzahlungen erfolgt sind, aber bisher ist in dem von Ihnen genannten Zeitraum nichts überwiesen worden.«

»Danke, Herr Meier. Ich frage nur, weil ich seit zwei Wochen nicht in London war und es für möglich hielt, daß in der Zwischenzeit etwas gekommen sein könnte.«

»Nein, es ist nichts gekommen. Sobald etwas eingezahlt wird, werden wir Sie unverzüglich benachrichtigen.«

Noch ehe der von Herrn Meier geäußerte Schwall guter Wünsche verebbt war, hängte der Schakal ein, erlegte die geforderte Gebühr und ging.

Kurz nach 18 Uhr betrat er die Bar in der Nähe der rue Neuve, wo der Fälscher ihn bereits erwartete. Der Engländer erspähte einen freien Eckplatz und forderte den Fälscher mit einem Kopfnicken auf, sich zu ihm zu setzen.

»Fertig?« fragte er, als der Belgier an seinen Tisch kam.

»Ja, alles fertig. Und beste Arbeit, das muß ich selber sagen.«

Der Engländer streckte die Hand aus. »Zeigen Sie her«, befahl er. Der Belgier zündete sich eine von seinen »Bastos« an und schüttelte den Kopf.

»Bitte begreifen Sie, Monsieur. Hier gibt es zu viele Neugierige. Außerdem brauchen Sie gutes Licht, um sie sich anzusehen, besonders die französischen Karten. Ich habe sie im Studio.«

Der Schakal maß ihn mit einem kalten Blick und nickte dann.

»Gut, also gehen wir dahin, wo wir unter uns sind und ich sie mir genau anschauen kann.«

Wenige Minuten später verließen sie die Bar und fuhren im Taxi zur Ecke der Straße, in der sich das Kellerstudio befand. Es war ein warmer Abend, die Sonne schien noch immer, und der Schakal trug wie stets im Freien seine dunkle Sonnenbrille, die wie eine Skibrille große Partien seiner oberen Gesichtshälfte bedeckte und ihn davor schützte, erkannt zu werden.

Die Straße war jedoch so eng, daß kein Sonnenstrahl in sie drang. Ein alter Mann kam ihnen entgegen, aber er war von Gicht gebeugt und schlurfte mit gesenktem Kopf dahin.

Der Fälscher ging vor dem Schakal die Treppe hinunter und schloß die Tür auf. Im Studio war es fast so dunkel, als sei es draußen bereits

Nacht. Nur ein paar Streifen trüben Tageslichts sickerten zwischen den an der Innenseite der Scheibe neben der Tür befestigten schaurigen Photos hindurch, so daß der Engländer im Vorraum die Umrisse des Sessels und des Tisches erkennen konnte. Durch den geteilten Samtvorhang ging der Fälscher ihm voran in das Studio und schaltete das Oberlicht ein.

Aus seiner inneren Jackentasche zog er einen braunen Umschlag hervor und breitete den Inhalt auf dem kleinen runden Mahagonitisch aus, der bei Porträtaufnahmen als Requisit diente. Dann trug er das Tischchen in die Mitte des Raums unter die Lampe. Die beiden Scheinwerfer auf der winzigen Bühne an der hinteren Wand des Studios blieben ausgeschaltet.

»Bitte, Monsieur.« Er lächelte breit und deutete auf die drei Ausweise, die auf dem Tisch lagen. Der Engländer nahm den ersten zur Hand und betrachtete ihn unter dem Licht. Es war sein Führerschein. Ein auf die erste Seite geklebter Zettel bekundete, daß Mr. Alexander James Quentin Duggan, wohnhaft in London W. 1., berechtigt sei, innerhalb des Zeitraums vom 10. Dezember 1960 bis zum 9. Dezember 1963 einschließlich Motorfahrzeuge der Gruppen 1 a, 1 b, 2, 3, 11, 12 und 13 zu fahren. Darüber war die Nummer des polizeilichen Kennzeichens (eine fiktive Nummer natürlich) angegeben und als ausstellende Behörde das »London County Council« mit dem Zusatz »Road Traffic Act 1960« vermerkt, und ganz oben schließlich stand »Driving Licence« sowie »Fee of 15/— received«. Soweit der Schakal es beurteilen konnte, war es eine perfekte Fälschung; für seine Zwecke jedenfalls schien sie ihm vollkommen ausreichend zu sein. Das zweite Dokument war eine auf den Namen André Martin ausgestellte französische Identitätskarte, die das Alter ihres in Colmar geborenen und in Paris wohnhaften Inhabers mit dreiundfünfzig Jahren angab. Um zwanzig Jahre gealtert, mit grauem, bürstenartig geschnittenem, wirrem Haar, starrte ihm aus dem auf eine Ecke der Karte geklebten Photo sein eigenes Gesicht mit leidender Miene entgegen. Die Karte selbst war fleckig und hatte Eselsohren.

Das dritte Exemplar interessierte ihn am meisten. Die Photographie, mit der es versehen war, unterschied sich ein wenig von derjenigen auf der Identitätskarte, denn das Ausstellungsdatum beider differierte um einige Monate, weil die Verlängerung, hätte es sich um echte Ausweise gehandelt, vermutlich nicht zum gleichen Datum fällig gewesen wäre. Das Photo auf dem Ausweis, den er in der Hand hielt, war ebenfalls vor fast zwei Wochen aufgenommen worden, zeigte ihn jedoch in einem dunkleren Hemd und mit der Andeutung eines Stoppelbarts um das Kinn herum. Dieser Effekt war das Resultat geschickter Retuschen, die den Eindruck vermittelten, daß es sich bei den beiden Photographien um zu verschiedenen Zeitpunkten aufgenommene Porträts eines und desselben Mannes in jeweils anderer Bekleidung handelte. In beiden Fällen hatte sich das handwerkliche Können des Fälschers als ausgezeichnet erwiesen. Der Schakal blickte auf und steckte die Ausweise ein.

»Sehr hübsch«, sagte er. »Genau das, was ich suchte. Gratuliere. Wenn ich nicht irre, bekommen Sie noch fünfzig Pfund.«

»Das stimmt, Monsieur.« Der Fälscher lächelte erwartungsvoll.

Der Engländer zog ein einzelnes Päckchen von zehn Fünfpfundnoten aus der Tasche und hielt es ihm mit spitzen Fingern unter die Nase. Bevor er das Bündel losließ, sagte er: »Etwas fehlt noch.«

Der Belgier versuchte vergeblich, so zu tun, als verstände er nicht. »Monsieur?«

»Die erste Seite des Führerscheins. Die echte, die ich wiederhaben wollte.«

Es konnte kein Zweifel darüber bestehen, daß der Fälscher Theater spielte. Er hob die Brauen in übertriebener Überraschung, als sei ihm die Sache eben erst wieder eingefallen, ließ das Päckchen Banknoten los, drehte sich auf dem Absatz um und entfernte sich, die Arme auf dem Rücken, mit gesenktem Kopf, als sei er in tiefes Nachdenken versunken, ein paar Schritte vom Schakal. Dann kehrte er um und kam zurück.

»Ich hatte gedacht, daß wir uns über dieses Papierchen noch ein wenig unterhalten könnten, Monsieur.«

»Ja?« Der fragende Tonfall des Schakals war so unbeteiligt wie sein Gesicht, das keinerlei Gefühlsregung verriet, sein Blick kalt und ausdruckslos.

»Tatsächlich, Monsieur, befindet sich die erste Seite Ihres Führerscheins, auf der Ihr — wie ich annehme — richtiger Name steht, nicht hier im Studio. Oh, bitte, bitte —« er gestikulierte, als ginge es darum, jemanden, der von plötzlicher Angst gepackt war — wovon beim Engländer wahrlich keine Rede sein konnte —, beruhigen zu müssen. »Sie wird an einem absolut sicheren Ort verwahrt, in einer nur mir zugänglichen Kassette im Tresor einer Bank. Sie verstehen, Monsieur, daß ein Mann, der wie ich in einer etwas riskanten Branche tätig ist, gewisse Vorkehrungen treffen und sich absichern muß.«

»Was wollen Sie?«

»Nun, *cher monsieur*, ich hatte auf Ihre Bereitschaft gehofft, mit mir aufgrund der Tatsache, daß sich besagtes Papierchen in meinem Besitz befindet, einen zusätzlichen Handel auf Basis einer Summe abzuschließen, die allerdings um einiges über der zuletzt hier in diesem Raum erwähnten von hundertfünfzig Pfund liegen würde.«

Der Engländer seufzte leise, als sei ihm die Fähigkeit des Menschen, sich seine eigene Existenz auf dieser Erde durch unnötige Komplikationen zu erschweren, schlechthin unbegreiflich. Ob er den Vorschlag des Belgiers erwog, war ihm nicht anzumerken.

»Sind Sie interessiert?« erkundigte sich der Fälscher artig. Er spielte seine Rolle, als habe er sie sorgfältig einstudiert. Das schlechtkaschierte Angebot, die vermeintlich subtilen Anspielungen erinnerten Schakal an einen zweitklassigen Gangsterfilm.

»Ich habe schon öfter mit Erpressern zu tun gehabt«, sagte er, und es war keine Beschuldigung, sondern eine in sachlichem Tonfall getroffene nüchterne Feststellung.

»Aber Monsieur, ich bitte Sie. Ich bin doch kein Erpresser! Was ich Ihnen vorschlage, ist lediglich ein kleines Zusatzabkommen. Sie erhalten das gesamte Paket für eine bestimmte Summe. Schließlich habe ich nicht nur das Original Ihres Führerscheins, die entwickelten Abzüge und sämtliche Negative Ihrer Photos in meiner Kassette, sondern leider« — er hob bedauernd die Hände — »auch eine weitere Aufnahme von Ihnen, die Sie ohne Ihr Make-up hier in diesem Studio im Scheinwerferlicht zeigt. Ich bin sicher, daß Ihnen diese Dinge, sofern sie in die Hände der britischen oder französischen Behörden gelangten, beträchtliche Schwierigkeiten verursachen dürften. Sie sind offenkundig ein Mann, der sich in der Welt auskennt und zahlt. Aber um die Unannehmlichkeiten des Lebens zu vermeiden...«

»Wieviel?«

»Eintausend Pfund, Monsieur.«

Der Engländer erwog den Vorschlag und nickte leichthin, als sei die Angelegenheit für ihn von rein akademischem Interesse.

»Diese Summe wäre es mir schon wert, das Material zurückzubekommen.«

Der Belgier lächelte triumphierend. »Ich bin sehr froh, das zu hören, Monsieur.«

»Aber die Antwort ist nein«, fuhr der Engländer fort, als dächte er noch immer angestrengt nach. Die Augen des Belgiers verengten sich.

»Aber wieso? Ich verstehe nicht. Sie sagten doch, es sei Ihnen tausend Pfund wert, die Sachen zurückzubekommen. Dann ist doch alles klar. Wir beide sind es gewohnt, mit gesuchten Dingen zu handeln und dafür bezahlt zu werden.«

»Aus zwei Gründen«, sagte der Schakal. »Zum einen habe ich keinerlei Beweis dafür, daß von den Negativen der Photos keine Kopien existieren und auf die erste Geldforderung nicht weitere folgen werden. Und zweitens — wer sagt mir, ob Sie das Material nicht einem Freund gegeben haben, der, aufgefordert, es herauszugeben, plötzlich erklärt, er habe es nicht mehr, es sei denn, ich machte weitere eintausend Pfund locker.«

Der Belgier sah erleichtert aus. »Wenn das alles ist, was Sie beunruhigt, dann sind Ihre Befürchtungen grundlos. Zunächst einmal läge es schon deswegen nicht in meinem Interesse, das Material einem Partner anzuvertrauen, weil ich damit rechnen müßte, daß er es nicht wieder herausrückt. Ich kann mir nicht vorstellen, daß Sie sich von tausend Pfund trennen, ohne das Material bekommen zu haben. Es gibt also keinen Grund für mich, warum ich es hätte weggeben sollen.

Und was die Möglichkeit weiterer Geldforderungen betrifft, von der Sie sprachen, so besteht sie nicht. Eine Photokopie des Führerscheins würde die britischen Behörden nicht beeindrucken, und selbst wenn man Sie mit einem gefälschten Führerschein erwischte, so würde Ihnen das zwar Unannehmlichkeiten bereiten, aber doch nicht so schwerwiegende, daß es sich, um sie abzuwenden, verlohnte, mir weitere Zahlungen zu leisten. Wenn dagegen die französischen Behörden erführen, daß ein gewisser Engländer sich als der nichtexistente Franzose André Martin verkleidet hat, würden sie Sie sicherlich festnehmen, falls Sie unter diesem Namen einreisten. Aber wenn ich tatsächlich mit weiteren Forderungen an Sie herantreten wollte, wäre es für Sie viel sinnvoller, die Ausweise wegzuwerfen und einen anderen Fälscher zu finden, der Ihnen neue anfertigt. Dann brauchten Sie nicht mehr zu befürchten, als André Martin in Frankreich verhaftet zu werden, weil André Martin zu existieren aufgehört hätte.«

»Und warum sollte mir genau das nicht jetzt möglich sein«, fragte der Engländer, »wo es mich doch vermutlich kaum mehr als nochmals hundertfünfzig Pfund kosten dürfte, die Papiere ein zweites Mal anfertigen zu lassen?«

Der Belgier gestikulierte mit beschwörend erhobenen Händen.

»Ich baue darauf, daß Ihnen die Bequemlichkeit und der Zeitfaktor das Geld wert sind. Ich glaube, daß Sie diese André-Martin-Papiere und mein Schweigen sehr bald brauchen. So rasch sind neue Papiere nicht zu bekommen, und so gute überhaupt nicht. Die, die Sie jetzt haben, sind perfekt. Also brauchen Sie die Papiere und brauchen Sie mein Schweigen, und beides jetzt. Die Papiere haben Sie. Mein Schweigen kostet eintausend Pfund.«

»Also gut, wenn Sie es so darstellen. Aber was veranlaßt Sie zu glauben, ich hätte tausend Pfund hier in Belgien bei mir?«

Der Fälscher lächelte nachsichtig.

»Monsieur, Sie sind ein englischer Gentleman. Das sieht jeder. Und doch wollen Sie sich als französischer Arbeiter mittleren Alters maskieren. Ihr Französisch ist fließend und fast akzentlos. Deswegen habe ich als Geburtsort von André Martin Colmar angegeben. Sie wissen, daß Elsässer französisch ähnlich wie Sie mit einem ganz leichten Akzent sprechen. Sie geben sich in Frankreich als André Martin aus. Perfekt, eine absolut geniale Idee, kein Zweifel. Wer käme jemals darauf, einen alten Mann wie Martin zu durchsuchen? Also sind Sie, was immer Sie auch vorhaben mögen, ein wichtiger Mann. Vielleicht Rauschgift? Soll in gewissen englischen Kreisen ja heutzutage sehr beliebt sein. Und Marseille ist eine der wichtigsten Umschlagplätze. Oder Diamanten? Was weiß ich? Aber das Geschäft, in dem Sie sind, ist einträglich. Englische Mylords verschwenden nicht mit Taschendiebstählen auf Rennbahnen ihre Zeit. Bitte, Monsieur, hören wir doch auf, uns gegenseitig etwas vorzumachen, *hein?* Sie rufen Ihre Freunde in London an und bitten sie, Ihnen telegraphisch tausend Pfund auf Ihre hiesige Bank zu überweisen. Dann tauschen wir morgen abend unsere Päckchen aus, und — hopp! — kann es losgehen mit der Reise, was meinen Sie?«

Der Engländer nickte mehrmals wie in schmerzlicher Rückschau auf ein Leben voller Irrtümer. Plötzlich hob er den Kopf und lächelte den Belgier freundlich an. Es war das erste Mal, daß der Fälscher ihn lächeln sah, und er fühlte sich ungemein erleichtert, daß dieser ruhige Engländer die Sache so gelassen nahm. Das übliche sich Drehen und Wenden, die Suche nach einem Ausweg, nun ja. Aber kein wirklich schwieriger Fall. Der Mann hatte schließlich doch noch gespurt.

»Also gut«, sagte der Engländer, »ich gebe mich geschlagen. Bis morgen mittag kann ich mir tausend Pfund kommen lassen. Aber ich stelle eine Bedingung.«

»Bedingung?« Der Belgier war sofort wieder mißtrauisch.

»Wir treffen uns nicht hier.«

Der Fälscher war überrascht. »Was haben Sie gegen dieses Studio einzuwenden? Es ist ruhig und abgelegen...«

»Ich habe eine ganze Menge gegen dieses Studio einzuwenden«, entgegnete der Engländer. »Sie haben mir gerade erzählt, daß Sie hier in diesem Raum heimlich ein Photo von mir gemacht haben. Ich lege keinen Wert darauf, daß unsere morgige kleine Übergabezeremonie von dem leisen Klicken einer Kamera unterbrochen wird, mit der sich einer Ihrer Freunde rücksichtsvollerweise hier irgendwo versteckt hält...«

Sichtbar erleichtert, lachte der Belgier laut auf.

»Da brauchen Sie keine Angst zu haben, *cher ami.* Dieser Laden gehört mir, und niemand kommt hierher, den ich nicht dazu aufgefordert habe. Ich muß da sehr vorsichtig sein, verstehen Sie, sehr diskret, denn ich betreibe hier noch ein Nebengeschäft mit Photos für die Touristen, wenn Sie wissen, was ich meine. Sehr gefragt übrigens, diese Arbeit, aber doch nicht ganz das Genre, das für ein Studio an der Grande Place geeignet ist...«

Mit Daumen und Zeigefinger ein O formend, hob er die linke Hand und bewegte den durch die kreisförmige Öffnung gesteckten Zeigefinger seiner Rechten mehrfach hin und her.

Der Engländer zwinkerte, grinste dann breit und fing schliesslich an zu lachen. Der Belgier lachte ebenfalls über den Witz. Der Engländer klatschte dem Belgier auf die Oberarme, und seine Finger, die sich um deren Muskeln legten, packten unvermittelt stahlhart zu und hielten den Belgier, der weiter die obszöne Geste vollführte, fest im Griff. Der Fälscher lachte noch immer, als er einen fürchterlichen Schmerz in seinen Genitalien verspürte.

Ruckartig schnellte sein Kopf nach vorn, während seine Hände, die mitten in ihrer Pantomime erstarrt waren, zu den zerquetschten Hoden hinabfuhren, in die der Mann, der ihn mit eisernem Griff gepackt hielt, sein rechtes Knie gerammt hatte. Sein Lächeln wurde zu einem Schreien, einem Gurgeln, einem Röcheln. Halb bewusstlos, sackte er in die Knie und versuchte dann, sich vornüber fallen und auf die Seite rollen zu lassen. Er krümmte sich vor Schmerzen.

Der Schakal beugte sich rittlings über den Rücken der zusammengesunkenen Gestalt, liess seinen rechten Arm um den Hals des Belgiers gleiten, packte mit der rechten Hand den eigenen linken Oberarm, während seine Linke sich um den Hinterkopf des Fälschers legte. Mit einem kurzen, harten Ruck drehte er ihm den Hals seitlich nach hinten um. Das Knirschen, mit dem die Wirbelsäule brach, war vermutlich nicht sehr laut, aber in der Stille des Studios klang es, als krache ein Schuss aus einer kleinen Pistole. Der Körper des Fälschers bäumte sich ein letztes Mal auf und sackte dann in sich zusammen wie eine Stoffpuppe. Der Schakal hielt ihn noch einen Augenblick in seinem Griff fest, bevor er ihn mit dem Gesicht nach unten auf den Boden fallen liess. Der Kopf des Toten drehte sich zur Seite, und zwischen seinen zusammengepressten Zähnen stand die fast durchgebissene Zunge leicht hervor, während die starren Augen auf das verschlissene Muster des Linoleumfussbodens gerichtet und die Hände noch immer um das Genital gekrallt waren. Der Engländer ging rasch zu den Vorhängen hinüber, um sich zu vergewissern, dass sie gänzlich zugezogen waren, und kehrte dann zu der Leiche zurück. Er drehte sie herum, tastete die Taschen des Fälschers ab und fand die Schlüssel schliesslich in dessen rechter Hosentasche. In der hinteren Ecke des Studios stand die grosse Kiste mit den Requisiten und Schminkkästen. Der vierte Schlüssel, mit dem er sie zu öffnen versuchte, paßte endlich, und er verbrachte zehn Minuten damit, die Kiste zu leeren und den Inhalt in unordentlichen Haufen auf dem Fußboden aufzutürmen.

Dann packte er die Leiche des Fälschers unter den Achseln und schleifte sie zur Kiste hinüber. Sie ging bequem hinein, weil sich ihre Glieder leicht krümmen und den Begrenzungen der Kiste anpassen ließen. In wenigen Stunden würde der Rigor mortis einsetzen und die Leiche in der jetzt auf dem Boden der Kiste eingenommenen Position erstarren lassen. Dann begann der Schakal, die Gegenstände, die er herausgeholt hatte, wieder in die Kiste zurückzulegen. Perücken, Damenunterwäsche, Toupets und was sonst noch weich und nicht sperrig war, stopfte er in die zwischen den Gliedern verbliebenen Hohlräume. Obenauf packte er die Make-up-Pinsel und Schminktöpfe, und zum Abschluß folgte eine aus den restlichen Cremetuben, mehreren Paaren schwarzer Netzstrümpfe, zwei Negligées und einem Morgenmantel bestehende Schicht, welche die Leiche vollständig bedeckte und die Kiste bis zum Rand füllte. Der Schakal mußte ein bißchen nachdrücken, um den Deckel zu schließen, aber dann rastete das Schloß ein.

Er hatte seine Hand mit einem aus der Kiste stammenden Stoffetzen umwickelt, bevor er die Flakons und Schminktöpfe anfaßte, und zog jetzt sein eigenes Taschentuch hervor, um damit das Schloß und die Außenflächen der Kiste abzuwischen. Dann steckte er das Bündel Fünfpfundnoten ein, das auf dem Tisch liegengeblieben war, wischte auch diesen ab und stellte ihn wieder dorthin an die Wand zurück, wo er gestanden hatte, als er gekommen war. Schließlich schaltete er das Licht aus und setzte sich in einen der an der Wand stehenden Sessel, um den Anbruch der Dunkelheit abzuwarten. Nach ein paar Minuten holte er seine Zigarettenschachtel hervor, steckte sich eine Zigarette an und deponierte die restlichen zehn in eine der Seitentaschen seines Jacketts, um die Schachtel als Aschenbecher zu benutzen und den aufgerauchten Stummel darin zu verwahren.

Er gab sich keiner Täuschung darüber hin, daß das Verschwinden des Fälschers nicht allzu lange unentdeckt bleiben würde, hielt es jedoch für wahrscheinlich, daß ein Mann wie der Belgier periodisch in den Untergrund oder auf Reisen gehen mußte. Wenn es einigen seiner Freunde auffiel, daß er sich in den Kneipen und Bars, in denen er normalerweise anzutreffen war, nicht mehr blicken ließ, so würden sie es vermutlich diesem Umstand zuschreiben. Nach einer gewissen Zeit mochte eine Suche beginnen, an der sich vor allem Leute beteiligen würden, die mit dem Fälscherhandwerk oder dem Pornogeschäft zu tun hatten. Möglicherweise kannten einige von ihnen das Studio und würden sich dorthin begeben, um die Tür verschlossen zu finden. Wer in das Studio eindrang, mußte es durchsuchen, das Vorhängeschloß der Kiste erbrechen und sie leeren müssen, bevor er die Leiche entdeckte.

Ein Mitglied der Unterwelt, das dies täte, würde — so vermutete der Schakal — in der Annahme, daß der Fälscher mit einem Gangsterboß aneinandergeraten sei, der Polizei die Angelegenheit nicht melden. Kein manischer Pornoliebhaber würde nach einem im Affekt der Leidenschaft begangenen Mord die Leiche so sorgfältig versteckt haben. Aber irgendwann müßte es die Polizei erfahren. Zu dem Zeitpunkt würde zweifellos ein Photo veröffentlicht werden und der Barmixer sich vermutlich daran erinnern, daß der Fälscher seine Bar am Abend des 1. August in Begleitung eines hochgewachsenen blonden Mannes verlassen hatte, der einen Glencheck-Anzug und dunkle Augengläser trug. Aber es war höchst unwahrscheinlich, daß in den kommenden Monaten irgend jemand die Kassette des Ermordeten untersuchen würde, selbst wenn er sie unter seinem eigenen Namen registriert haben sollte.

Er hatte mit dem Barmixer kein Wort gesprochen, und die Bestellung der beiden Biere bei dem Ober derselben Bar war zwei Wochen zuvor erfolgt. Der Kellner würde schon ein phänomenales Gedächtnis haben müssen, wenn er sich an den kaum merklichen ausländischen Akzent erinnern wollte, mit dem sie ausgesprochen worden war. Die Polizei würde eine routinemäßige Fahndung nach dem blonden Mann veranstalten, aber selbst wenn sie dabei auf den Namen Alexander Duggan stieße, hätte sie den Schakal damit noch lange nicht gefunden. Nach sorgfältigem Abwägen aller kalkulierbaren Umstände kam er zu dem Schluß, daß ihm mindestens ein Monat Zeit verblieb, und mehr brauchte er ohnehin nicht.

Die Tötung des Fälschers war so beiläufig geschehen wie das Zertreten eines Kakerlaken. Der Schakal rauchte entspannt eine zweite Zigarette und schaute hinaus. Es war 21 Uhr 30, und über die enge Straße hatte sich tiefe Dunkelheit gesenkt. Leise verließ er das Studio und schloß die äußere Tür hinter sich ab. Niemand begegnete ihm, als er rasch die Straße hinunterging. Etwa einen Kilometer vom Studio entfernt, ließ er die Schlüssel in ein Siel fallen und hörte sie in einigen Metern Tiefe auf das Kanalisationswasser klatschen. Er kehrte in sein Hotel zurück, wo er ein spätes Abendessen einnahm.

Den nächsten Tag — es war Freitag — verbrachte er mit Einkäufen in den Arbeitervororten Brüssels. In einem auf Camping-Ausrüstungsartikeln spezialisierten Geschäft erstand er ein Paar Wanderstiefel, lange Wollsocken, eine grobe Drillichhose, ein gewürfeltes wollenes Holzfällerhemd und einen Rucksack. Unter seinen anderen Erwerbungen befanden sich mehrere Lagen von dünnem Schaumgummi, ein Einkaufsnetz, ein Bindfadenknäuel, ein Jagdmesser, zwei dünne Pinsel, ein Topf mit rosa und ein weiterer mit brauner Farbe. Er überlegte sich, ob er an einem Obstkarren eine große Melone kaufen sollte, nahm aber davon Abstand, weil die Melone über das Wochenende wahrscheinlich verderben würde.

Wieder im Hotel, benutzte er seinen neuen Führerschein, der wie sein Paß auf den Namen Alexander Duggan ausgestellt war, um für den folgenden Morgen einen Leihwagen zu bestellen, und beauftragte den Empfangschef, ihm über das Wochenende ein Einzelzimmer mit Bad oder Dusche in einem Badeort an der See reservieren zu lassen. Obwohl im August nahezu alle Häuser ausgebucht waren, gelang es dem Mann, ihm in einem kleinen Hotel in Zeebrügge ein Zimmer mit Blick auf den malerischen Fischereihafen zu bestellen.

Siebtes Kapitel

Während der Schakal in Brüssel seine Einkäufe tätigte, hatte Viktor Kowalsky mit den Schwierigkeiten zu kämpfen, die sich ergeben, wenn man in einem Land, dessen Sprache man nicht spricht, eine internationale Fernsprechauskunft erhalten will.

Da er nicht Italienisch sprach, wandte er sich hilfesuchend an die Angestellten des Hotelempfangs, und nach einigem Hin und Her gab schließlich einer von ihnen zu erkennen, daß er ein wenig Französisch könne. Mühsam versuchte Viktor ihm klarzumachen, daß er einen Mann in Marseille, Frankreich, anzurufen wünsche, aber die Telephonnummer nicht wisse.

Ja, den Namen und die Adresse kannte er. Der Name war Grzybowski. Der Italiener verstand den Namen nicht und bat Kowalsky, ihn aufzuschreiben. Das tat Kowalsky, aber der Italiener, der nicht glauben mochte, daß irgendein Name mit drei Konsonanten beginnen könne, sprach ihn, in der Meinung, das von Kowalsky geschriebene »z« solle ein »i« sein, »Grib...« aus, als er das internationale Fernamt in der Leitung hatte. Im Marseiller Fernsprechverzeichnis gebe es keinen Josef Gribowski, ließ das Telephonfräulein am anderen Ende der Leitung den Italiener wissen. Der Hotelangestellte wandte sich an Kowalsky und erklärte ihm, eine Person dieses Namens existiere nicht.

Weil er jedoch ein gewissenhafter Mann war und darauf bedacht, einem Ausländer behilflich zu sein, buchstabierte er den Namen noch einmal laut, um sicherzugehen, daß er ihn richtig verstanden hatte.

»*Ça n'existe pas, monsieur. Voyons... G, r, i...*«

»*Non*, g, r, z —« unterbrach Kowalsky.

Der Hotelangestellte sah ihn fragend an.

»*Excusez-moi, monsieur.* G, r, z? G, r, z, y?«

»*Oui*«, bestätigte Kowalsky. »G, R, Z, Y, B, O, W, S, K, I.«

Der Italiener zuckte mit den Achseln und ließ sich nochmals die Telephonvermittlung geben.

»Verbinden Sie mich bitte mit der internationalen Fernsprechauskunft.«

Innerhalb von zehn Minuten hatte Kowalsky Jo-Jos Telephonnummer, und eine halbe Stunde später war die Verbindung hergestellt. Die Stimme des Ex-Legionärs in Marseille war schlecht zu verstehen, weil es in der Leitung knackte, und Jo-Jo schien die schlimme Nachricht, die er seinem Freund brieflich hatte zukommen lassen, nur zögernd zu bestätigen. Ja, er sei froh, daß Kowalsky anrief, er habe seit drei Monaten versucht, seine Adresse ausfindig zu machen.

Ja, das mit der Krankheit der kleinen Sylvie stimme unglücklicherweise. Sie sei immer schwächer und dünner geworden, und als schließlich ein Arzt die Krankheit diagnostiziert hatte, schon bettlägerig gewesen. Jetzt läge sie nebenan im Schlafzimmer der Wohnung, von der aus Jo-Jo telephonierte. Nein, es sei nicht die gleiche Wohnung, sie hätten sich eine neuere und größere genommen. Was? Die Adresse? Jo-Jo nannte sie Kowalsky, der sie sich, die Zunge zwischen den gespitzten Lippen, aufschrieb.

»Wie lange geben ihr die Quacksalber noch?« brüllte er in den Hörer. Nachdem er seine Frage dreimal wiederholt hatte, schien Jo-Jo sie begriffen zu haben. Es entstand eine lange Pause.

»*Allo? allo?*« rief Kowalsky, als keine Antwort kam.

»Eine Woche, vielleicht auch zwei oder drei«, sagte Jo-Jo.

Ungläubig starrte Kowalsky in die Muschel, legte dann wortlos den Hörer auf die Gabel und stolperte aus der Telephonzelle. Nachdem er die Gebühren für das Gespräch bezahlt hatte, holte er die Post ab, ließ den Deckel des an sein Handgelenk geketteten Stahletuis zuschnappen und ging ins Hotel zurück. Zum erstenmal seit vielen Jahren waren seine Gedanken in Aufruhr geraten, und es gab niemanden, bei dem er sich zur Entgegennahme von Befehlen hätte melden können, die das Problem mit Gewalt gelöst haben würden.

In seiner Wohnung in Marseille — es war dieselbe, in der er schon immer gelebt hatte — legte Jo-Jo den Hörer auf, als ihm klar wurde, daß Kowalsky eingehängt hatte. Er drehte sich um und sah, daß die beiden Männer vom Aktionsdienst, von denen jeder einen 45er-Polizei-Spezial-Colt in der Hand hielt, sich nicht vom Fleck gerührt hatten. Die Waffe des einen war auf Jo-Jo, die des anderen auf dessen Frau gerichtet, die mit aschfahlem Gesicht auf dem Sofa saß.

»Hunde«, sagte Jo-Jo voller Haß. »Scheißkerle.«

»Kommt er?« fragte einer der beiden Männer.

»Er hat nichts davon gesagt. Er hat einfach eingehängt«, sagte der Pole.

Die schwarzen Knopfaugen des Korsen starrten ihn unverwandt an.

»Er muß kommen. Wir haben unsere Anweisungen.«

»Nun, Sie haben es doch gehört. Ich habe gesagt, was Sie wollten. Es muß ihm einen Schock versetzt haben. Er hat einfach eingehängt. Ich konnte ihn nicht daran hindern.«

»Es wäre besser für Sie, wenn er käme, Jo-Jo«, wiederholte der Korse.

»Er wird kommen«, sagte Jo-Jo resigniert. »Wenn er kann, wird er kommen, wegen des kleinen Mädchens.«

»Gut. Dann haben Sie Ihre Rolle ausgespielt.«

»Dann machen Sie, daß Sie hier herauskommen«, brüllte Jo-Jo. »Lassen Sie uns in Ruhe.«

Der Korse stand auf, behielt aber die Pistole in der Hand. Der zweite Mann blieb, den Blick unverwandt auf die Frau gerichtet, sitzen.

»Wir gehen«, sagte der Korse, »aber Sie kommen beide mit uns. Wir können nicht zulassen, daß Sie hier in der Gegend herumquatschen oder in Rom anrufen. Das werden Sie doch einsehen, was, Jo-Jo?«

»Wohin bringen Sie uns?«

»In ein hübsches kleines Hotel in den Bergen, wo es viel Sonne und frische Luft gibt. Wird Ihnen guttun, Jo-Jo.«

»Für wie lange?« fragte der Pole dumpf.

»So lange, wie es nötig ist.«

Der Pole starrte zum Fenster auf das Gewirr der Gassen und Fischstände hinaus, das sich hinter der Postkartenkulisse des Alten Hafens versteckt.

»Gerade jetzt ist die Touristensaison auf dem Höhepunkt. Die Züge sind voll. Der August bringt uns mehr ein als der ganze Winter. Das wird uns auf Jahre hinaus ruinieren.«

Der Korse lachte, als fände er diese Vorstellung besonders belustigend.

»Sie müssen es als Gewinn und nicht als Verlust betrachten, Jo-Jo. Sie tun es schließlich für Frankreich, Ihre Wahlheimat.«

Der Pole fuhr herum. »Ich scheiße auf die Politik. Es ist mir egal, wer an der Macht ist und welche Partei alles auf den Kopf stellen will. Aber Leute wie Sie kenne ich. Mein ganzes Leben lang habe ich sie immer wieder getroffen. Ein Typ wie Sie würde auch für Hitler oder Mussolini oder die OAS arbeiten, wenn für Sie dabei etwas herausspringt. Für jeden würden Sie arbeiten. Die Regierungen wechseln, aber solche Hunde wie Sie bleiben immer die gleichen —« schrie er und hinkte auf den Mann mit der Pistole zu, deren kurzläufige Mündung unverändert auf ihn gerichtet war.

»Jo-Jo«, schrie die Frau auf dem Sofa. »Jo-Jo, *je t'en prie. Laisse-le.*«

Der Pole verstummte und starrte seine Frau an, als sei er sich ihrer Gegenwart erst jetzt bewußt geworden. Er sah nacheinander alle drei im Zimmer Anwesenden an, deren Augen auf ihn gerichtet waren — die seiner Frau mit beschwörendem, die der Geheimdienst-Gorillas mit kaltem Blick. Anschuldigungen, die doch nichts änderten, waren sie gewohnt. Der Ranghöhere der beiden deutete zum Schlafzimmer.

»Los, packen Sie jetzt Ihre Sachen. Sie zuerst, dann die Frau.«

»Was wird mit Sylvie? Sie kommt um vier aus der Schule, und dann ist niemand da, um sie hereinzulassen«, klagte die Frau.

Der Korse starrte noch immer ihren Mann an.

»Unsere Leute werden sie von der Schule abholen. Wir haben schon alles arrangiert. Die Direktorin ist unterrichtet worden, daß die Großmutter im Sterben liegt und die ganze Familie ans Totenbett gerufen wurde. Alles wird sehr diskret gehandhabt. Also los, beeilen Sie sich jetzt.«

Jo-Jo zuckte mit den Achseln, warf seiner Frau einen letzten Blick zu und ging, gefolgt von dem Korsen, ins Schlafzimmer, um zu packen. Seine Frau zerknüllte ihr Taschentuch zwischen den Fingern. Nach einer Weile blickte sie auf.

»Was — was werden sie mit ihm machen?« fragte sie den anderen Aktionsdienst-Agenten. Er war jünger als der Korse und stammte aus der Gascogne.

»Mit Kowalsky?«

»Mit Viktor, ja.«
»Ein paar Herrschaften wollen mit ihm sprechen. Das ist alles.«
Eine Stunde später saßen die Grzybowskis im Fond eines großen Citroën, der sie in ein abgelegenes Gebirgshotel im Vercors brachte.

Der Schakal verbrachte das Wochenende an der See. Er kaufte sich eine Badehose, sonnte sich am Strand von Zeebrügge, badete mehrmals und durchstreifte die kleine Hafenstadt, um die einst britische Matrosen und Soldaten verzweifelt gekämpft hatten. Möglicherweise hätten sich einige der bärtigen alten Männer, die auf der Mole saßen und ihre Angeln nach Seebarschen auswarfen, auf Befragen an das Blutbad, das hier vor sechsundvierzig Jahren stattgefunden hatte, erinnert. Aber er fragte sie nicht danach. Die einzigen englischen Stimmen, die man an diesem Tag am Strand hören konnte, waren die einiger englischer Familien, die die Sonne genossen und dabei ihre in der Brandung badenden Kinder im Auge zu behalten versuchten.

Am Sonntagmorgen packte er seine Koffer und fuhr gemächlich durch die flämische Landschaft. Er schlenderte in den engen Gassen von Brügge und Gent umher, aß in Damm im Siphon-Restaurant ein über dem Holzfeuer gebratenes Steak und fuhr am Nachmittag nach Brüssel zurück. Bevor er sich schlafen legte, bat er darum, anderntags frühzeitig mit Kaffee am Bett geweckt zu werden, bestellte sich ein Lunchpaket zum Mitnehmen und erklärte, daß er in die Ardennen zu fahren beabsichtige, um dort das Grab seines während der letzten deutschen Offensive zwischen Bastogne und Malmedy gefallenen Bruders zu besuchen. Der Empfangschef zeigte sich ungemein mitfühlend und gelobte, daß der Schakal sich darauf verlassen könne, zum Antritt seiner Pilgerfahrt rechtzeitig geweckt zu werden.

In Rom verbrachte Kowalsky ein weit weniger erholsames Wochenende. Er trat seinen Wachdienst, zu dem er bei Tage als Wachhabender am Empfangstisch im achten Stock und in der Nacht als Posten auf dem Dach des Hotels eingeteilt war, pünktlich an. In der wachfreien Zeit schlief er nur wenig und lag zumeist in seinem an einem schmalen Gang im achten Stockwerk gelegenen Zimmer auf dem Bett, rauchte und trank den herben Rotwein, der für die acht der Leibwache angehörenden Ex-Legionäre gallonenweise angeliefert wurde. Den Vergleich mit dem algerischen *pinard*, der in der Feldflasche jedes Legionärs zu gluckern pflegte, hielt der saure italienische *rosso* nicht aus, fand Kowalsky. Aber er war besser als gar nichts. Wie immer, wenn es weder Befehle von oben gab, die ihm die Verantwortung abnahmen, noch gültige Dienstanweisungen, die ihm die Entscheidung leichtmachten, brauchte er sehr lange, um zu einem Entschluß zu kommen. Aber am Montagmorgen hatte er sich entschieden. Er würde nicht lange fort sein, vielleicht nur einen Tag, möglicherweise auch zwei Tage, sollte es mit den Anschlüssen nicht klappen. In jedem Fall war es etwas, was geschehen mußte. Er würde dem *patron* hinterher alles erklären. Er zweifelte nicht daran, daß der *patron* ihn verstehen würde, obschon er bestimmt wütend wäre. Er hatte auch erwogen, dem Obersten alles zu erzählen und ihn um achtundvierzig Stunden Urlaub zu bitten. Aber er war sich ganz sicher, daß der Oberst, obwohl er ein beliebter Offizier war, der zu seinen Männern hielt, wenn sie in Schwierigkeiten geraten waren, ihn nicht gehen lassen würde. Er würde die Sache mit Sylvie nicht verstehen, und Kowalsky wußte, daß er sie ihm nicht erklären könnte. Er konnte nie etwas mit Worten erklären. Er seufzte tief, als er am Montagmorgen in aller Frühe aufstand, um die Wache abzulösen. Der Gedanke, daß er sich zum erstenmal in seinem Leben als Legionär unerlaubt von der Truppe entfernen würde, beunruhigte ihn außerordentlich.

Der Schakal stand zur gleichen Zeit auf. Er duschte und rasierte sich und machte sich anschließend über das ausgezeichnete Frühstück her, das auf einem Tablett neben seinem Bett stand. Dann holte er den Koffer mit dem zerlegten Gewehr aus dem Schrank und umwickelte jedes Einzelteil sorgfältig mit mehreren Lagen Schaumgummi, um die er eine Schnur band. Die Pakete kamen zuunterst in seinen Rucksack, darüber packte er die Farbtöpfe und Pinsel, die Drillichhose und das Holzfällerhemd, die Socken und die Stiefel. Das Einholnetz verstaute er in einer der äußeren Taschen des Rucksacks, die Patronen in der anderen.

Er wählte eines seiner üblichen gestreiften Hemden, wie sie 1963

Mode waren, und entschied sich für einen taubengrauen leichten Sommeranzug und schwarze Mokassins von Gucci. Eine gestrickte schwarze Krawatte vervollständigte das Ensemble. Den Rucksack in der Linken tragend, ging er zu seinem auf dem Parkplatz des Hotels abgestellten Wagen hinunter und schloß ihn im Kofferraum ein. An der Rezeption ließ er sich das Lunchpaket aushändigen, nickte dem Empfangschef, der ihm eine gute Fahrt wünschte, freundlich zu und verließ das Hotel. Um 9 Uhr hatte er Brüssel hinter sich gelassen und jagte auf der alten E 40 in Richtung Namur. Die strahlende Sonne, unter der sich das flache Land ringsum zu erwärmen begann, ließ bereits erkennen, daß es ein brennendheißer Tag werden würde. Auf seiner Straßenkarte war die Entfernung bis Bastogne mit vierundneunzig Meilen angegeben, und er würde noch ein paar weitere Meilen fahren müssen, um südlich der kleinen Stadt in den Hügeln und Wäldern einen geeigneten Platz zu finden. Er schätzte, daß er die hundert Meilen bis zum Mittag spielend geschafft haben würde, und drehte den Simca-Aronde kräftig auf, als er ihn in der wallonischen Ebene neuerlich in eine lange, flache Gerade lenkte.

Noch bevor die Sonne ihren Höchststand erreichte, hatte er Namur und Marche durchfahren und näherte sich Bastogne. Hinter der kleinen Stadt, die 1944 von General von Manteuffels Tiger-Panzern zerschossen worden war, bog er in die nach Süden in eine zunehmend hügelige Landschaft führende Straße ein. Der Wald wurde dichter, die kurvige Straße immer häufiger von großen Ulmen und Buchen verdunkelt und schließlich nur noch selten von einzelnen zwischen den Bäumen einfallenden Sonnenstrahlen zerschnitten.

Etwa sieben Kilometer hinter Bastogne fand der Schakal einen schmalen Weg, der in den Wald führte, und nach weiteren anderthalb Kilometern einen vom Weg abzweigenden Pfad, der sich im Waldinneren verlor. Er bog in ihn ein und brachte den Wagen nach ein paar Metern hinter dichtem Buschwerk zum Halten. Er rauchte eine Zigarette und lauschte dem Ticken des abkühlenden Motors, dem Windhauch, der in den oberen Ästen spielte, und dem entfernten Gurren einer Wildtaube.

Schließlich stieg er aus, öffnete den Kofferraum und legte den Rucksack auf die Kühlerhaube. Stück für Stück wechselte er die Kleidung, legte den makellosen taubengrauen Anzug sorgfältig zusammengefaltet auf den Rücksitz und schlüpfte in die Drillichhose. Er fand es warm genug, ohne Jacke zu gehen, und er vertauschte Hemd und Krawatte mit dem Holzfällerhemd. Zuletzt entledigte er sich seiner eleganten Stadtschuhe und Socken, zog die Wollstrümpfe an und schlüpfte in die kurzen Stiefel, in die er die Aufschläge seiner Drillichhose steckte.

Dann packte er die Einzelteile des Gewehrs aus und setzte es Stück für Stück zusammen. Den Schalldämpfer steckte er in eine Hosentasche, das Zielfernrohr in die andere. Er entnahm der Munitionsschachtel zwölf Patronen und ließ sie in die linke Brusttasche seines Hemdes gleiten, das noch immer in Seidenpapier gewickelte einzelne Explosivgeschoß in die rechte.

Als das Gewehr zusammengesetzt war, legte er es auf die Kühlerhaube und holte die Melone aus dem Kofferraum, die er, bevor er am Abend zuvor in sein Hotel zurückgekehrt war, an einem Obststand gekauft und über Nacht im Wagen gelassen hatte. Er verschloß den Kofferraum, steckte die Melone zusammen mit dem Farbtopf, den Pinseln und dem Jagdmesser in den leeren Rucksack, schloß den Wagen ab und ging in den Wald. Es war kurz nach zwölf.

Innerhalb von zehn Minuten hatte er eine langgestreckte, schmale Lichtung gefunden, die von einem bis zum anderen Ende freie Sicht gewährte. Er lehnte das Gewehr an einen Baumstamm, schritt hundertdreißig Meter ab und suchte sich dann einen Baum, von dem aus das zurückgelassene Gewehr sichtbar war. Er entleerte den Rucksack, löste die Deckel von den beiden Farbtöpfen und machte sich an die Arbeit. Rasch hatte er den oberen und den unteren Teil der Melone braun und die Mitte der Frucht rosa übermalt. Mit dem Finger zeichnete er Augen, Nase, Bärtchen und Mund in die noch nasse Farbe.

Um das Kunstwerk nicht zu verwischen, steckte er das Messer in den oberen Teil der Melone und praktizierte sie so in das Einkaufsnetz. Die Maschen verbargen weder die Form der Melone noch die auf sie gezeichneten Umrisse. Schließlich rammte er das Messer etwa einen Meter neunzig über dem Boden in den Baumstamm und hängte den Griff der Netztasche darüber. Vor der dunklen Borke des Baums nahm sich die rosa und braun bemalte Melone wie ein auf groteske

Weise freischwebender menschlicher Kopf aus. Der Schakal trat zurück und betrachtete sein Werk. Auf hundertdreißig Meter Entfernung würde es seinen Zweck erfüllen.

Er schloß die beiden Farbtöpfe und schleuderte sie, so weit er konnte, in den Wald hinein, wo sie geräuschvoll im dichten Unterholz landeten. Die Pinsel steckte er mit den Haaren nach oben in den Boden und trampelte die Erde fest, bis nichts mehr von ihnen zu sehen war. Dann nahm er den Rucksack auf und ging zum Gewehr zurück.

Der Schalldämpfer ließ sich mühelos über die Mündung streifen und so lange um den Lauf drehen, bis er festsaß. Das Zielfernrohr rastete in den längs der Oberseite des Laufs eingekerbten Nuten ein. Er zog den Riegel zurück und legte die erste Patrone in die Kammer ein. Durch das Fernrohr blickend, suchte er den gegenüberliegenden Rand der Lichtung nach seinem aufgehängten Ziel ab. Als er es fand, war er überrascht, wie groß und deutlich es erschien. Er konnte die Maschen des Einkaufsnetzes, die sich um die Melone spannten, und die auf ihr mit ein paar Strichen angedeuteten Gesichtszüge so gut erkennen, als sei das Ziel nicht weiter als dreißig Meter von ihm entfernt.

Er lehnte sich gegen einen Baum, um ruhiger visieren zu können, und schaute wieder durch das Fernrohr. Die beiden gekreuzten Linien schienen nicht völlig übereinzustimmen, und er drehte an den Einstellschrauben, bis das Kreuz gänzlich zentriert war. Dann zielte er sorgfältig auf die Mitte der Melone und drückte ab.

Der Rückstoß war schwächer, als er erwartet hatte, der schallgedämpfte Schuß kaum laut genug, um auf der anderen Seite einer stillen Straße gehört zu werden. Mit dem Gewehr unter dem Arm ging er wieder zum hundertdreißig Meter entfernten Ende der Lichtung und untersuchte die Melone. Die Kugel hatte die Schale der Frucht am rechten oberen Rand gestreift und Teile des Einkaufsnetzes zerrissen, bevor sie in den Baumstamm eingedrungen war. Der Schakal marschierte zurück und feuerte, ohne die Einstellung des Zielfernrohrs zu verändern, ein zweites Mal.

Das Ergebnis war das gleiche, mit einem Unterschied von nur anderthalb Zentimetern. Nach zwei weiteren Schüssen, bei denen er die

Einstellschrauben des Fernrohrs nicht berührte, war er überzeugt· daß er richtig gezielt, die Optik ihn jedoch zu hoch und leicht nach rechts hatte abkommen lassen. Er stellte die Schrauben entsprechend ein.

Beim nächsten Schuß kam er nach links unten ab. Um ganz sicher zu gehen, begab er sich nochmals zum jenseitigen Rand der Lichtung und betrachtete das Einschußloch. Die Kugel hatte das auf die Melone gemalte Gesicht unterhalb des linken Mundwinkels durchschlagen. Der Schakal gab noch drei weitere Schüsse mit unveränderter Einstellung des Fernrohrs ab, die allesamt dieselbe Gegend trafen. Schließlich drehte er die Schrauben um eine Winzigkeit zurück.

Der neunte Schuß ging mitten durch die Stirn, auf die er auch gehalten hatte. Wiederum machte er sich auf den Weg zum Ziel und holte diesmal ein Stück Kreide aus der Tasche, um die von den vorangegangenen Schüssen getroffenen Partien zu markieren — die Streifschüsse oben rechts, die Einschüsse links neben dem Mund und das saubere Loch in der Mitte der Stirn.

Von da ab traf er nacheinander je ein Auge, die Nasenwurzel, die Oberlippe und das Kinn. Dann drehte er die Melone so, daß sich ihm das »Profil« des aufgemalten Kopfes bot, und erzielte mit den letzten sechs Schüssen Treffer in der Schläfengegend, der Ohrmuschel, der Wange, im Genick, im Unterkiefer und im Hinterkopf.

Mit dem Gewehr zufrieden, merkte er sich die Position der Einstellschrauben des Teleskops, holte eine Tube Balsaholzzement aus der Tasche und spritzte die klebrige Flüssigkeit auf die beiden Schraubenköpfe und die sie unmittelbar umgebende Bakelitfläche. Eine halbe Stunde und zwei Zigarettenlängen später war der Zement hart geworden und die Optik, der Sehschärfe des Schakals entsprechend, genau auf eine Entfernung von hundertdreißig Meter eingestellt.

Aus der anderen Brusttasche holte er das Explosivgeschoß hervor, wickelte es aus dem Seidenpapier und legte es in die Kammer ein. Er zielte mit besonderer Sorgfalt auf das rosa bemalte Zentrum der Melone und drückte ab.

Als sich der blaue Rauch von der Mündung des Schalldämpfers verzogen hatte, lehnte der Schakal das Gewehr an den Baumstamm und ging zum aufgehängten Einkaufsnetz hinüber. Schlaff und fast leer hing es von dem Baum herab, dessen Borke von Einschüssen durchsiebt war. Die Melone, die von zwanzig Bleikugeln getroffen worden war, ohne dabei ihre Form zu verlieren, war jetzt zerplatzt. Teile waren durch die Maschen des Einkaufsnetzes gepreßt worden und lagen jetzt verstreut im Gras umher. Ihr Saft und ihre Kerne troffen von der Baumrinde herab. Die restlichen Klumpen ihres Fruchtfleisches klebten im unteren Teil des Einkaufsnetzes, das wie ein erschöpftes Skrotum vom Griff des Jagdmessers herabhing.

Er nahm das Netz und warf es in ein nahes Gebüsch. Daß es einmal als Ziel gedient hatte, war den zerfetzten Fruchtfleischresten, die es enthielt, nicht anzusehen. Der Schakal riß das Messer aus der Borke und steckte es in das Lederfutteral zurück. Dann nahm er sein Gewehr auf und schlenderte zum Wagen.

Dort umwickelte er alle Einzelteile wieder sorgfältig mit Schaumgummi, bevor er sie zusammen mit den Stiefeln, den Wollsocken, dem Hemd und der Drillichhose in den Rucksack packte. Er zog sich die Stadtkleidung an, schloß den Rucksack im Kofferraum ein und aß gemächlich die mitgebrachten Sandwiches zum Lunch.

Als er satt war, steuerte er den Wagen im Rückwärtsgang aus dem Waldpfad heraus, fuhr den Weg, der zur Straße führte, hinunter und bog dann nach links in Richtung Bastogne, Namur und Brüssel ein. Kurz nach 18 Uhr war er wieder im Hotel, und nachdem er den Rucksack auf seinem Zimmer deponiert hatte, ging er noch einmal in die Halle hinunter, um beim Empfangschef die Rechnung für den Leihwagen zu begleichen. Dann verbrachte er eine Stunde damit, das Gewehr sorgfältig zu reinigen und zu ölen. Den Koffer, in den er die Einzelteile legte, schloß er wieder im Garderobenschrank ein. Später am gleichen Abend – er hatte inzwischen gebadet und diniert – warf er den Rucksack, das restliche Bindfadenknäuel und diverse Schaumgummistreifen in eine städtische Mülltonne und zwanzig leere Patronenhülsen in ein Gully.

Am selben Montag, dem 5. August, fand sich Kowalsky wiederum auf dem Hauptpostamt in Rom ein und erbat die Hilfe eines französisch sprechenden Beamten. Diesmal ging es ihm um einen Anruf beim Alitalia-Auskunftsschalter, wo er die Abflugzeiten der in dieser Woche zwischen Rom und Marseille verkehrenden Maschinen zu erfahren wünschte. Wie sich herausstellte, war es für den Montagflug bereits zu spät, denn die Maschine startete in einer Stunde vom Flughafen Fiumicino, und ihm blieb nicht mehr genügend Zeit, um sie noch zu erreichen. Der nächste Direktflug fand am Mittwoch statt. Nein, andere Gesellschaften, die Marseille direkt anflogen, gab es nicht. Dann also den Mittwochflug? Gewiß. Abflug um 11 Uhr 15, Ankunft in Marseille auf dem Flughafen Marignane kurz nach 12 Uhr. Rückflug am Donnerstag. Eine Person? Hin- und Rückflug? Gewiß, und der Name? Kowalsky nannte den Namen, auf den die Papiere, die er bei sich trug, ausgestellt waren.

Er wurde aufgefordert, sich am Mittwoch eine Stunde vor Abflug am Alitalia-Schalter in Fiumicino einzufinden. Als der Postbeamte den Hörer auflegte, nahm Kowalsky die abholbereiten Briefe entgegen, schloß sie in sein Stahletui und ging ins Hotel zurück.

Am nächsten Vormittag traf der Schakal ein letztesmal mit Goossens zusammen. Er rief ihn vor dem Frühstück an, und der Büchsenmacher schätzte sich, wie er sagte, glücklich, ihm mitteilen zu können, daß die Arbeit fertiggestellt sei. Ob er Monsieur Duggan um 11 Uhr erwarten dürfe? Und Monsieur möge doch bitte daran denken, die zur letzten Anprobe benötigten Gegenstände mitzubringen.

Den kleinen Attachékoffer in einem größeren Fiberkoffer bei sich führend, den er am gleichen Morgen bei einem Trödler erstanden hatte, war der Schakal wiederum eine halbe Stunde vor der vereinbarten Zeit zur Stelle. Dreißig Minuten lang beobachtete er die Straße, in welcher der Büchsenmacher wohnte, bevor er sich zu Goossens Haus begab. Der Belgier ließ ihn ein, und er ging ohne Zögern vor ihm in das kleine Büro. Goossens folgte ihm, nachdem er die Haustür verschlossen hatte, und schloß auch die Bürotür hinter sich.

»Keine weiteren Schwierigkeiten?« fragte der Engländer.

»Nein. Ich glaube, jetzt haben wir es geschafft.«

Hinter seinem Arbeitstisch holte der Belgier eine Anzahl dünner Stahlröhren hervor, die in Hüllen aus grobem Leinen steckten. Die Röhren waren matt poliert und sahen aus, als seien sie aus Aluminium. Goossens legte sie nebeneinander auf den Tisch und bat den Schakal, ihm den Attachékoffer mit dem zerlegten Gewehr zu reichen.

Stück für Stück ließ er die Gewehrteile in die Röhren gleiten. Alles paßte auf den Millimeter genau ineinander.

»Wie sind die Zielübungen verlaufen?« erkundigte er sich, ohne seine Tätigkeit zu unterbrechen.

»Sehr zufriedenstellend.«

Als Goossens das Zielfernrohr zur Hand nahm, bemerkte er, daß die Einstellschrauben mit Balsaholzzement verklebt waren.

»Es tut mir leid, daß ich so kleine Schrauben nehmen mußte«, sagte er. »Mit genauen Markierungen arbeitet es sich angenehmer, aber das Fernrohr wäre niemals in der Röhre unterzubringen gewesen, wenn ich die Schrauben in ihrer ursprünglichen Größe belassen hätte.« Er steckte es in die hierzu vorgesehene Stahlröhre, in die es haargenau paßte. Als auf diese Weise alle fünf Teile des Gewehrs unsichtbar geworden waren, sagte Goossens:

»Die Abzugszunge und die fünf Explosivgeschosse mußte ich woanders unterbringen.« Er wies seinem Kunden die mit schwarzem Leder gepolsterte Schulterstütze vor und zeigte ihm, daß sie mit einem Rasiermesser aufgeschlitzt worden war. Er steckte die Abzugszunge in die Polsterung und schloß die Öffnung mit schwarzem Isolierband. Dann holte er einen runden schwarzen Gummipfropfen von etwa vier Zentimeter Durchmesser aus der Schublade. Oben aus dem Pfropfen ragte ein Stahlstift heraus, der mit einem Schraubengewinde versehen und von fünf in das Gummi gebohrten gleich großen Löchern umgeben war. In jedes der Löcher steckte der Belgier ein Geschoß, von dem nur das flache Messingzündhütchen sichtbar blieb.

»Wenn der Pfropfen am unteren Ende der letzten Stahlröhre befestigt ist, sind die Patronen sicher versteckt, und das Gummi läßt das Ganze noch echter aussehen«, erklärte er.

Der Engländer schwieg.

»Was halten Sie davon?« fragte der Belgier, und in seiner Stimme schwang ein Ton ängstlicher Besorgnis mit.

Wortlos nahm der Schakal eine Röhre nach der anderen zur Hand, um sie zu prüfen. Er schüttelte sie, aber da die Röhren innen mit einer doppelten Lage Flanellstoff ausgekleidet waren, löste die Erschütterung keinerlei Geräusch aus. Die längste Röhre war fünfzig Zentimeter lang; sie enthielt den Lauf und den Verschluß des Gewehrs.

Die Länge der anderen betrug je etwa dreißig Zentimeter; in ihnen steckten die obere und untere Strebe der Schulterstütze, der Schalldämpfer und das Zielfernrohr. Die Schulterstütze selbst mit dem in ihr befindlichen Abzug wie auch der Gummipfropfen, der die Geschosse enthielt, bildeten selbständige Teile. Daß es sich um das Gewehr eines Mörders, ja überhaupt um eine Waffe handelte, war dem Ganzen nicht anzusehen.

»Perfekt«, sagte der Schakal und nickte. »Genau das, was ich wollte.« Der Belgier war erfreut. Als Fachmann auf seinem Gebiet wußte er ein Lob genauso zu schätzen wie jeder Laie, und es war ihm klar, daß dieser Kunde in seinem Gewerbe ebenfalls zur Spitzenklasse gehörte.

Der Schakal steckte die Stahlröhren in die Hüllen, umwickelte sie nochmals sorgfältig mit Sackleinwand und packte sie dann in seinen Fiberkoffer. Den Attachékoffer mit den für die Einzelteile vorgesehenen eingebauten Kästchen gab er dem Büchsenmacher zurück. »Den brauche ich nicht mehr. Das Gewehr bleibt jetzt in diesem Koffer, bis ich Gelegenheit habe, es zu benutzen.«

Er holte die restlichen 200 Pfund, die er dem Belgier noch schuldete, aus der Brieftasche und legte sie auf den Tisch.

»Ich glaube, damit wäre alles erledigt.«

Der Belgier steckte das Geld ein. »Ja, Monsieur, es sei denn, Sie hätten noch weitere Wünsche, bei denen ich Ihnen dienlich sein könnte.«

»Nur einen«, entgegnete der Engländer. »Daß Sie die kleine Predigt nicht vergessen, die ich Ihnen vor vierzehn Tagen über die Weisheit des Schweigens hielt.«

»Ich habe jedes Wort behalten, Monsieur«, sagte der Belgier leise.

Er hatte wieder Angst. Würde ihn dieser elegant gekleidete, gepflegte Killer jetzt kaltmachen wollen, um sich seines Schweigens zu versichern? Gewiß nicht. Bei den Ermittlungen, die ein solcher Mordfall nach sich zöge, würden die wiederholten Besuche, die der hochgewachsene, blonde Engländer diesem Haus abstattete, der Polizei zur Kenntnis kommen, noch ehe der Schakal eine Gelegenheit hatte, das Gewehr zu benützen, das er jetzt in einem Fiberkoffer trug.

Der Engländer schien seine Gedanken gelesen zu haben. Er lächelte flüchtig.

»Sie brauchen sich nicht zu beunruhigen. Ich habe nicht die Absicht, Ihnen auch nur ein Haar zu krümmen. Ich nehme an, daß sich ein Mann von Ihrer Intelligenz gegen die Möglichkeit, von einem seiner Kunden ermordet zu werden, abzusichern weiß. Vielleicht durch einen Anruf, der innerhalb einer Stunde fällig ist? Oder den Besuch eines Freundes, falls der Anruf nicht erfolgt? Möglicherweise auch durch einen Brief, der bei einem Rechtsanwalt hinterlegt und im Falle Ihres plötzlichen Todes zu öffnen ist? Sie umzubringen, würde für mich nicht so viele Probleme lösen, wie es Probleme aufwerfen würde.«

Der Belgier war sprachlos. Er hatte in der Tat bei einem Anwalt einen Brief hinterlegt, der im Fall seines Todes geöffnet werden sollte. Darin wurde die Polizei instruiert, unter einem bestimmten Stein im Garten nach einer Kassette zu suchen, in der sich eine Liste der Besucher befand, die er im Laufe des betreffenden Tages erwartet hatte. Die Liste pflegte er täglich neu aufzustellen. An diesem Dienstag war auf ihr lediglich ein einziger Kunde vermerkt, der seinen Besuch angesagt hatte, ein schlanker, hochgewachsener Engländer, der sich Duggan nannte und seinem Äußeren nach wohlhabend zu sein schien. Es war ganz einfach eine Art Lebensversicherung.

Der Engländer beobachtete ihn kalt.

»Das hatte ich mir gedacht«, sagte er. »Sie können sich sicher fühlen. Aber ich werde Sie umbringen, wenn Sie irgend jemandem gegenüber meine Besuche bei Ihnen erwähnen oder auch nur ein Wort über das verlieren, was Sie für mich angefertigt haben. Für Sie habe ich aufgehört zu existieren, sobald ich dieses Haus verlasse.«

»Das ist mir völlig klar, Monsieur. Tatsächlich entspricht es den Vereinbarungen, die ich mit allen meinen Kunden zu treffen pflege. Ich darf hinzufügen, daß ich meinerseits die gleiche Diskretion von Ihnen erwarte. Deswegen habe ich auch die Seriennummer auf dem Lauf Ihres Gewehrs mit Säure unkenntlich gemacht. Auch ich muß mich schützen.«

Der Engländer lächelte. »Dann haben wir uns verstanden. Guten Tag, Monsieur Goossens.«

In der nächsten Minute war die Tür hinter ihm ins Schloß gefallen, und der Belgier, der so viel von Waffen verstand und so wenig vom Schakal wußte, seufzte erleichtert und ging in sein Büro zurück, um das Geld nachzuzählen.

Der Schakal wollte nicht von den Angestellten seines Hotels mit dem Fiberkoffer gesehen werden und fuhr daher, obschon es Zeit zum Lunch war, im Taxi direkt zum Hauptbahnhof, wo er den Koffer in der Gepäckaufbewahrung abgab. Den Gepäckschein verwahrte er im inneren Fach seiner schlanken Eidechsenleder-Brieftasche.

Er aß im Cygne teuer und gut zu Mittag, um das Ende der Planungs- und Vorbereitungsphase in Frankreich und Belgien zu feiern, und ging dann in das Amigo zurück, wo er packte und seine Rechnung beglich. Als er das Hotel verließ, trug er den gleichen, vorzüglich geschnittenen Glencheck-Anzug, in dem er gekommen war. Seine beiden Vuitton-Koffer wurden von einem Hausdiener zum wartenden Taxi hinuntergeschafft. Der Schakal war um 1600 Pfund ärmer, besaß aber dafür ein Gewehr, das wohlverpackt in einem unauffälligen Koffer in der Gepäckaufbewahrung des Bahnhofs lag, sowie drei hervorragend gefälschte Ausweise, die er in einer Innentasche seines Anzugs verwahrte.

Die Maschine nach London flog kurz nach 16 Uhr von Brüssel ab. Auf dem Londoner Flughafen wurde einer seiner Koffer, der ohnehin nichts enthielt, was er hätte verbergen müssen, oberflächlich durchsucht. Gegen 19 Uhr duschte er in seiner Wohnung, und anschließend ging er auswärts essen.

Achtes Kapitel

Es war Kowalskys Pech, daß es am Mittwochvormittag auf dem Postamt keine Telephonanrufe zu erledigen gab; wäre dies der Fall gewesen, hätte er seine Maschine verpaßt. Die Post wartete schon auf ihn, und er legte die fünf Briefe in sein an das Handgelenk gekettete Stahletui, ließ es zuschnappen und begab sich eilig auf den Rückweg zum Hotel. Um halb zehn hatte er Oberst Rodin die Post übergeben und war bis zur nächsten Wache, die er um 19 Uhr auf dem Hoteldach übernehmen sollte, dienstfrei.

Normalerweise würde er sich für ein paar Stunden schlafen gelegt haben, aber er ging nur auf sein Zimmer, um sich seinen Colt .45, den auf der Straße zu tragen Rodin ihm nie erlaubt haben würde, in den Achselhalfter zu stecken. Wenn seine Anzuggröße auch nur einigermaßen passend gewesen wäre, hätte man ihm auf hundert Meter Entfernung angesehen, daß er eine Pistole unter der Achsel trug; aber seine Kleidung saß so schlecht, wie sie selbst ein drittklassiger Schneider nicht anzufertigen vermocht hätte, und trotz seiner Unförmigkeit hingen seine Anzüge wie Säcke an ihm herunter. Er steckte die Leukoplastrolle und die Baskenmütze, die er am Tag zuvor erstanden hatte, in seine Jackentasche, das Päckchen 10-Lire- und Francsscheine, das seine Ersparnisse des letzten halben Jahres darstellte, in die andere und schloß die Tür hinter sich.

Der Wachhabende am Empfangstisch blickte auf.

»Jetzt wollen die da oben, daß ich telephonieren gehe«, sagte Kowalsky und wies mit dem Daumen zur Decke hinauf. Der Wachhabende sagte nichts, behielt ihn aber im Auge, bis der Fahrstuhl kam und Kowalsky einstieg. In der nächsten Minute war er auf der Straße und setzte sich seine dunkle Sonnenbrille auf.

Der Mann, der im gegenüberliegenden Café die Zeitschrift »Oggi«, las, ließ das Blatt ein paar Millimeter sinken und beobachtete den Polen, der nach einem Taxi Ausschau hielt, durch seine dunklen Sonnengläser. Als kein Taxi kam, ging Kowalsky zur nächsten Straßenecke. Der Mann mit dem Magazin verließ die Caféterrasse und stellte sich an den Straßenrand. Ein kleiner Fiat steuerte aus einer

Reihe weiter die Straße hinauf geparkter Wagen und hielt ihm gegenüber auf der anderen Seite der Straße. Er stieg ein, und der Fiat folgte Kowalsky im Schrittempo. An der Ecke hielt Kowalsky ein Taxi an.

»Fiumicino«, sagte er dem Fahrer.

Auf dem Flughafen folgte ihm der SDECE-Mann unauffällig und behielt ihn im Auge, als er an den Alitalia-Schalter trat, sein Ticket in bar bezahlte und der jungen Dame erklärte, er habe keinen Koffer und kein Handgepäck bei sich. Man sagte ihm, daß die Passagiere für den Flug nach Marseille in einer Stunde und fünf Minuten aufgerufen werden würden. Der Ex-Legionär schlenderte in die Cafeteria hinüber, bestellte sich an der Theke eine Tasse Kaffee und trug sie zu einem Platz an dem großen Fenster hinüber, von wo aus er die Maschinen landen und starten sehen konnte. Er liebte Flughäfen, obwohl er nicht verstand, wie sie funktionierten. Die meiste Zeit seines Lebens hindurch war das Motorengeräusch von Flugzeugen für ihn gleichbedeutend mit deutschen Messerschmitts, russischen Stormoviks oder amerikanischen Fliegenden Festungen gewesen. Später hatte es Luftunterstützung durch die B-26 oder Skyraiders in Indochina, Mystères oder Fougas in Algerien bedeutet. Aber er liebte es, die Maschinen auf zivilen Flughäfen mit gedrosselten Triebwerken wie große silberne Vögel einschweben und unmittelbar vor dem Aufsetzen wie an unsichtbaren Fäden in der Luft hängend zu sehen. Obgleich er ein scheuer und im Umgang mit Menschen unbeholfener Mann war, fand er es erregend, die unaufhörliche Geschäftigkeit des Lebens und Treibens auf Flughäfen zu beobachten. Vielleicht hätte er, wenn alles anders gekommen wäre, auf einem Flughafen arbeiten können. Aber er war, was er geworden war, und jetzt gab es kein Zurück mehr. Seine Gedanken wanderten zu Sylvie, und seine zusammengewachsenen dichten Brauen runzelten sich zu einem einzigen Gestrüpp, das seinen Blick verfinsterte. Es war nicht recht, sagte er sich, daß sie sterben sollte, während all die verräterischen Hunde in Paris weiterlebten. Oberst Rodin hatte ihm davon erzählt, wie sie Frankreich im Stich gelassen, die Armee hinters Licht geführt, die Legion betrogen und die Leute in Indochina und Algerien den Terroristen ausgeliefert hatten. Und Oberst Rodin hatte immer recht.

Sein Flug wurde aufgerufen, und er trat durch die Glastür auf den gleißendhellen Beton des Vorfelds hinaus, um die hundert Schritte zur Maschine zu gehen. Von der Aussichtsterrasse aus beobachteten die beiden Agenten Oberst Rollands, wie er die Treppe zum Flugzeug hinaufstieg. Er trug jetzt die schwarze Baskenmütze und auf der Wange ein Pflaster. Einer der beiden Agenten wandte sich seinem Kollegen zu und hob gelangweilt die Brauen. Als die Turboprop-Maschine nach Marseille startete, traten die beiden Männer von der Brüstung zurück. Auf ihrem Weg durch die Haupthalle blieb der eine vor einem Zeitungskiosk stehen, während der andere in eine Telephonzelle trat, um ein Ortsgespräch zu führen. Er meldete sich mit einem Vornamen und sagte: »Er ist abgeflogen. Alitalia vier-fünf-eins. Ankunft Marignane um 12 Uhr 10. *Ciao.*«

Zehn Minuten später war Paris unterrichtet und nach weiteren zehn Minuten auch Marseille informiert.

Die Viscount der Alitalia flog einen weiten Bogen über der unglaublich blauen Bucht und schwenkte dann zum Anflug auf den Flughafen Marignane ein. Die hübsche römische Stewardess beendete ihren lächelnden Rundgang, nachdem sie sich davon überzeugt hatte, daß alle Passagiere angeschnallt waren, und setzte sich auf ihren Platz im Heck des Flugzeugs, um sich ihrerseits den Sicherheitsgurt umzulegen.

Ihr fiel auf, daß der Fluggast im Sessel vor ihr unverwandt aus dem Fenster auf die blendendhelle Öde des Rhônedeltas hinabstarrte, als habe er es nie zuvor gesehen. Der große, ungeschlachte Mann sprach kein Italienisch, und sein Französisch verriet seine Herkunft aus irgendeinem osteuropäischen Land. Er trug eine schwarze Baskenmütze auf seinem kurzgeschnittenen schwarzen Haar, einen zerknitterten dunklen Anzug und eine dunkle Sonnenbrille, die er nicht abzunehmen pflegte. Ein riesiges Pflaster verdeckte seine eine Gesichtshälfte; er mußte sich ziemlich arg geschnitten haben, dachte sie.

Sie landeten pünktlich auf die Minute, und da die Maschine unweit des Flughafengebäudes zum Stehen kam, begaben sich die Fluggäste zu Fuß zur Zollkontrolle in die Halle hinüber. Als die ersten Passagiere durch die geöffneten Glastüren traten, stieß ein kleiner, nahezu kahlköpfiger Mann den neben ihm stehenden Beamten der Paßkontrolle unauffällig an.

»Großer Bursche, schwarze Baskenmütze, Heftpflaster.« Dann schlenderte er weiter und gab den anderen Beamten die gleiche Personenbeschreibung.

Die Fluggäste stellten sich in zwei Reihen auf, um die Kontrolle zu passieren. Die Beamten saßen einander auf drei Meter Entfernung hinter ihren Gittern gegenüber und ließen die Passagiere einzeln zwischen sich hindurch. Die Fluggäste wiesen ihren Paß und die Landekarte vor. Die Beamten gehörten der Sicherheitspolizei an, die über die Kontrolle einreisender Ausländer und zurückkehrender Franzosen hinaus für die gesamte innere Sicherheit Frankreichs verantwortlich war.

Als Kowalsky an der Reihe war, blickte der Mann in der blauen Uniformjacke kaum auf. Er drückte seinen Stempel auf die gelbe Landekarte, nickte und bedeutete dem schwerfälligen großen Mann mit einer Handbewegung, daß er weitergehen könne. Erleichtert begab sich Kowalsky zur Zollkontrolle. Einige der Zollbeamten hatten sich gerade angehört, was ihnen der kleine, nahezu kahlköpfige Mann zu sagen hatte, bevor er sich in das hinter ihnen gelegene verglaste Büro begab. Der dienstälteste Zollbeamte rief Kowalsky zu: »*Monsieur, votre baggage.*«

Er deutete zum Förderband hinüber, an dem die anderen Fluggäste auf ihr Gepäck warteten, das aus dem draußen im Sonnenschein stehenden Wagen entladen wurde. Kowalski beugte sich zu den Zollbeamten hinunter.

»*J'ai pas de bagage*«, sagte er.

Der Zollbeamte hob die Brauen.

»*Pas de bagage? Eh bien, avez vous quelque chose à déclarer?*«
»*Non, rien*«, sagte Kowalsky.

Der Zollbeamte lächelte freundlich, fast so breit wie sein singsangartiger Marseiller Dialekt.

»*Eh bien, passez, monsieur.*« Er wies zum Ausgang, der zum Taxistand führte. Kowalsky nickte und trat in den Sonnenschein hinaus. Nicht gewohnt, für seine Bequemlichkeit Geld auszugeben, zog er es vor, den Flughafenbus zu nehmen.

Als er das Gebäude verlassen hatte, umringten einige der Zollbeamten ihren dienstältesten Kollegen.

»Was die wohl von ihm wollen«, sagte einer.

»Sah ziemlich finster aus, der Bursche«, meinte ein zweiter. — »Er wird noch ganz anders aussehen, wenn die Brüder mit ihm fertig sind«, sagte ein dritter und deutete auf das hinter ihnen gelegene Büro.

»Los, geht wieder an die Arbeit«, unterbrach sie der ältere Beamte. »Unsere Pflicht fürs Vaterland haben wir heute getan.« — »Für Charles den Großen, meinst du wohl«, entgegnete der erste, als die Gruppe sich auflöste, und murmelte leise: »Wenn er doch nur verrecken würde.«

Es war Mittagszeit, als der Bus schließlich vor dem Air-France-Gebäude im Zentrum der Stadt hielt, und zu dieser Stunde sogar noch heißer als in Rom. Die Augusthitze lastete wie eine Krankheit auf der Stadt, kroch in jede Fiber des Körpers, raubte ihm die Kraft und Energie, irgend etwas anderes tun zu wollen, als bei geschlossenen Jalousien mit auf vollen Touren gestelltem Ventilator in einem kühlen Zimmer zu liegen.

Selbst die Cannebière, sonst die unermüdlich pulsierende Verkehrsader der Stadt, war wie ausgestorben. Kowalsky brauchte eine halbe Stunde, um ein Taxi zu finden; die meisten Fahrer hatten ihre Wagen irgendwo im Schatten abgestellt und hielten Siesta.

Die Adresse, die Jo-Jo ihm genannt hatte, gab ein an der in Richtung Cassis aus der Stadt hinausführenden Hauptstraße gelegenes Haus an. Auf der Avenue de la Libération bat er den Fahrer, ihn abzusetzen, weil er das letzte Stück zu Fuß gehen wollte. Dem »*Si vous voulez*« des Taxifahrers war deutlich anzumerken, was er von Ausländern hielt, die bei dieser Hitze mehr als fünf Meter zu Fuß gingen, obwohl ihnen ein Wagen zur Verfügung stand.

Kowalsky sah dem in die Stadt zurückfahrenden Taxi nach, bis es aus der Sicht entschwunden war, und machte sich auf den Weg. Er fand die Seitenstraße, die ihm von einem auf der Terrasse bedienenden Caféhauskellner, den er im Vorbeigehen befragt hatte, genannt worden war, sehr rasch. Der Wohnblock sah ziemlich neu aus, und Kowalsky dachte, daß sich das Geschäft mit dem fahrbaren Erfrischungsstand auf dem Bahnsteig für die Jo-Jos gut entwickelt haben mußte. Vielleicht hatten sie den Kiosk bekommen, mit dem Madame Jo-Jo seit Jahren liebäugelte. Das würde die Verbesserung ihres Lebensstandards hinreichend erklären. Und für die kleine Sylvie war es in jedem Fall besser, in dieser Wohngegend aufzuwachsen als in der Nähe der Docks. Bei dem Gedanken an seine Tochter und die unsinnige Überlegung, die er ihretwegen soeben angestellt hatte, blieb er am Fuß der Treppe, die zu dem Wohnblock hinaufführte, stehen. Was hatte Jo-Jo am Telephon gesagt — eine Woche? Vielleicht vierzehn Tage? Das war doch nicht möglich!

Er rannte die Treppe hinauf und las die Namenschilder an den Briefkästen, die in doppelter Reihe an der linken Wand der Eingangshalle befestigt waren. Auf einem Schild stand »Grzybowski, Apartment 23«. Er beschloß, nicht auf den Aufzug zu warten, denn die Wohnung lag im zweiten Stock.

An der Tür zum Apartment 23 befand sich eine kleine weiße Karte, die in ein für das Namenschild vorgesehenes Rähmchen gesteckt war. In Schreibmaschinenschrift stand »Grzybowski« darauf. Die Tür war am Ende des Korridors und wurde von den Türen der Apartments 22 und 24 flankiert. Kowalsky klingelte. Die Tür öffnete sich, und aus dem Spalt heraus fuhr der Griff einer Spitzhacke auf seinen Schädel nieder. Der Schlag riß ihm die Haut auf, prallte jedoch mit einem dumpfen Knall von seiner Schädeldecke ab. Gleichzeitig wurden zu beiden Seiten des Polen die Türen der angrenzenden Apartments 22 und 24 aufgerissen, aus denen eine Anzahl Männer herausstürzte. Alles das spielte sich in Bruchteilen von Sekunden ab. Kowalsky sah rot. Obschon seine Reaktionsfähigkeit sonst nicht die schnellste war, gab es eine Technik, die er wie kein zweiter beherrschte — die des Kämpfens.

In der räumlichen Enge des Korridors war ihm aber weder seine Körpergröße noch seine überlegene Kraft von Vorteil. Seine Größe hatte lediglich verhindert, daß der niedersausende Stiel der Spitzhacke die beabsichtigte volle Wucht erreichte, bevor er seinen Kopf traf. Durch das Blut, das ihm über die Augen lief, sah er, daß vor ihm in der Tür zwei Männer standen und zwei weitere auf jeder Seite. Er brauchte Raum, um sich Bewegungsfreiheit zum Kämpfen zu verschaffen, und stürmte, mit angewinkelten Ellbogen Stöße austeilend, vorwärts in das Apartment 23.

Der Mann, der unmittelbar vor ihm stand, taumelte unter dem Anprall zurück. Die anderen drängten von hinten nach und versuchten, ihn am Kragen und am Jackett zu packen. In die Wohnung vorgedrungen, zog er den Colt aus dem Achselhalfter, drehte sich auf dem Absatz um und feuerte in Richtung auf die Tür. Im gleichen Augenblick traf ihn ein heftiger Schlag am Handgelenk, und der Schuß wurde nach unten verrissen. Die Kugel zerschmetterte die Kniescheibe eines seiner Gegner, der mit einem schmerzerfüllten Schrei zu Boden ging. Aber nachdem ein weiterer Schlag auf das Handgelenk Kowalskys Finger gefühllos gemacht hatte, wurde ihm die Waffe entrissen. In der nächsten Sekunde warfen sich die fünf Männer auf den Polen und überwältigten ihn. Der Kampf hatte drei Minuten gedauert. Später erklärte ein Arzt, Kowalsky müsse von unzähligen Schlägen mit den lederumwickelten Knüppeln am Kopf getroffen worden sein, bevor er schließlich das Bewußtsein verlor. Ein abprallender Schlag hatte ihm ein Stück Ohr weggerissen, sein Nasenbein war gebrochen und sein Gesicht eine einzige blutige, verschwollene Masse.

Keuchend und fluchend umstanden die drei Sieger den reglos auf dem Boden liegenden riesigen Körper. Der Mann mit dem Beinschuß saß mit wachsbleichem Gesicht, die blutverschmierten Hände an sein zerschmettertes Knie gepreßt, zusammengesunken neben der Tür an der Wand, während seine schmerzverzerrten, weißen Lippen unaufhörlich Obszönitäten ausstießen. Ein anderer wiegte sich, auf den Knien hockend, langsam hin und her wie ein Jude vor der Klagemauer, und bohrte seine Hände tief in seine von Kowalskys gezieltem Fußtritt getroffene Lendengegend. Der letzte Verwundete lag mit dem Gesicht nach unten neben dem Polen auf dem Teppich. Eine blutunterlaufene Prellung an seiner linken Schläfe zeigte an, wo Kowalsky einen seiner wuchtigen Schwinger gelandet hatte.

Der Anführer der Gruppe drehte den Polen auf den Rücken und hob sein geschlossenes Augenlid. Dann ging er zum Telephon hinüber, drehte eine Ortsnummer und wartete.

»Wir haben ihn«, sagte er, noch immer schwer atmend, als sich die Dienststelle meldete. »Widerstand? Und ob er Widerstand geleistet hat! Einen Schuß hat er abgegeben, Guerinis Kniescheibe ist hinüber. Capetti hat einen Tritt in die Eier bekommen, und Vissart ist noch bewußtlos... Was? Ja, der Pole lebt. Das war doch die Anweisung, oder? Sonst hätte er nicht so viel Unheil anrichten können... Na ja, verletzt ist er schon. Weiß ich nicht, er ist bewußtlos... Hör mal, wir brauchen keine grüne Minna, sondern zwei oder drei Krankenwagen. Und zwar rasch.«

Er schmetterte den Hörer auf die Gabel und murmelte ein offenbar der Welt im allgemeinen geltendes »*Cons*«. Im ganzen Zimmer verstreut lagen die Trümmer zerschlagener Möbelstücke umher. Sie hatten allesamt angenommen, daß der Pole draußen im Hausflur zu Boden gehen würde. Kein einziges Möbelstück war vorsorglich aus dem Weg geräumt und in das Nebenzimmer geschafft worden. Er selbst war mit voller Wucht von einem Lehnsessel, den Kowalsky mit einer Hand geschleudert hatte, am Brustkorb getroffen worden, und die Stelle schmerzte auch jetzt noch höllisch. Verdammter Pole, dachte er, die Scheißkerle in der Präfektur hatten ihm kein Wort davon gesagt, was für ein Bursche das war.

Eine Viertelstunde später fuhren zwei Citroën-Krankenwagen vor, und der Arzt kam herauf. Er verbrachte fünf Minuten damit, Kowalsky zu untersuchen. Schließlich schob er dem Bewußtlosen einen Ärmel hoch und gab ihm eine Spritze. Als die beiden Krankenträger mit dem riesigen Polen auf der Bahre zum Aufzug stolperten, wandte sich der Arzt dem verwundeten Korsen zu, der ihn, inmitten seiner Blutpfütze an der Wand hockend, mit finsterer Miene anblickte.

Er zog dem Mann die Hände vom Knie weg und stieß einen leisen Pfiff aus.

»Morphium, und ab ins Hospital. Ich gebe Ihnen eine Knock-out-Spritze. Weiter kann ich hier nichts für Sie tun. Auf jeden Fall ist Ihre Laufbahn beendet. Sie werden sich einen anderen Beruf zulegen müssen, *mon petit*.«

Guerini stieß einen Schwall obszöner Verwünschungen aus, als ihm die Injektionsnadel unter die Haut fuhr.

Vissart hatte sich aufgesetzt und hielt sich den Kopf. Capetti war jetzt wieder auf die Beine gekommen und lehnte sich röchelnd gegen die Wand. Zwei seiner Kollegen griffen ihm unter die Achseln und führten den Humpelnden in den Treppenhausflur hinaus. Der Anführer der Gruppe half Vissart beim Aufstehen, während die Krankenträger der zweiten Ambulanz den betäubten Guerini mit sich fortschleppten.

Draußen auf dem Treppenhausflur warf der Anführer der sechs einen letzten Blick in den verwüsteten Raum zurück.

»Ein beachtliches Chaos, *hein?*« bemerkte der Arzt.

»Das können die Leute vom örtlichen Polizeirevier in Ordnung bringen«, sagte der Korse und schloß die Tür. »Es ist schließlich deren verdammte Wohnung.« Die Türen der Apartments 22 und 24 standen ebenfalls noch offen, aber die Wohnungen waren unbeschädigt. Er zog beide Türen zu.

»Keine Nachbarn?« fragte der Arzt.

»Keine Nachbarn«, sagte der Korse. »Wir haben die ganze Etage gemietet.«

Hinter dem Arzt führte er den noch immer benommenen Vissart die Treppe hinunter zum wartenden Krankenwagen.

Zwölf Stunden später lag Kowalsky nach einer raschen Fahrt quer durch Frankreich auf der Pritsche einer Zelle, die sich in den Kasematten einer als Kaserne dienenden alten Befestigung außerhalb von Paris befand.

Der Raum hatte fleckige, feuchte Wände, die wie in allen Gefängnissen weiß getüncht und stellenweise mit in das Gemäuer geritzten Obszönitäten und Gebeten bedeckt waren. Die Luft in der heißen, engen Zelle war stickig und roch nach Karbol, Schweiß und Urin. Der Pole lag auf dem Rücken auf einer schmalen Eisenpritsche, deren Füße in den Betonfußboden eingelassen waren. Außer der harten Matratze und einer aufgerollten Decke unter dem Kopf gab es kein Bettzeug. Zwei breite Lederriemen banden seine Fußgelenke, je zwei weitere seine Schenkel und Handgelenke an die Pritsche. Ein einzelner Riemen umspannte seinen Brustkorb. Kowalsky war noch immer bewußtlos, atmete jedoch tief und regelmäßig.

Man hatte ihm das Blut vom Gesicht gewaschen und die Wunden am Ohr und an der Kopfhaut genäht. Ein Pflaster bedeckte die gebrochene Nase, und in dem offenen Mund, durch den der Atem rasselte, waren die Stümpfe zweier ausgeschlagener Schneidezähne zu sehen.

Unter der dichten Wolle schwarzen Haares, die Brust, Schultern und Bauch bedeckte, zeichneten sich Prellungen und Schürfwunden ab, die von Faustschlägen, Fußtritten und Knüppelhieben herrührten. Das rechte Handgelenk war bandagiert und mit Leukoplast umwikkelt.

Der Mann im weißen Kittel beendete seine Untersuchung, richtete sich auf und legte das Stethoskop in seine Tasche zurück. Er drehte sich um und nickte dem Mann zu, der hinter ihm stand und gegen die Tür pochte. Sie wurde geöffnet, und die beiden traten in den Gang hinaus. Die Zellentür schlug zu, und der Aufseher legte wieder die beiden schweren Stahlriegel vor.

»Womit haben sie ihn so zugerichtet?« fragte der Arzt, als sie den Gefängniskorridor hinuntergingen.

»Es waren sechs Mann nötig, um das zu schaffen«, erwiderte Oberst Rolland.

»Nun, sie haben ganze Arbeit geleistet. Es fehlte nicht viel, und sie hätten ihn umgebracht. Wäre er nicht ein solcher Bulle von einem Kerl, würden sie es geschafft haben.«

»Es ging nicht anders«, entgegnete der Oberst. »Er hat drei meiner Leute außer Gefecht gesetzt.«

»Muß ja ein beachtlicher Kampf gewesen sein.«

»Das war es. Also, was hat er abbekommen?«

»Möglicherweise eine Fraktur des rechten Handgelenks — geröntgt werden konnte es ja nicht —, Riß- und Platzwunden am linken Ohr und an der Kopfhaut sowie einen Nasenbeinbruch. Verschiedene Schnittwunden und Prellungen, leichte innere Blutungen, die zunehmen und sein Ende bedeuten, aber auch ganz von selbst aufhören können. Was mir Sorge macht, ist sein Kopf. Daß eine Gehirnerschütterung vorliegt, steht außer Zweifel. Ob sie leicht oder schwer ist, läßt sich im Augenblick nicht sagen. Für eine Schädelfraktur gibt es keine Anzeichen, was allerdings nicht das Verdienst Ihrer Leute ist. Aber die Gehirnerschütterung könnte schlimmer werden, wenn er nicht in Ruhe gelassen wird.«

»Ich muß ihm ein paar Fragen stellen«, sagte der Oberst, angelegentlich die Glut seiner Zigarette betrachtend. Zur Gefängnisklinik des Arztes gelangte man, wenn man den Korridor nach links hinunterging, und die rechter Hand gelegene Treppe führte zum Erdgeschoß hinauf. Die beiden Männer blieben stehen. Der Arzt sah den Chef des Aktionsdienstes mit mühsam beherrschtem Widerwillen an.

»Dies ist ein Gefängnis«, sagte er sehr ruhig, »für diejenigen, welche sich gegen die Sicherheit des Staates vergangen haben. So weit, so gut. Aber ich bin noch immer der Gefängnisarzt. Überall woanders in diesem Gefängnis gilt, was ich sage, sobald es die Gesundheit der Gefangenen betrifft. Der Flur —« er deutete mit einem Kopfnicken in die Richtung, aus der sie gekommen waren — »ist Ihre Enklave. Man hat mir in höchst eindeutiger Weise zu verstehen gegeben, daß mich das, was dort unten passiert, nichts angeht und ich da nicht hineinzureden habe. Aber eines möchte ich noch klarstellen: Wenn Sie anfangen, dem Mann, wie Sie es nennen, ›Fragen zu stellen‹, und das mit Ihren Methoden, dann wird er entweder krepieren oder binnen kurzem wahnsinnig werden.«

Oberst Rolland lauschte der Prognose des Arztes, ohne eine Miene zu verziehen.

»Wie lange?« fragte er nur. Der Arzt zuckte mit den Achseln.

»Schwer zu sagen. Er kann schon morgen das Bewußtsein wiedererlangen, möglicherweise aber noch tagelang bewußtlos bleiben. Aber wenn er zu sich kommt, wird er, vom ärztlichen Standpunkt aus gesehen, mindestens zwei Wochen lang nicht vernehmungsfähig sein. Vorausgesetzt, es handelt sich nur um eine leichte Gehirnerschütterung.«

»Es gibt gewisse Drogen«, wandte der Oberst ein.

»Ja, die gibt es. Aber ich habe nicht die Absicht, sie zu verschreiben. Sie werden möglicherweise in der Lage sein, sie zu bekommen, sehr wahrscheinlich sogar. Aber nicht von mir. In jedem Fall würde das, was er Ihnen jetzt sagen könnte, überhaupt keinen Sinn ergeben. Es wäre totaler Nonsens. Sein Geist ist verwirrt. Das mag wieder in Ordnung kommen oder auch nicht. Aber wenn es in Ordnung kommt, dann braucht das seine Zeit. Bewußtseinsverändernde Drogen würden ganz einfach einen Kretin aus ihm machen, der weder Ihnen noch sonst jemand anderem nützen kann. Es kann eine Woche dauern, bis auch nur ein erstes Zucken der Lider einsetzt. So lange werden Sie sich schon gedulden müssen.«

Damit drehte er sich auf dem Absatz um und ging auf seine Krankenstation zurück.

Aber der Arzt sollte sich getäuscht haben. Drei Tage später, am 10. August, öffnete Kowalsky die Augen, und noch am gleichen Tag wurde er seinem ersten und einzigen Verhör unterzogen.

Die letzten drei Tage nach seiner Rückkehr aus Brüssel verbrachte der Schakal damit, seine Vorbereitungen für die bevorstehende Mission in Frankreich abzuschließen.

Er steckte seinen auf den Namen Alexander James Quentin Duggan lautenden neuen Führerschein ein und ging zur Hauptgeschäftsstelle der Automobile Association ins Fanum House, wo er sich auf den gleichen Namen einen internationalen Führerschein ausstellen ließ. In einem auf Reiseartikel spezialisierten Gebrauchtwarenladen erstand er eine Anzahl zueinander passender Koffer aus gleichem Leder. In den ersten packte er die Kleidungsstücke, die es ihm gegebenenfalls ermöglichen sollten, sich als Pastor Per Jensen aus Kopenhagen zu maskieren. Bevor er die Sachen in den Koffer legte, trennte er die Schildchen der dänischen Hersteller aus den drei in Kopenhagen gekauften Hemden heraus und nähte sie in das priesterliche Hemd, an dem runden hohen Kragen und dem schwarzen Plastron an, die er in London gekauft hatte. Zu diesen Kleidungsstücken packte er die Sachen — das Unterzeug, die Schuhe, die Socken sowie den schwarzgrauen leichten Anzug —, mit denen er, wenn nötig, das äußere Bild des dänischen Geistlichen vervollständigen konnte. In den gleichen Koffer wanderten die Kleidungsstücke des amerikanischen Studenten Marty Schulberg — Jeans, Sneakers, Socken, T-Shirts und Windjacke.

Er schnitt das Futter des Koffers auf und versteckte die Pässe der beiden Ausländer, als die er sich eventuell würde ausgeben müssen, zwischen den doppelten Lederschichten, mit denen die Schmalseiten des Koffers verstärkt waren. Das dänische Buch über die französischen Kathedralen, die beiden Brillen — eine für den Dänen, eine für den Amerikaner — und die sorgfältig in Seidenpapier eingewickelten beiden Paare unterschiedlich getönter Kontaktlinsen sowie die Haarfärbemittel vervollständigten den Inhalt des Koffers.

In den zweiten Koffer packte er die Schuhe, die Socken, das Hemd und die Hose, die er zusammen mit dem langen Militärmantel und dem *beret* auf dem Flohmarkt in Paris erstanden hatte. In das Kofferfutter steckte er die falschen Papiere des älteren französischen Staatsbürgers André Martin. Dieser Koffer wurde nicht vollgepackt, sollte er doch in Kürze eine Anzahl schlanker Stahlröhren aufnehmen, die ein vollständiges Scharfschützengewehr nebst Munition enthielten.

Den etwas kleineren dritten Koffer füllten die Kleidungsstücke Alexander Duggans: Schuhe, Socken, Unterzeug, Hemden, Krawatten, Taschentücher und drei elegante Anzüge. Im Futter dieses Koffers deponierte er mehrere Bündel Zehnpfundnoten im Gesamtwert von 1000 Pfund, die er nach seiner Rückkehr aus Brüssel von seinem Privatkonto abgehoben hatte.

Alle drei Koffer wurden vom Schakal sorgfältig abgeschlossen und die Schlüssel an seinem Schlüsselring befestigt. Den taubengrauen Anzug ließ er reinigen und bügeln und hängte ihn dann in den eingebauten Kleiderschrank seiner Wohnung. In der inneren Brusttasche des Anzugs befanden sich sein Paß, sein britischer wie auch sein internationaler Führerschein und seine Brieftasche mit 100 Pfund in bar.

In das letzte Gepäckstück, eine elegante Reisetasche, packte er Rasierzeug, Pyjama, Handtuch und Waschbeutel sowie seine letzten Erwerbungen — einen leichten Gurt aus feingewebtem Material, eine Zweipfundtüte Gips, mehrere Rollen grober baumwollener Binden, ein halbes Dutzend Rollen Leukoplast, drei Päckchen Watte und eine stumpfe, aber kräftige Schere. Die Reisetasche würde er als Handgepäck bei sich führen, denn bei Zollkontrollen auf den verschiedensten Flughäfen hatte er wiederholt die Erfahrung gemacht, daß Reisetaschen im allgemeinen nicht zu den Gepäckstücken gehören, die sich die Zollbeamten in geöffnetem Zustand vorführen lassen.

Die Tarnungen als Pastor Jensen und Marty Schulberg stellten lediglich Vorsichtsmaßregeln dar, auf die er wahrscheinlich — so hoffte er wenigstens — nicht zurückgreifen brauchte, es sei denn, daß irgend etwas schiefginge und die Identität Alexander Duggans aufgegeben werden mußte. Die André Martins dagegen war für das Gelingen seines Plans von entscheidender Bedeutung. Falls die anderen beiden nicht gebraucht wurden, konnte der Koffer, nachdem der Auftrag ausgeführt war, mit dem gesamten Inhalt in einer Gepäckaufbewahrung deponiert und dort zurückgelassen werden. Aber selbst dann, so überlegte er, mochte es sein, daß er sich als eine der beiden Personen würde tarnen müssen, um seine Flucht zu sichern. André Martin und das Gewehr konnten ebenfalls aufgegeben werden, sobald der Job erledigt war, da er für sie dann keine Verwendung mehr haben würde.

Mit den letzten Anschaffungen und dem Packen der Koffer war die Planungs- und Vorbereitungsphase abgeschlossen. Jetzt wartete der Schakal nur noch auf das Eintreffen zweier Briefe, die für ihn das Signal zum Aufbruch bedeuteten. Der eine würde ihm die Pariser Telephonnummer bekanntgeben, unter der er sich ständig über den Bereitschaftszustand der den französischen Staatspräsidenten schützenden Sicherungskräfte informieren konnte, der andere die ihm von Herrn Meier in Zürich übermittelte schriftliche Benachrichtigung enthalten, daß 250.000 Dollar auf sein dortiges Bankkonto überwiesen worden seien.

Er verkürzte sich die Wartezeit damit, im Korridor seiner Wohnung einen möglichst glaubwürdig wirkenden hinkenden Gang zu üben. Innerhalb von zwei Tagen lernte er so realistisch zu hinken, daß auch der kritischste Beobachter nicht mehr auf den Gedanken kommen konnte, er habe gar keinen Bein- oder Knöchelbruch.

Der erste der beiden erwarteten Briefe traf am Morgen des 9. August ein. Der in Rom abgestempelte Umschlag enthielt folgende Botschaft: »Ihr Freund kann unter MOLITOR 5901 kontaktiert werden. Melden Sie sich mit den Worten: ›Ici Chacal.‹ Die Antwort wird lauten: ›Ici Valmy.‹ Viel Glück.«

Der Brief aus Zürich kam erst am 11. August. Der Schakal grinste breit, als er die Bestätigung las, daß er, was auch kommen mochte — vorausgesetzt, er ging bei der Sache nicht drauf —, für den Rest seines

Lebens ein reicher Mann sein würde. Und ein noch viel reicherer, wenn seine bevorstehende Mission in Frankreich erfolgreich war. Er bezweifelte nicht, daß er Erfolg haben würde. Nichts war dem Zufall überlassen worden.

Er verbrachte den restlichen Vormittag jenes Tages am Telephon, um Flüge zu buchen, und legte das Datum seiner Abreise auf den nächsten Tag, den 12. August, fest.

In dem Kellerraum war nur das schwere, aber kontrollierte Atmen der fünf hinter dem Tisch sitzenden Männer und das rasselnde Keuchen des Gefangenen zu hören, den man auf einen eichenen Stuhl gefesselt hatte. Die einzige Lichtquelle bildete eine einfache Bürotischlampe, aber die Birne war ungewöhnlich stark und hell, was die erstickende Hitze in dem Raum noch steigerte. Die Lampe war am linken Tischrand festgeklemmt und der verstellbare Schirm so gedreht, daß das Licht den keine zwei Meter entfernt sitzenden Gefangenen direkt anstrahlte. Ein Streifen des Lichtkreises fiel auf die fleckige Tischplatte und beleuchtete hier und da Finger, die eine Zigarette hielten, von der blauer Rauch aufstieg, gelegentlich eine ganze Hand oder einen aufgestützten Unterarm. Oberkörper und Schultern der fünf in einer Reihe hinter dem Tisch sitzenden Männer blieben für den Gefangenen unsichtbar. Gepolsterte Lederriemen fesselten seine Fußgelenke eng an die Stuhlbeine. Jedes dieser Stuhlbeine war seinerseits mit einem L-förmigen Winkeleisen aus Stahl an den Fußboden geschraubt. Der Stuhl hatte Armlehnen, an welchen die Handgelenke des Gefangenen, ebenfalls mit gepolsterten Lederriemen, festgebunden waren. Je ein weiterer Riemen umspannte seine Hüften und seinen massigen, behaarten Brustkorb. Die Polsterung der Riemen war schweißdurchnäßt.

Abgesehen von den auf ihr liegenden Händen der fünf Männer war die Tischplatte fast leer. Die einzige sichtbare Besonderheit bildete ein in sie eingelassener Schlitz, dessen messingbeschlagene Ränder eine Anzahl Ziffern aufwiesen. Aus dem Schlitz ragte ein mit einem Bakelitknopf versehener, schmaler Hebel aus Messing heraus, der vorwärts und rückwärts bewegt werden konnte. Daneben befand sich ein simpler Schalter. Die rechte Hand des am Ende des Tisches sitzenden Mannes lag unmittelbar neben dem Schalter. Auf seinem Handrücken sprießten kleine schwarze Haare.

Zwei Kabel verbanden Schalter und Hebel mit einem nahe den Füßen des Gefesselten auf dem Fußboden stehenden Transformator. Von dort führte eine mit Gummi isolierte, dickere schwarze Leitungsschnur zu einer großen Steckdose, die an der Wand hinter der Gruppe angebracht war.

In der gegenüberliegenden Ecke jenseits des Tisches saß ein Mann mit dem Gesicht zur Wand an einem Holztisch. Ein schwacher grüner Lichtschein verriet, daß das vor ihm stehende Tonbandgerät eingeschaltet war, wenngleich die Spulen stillstanden.

Alle Männer hatten die Ärmel ihrer durchgeschwitzten Hemden aufgekrempelt. Der Gestank nach Schweiß, kaltem Rauch, Metall und Erbrochenem war unerträglich, wurde jedoch von einem noch stärkeren Geruch übertroffen — dem der unverkennbaren Ausdünstung von Angst und Schmerz. Endlich beendete der Mann, der in der Mitte der Gruppe hinter dem Tisch saß, das Schweigen.

»*Ecoute, mon p'tit* Viktor«, sagte er mit sanft überredender Stimme, »du wirst uns schon noch alles erzählen. Vielleicht nicht jetzt gleich, aber irgendwann. Du bist ein tapferer Bursche, das wissen wir. Wirklich, alle Achtung! Aber selbst du kannst nicht mehr lange durchhalten. Warum willst du es uns also nicht sagen? Du meinst, Oberst Rodin würde es dir verbieten, wenn er hier wäre? Aber er kennt sich doch aus in diesen Dingen. Er würde uns sagen, daß wir dir weitere Quälereien ersparen sollen. Du weißt doch selbst ganz genau, zuletzt reden sie immer, *n'est-ce pas*, Viktor? Keiner kann ewig so weitermachen, das hält niemand aus. Also warum nicht gleich reden, *hein*? Und dann zurück ins Bett. Und schlafen, schlafen, schlafen. Niemand wird dich wecken...«

Der Mann auf dem Stuhl hob das schweißglänzende, zerschlagene Gesicht. Ob es an den blutunterlaufenen, von den Fußtritten der Korsen in Marseille herrührenden Quetschungen im Gesicht oder am grellen Licht lag, daß er die Augen geschlossen hielt, war nicht zu erkennen. Eine Weile wandte er das Gesicht dem Tisch und der Dunkelheit vor ihm zu, während er den Mund öffnete und zu sprechen versuchte. Ein dünnes Rinnsal von blutigem Schleim erschien auf seiner Unterlippe und troff über den behaarten Oberkörper in die Pfütze von Erbrochenem, die sich in seinem Schoß gesammelt hatte. Er schüttelte den Kopf und ließ ihn wieder auf die Brust sinken. Vom Tisch her meldete sich die Stimme neuerlich:

»Viktor, *écoute-moi*. Du bist ein harter Mann. Wir alle wissen das. Wir alle erkennen das auch an. Du hast den Rekord schon längst gebrochen. Jetzt kannst selbst du nicht mehr. Aber wir können noch, Viktor, und ob wir noch können. Wenn es sein muß, halten wir dich noch tagelang am Leben und bei Bewußtsein. Es gibt gewisse Drogen, *tu sais*. Mit dem dritten Grad ist es vorbei, man ist heute technisch viel weiter. Also rede lieber jetzt als später. Wir verstehen das, mußt du wissen. Wir kennen den Schmerz. Aber die kleinen Elektroden, Viktor, die verstehen das leider ganz und gar nicht. Und die kennen nichts, die machen nur immer weiter, immer weiter ... Wirst du es uns jetzt erzählen, Viktor? Was tun die da in dem Hotel in Rom? Worauf warten sie?«

Der auf die Brust herabgesunkene große Kopf schwankte langsam von einer Seite zur anderen. Es war, als musterten die geschlossenen Augen erst die eine, dann die andere der beiden an seinen Brustwarzen befestigten kleinen kupfernen Elektroden und schließlich die einzelne größere, deren gezackte Zähne sein Glied von beiden Seiten an der Eichel umfaßten.

Die Hände des Mannes, der gesprochen hatte, lagen schlank, weiß und friedlich vor ihm in dem Lichtstreifen, der von der Lampe her seitlich auf den Tisch fiel. Der Mann wartete noch ein wenig länger. Die Hände trennten sich voneinander, und nur die Rechte blieb, den Daumen gegen die Handfläche gedrückt, vier Finger gespreizt, auf dem Tisch liegen.

Am äußersten Ende der Tischplatte schob die Hand des am elektrischen Schalter sitzenden Mannes den Messinghebel auf der Skala von Ziffer zwei auf Ziffer vier und nahm den Schalterknopf zwischen Daumen und Zeigefinger.

Jetzt krümmte die weiter zur Mitte der langen Tischplatte verbliebene Hand die vier bislang gespreizten Finger und und hob und senkte dann einmal den Zeigefinger. Der elektrische Strom wurde eingeschaltet.

Mit leisem Summen schienen die an dem gefesselten Mann befestigten und durch Drähte mit dem Schalter verbundenen kleinen Elektroden zum Leben zu erwachen. Der riesige Körper auf dem Stuhl bäumte sich wie durch Levitation auf, und die Beine und Handgelenke spannten sich gegen die Riemen, bis es schien, als schneide das Leder ungeachtet der Polsterung durch Fleisch und Knochen. Der Mund öffnete sich wie in fassungslosem Staunen, und es dauerte eine halbe Sekunde, bis der Schrei über die Lippen kam, der dann zu einem Schreien wurde und nicht mehr aufhören wollte...

Um 16 Uhr 10 war Viktor Kowalskys Widerstand gebrochen, und das Tonbandgerät begann zu laufen.

Als er zu sprechen oder vielmehr unzusammenhängend zu stammeln anfing, unterbrach ihn die ruhige Stimme des Mannes hinter dem Tisch mit hartnäckiger Eindringlichkeit:

»Warum sind sie dort in dem Hotel, Viktor — Rodin, Montclair, Casson? Wovor haben sie Angst...? Wo sind sie gewesen? Wen haben sie gesehen? Und warum sehen sie niemanden, Viktor? Sag uns das, Viktor. Warum Rom? Und vor Rom — warum Wien? Wo in Wien? In welchem Hotel? Warum waren sie dort, Viktor...?«

Als Kowalsky nach fünfzig Minuten schließlich verstummte, fuhr die Stimme noch eine kurze Zeitlang fort, ihm Fragen zu stellen, bis es sich erwies, daß keine Antworten mehr kommen würden. Der Mann gab seinen Untergebenen ein Zeichen, und das Verhör war beendet.

Das Band wurde aus der Spule genommen und mit einem schnellen Wagen zum Hauptquartier des Aktionsdienstes nach Paris gebracht.

Der strahlende Nachmittag, der die Pariser Bürgersteige erwärmt hatte, ging in eine goldfarbene Dämmerung über, und um 21 Uhr wurde die Straßenbeleuchtung eingeschaltet. An den Ufern der Seine schlenderten wie an allen Sommerabenden Hand in Hand die Liebespaare, und von den Caféterrassen an den Quais klang Stimmengewirr und Gläserklirren herüber.

Von dergleichen sommerlichen Unbeschwertheit war in einem

engen Büro des Aktionsdienstes nahe der Porte des Lilas nichts zu spüren. Drei Männer saßen dort um ein Tonbandgerät herum, das auf einem Tisch stand. Einer von ihnen stellte das Gerät auf Weisung eines zweiten wieder und wieder auf »playback« oder »Rückspulen« und dann neuerlich auf »playback«. Der zweite Mann hatte sich Kopfhörer aufgesetzt und lauschte mit vor Anstrengung gerunzelten Brauen dem Wirrwarr von Lauten und Geräuschen, das aus dem Kopfhörer drang. Eine Zigarette, deren Rauch seine Augen tränen machte, zwischen den Lippen, gab er dem Mann am Tonbandgerät ein Fingerzeichen, sobald er eine Passage nochmals hören wollte. Zuweilen lauschte er einer Zehntelsekundenpassage ein halbes dutzendmal, bevor er den anderen aufforderte, das Tonband weiterlaufen zu lassen.

Der dritte, ein jüngerer blonder Mann, saß an einer Schreibmaschine und wartete auf das Diktat. Die Fragen, die in dem Keller unter der Festung gestellt worden waren, kamen klar und deutlich über den Kopfhörer. Die Antworten waren zusammenhangloser. Der Schreiber tippte die Aufzeichnung wie ein Interview, wobei die Fragen stets auf eine neue Zeile kamen, die mit dem Buchstaben »F« begann. Die Antworten standen auf der nächsten, jeweils mit einem »A« gekennzeichneten Zeile. Sie waren wirr, teilweise unverständlich und machten überall dort, wo sie keinerlei Sinn ergaben, den ausgiebigen Gebrauch von Gedankenstrichen erforderlich.

Es war fast Mitternacht, als die drei Männer ihre Arbeit beendet hatten. Müde und zerschlagen standen sie auf, und jeder von ihnen reckte sich in der ihm eigenen Weise, um die schmerzenden Muskeln zu entspannen. Einer der drei griff zum Telephon, verlangte eine Amtsleitung und wählte eine Ortsnummer. Ein anderer spulte das Band auf die ursprüngliche Rolle zurück, während der Schreiber die letzten Blätter aus der Maschine nahm, die Durchschläge aussortierte und die angehäuften Papiere in drei nach Seitenzahlen geordnete Exemplare des Geständnisses trennte. Das Original des Protokolls war für Oberst Rolland bestimmt, eine Kopie für die Akten und die zweite zur Anfertigung von zusätzlichen Photokopien für Abteilungsleiter, falls der Oberst anordnete, daß sie von dem Inhalt des Protokolls in Kenntnis gesetzt werden sollten.

Der Anruf erreichte Oberst Rolland in dem Restaurant, in dem er mit Freunden und deren Ehefrauen zu Abend gegessen hatte. Wie stets waren die Komplimente, die der unverheiratete elegante Staatsbeamte den anwesenden Damen gemacht hatte, wenn schon nicht von ihren Männern, so doch von ihnen selbst ungemein freundlich aufgenommen worden. Als der Kellner ihn ans Telephon rief, entschuldigte er sich und verließ den Tisch. Das Telephon stand auf der Theke. Der Oberst sagte nur »Rolland« und wartete, bis der Anrufer sich identifiziert hatte.

Rolland seinerseits tat dies ebenfalls, indem er in den ersten Satz der Unterhaltung das vereinbarte Kennwort einflocht. Ein Zuhörer würde erfahren haben, daß Oberst Rollands Wagen repariert sei und jederzeit von ihm abgeholt werden könne. Oberst Rolland dankte seinem Informanten und kehrte an den Tisch zurück. Nach fünf Minuten entschuldigte er sich wortreich, daß ihn morgen ein arbeitsreicher Tag erwarte und er daher seinen Schlaf benötige. Er verabschiedete sich aufs liebenswürdigste und saß wenig später in seinem Wagen, um ihn in raschem Tempo durch die noch immer belebten Straßen in das um diese Zeit stillere Quartier der Porte des Lilas zu fahren. Kurz nach 1 Uhr morgens war er in seinem Büro, zog sich sein untadeliges dunkles Jackett aus, bestellte Kaffee beim Nachtdienst und klingelte nach seinem Assistenten.

Das Original der Niederschrift von Kowalskys Geständnis wurde ihm zugleich mit dem Kaffee gebracht. Zunächst las er das sechsundzwanzigseitige Dossier rasch durch und versuchte dabei, das Wesentliche dessen, was der geistesverwirrte Ex-Legionär gesagt hatte, sogleich zu erfassen. Etwa in der Mitte des Protokolls fiel ihm irgend etwas auf, was ihn die Brauen runzeln ließ, aber er las ohne Unterbrechung weiter bis zum Ende.

Die zweite Durchsicht erfolgte langsamer und sorgfältiger, wobei er jedem einzelnen Satz größere Aufmerksamkeit zuteil werden ließ. Beim drittenmal nahm er einen schwarzen Filzstift zur Hand und zog einen dicken Strich durch alle Passagen, die sich auf Sylvie, Leuko- oder Leukä-irgendwas, Indochina, Algerien, Jo-Jo, Kovacs, Korsen, Hunde und die Legion bezogen. Sie alle verstand er, und sie interessierten ihn nicht.

Das wirre Gestammel betraf zumeist Sylvie, zum Teil auch eine Frau namens Julie, und beides war für Rolland bedeutungslos. Als er alles das gestrichen hatte, war der Umfang der Aufzeichnung auf etwa sechs Seiten zusammengeschmolzen, und Rolland versuchte, aus den verbleibenden Passagen einen Sinn herauszulesen. Da war Rom. Die drei Führer waren in Rom. Nun, das wußte er ohnehin. Aber warum? Diese Frage war achtmal gestellt worden. Die Antwort hatte immer gleich gelautet. Sie wollten nicht gekidnappt werden wie im Februar Argoud. Einleuchtend genug, dachte Rolland. Hatte er mit der ganzen Kowalsky-Aktion nur seine Zeit verschwendet? Es gab da ein Wort, das der Legionär zweimal erwähnt oder vielmehr undeutlich gemurmelt hatte, als er auf diese acht gleichlautenden Fragen antwortete. Das Wort war »geheim« oder »Geheimnis«. Das Adjektiv? Ihre Anwesenheit in Rom war alles andere als geheim. Oder hatte er das Substantiv gebraucht? Was für ein Geheimnis?

Oberst Rolland las die Niederschrift zum zehntenmal durch und begann dann nochmals von vorn. Die drei OAS-Bosse waren in Rom. Sie wollten nicht gekidnappt werden, weil sie ein Geheimnis hatten, von dem niemand etwas erfahren durfte. Rolland lächelte ironisch. Er hatte es besser gewußt als General Guibaud, der glaubte, daß Rodin sich verkroch, weil er Angst hatte.

Sie hatten also ein Geheimnis zu bewahren. Was für ein Geheimnis? Es schien mit irgend etwas zu tun zu haben, was sich in Wien abgespielt hatte. Das Wort »Vienne« tauchte dreimal auf, aber Rolland hatte zunächst angenommen, es müsse sich um die dreißig Kilometer südlich von Lyon gelegene Stadt Vienne handeln. Vielleicht war gar nicht die französische Provinzstadt, sondern die österreichische Hauptstadt gemeint?

Sie hatten in Wien eine Zusammenkunft gehabt. Dann waren sie nach Rom gegangen und hatten Vorkehrungen gegen die Möglichkeit getroffen, gekidnappt und so lange verhört zu werden, bis sie ihr Geheimnis preisgaben. Das Geheimnis mußte von Wien herrühren.

Die Stunden verstrichen, und bald waren die Zigarettenstummel in der als Aschenbecher dienenden Granathülse nicht mehr zu zählen. Bevor der schmale Streifen von hellerem Grau sich über den düstern

Industrievororten abzuzeichnen begann, die östlich des Boulevard Mortier lagen, wußte Oberst Rolland, daß er auf der richtigen Spur war.

Einzelne Stücke fehlten noch. Fehlten sie wirklich, waren sie für immer verloren, seit er gegen 3 Uhr morgens die telephonische Meldung entgegennahm, daß Kowalsky nie mehr würde verhört werden können, weil er tot war? Oder waren sie irgendwo in dem wirren Text dessen verborgen, was in Kowalskys bedrängtem Hirn vorging, als er die letzten Kraftreserven verbraucht hatte?

Rolland begann die Stücke des Puzzlespiels zu notieren, die er noch nicht hatte unterbringen können. Kleist, ein Mann namens Kleist. Der Pole Kowalsky hatte das Wort richtig ausgesprochen, und Rolland, der von der Kriegszeit her noch über einige Deutschkenntnisse verfügte, notierte es sich in der korrekten Schreibweise, obwohl es von dem französischen Schreiber falsch buchstabiert worden war. Handelte es sich überhaupt um eine Person? Oder um eine Örtlichkeit, eine Firma oder dergleichen? Er rief die Vermittlung an und gab Auftrag, im Wiener Telephonverzeichnis nach einer Person oder einer Örtlichkeit dieses Namens zu suchen. Die Antwort kam nach zehn Minuten. Es gab zwei Spalten mit dem Namen Kleist, allesamt Privatpersonen, ferner die Ewald-von-Kleist-Grundschule für Jungen und die Pension Kleist. Rolland schrieb sich beide auf, unterstrich aber die Pension Kleist. Dann las er weiter.

In dem Text kamen mehrere Hinweise auf einen Fremden vor, dem gegenüber Kowalsky offenbar gemischte Gefühle hegte. Manchmal benutzte er das Wort »*bon*«, wenn er von ihm sprach, dann wieder nannte er ihn einen »*facheur*«, einen lästigen, zudringlichen Menschen. Kurz nach 5 Uhr morgens ließ sich Oberst Rolland Tonband und Gerät bringen und verbrachte die nächste Stunde damit, das Band mehrmals abzuhören. Als er das Gerät schließlich abschaltete, stieß er einen stummen Fluch aus. Dann nahm er einen dünnen Kugelschreiber zur Hand und korrigierte in dem transkribierten Text eine Anzahl offenkundig auf Hörfehler zurückgehender Wörter.

Kowalsky hatte den Fremden nicht als »*bon*«, sondern als »*blond*« bezeichnet. Und das Wort, das ihm über die blutigen verschwollenen Lippen gekommen war, hieß nicht, wie der französische Schreiber notiert hatte, »*facheur*«, sondern »*faucheur*«, was soviel wie »Killer« bedeutet.

Von da ab war es leicht, den Sinn der wirren Aussage Kowalskys zu rekonstruieren. Das Wort »Schakal«, das, wo immer es auftauchte, gestrichen worden war, weil Rolland es für ein Schimpfwort gehalten hatte, mit dem Kowalsky seine Peiniger bedachte, bekam eine neue Bedeutung. Es wurde zum Decknamen des blonden Killers, der Ausländer war und mit den drei OAS-Bossen drei Tage vor ihrer Abreise nach Rom in der Pension Kleist gesprochen hatte.

Rolland konnte sich jetzt selbst zusammenreimen, warum Frankreich in den letzten acht Wochen von einer Welle organisierter Banküberfälle und Juwelendiebstähle heimgesucht worden war. Der Blonde, wer immer er sein mochte, verlangte Geld für den Job, den er im Auftrag der OAS übernommen hatte. Auf der ganzen Welt gab es nur einen einzigen Job, der diese Art der Finanzierung erforderlich machte. Der Blonde war nicht gerufen worden, um durch sein Eingreifen einen Bandenkrieg zu entscheiden.

Um 7 Uhr früh ließ sich Rolland mit seiner Nachrichtenzentrale verbinden und befahl dem diensttuenden Beamten, unter Umgehung des innerbehördlichen Protokolls, demzufolge Wien in der Zuständigkeit der Abteilung R 3/Westeuropa lag, ein Blitzfernschreiben an das Wiener Büro des SDECE zu richten. Dann verlangte er, daß ihm umgehend sämtliche Kopien der Niederschrift des Kowalskyschen Geständnisses ausgehändigt wurden, und schloß sie in seinen Safe ein. Schließlich setzte er sich, um einen Bericht abzufassen, auf dessen Adressatenliste er lediglich den Namen eines einzigen Empfängers aufführte. Er überschrieb den Bericht mit dem Vermerk »Nur für Sie bestimmt« und schilderte zunächst kurz die Aktion, die auf seine eigene Initiative stattgefunden hatte, um Kowalsky festzunehmen. Er erwähnte, wie der Ex-Legionär durch die Vorspiegelung, eine ihm nahestehende Person läge im Krankenhaus, nach Marseille gelockt worden war; berichtete sodann von Kowalskys Gefangennahme durch Agenten des Aktionsdienstes und ließ nicht unerwähnt, daß der Mann verhört worden war und ein wirres Geständnis abgelegt hatte. Er fühlte sich verpflichtet, die gewagte Erklärung einfließen zu lassen, der Ex-Legionär habe bei seiner Verhaftung Widerstand geleistet und dabei zwei Agenten erheblich verletzt, sich selbst aber bei einem anschließend versuchten Suizid so bedenklich zugerichtet, daß er nach seiner Überwältigung in das Gefängnishospital eingeliefert werden mußte. Dort, auf seinem Krankenbett, habe er dann sein Geständnis abgelegt.

Der restliche Bericht betraf das Geständnis selbst und Rollands Interpretation desselben. Als er damit fertig war, pausierte er für einen Augenblick und ließ seinen Blick über die Hausdächer im Osten der Stadt schweifen, die jetzt vom Schein der Morgensonne vergoldet wurden. Rolland war sich seines Rufs, niemals zu übertreiben und grundsätzlich zu einer unterkühlten Darstellung der Dinge zu neigen, durchaus bewußt. Sorgfältig formulierte er den letzten Absatz seines Berichts:

»Ermittlungen mit dem Ziel, beweiskräftiges Material für die Existenz dieser Verschwörung beizubringen, sind zur Stunde noch im Gange. Sollten sie den oben geschilderten Tatbestand als wahrheitsgemäß bestätigen, so handelt es sich bei dem erwähnten verbrecherischen Vorhaben meines Erachtens um den denkbar gefährlichsten Plan, den die Terroristen entwickeln konnten, um das Leben des Präsidenten der Republik Frankreich zu bedrohen. Falls der im Ausland geborene und nur unter dem Decknamen ›Der Schakal‹ bekannte Killer tatsächlich für diesen Anschlag auf das Leben des Staatspräsidenten gedungen und gegenwärtig bereits mit den zur Ausführung seiner Untat erforderlichen Vorbereitungen befaßt sein sollte, halte ich es für meine Pflicht, Sie davon in Kenntnis zu setzen, daß wir meinem Dafürhalten nach einen nationalen Notstand zu gewärtigen haben.«

Ganz im Gegensatz zu seinen sonstigen Gepflogenheiten tippte Oberst Rolland die Reinschrift seines Berichts selbst, versah den Umschlag mit seinem persönlichen Siegel, adressierte ihn und drückte den Stempel mit der höchsten Sicherheitsklassifikation des Geheimdienstes darauf. Schließlich verbrannte er die Bogen, auf denen er den handschriftlichen Entwurf notiert hatte, und spülte die Asche in das Abflußrohr des Waschbeckens, das sich in einer Ecke seines Büros in einem Verschlag befand. Nachdem das getan war, wusch er sich Hände und Gesicht. Als er sich abtrocknete, fiel sein Blick auf den

Spiegel über dem Waschbecken. Das Gesicht, das ihn daraus anstarrte, war, wie er bekümmert feststellte, nicht mehr das des erfolggewohnten Mannes, den die Frauen in seiner Jugend wie in seinen besten Jahren so anziehend gefunden hatten. Zu viele Erfahrungen, die allzu gründliche Kenntnis der Bestialität, welcher der Mensch seinem Mitmenschen gegenüber fähig war, sobald es für ihn um das nackte Überleben ging, zu viele Intrigen und Gegenintrigen, zu viele Befehle, mit denen er Männer zum Sterben oder zum Töten hinausgeschickt, in Kellern hatte verenden oder andere zu Tode foltern lassen, hatten sein Gesicht gezeichnet. Zwei scharfe Falten liefen von den Nasenflügeln abwärts bis weit über die Mundwinkel hinaus, dunkle Flecken schienen sich für immer unter den Augen abzeichnen zu wollen, und die dekorativen grauen Schläfen und Koteletten hatten begonnen, weiß zu werden.

»Ende des Jahres«, gelobte er sich, »mache ich endgültig Schluß mit diesem mörderischen Beruf.« Hohläugig starrte ihn das Gesicht aus dem Spiegel an. Skepsis oder Resignation? Vielleicht wußte es das Gesicht besser, als er es sich eingestehen wollte. Nach einer gewissen Anzahl von Jahren kam man von all dem nicht mehr los. Man blieb, was man geworden war, für den Rest seines Lebens. Von der Résistance zur Sicherheitspolizei, dann der SDECE und schließlich der Aktionsdienst. Wie viele Männer und wieviel Blut es in all den Jahren gekostet hatte — und alles für Frankreich. Und womit, fragte er das Gesicht im Spiegel, vergalt Frankreich es ihm? Das Gesicht im Spiegel sah ihn an und blieb stumm. Denn die Antwort darauf wußten sie beide.

Oberst Rolland bestellte einen motorisierten Kurier, der sich persönlich bei ihm melden sollte. Er bestellte auch Spiegeleier, Brötchen und weiteren Kaffee — diesmal eine große Tasse *café au lait* — sowie Aspirintabletten gegen seine Kopfschmerzen. Er gab dem Motorradfahrer seine Anweisungen und händigte ihm den versiegelten Umschlag aus. Nachdem er die Spiegeleier und die Brötchen verzehrt hatte, nahm er seinen Kaffee und trank ihn am offenen Fenster der Westseite seines Büros, von der aus man auf Paris blickte. Über die Dächer des Häusermeers hinweg konnte er in dem warmen Morgendunst, der über der Seine hing, die Türme von Notre-Dame und in noch weiterer Ferne den Eiffelturm sehen. Es war bereits nach 9 Uhr, und die Stadt war an jenem 11. August wie immer um diese Stunde schon von geschäftigem Leben erfüllt. Ob er am Ende des Jahres noch eine Position innehaben würde, von der er sich günstig pensionieren lassen konnte, das, dachte Rolland, hing nicht zuletzt davon ab, ob die Gefahr abgewendet werden konnte, die er in dem Bericht beschrieben hatte, der jetzt in der Meldetasche des Motorradfahrers steckte.

Neuntes Kapitel

Am späten Vormittag des gleichen Tages saß der Minister des Inneren an seinem Schreibtisch und starrte düster aus dem Fenster seines Arbeitszimmers in den sonnenbeschienenen runden Innenhof hinunter. Auf der gegenüberliegenden Seite des Hofes sah man das schmiedeeiserne Portal mit dem Wappen der Republik Frankreich, und dahinter lag die Place Beauvau, in deren Mitte ein Polizist den ihn umtosenden Strom des Verkehrs aus der rue Faubourg St-Honoré und der Avenue de Marigny regelte.

Aus der rue Miromesnil und der rue des Saussaies, den anderen beiden Straßen, die auf den Platz mündeten, brachen auf seinen Pfiff weitere Verkehrsströme hervor, schossen über die Place Beauvau hinweg und verebbten. Der Polizist schien die fünf tödlichen Pariser Verkehrsströme zu dirigieren wie ein Torero den Stier — selbstbewußt, überlegen und würdevoll. M. Roger Frey beneidete ihn um die Überschaubarkeit seiner Aufgabe und das gelassene Selbstvertrauen, mit dem er sie meisterte.

An dem schmiedeeisernen Portal des Ministeriums standen zwei Gendarmen und bewunderten die Virtuosität ihres in der Mitte des Platzes postierten Kollegen. Sie trugen ihre umgehängten Maschinenpistolen auf dem Rücken und blickten, ihrer gesicherten Laufbahn mit dem festen Gehalt und ihres Platzes an der warmen Augustsonne gewiß, durch das schützende schmiedeeiserne Gitter in die Außenwelt hinaus. Der Minister beneidete auch sie um die Schlichtheit ihres Lebens und ihrer Ambitionen.

Er hörte Papier rascheln und wandte sich auf seinem Drehstuhl wieder dem Schreibtisch zu. Durch den breiten Tisch von ihm getrennt, schloß der Mann, der ihm gegenübersaß, das Dossier und legte es vor den Minister auf den Schreibtisch. Die beiden Männer blickten einander stumm an. In der Stille waren nur das Ticken der feuervergoldeten Uhr auf dem Kaminsims und die gedämpft von der Place Beauvau herüberdringenden Straßengeräusche zu hören.

»Nun, was halten Sie davon?«

Kommissar Jean Ducret, Chef der persönlichen Sicherungsgruppe

Präsident de Gaulles, war einer der hervorragendsten Experten Frankreichs in allen Fragen der Staatssicherheit, darunter insbesondere solchen, die den Schutz einer einzelnen hochgestellten Person vor Mordanschlägen betrafen. Das war der Grund, weshalb er diese Stellung innehatte, und das war auch der Grund, warum bis zu jenem Zeitpunkt sechs bekanntgewordene Mordverschwörungen gegen den Präsidenten entweder fehlgeschlagen waren oder rechtzeitig aufgedeckt werden konnten.

»Rolland hat recht«, sagte er schließlich. Seine Stimme war sachlich und unbeteiligt, als gäbe er das zu erwartende Ergebnis eines Fußballspiels bekannt. »Wenn seine Vermutungen zutreffen, stellt die Verschwörung in der Tat eine ungewöhnlich ernste Bedrohung dar. Alle Karteien und Listen der französischen Sicherheitsbehörden wie auch das ganze Netz der in die OAS eingeschleusten Agenten wären angesichts eines Außenseiters — noch dazu eines Ausländers —, der ohne Freunde und Kontakte ganz allein und nur auf sich selbst gestellt arbeitet, nutzlos. Wie Rolland ganz richtig schreibt« — er schlug die letzte Seite des vom Chef des Aktionsdienstes verfaßten Berichts auf und las laut daraus vor —, »handelt es sich um den ›denkbar gefährlichsten Plan‹, den man sich nur vorstellen kann.«

Roger Frey fuhr sich mit der Hand durch das kurzgeschnittene eisengraue Haar und drehte sich auf seinem Stuhl wieder dem Fenster zu. Er war ein Mann, den so leicht nichts aus der Ruhe brachte, aber am Vormittag dieses 11. August war er beunruhigt. In den langen Jahren, in denen er sich als ergebener Anhänger de Gaulles um dessen Sache verdient machte, hatte er sich den Ruf erworben, daß hinter der Intelligenz und der liebenswürdigen Verbindlichkeit, die ihm zu dem Ministersessel verholfen hatten, ein harter Mann steckte. Die strahlendblauen Augen, deren Blick von gewinnender Wärme zu eisiger Kälte wechseln konnte, die Männlichkeit des gedrungenen Oberkörpers mit den breiten Schultern und das gutgeschnittene, von rücksichtsloser Willenskraft zeugende Gesicht, das die bewundernden Blicke nicht weniger Frauen auf sich zog, welche die Gesellschaft mächtiger Männer zu schätzen wußten, alles das diente Roger Frey nicht als Ersatz für ein fehlendes Wahlprogramm.

In den alten Zeiten, als die Gaullisten sich noch gegen die feindselige Haltung der Amerikaner, die Indifferenz der Briten, die Ambitionen der Giraudisten und die Skrupellosigkeit der Kommunisten durchsetzen mußten, hatte er seinen politischen Nahkampfstil entwickelt. Irgendwie hatten sie es geschafft, und zweimal innerhalb von achtzehn Jahren war der Mann, dem sie folgten, aus dem Exil zurückgekehrt, um die Macht in Frankreich wieder zu übernehmen. Und in den letzten beiden Jahren war der Kampf neuerlich ausgebrochen, diesmal gegen die Männer, die dem General zweimal den Weg zur Macht geebnet hatten. Bis vor wenigen Minuten hatte der Minister geglaubt, daß dieser letzte Kampf zu Ende ginge und sich die Feinde abermals in ohnmächtigem Haß und hilfloser Wut geschlagen geben würden.

Jetzt wußte er, daß es noch nicht ausgestanden war. Ein magerer, fanatischer Oberst in Rom hatte einen Plan ausgeheckt, der das ganze Gebäude des Staates zum Einsturz bringen konnte, wenn er den Tod eines einzigen Mannes herbeiführte.

Es gab Länder — das hatte Großbritannien vor achtundzwanzig Jahren bewiesen und sollte Amerika noch im gleichen Jahr ebenfalls beweisen —, deren Institutionen stabil genug waren, um sie den Tod ihres Präsidenten oder die Abdankung ihres Königs überstehen zu lassen. Aber Roger Frey war sich des Zustands der Institutionen Frankreichs im Jahre 1963 nur allzu bewußt, um sich keiner Täuschung darüber hinzugeben, daß der Tod des Präsidenten nichts anderes als den Auftakt für Putsch und Bürgerkrieg bedeuten konnte.

»Nun«, bemerkte er schließlich, ohne den Blick von dem in gleißendem Sonnenlicht daliegenden Innenhof zu wenden, »er muß informiert werden.«

Der Polizeibeamte schwieg. Es gehörte zu den Vorzügen, die der Beruf eines Spezialisten mit sich brachte, daß man seine Arbeit verrichtete und die wichtigen Entscheidungen denen überließ, die dafür bezahlt wurden, sie zu treffen. Der Minister wandte sich ihm wieder zu.

»*Bien. Merci, Commissaire.* Dann werde ich den Präsidenten noch heute nachmittag um eine Audienz ersuchen und ihn unterrichten.« Die Stimme des Innenministers klang lebhaft und entschlossen. »Ich brauche Sie nicht erst zu bitten, absolutes Stillschweigen über diese

Angelegenheit zu wahren, bis ich Gelegenheit gehabt habe, dem Präsidenten die Lage darzulegen, und er darüber entschieden hat, wie er die Sache gehandhabt wissen will.«

Kommissar Ducret stand auf und verließ das Arbeitszimmer des Innenministers, um in sein keine hundert Schritt entferntes, auf der anderen Seite der rue Faubourg St-Honoré gelegenes Büro im Palast zurückzukehren. Wieder allein, las der Innenminister nochmals den Bericht durch. Er bezweifelte nicht, daß Rollands Einschätzung der Lage zutreffend war, und Ducrets übereinstimmende Beurteilung ließ ihm für eine lavierende Handhabung der Angelegenheit keinen Spielraum. Die Gefahr war da, sie war ernst, unabwendbar, und der Präsident mußte ins Bild gesetzt werden.

Widerstrebend drückte er auf eine Taste der Haussprechanlage und verlangte den Generalsekretär im Elysée-Palast. Innerhalb einer Minute klingelte das rote Telephon neben der Haussprechanlage. Er nahm den Hörer ab.

»*Monsieur Foccart, s'il vous plaît.*« Nach wenigen Sekunden meldete sich die trügerisch sanfte Stimme eines der mächtigsten Männer Frankreichs. Roger Frey erklärte kurz, was er wollte und warum es ihm so dringlich sei, den Präsidenten zu sprechen. »So rasch wie möglich, Jacques... Ja, ich weiß, Sie müssen erst nachsehen. Ich warte. Rufen Sie mich bitte zurück, sobald Sie können.«

Der Anruf kam nach einer Stunde. Die Audienz war auf 4 Uhr am selben Nachmittag festgesetzt worden; sobald der Präsident seine Siesta gehalten hatte, würde er für Frey zu sprechen sein. Eine Sekunde lang war der Minister versucht, darauf hinzuweisen, daß das, was er dem Präsidenten zu sagen hatte, wichtiger als dessen Siesta sei, aber er besann sich eines Besseren. Wie jedermann im Gefolge des Präsidenten wußte er, daß es nicht ratsam war, sich mit dem glattzüngigen Beamten anzulegen, der jederzeit das Ohr des Präsidenten hatte und dem Vernehmen nach eine private Kartei mit intimen Informationen angelegt hatte, deren Existenz, obschon niemand Genaues darüber wußte, die Gemüter außerordentlich beunruhigte.

Zwanzig Minuten vor vier verließ der Schakal nach einer der köstlichsten und kostspieligsten Fischmahlzeiten, die auf Meeresfrüchte spezialisierte Londoner Gastronomen zu bieten haben, Cunningham's in der Curzon Street. Schließlich, so sagte er sich, als er in die South Street einbog, war es aller Wahrscheinlichkeit nach auf einige Zeit hinaus sein letzter Lunch in London gewesen, und er glaubte Grund genug gehabt zu haben, diesen Anlaß zu feiern.

Im gleichen Augenblick bog eine aus dem schmiedeeisernen Portal des französischen Ministeriums des Innern kommende schwarze DS-19-Limousine in die Place Beauvau ein. Durch Zurufe seiner das Portal bewachenden Kollegen aufmerksam gemacht, stoppte der in der Mitte des Platzes postierte Polizist den aus den angrenzenden Straßen flutenden Verkehr und salutierte dann mit ruckartiger Geste.

Nach hundert Meter steuerte der Citroën auf den steingrauen Portikus vor dem Elysée-Palast zu. Auch hier hatten die diensttuenden Gendarmen vorsorglich den Verkehr angehalten, um der Limousine den zum Einbiegen in die enge Durchfahrt benötigten Platz zu sichern. Die Posten der *Garde Republicaine*, die zu beiden Seiten des Portals vor ihren Schilderhäuschen standen, legten grüßend die weißbehandschuhte Rechte an das Magazin ihrer Karabiner, als sie den Wagen des Ministers passieren ließen. Im inneren Torbogen sperrte eine locker gespannte Kette die Durchfahrt in den Vorhof des Palastes. Der diensttuende Inspektor — einer von Ducrets Leuten — schaute kurz in den Wagen und nickte dem Minister zu, der seinerseits ihm zunickte. Auf einen Wink des Inspektors wurde die Kette abgehängt. Sie fiel zu Boden, und der Citroën fuhr knirschend über sie hinweg. Jenseits des etwa vierzig bis fünfzig Meter breiten, mit braunem Kies bestreuten Hofs erhob sich die Fassade des Palastes. Robert, der Chauffeur des Innenministers, lenkte den Wagen nach rechts und fuhr ihn im Gegenuhrzeigersinn um den Hof herum vor die sechs Granitstufen, die zum Eingang hinaufführten.

Einer der beiden befrackten und mit silbernen Ketten behängten Palastdiener öffnete die Tür. Roger Frey eilte die Stufen hinauf und wurde an der Spiegelglastür vom dienstältesten Kammerdiener empfangen. Einen Augenblick lang mußte der Minister im Vestibül unter dem an einer langen goldenen Kette von der gewölbten Decke herabhängenden Kronleuchter warten, während der Diener seine Ankunft über das links der Tür auf einem Marmortisch stehende Haustelephon dem diensthabenden Offizier meldete. Als er den Hörer auflegte, lächelte er dem Minister kurz zu und schritt ihm in seinem gewohnten, würdevoll gemessenen Tempo über die teppichbedeckten Granitstufen voran. Im ersten Stock überquerten sie den kurzen, breiten Treppenabsatz, von dem aus sich das Vestibül überblicken ließ, und blieben vor einer Tür zur Linken des Treppenabsatzes stehen. Der Diener klopfte leise. Auf das gedämpft vernehmbare »*Entrez*« hin öffnete er die Tür und trat zurück, um den Minister in den *Salon des Ordonnances* eintreten zu lassen. Dann schloß er geräuschlos die Tür und begab sich gemächlichen Schrittes wieder treppabwärts in das Vestibül zurück.

Durch die großen Südfenster auf der gegenüberliegenden Seite des Salons flutete Sonnenlicht herein und badete den Teppich in warmem Gold. Eines der vom Boden bis zur Decke reichenden Fenster stand offen, und aus dem Park des Palastes war das Gurren einer Waldtaube zu hören. Der Lärm des Verkehrs auf den keine fünfhundert Meter entfernten, durch mächtige Linden und Buchen dem Blick jedoch gänzlich entzogenen Champs Elysées war zu einem bloßen Murmeln gedämpft und kaum lauter als die gurrende Taube. Wie immer, wenn er sich in einem der nach Süden gelegenen Räume des Elysée-Palastes aufhielt, hatte Roger Frey, der in der Großstadt geboren und aufgewachsen war, das Gefühl, er befände sich in einem irgendwo im Herzen des Landes versteckten Schloß. Der tosende Verkehr der rue Faubourg St-Honoré zur anderen Seite des Palastes war nur mehr eine Erinnerung.

Diensthabender Offizier war an diesem Tag Oberst Tesseire. Er erhob sich hinter seinem Schreibtisch.

»*Monsieur le Ministre...*«

»*Colonel...*« Frey deutete mit einer Kopfbewegung nach links auf die geschlossenen Doppeltüren mit den vergoldeten Türgriffen. »Werde ich erwartet?«

»Aber selbstverständlich, *Monsieur le Ministre.*« Tesseire durchquerte den Raum, klopfte kurz an einer der Doppeltüren, öffnete sie und blieb auf der Schwelle stehen.

»Der Minister des Inneren, *Monsieur le Président.*«

Gedämpft waren Laute der Zustimmung von drinnen zu hören.

Tesseire trat einen Schritt zurück, lächelte dem Minister zu, und Roger Frey ging an ihm vorbei in Charles de Gaulles privates Arbeitszimmer. In diesem Raum, das hatte er stets empfunden, gab es nichts, was nicht auf irgendeine Weise etwas über den Mann aussagte, der die Dekoration und das Mobiliar selbst ausgesucht hatte. Rechter Hand befanden sich die drei hohen, eleganten Fenster, die wie diejenigen des *Salon des Ordonnances* auf den Garten hinausgingen. Im Studio war ebenfalls eines von ihnen geöffnet, und auch hier war wieder das Gurren der Taube hörbar.

Irgendwo unter diesen Linden und Buchen waren Männer postiert, die Maschinenpistolen trugen, mit denen sie aus einer Pik-As-Karte noch im Schlaf aus zwanzig Meter Entfernung das As herausschießen konnten. Aber wehe demjenigen unter ihnen, der sich von den Fenstern des ersten Stocks aus sehen ließ. Im und um den Palast herum war der Zorn sprichwörtlich, mit dem der Mann, den sie im Ernstfall fanatisch verteidigen würden, auf jedwede zu seinem Schutz getroffene Maßnahme reagierte, die ihm zu Ohren kam oder sein Privatleben zu beeinträchtigen drohte. Das war das schwerste Kreuz, das Ducret zu tragen hatte, und niemand beneidete ihn um die Aufgabe, einen Mann zu schützen, der jede Form von persönlichem Schutz als seiner unwürdig und daher unzumutbar empfand.

Vor die Wand mit den verglasten Bücherregalen zur Linken war ein Louis-XV-Tisch gerückt, auf welchem eine Louis-XIV-Uhr stand. Den Boden bedeckte ein Savonnerie-Teppich, der aus der königlichen Teppichweberei in Chaillot stammte und über dreihundert Jahre alt war. Die Weberei, hatte ihm der Präsident einmal erklärt, war ehedem eine Seifenfabrik gewesen, und auf diesen Umstand sei der Name zurückzuführen, den die dort hergestellten Teppiche seither trugen. Es gab nichts in diesem Raum, was nicht einfach, nichts, was nicht würdig und geschmackvoll war, und vor allem nichts, was nicht die Größe Frankreichs illustrierte. Und das, so meinte Roger Frey, schloß auch den Mann hinter dem Schreibtisch ein, der sich jetzt erhob, um ihn mit der ihm eigenen ausgesuchten Höflichkeit zu begrüßen.

Dem Minister fiel wieder ein, daß Harold King, Wortführer der in Paris akkreditierten britischen Journalisten und einziger zeitgenössischer Angelsachse, der sich zu den persönlichen Freunden Charles de

Gaulles zählen durfte, ihm gegenüber einmal bemerkt hatte, seinen persönlichen Eigenarten und Angewohnheiten nach gehöre der Präsident nicht ins zwanzigste, sondern ins achtzehnte Jahrhundert. Seither hatte er jedesmal, wenn er seines Herrn und Meisters ansichtig wurde, vergeblich versucht, sich eine hochgewachsene Gestalt in Seide und Brokat vorzustellen, die dieselben Gesten zeremonieller Höflichkeit vollführte. Die Gedankenverbindung leuchtete ihm wohl ein, aber die anschauliche Vorstellung entzog sich ihm. Zudem konnte er die wenigen Male nicht vergessen, wo sich der Große Alte Mann, zornig wegen irgendeines Vorkommnisses, das sein Mißfallen erregt hatte, eines Kasernenhofjargons von derart kraftvoller Drastik bedient hatte, daß die Mitglieder seines Kabinetts vor Verblüffung sprachlos waren.

Wie Roger Frey sehr wohl wußte, gehörte die Frage, welche Maßnahmen er als der für die Sicherheit der Institutionen Frankreichs und damit auch und vor allem für die des Präsidenten verantwortliche Minister treffen zu müssen glaubte, zu den Themen, die mit hoher Wahrscheinlichkeit eine solche Reaktion hervorriefen. Sie hatten über diese Frage nie offen miteinander gesprochen, und vieles, was Frey in jener Hinsicht anordnete, mußte heimlich ausgeführt werden. Wenn er an das Dossier dachte, das er in der Aktenmappe trug, und an das Ansuchen, das er dem Präsidenten würde vortragen müssen, bekam er es fast mit der Angst zu tun.

»*Mon cher Frey.*«

Die hochgewachsene, dunkelgrau gekleidete Gestalt war hinter dem großen Schreibtisch hervorgetreten. Zur Begrüßung wurden beide Hände ausgestreckt.

»*Monsieur le Président, mes respects.*« Er schüttelte die ihm gereichte Hand. Zumindest schien *Le Vieux* guter Laune zu sein. Frey wurde zu einem der beiden mit Beauvais-Tapisserie bespannten Empirestühle geleitet, die vor dem Schreibtisch standen. Nachdem er seiner Pflicht als Hausherr dem Gast gegenüber in so liebenswürdiger Weise genügt hatte, kehrte Charles de Gaulle hinter den Schreibtisch zurück und nahm dort Platz. Mit den Fingerspitzen beider Hände das polierte Holz der Schreibtischplatte berührend, lehnte er sich zurück.

»Ich höre, mein lieber Frey, daß Sie mich in einer dringenden Angelegenheit sprechen wollen. Nun, was haben Sie mir zu sagen?«

Roger Frey holte tief Luft. Der Tatsache wohl bewußt, daß de Gaulle langatmige Reden, sofern sie nicht von ihm selbst stammten, nicht schätzte, erklärte er kurz und bündig, weshalb er gekommen war. Während er sprach, wurde die Haltung des ihm gegenübersitzenden Mannes immer abweisender. Er lehnte sich weiter und weiter zurück, schien zusehends größer zu werden und blickte dabei an seiner alles beherrschenden Nase entlang zu dem Minister hinüber, als sei eine unangenehme Substanz von einem bislang geschätzten Diener in sein Arbeitszimmer eingeschleppt worden. Roger Frey war sich jedoch bewußt, daß sein Gesicht für den Präsidenten, der seine Kurzsichtigkeit bei öffentlichen Gelegenheiten zu verbergen pflegte, indem er – es sei denn, er las eine Rede ab – grundsätzlich keine Brille trug, schon aus der Entfernung von zweieinhalb Meter nur noch ein verschwommener Fleck sein konnte.

Der Innenminister beendete seinen Monolog, der kaum länger als eine Minute gedauert hatte, indem er Rollands und Ducrets Kommentare erwähnte, und schloß mit der Bemerkung: »Ich habe den Bericht von Rolland in meiner Aktenmappe.«

Über den Tisch hinweg streckte der Präsident stumm seinen Arm danach aus. Frey holte den Bericht hervor und reichte ihn hinüber.

Charles de Gaulle nahm die Lesebrille aus der Brusttasche seines Anzugs, setzte sie sich auf die Nase, schlug das Dossier auf und begann zu lesen. Als habe sie gemerkt, daß dies nicht der rechte Augenblick sei, hatte die Taube aufgehört zu gurren. Roger Frey blickte auf die Bäume hinaus, dann auf die für elektrisches Licht umgearbeitete Tischlampe aus Messing, die neben dem Tintenlöscher auf dem Schreibtisch stand. Es war eine kostbare Flambeau-de-Vermeil-Lampe aus der Restaurationszeit. Tausende von Stunden lang hatte sie in den fünf Jahren der Präsidentschaft de Gaulles die Staatsdokumente erhellt, die über diesen Schreibtisch gewandert waren.

General de Gaulle las ungemein rasch. Er hatte die Lektüre des Rolland-Berichts in drei Minuten beendet, faltete ihn sorgsam zusammen, legte die Hände übereinander und fragte: »Nun, mein lieber Frey, was erwarten Sie von mir?«

Zum zweitenmal holte Roger Frey tief Luft und stürzte sich in eine rasche Aufzählung der Maßnahmen, die er zu treffen beabsichtigte. Zweimal benutzte er die Wendung: »Meiner Auffassung nach, *Monsieur le Président*, wird es zur Abwendung dieser Gefahr unumgänglich sein...« In der dreiunddreißigsten Sekunde seines Vortrags verwendete er die Floskel: »Im Interesse Frankreichs...«

Weiter kam er nicht. Der Präsident schnitt ihm das Wort ab. »Im Interesse Frankreichs, mein lieber Frey, kann es gewiß nicht liegen, den Präsidenten der Republik vor der Drohung eines jämmerlichen Mietlings zurückweichen zu sehen, der« — er machte eine Pause, in der seine Verachtung für den unbekannten Attentäter den Raum zu füllen schien — »noch dazu ein Ausländer ist.«

Roger Frey begriff, daß er verloren hatte. Wie jemand, der Wert darauf legt, beim Zuhörer keinerlei Zweifel über den von ihm vertretenen Standpunkt aufkommen zu lassen, sprach der Präsident, ohne sich — wie Frey befürchtet hatte — zu erregen, klar und unmißverständlich. Einzelne Wendungen drangen bis zu Oberst Tesseire, der bei geöffnetem Fenster im benachbarten Raum saß:

»*La France ne saurait accepter... la dignité et la grandeur assujetties aux misérables menaces d'un... d'un CHACAL...*«

Zwei Minuten später verließ Roger Frey den Präsidenten. Er nickte Oberst Tesseire zu, durchquerte den *Salon des Ordonnances* und ging die Treppe zum Vestibül hinunter.

Dieser Mann — dachte der Diener, der den Minister über die Steinstufen zum wartenden Citroën geleitete und dem davonfahrenden Wagen nachblickte — hat Sorgen. Was *Le Vieux* wohl von ihm gewollt haben mag? — Da er jedoch seinen Dienst bereits seit zwanzig Jahren im Elysée-Palast verrichtete, blieb sein Gesicht so reglos und unwandelbar wie dessen Fassade.

»Nein, so geht das nicht. Der Präsident war in diesem Punkt absolut unnachgiebig.«

Roger Frey wandte den Blick vom Fenster seines Arbeitszimmers weg, um ihn auf den Mann zu richten, dem seine Bemerkung galt. Unmittelbar nach seiner Rückkehr aus dem Elysée-Palast hatte er seinen *chef de cabinet* — den Chef seines persönlichen Stabes — zu sich bestellt. Alexandre Sanguinetti war Korse und ebenfalls ein fanatischer Anhänger de Gaulles. Als der Mann, dem in den vergangenen zwei Jahren ein Großteil der mit der Überwachung und Leitung der französischen Sicherheitskräfte verbundenen Detailarbeit vom Innenminister delegiert worden war, hatte er sich einen Ruf erworben, der entsprechend der jeweiligen politischen Auffassung des Beurteilers wie auch seiner Einstellung zu den staatsbürgerlichen Rechten sehr unterschiedlich interpretiert wurde. Bei der extremen Linken war er wegen der kurzentschlossen von ihm angeordneten Mobilisierung der CRS-Anti-Aufruhr-Kommandos und der brutalen Kampfmethoden verhaßt und gefürchtet, die diese 45.000 paramilitärischen Schläger anwendeten, sobald sie sich einer Straßendemonstration gegenübergestellt sahen.

Die Kommunisten nannten ihn möglicherweise deswegen einen Faschisten, weil gewisse Praktiken, mit denen es ihm gelungen war, die öffentliche Ordnung aufrechtzuerhalten, an diejenigen erinnerten, welche sich jenseits des Eisernen Vorhangs im Paradies der Werktätigen bewährt hatten. Die extreme Rechte haßte ihn nicht weniger. Sie bediente sich ihrerseits der gleichen Argumente der Unterdrückung von Demokratie und Freiheit wie die Kommunisten — dies vermutlich jedoch nur deswegen, weil die Wirksamkeit seiner rigorosen Maßnahmen den Zusammenbruch von Gesetz und Ordnung verhindert hatte, der ihr als willkommener Vorwand für einen auf die Wiederherstellung eben dieser Ordnung abzielenden Putsch von rechts gedient haben würde.

Und die breite Öffentlichkeit lehnte ihn ab, weil sie von den drakonischen Maßnahmen, die in seinem Amt beschlossen worden waren — Straßensperren, Ausweiskontrollen an allen wichtigen Straßenkreuzungen und die brutale Niederknüppelung jugendlicher Demonstranten durch die Schlagstöcke der CRS, wie sie auf zahllosen in der Presse veröffentlichten Photos dokumentarisch festgehalten worden war — unmittelbar betroffen wurde. Die Presse hatte ihn bereits zum »Monsieur Anti-OAS« gestempelt und verunglimpfte ihn mit Ausnahme der wenigen gaullistischen Blätter aufs massivste. Wenn der Ruf, der bestgehaßte Mann Frankreichs zu sein, ihn beunruhigte, so verstand er es doch, sich dies nicht anmerken zu lassen. Die Gottheit seiner privaten Religion residierte im Elysée-Palast, und in dieser Religion fungierte Alexander Sanguinetti als leitender Kopf der Kurie. Er blickte finster auf die Schreibunterlage vor ihm, auf welcher der den Rolland-Bericht enthaltende Aktenordner lag.

»Das ist unmöglich. Unmöglich. *Er* ist unmöglich. Wir müssen sein Leben schützen, und er läßt uns nicht. Ich könnte diesen Mann dingfest machen, diesen Schakal. Aber Sie sagen mir, wir dürfen keine Gegenmaßnahmen treffen. Was sollen wir tun? Darauf warten, daß er losschlägt? Bloß herumsitzen und warten?«

Der Minister seufzte. Er hatte von seinem *chef de cabinet* keine andere Reaktion erwartet, aber das machte ihm die Aufgabe nicht leichter. Er setzte sich wieder hinter seinen Schreibtisch.

»Hören Sie, Alexandre. Erstens steht es noch nicht absolut fest, ob der Rolland-Bericht zutrifft. Es handelt sich lediglich um seine eigene Auswertung der wirren Reden dieses — Kowalsky, der inzwischen verstorben ist. Vielleicht täuscht Rolland sich. Die Ermittlungen in Wien sind noch nicht abgeschlossen. Ich habe deswegen mit Gibaud gesprochen, und er erwartet den Bescheid für heute abend. Aber man muß zugeben, daß es unrealistisch wäre, zu diesem Zeitpunkt im ganzen Land Jagd auf einen Ausländer machen zu wollen, von dem uns nur der Deckname bekannt ist. Abgesehen davon handelt es sich um seine Weisung —.nein, seine strikte Order. Ich wiederhole sie, damit hierüber bei keinem von uns irgendwelche Unklarheiten herrschen. Die Sache darf unter keinen Umständen publik werden, es darf keine Großfahndung stattfinden, und außerhalb unseres engsten Mitarbeiterkreises darf keinerlei Andeutung darüber gemacht werden, daß Gefahr im Verzug ist. Der Präsident ist der Meinung, daß die Presse, sofern wir ihr gegenüber auch nur das Geringste verlauten ließen, dies als gefundenes Fressen betrachten, die Weltöffentlichkeit hämisch reagieren und jede zusätzliche Sicherheitsmaßnahme, die wir treffen, sowohl hier als auch außerhalb unseres Landes nur als ein unwürdiges Schauspiel auffassen würde, in dem der Präsident der Republik Frankreich sich vor einem einzelnen Mann — und noch dazu einem Ausländer — zu verstecken sucht. Genau dies aber wird er unter keinen Umständen — ich wiederhole: unter keinen Umständen! — zulassen. Tatsächlich« — der Minister unterstrich mit erhobenem Zeigefinger die Bedeutung dieses Punktes — »hat er mir deutlich zu verstehen gegeben, daß Köpfe rollen würden, falls durch unsere Behandlung der Angelegenheit irgendwelche Einzelheiten bekanntwerden oder auch nur vage Andeutungen an die Öffentlichkeit dringen sollten. Glauben Sie mir, *cher ami*, ich habe ihn kaum je so unzugänglich gesehen.«

»Aber das Veranstaltungsprogramm«, protestierte Sanguinetti, »muß auf jeden Fall abgeändert werden. Er darf nicht mehr in der Öffentlichkeit erscheinen, bis der Mann gefaßt ist. Er muß unbedingt...«

»Er wird nichts absagen. Programmänderungen sind ganz ausgeschlossen, auch solche um eine Stunde oder auch nur um eine Minute. Die ganze Angelegenheit muß unter absoluter Geheimhaltung gehandhabt werden.«

Zum erstenmal seit der Aufdeckung der Verschwörung in der Ecole Militaire im Februar, die zur Verhaftung und Verurteilung der Beteiligten geführt hatte, fühlte sich Alexandre Sanguinetti wieder auf den Punkt zurückgeworfen, von dem er ausgegangen war. In den letzten beiden Monaten hatte er bei der Bekämpfung der Bankraub- und Einbruchwelle schon geglaubt, daß das Schlimmste überstanden sei. Die Auflösungserscheinungen, die der OAS-Apparat unter der doppelten Einwirkung des Aktionsdienstes von innen und der Polizei- und CRS-Kräfte von außen zu zeigen begann, hatten ihn zu dem vorschnellen Schluß verleitet, die Raubüberfälle stellten nichts anderes als die letzten Zuckungen der Geheimarmee dar, bei denen eine Handvoll noch nicht dingfest gemachter Strolche und Abenteurer sich noch einmal austobte, um sich die nötigen Gelder für ein lebenslanges Exil zu verschaffen.

Aber die letzte Seite von Rollands Bericht machte deutlich, daß die ungezählten Doppelagenten, die Rolland in die OAS hatte einschleusen können, wo es ihnen gelungen war, in die höchsten Dienstränge aufzusteigen, durch die Anonymität des Mörders außer Gefecht gesetzt worden waren. Und infolge der simplen Tatsache, daß der Schakal Ausländer war, waren auch die von den Sicherheitsbehörden geführten Karteien über alle einer bestehenden oder früheren Verbindung zur OAS verdächtigten Staatsbürger nutzlos.

»Was sollen wir denn tun, wenn es uns nicht erlaubt ist zu handeln?«

»Ich habe nicht gesagt, daß es uns verboten sei zu handeln«, verbesserte Frey ihn. »Ich sagte lediglich, wir dürfen nicht in aller Öffentlichkeit handeln. Die ganze Sache muß geheim bleiben und entsprechend gehandhabt werden. Es gibt also nur eine einzige Möglichkeit für uns: Die Identität des Mörders muß durch geheimzuhaltende Erkundigungen ermittelt, er selbst, wo immer er sich aufhält — sei es in Frankreich oder außerhalb des Landes —, aufgespürt und dann sofort unschädlich gemacht werden.«

»...und sofort unschädlich gemacht werden. Das, meine Herren, ist der einzige Weg, den wir beschreiten können.«
Der Minister des Inneren überblickte die im Beratungsraum seines Ministeriums tagende Versammlung, um die volle Bedeutung seiner Worte auf sie einwirken zu lassen. Er selbst mitgezählt, waren insgesamt vierzehn Männer um den Konferenztisch versammelt.

Der Minister stand am oberen Ende des Tisches. Neben ihm zu seiner Rechten saß sein *chef de cabinet*, zu seiner Linken der Polizeipräfekt, die oberste politische Instanz der Polizeikräfte Frankreichs.

Zur Rechten Sanguinettis wiederum saßen General Guibaud, Chef des SDECE, und Oberst Rolland, Chef des Aktionsdienstes und Verfasser des Berichts, von dem jedem Konferenzteilnehmer ein Exemplar ausgehändigt worden war. Ferner Kommissar Ducret von der persönlichen Sicherungsgruppe des Präsidenten und der Oberst der Luftwaffe Saint Clair de Villauban aus dem Stab des Elysée-Palastes ein fanatischer Gaullist, dem in der engeren Umgebung des Präsidenten nachgesagt wurde, daß ihn ein nicht minder fanatischer persönlicher Ehrgeiz auszeichne.

Links von Maurice Papon, dem Polizeipräfekten, saßen Maurice Grimaud, Generaldirektor der *Sûreté Nationale*, und die Leiter der fünf Abteilungen, aus denen die *Sûreté* besteht.

Obschon von Romanschreibern und Krimiautoren gern als schlagkräftigste aller das Verbrechen bekämpfenden Organisationen gefeiert, stellt die *Sûreté Nationale* nur eine sehr kleine, personell schwach besetzte Dienststelle dar, die den fünf Kriminalabteilungen, welche die eigentliche Arbeit leisten, vorgesetzt ist. Die Aufgaben der *Sûreté* sind, ganz ähnlich wie die der ebensooft irreführend beschriebenen Interpol, verwaltungstechnischer Art, und die *Sûreté* beschäftigt nicht einen einzigen Detektiv in ihrem Stab.

Der Mann, dessen persönlichem Kommando die gesamten Polizeikräfte der französischen Republik unterstellt waren, saß unmittelbar neben Maurice Grimaud. Es war Max Fernet, der Direktor der *Police Judiciaire*. Neben ihrem gewaltigen Hauptquartier am Quai des Orfèvres, das so viel größer ist als das in unmittelbarer Nachbarschaft des Innenministeriums, in der rue des Saussaies, gelegene der Sûreté, unterhält die *Police Judiciaire* siebzehn regionale Zentralen, das heißt eine in jedem der siebzehn städtischen Polizeidistrikte Frankreichs. Diesen unterstehen die in insgesamt 453 Städten stationierten Polizeikräfte, die ihrerseits in 74 Zentralkommissariate, 253 Wahlbezirkskommissariate und 126 örtliche Polizeiposten gegliedert sind. Das gesamte Organisationsnetz umfaßt 2000 Städte und Ortschaften Frankreichs. In ländlichen Gebieten und auf Fernverkehrsstraßen obliegt die Aufrechterhaltung von Gesetz und Ordnung der *Gendarmerie Nationale* und den *Gendarmes Mobiles*, der Verkehrspolizei. Aus Gründen der Effektivität benutzen Gendarmen und *agents de police* in manchen Gebieten dieselben Einrichtungen, Unterkünfte und Anlagen. Die Gesamtstärke der Max Fernet unterstehenden *Police Judiciaire* betrug im Jahre 1963 rund 20.000 Mann.

Links von Fernet saßen die Chefs der anderen vier Sektionen der *Sûreté*: des *Bureau de Sécurité Publique*, der *Renseignements Généraux*, der *Direction de la Surveillance du Territoire* und des *Corps Republicain de la Sécurité*.

Die erstgenannte dieser Sektionen, das BSP, war vor allem für den Schutz öffentlicher Gebäude, Kommunikationseinrichtungen, Fernverkehrsstraßen und allen sonstigen Staatseigentums vor Sabotage oder Beschädigung zuständig. Die zweite, die RG oder Zentralkartei, fungierte als das Gedächtnis der anderen vier Sektionen; in ihrem Archiv verwahrte sie viereinhalb Millionen Dossiers über sämtliche Individuen, die der französischen Polizei seit deren Gründung angezeigt worden waren. Alphabetisch geordnet sowohl nach den Namen der betreffenden Personen als auch nach den Vergehen oder Verbrechen, deren sie verurteilt oder lediglich verdächtig waren, füllten die Dossiers Regale von insgesamt nahezu neun Kilometer Länge. Die Namen von Zeugen, die in Strafprozessen ausgesagt hatten, waren wie die von freigesprochenen Angeklagten ebenfalls erfaßt. Obschon das Karteisystem seinerzeit noch nicht auf Computer umgestellt worden war, rühmten sich die Archivare, innerhalb von Minuten sämtliche Einzelheiten eines vor Jahren in irgendeinem Provinznest verübten Giftmords oder die Namen aller Zeugen beibringen zu können, die in einem von der Presse weitgehend unbeachtet gebliebenen Prozeß aufgetreten waren.

Außer den Dossiers wurden die Fingerabdrücke sämtlicher Personen, die sich in Frankreich jemals dieser Prozedur hatten unterziehen müssen, hier verwahrt, ferner zehneinhalb Millionen Meldezettel einschließlich aller in französischen Hotels außerhalb von Paris ausgefüllten Anmeldeformulare. Sie mußten in verhältnismäßig kurzen Abständen vernichtet werden, um Platz für die gewaltige Anzahl alljährlich neu hinzukommender Meldezettel zu machen. Einzig die in Pariser Hotels ausgefüllten Anmeldungen wurden nicht den RG weitergeleitet; sie gingen direkt an die *Préfecture de Police*.

Die DST, deren Chef drei Stühle von Fernet entfernt am Konferenztisch saß, war und ist Frankreichs Spionageabwehr und als solche auch für die Überwachung französischer Häfen, Flughäfen und Grenzstationen verantwortlich. Bevor die Lande- und Grenzübertrittskarten aller nach Frankreich einreisenden Personen in die Archive wandern, werden sie an Ort und Stelle vom DST-Offizier überprüft und diejenigen unerwünschter Personen mit Karteireitern versehen.

Aus Platzgründen saß der Chef des CRS, jener 45.000 Mann starken Spezialeinheit, die Alexandre Sanguinetti im Verlauf der letzten beiden Jahre in so unpopulärer Weise eingesetzt hatte, am unteren Ende des Konferenztisches. Den Platz zwischen ihm und dem am unteren Ende der rechten Seite des Tisches sitzenden Oberst Saint Clair wurde von einem großen, korpulenten Mann eingenommen, dessen Pfeifenrauch den Geruchssinn des aristokratischen Luftwaffen-Obersten zu seiner Linken offenkundig beleidigte. Der Minister hatte Max Fernet ausdrücklich gebeten, ihn zur Sitzung mitzubringen. Es war Kommissar Maurice Bouvier, Chef der *Brigade Criminelle* der PJ.

»Das also ist die Situation, der wir uns gegenübersehen, meine Herren«, fuhr der Innenminister fort. »Sie alle haben nun den Bericht gelesen, der vor Ihnen liegt. Und Sie haben von mir gehört, welche beträchtlichen Einschränkungen der Präsident uns um der Würde Frankreichs willen bei unseren Anstrengungen, diese Gefahr für seine Person abzuwenden, zur Auflage macht. Ich betone nochmals, daß absolute Geheimhaltung sowohl bei der Durchführung der Ermittlungen als auch bei allen weiterhin zu unternehmenden Schritten oberstes Gebot sein muß. Überflüssig zu sagen, daß Sie alle ohne Ausnahme zu striktem Stillschweigen verpflichtet sind und mit keiner außerhalb dieses Raums befindlichen Person, sofern sie nicht inzwischen offiziell in den Kreis der Mitwisser einbezogen wurde, über diese Angelegenheit sprechen dürfen. Ich habe Sie hergebeten, weil ich davon ausgehe, daß wir, was immer wir auch unternehmen, auf die Unterstützung und die Hilfsmittel aller hier vertretenen Abteilungen angewiesen sein werden und ich Sie als die Chefs dieser Abteilungen über die absolute Vorrangigkeit dieser Angelegenheit nicht im Zweifel lassen möchte. Ihr hat jederzeit Ihre uneingeschränkte persönliche Aufmerksamkeit zu gelten. Mit Ausnahme solcher Aufgaben, die den mit ihr verfolgten Zweck nicht erkennen lassen, dürfen keine im Zusammenhang mit dieser Angelegenheit sich ergebenden Aufträge an Untergebene delegiert werden.«

Der Minister schwieg einen Augenblick. Zu beiden Seiten des Konferenztisches nickten einige der Herren nachdenklich. Andere hatten den Blick auf den Sprecher oder auf das vor ihnen liegende Dossier gerichtet. Am unteren Ende des Tisches starrte Kommissar Bouvier zur Decke hinauf und entließ aus dem Mundwinkel heraus kleine Rauchwölkchen. Der neben ihm sitzende Luftwaffen-Oberst zuckte bei jedem neuerlichen Rauchausstoß leicht zusammen.

»Und jetzt«, fuhr der Minister fort, »darf ich Sie um Ihre Vorschläge bitten. Oberst Rolland, haben Ihre Nachforschungen in Wien irgendwelche Resultate ergeben?«

Der Chef des Aktionsdienstes sah von seinem eigenen Bericht auf und warf dem General, der den SDECE leitete, einen raschen Seitenblick zu, ohne von ihm jedoch durch ein Nicken ermuntert oder ein Stirnrunzeln gewarnt zu werden.

General Guibaud, der den halben Tag damit verbracht hatte, dem Leiter der Abteilung R 3/Westeuropa wegen Rollands Eigenmächtigkeit, das Wiener Büro für seine Ermittlungen einzuschalten, die Hölle heiß zu machen, starrte unverwandt vor sich auf die Tischplatte. »Ja«, sagte der Oberst. »Heute vormittag haben zwei unserer Agenten in Wien in der Pension Kleist Ermittlungen angestellt. Sie hatten Photos von Marc Rodin, René Montclair und André Casson bei sich. Die Zeit reichte nicht mehr, ihnen Bilder von Viktor Kowalsky — im Wiener Archiv befinden sich keine — per Funk zu übermitteln. Der Portier der Pension behauptete, zumindest zwei der abgebildeten Männer wiederzuerkennen. Mit Hilfe eines Trinkgeldes konnte er veranlaßt werden, die zwischen dem 12. und dem 18. Juni — dem Datum, an welchem die drei OAS-Chefs gemeinsam das Hotel in Rom bezogen — im Gästebuch vorgenommenen Eintragungen nachzuschlagen. Schließlich meinte er, sich an Rodins Gesicht als das des Mannes zu erinnern, der unter dem Namen Schulze am 15. Juni ein Zimmer bestellt hatte. Der Portier sagte, Schulze habe dort am Nachmittag des gleichen Tages eine Art Geschäftsbesprechung abgehalten, die Nacht in dem Zimmer verbracht und sei am nächsten Morgen abgereist.

Er erinnerte sich, daß Schulze in Begleitung eines sehr großen, mürrischen Mannes erschien und am Vormittag den Besuch zweier weiterer Männer erhielt. Die beiden Besucher könnten Casson und Montclair gewesen sein. Er war sich nicht sicher, aber einen von ihnen glaubte er auf jeden Fall schon einmal gesehen zu haben.

Der Portier sagte, die Männer seien den ganzen Tag über auf dem Zimmer geblieben, mit Ausnahme einer halben Stunde am späten Vormittag, während der Schulze und der Riese — so nannte er Kowalsky — die Pension verlassen hatten. Keiner von ihnen ging zum Essen aus, und am Mittagstisch der Pension nahmen sie auch nicht teil.«

»Haben sie denn überhaupt den Besuch von einem fünften Mann bekommen?« fragte Sanguinetti ungeduldig. Rolland fuhr fort, in gleichmäßigem Tonfall zu berichten:

»Im Laufe des Abends gesellte sich ihnen noch ein weiterer Mann zu, der etwa eine halbe Stunde lang blieb. Der Portier sagt, daß er sich gut daran erinnere, weil der Mann so rasch zur Tür hereingekommen und die Treppe hinaufgegangen sei, daß er keine Gelegenheit hatte, ihn zu sehen. Er glaubte zunächst, es müsse sich um einen Pensionsgast handeln, der seinen Schlüssel nicht abgegeben hatte. Aber als der Mann die Treppe hinaufeilte, habe er gerade noch einen Zipfel seines Mantels sehen können. Wenige Augenblicke später sei der Mann in die Halle zurückgekehrt. Wegen des Mantels war sich der Portier ganz sicher, daß es derselbe Mann gewesen sei. Der Mann habe sich von ihm über das auf dem Empfangstisch stehende Telephon mit dem von Schulze gemieteten Zimmer 64 verbinden lassen, zwei Sätze auf französisch gesprochen, eingehängt und sei dann hinaufgegangen. Nach einer halben Stunde habe er dann, ohne ein Wort zu sagen, die Pension verlassen. Etwa eine Stunde später seien die beiden anderen Besucher einzeln fortgegangen. Schulze und der Riese seien über Nacht geblieben und anderntags nach dem Frühstück abgereist.

Die einzige Beschreibung, die der Portier von dem abendlichen Besucher geben konnte, war: hochgewachsen, Alter unbestimmt, Gesichtszüge offenbar regelmäßig, trug Sonnenbrille, sprach fließend französisch und hatte blondes, nach hinten gekämmtes, ziemlich langes Haar.«

»Könnte man den Portier nicht dazu bringen, uns bei der Anfertigung einer Zeichnung von dem Mann zu helfen?« fragte Papon, der Polizeipräfekt.

Rolland schüttelte den Kopf.

»Meine — unsere Agenten haben sich als Wiener Kriminalbeamte ausgegeben. Glücklicherweise könnte man den einen wirklich für einen Österreicher halten. Aber eine solche Maskerade läßt sich nicht unbegrenzt lange durchführen. Der Mann mußte am Empfangstisch befragt werden.«

»Wir brauchen unbedingt eine bessere Beschreibung«, protestierte der Leiter der Zentralkartei. »Ist denn kein Name erwähnt worden?«

»Nein«, sagte Rolland. »Was Sie soeben gehört haben, ist das Ergebnis einer dreistündigen Befragung. Jeder einzelne Punkt ist wieder und wieder durchgenommen worden. An mehr erinnert er sich nicht. Eine bessere Beschreibung kann er nicht geben.«

»Warum schnappen Sie ihn sich nicht einfach wie Argoud, damit er uns hier in Paris ein Bild von diesem Killer anfertigt?« wollte Oberst Saint Clair wissen.

Der Minister schüttelte den Kopf.

»Ausgeschlossen. Wir stehen mit dem Auswärtigen Amt der Bundesrepublik wegen der Argoud-Entführung noch immer auf Kriegsfuß. So etwas mag einmal funktionieren, aber nicht ein zweites Mal.«

»Sollte es in einem so ernsten Fall wie diesem nicht doch möglich sein, einen Hotelportier unauffälliger verschwinden zu lassen als seinerzeit Argoud?« meinte der Chef des DST.

»Es erscheint mir in jedem Fall zweifelhaft«, wandte Max Fernet ein, »ob das rekonstruierte Porträt eines Mannes, der eine Sonnenbrille trägt, von großem Nutzen sein kann. Nur sehr wenige solcher Bilder, die aufgrund eines nicht sonderlich bemerkenswerten Vorfalls gezeichnet wurden, der zwanzig Sekunden gedauert hat und zwei Monate zurückliegt, sehen dem Verbrecher ähnlich, wenn er schließlich festgenommen wird. Die meisten dieser Bilder könnten ebensogut eine halbe Million beliebiger anderer Leute darstellen, und manche sind ausgesprochen irreführend.«

»Abgesehen von Kowalsky, der tot ist und alles gesagt hat, was er wußte — viel war es nicht —, gibt es nur vier Männer, denen die Identität dieses Schakals bekannt ist«, sagte Kommissar Ducret. »Einer davon ist er selbst, und die anderen drei halten sich in einem Hotel in Rom auf. Wie wäre es, wenn man versuchte, einen von ihnen herzuschaffen?«

Wieder schüttelte der Minister den Kopf.

»Meine Anweisungen sind auch in diesem Punkt ganz eindeutig. Menschenraub kommt nicht mehr in Frage. Die italienische Regierung würde in eine ernste Krise geraten, wenn dergleichen wenige Schritte von der Via Condotti entfernt vorfiele. Ganz abgesehen davon bestehen begründete Zweifel an der technischen Durchführbarkeit eines solchen Unternehmens. General?«

General Guibaud hob den Blick.

»Die Art und das Ausmaß der Sicherheitsvorkehrungen, die Rodin und seine Anhänger zu ihrem Schutz getroffen haben, schließen laut den Berichten meiner Agenten, die sie ständig unter Beobachtung halten, ein derartiges Vorgehen auch unter praktischen Gesichtspunkten aus. Acht Ex-Legionäre, ausnahmslos erstklassige Leute — oder vielmehr sieben, wenn Kowalsky nicht ersetzt worden ist —, sind ständig einsatzbereit. Alle Aufzüge, Treppenflure, Feuertreppen und auch das Dach werden ständig bewacht. Ein Feuergefecht, bei dem Gasgranaten und Maschinenpistolen verwendet werden müßten, wäre vermutlich unumgänglich, um auch nur einen von ihnen lebend herauszuholen. Selbst dann wären die Chancen, den Mann außer Landes zu bringen, außerordentlich gering. Die Grenze ist mehr als fünfhundert Kilometer entfernt, und die Italiener würden zweifellos alle ihnen verfügbaren Polizei- und Militäreinheiten mobilisieren, um die Entführung zu verhindern. Wir haben einige der besten Experten der Welt für Dinge dieser Art unter unseren Leuten. Sie halten es für praktisch undurchführbar, es sei denn im Rahmen einer regelrechten militärischen Kommandoaktion.«

Wieder breitete sich Schweigen in dem Konferenzraum aus.

»Nun, meine Herren«, sagte der Minister, »irgendwelche anderen Vorschläge?«

»Dieser Schakal muß aufgespürt werden. Soviel steht fest«, bemerkte Oberst Saint Clair. Einige der Konferenzteilnehmer wechselten stumme Blicke, und da und dort zog man die Brauen hoch.

»Soviel steht allerdings fest«, murmelte der Minister. »Was wir hier versuchen, ist, einen Weg zu finden, wie das innerhalb der uns auferlegten Beschränkungen geschehen soll, und auf dieser Basis können wir dann am besten entscheiden, welche der hier vertretenen Abteilungen zur Wahrnehmung dieser Aufgabe am geeignetsten erscheint.«

»Der Schutz des Präsidenten der Republik«, verkündete Saint Clair großsprecherisch, »muß zuletzt, wenn alle anderen versagt haben, der persönlichen Sicherungsgruppe des Präsidenten und seinem engsten Stab obliegen. Wir werden unsere Pflicht zu tun wissen, das versichere ich Ihnen, Herr Minister.«

Kommissar Ducret warf dem Obersten einen Blick zu, der ihn, wenn er hätte töten können, leblos vom Stuhl hätte sinken lassen. »Weiß er denn nicht, daß *Le Vieux* ihn gar nicht hört?« brummelte Guibaud Rolland zu.

Roger Frey hob den Blick, um dem Höfling aus dem Elysée-Palast in die Augen zu sehen, und demonstrierte, warum er Minister war. »Der Oberst Saint Clair hat natürlich vollkommen recht«, erklärte er. »Wir alle werden unsere Pflicht tun. Und ich bin mir ganz sicher, der Oberst ist sich darüber im klaren, daß den verantwortlichen Leiter der Abteilung, die mit der Zerschlagung der Verschwörung beauftragt wird und ihre Aufgabe nicht erfüllt oder bei der Ausführung ihres Auftrags Methoden anwendet, die entgegen dem ausdrücklichen Wunsch des Präsidenten in der Öffentlichkeit Aufsehen erregen, schärfste Mißbilligung treffen wird.«

Die Drohung schwebte geballter über dem langen Konferenztisch als der blaue Rauch aus Bouviers Pfeife. Saint Clairs schmales, blasses Gesicht war noch blasser geworden, und seinen Augen war Beunruhigung anzusehen.

»Wir alle hier sind uns der begrenzten Möglichkeiten der Sicherungsgruppe des Präsidenten bewußt«, stellte Kommissar Ducret nüchtern fest. »Wir versehen unseren Dienst in der unmittelbaren Umgebung des Präsidenten. Es unterliegt wohl keinem Zweifel, daß die gestellte Aufgabe viel zu weitreichend ist, als daß sie von meinem Stab ohne Vernachlässigung seiner regulären Pflichten wahrgenommen werden könnte.«

Niemand widersprach, denn jeder der anwesenden Abteilungsleiter wußte, daß der Chef der Sicherungsgruppe die Wahrheit ausgesprochen hatte. Aber auch keiner von ihnen wünschte seinerseits das Auge des Ministers auf sich zu ziehen. Roger Frey sah in die Runde und ließ den Blick schließlich auf der rauchverhüllten massigen Gestalt Kommissar Bouviers am unteren Ende des Tisches ruhen.

»Was meinen Sie, Bouvier? Sie haben sich noch nicht geäußert.«

Der Detektiv nahm die Pfeife aus dem Mund, brachte es fertig, einen letzten übelriechenden Schwaden beizenden Rauchs direkt in Oberst Saint Clairs Gesicht wehen zu lassen, und begann mit ruhiger Stimme wie jemand zu sprechen, der ein paar simple Fakten aufzählt, die ihm gerade durch den Kopf gegangen sind.

»Herr Minister, der SDECE kann diesen Mann nicht durch seine Agenten in der OAS ausfindig machen, weil ja nicht einmal die OAS weiß, wer er ist. Der Aktionsdienst kann ihn nicht unschädlich machen, weil er nicht weiß, wen er unschädlich machen soll. Die DST kann ihn nicht an der Grenze festnehmen, weil sie nicht weiß, welche Person sie abfangen soll. Und die RG können uns keine dokumentarische Information über diesen Mann liefern, weil sie keine Ahnung haben, nach welchen Dokumenten sie suchen sollen. Die Polizei kann ihn nicht festnehmen, weil sie nicht weiß, wen sie festnehmen soll, und das CRS kann ihn nicht jagen, weil es keinen Schimmer hat, wen es jagen soll. Die gesamte Organisation der Sicherheitskräfte Frankreichs ist machtlos, weil ihr ganz einfach ein Name fehlt. Mir scheint daher, daß die erste Aufgabe, ohne deren Lösung alle anderen Vorschläge sinnlos bleiben, darin zu bestehen hat, diesem Mann einen Namen zu geben. Mit einem Namen bekommt er ein Gesicht und mit dem Gesicht einen Paß, und mit einem Paß können wir ihn dingfest machen. Aber den Namen herauszubekommen, und das unter strikter Geheimhaltung, ist reine Detektivarbeit.«

Er verstummte wieder und klemmte sich neuerlich die Pfeife zwischen die Zähne. Was er gesagt hatte, stimmte jeden der an dem Konferenztisch sitzenden Männer nachdenklich. Keiner vermochte begründete Einwände dagegen zu erheben. Sanguinetti nickte stumm.

»Und wer, Kommissar, ist der beste Detektiv in Frankreich?« fragte der Minister schließlich.

Bouvier überlegte ein paar Sekunden lang und nahm dann die Pfeife wieder aus dem Mund.

»*Messieurs*, der beste Detektiv Frankreichs ist mein eigener Stellvertreter, Kommissar Claude Lebel.«

»Lassen Sie ihn holen«, sagte der Minister des Inneren.

Zweiter Teil
Die Jagd

Zehntes Kapitel

Verwirrt und bestürzt verließ Claude Lebel eine Stunde später den Konferenzraum. Fünfzig Minuten lang hatte er ununterbrochen zugehört, während der Minister ihn über die vor ihm liegende Aufgabe unterrichtete.

Bei seinem Eintreten war er gebeten worden, am unteren Ende des Konferenztisches Platz zu nehmen, und hatte sich zwischen den Chef des CRS und seinen eigenen Chef Bouvier gesetzt. Während er den Rolland-Bericht las, hatten die anderen vierzehn Männer geschwiegen, und er war sich der abschätzenden Blicke, die ihn neugierig musterten, bewußt gewesen.

Als er den Bericht aus der Hand legte, begann die Frage, warum sie ihn hatten rufen lassen, ihn zu beunruhigen. Dann sprach der Minister. Es ging weder um eine Konsultation noch um irgendein Ansuchen. Es war eine Verfügung, der eine wortreiche Einweisung folgte. Er könne ein eigenes Büro einrichten; er erhalte uneingeschränkten Zugang zu allen erforderlichen Informationen; ihm stünden die gesamten Hilfsmittel aller Organisationen zur Verfügung, die von den an diesem Tisch sitzenden Männern geleitet wurden. Eine Limitierung für die entstehenden Kosten sei nicht vorgesehen.

Mehrfach wurde die Notwendigkeit absoluter Geheimhaltung, wie sie das Staatsoberhaupt befohlen hatte, hervorgehoben. Lebel hörte zu, und ihm sank der Mut. Sie erwarteten — nein, verlangten — das Unmögliche. Er hatte nichts, wovon er hätte ausgehen können. Es gab kein Verbrechen — noch nicht. Es gab keine Spuren, keine Hinweise. Und abgesehen von den drei Männern, mit denen er nicht sprechen konnte, gab es auch keine Zeugen. Es gab nur einen Namen, einen Decknamen, und die ganze Welt, die er nach diesem Mann absuchen konnte.

Claude Lebel war immer ein guter Polizeibeamter gewesen, gewissenhaft, besonnen und in seiner Arbeitsweise von methodischer Gründlichkeit. Nur gelegentlich hatte er die blitzartige Inspiration gezeigt, die aus einem guten Polizisten einen hervorragenden Detektiv macht. Dabei war er sich jedoch stets der Tatsache bewußt geblieben, daß neunundneunzig Prozent aller Polizeiarbeit Routine sind und aus unauffällig betriebener Ermittlungstätigkeit, aus Recherchieren, Überprüfen und Gegenprüfen, aus dem geduldigen Verknüpfen einzelner Maschen eines Netzes bestehen, in dem sich der Verbrecher fängt und verstrickt.

In der PJ war er als verbissener Arbeiter bekannt, der für seine Person jegliche Publicity ablehnte und nie Pressekonferenzen von jener Art gegeben hatte, auf der der Ruf mancher seiner Kollegen basierte. Und doch war er, indem er seine Fälle löste und seine Täter überführte, stetig aufgestiegen. Als vor drei Jahren bei der *Brigade Criminelle* die Stelle des Leiters der Mordkommission frei wurde, stimmten selbst seine ebenfalls zur Beförderung anstehenden Kollegen darin überein, daß er der geeignetste Mann war. Er konnte auf eine gleichbleibend erfolgreiche Tätigkeit bei der Mordkommission verweisen, als deren Leiter er drei Jahre hindurch keine einzige Festnahme veranlaßte, die nicht zu einer Verurteilung führte, wenngleich in einem Fall der Angeklagte aus formaljuristischen Gründen freikam.

Als Leiter der Mordkommission erregte er die Aufmerksamkeit Maurice Bouviers, der Chef der gesamten Brigade und ebenfalls ein Polizeibeamter alter Schule war. Als Dupuy vor wenigen Wochen plötzlich verstarb, war es daher Lebel, den Bouvier als seinen neuen Stellvertreter vorschlug.

Es hatte in der PJ zwar Stimmen gegeben, die behaupteten, daß Bouvier, dessen Zeit weitgehend von administrativer Arbeit beansprucht wurde, einen publicityscheuen Kollegen zu schätzen wußte, der die großen, Schlagzeilen hervorrufenden Fälle handhaben konnte, ohne seinem Vorgesetzten die Show zu stehlen. Aber vielleicht urteilten sie zu hart.

Nach der Besprechung im Ministerium wurden die Kopien des Rolland-Berichts eingesammelt und im Safe des Ministers eingeschlossen. Einzig Lebel erhielt die Erlaubnis, ein Exemplar zu behalten, und ließ sich das von Bouvier aushändigen. Er hatte sich lediglich ausbedungen, die Leiter der obersten Kriminalbehörden derjenigen Länder vertraulich um ihre Kooperation zu ersuchen, deren Karteien vermutlich Unterlagen enthielten, die über die Identität eines professionellen Killers wie des Schakals Aufschluß zu geben vermochten. Ohne die

Möglichkeit zu solcher Zusammenarbeit, erklärte er, sei es zwecklos, mit der Fahndung zu beginnen.

Sanguinetti hatte wissen wollen, ob man sich darauf verlassen könne, daß diese Leute den Mund hielten. Lebel hatte erwidert, daß er die Leute, mit denen er Verbindung aufnehmen müsse, persönlich kenne und daß er seine Ermittlungen nicht offiziell, sondern auf Basis des persönlichen Kontakts, wie sie zwischen den meisten Spitzenfunktionären der Polizeikräfte Westeuropas existiert, anzustellen beabsichtige. Nach einigem Hin und Her hatte der Minister seinem Ersuchen stattgegeben.

Und jetzt stand Lebel in der Halle, wo er auf Bouvier wartete, während die Abteilungsleiter auf dem Weg zum Ausgang an ihm vorüberkamen. Einige nickten ihm nur kurz zu und gingen rasch weiter; andere sahen sich zu einem mitfühlenden Lächeln veranlaßt, als sie ihm gute Nacht wünschten. Einer der letzten, der den Konferenzraum verließ, während sich Bouvier noch leise mit Max Fernet besprach, war der aristokratische Oberst aus dem Elysée-Palast. Lebel war der Name Saint Clair de Villauban genannt worden, als man ihn mit den Männern, die an dem Konferenztisch saßen, bekannt machte. Der Oberst blieb vor dem kleinen, dicklichen Kommissar stehen und sah ihn mit unverhohlenem Mißfallen an.

»Ich hoffe, Kommissar, daß Sie mit Ihren Ermittlungen Erfolg haben werden, und das möglichst rasch«, sagte er. »Wir im Palast werden Ihr Vorgehen sehr aufmerksam verfolgen. Falls es Ihnen nicht gelingen sollte, diesen Banditen dingfest zu machen, dürfte das — Folgen haben.«

Er drehte sich auf dem Absatz um und stolzierte die Treppe zum Foyer hinunter. Lebel sagte nichts, blinzelte jedoch mehrmals ganz schnell.

Einer der Gründe für die Erfolge, die er, seit er vor zwanzig Jahren in der Normandie als junger Detektiv bei der Polizei der Vierten Republik anfing, in der Ermittlung von Verbrechen erzielt hatte, war seine Fähigkeit, die Leute durch das Vertrauen, das er ihnen einflößte, zum Sprechen zu bringen. Er besaß nicht die imponierende Größe und Leibesfülle Bouviers, die der traditionellen Vorstellung von der verkörperten Autorität des Gesetzes entsprach. Und er verfügte ebensowenig über die Redegewandtheit, die so viele der jetzt in die Polizei aufgenommenen jungen Detektive auszeichnete, die einen Zeugen mit Wortverdrehungen, Drohungen und Schmeicheleien zu Tränenausbrüchen veranlassen konnten. Er selbst empfand das nicht als Mangel.

Er war sich darüber im klaren, daß in jeder Gesellschaft die Mehrzahl der Verbrechen an kleinen Leuten — Ladenbesitzern, Verkäufern, Briefträgern, Bankangestellten — oder in ihrer Gegenwart begangen wird. Diese Menschen konnte er zum Sprechen bringen, und das wußte er.

Es lag zum Teil daran, daß er klein war und in mancher Hinsicht an den bei Karikaturisten so beliebten Typ des unterjochten Ehemannes erinnerte, der er in der Tat auch war.

Seine Kleidung war nachlässig; zumeist trug er ungebügelte Anzüge und einen unansehnlichen Regenmantel. Seine Umgangsformen waren freundlich, fast ein wenig wie um Nachsicht bittend, und unterschieden sich so grundlegend von denen, die der von ihm um Informationen ersuchte Zeuge bei seiner ersten Begegnung mit dem Gesetz kennengelernt hatte, daß der Zeuge zu dem Detektiv Vertrauen faßte und in ihm so etwas wie eine Zuflucht vor der Brutalität seiner Untergebenen sah.

Aber es kam noch etwas hinzu. Er war Leiter der Mordkommission einer der mächtigsten Polizeiorganisationen Europas und zehn Jahre lang Detektiv in der *Brigade Criminelle* der berühmten *Police Judiciaire* Frankreichs gewesen. Hinter seiner Sanftmut und der fast einfältig wirkenden Schlichtheit seines Auftretens verbarg sich die Schärfe eines geschulten Verstandes und die hartnäckige Weigerung, sich bei der Ausführung eines Auftrags von irgend jemandem einschüchtern oder auch nur irremachen zu lassen. Er war von einigen der gefährlichsten Gangsterbosse Frankreichs bedroht worden, die das rasche Blinzeln, mit dem Lebel auf derartige Ansinnen zu reagieren pflegte, vorschnell als Anzeichen dafür gedeutet hatten, daß ihre Warnung beherzigt worden sei. Erst später — in der Gefängniszelle — hatten sie die Muße gefunden, sich klarzumachen, daß sie den kleinen Mann mit den sanften braunen Augen und dem Zahnbürstenbärtchen unterschätzt haben mußten.

Zweimal war er Einschüchterungsversuchen von seiten reicher und mächtiger Leute ausgesetzt gewesen. Das erstemal, als ein Industrieller einen seiner jüngeren Mitarbeiter der Unterschlagung angeklagt zu sehen wünschte und der felsenfesten Meinung war, der Polizei genüge schon ein flüchtiger Einblick in die Bücher, um seine Festnahme zu rechtfertigen; und das andere Mal, als ein Bursche aus der Society ihn zu bewegen versuchte, die Ermittlungen im Fall einer durch Drogeneinwirkung verstorbenen jungen Schauspielerin einzustellen.

Im erstgenannten Fall hatte die Untersuchung der Geschäftspraktiken des Industriellen zur Aufdeckung anderer und weit beträchtlicherer Unstimmigkeiten geführt, die dem jungen Buchhalter nicht zur Last gelegt werden konnten, es den Industriellen jedoch bereuen ließen, nicht in die Schweiz abgereist zu sein, solange ihm das noch möglich gewesen war. Im zweiten Fall hatte sich der Playboy für längere Zeit als unfreiwilliger Gast des Staates betrachten dürfen und es gewiß bedauert, sich jemals die Mühe gemacht zu haben, von seinem Penthouse in der Avenue Victor Hugo aus einen Callgirl-Ring aufzuziehen.

Kommissar Lebel hatte sich darauf beschränkt, auf die Bemerkung von Oberst Saint Clair wie ein abgekanzelter Schuljunge mit einem raschen Blinzeln zu reagieren und nichts zu sagen. Aber das sollte ihn bei der Wahrnehmung der ihm übertragenen Aufgabe in keiner Weise beeinflussen.

Maurice Bouvier trat auf ihn zu, als der letzte Mann den Konferenzraum verließ. Max Fernet wünschte ihm Glück, reichte ihm die Hand und ging zur Treppe. Bouvier legte Lebel seine gewaltige Pranke auf die Schulter.

»*Eh bien, mon petit Claude.* Wie das Leben doch spielt, *hein?* Na schön, ich selbst war es, der den Vorschlag machte, daß diese Geschichte der PJ übertragen wird. Es blieb gar nichts anderes übrig. Die Diskussion da drin hätte sich nur immer weiter im Kreis gedreht. Kommen Sie, wir können uns in meinem Wagen unterhalten.« Er ging vor Lebel die Treppe hinunter, und die beiden setzten sich in den Fond der im Hof wartenden Citroën-Limousine.

Es war schon nach 21 Uhr, und ein schmaler purpurner Streifen über Neuilly war alles, was vom entschwundenen Tageslicht noch für eine

Weile am Himmel zurückblieb. Bouviers Wagen schoß die Avenue de Marigny hinunter und überquerte die Place Clemenceau. Lebel blickte aus dem Fenster zu seiner Rechten die Champs Elysées hinauf, deren abendliche Pracht ihn immer wieder überraschte und beeindruckte, obgleich es zehn Jahre zurücklag, daß er aus der Provinz in die Hauptstadt versetzt worden war.

»Sie werden alle Fälle abgeben müssen, die Sie im Augenblick bearbeiten«, sagte Bouvier schließlich. »Ich werde veranlassen, daß Favier und Malcoste Ihre Arbeit übernehmen. Brauchen Sie ein neues Büro für diesen Job?«

»Nein, ich bleibe lieber in meinem jetzigen Raum.«

»In Ordnung, aber ab sofort dient er ausschließlich als Hauptquartier der Operation ›Jagt-den-Schakal‹, klar? Gibt es irgend jemanden, den Sie als Gehilfen haben wollen?«

»Ja. Caron«, sagte Lebel. Der junge Inspektor, der schon in der Mordkommission unter ihm gearbeitet hatte, war seine rechte Hand geworden, als er seinen neuen Posten als Stellvertretender Chef der *Brigade Criminelle* antrat.

»O. K., Sie sollen ihn haben. Sonst noch jemanden?«

»Nein, danke. Aber Caron muß eingeweiht werden.«

Bouvier dachte einen Augenblick nach.

»Das sollte keine Schwierigkeiten machen. Schließlich kann man auch von der PJ keine Wunder erwarten. Selbstverständlich muß man Ihnen einen Assistenten zubilligen. Aber sagen Sie ihm noch nichts. Ich rufe Frey an, sobald ich in meinem Büro bin, und bitte ihn um die formelle Unbedenklichkeitserklärung. Aber außer ihm sollte keine weitere Person einbezogen werden. Wenn auch nur irgend etwas durchsickert, steht es morgen, spätestens übermorgen in der Presse.«

»Niemand sonst, nur Caron«, sagte Lebel.

»*Bon.* Und noch etwas. Bevor ich die Sitzung verließ, schlug Sanguinetti vor, daß alle diejenigen, die heute abend anwesend waren, in regelmäßigen Abständen über den weiteren Verlauf der Angelegenheit unterrichtet werden. Frey war sehr dafür, Fernet und ich versuchten, es ihm auszureden, aber wir konnten uns nicht durchsetzen. Von jetzt ab wird jeden Abend im Ministerium eine Sitzung stattfinden, bei der Sie die Herren über den jeweiligen Stand der Dinge auf dem laufenden halten sollen. Beginn Punkt zehn Uhr.«

»O Gott«, stöhnte Lebel.

»Theoretisch«, fuhr Bouvier nicht ohne Ironie fort, »sind die Herren allesamt gehalten, Ihnen mit Vorschlägen und Anregungen zur Seite zu stehen. Aber keine Sorge, Claude, Fernet und ich werden dasein, falls die Wölfe anfangen, nach Ihnen zu schnappen.«

»Gilt das bis auf weiteres?« fragte Lebel.

»Ich fürchte, ja. Der Haken an der Sache ist, daß es keinen Zeitplan für diese Operation gibt. Sie müssen den Killer unter allen Umständen aufspüren, bevor er an Charlemagne herankommt. Wir wissen nicht, ob der Mann seinerseits einen Zeitplan hat und wie der aussieht. Vielleicht schlägt er morgen früh zu, vielleicht auch erst in einem Monat. Sie müssen sich darauf einstellen, so lange unter Hochdruck zu arbeiten, bis er dingfest gemacht oder zumindest identifiziert und lokalisiert worden ist. Ich denke, den Rest kann man getrost den Burschen vom Aktionsdienst überlassen.«

»Dieser Gangsterbande.«

»Zugegeben«, sagte Bouvier leichthin, »aber sie haben auch ihre Meriten. Wir leben in haarsträubenden Zeiten, mein lieber Claude. Neben der enormen Zunahme konventioneller Verbrechen haben wir jetzt außerdem noch das politische Verbrechen. Es gibt nun einmal Dinge, die erledigt werden müssen. Sie tun es. Wie auch immer, versuchen Sie, um Himmels willen, diesen Burschen aufzuspüren.«

Der Wagen bog in den Quai des Orfèvres ein und passierte die Toreinfahrt zur PJ. Wenige Minuten später war Claude Lebel wieder in seinem Büro. Er trat ans Fenster, öffnete es und sah zum Quai des Grands Augustins auf dem linken Ufer hinüber. Obschon durch die Breite des Seine-Arms von ihnen getrennt, konnte er die Leute, die auf dem anderen Ufer an den vor den Restaurants aufgestellten, weißgedeckten Tischen zu Abend aßen, nicht nur sehen, sondern auch ihre Stimmen und ihr Lachen hören.

Jedem anderen Mann wäre in seiner Lage vermutlich bewußt geworden, daß ihn die Vollmachten, die man ihm vor einer Stunde übertragen hatte, zum mächtigsten Polizeibeamten Europas hatten werden lassen; daß mit Ausnahme des Präsidenten und seines Innenministers niemand sein Recht auf unbeschränkte Inanspruchnahme aller technischen Hilfsmittel und jeglicher Unterstützung von seiten staatlicher Institutionen anfechten konnte; daß er praktisch autorisiert war, die Armee zu mobilisieren, vorausgesetzt, daß dies unter absoluter Geheimhaltung geschah. Vermutlich hätte er sich ebenfalls klargemacht, daß seine Machtfülle, so groß sie auch sein mochte, vom Erfolg abhing; daß der Erfolg ihm die Krönung seiner Karriere bescheren konnte, sein Ausbleiben, wie Saint Clair de Villauban dunkel angedeutet hatte, ihm jedoch mit Gewißheit das Genick brechen würde.

Weil er aber der Mann war, der er war, verschwendete er an Überlegungen dieser Art keinen einzigen Gedanken. Er zerbrach sich lediglich den Kopf darüber, wie er Amélie am Telephon klarmachen konnte, daß er bis auf weiteres nicht nach Hause kommen würde.

Ein Pochen an der Tür schreckte ihn auf.

Die Inspektoren Malcoste und Favier kamen, um die Dossiers über die vier Fälle abzuholen, an denen Lebel gearbeitet hatte, als man ihn am frühen Abend in das Innenministerium rief. Er verbrachte eine halbe Stunde damit, Malcoste in die beiden Fälle einzuweisen, die er ihm übertrug, und Favier in die anderen beiden.

Als sie gegangen waren, klopfte es neuerlich an der Tür. Es war Lucien Caron.

»Ich bin gerade von Kommissar Bouvier angerufen worden«, erklärte er. »Man sagte mir, ich solle mich bei Ihnen melden.«

»Stimmt. Bis auf weiteres hat man mich aller Routinepflichten entbunden und mir eine Sonderaufgabe zugewiesen. Sie sind mir als Assistent zugeteilt worden.«

Er vermied es, Caron dadurch zu schmeicheln, daß er ihn wissen ließ, niemand anderer als er selbst habe ihn als seine rechte Hand angefordert. Das Telephon klingelte. Lebel hob den Hörer ab, lauschte kurz, sagte: »Gut, in Ordnung«, und hängte ein.

»Das war Bouvier«, erklärte er. »Er hat mir gesagt, daß Sie als Geheimnisträger für unbedenklich erklärt worden sind. Ich kann Ihnen also jetzt erzählen, worum es geht. Am besten lesen Sie sich erst einmal dies hier durch.«

Während Caron auf dem Stuhl vor seinem Schreibtisch saß und den Rolland-Bericht las, räumte Lebel die restlichen Aktenordner und

Notizen vom Tisch und legte sie auf die unordentlichen Regale, die hinter ihm an der Wand befestigt waren. Das Büro sah nicht so aus, wie man sich die Befehlszentrale der umfangreichsten geheimen Ermittlungsaktion Frankreichs vorstellen würde. Polizeibüros wirken nie sehr beeindruckend, und das von Lebel machte darin keine Ausnahme.

Es maß nicht mehr als vier mal fünf Meter und hatte zwei nach Süden auf den Fluß und das jenseits davon gelegene Quartier Latin gehende Fenster. Neben Lebels quer vor das Fenster gestellten Schreibtisch, an dem er mit dem Rücken zur Aussicht Platz zu nehmen pflegte, enthielt es einen an die östliche Wand geschobenen Arbeitstisch für seine Sekretärin. Die Tür befand sich gegenüber den Fenstern an der Nordseite des Raums.

Außer den beiden Tischen und den dazugehörigen Stühlen gab es noch einen dritten Stuhl sowie einen neben die Tür gestellten Sessel, ferner sechs halbhohe, graugestrichene Aktenschränke, die nahezu die ganze Westwand einnahmen. Diverse Nachschlagewerke und Gesetzesbücher, die auf den zwischen den beiden Fenstern angebrachten Bücherregalen keinen Platz mehr gefunden hatten, standen auf den Aktenschränken.

Die einzige private Note des Zimmers stellte die auf Lebels Schreibtisch stehende gerahmte Photographie einer entschlossen dreinblickenden Frau mit ihren beiden Kindern dar. Es war Madame Amélie Lebel, flankiert von einem Mädchen mit Stahlbrille und Zöpfen und einem Jungen, dessen sanfter Gesichtsausdruck dem seines Vaters glich.

Caron hatte den Bericht durchgelesen und blickte auf.

»*Merde*«, sagte er.

»*Une énorme merde*, kann man in diesem Fall wohl sagen«, erwiderte Lebel, der sich Kraftausdrücke nur selten gestattete. Die meisten leitenden Kommissare der PJ hatten Spitznamen wie *le Patron* oder *le Vieux*, aber Claude Lebel, der nie mehr als einen kleinen Apéritif trank, weder rauchte noch fluchte und seine jüngeren Detektive zwangsläufig an irgendeinen ihrer Schullehrer erinnerte, wurde in den Korridoren des Stockwerks der Brigadeführung seit einiger Zeit *le Professeur* genannt. Wäre er nicht ein so guter Detektiv gewesen, hätte man ihn wahrscheinlich zu einer komischen Figur abgestempelt.

»Aber vielleicht hören Sie mir dennoch zu, wenn ich Ihnen jetzt noch ein paar Einzelheiten nachliefere«, sagte Lebel. »Es wird vermutlich die letzte Gelegenheit sein, daß ich dazu die Zeit habe.«

Dreißig Minuten lang berichtete er Caron von den Ereignissen des Nachmittags, von Roger Freys Unterredung mit dem Präsidenten und der Besprechung im Innenministerium. Er erwähnte die auf Bouviers Empfehlung unvermittelt an ihn ergangene Aufforderung, alles stehen- und liegenzulassen und sich sofort im Ministerium einzufinden, und schilderte, wie es zu der Weisung des Ministers gekommen war, eine eigene Befehlszentrale für die Jagd auf den Schakal einzurichten. Caron lauschte schweigend.

»Verdammt«, sagte er schließlich, als Lebel endete, »die haben Sie aber ganz schön drangekriegt.« Er dachte einen Augenblick nach, und der Blick, mit dem er seinen Chef ansah, verriet Anteilnahme und Besorgnis. »*Mon commissaire*, sehen Sie denn nicht, daß die Ihnen diese Sache nur aufgehalst haben, weil kein anderer sie übernehmen wollte? Wissen Sie, was die mit Ihnen machen werden, wenn Sie diesen Mann nicht rechtzeitig fassen?«

Lebel nickte.

»Ja, Lucien, das weiß ich. Ich kann nichts dagegen machen. Die Sache ist mir nun einmal übertragen worden. Es bleibt jetzt also gar nichts anderes übrig, als zu tun, was man von uns erwartet.«

»Aber wovon, zum Teufel, können wir denn überhaupt ausgehen?«

»Wir können davon ausgehen, daß wir die größten Machtbefugnisse haben, die je zwei Polizisten in Frankreich zugestanden worden sind«, entgegnete Lebel aufgeräumt, »und wir werden sie benutzen. Installieren Sie sich mal gleich an dem Tisch da drüben, nehmen Sie Papier und Bleistift zur Hand und notieren Sie folgendes: Sorgen Sie dafür, daß meine Sekretärin vorübergehend in eine andere Abteilung versetzt wird oder bis auf weiteres bezahlten Urlaub bekommt. Sie werden mein Assistent und Sekretär in einer Person sein müssen. Lassen Sie ein Feldbett, Bettwäsche, Kissen und Decken heraufschaffen. Besorgen Sie Wasch- und Rasierzeug, Kaffee, Zucker, Milch und einen Filterapparat aus der Kantine. Wir werden eine Menge Kaffee benötigen. Verständigen Sie die Telephonzentrale, daß sie zehn Amtsleitungen und einen Mann in der Vermittlung ständig zu unserer Verfügung halten muß. Berufen Sie sich auf Bouvier, wenn die Leute Schwierigkeiten machen sollten. Wenden Sie sich wegen der anderen Anforderungen immer gleich an den betreffenden Abteilungsleiter und beziehen Sie sich auf mich. Zum Glück hat unser Büro ab sofort auch bei den sonstigen Ausrüstungsdienststellen kraft Sondererlaß Vorrang gegenüber allen anderen Diensten. Setzen Sie ein Rundschreiben an alle Abteilungsleiter auf, die bei der heutigen Sitzung im Ministerium anwesend waren, und erklären Sie ihnen, daß Sie zu meinem einzigen Assistenten ernannt und bevollmächtigt worden seien, in meinem Namen mit jeder Bitte an sie heranzutreten, die ich, wenn ich nicht verhindert wäre, selbst geäußert hätte. Haben Sie das?«

Caron blickte von seinen Notizen auf.

»Ja, Chef. Das Rundschreiben kann ich heute nacht entwerfen. Was ist das Vordringlichste?«

»Die Telephonvermittlung. Ich brauche einen guten Mann, der das übernimmt — den besten, den sie haben. Rufen Sie den Verwaltungschef in seiner Wohnung an und beziehen Sie sich auch ihm gegenüber auf Bouvier.«

»In Ordnung. Welche Gespräche kommen zuerst dran?«

»Sie müssen mich, so schnell Sie können, mit den Chefs der Mordkommissionen von sieben verschiedenen Ländern verbinden. Glücklicherweise kenne ich die meisten persönlich von den Interpol-Sitzungen her. In manchen Fällen kenne ich ihre Stellvertreter. Verlangen Sie also jeweils den zweiten Mann, wenn Sie seinen Chef nicht bekommen. Die Länder sind die Vereinigten Staaten, das heißt die Mordkommission des FBI in Washington, ferner Großbritannien, Belgien, Holland, Italien, Westdeutschland, Südafrika. Wen Sie nicht im Büro erreichen, den rufen Sie zu Hause an. Vereinbaren Sie eine Serie von Gesprächen, die ich vom Interpol-Kommunikationsraum aus zwischen 7 und 10 Uhr morgens in Abständen von zwanzig Minuten führen werde. Lassen Sie sich mit jedem von ihnen, sobald Sie die persönliche Zusage eines Mordkommissionschefs, daß er sich zur vereinbarten Zeit in seiner Kommunikationszentrale aufhalten wird, erhalten haben, mit Interpol verbinden und buchen Sie das Gespräch.

Stellen Sie mir bis morgen früh um sechs eine Liste der vorgemerkten Gespräche in der geplanten Reihenfolge zusammen. Ich gehe inzwischen zur Mordkommission hinunter, um nachzusehen, ob jemals irgendein ausländischer Killer hier in Frankreich in Aktion getreten ist, ohne gefaßt worden zu sein. Ehrlich gesagt, ist mir kein solcher Fall erinnerlich, und ich müßte es ja schließlich wissen. Zudem nehme ich kaum an, daß Rodin eine so unvorsichtige Wahl getroffen haben wird. Ist Ihnen klar, was Sie zu tun haben?«

Ein wenig benommen dreinblickend, sah Caron von seinen auf mehreren Zetteln vermerkten Notizen auf.

»Ja, Chef, ich weiß Bescheid. *Bon*, dann wird es wohl Zeit, daß ich mich jetzt an die Arbeit mache.« Er griff nach dem Telephon.

Claude Lebel verließ sein Büro und ging zur Treppe. Die nahen Glocken von Notre-Dame schlugen Mitternacht, und in wenigen Stunden würde die Morgendämmerung des 12. August anbrechen.

Elftes Kapitel

Kurz vor Mitternacht kam Oberst Saint Clair de Villauban nach Hause. Die letzten drei Stunden hatte er damit verbracht, seinen Bericht über die Besprechung im Innenministerium, den der Generalsekretär anderntags schon am frühen Vormittag auf seinem Arbeitstisch vorfinden sollte, fein säuberlich auf der Maschine zu schreiben. Er hatte sich mit der Formulierung beträchtliche Mühe gegeben und zwei Entwürfe zerrissen, bevor er daran ging, eigenhändig die Reinschrift der endgültigen Fassung zu tippen. Es irritierte ihn zwar, sich mit der ihm ungewohnten manuellen Tätigkeit des Maschineschreibens abgeben zu müssen, brachte aber den Vorteil mit sich, daß auf diese Weise keine Sekretärin etwas von dem Geheimnis erfuhr — ein Umstand, auf den im Hauptteil seines Berichts hinzuweisen er denn auch nicht versäumt hatte — und das Dokument zudem bereits in aller Frühe vorgelegt werden konnte, was, wie er hoffte, höheren Orts nicht unbemerkt bleiben würde. Mit einigem Glück konnte das Schriftstück schon eine Stunde, nachdem es der Generalsekretär gelesen hatte, auf dem Schreibtisch des Präsidenten liegen, und auch das würde ihm gewiß nicht zum Schaden gereichen.

Er war in der Wahl seiner Worte besonders sorgfältig verfahren, um seine Mißbilligung der Tatsache durchblicken zu lassen, daß eine so gravierende Angelegenheit wie die Sicherheit des Staatsoberhaupts in die Hände eines einzigen Polizeikommissars gelegt worden war, den Ausbildung und Erfahrung doch wohl eher zum Überführen kleiner Gauner und anderer Übeltäter prädestinierten, denen es an Verstand oder Talent oder auch an beidem mangelte.

Es wäre ungeschickt gewesen, allzu deutlich zu werden, denn womöglich fand Lebel seinen Mann sogar. Falls ihm dies jedoch nicht gelang, würde es sich gut ausnehmen, daß es jemanden gab, der alert genug gewesen war, die Klugheit der Wahl Lebels frühzeitig zu bezweifeln.

Während er über den ersten beiden Entwürfen brütete, die er handschriftlich notiert hatte, war er zu dem Schluß gekommen, daß die vorteilhafteste Taktik für ihn die sei, der Ernennung des avancierten

Schutzmannes zunächst keinen offenen Widerstand entgegenzusetzen, da sich die Konferenzteilnehmer ohne Einspruch auf ihn geeinigt hatten und er stichhaltige Gründe nennen müßte, wenn er dagegen opponieren wollte, andererseits aber die ganze Unternehmung aus der Sicht und im Auftrag des Präsidialsekretariats aufmerksam zu verfolgen und auf Unzulänglichkeiten der Ermittlung, wann und in welchem Ausmaß auch immer sie sich zeigen sollten, als erster mit gebührendem Ernst hinzuweisen.

Seine Überlegungen, wie er sich am besten über Lebels Vorgehen auf dem laufenden halten könnte, wurden durch Sanguinettis Anruf unterbrochen, der ihn davon unterrichtete, daß der Minister beschlossen habe, unter seinem Vorsitz allabendlich bis auf weiteres Lagebesprechungen abzuhalten, um sich von Lebel über den Fortgang der Aktion informieren zu lassen. Saint Clair war über diese Nachricht hoch erfreut gewesen, hatte sie sein Problem doch für ihn gelöst. Mit einem in den Dienststunden spielend zu bewältigenden Minimalpensum an täglicher Vorbereitung würde er abends in der Lage sein, dem Detektiv unbequeme Fragen zu stellen und den anderen zu beweisen, daß man sich zumindest im Präsidialsekretariat des Ernstes wie der Gefahr der Lage vollauf bewußt war.

Er selbst hielt die Chancen des Mörders, wenn es ihn überhaupt gab, für außerordentlich gering. Die zum Schutz des Präsidenten getroffenen Sicherheitsvorkehrungen waren die wirksamsten der Welt, und zu seinen eigenen Aufgaben im Generalsekretariat gehörte es, die präsidiale Sicherungsgruppe über jedes bevorstehende Erscheinen des Präsidenten in der Öffentlichkeit und die hierfür vorgesehene Route zu unterrichten. Daß dieses engmaschige Netz bis ins letzte durchorganisierter Sicherungsmaßnahmen von einem ausländischen Attentäter durchbrochen werden könnte, erschien ihm so gut wie ausgeschlossen.

Er schloß die Wohnungstür auf und hörte seine Geliebte, die seit kurzem bei ihm zu Hause wohnte, aus dem Schlafzimmer rufen: »Bist du es, *chéri*?«

»Ja, Liebling. Natürlich bin ich es. Hast du dich einsam gefühlt?«

Angetan mit einem durchsichtigen schwarzen Baby-Doll-Nightie, kam sie ihm aus dem Schlafzimmer entgegengelaufen. Das indirekte

Licht der Nachttischlampe konturierte die Kurven ihres jungen Frauenkörpers. Wie immer, wenn er seine Geliebte sah, empfand Raoul Saint Clair außerordentliche Genugtuung darüber, daß sie ihm gehörte und so heftig in ihn verliebt war.

Sie schlang ihre nackten Arme um seinen Hals und küßte ihn lange mit geöffneten Lippen. Er erwiderte ihren Kuß, so gut er konnte, den Attachékoffer und die Abendzeitung noch immer in der Hand.

»Geh schon ins Bett«, sagte er schließlich, »ich komme gleich.« Er gab ihr einen Klaps aufs Hinterteil, um ihren Abgang zu beschleunigen. Das Mädchen hüpfte ins Schlafzimmer zurück und warf sich auf das Bett, wo sie, die Arme unter dem Nacken verschränkt, die Brüste zu provozierender Modellierung gestrafft, ihre Schenkel spreizte.

Saint Clair betrat das Schlafzimmer ohne seinen Attachékoffer und betrachtete sie zufrieden. Sie erwiderte seinen Blick mit laszivem Grinsen.

In den vierzehn Tagen ihres Beisammenseins hatte sie begriffen, daß nur ein überdeutliches Ausspielen demonstrativster Reize, gepaart mit der Vorspiegelung krudester Sinnlichkeit, seinen saftlosen Lenden zur Lust verhelfen konnte. Insgeheim haßte ihn Jacqueline noch genauso wie an dem Tag, als sie einander erstmals begegnet waren. Aber sie hatte herausgefunden, wie man ihn dazu bringen konnte, seinen Mangel an Männlichkeit mit seiner Redseligkeit, insbesondere was die Bedeutung seiner Stellung im Elysée-Palast anbetraf, zu kompensieren.

»Mach schnell«, flüsterte sie. »Ich will dich.«

Saint Clair lächelte ehrlich entzückt und zog sich die Schuhe aus, die er sorgfältig ausgerichtet nebeneinander vor den stummen Diener stellte. Als nächstes folgte das Jackett, wobei er den Inhalt der Taschen auf die Nachttischplatte entleerte. Dann kam die Hose an die Reihe, die pedantisch gefaltet und über den hierfür vorgesehenen Arm des stummen Dieners gehängt wurde. Seine dürren langen Beine sahen unter dem Hemd hervor wie zwei dünne weiße Stricknadeln.

»Was hat dich denn so lange aufgehalten?« fragte Jacqueline. »Ich warte schon seit einer Ewigkeit auf dich.«

Saint Clair warf ihr einen tadelnden Blick zu. »Nichts, worüber du dir das Köpfchen zerbrechen solltest, meine Liebe.«

»Oh, du bist gemein.« Sie spielte die Schmollende, wandte sich abrupt ab und rollte sich, ihm den Rücken zukehrend, mit hochgezogenen Knien zusammen. Seine Finger zerrten am Knoten seiner Krawatte, während er auf das kastanienbraune Haar hintersah, das ihr über die Schultern und die vollen Hüften fiel, über die sich das kurze Nightie hinaufgeschoben hatte. Nach weiteren fünf Minuten war er endlich soweit, ins Bett zu steigen, und knöpfte sich den mit seinem Monogramm bestickten seidenen Pyjama zu.

Er streckte sich neben ihr auf dem Bett aus und ließ seine Hand von der sanften Mulde ihrer Taille über den Hügel ihrer Hüfte wandern und seine Finger nach der schwellenden Rundung ihrer warmen Gesäßbacke tasten.

»Was hast du denn?«

»Nichts.«

»Ich dachte, du wolltest geliebt werden.«

»Du sagst mir überhaupt nichts. Ich darf dich ja nicht im Amt anrufen. Ich habe stundenlang hier gelegen und Angst gehabt, daß dir irgend etwas zugestoßen sein könnte. Du bist noch nie so spät heimgekommen, ohne mich anzurufen.«

Sie drehte sich auf den Rücken und blickte zu ihm hinauf. Auf den Ellenbogen gestützt, ließ er seine freie Hand unter ihr Nightie gleiten und begann, eine ihrer Brüste zu kneten. »Hör mal, *chérie*, ich habe sehr viel zu tun gehabt. Es hat da so etwas wie eine Krise gegeben, die wir in den Griff bekommen mußten, bevor ich weggehen konnte. Ich hätte dich ja angerufen, aber es waren so viele Leute da, die noch arbeiteten. Einige von denen wissen, daß meine Frau verreist ist, und es würde komisch ausgesehen haben, wenn ich über die Vermittlung zu Hause angerufen hätte.«

Sie steckte ihre Hand in den Schlitz seiner Pyjamahose und umfaßte den schlaffen Penis. Ein schwaches Erbeben belohnte sie. »Es gibt überhaupt nichts, was so wichtig wäre, daß du mich nicht anrufen und mir Bescheid sagen könntest, wann du kommst, Liebling. Ich habe mir den ganzen Abend Sorgen gemacht.«

»Nun, dazu ist ja jetzt kein Grund mehr vorhanden. Nun komm schon und mach's mir, du weißt doch, daß ich das gern habe.«

Sie zog seinen Kopf zu sich herunter und biß ihn ins Ohrläppchen.

Nein, er hat es nicht verdient, dachte sie, jedenfalls jetzt noch nicht. Um ihm eine Lehre zu erteilen, kniff sie in sein mählich härter werdendes Glied. Der Oberst atmete merklich rascher. Er fing an, sie mit offenem Mund zu küssen, während seine Hand erst ihre eine, dann ihre andere Brustwarze so fest massierte, daß sie sich wand.

»Mach's mir«, knurrte er.

Sie beugte sich über ihn und löste die Schnur seiner Pyjamahose. Raoul Saint Clair sah die Mähne kastanienbraunen Haars von ihren Schultern herabgleiten und seinen Bauch einhüllen, ließ sich zurückfallen und seufzte genießerisch.

»Die OAS scheint es noch immer auf den Präsidenten abgesehen zu haben«, sagte er. »Heute nachmittag ist die Verschwörung aufgedeckt worden. Wir mußten uns darum kümmern. Deswegen bin ich so spät gekommen.«

Es machte hörbar »Plopp«, als das Mädchen den Kopf wenige Zentimeter hob.

»Sei nicht albern, Liebling. Die sind doch längst erledigt«, sagte sie und setzte ihre Tätigkeit fort.

»Das sind sie ganz und gar nicht. Sie haben jetzt einen ausländischen Killer engagiert, der ihn umlegen soll. Au, beiß mich nicht, du.«

Eine halbe Stunde später war Oberst Saint Clair de Villauban eingeschlafen und erholte sich, das Gesicht halb im Kissen vergraben, sanft schnarchend von seinen Anstrengungen. Seine Geliebte lag neben ihm und starrte in der Dunkelheit zur Zimmerdecke hinauf, die dort, wo das Licht von der Straße durch einen schmalen Spalt zwischen den Vorhängen hereindrang, schwach erhellt wurde.

Sie war entsetzt von dem, was sie gehört hatte. Obschon ihr von einer Verschwörung nichts bekannt gewesen war, konnte sie sich die Folgen von Kowalskys Geständnis selbst ausmalen.

Ohne sich zu rühren, wartete sie, bis das Leuchtzifferblatt des Reiseweckers neben dem Bett 2 Uhr anzeigte. Dann stand sie leise auf und zog die Telephonschnur aus der Steckdose im Schlafzimmer.

Bevor sie zur Tür ging, beugte sie sich über den Obersten und war froh, daß er nicht zu den Männern gehörte, die es liebten, ihre Bettgenossin im Schlaf zu umarmen. Er schnarchte noch immer.

Als sie das Schlafzimmer verlassen hatte, schloß sie leise die Tür, ging durch das Wohnzimmer in die Halle und zog auch hier die Tür hinter sich zu. Von dem Apparat aus, der auf dem Tisch in der Halle stand, rief sie eine Molitor-Nummer an. Sie mußte ein paar Minuten warten, bis sich eine verschlafene Stimme meldete. Sie sprach zwei Minuten lang so rasch sie konnte, ließ sich bestätigen, daß sie verstanden worden war, und legte auf. Eine Minute später war sie wieder im Bett und versuchte einzuschlafen.

Im Verlauf der Nacht wurden die Spitzenfunktionäre der Kriminalbehörden fünf westeuropäischer Länder sowie der Vereinigten Staaten und Südafrikas durch Anrufe aus Paris geweckt. Die meisten Kripochefs reagierten gereizt oder verschlafen. In Washington war es 9 Uhr abends, als der Anruf durchkam. Der Leiter der Mordkommission beim FBI befand sich auf einer Dinnerparty. Erst beim dritten Versuch gelang es Caron, ihn an den Apparat zu bekommen. Ihre Unterhaltung wurde durch das aus dem Nebenzimmer hereindringende Stimmengewirr der anderen Gäste beeinträchtigt. Aber der Amerikaner verstand die Botschaft und sagte zu, sich um 2 Uhr morgens (Washingtoner Ortszeit) in der Fernsprechzentrale der FBI-Direktion einzufinden, um mit Kommissar Lebel zu sprechen, der ihn um 8 Uhr morgens (Pariser Ortszeit) von der dortigen Interpol-Zentrale aus anrufen würde.

Die Kripochefs Belgiens, Italiens, Westdeutschlands und Hollands waren offenbar allesamt vorbildliche Familienväter; einer nach dem anderen wurden sie geweckt und erklärten sich bereit, zu der ihnen von Caron vorgeschlagenen Zeit einen Anruf Lebels in einer Sache von außerordentlicher Dringlichkeit entgegenzunehmen.

Der Südafrikaner Van Ruys hielt sich zur Zeit des Anrufs außerhalb der Stadt auf und würde in keinem Fall bei Sonnenaufgang wieder in seinem Amt sein können. Caron ließ sich daher mit Andersen, seinem Stellvertreter, verbinden. Lebel war keineswegs unzufrieden, als er das erfuhr, denn er kannte Andersen recht gut, Van Ruys dagegen überhaupt nicht. Zudem vermutete er, daß Van Ruys' Ernennung aus politischen Gründen erfolgt war, während Andersen sich wie er selbst in der Polizei von unten heraufgedient hatte.

Mr. Anthony Mallinson, Assistant Commissioner (Crime) von

Scotland Yard, erreichte der Anruf kurz vor 4 Uhr morgens in seinem Haus in Bexley. Er brummte protestierend, als der neben seinem Bett stehende Apparat klingelte, langte schlaftrunken nach dem Hörer und murmelte: »Mallinson.«

»Mister Anthony Mallinson?« fragte eine Stimme.

»Am Apparat.« Er zuckte mit den Schultern, um den Oberkörper von der Bettdecke zu befreien, und sah auf die Uhr.

»Hier spricht Inspektor Caron von der *Sûreté Nationale* in Paris. Ich rufe Sie im Auftrag Kommissar Lebels an.«

Die Stimme, die ein gutes, wenngleich nicht akzentfreies Englisch sprach, war so deutlich zu verstehen, als handele es sich um ein Ortsgespräch. Um diese Stunde waren die Leitungen kaum belastet. Mallinson runzelte die Brauen. Konnten die Brüder nicht zu einer zivilisierten Zeit anrufen?

»Ja.«

»Ich glaube, Sie kennen Kommissar Lebel, Mister Mallinson.«

Mallinson überlegte einen Augenblick. Lebel? O ja, der rundliche kleine Mann, der die Mordkommission der PJ geleitet hatte. Sah nicht sonderlich beeindruckend aus, hatte aber Resultate vorzuweisen. War vor zwei Jahren in der Sache mit dem ermordeten englischen Touristen verdammt hilfsbereit gewesen. Hätte damals ein gefundenes Fressen für die Presse werden können, wenn der Killer nicht im Handumdrehen von der PJ gefaßt worden wäre.

»Ja, ich kenne Kommissar Lebel«, sagte er. »Was gibt's denn?« Lily, seine Frau, murmelte neben ihm im Schlaf.

»Es handelt sich um eine Sache von äußerster Dringlichkeit, die zudem absolute Diskretion erfordert. Ich bin Kommissar Lebel zugeteilt worden, um ihm bei diesem Fall zu assistieren. Es ist ein ganz ungewöhnlicher Fall. Der Kommissar würde Sie gern heute morgen um 9 Uhr im Yard anrufen. Könnten Sie es vielleicht einrichten, sich zu der Zeit in der Fernsprechzentrale sprechbereit zu halten?« Mallinson dachte einen Augenblick nach.

»Geht es um eine übliche Ermittlungssache unter Einschaltung kooperierender Polizeidienststellen?« Wenn das der Fall war, konnten sie das Interpol-Netz in Anspruch nehmen. Um 9 Uhr war Hochbetrieb im Yard.

»Nein, Mister Mallinson. Es handelt sich um ein persönliches Ansuchen, das Kommissar Lebel an Sie hat. Der Kommissar bittet Sie um Ihre diskrete Hilfe in dieser Sache. Es kann durchaus sein, daß sie Scotland Yard gar nicht betrifft. Falls sich das bewahrheitet, ist es besser, wenn kein offizielles Ansuchen gestellt wurde.«

Mallinson überlegte. Er war von Natur aus ein vorsichtiger Mann und hatte kein Interesse daran, von einer ausländischen Polizeibehörde in eine geheime Ermittlungssache hineingezogen zu werden. Wenn ein Verbrechen begangen worden und der Täter nach Großbritannien entflohen war, sah das schon anders aus. Aber wozu dann die Heimlichtuerei? Plötzlich fiel ihm eine andere Geschichte ein, die vor Jahren passiert war. Man hatte ihn damals ausgeschickt, um die Tochter eines Kabinettsmitgliedes zurückzuholen, die mit einem hübschen jungen Bengel durchgebrannt war. Das Mädchen war noch minderjährig gewesen, so daß eine Klage wegen Entfernung des Kindes aus der elterlichen Obhut hätte erhoben werden können. Aber der Minister hatte die ganze Geschichte so gehandhabt wissen wollen, daß die Presse kein Sterbenswörtchen davon erfuhr. Die italienischen Polizeibehörden waren ungemein kooperativ gewesen, als man das Paar, das sich selbst Romeo und Julia vorspielte, in Verona aufspürte. Na schön, Lebel brauchte ein bißchen Hilfe, die er über den »Old-Boy«-Draht von ihm bekommen konnte. Dazu waren »Old-Boy«-Drähte ja schließlich da.

»Geht in Ordnung. Ich erwarte seinen Anruf. Um 9 Uhr.«

»Haben Sie vielen Dank, Mister Mallinson.«

»Gute Nacht.« Mallinson legte den Hörer auf, stellte den Wecker auf 6 Uhr 30 statt auf 7 Uhr und legte sich wieder schlafen.

Während Paris der Morgendämmerung entgegenschlief, ging ein Schullehrer mittleren Alters ruhelos im engen Wohn-Schlafzimmer einer muffigen kleinen Junggesellenwohnung auf und ab. Um ihn herum herrschte ein Chaos: Bücher, Zeitungen, Zeitschriften und Manuskripte lagen überall auf dem Tisch, den Sesseln und dem Sofa, ja selbst auf der Decke des in einen Alkoven eingebauten schmalen Bettes herum. In einem weiteren Alkoven befand sich ein Spülbecken, in dem schmutziges Geschirr gestapelt war.

Was ihn zu seiner ruhelosen Wanderung trieb, war jedoch nicht der unordentliche Zustand seines Zimmers, denn seit seiner Enthebung vom Posten eines Gymnasialdirektors in Sidi-bel-Abbès und dem Verlust seines schönen Hauses und der beiden Diener, die dazu gehörten, hatte er gelernt, so zu leben, wie er jetzt lebte. Seine Schwierigkeiten waren anderer Art.

Als die Dämmerung über den östlichen Vorstädten anbrach, setzte er sich schließlich und nahm eine der herumliegenden Zeitungen zur Hand. Sein Blick überflog nochmals den Bericht auf der Seite mit den Meldungen aus dem Ausland. Die Überschrift lautete: »OAS-Chefs igeln sich in römischem Hotel ein.« Nachdem er den Artikel ein letztes Mal gelesen hatte, faßte er einen Entschluß, schlüpfte in einen leichten Überzieher, um sich gegen die frühmorgendliche Kühle zu wappnen, und verließ die Wohnung.

Auf dem nahe gelegenen Boulevard hielt er ein Taxi an und ließ sich zur Gare du Nord fahren. Als das Taxi ihn abgesetzt hatte, wartete er, bis es davongefahren war, und entfernte sich dann vom Bahnhof. Er überschritt die Straße und betrat eines der durchgehend geöffneten Cafés. Nachdem er sich einen Kaffee bestellt und eine Telephonmarke hatte geben lassen, suchte er die im hinteren Teil des Raumes befindliche Telephonzelle auf, wählte die Auskunft, die ihn ihrerseits mit der Auslandsauskunft verband. Er fragte nach der Telephonnummer eines Hotels in Rom, erhielt innerhalb von sechzig Sekunden die gewünschte Auskunft, hängte ein und ging.

Weitere hundert Meter vom Bahnhof entfernt, rief er von einem anderen Café aus abermals die Auskunft an, diesmal, um sich nach dem nächstgelegenen durchgehend geöffneten Postamt zu erkundigen. Man sagte ihm, daß es sich, wie er angenommen hatte, gleich um die Ecke beim Bahnhof befand.

Auf dem Postamt meldete er ein Gespräch mit der Nummer in Rom an, die man ihm gegeben hatte, vermied es jedoch, das Hotel, um dessen Nummer es sich handelte, beim Namen zu nennen. Er wartete zwanzig Minuten lang, bis die Verbindung hergestellt war.

»Ich möchte Signor Poitiers sprechen«, erklärte er der italienischen Stimme am anderen Ende der Leitung.

»*Signor che?*« fragte die Stimme.

»*Il Signor francesi. Poitiers, Poitiers...*«
»*Che?*« wiederholte die Stimme.
»*Francesi, francesi...*« sagte der Mann in Paris.
»*Ah, si, il signor francesi. Momento, per favore...*«
Es klickte ein paarmal, dann meldete sich eine müde Stimme auf französisch.
»*Ouäi...*«
»Hören Sie«, sagte der Mann in Paris beschwörend. »Ich habe nicht viel Zeit. Nehmen Sie Papier und Bleistift und schreiben Sie auf, was ich Ihnen sage. Haben Sie? Also: ›Valmy an Poitiers. Der Schakal ist aufgeflogen. Wiederholen Sie: Der Schakal ist aufgeflogen. Kowalsky wurde geschnappt. Hat gesungen, bevor er starb. Ende.‹ Haben Sie das?«
»*Ouäi*«, sagte die Stimme. »Ich gebe es weiter.«
Valmy hängte ein, zahlte rasch die Gebühren und verließ eilig das Postamt. Innerhalb einer Minute war er in der Menge der Pendler verschwunden, die in diesem Augenblick aus der Bahnhofshalle strömte. Die Sonne stand über dem Horizont und begann das Pflaster und die kühle Morgenluft zu erwärmen.
Zwei Minuten nachdem Valmy gegangen war, fuhr ein Wagen vor dem Postamt vor, und zwei Männer von der DST eilten hinein. Sie ließen sich von dem Beamten in der Telephonvermittlung eine Personenbeschreibung geben, die jedoch auf jedermann gepaßt hätte.

In Rom erwachte Marc Rodin um 7 Uhr 55, als ihn der Mann, der während der Nacht ein Stockwerk tiefer den Dienst am Empfangstisch versehen hatte, an der Schulter rüttelte. Rodin war sofort hellwach, griff nach der Pistole unter seinem Kopfkissen und wollte mit einem Satz aus dem Bett springen. Dann sah er das Gesicht des Ex-Fremdenlegionärs über sich und atmete erleichtert auf. Ein Blick auf seine Armbanduhr belehrte ihn, daß er ohnedies verschlafen hatte. Nach all den in den Tropen verbrachten Jahren war er es gewohnt, zu einer sehr viel früheren Stunde aufzuwachen, und die römische Augustsonne stand schon hoch über den Dächern. Aber die wochenlange Untätigkeit, der gesteigerte Rotweinkonsum und der Mangel an körperlicher Bewegung hatten ihn träge und schläfrig gemacht.

»Eine Meldung, *mon Colonel*. Eben hat jemand angerufen. Schien es eilig zu haben.«

Der Legionär reichte ihm einen aus seinem Meldeblock herausgerissenen Zettel, auf dem Valmys Botschaft gekritzelt war. Rodin überflog sie und sprang dann aus dem nur mit einer leichten Decke versehenen Bett. Er hüllte sich in den Sarong, den zu tragen er sich in Indochina angewöhnt hatte, und las Valmys Meldung ein zweites Mal.

»Schon gut. Abtreten.« Der Legionär verließ das Zimmer und begab sich wieder in das darunterliegende Stockwerk.

Rodin stieß eine Serie stummer Flüche aus und zerknüllte wütend den Zettel in seiner Hand. Ein schwachsinniger Idiot, dieser verdammte Kowalsky!

In den ersten beiden Tagen nach Kowalskys Verschwinden hatte er zunächst angenommen, der Mann sei ganz einfach desertiert. Im gleichen Maß, in dem sich unter den Mannschaften die Überzeugung verbreitete, daß die OAS versagt habe und ihr Ziel, de Gaulle zu beseitigen und die gegenwärtige Regierung Frankreichs zu stürzen, nie erreichen würde, mehrten sich in letzter Zeit die Fälle, in denen OAS-Männer der Sache untreu wurden. Von Kowalsky allerdings hatte er immer angenommen, daß er bis zum letzten Atemzug loyal bleiben würde.

Und hier lag nun der Beweis vor, daß er aus irgendeinem unerklärlichen Grund nach Frankreich zurückgekehrt oder auch in Italien ergriffen und nach Frankreich verschleppt worden war. Offenbar hatte er ausgepackt, unter Druck selbstverständlich.

Der Tod seiner Ordonnanz betrübte Rodin aufrichtig. Zu einem nicht geringen Teil beruhte sein Ruf als Truppenoffizier auf der unermüdlichen Fürsorge, die er seinen Untergebenen gegenüber bewiesen hatte. Eine solche Einstellung wird von kämpfenden Soldaten weit mehr anerkannt, als Militärtheoretiker sich das träumen lassen. Nun war Kowalsky tot, und Rodin machte sich über die Art, wie er gestorben war, keine Illusionen.

Weit wichtiger als alles andere war jetzt allerdings die Frage, was genau Kowalsky zu erzählen gehabt hatte. Die Zusammenkunft in Wien, der Name der Pension. Die drei Männer, die an der Besprechung teilgenommen hatten. Das war keine Neuigkeit für den SDECE. Aber was hatte er über den Schakal gewußt? Daß er nicht an der Tür gelauscht hatte, stand fest. Er mochte ihnen von einem hochgewachsenen, blonden Ausländer erzählt haben, der die drei Männer in der Pension aufgesucht hatte. Für sich genommen, besagte das gar nichts. Der Ausländer konnte ebensogut ein Waffenhändler gewesen sein oder ein Geldgeber. Namen waren nicht genannt worden.

Aber Valmys Meldung erwähnte den Decknamen des Schakals. Wie hatte Kowalsky ihnen den nennen können?

Plötzlich fiel Rodin wieder ein, was sich beim Weggang des Schakals abgespielt hatte, und ein tödlicher Schrecken durchzuckte ihn. Er hatte mit dem Engländer in der offenen Tür gestanden, und der Pole, noch immer verstimmt, weil er von dem Engländer im Alkoven entdeckt worden war, ein paar Schritte entfernt auf dem Korridor, auf Ärger gefaßt, ja ihn herbeiwünschend. Und was hatte er, Rodin, gesagt? »*Bonsoir*, Mister Schakal.« O verflucht, genau das waren seine Worte gewesen. Aber dann fiel ihm ein, daß Kowalsky den Klarnamen des Engländers nie erfahren haben konnte. Er war nur Montclair, Casson und ihm selbst bekannt. Dennoch hatte Valmy recht. Wenn dem SDECE Kowalskys Geständnis vorlag, war der Schaden schon zu groß, als daß er noch hätte repariert werden können. Sie hatten Kenntnis von der Besprechung in Wien, sie wußten den Namen der Pension, und wahrscheinlich hatten sie auch schon mit dem Portier gesprochen. Sie besaßen eine Personenbeschreibung des Mannes und kannten seinen Decknamen. Es konnte keinen Zweifel darüber geben, daß sie erraten würden, was schon Kowalsky erraten hatte — daß der blonde Mann ein Killer war. Von da ab würde das Netz der zum persönlichen Schutz de Gaulles getroffenen Sicherheitsmaßnahmen noch engmaschiger gezogen werden; alle öffentlichen Veranstaltungen, zu denen sein Erscheinen vorgesehen gewesen war, würden abgesagt werden. Er würde den Elysée-Palast nicht mehr verlassen und damit seinem Mörder jede Chance nehmen, ihn zu erwischen. Es war vorbei, die Aktion geplatzt. Er würde den Schakal zurückpfeifen und auf Erstattung des überwiesenen Geldes, abzüglich aller Unkosten und eines Ausfallhonorars für die investierte Zeit und die aufgewendeten Mühen, bestehen müssen.

Eines hatte sofort zu geschehen. Der Schakal mußte dringend gewarnt und veranlaßt werden, die Aktion abzubrechen. Rodin war noch immer Troupier genug, um keinen Mann auf eine Mission zu schicken, für die jede Aussicht auf Erfolg geschwunden war.

Er befahl den Legionär zu sich, dem seit Kowalskys Verschwinden die Aufgabe übertragen worden war, täglich das Hauptpostamt aufzusuchen, um die für Monsieur Poitiers bestimmten Sendungen abzuholen und, wenn nötig, Ferngespräche zu führen. Rodin instruierte den Mann sorgfältig.

Um 9 Uhr war der Legionär auf dem Postamt und meldete ein Ferngespräch mit London an. Es dauerte zwanzig Minuten, bevor das Telephon am anderen Ende der Leitung zu läuten begann. Der Postbeamte wies dem Franzosen eine Zelle zu, in die er das Gespräch gelegt hatte. Der Franzose hob den Hörer ab und lauschte dem jeweils von einer Pause gefolgten zweimaligen kurzen Summerton, mit dem in England eine freie Leitung signalisiert wird, bis sich nach einer Weile automatisch das Besetztzeichen einschaltete.

An diesem Morgen war der Schakal früh aufgestanden, denn er wollte die Vormittagsmaschine nach Brüssel nehmen. Am Abend zuvor hatte er die drei gepackten Koffer nochmals geöffnet und ihren Inhalt auf seine Vollständigkeit überprüft. Nur die Reisetasche war unverschlossen geblieben, weil sie noch seinen Waschbeutel und sein Rasierzeug aufnehmen sollte. Er trank wie immer zwei Tassen Kaffee, duschte und rasierte sich. Dann packte er die restlichen Toilettensachen in die Reisetasche, schloß sie und trug alle vier Gepäckstücke zur Tür.

In der kleinen, modern eingerichteten Küche bereitete er sich ein aus Orangensaft, Rühreiern und weiterem Kaffee bestehendes Frühstück, das er am Küchentisch verzehrte. Ordentlich und methodisch, wie er war, schüttete er die restliche Milch in den Ausguß, schlug die beiden übriggebliebenen Eier auf und leerte sie ebenfalls in den Ausguß. Die Orangendose warf er, nachdem er den letzten Saft ausgetrunken hatte, in den Abfalleimer, und die Eierschalen, der Kaffeesatz sowie der Brotrest wanderten in den Müllschlucker. Nichts von dem, was er zurückließ, würde in der Zeit seiner Abwesenheit verderben.

Schließlich zog er sich an, wobei er sich für einen seidenen Sweater mit Rollkragen, den taubengrauen Anzug, in dessen Jackentasche er die auf den Namen Duggan ausgestellten Papiere sowie die 100 Pfund in bar steckte, dunkelgraue Socken und leichte schwarze Mokassins entschied. Die unvermeidliche dunkle Sonnenbrille vervollständigte das Ensemble.

Um 9 Uhr 15 nahm er sein Gepäck auf, ließ die Tür hinter sich ins Schloß fallen und ging, in jeder Hand zwei Gepäckstücke, die Treppen hinunter. Bis zur Ecke Adam's Row und South Audley Street, wo er ein Taxi anhielt, waren es nur ein paar Schritte.

Als das Taxi anfuhr, begann in seiner Wohnung das Telephon zu klingeln.

Es war 10 Uhr, als der Legionär in das nahe der Via Condotti gelegene Hotel zurückkehrte, um Rodin zu melden, daß er dreißig Minuten lang versucht habe, mit der Londoner Nummer zu sprechen, aber niemand abgenommen hätte.

»Was gibt's denn?« erkundigte sich Casson, der die Erklärung des Legionärs mitangehört hatte. Die drei OAS-Bosse saßen im Salon ihrer Hotelsuite. Rodin zog ein Stück Papier aus der inneren Brusttasche und reichte es Casson.

Casson las es und reichte es Montclair weiter. Beide Männer sahen ihren Führer fragend an. Schweigend, mit nachdenklich zusammengezogenen Brauen, starrte Rodin zum Fenster hinaus auf die von gleißendem Sonnenlicht beschienenen Dächer Roms.

»Wann ist das gekommen?« fragte Casson schließlich.

»Heute morgen«, erwiderte Rodin.

»Sie müssen ihn stoppen«, verlangte Montclair. »Die werden halb Frankreich alarmiert haben.«

»Sie werden halb Frankreich wegen eines hochgewachsenen blonden Ausländers alarmiert haben«, bemerkte Rodin gelassen. »Im August halten sich über eine Million Ausländer in Frankreich auf. Soweit wir wissen, haben sie weder einen Namen noch ein Gesicht oder einen Paß, nach dem sie fahnden können. Als Fachmann, der er ist, wird er vermutlich falsche Papiere besitzen. Die haben ihn noch lange nicht, und es besteht durchaus die Möglichkeit, daß er gewarnt wird, wenn er Valmy anruft. Dann wird er es schon noch schaffen, wieder herauszukommen.«

»Wenn er Valmy anruft, erhält er doch gewiß Anweisung, die Aktion abzubrechen«, meinte Montclair. »Valmy wird sie ihm geben.« Rodin schüttelte den Kopf.

»Dazu ist Valmy nicht befugt. Seine Weisung lautet, Informationen von dem Mädchen zu empfangen und sie dem Schakal weiterzugeben, wenn er von ihm angerufen wird. Genau das wird er tun, und nichts anderes.«

»Aber der Schakal muß sich ja selbst sagen können, daß alles vorbei ist«, wandte Montclair ein. »Sobald er Valmy angerufen hat, wird er machen, daß er aus Frankreich herauskommt.«

»Theoretisch schon«, sagte Rodin nachdenklich. »Wenn er das tut, muß er das Geld zurückgeben. Für uns alle, aber auch für ihn, ist der Einsatz sehr hoch. Es hängt davon ab, wieweit er auf seinen eigenen Plan vertraut.«

»Halten Sie es für möglich, daß er noch eine Chance hat — jetzt, wo dies geschehen ist?« fragte Casson.

»Ehrlich gesagt, nein«, sagte Rodin. »Aber er ist ein Spezialist. In gewisser Weise bin ich das auch. Es ist eine Frage der Einstellung, die man hat oder nicht hat. Eine Aktion, die man bis ins letzte selbst geplant hat, bläst man nicht ohne weiteres ab.«

»Dann pfeifen Sie ihn doch, in Gottes Namen, zurück!« protestierte Casson.

»Das kann ich nicht«, erklärte Rodin. »Ich würde es tun, wenn ich könnte, aber ich kann es nicht. Er ist abgereist. Er ist schon auf dem Weg. Er hat es ja so gewollt, und genauso hat er es jetzt bekommen. Wir wissen nicht, wo er sich aufhält und wie er vorgehen will. Er ist ganz auf sich selbst gestellt. Ich kann noch nicht einmal Valmy anrufen und ihn anweisen, den Schakal zu instruieren, daß die ganze Sache abgeblasen ist. Ich würde Valmy gefährden, wenn ich das täte. Jetzt kann niemand den Schakal mehr aufhalten. Dazu ist es zu spät.«

Zwölftes Kapitel

Kurz vor 6 Uhr morgens war Kommissar Lebel wieder in seinem Büro, wo er Inspektor Caron vorfand, der, müde und überanstrengt aussehend, in Hemdsärmeln an seinem Schreibtisch saß.

Vor ihm lag eine Anzahl Notizzettel, die mit handschriftlichen Vermerken bedeckt waren. Im Büro hatten gewisse Veränderungen stattgefunden. Auf dem halbhohen Karteischrank war eine Kaffeemaschine installiert, die das köstliche Aroma frisch gebrauten Kaffees verbreitete. Ein Turm ineinandergeschobener Pappbecher, eine Büchse mit Kondensmilch und eine Tüte Zucker standen griffbereit daneben. Diese Dinge waren noch im Lauf der Nacht aus der Kantine im Keller heraufgeschickt worden.

In der Ecke zwischen den beiden Schreibtischen war ein Feldbett aufgestellt, auf dem eine rauhe Wolldecke lag. Der Papierkorb war geleert und neben den Sessel an der Tür gestellt worden.

Das Fenster stand noch immer offen, und der blaue Dunst der unzähligen Zigaretten, die Caron geraucht hatte, trieb in die kühle Morgenluft hinaus. Jenseits des Flusses färbte das erste Licht des heraufkommenden Tages die Türme von St-Sulpice mit einem schwachen rosa Widerschein.

Lebel trat an seinen Schreibtisch und ließ sich in seinen Sessel fallen. Er war seit vierundzwanzig Stunden auf den Beinen und sah ebenso übermüdet aus wie Caron.

»Nichts«, sagte er. »Ich habe alles durchgesehen, was an Unterlagen über die letzten zehn Jahre vorhanden ist. Der einzige politische Killer aus dem Ausland, der jemals hier zu operieren versuchte, war Degueldre, und der ist tot. Wir hatten ihn in der Kartei, weil er zur OAS gehörte. Rodin wird vermutlich einen Mann ausgesucht haben, der mit der OAS nichts zu tun hat, und damit war er gut beraten. Von den einheimischen Sorten abgesehen, hat es in den letzten Jahren insgesamt nur vier auf Kontraktbasis arbeitende Berufsmörder gegeben, die in Frankreich ins Geschäft zu kommen versuchten, und drei davon haben wir. Der vierte sitzt irgendwo in Afrika lebenslänglich hinter Gittern. Im übrigen waren das allesamt Killer aus der Unterwelt. Das Format, den Präsidenten der Republik Frankreich aufs Korn zu nehmen, hatte keiner von denen.

Ich habe mit Bargeron von der Zentralkartei gesprochen, und dort ist man bereits dabei, eine lückenlose Überprüfung zu veranstalten. Aber ich vermute schon jetzt, daß dieser Mann in unseren Akten nicht zu finden sein wird. Das hat Rodin bestimmt zur Bedingung gemacht, als er ihn engagierte.«

Caron steckte sich eine weitere Gauloise an, stieß den Rauch aus und seufzte.

»Dann müssen wir also von den ausländischen Polizeiarchiven ausgehen?«

»Genau das. Ein Mann seines Kalibers muß schließlich irgendwo Erfahrungen gesammelt und seine Meisterschaft erworben haben. Er würde kaum zur internationalen Spitze zählen, wenn er nicht auf eine Serie erfolgreich absolvierter Jobs verweisen könnte. Vielleicht keine Präsidenten, aber doch wichtige Männer, einflußreiche Figuren aus dem öffentlichen Leben und keine Unterweltbosse. Also muß irgendwo schon einmal irgendwer auf ihn aufmerksam geworden sein. Welche Anrufe haben Sie vorgemerkt?«

Caron nahm einen Zettel zur Hand, auf dem eine Anzahl Namen untereinander geschrieben und links daneben die für die Gespräche jeweils vorgesehene Uhrzeit angegeben war.

»Diese sieben sind angemeldet«, sagte er. »Sie fangen um 7 Uhr 10 mit dem Leiter der Mordkommission beim FBI an. In Washington ist es dann 1 Uhr morgens. Um 7 Uhr 30 kommt Brüssel an die Reihe, danach Amsterdam um 7 Uhr 45 und schließlich Bonn um 8 Uhr 10. Das Gespräch mit Johannesburg ist für 8 Uhr 30 angemeldet, und anschließend, um 9 Uhr, ist Scotland Yard dran. Den Schluß macht Rom um 9 Uhr 30.«

»Werde ich jedesmal mit dem Leiter der Mordkommission verbunden?« fragte Lebel.

»Ja, oder dem Leiter der Abteilung, die der Mordkommission entspricht. Bei Scotland Yard ist es Mister Anthony Mallinson, Assistant Commissioner (Crime). Bei der Londoner Polizeibehörde gibt es offenbar keine Mordkommission. In den anderen Fällen ja mit Ausnahme von Südafrika. Ich habe Van Ruys nicht erreichen können. Statt seiner werden Sie mit Assistant Commissioner Anderson sprechen.«

Lebel dachte einen Augenblick nach.

»Ausgezeichnet«, sagte er dann. »Er ist mir sogar lieber als Van Ruys. Wir haben einmal einen Fall gemeinsam bearbeitet. Bleibt die Frage der Verständigung. Drei von ihnen sprechen Englisch. Ich nehme an, daß nur der Belgier Französisch spricht. Die anderen werden sicherlich Englisch sprechen, wenn es sein muß...«

»Dietrich, der Deutsche, spricht Französisch«, bemerkte Caron.

»Gut. Mit den beiden, die Französisch sprechen, rede ich dann persönlich, und in den anderen fünf Fällen werden Sie als Dolmetscher fungieren. Kommen Sie, es wird Zeit.«

Es war zehn Minuten vor sieben, als der Polizeiwagen mit den beiden Detektiven vor dem grünen Portal in der engen rue Paul Valéry hielt, in der sich damals die Pariser Interpol-Zentrale befand.

In den folgenden drei Stunden sprachen Lebel und Caron von der Fernmeldezentrale im Kellergeschoß aus per Funktelephon mit den höchsten Funktionären der Kriminalbehörden von sieben Ländern der westlichen Welt. Lebel machte sich keine Illusionen darüber, daß die Leiter der Mordkommissionen errieten, was er wohl andeuten, aber nicht aussprechen durfte. Es gab in Frankreich nur eine einzige Persönlichkeit, die als das Opfer eines Berufsmörders der internationalen Spitzenklasse in Betracht kam.

»Ja, selbstverständlich«, lautete die Antwort ohne Ausnahme. »Wir werden sämtliche Karteien durchkämmen. Ich will versuchen, Sie noch im Lauf des Tages zurückzurufen. Oh, und übrigens — viel Glück, Claude!«

Als Lebel den Hörer des Funktelephons zum letztenmal auflegte, fragte er sich, wie lange es noch dauern mochte, bis die Außenminister und schließlich auch die Regierungschefs der sieben Länder sich darüber klar wurden, was auf dem Spiel stand. Lange gewiß nicht mehr. Selbst ein Polizist war verpflichtet, seinen politischen Vorgesetzten Vorkommnisse dieser Größenordnung zu melden. Er nahm jedoch an, daß die Minister Stillschweigen bewahren würden. Über alle politischen Differenzen hinweg gab es schließlich auch gemeinsame Interessen, welche die Machthaber der ganzen Welt miteinander verbanden. Sie alle waren Mitglieder des gleichen Klubs — des Klubs der Mächtigen. Gegen gemeinsame Feinde hielten sie allemal zusammen, und was könnte für jeden einzelnen von ihnen bedrohlicher sein als die Existenz eines politischen Meuchelmörders? Dessenungeachtet war sich Lebel durchaus bewußt, daß die Presse, falls sie von seinen Ermittlungen auch nur das geringste erfuhr, die Nachricht schon morgen in die Weltöffentlichkeit hinausposaunen und er ein für allemal erledigt sein würde.

Die einzigen, die ihm ernsthaft Sorge bereiteten, waren die Briten. Wenn es eine Sache gewesen wäre, deren Kenntnis auf die Beamten zweier Kriminalbehörden beschränkt bleiben könnte, hätte er keinen Grund zur Besorgnis gehabt. Aber er wußte, daß Mallinson seine Vorgesetzten würde informieren müssen. Es lag gerade erst sechs Monate zurück, daß Charles de Gaulle England den Eintritt in den Gemeinsamen Markt brüsk verwehrt hatte, und seit der am 23. Januar vom General abgehaltenen Pressekonferenz hatte sich das britische Auswärtige Amt — das hatte selbst ein so unpolitischer Kopf wie Lebel mitbekommen — in seinen durch politische Korrespondenten ausgestreuten Verlautbarungen über den Kurs des französischen Staatspräsidenten nicht gerade enthusiastisch geäußert. Würden die Engländer die Gelegenheit wahrnehmen, sich an dem alten Mann zu rächen?

Lebel starrte gedankenverloren auf den jetzt stummen Funktelephonapparat. Caron sah ihn fragend an.

»Kommen Sie«, sagte der kleine Kommissar schließlich, »gehen wir frühstücken. Im Augenblick gibt es ohnehin nichts, was wir sonst noch tun könnten.«

Mit nachdenklich gerunzelter Stirn legte Assistant Commissioner Anthony Mallinson den Hörer auf und verließ die Fernmeldezentrale, ohne von dem grüßenden jungen Polizeibeamten, der hereingekommen war, um seinen Dienst anzutreten, Notiz zu nehmen. Noch immer stirnrunzelnd, ging Mallinson in sein geräumiges, aber spärlich möbliertes Büro hinauf, dessen Fensterfront einen panoramaartigen Ausblick über die Themse bot.

Für ihn gab es nicht den geringsten Zweifel. Die französische Polizei hatte von irgendwoher einen Tip bekommen, daß sich ein eminent gefährlicher Berufsmörder auf freiem Fuß und vermutlich auf dem Weg nach Frankreich befand. Wie Lebel vorausgesehen hatte, bedurfte es keines besonderen Scharfsinns, um sich auszurechnen, wer im August 1963 in Frankreich als Zielscheibe eines Killers dieser Sorte einzig und allein in Betracht kam. Dem altgedienten Polizeibeamten Mallinson war Lebels mißliche Lage durchaus gegenwärtig. »Armes Schwein«, sagte er halblaut, während er auf den träge dahinfließenden Strom hinabblickte.

»Sir?« fragte sein persönlicher Assistent, der ihm in das Arbeitszimmer gefolgt war, um die eingegangene Post auf den Nußbaumtisch seines Chefs zu legen.

»Nichts.« Als der Assistent das Zimmer verlassen hatte, starrte Mallinson weiterhin unverwandt aus dem Fenster. Wieviel Verständnis er für Claude Lebel auch aufbringen mochte, der sich vor die fast unlösbare Aufgabe gestellt sah, seinen Präsidenten schützen zu müssen, ohne eine offizielle Großfahndung in Gang setzen zu dürfen — er, Mallinson, hatte seine eigenen Vorgesetzten. Früher oder später würde er sie über das heute morgen an ihn ergangene Ansuchen unterrichten müssen. In einer halben Stunde begann die tägliche Besprechung der Abteilungsleiter. Sollte er es bei dieser Gelegenheit erwähnen?

Er entschied sich dafür, es nicht zu tun. Es würde genügen, dem Commissioner ein formelles, aber privates Memorandum zuzuleiten, in welchem er Lebels Ansuchen kurz umriß. Der Hinweis auf die Diskretion, mit der die Sache behandelt werden mußte, würde in jedem Falle erklären, warum er die Angelegenheit nicht bei der morgendlichen Konferenz zur Sprache gebracht hatte. Inzwischen konnte es nicht schaden, wenn er die Ermittlung in die Wege leitete, ohne die Gründe hierfür anzugeben. Er nahm hinter seinem Arbeitstisch Platz und drückte auf einen Knopf der Haussprechanlage, die auf seinem Schreibtisch stand.

»Sir?« meldete sich die Stimme seines Assistenten aus dem Vorzimmer.

»Kommen Sie doch bitte auf einen Augenblick zu mir herüber, John.«

Mit dem Notizblock in der Hand trat der junge Detektivinspektor ein

»John, ich möchte, daß Sie zur Zentralkartei gehen und sich gleich an Chief Superintendent Markheim wenden. Sagen Sie ihm, es handele sich um ein persönliches Ansuchen von mir, für das ich ihm aber im Augenblick noch keine Gründe nennen könne. Bitten Sie ihn, die Dossiers aller Berufsmörder zu überprüfen, von denen man weiß, daß sie sich in Großbritannien aufhalten...«

»Berufsmörder, Sir?« Der Assistent sah aus, als habe ihn der Assistant Commissioner aufgefordert, die Akten aller polizeilich gemeldeten Marsmenschen zu überprüfen.

»Jawohl, Berufsmörder. Keine Unterweltfiguren, von denen man entweder weiß oder denen zuzutrauen ist, daß sie irgendwann einmal ein Mitglied einer rivalisierenden Gangsterbande umgelegt haben, sondern politische Meuchelmörder, John. Männer, die imstande sind, einen von erfahrenen Sicherheitsbeamten beschützten Politiker oder Staatsmann gegen Geld umzubringen.«

»Das klingt aber mehr nach der Stammkundschaft des Sicherheitsdienstes, Sir.«

»Ja, ich weiß. Ich will die ganze Sache ohnehin an Special Branch abgeben. Aber vorher müssen wir eine gründliche Routineüberprüfung veranlassen. O ja, fast hätte ich es vergessen: Bis Mittag möchte ich die Auskunft erhalten haben, O. K.?«

»Ja, Sir. Ich werde mich sofort darum kümmern.«

Fünfzehn Minuten später nahm Assistant Commissioner Mallinson auf seinem gewohnten Platz an der morgendlichen Besprechung teil.

In sein Büro zurückgekehrt, überflog er die Post, schob sie dann zur Seite und ließ sich von seinem Assistenten eine Schreibmaschine bringen. Er setzte einen kurzen Bericht an den Commissioner auf, in dem er sowohl den Anruf, der ihn am frühen Morgen in seinem Haus erreichte, als auch das Gespräch erwähnte, das um 9 Uhr über das Interpol-Netz geführt worden war, und Lebels Ansuchen näher erklärte. Dann schloß er das Memoranden-Formblatt, dessen unteren Teil er freigelassen hatte, in seiner Schreibtischlade ein und wandte sich der täglichen Routinearbeit zu.

Kurz vor zwölf erschien der Assistent.

»Superintendent Markheim hat eben angerufen«, sagte er. »Im Archiv existiert keine Kriminalakte, die auf die Beschreibung paßt. Siebzehn auf Kontraktbasis arbeitende Killer, allesamt aus der Unterwelt, Sir; zehn im Zuchthaus und sieben in Freiheit. Aber sie arbeiten ausschließlich für die organisierten Gangsterbanden, entweder hier in London oder in den anderen großen Städten. Der Super sagt, daß keiner von ihnen für einen Attentatsjob gegen einen Politiker auf Staatsbesuch in Betracht kommt. Auch er schlägt vor, daß Sie sich an Special Branch wenden, Sir.«

»Gut, John, ich danke Ihnen. Das ist alles, was ich wissen wollte.«

Als der Assistent das Zimmer verlassen hatte, holte Mallinson das angefangene Memorandum aus der Schreibtischlade und spannte es nochmals in die Maschine ein.

Auf den freigebliebenen unteren Teil schrieb er: »Das Zentralarchiv meldete auf Anfrage, daß keine Akten oder Unterlagen vorhanden seien, die der von Kommissar Lebel übermittelten Beschreibung des Tätertyps entsprechen. Daraufhin wurde das Ermittlungsersuchen an den Leiter des Sicherheitsdienstes weitergereicht.«

Er unterschrieb das Memorandum und steckte das Original in einen Umschlag, den er an den Commissioner adressierte. Eine Kopie legte er im Geheimkorrespondenz-Ordner ab, den er wieder im Safe einschloß. Die zweite Kopie steckte er in die Innentasche seines Jacketts.

Auf den Notizblock, der auf seinem Schreibtisch lag, kritzelte er eine Nachricht, die folgenden Wortlaut hatte:

»An: Kommissar Claude Lebel, Stellvertretender Generaldirektor, Police Judiciaire, Paris.

Von: Assistant Commissioner Anthony Mallinson, A.C. Crime, Scotland Yard, London.

Meldung: Auf ihre anfrage in hiesigem zentralarchiv erfolgte durchsicht einschlägiger kriminalakten ergab keinerlei anhalt für derartige uns bekannte person stop ansuchen wurde sicherheitsdienst zu weiterer ermittlung zugeleitet stop mallinson.

Datum: 12. 8. 63.«

Es war gerade halb eins durch. Er nahm den Hörer auf, wartete, bis die Vermittlung sich meldete, und ließ sich mit Assistant Commissioner Dixon, dem Leiter des Sicherheitsdienstes, verbinden.

»Hallo, Alec? Tony Mallinson. Können Sie eine Minute für mich erübrigen? Würde ich sehr gern, aber es geht nicht. Werde meinen Lunch auf ein Sandwich reduzieren müssen. Ist mal wieder einiges los hier. Nein, ich wollte Sie nur kurz gesprochen haben, bevor Sie gehen. Gut, ich komme dann gleich hinauf.«

Auf seinem Weg durch das Vorzimmer legte er seinem Assistenten das an den Commissioner adressierte Kuvert auf den Tisch.

»Ich gehe nur rasch zu Dixon 'rauf. Schicken Sie das hier bitte an das Büro des Commissioner, John. Persönlich. Und sehen Sie zu, daß diese Meldung so bald wie möglich abgeht. Am besten, Sie tippen sie selbst ab.«

»Yessir.« Mallinson schaute dem Assistenten, der seinen Bericht an Lebel las, über die Schulter.

»John...«

»Sir?«

»Reden Sie bitte nicht darüber.«

»Nein, Sir.«

»Mit niemandem.«

»Kein Wort, Sir.«

Mallinson lächelte ihm kurz zu und verließ das Büro. Sein Assistent las die für Lebel bestimmte Nachricht ein zweites Mal, dachte an die Erkundigungen im Zentralarchiv, die er in Mallinsons Auftrag veranlaßt hatte, reimte sich den Rest selbst zusammen und wurde blaß.

Mallinson blieb zwanzig Minuten bei Dixon und brachte ihn auf diese Weise um seinen Lunch, den er im Klub hatte einnehmen wollen. Er überreichte dem Chef des Sicherheitsdienstes die zweite Kopie seines an den Commissioner gerichteten Memorandums. Im Begriff zu gehen, wandte er sich, die Hand schon auf der Türklinke, nochmals zu Dixon um.

»Entschuldigen Sie, Alec, aber diese Geschichte scheint mir wirklich mehr auf Ihrem als auf unserem Gebiet zu liegen. Wenn Sie mich fragen, würde ich allerdings meinen, daß es hier bei uns vermutlich nichts und niemanden dieses Kalibers gibt und es daher mit einer gründlichen Durchsicht der Akten getan sein dürfte. Geben Sie Lebel so oder so bitte möglichst rasch Bescheid. Ich muß sagen, daß ich ihn um diesen Job wahrhaftig nicht beneide.«

Assistant Commissioner Dixon vom Special Branch, zu dessen Aufgaben es unter anderem gehörte, alle Sonderlinge und Psychopathen — von den unzähligen verbittert im englischen Exil lebenden Ausländern ganz zu schweigen —, denen es einfallen mochte, einen auf Staatsbesuch in Großbritannien weilenden ausländischen Politiker umbringen zu wollen, sicherheitsdienstlich zu überwachen, empfand die Unmöglichkeit dessen, was von Lebel erwartet wurde, sogar noch krasser. Einheimische und durchreisende Politiker vor Fanatikern und Verrückten zu schützen, war schon schwierig genug. Das eigene Staatsoberhaupt als Objekt wiederholter Attentatsversuche zu wissen, die von einer Organisation kampferprobter Ex-Soldaten geplant und ausgeführt wurden, war weit schlimmer. Und doch hatten die Franzosen es geschafft, mit der OAS fertig zu werden, und als Fachmann zollte ihnen Dixon dafür hohen Respekt. Aber das Engagement eines ausländischen Killers war eine andere Sache. Einen Vorteil freilich brachte sie, von Dixons Standpunkt aus gesehen, dennoch mit sich: Sie engte den Kreis möglicher Täter so weit ein, daß sich seine Vermutung, in den Dossiers des Sicherheitsdienstes gäbe es keinen Engländer vom Kaliber des gesuchten Mannes, als zutreffend erweisen mußte.

Als Mallinson gegangen war, las Dixon die Kopie des Memorandums. Dann bestellte er seinen persönlichen Assistenten zu sich.

»Rufen Sie bitte Kriminal-Superintendent Thomas an und sagen Sie ihm, daß ich ihn um —« er warf einen Blick auf seine Armbanduhr und überschlug rasch, wieviel Zeit die Einnahme einer verspäteten Mittagsmahlzeit in Anspruch nehmen würde — »Punkt zwei Uhr gern hier in meinem Büro sprechen möchte.«

Kurz nach zwölf Uhr landete der Schakal auf dem Brüsseler National-Flughafen. Er deponierte seine drei Koffer in einem Schließfach des Flughafengebäudes und nahm lediglich die Reisetasche, die außer seinen Toilettenartikeln den Gips, die Wattepackungen und Binden enthielt, mit in die Stadt. Am Hauptbahnhof entlohnte er den Taxifahrer und ging zur Gepäckaufbewahrung.

Der Fiberkoffer mit dem Gewehr stand noch immer auf dem Regal, auf das der Schakal den Mann hinter dem Tresen ihn vor einer Woche hatte stellen sehen. Er wies den Gepäckschein vor und bekam den Koffer ausgehändigt.

Unweit des Bahnhofs fand er ein schmuddeliges kleines Hotel von der Sorte, wie sie auf der ganzen Welt in der näheren Umgebung von Hauptbahnhöfen anzutreffen sind. Er mietete ein Einzelzimmer für die Nacht, zahlte den geforderten Preis mit dem belgischen Geld, das er am Flughafen eingewechselt hatte, im voraus und trug den Koffer selbst in sein Zimmer hinauf. Nachdem er die Tür abgeschlossen hatte, ließ er das Waschbecken vollaufen, legte Gipstüten und Bandagen bereit und machte sich an die Arbeit.

Es dauerte länger als zwei Stunden, bis der Gipsverband getrocknet war. Den schweren, unförmigen Fuß hochgelegt, saß er die Zeit ab, rauchte seine Filterzigaretten und blickte auf das Gewirr rußiger Dächer hinaus, das die Aussicht, die sich vom Fenster seines Zimmers aus bot, beherrschte. Dann und wann prüfte er mit dem Daumen, ob der Gips schon hart geworden war, und beschloß jedesmal, noch ein wenig länger zu warten, bevor er mit dem verbundenen Fuß auftrat.

Der Fiberkoffer, der das Gewehr enthalten hatte, war geleert. Die restlichen Bandagen packte er für den Fall, daß sich die Notwendigkeit etwaiger Ausbesserungen ergab, zusammen mit dem übriggebliebenen Gipspulver in die Reisetasche. Als er schließlich zum Aufbruch bereit war, schob er den billigen Koffer unter das Bett, überprüfte das Zimmer nochmals auf irgendwelche verräterischen Spuren, die er zurückgelassen haben mochte, schüttete den Inhalt des Aschenbechers aus dem Fenster und trat auf den Gang hinaus.

Er stellte fest, daß der Gipsverband ihn ohnehin zwang, auf durchaus glaubwürdige Weise zu humpeln, und ihn damit aller diesbezüglichen Sorge enthob. Am Fuß der Treppe angekommen, bemerkte er erleichtert, daß der schmierige, verschlafen aussehende Portier sich nicht in seiner Loge, sondern offenbar in dem dahinter befindlichen Raum aufhielt, dessen mit einer Milchglasscheibe versehene Tür offenstand.

Nachdem er sich mit einem raschen Blick zur Haustür vergewissert hatte, daß nicht ausgerechnet in diesem Augenblick jemand hereinkam, steckte der Schakal seinen Arm durch den Griff seiner Reisetasche, ließ sich auf alle viere nieder und kroch rasch über den gekachelten Boden zum Ausgang. Wegen der sommerlichen Hitze stand die Haustür offen, und auf der obersten der drei Stufen, die auf die Straße hinausführten, konnte sich der Schakal wieder aufrichten, ohne in das Blickfeld des Portiers zu geraten.

Er humpelte mühsam die Stufen hinunter und die Straße entlang bis zur nächsten Ecke, an der sie eine Hauptverkehrsstraße kreuzte. Innerhalb einer halben Minute hatte ihn ein Taxifahrer erspäht, der ihn zum Flughafen zurückbrachte.

Dort meldete er sich am Alitalia-Schalter und wies seinen Paß vor. Das Mädchen lächelte freundlich.

»Schauen Sie doch bitte nach, ob Sie ein auf den Namen Duggan ausgestelltes Ticket nach Mailand vorliegen haben, das vor zwei Tagen von London aus gebucht wurde«, sagte er.

Sie sah die Liste mit den Buchungen für die Nachmittagsmaschine nach Mailand durch, die in anderthalb Stunden startete.

»Stimmt«, sagte sie strahlend. »Mister Duggan. Das Ticket ist gebucht, aber noch nicht bezahlt. Wollen Sie das gleich erledigen?«

Der Schakal zahlte wiederum bar, erhielt sein Ticket und wurde darauf hingewiesen, daß der Flug in einer Stunde abgerufen werden würde. Mit Hilfe eines Gepäckträgers, der vom Gipsfuß des Schakals viel Aufhebens machte, holte er seine drei Koffer aus dem Schließfach und gab sie bei der Gepäckaufnahme der Alitalia ab. Nachdem er die Paßkontrolle passiert hatte, verbrachte er die bis zum Start verbleibende Zeit damit, in dem an die Abflughalle angrenzenden Restaurant ein spätes, aber ausgezeichnetes Mittagessen einzunehmen.

Eine Bodenhosteß half ihm beim Einsteigen in den Bus, der die Fluggäste zur Maschine beförderte, und als er unter allseitigen Bekundungen der Besorgnis und des Mitgefühls die Treppe erklommen hatte, wurde er von der charmanten italienischen Stewardeß mit einem besonders herzlichen Lächeln belohnt und zu einem unmittelbar hinter dem Cockpit befindlichen Platz geleitet, der es ihm erlaubte, das Bein mit dem Gipsverband bequem auszustrecken. Die mitfliegenden Passagiere waren ungemein bemüht, beim Betreten der Kabine nicht gegen seinen in Gips gelegten Fuß zu treten, während der Schakal sich im Sitz zurücklehnte und tapfer lächelte.

Um 16 Uhr 15 hob die Maschine von der Startbahn ab und erreichte bald die für ihren Nonstopflug nach Mailand vorgesehene Reiseflughöhe.

Als Superintendent Bryn Thomas gegen 15 Uhr das Büro des Assistant Commissioner verließ, fühlte er sich schlechtweg hundsmiserabel. Auch wenn seine Sommererkältung nicht die schwerste und hartnäckigste gewesen wäre, die ihn jemals geplagt hatte, würde ihm der Auftrag, der ihm soeben aufgehalst worden war, den Tag gründlich verdorben haben.

Wie immer am Montag war der Vormittag verheerend gewesen. Zunächst hatte er erfahren, daß einer seiner Leute von einem Mitglied der sowjetischen Handelsdelegation, das er hätte beschatten sollen, abgehängt worden war; und gegen Mittag hatte er eine interne Beschwerde von MI-5 erhalten, in der seine Abteilung höflich ersucht wurde, die Sowjetdelegation nicht länger zu behelligen — ein unmißverständlicher Hinweis darauf, daß MI-5 der Ansicht war, die ganze Angelegenheit solle doch besser ihnen überlassen bleiben.

Der Montagnachmittag begann unter noch fataleren Vorzeichen. Es gibt kaum etwas, was einem Polizeibeamten, ob er nun dem Sicherheitsdienst angehört oder nicht, unheimlicher ist als das Gespenst des politischen Meuchelmörders. Aber bei dem Auftrag, den ihm sein Vorgesetzter soeben erteilt hatte, existierte noch nicht einmal ein Name, von dem er hätte ausgehen können.

Obschon die Liste der notorisch Verdächtigen alles andere als lang sein würde, machte ihre Aufstellung eine zeitraubende Überprüfung aller Karteikarten, Strafregister und Dossiers politischer Unruhestifter, Umstürzler, Konspiranten und — anders als bei der Kriminalpolizei — sogar solcher Personen erforderlich, die der vorerwähnten Tatbestände bloß verdächtig waren. Es gab nur einen einzigen Lichtblick bei der ganzen Geschichte: Wie Dixon gesagt hatte, mußte der Mann als professioneller Killer auf seinem Spezialgebiet ein As und also nicht dem üblichen Kleinvieh zuzurechnen sein, das dem Sicherheitsdienst vor und während jedes Besuches eines ausländischen Staatsmannes das Leben zur Hölle macht.

Er rief zwei junge Kriminalinspektoren an, von denen er wußte, daß sie an einer kriminalwissenschaftlichen Studie arbeiteten, deren Dringlichkeitsgrad niedrig eingestuft war, und eröffnete ihnen, daß sie alles stehen- und liegenlassen und sich umgehend in seinem Büro einfinden sollten. Ihre Einweisung durch ihn fiel wesentlich kürzer aus als die, welche Dixon ihm hatte zuteil werden lassen. Er beschränkte sich darauf, ihnen lediglich zu erklären, wonach sie suchen sollten, aber nicht, warum. Die Vermutung der französischen Polizei, daß ein solcher Mann es darauf abgesehen haben könne, General de Gaulle umzubringen, brauchte nicht unbedingt mit der Durchsicht der Archive und Dossiers von Scotland Yards Sicherheitsdienst in Verbindung gebracht zu werden.

Die drei Männer räumten alle Papiere und Akten von den Tischen und gingen an ihre Arbeit.

Kurz nach 18 Uhr setzte die Maschine des Schakals zur Zwischenlandung auf dem Mailänder Flughafen Linate an. Die Stewardeß war ihm beim Verlassen des Flugzeugs behilflich, und eine der Bodenhostessen geleitete ihn über das Vorfeld zum nahe gelegenen Flughafengebäude. Bei der Zollkontrolle machten sich dann mit Zinsen und Zinseszinsen die Mühen bezahlt, die er aufgewendet hatte, um die den Koffern entnommenen Einzelteile des Gewehrs zu einem vergleichsweise unverdächtigen Gerät zusammenzusetzen, wie es Gehbehinderten als Stütze zu dienen pflegt. Die Paßkontrolle war eine reine Formalität, aber als das Förderband zu laufen begann und die ersten Gepäckstücke vor den Zollbeamten abgestellt wurden, setzte das Risiko ein.

Der Schakal winkte einen Gepäckträger herbei, der die drei Koffer ergriff und sorgfältig ausgerichtet nebeneinanderstellte. Der Schakal setzte seine als Handgepäck mitgeführte Reisetasche ab, humpelte schwerfällig zu einer Bank hinüber und nahm Platz. Einer der Zollbeamten trat auf ihn zu.

»*Signor*, ist dies das gesamte Gepäck, das Sie bei sich haben?«

»Äh, ja. Die drei Koffer und die kleine Reisetasche.«

»Haben Sie etwas zu deklarieren?«

»Nein, nichts.«

»Sie sind auf Geschäftsreise, *signor*?«

»Nein, ich wollte eigentlich Ferien machen. Aber es scheint, daß der Urlaub zum großen Teil für die Genesung draufgehen wird. Ich möchte aber unbedingt an die Seen reisen.«

Der Zollbeamte blieb ungerührt.

»Kann ich bitte Ihren Paß sehen, *signor*?«

Der Schakal reichte ihn dem Italiener, der ihn aufmerksam durchblätterte und dann wortlos zurückgab.

»Bitte öffnen Sie diesen hier.«

Er deutete auf einen der beiden größeren Koffer. Der Schakal holte seinen Schlüsselring aus der Tasche und schloß ihn auf. Der Gepäckträger hatte den Koffer zuvor flach hingelegt, um dem gehbehinderten Fluggast behilflich zu sein. Glücklicherweise war es der Koffer, der die Kleidungsstücke für den fiktiven dänischen Geistlichen und den amerikanischen Studenten enthielt. Der Zollbeamte schenkte dem dunkelgrauen Anzug, weißen Hemd, Unterzeug und schwarzen Schuhwerk wie auch der Windjacke, den Blue jeans, Sneakers und Socken, die er lüpfte, keine Beachtung. Das dänische Buch interessierte ihn ebenfalls nicht. Den Umschlag zierte ein Farbphoto von Notre-Dame, und der dänische Titel unterschied sich von der entsprechenden englischen Schreibweise zuwenig, als daß es dem Zollbeamten aufgefallen wäre. Er entdeckte auch nicht den sorgfältig vernähten Schlitz im Kofferfutter, das die falschen Papiere enthielt. Eine eingehendere Überprüfung hätte sie mit Sicherheit zutage gefördert, aber es handelte sich nur um die übliche flüchtige Kontrolle, die erst dann verschärft worden wäre, wenn der Zollbeamte irgend etwas gefunden hätte, was sein Mißtrauen weckte. Die vollzähligen Einzelteile eines zusammensetzbaren Scharfschützengewehrs befanden sich einen knappen Meter von ihm entfernt, auf der anderen Seite des Tresens, aber er schöpfte keinen Verdacht. Er drückte den Kofferdeckel zu und bedeutete dem Schakal mit einer Geste, daß er ihn wieder schließen könne. Dann versah er alle vier Gepäckstücke mit einem raschen Kreidestrich und lächelte nach getaner Arbeit dem Engländer freundlich zu.

»*Grazie, signor*. Ich wünsche recht gute Erholung!«

Der Gepäckträger winkte ein Taxi herbei. Er wurde mit einem großzügigen Trinkgeld belohnt, und wenig später fuhr der Taxichauffeur den Schakal in raschem Tempo in die Mailänder Innenstadt. Um diese Stunde, zu der sich das Heer der Büroangestellten zur Heimfahrt rüstete, erreichte der Lärm des Straßenverkehrs seinen absoluten Höhepunkt. Der Schakal bat den Taxifahrer, ihn am Hauptbahnhof abzusetzen.

Dort nahm er sich wiederum einen Dienstmann und humpelte ihm zur Gepäckaufbewahrungsstelle nach. Im Taxi hatte er die Stahlschere aus der Reisetasche geholt und in seine Jackentasche gesteckt. Die Reisetasche und zwei Koffer gab er bei der Gepäckaufbewahrung ab, den dritten, den die Kleidungsstücke — darunter der für André Martin vorgesehene französische Militärmantel und die anderen Sachen — keineswegs gänzlich füllten, behielt er.

Nachdem er den Gepäckträger entlohnt hatte, humpelte er zur Bedürfnisanstalt für Männer hinüber, wo er feststellen mußte, daß in der langen Reihe von Waschbecken nur eines in Betrieb war. Er stellte den Koffer ab und wusch sich umständlich die Hände, bis der einzige andere Benutzer die Bedürfnisanstalt verlassen hatte. Der Schakal schloß sich rasch auf einem der Klosetts ein, stellte den Fuß auf den Toilettensitz und säbelte zehn Minuten lang an dem Gipsverband herum, bis dieser aufbrach und die darunter befindlichen Wattelagen sichtbar wurden, die dem Fuß die verdickte Form eines in Gips gelegten Gelenkbruchs verliehen hatten.

Als die letzten Gipsreste von seinem Fuß entfernt waren, zog er sich die seidene Socke und den leichten Mokassin an, den er mit Leukoplaststreifen an der Innenseite seiner Wade befestigt hatte, solange der Fuß in Gips gewesen war. Er sammelte die umherliegenden Wattelagen und Gipsreste auf und warf sie in das Klosettbecken. Nach zweimaligem Abziehen war alles weggespült.

Dann legte er den Koffer auf den Klosettsitz und bettete das Bündel leichter Stahlröhren, in denen sich das Gewehr befand, in die Falten des Militärmantels. Er zog die Innengurte fest, um zu verhindern, daß der Kofferinhalt durcheinandergeschüttelt wurde, und schloß den Deckel. Ein Blick durch die vorsichtig geöffnete Tür zeigte ihm, daß zwei Männer an den Waschbecken standen und zwei weitere an den anderen Becken. Der Schakal verließ das Klosett, wandte sich nach rechts zur Tür und war die Stufen zur Bahnhofshalle schon hinaufgeeilt, bevor noch einer der Männer ihn auch nur bemerkt hatte.

Da er sich der Gepäckaufbewahrungsstelle nicht als sportlich-elastischer, gesunder Mann präsentieren konnte, nachdem er sie erst vor kurzem als Krüppel verlassen hatte, winkte er einen Dienstmann heran, erklärte ihm, er sei in großer Eile und müsse so rasch wie möglich Geld umwechseln, seine Koffer abholen und ein Taxi bestellen. Er drückte dem Mann seinen Gepäckschein nebst einer Tausendlirenote in die Hand und deutete zur Gepäckaufbewahrungsstelle hinüber. Er selbst, erklärte er, werde in der Wechselstube zu finden sein, wo er seine englischen Pfunde in Lire umzutauschen gedenke.

Der Italiener nickte glücklich und machte sich auf den Weg, um das Gepäck abzuholen. Der Schakal ließ sich den Gegenwert der letzten 20 Pfund, die ihm verblieben waren, in italienischer Währung auszahlen und hatte das Bündel knisternder großer Scheine gerade eingesteckt, als der Träger mit den restlichen drei Gepäckstücken zurückkehrte. Zwei Minuten später saß er bereits in einem Taxi, das die Piazza Duca d'Aosta in lebensgefährlichem Tempo überquerte, um ihn zum Hotel Continentale zu befördern.

In der pompösen Hotelhalle wandte er sich an den Empfangschef.

»Haben Sie das Zimmer für Duggan reservieren lassen, das vor zwei Tagen telephonisch von London aus bestellt wurde?«

Gegen 20 Uhr duschte und rasierte sich der Schakal in dem zu seinem Zimmer gehörenden Bad. Zwei seiner Koffer standen sorgsam verschlossen im Kleiderschrank, der dritte, der seine eigenen Kleidungsstücke enthielt, lag geöffnet auf dem Bett, und der leichte navyblaue Sommeranzug, den er an diesem Abend tragen würde, hing an der Schranktür. Den taubengrauen Anzug hatte er dem Zimmerkellner zum Aufbügeln mitgegeben. Da der morgige Tag — der 13. August — anstrengend sein würde, nahm sich der Schakal vor, nach dem Dinner schon frühzeitig sein Zimmer aufzusuchen.

Dreizehntes Kapitel

»Nichts.«

Der zweite der beiden jungen Kriminalinspektoren, die in Bryn Thomas' Büro arbeiteten, schloß den Aktendeckel des letzten Dossiers, dessen Durchsicht ihm aufgetragen war, und blickte zu seinem Vorgesetzten hinüber.

Sein Kollege war mit seiner Arbeit ebenfalls fertiggeworden, und sein Resümee hatte genauso gelautet. Thomas selbst war fünf Minuten zuvor nach beendeter Durchsicht der Akten, die er sich seinerseits vorgenommen hatte, ans Fenster getreten und hatte seitdem auf den in der sinkenden Dämmerung vorbeiflutenden Verkehr hinuntergestarrt. Im Gegensatz zu Assistant Commissioner Mallinson hatte er kein Zimmer mit Ausblick auf den Fluß, sondern nur ein im ersten Stock gelegenes mit Blick auf den Automobilverkehr, der unaufhörlich die Horseferry Road hinabströmte.

Er fühlte sich halb tot. Seine Kehle war rauh und wund von den vielen Zigaretten, die er bei seiner Erkältung nicht hätte rauchen sollen, aber nicht aufgeben konnte, und schon gar nicht dann, wenn er unter Hochdruck arbeitete.

Den ganzen Nachmittag über hatte er ständig telephoniert, weil sich wieder und wieder die Notwendigkeit zu Rückfragen über die in den Berichten und Akten auftauchenden Namen ergab. Jedesmal war die Auskunft negativ gewesen. Entweder lag ein vollständiges Dossier über den Betreffenden vor, oder er hatte ganz einfach nicht das Kaliber, sich auf eine Unternehmung wie die Ermordung des französischen Präsidenten einzulassen.

»Also gut, Schluß«, sagte er und wandte sich vom Fenster ab. »Wir haben alles getan, was wir tun konnten. Eine Person, die den in der Nachfrage gemachten Angaben entspricht, gibt es ganz einfach nicht.«

»Warum sollte es keinen Engländer geben, der auf diesem Gebiet arbeitet«, meinte einer der Inspektoren. »Aber wir haben ihn nicht in unseren Akten.«

»Hören Sie mal, wir haben sie allesamt in unseren Akten«, knurrte

Thomas. Der Gedanke, daß es in seinem Herrschaftsbereich einen professionellen Killer geben könnte, der nicht irgendwo aktenkundig geworden sein sollte, war wenig geeignet, ihn zu erheitern, und infolge der Erkältung und der Kopfschmerzen war seine Laune ohnehin nicht die beste. Immer, wenn er sich gereizt fühlte, machte sich sein walisischer Akzent stärker bemerkbar. In den dreißig Jahren, die er fernab der heimatlichen Täler verbracht hatte, war er ihn nie gänzlich losgeworden.

»Schließlich ist ein politischer Killer ein extrem seltener Vogel«, bemerkte der andere Inspektor. »Hier bei uns existiert so was vermutlich gar nicht. Es verstößt ganz einfach zu sehr gegen den guten englischen Geschmack.«

Thomas sah ihn mißtrauisch an. Er zog das Wort »britisch« als Bezeichnung für die Bewohner des Vereinigten Königreichs vor und vermutete, daß der Inspektor mit dem Gebrauch des Wortes »englisch« womöglich hatte andeuten wollen, die Waliser, Schotten oder Iren könnten sehr wohl einen solchen Mann hervorgebracht haben. Aber natürlich war nichts dergleichen beabsichtigt gewesen.

»Nun, dann schaffen Sie die Akten jetzt wieder in die Registratur zurück. Ich werde melden, daß eine gründliche Suche keinen in Betracht kommenden möglichen Täter zutage gefördert hat. Mehr können wir nicht tun.«

»Von wem kam denn die Anfrage, Super?«

»Darüber würde ich mir an Ihrer Stelle nicht den Kopf zerbrechen, mein Junge. Es scheint, daß jemand in Schwierigkeiten ist, aber es sind, Gott sei Dank, nicht unsere.«

Die beiden jüngeren Männer hatten das gesichtete Material eingesammelt und schickten sich an, es in die Zentralkartei zurückzutragen. Beide wurden zu Hause von ihren Frauen erwartet, und einer von ihnen sollte dieser Tage Familienvater werden. Er war bereits an der Tür. Der andere wandte sich mit nachdenklich gerunzelter Stirn um.

»Super, ich habe mir etwas durch den Kopf gehen lassen, während ich die Akten überprüfte. Wenn tatsächlich ein solcher Mann existiert und dieser Mann britischer Staatsbürger sein sollte, wird er doch sowieso nicht hier operieren. Ich meine, selbst ein Mann wie er muß irgendwo eine Basis haben. Eine Art Buen Retiro, wo er sich sicher fühlen kann. Wahrscheinlich gilt er in seinem Land als ehrbarer Bürger.«

»Worauf wollen Sie hinaus, auf eine Art Dr. Jekyll und Mr. Hyde?«

»So ungefähr, ja. Ich meine, wenn es einen professionellen Killer des Typs gibt, den wir zu ermitteln versucht haben, und er so viel Format hat, daß irgendwer sich veranlaßt sah, Nachforschungen von diesem Ausmaß in Gang zu setzen, die jemand von Ihrem Dienstrang leitet, dann muß der gesuchte Mann schon ein As sein. Und wenn er das ist, auf seinem Gebiet, meine ich, muß er auch schon ein paar Aufträge dieser Art ausgeführt haben. Sonst wäre es mit seiner Reputation ja nicht weit her, oder?«

»Reden Sie weiter«, sagte Thomas, der ihm aufmerksam zugehört hatte.

»Nun ja, ich dachte nur, daß so ein Mann wahrscheinlich nur außerhalb seines Landes operiert. Solange alles nach Plan verläuft, würde er also die Aufmerksamkeit der internen Sicherungskräfte gar nicht auf sich ziehen. Vielleicht, daß der Geheimdienst irgendwann einmal von ihm Wind bekommen hat...«

Thomas erwog die Theorie des jungen Inspektors und schüttelte dann den Kopf.

»Denken Sie nicht weiter darüber nach und gehen Sie jetzt nach Hause, mein Junge. Ich schreibe den Bericht. Und vergessen Sie, daß wir jemals Nachforschungen angestellt haben.«

Aber als sich der Inspektor verabschiedet hatte, ging Thomas die Idee, die ihm vorgetragen worden war, noch längere Zeit im Kopf herum. Er hätte sich jetzt hinsetzen und seinen Bericht schreiben können. Aber angenommen, an der Geschichte war doch etwas dran? Angenommen, die Franzosen hatten nicht, wie Thomas vermutete, wegen eines bloßen Gerüchts, das die Sicherheit ihres über alles geliebten Präsidenten betraf, den Kopf verloren? Wenn sie tatsächlich so wenig Anhaltspunkte hatten, wie sie behaupteten, und wenn es keinen Hinweis darauf gab, daß der Mann ein Engländer war, dann mußten sie in der ganzen Welt Erkundigungen dieser Art und dieses Umfangs anstellen lassen. Die Wahrscheinlichkeit sprach dafür, daß gar kein solcher Killer existierte, und wenn, daß er aus einem jener Länder kam, in denen der politische Mord eine alte Tradition hatte. Aber was wäre, wenn sich die Vermutungen der Franzosen als zutreffend erwiesen? Und sich zudem herausstellte, daß der Mann die britische Staatsangehörigkeit besaß?

Thomas war ungemein stolz auf den Ruf, den Scotland Yard — und insbesondere der Sicherheitsdienst des Yard — genoß. Schwierigkeiten von der Art, wie sie jetzt aufgetaucht waren, hatte es niemals gegeben. Kein einziges Mal hatten sie einen in England zu Besuch weilenden ausländischen Würdenträger aus den Augen verloren und nie auch nur die Andeutung eines Skandals zu befürchten gehabt. Um den verhaßten kleinen Russen Iwan Serow, den Leiter des KGB, hatte er sich selbst gekümmert, als er im Zug der Vorbereitungen für den Chruschtschow-Besuch nach England gekommen war, und es hatte Tausende von Balten und Polen gegeben, die ihm an den Kragen wollten. Kein einziger Schuß war gefallen, obschon es von Serows Sicherheitsleuten, die eine Pistole bei sich trugen und entschlossen waren, sie gegebenenfalls auch zu benutzen, überall nur so wimmelte.

Superintendent Bryn Thomas hatte noch zwei Jahre abzudienen, bevor er sich pensionieren lassen und mit Meg in das von grünen Wiesen umgebene kleine Haus ziehen konnte, das er wegen seines Ausblicks auf den Bristol-Kanal gekauft hatte. Es war besser, auf sicher zu gehen und alle Möglichkeiten in Betracht zu ziehen.

In seiner Jugend war Thomas ein ausgezeichneter Rugbyspieler gewesen, und mancher, der gegen Glamorgan gespielt hatte, erinnerte sich noch heute daran, wie wenig ratsam es gewesen war, am schwachbesetzten Flügel des gegnerischen Feldes vorbei einen Durchbruch zu versuchen, wenn Bryn Thomas im Sturm spielte. Er nahm auch jetzt noch regen Anteil an den Geschicken der London Welsh und fuhr, wann immer er die Zeit dazu fand, zum Old Deer Park nach Richmond hinaus, um sie spielen zu sehen. Er kannte alle Mitglieder der Mannschaft und saß nach dem Spiel meistens noch im Klubhaus mit ihnen zusammen.

Daß einer der Spieler zum Stab des Foreign Office gehörte, war den anderen Klubmitgliedern bekannt — mehr aber auch nicht. Thomas wußte, daß die zwar unter der Schirmherrschaft des Foreign Office stehende, ihm jedoch nicht angegliederte Abteilung, für die Barrie Lloyd arbeitete, der *Secret Intelligence Service* war, der gelegentlich SIS, manchmal auch einfach nur »The Service« — »der Dienst« — und in der Öffentlichkeit vielfach — fälschlich — MI-6 genannt wurde.

Er griff zum Telephon, das auf seinem Tisch stand, und verlangte eine Nummer...

Die beiden Männer hatten sich zwischen 8 und 9 Uhr zu einem Bier in einem unten am Fluß gelegenen Pub verabredet. Sie sprachen eine Weile vom Rugby, aber Lloyd konnte sich ausrechnen, daß der Mann vom Sicherheitsdienst des Yard ihn nicht in einem am Flußufer gelegenen Pub hatte treffen wollen, um mit ihm über ein Spiel zu reden, für das die Saison erst in zwei Monaten begann. Als sie ihr Bier bekommen und einander mit »Cheers« zugeprostet hatten, deutete Thomas mit einem Kopfnicken auf die Terrasse hinaus, die zum Kai hinunterführte. Es war ruhiger draußen, denn die jungen Leute aus Chelsea und Fulham hatten größtenteils ihre Gläser geleert und waren im Begriff, zum Dinner aufzubrechen.

»Habe da übrigens so eine Art Problem, wissen Sie«, begann Thomas. »Dachte, daß Sie mir vielleicht ein bißchen weiterhelfen könnten.«

»Wenn ich kann —« sagte Lloyd.

Thomas berichtete ihm von dem Ansuchen aus Paris und der Ergebnislosigkeit aller bisherigen kriminalpolizeilichen und sicherheitsdienstlichen Nachforschungen.

»Mir ist nun der Gedanke gekommen, daß dieser Mann, falls er ein Brite sein sollte, es sich womöglich zum Geschäftsprinzip gemacht haben könnte, sich in England nicht die Hände schmutzig zu machen, sondern grundsätzlich nur im Ausland zu operieren. Wenn er überhaupt je Spuren zurückgelassen hat, könnten sie nur dem Dienst zur Kenntnis gelangt sein.«

»Dem Dienst?« fragte Lloyd befremdet.

»Aber nun tun Sie doch nicht so, Barry. Wir erfahren zwangsläufig so einiges.« Seine Stimme war kaum lauter als ein Flüstern. »Während der Blake-Untersuchung mußten wir eine Menge Aktenmaterial zur Verfügung stellen. Viele Leute vom Foreign Office haben damals

Einblick in das bekommen, was die Brüder in Wirklichkeit vorhatten. Ihre Personalakte war auch dabei, denn Sie waren zu der Zeit, in der er in Verdacht geriet, in seiner Sektion. Daher weiß ich, für welche Abteilung Sie arbeiten.«

»Ich verstehe«, sagte Lloyd.

»Hören Sie, im Klub kennt man mich zwar nur als Bryn Thomas. Aber Sie wissen immerhin, daß ich Superintendent vom Sicherheitsdienst beim Yard bin. Schließlich können wir nicht ausnahmslos alle für jeden von uns anonym bleiben, stimmt's?«

Lloyd starrte in sein Bierglas.

»Ist das hier ein offizielles Ersuchen um Informationen?«

»Nein, das kann ich noch nicht stellen. Das französische Ansuchen war inoffiziell. Es stammt von Lebel und erging an Mallinson. Weil er im Zentralarchiv nichts finden konnte, antwortete er, daß er nicht helfen könne. Aber er hat sich auch mit Dixon unterhalten, der mich dann bat, eine rasche Überprüfung vorzunehmen. Alles ganz inoffiziell und diskret, verstehen Sie? Gewisse Dinge können eben nur so behandelt werden. Sehr heikle Geschichte, das. Die Presse darf unter keinen Umständen davon Wind bekommen. Höchstwahrscheinlich gibt es hier bei uns in Großbritannien überhaupt nichts, was für Lebel von Interesse sein könnte. Ich wollte nur auf Nummer Sicher gehen und alle Möglichkeiten ausschöpfen. Sie waren die letzte.«

»Dieser Mann soll es auf de Gaulle abgesehen haben?«

»Der ganzen Art des Ansuchens nach zu urteilen, zweifellos. Aber die Franzosen sind, was das betrifft, außerordentlich vorsichtig. Sie wollen jedes Aufsehen vermeiden.«

»Offenbar. Aber warum wenden sie sich nicht direkt an uns?«

»Das Ersuchen um Nennung von Namen ist über den ›Old-Boy‹-Draht gekommen, von Lebel direkt an Mallinson. Vielleicht hat der französische Geheimdienst keinen ›Old-Boy‹-Draht zu Ihrer Abteilung.«

Wenn Lloyd die Anspielung auf die notorisch schlechten Beziehungen zwischen dem SDECE und dem SIS nicht entgangen war, so ließ er es sich jedenfalls nicht anmerken.

»Merkwürdig«, sagte Lloyd und blickte nachdenklich auf den Fluß hinaus. »Sie erinnern sich doch noch an den Fall Philby?«

»Selbstverständlich.«

»Das Thema ist in unserer Sektion immer noch tabu«, fuhr Lloyd fort. »Im Januar 1961 ging er von Beirut aus rüber. Natürlich wurde die Geschichte erst später publik, aber die Sache verursachte damals ein Mordsspektakel im Service. Eine Menge Leute wurden versetzt. Mußte sein, denn er hatte den größten Teil unserer arabischen Sektion und noch ein paar andere Leute dazu platzen lassen. Einer von denen, die ganz schnell ausgetauscht werden mußten, war unser Residenturchef in Westindien. Er war bis vor einem halben Jahr mit Philby zusammen in Beirut gewesen und dann nach Westindien versetzt worden.

Im gleichen Monat, es war im Januar, wurde Trujillo, der Diktator der Dominikanischen Republik, auf einer einsamen Landstraße unweit von Ciudad Trujillo ermordet. Den Berichten zufolge ist er von Partisanen umgebracht worden — er hatte viele Feinde. Unser Mann wurde damals nach London zurückgerufen, und wir arbeiteten eine Weile im gleichen Büro, bis man ihn dann wieder hinausschickte. Er erzählte mir von dem Gerücht, daß Trujillos Wagen durch einen einzigen Gewehrschuß gestoppt worden sei, den ein Scharfschütze abgegeben haben soll — aus hundertzwanzig Meter Entfernung. Durchschlug das kleine dreieckige Fenster neben dem Fahrersitz, das einzige, das nicht kugelsicher war. Der ganze Wagen war gepanzert. Der Schuß traf den Chauffeur in die Kehle, und er verlor sofort die Kontrolle über den Wagen. Das war der Augenblick, in dem die Partisanen in Aktion traten. Das Merkwürdige daran ist, daß das Gerücht besagte, der Schütze sei ein Engländer gewesen.«

Die beiden Männer starrten eine Weile schweigend auf die jetzt schon nachtdunkle Themse hinaus, während ihnen das Bild einer kargen, ausgedörrten Landschaft auf einer fernen, heißen Insel vor Augen stand, in der eine mit hundertzwanzig Stundenkilometern dahinfahrende gepanzerte Limousine von der asphaltierten Straße abkam... Sie stellten sich den alten Mann in der mit Goldlitzen reich bestickten hellbraunen Uniform vor, der sein Land dreißig Jahre lang mit eiserner Faust regiert hatte und jetzt aus den Trümmern des Wagens gezerrt wurde, um unter den Pistolenschüssen der Partisanen neben dem Straßenrand im Staub zu verenden.

»Dieser Mann, von dem das Gerücht wissen will — kennt man seinen Namen?«

»Keine Ahnung. Ich erinnere mich nicht. Wir hatten damals andere Dinge im Kopf, und ein karibischer Diktator war das letzte, worüber wir uns Gedanken machten.«

»Und dieser Kollege, der es Ihnen erzählte — hat er einen Bericht geschrieben?«

»Muß er wohl. Das entspricht der üblichen Praxis. Aber es war nur ein Gerücht, verstehen Sie. Nur ein Gerücht. Nichts, worauf man etwas hätte geben können. Wir befassen uns mit Fakten und stichhaltigen Informationen.«

»Aber aktenkundig wird es doch sicher geworden sein — irgendwo?«

»Ich nehme es an«, sagte Lloyd. »Niedrigste Dringlichkeitsstufe. Lediglich ein Gerücht, das damals da drüben in den Kneipen und Bars kursierte. Muß überhaupt nichts besagen.«

»Aber Sie könnten doch vielleicht rasch einen Blick in die alten Akten werfen und nachsehen, ob der Mann dort namentlich genannt ist?«

Lloyd trat von der Balustrade zurück.

»Sie fahren jetzt am besten nach Hause«, sagte er dem Superintendenten. »Falls ich auf irgend etwas stoßen sollte, was in dieser Sache von Interesse sein könnte, rufe ich Sie an.«

Sie kehrten in das Pub zurück, stellten ihre Biergläser ab und gingen zum Ausgang.

»Ich wäre Ihnen sehr dankbar«, sagte Thomas, als sie sich trennten. »Vermutlich werden sich keine Anhaltspunkte ergeben. Aber auch nur die leiseste Chance dazu scheint mir schon den Versuch wert zu sein.«

Während Thomas und Lloyd sich in dem an der Themse gelegenen Pub unterhielten und der Schakal in einem Dachgartenrestaurant in Mailand den Rest seiner Zabaglione auslöffelte, nahm Kommissar Claude Lebel in Paris an der im Konferenzraum des Innenministeriums stattfindenden Lagebesprechung teil.

Die Sitzordnung war die gleiche wie bei der vierundzwanzig Stunden zurückliegenden ersten Besprechung. Der Innenminister saß am oberen Ende des Tisches, an dessen Längsseiten die Abteilungsleiter Platz genommen hatten. Claude Lebel saß wieder am unteren Ende und hatte einen schmalen Aktenordner vor sich liegen. Mit einem freundlichen Nicken eröffnete der Minister die Sitzung.

Als erster sprach sein *chef de cabinet*. Im Laufe des gestrigen Tages und der vergangenen Nacht, berichtete er, habe jeder Zollbeamte an jeder Grenzstation Frankreichs Anweisung erhalten, das Gepäck aller einreisenden hochgewachsenen blonden Ausländer männlichen Geschlechts gründlich zu durchsuchen. Pässe seien besonders eingehend zu überprüfen und von den DST-Beamten beim Zoll insbesondere auf etwaige Fälschungen zu untersuchen. (Der Leiter des DST nickte bekräftigend.) Touristen und Geschäftsleuten mochte die so plötzlich gesteigerte Wachsamkeit der Zollbehörden zwar auffallen, aber man hielt es doch für unwahrscheinlich, daß irgendeiner der Betroffenen, deren Gepäck in solcher Weise durchsucht worden war, dahinterkommen könnte, daß diese Maßnahme sich auf blonde, hochgewachsene Männer beschränkte. Sollten von seiten eines alerten Pressevertreters Erkundigungen angestellt werden, so habe die Erklärung zu lauten, daß es sich um routinemäßig vorgenommene Stichproben handele. Aber man bezweifelte, daß es überhaupt zu derartigen Anfragen kommen würde. Und noch etwas hatte Sanguinetti zu berichten. Es war der Vorschlag gemacht worden, die Möglichkeit zu erörtern, ob man nicht einen der drei zur Zeit in Rom residierenden OAS-Chefs entführen solle. Aus diplomatischen Erwägungen heraus habe der Quai d'Orsay mit aller Entschiedenheit von einer solchen Idee abgeraten (allerdings war er auch nicht in die Schakal-Verschwörung eingeweiht worden) und werde darin vom Präsidenten (der die Hintergründe sehr wohl kannte) unterstützt. Als ein möglicher Ausweg aus dem Dilemma schied der Vorschlag daher aus.

General Guibaud erklärte, daß die inzwischen vorgenommene vollständige Überprüfung einschlägiger Akten des SDECE keinerlei Hinweise auf die Existenz eines außerhalb der OAS oder ihres Sympathisantenkreises selbständig operierenden politischen Killers ergeben habe.

Der Leiter der *Renseignements Généraux* erklärte, die Durchsicht relevanter Kriminalakten habe zum gleichen negativen Resultat geführt, und zwar nicht nur in Hinsicht auf französische Staatsbürger, sondern auch auf Ausländer, die jemals in Frankreich aktiv zu werden versucht hatten.

Als nächster erstattete der Chef der DST Bericht. Um 7 Uhr 30 am Morgen des gleichen Tages war ein Telephongespräch abgehört worden, das von einem in der Nähe der Gare du Nord befindlichen Postamt aus mit der Nummer des römischen Hotels, in welchem die drei OAS-Bosse sich aufhielten, geführt wurde. Seit sie sich dort vor acht Wochen eingemietet hatten, waren alle Bediensteten der internationalen Telephonauskunfts- und -vermittlungsstelle angewiesen, jedes mit dieser Nummer geführte Gespräch zu melden. Der betreffende Beamte, der an diesem Morgen den Dienst am Klappenschrank versah, hatte freilich die Verbindung bereits hergestellt gehabt, bevor er sich darüber klar wurde, daß es sich um die auf seiner Liste befindliche Nummer in Rom handelte. Immerhin brachte er die Geistesgegenwart auf, das Gespräch abzuhören. Die übermittelte Botschaft lautete: »Valmy an Poitiers. Der Schakal ist aufgeflogen. Kowalsky wurde geschnappt. Hat gesungen, bevor er starb. Ende.«

Ein paar Sekunden lang herrschte in dem Konferenzraum absolutes Schweigen.

»Wie haben die das herausbekommen?« ließ sich schließlich Lebels Stimme vom unteren Ende des Tisches her vernehmen. Mit Ausnahme Oberst Rollands, der nachdenklich einen imaginären Punkt auf der ihm gegenüberliegenden Wand anstarrte, richteten alle den Blick auf den Kommissar.

»Verdammt«, sagte Rolland, noch immer auf die Wand starrend, laut und vernehmlich. Die Blicke wanderten zum Chef des Aktionsdienstes hinüber.

»Marseille«, sagte der Oberst. »Um Kowalsky nach Marseille zu locken, haben wir einen Köder benutzt. Einen alten Freund namens Jo-Jo Grzybowski. Der Mann ist verheiratet und hat eine Tochter. Wir hielten sie alle drei in Schutzhaft, bis sich Kowalsky in unserer Hand befand. Dann erlaubten wir ihnen, nach Hause zurückzukehren. Was ich von Kowalsky wollte, waren lediglich Informationen über seine Chefs. Zu dem Zeitpunkt hatten wir von der Schakal-

Verschwörung noch keine Kenntnis. Es bestand daher auch kein Grund, ihnen zu verheimlichen, daß wir Kowalsky gefaßt hatten. Seither hat sich die Situation freilich geändert. Es muß der Pole Jo-Jo gewesen sein, der den Agenten Valmy informiert hat. Tut mir leid.«

»Hat die DST Valmy auf dem Postamt erwischt?« fragte Lebel.

»Nein, infolge der Dummheit des Fernsprechbeamten verfehlten wir ihn um wenige Minuten«, erklärte der Leiter der DST.

»Also gleich eine Serie eklatanter Fehlschläge und Versäumnisse, wie mir scheint«, bemerkte Oberst Saint Clair beißend. Die Blicke, die sich auf ihn richteten, waren nicht gerade freundlich zu nennen.

»Wir tasten im dunkeln — nach einem unbekannten Gegner«, entgegnete General Guibaud. »Wenn es den Obersten drängen sollte, freiwillig die Leitung der Operation zu übernehmen — und selbstverständlich auch die Verantwortung...«

Der Oberst aus dem Elysée-Palast betrachtete angelegentlich die vor ihm liegenden Besprechungsunterlagen, als käme ihnen größere Bedeutung zu als der kaum verhüllten Drohung, die in der Bemerkung des Generals gelegen hatte. Aber er begriff, daß seine Äußerung nicht sonderlich klug gewesen war.

»In gewisser Weise«, gab der Minister zu bedenken, »ist es ebenso gut, wenn sie wissen, daß ihr gedungener Schütze aufgeflogen ist. Immerhin werden sie die Aktion jetzt doch wohl abblasen müssen?«

»Genau das«, sagte Saint Clair, darauf bedacht, wieder an Boden zu gewinnen. »Der Minister hat völlig recht. Die müßten ja verrückt sein, wenn sie jetzt noch weitermachen wollten. Sie werden den Mann zweifellos zurückpfeifen.«

»Er ist nicht wirklich aufgeflogen«, bemerkte Lebel, dessen Anwesenheit man ganz allgemein fast schon vergessen zu haben schien. »Wir kennen den Namen des Mannes noch immer nicht. Die Warnung mag ihn lediglich veranlaßt haben, für zusätzliche Absicherungen zu sorgen, als da sind falsche Papiere, Tarnung durch maskenbildnerische Tricks und so weiter...«

Der Optimismus, den die Bemerkung des Ministers in der Tischrunde hervorgerufen hatte, verflüchtigte sich schlagartig. Roger Frey musterte den kleinen Kommissar respektvoll.

»Ich hielte es für angebracht, wenn wir uns jetzt Kommissar Lebels Bericht anhörten, meine Herren. Schließlich leitet er diese Ermittlungen, und wir sind hier, um ihm dabei behilflich zu sein, wo immer wir können.«

In dieser Weise dazu aufgefordert, zählte Lebel die Maßnahmen auf, die er seit dem vergangenen Abend eingeleitet hatte; erwähnte die wachsende Überzeugung, in der er sich durch die Überprüfung der einschlägigen französischen kriminalpolizeilichen und sicherheitsdienstlichen Unterlagen bestärkt fühlte, daß der Ausländer, wenn überhaupt, dann nur in irgendeinem anderen Land aktenkundig sein könne. Berichtete von seiner Forderung, durch kooperierende Polizeibehörden anderer Staaten Ermittlungen anstellen zu lassen, und stellte klar, daß die Genehmigung hierzu erteilt worden sei. Schilderte die Gespräche, die er über das Interpol-Netz mit den Polizeichefs sieben verschiedener Länder geführt hatte.

»Die Auskünfte trafen im Laufe des Tages ein«, faßte Lebel zusammen. »Sie lauteten wie folgt: Holland: Nichts. Italien: Mehrere kriminalpolizeilich erfaßte Killer, die auf Kontraktbasis arbeiten, allesamt jedoch ausschließlich im Auftrag der Mafia. Diskrete Rückfragen der Carabinieri beim Capo in Rom wurden mit der Versicherung beantwortet, daß kein Mafia-Killer jemals einen politischen Mord begehe, es sei denn auf Weisung, und daß die Mafia der Ermordung eines ausländischen Staatsmannes nie zustimmen würde.« Lebel blickte auf. »Ich persönlich neige zu der Annahme, daß dies vermutlich der Wahrheit entspricht.

Weiter. Großbritannien: Nichts. Allerdings ist die weitere Ermittlung einer anderen Abteilung — dem Sicherheitsdienst des Yard — übertragen worden.«

»Langsam wie immer«, murmelte Saint Clair halblaut. Lebel hörte die Bemerkung und blickte wiederum auf.

»Aber sehr gründlich, das muß man unseren englischen Freunden lassen. Unterschätzen Sie Scotland Yard nicht.« Er fuhr fort: »Amerika: Zwei Möglichkeiten. Einmal die rechte Hand eines von Miami aus operierenden Waffenhändlers. Der Mann war früher im US-Marine Corps und später CIA-Agent in Westindien. Wurde geschaßt, weil er kurz vor dem Desaster in der Schweinebucht einen kubanischen Anti-Castroisten in einem Streit getötet hat. Der Kubaner hätte bei dem Unternehmen eine Abteilung befehligen sollen. Der Amerikaner wurde dann von dem Waffenhändler engagiert, der zu den Leuten gehörte, mit deren inoffizieller Hilfe die CIA die Schweinebucht-Invasionstruppe bewaffnet hatte. Man nimmt an, daß der Amerikaner für zwei ungeklärte Unfälle verantwortlich ist, denen unliebsame Konkurrenten seines Arbeitgebers zum Opfer fielen. Der Mann heißt Charles ›Chuck‹ Arnold. Das FBI ist jetzt dabei, seinen Aufenthaltsort zu ermitteln.

Bei Marco Vitellino, dem zweiten Mann, den das FBI nannte, handelt es sich um einen ehemaligen persönlichen Leibwächter von Albert Anastasia, dem New Yorker Gangsterboß. Dieser Capo wurde 1957 in einem Friseurstuhl erschossen, und Vitellino flüchtete außer Landes, weil er um sein eigenes Leben fürchten mußte. Er ließ sich in Caracas, Venezuela, nieder und versuchte dort auf eigene Faust, wieder ins Geschäft zu kommen, jedoch ohne Erfolg. Die Unterwelt boykottierte ihn. Das FBI hält es für möglich, daß er sich, sofern er völlig mittellos sein sollte, bereit erklären könnte, einen ihm von einer ausländischen Organisation angetragenen Mordauftrag auszuführen, vorausgesetzt, das Honorarangebot ist hoch genug.«

Im Konferenzraum des Innenministeriums herrschte Totenstille. Die vierzehn anwesenden Männer waren Lebels Ausführungen gebannt gefolgt.

»Belgien: Eine Möglichkeit. Psychopathischer Mörder, früher im Stab Tschombés in Katanga. 1962 von den Truppen der Vereinten Nationen gefangengenommen und außer Landes verwiesen. Konnte wegen Mordanklage in zwei Fällen nicht nach Belgien zurückkehren. Ein gedungener Mordschütze, aber ein gerissener Kopf. Heißt Jules Béranger. Vermutlich ebenfalls nach Zentralamerika emigriert. Die belgische Polizei hat seinen gegenwärtigen Aufenthaltsort jedoch noch immer nicht zweifelsfrei ermitteln können.

Deutschland: Eine Möglichkeit. Hans-Dieter Kassel, ehemaliger SS-Führer, in zwei Ländern wegen Kriegsverbrechen verurteilt. Lebte nach dem Krieg unter angenommenem Namen in Westdeutschland und war für ODESSA, die Untergrundorganisation ehemaliger SS-Mitglieder, als Kontraktkiller tätig. Der Mittäterschaft an der Ermordung zweier sozialistischer Nachkriegspolitiker verdächtig, die auf eine Intensivierung der Ermittlungen gegen Kriegsverbrecher gedrängt hatten. Später als Kassel identifiziert, aber dank eines Hinweises, der ihm von einem höheren Polizeibeamten, der daraufhin seinen Posten verlor, gegeben worden war, nach Spanien entkommen. Lebt jetzt vermutlich in Madrid.«

Lebel sah von seinen Papieren auf. »Übrigens scheint mir der Mann für diese Art von Job doch ein wenig zu alt zu sein. Er ist jetzt siebenundfünfzig.« Dann fuhr er fort. »Und schließlich Südafrika: Ein möglicher Täter. Professioneller Söldner. Name: Piet Schuyper. Ebenfalls einer von Tschombés Leuten. In Südafrika liegt offiziell nichts gegen ihn vor, aber er wird als unerwünscht erachtet. Ein Meisterschütze und ein ausgesprochener Spezialist für individuellen Mord. Wurde Anfang dieses Jahres nach dem Zusammenbruch der katangesischen Sezession aus dem Kongo abgeschoben. Hält sich vermutlich irgendwo in Westafrika auf. Die Südafrikaner ermitteln weiter.« Er hielt inne und blickte auf. Die vierzehn Männer, die um den Tisch herumsaßen, sahen ihn ihrerseits unverwandt an.

»Alles das«, meinte Lebel unzufrieden, »ist natürlich noch sehr vage. Einmal, weil ich es zunächst nur bei den sieben Ländern versucht habe, in denen der Schakal möglicherweise bereits aktenkundig geworden sein könnte. Aber selbstverständlich kann er auch Schweizer, Österreicher oder sonst irgend etwas sein. Drei von sieben Ländern meldeten, daß sie keine in Frage kommenden Täter zu nennen wüßten. Das mag eine Fehleinschätzung sein. Der Schakal könnte auch die italienische, die holländische oder die englische Staatsbürgerschaft besitzen. Ebensogut kann er ein Südafrikaner, Belgier, Deutscher oder Amerikaner sein, dessen kriminelle Tätigkeit den Polizeibehörden seines Landes bis dato nicht zur Kenntnis gelangt ist. Man weiß es nicht. Man tastet im dunkeln und kann nur hoffen, daß wir möglichst bald auf einen entscheidenden Hinweis stoßen.«

»Mit der bloßen Hoffnung ist uns nicht gedient«, bemerkte Saint Clair sarkastisch.

»Vielleicht hat der Oberst andere Vorschläge zu machen?« erkundigte sich Lebel höflich.

»Ich persönlich glaube ganz sicher, daß der Mann zurückgepfiffen worden ist«, erklärte Saint Clair eisig. »Es ist völlig ausgeschlossen, daß es ihm jetzt, nachdem seine Absicht bekannt ist, überhaupt noch gelingt, jemals nahe genug an den Präsidenten heranzukommen. Was auch immer Rodin und seine Gesinnungsgenossen diesem Schakal geboten haben mögen, sie werden ihr Geld zurückfordern und die Aktion abblasen.«

»Sie *glauben*, daß der Mann zurückgepfiffen wurde«, wandte Lebel ein, »aber Glauben ist vom Hoffen nicht so weit entfernt. Ich würde es vorziehen, die Ermittlungen zunächst fortzusetzen.«

»Wie steht es mit diesen Ermittlungen, Kommissar?« fragte der Minister.

»Die Polizeibehörden, die uns die erwähnten Namen nannten, haben mit der fernschriftlichen Übermittlung der vollständigen Dossiers bereits begonnen. Bis morgen mittag erwarte ich den letzten Bericht. Funkbilder der Betreffenden erhalten wir ebenfalls. Einige Polizeibehörden setzen ihre Nachforschungen zur Ermittlung der Verdächtigen mit Hochdruck fort, damit wir dann den Fall übernehmen können.«

»Meinen Sie, daß sie den Mund halten werden?« fragte Sanguinetti.

»Ich sehe keinen Grund, warum sie das nicht tun sollten«, entgegnete ihm Lebel. »Hunderte von vertraulichen Anfragen werden alljährlich an höhere Polizeibeamte der Interpol-Länder gerichtet, darunter nicht wenige über persönliche Kontakte und inoffizielle Drähte. Glücklicherweise sind sich ausnahmslos alle Länder ungeachtet ihrer politischen Orientierung in der Bekämpfung des Verbrechens einig. Mit Rivalitäten, wie sie die mit den internationalen Beziehungen befaßten diplomatischen und politischen Organe kennen, haben wir es daher nicht zu tun. Die Zusammenarbeit zwischen den Polizeibehörden ist ausgezeichnet.«

»Auch in der Bekämpfung politischer Verbrechen?« fragte Roger Frey.

»Für Polizisten, Herr Minister, bleibt ein Verbrechen ein Verbrechen. Das ist der Grund, weshalb ich lieber meine ausländischen Kollegen zu Rate ziehen wollte, statt meine Anfrage an die verschiedenen Auswärtigen Ämter zu richten. Zweifellos werden die Vorgesetzten meiner Kollegen darüber unterrichtet werden müssen, daß Nachforschungen angestellt wurden, aber sie haben keinerlei Veranlassung, das Vorgehen ihrer Untergebenen zu mißbilligen oder auch nur irgendein Aufhebens davon zu machen. In der ganzen Welt ist der politische Mörder ein Geächteter.«

»Aber wenn sie schon wissen, daß Ermittlungen angestellt wurden, werden sie sich auch ausrechnen können, worum es sich dreht, und die Gelegenheit wahrnehmen, sich insgeheim über unseren Präsidenten lustig zu machen«, rügte Saint Clair.

»Ich sehe nicht, warum sie das tun sollten«, erwiderte Lebel. »Eines Tages könnten sie selbst an der Reihe sein.«

»Sie wissen nichts von der Politik, wenn Ihnen nicht klar ist, daß manche Leute nur zu glücklich wären, wenn sie erführen, daß ein Killer es auf den Präsidenten der Republik abgesehen hat«, ereiferte sich Saint Clair. »Die öffentliche Kenntnis der Angelegenheit ist genau das, was der Präsident um jeden Preis vermieden wissen wollte.«

»Von öffentlicher Kenntnis kann gar keine Rede sein«, erwiderte Lebel. »Es ist im Gegenteil eine Kenntnis, die auf eine knappe Handvoll Männer beschränkt bleibt. Diese Männer sind in Geheimnisse eingeweiht, deren Preisgabe fünfzig Prozent aller Politiker ihres Landes ruinieren würde. Einige von ihnen kennen die geheimsten Einzelheiten der militärischen Einrichtungen, die Europas Sicherheit garantieren. Sie müssen sie kennen, um sie schützen zu können. Wenn sie nicht verschwiegen wären, würden sie nicht das Amt haben, das sie zum Teil seit Jahren bekleiden.«

»Wenn ein paar Leute wissen, daß wir nach einem Killer fahnden, so ist das immer noch besser, als daß wir ihnen Einladungen zum Begräbnis des Präsidenten schicken müssen«, knurrte Bouvier. »Zwei Jahre lang haben wir die OAS bekämpft. Die Instruktionen des Präsidenten gingen dahin, daß es über diese Dinge keine Schlagzeilen geben und nichts an die breite Öffentlichkeit gelangen dürfe.«

»Aber meine Herren«, schaltete sich der Minister ein, »das genügt jetzt. Ich war es, der Kommissar Lebel ermächtigt hat, mit den Leitern ausländischer Polizeibehörden in dieser Sache Fühlung aufzunehmen. Das geschah« — er blickte zu Saint Clair hinüber — »nach Rücksprache mit dem Präsidenten.«

Die allgemeine Belustigung über die Niederlage des Obersten war unverhohlen.

»Sonst noch etwas?« fragte Roger Frey.

Rolland hob die Hand.

»Wir unterhalten ein ständiges Büro in Madrid«, sagte er. »Es gibt eine Anzahl OAS-Flüchtlinge in Spanien, und deswegen haben wir es eingerichtet. Wir könnten über den Nazi Kassel Erkundigungen einziehen, ohne auf die Westdeutschen angewiesen zu sein. Soweit ich weiß, sind unsere Beziehungen zum Bonner Auswärtigen Amt noch immer nicht die allerbesten.«

Seine Anspielung auf die Argoud-Entführung und die daraus resultierende Verärgerung Bonns rief hier und dort ein amüsiertes Lächeln hervor. Frey sah Lebel fragend an.

»Danke«, sagte der Detektiv, »es wäre außerordentlich hilfreich, wenn Sie den Mann lokalisieren könnten. Im übrigen kann ich alle Abteilungen nur bitten, mir weiterhin die Unterstützung zuteil werden zu lassen, die Sie mir schon während der vergangenen vierundzwanzig Stunden gewährten.«

»Dann also bis morgen, meine Herren«, sagte der Minister, nahm die vor ihm liegenden Papiere und erhob sich. Die Sitzung war beendet.

Draußen auf der Freitreppe atmete Lebel tief die milde Pariser Nachtluft ein. Die Kirchturmuhren schlugen zwölf und läuteten den neuen Tag ein. Es war Donnerstag, der 13. August.

Kurz nach Mitternacht rief Barrie Lloyd Superintendent Thomas in dessen Wohnung in Chiswick an. Thomas war gerade im Begriff gewesen, die Nachttischlampe auszuknipsen, und hatte angenommen, daß der SIS-Mann ihn am anderen Morgen anrufen würde.

»Ich habe den Durchschlag des Berichts gefunden, von dem wir sprachen«, sagte Lloyd. »In gewisser Weise hatte ich recht. Es handelt sich tatsächlich nur um einen Routinebericht über ein Gerücht, das damals auf der Insel umging. Erhielt, kaum daß er eingegangen war, den Vermerk: ›Keine Maßnahme erforderlich‹. Wie ich schon sagte, hatten wir zu der Zeit genügend andere Dinge um die Ohren.«

»Ist irgendein Name erwähnt worden?« fragte Thomas leise, um seine neben ihm liegende Frau nicht im Schlaf zu stören.

»Ja, ein gewisser Charles Calthrop, ein britischer Geschäftsmann, der etwa zu jenem Zeitpunkt verschwand. Er braucht mit der Geschichte nichts zu tun gehabt zu haben, aber das Gerücht bringt seinen Namen damit in Verbindung.«

»Danke, Barrie. Ich gehe der Sache gleich morgen früh nach.« Er legte den Hörer auf und knipste die Nachttischlampe aus.

Als gewissenhafter junger Mann verfaßte Lloyd eine kurze Notiz über das Ansuchen und seine Reaktion hierauf und sandte sie an die zentrale Verteilerstelle. In den frühen Morgenstunden überflog der diensttuende Beamte die Notiz und war einen Augenblick unschlüssig. Da sie Paris betraf, steckte er sie schließlich in den Umschlag, der für das Referat Frankreich des Foreign Office bestimmt war. Den Gepflogenheiten entsprechend, sollte der Umschlag noch im Laufe des Vormittags dem Leiter des Referats persönlich ausgehändigt werden.

Vierzehntes Kapitel

Der Schakal wurde wie immer gegen 7 Uhr 30 wach, trank den ihm ans Bett servierten Tee, wusch, duschte und rasierte sich. Als er angezogen war, holte er die 1000 Pfund aus dem aufgeschlitzten Kofferfutter hervor, steckte die gebündelten Scheine in die Innentasche seines Jacketts und begab sich ins Frühstückszimmer. Um 9 Uhr hatte er das Hotel verlassen und schlenderte, nach Banken Ausschau haltend, die Via Manzoni hinauf und hinunter. Zwei Stunden lang suchte er eine Bank nach der anderen auf und wechselte seine englischen Pfund ein. Zweihundert tauschte er in italienische Lire um, die restlichen achthundert in französische Francs.

Gegen elf hatte er die gesamte Summe eingewechselt und nahm auf einer Caféterrasse Platz, um einen Espresso zu trinken. Anschließend begab er sich zum zweitenmal auf die Suche. Nach anfänglichem Umherirren hatte er sich zu einem unweit der Garibaldi-Station befindlichen Arbeiterviertel durchgefragt, wo er in einer Nebenstraße nahe der Porta Garibaldi eine Reihe abschließbarer Garagen entdeckte. Das entsprach genau dem, was er gesucht hatte. Der Besitzer, der auch die Garage an der Straßenecke betrieb, vermietete ihm eine der Boxen. Die Miete für zwei Tage betrug 10.000 Lire und lag damit weit über dem üblicherweise geforderten Preis; aber schließlich war die Mietdauer sehr kurz.

In einem nahen Eisenwarengeschäft kaufte er einen Overall, eine Metallschere, einige Meter dünnen Stahldraht, einen Lötkolben und eine etwa dreißig Zentimeter lange Stange Lötzinn. Er packte alles das in eine Leinwandtasche, die er im gleichen Laden erstanden hatte, und stellte sie in der Garage ab. Dann steckte er den Schlüssel ein und fuhr in die Innenstadt, um zu Mittag zu essen.

Am frühen Nachmittag ließ er sich per Taxi zu einer kleinen, offenkundig nicht allzu gut gehenden Autoverleihfirma fahren, der er seinen Besuch von der Stadt aus telephonisch avisiert hatte. Er mietete einen zweisitzigen Alfa-Romeo (Baujahr 1962) und erklärte beiläufig, daß er eine vierzehntägige Italienrundfahrt zu unternehmen und den Wagen anschließend zurückzubringen gedenke.

Sein Paß wie auch sein britischer und sein internationaler Führerschein waren in Ordnung, und die Versicherung konnte innerhalb einer Stunde durch eine nahe Firma, die diese Dinge für den Automobilverleih routinemäßig erledigte, abgeschlossen werden. Die Höhe der Hinterlegungssumme war beträchtlich; sie entsprach dem Gegenwert von über 100 Pfund. Dafür stand ihm der Wagen ohne weitere Formalitäten sogleich zur Verfügung. Der Zündschlüssel steckte schon im Zündschloß, und der Inhaber der Firma wünschte ihm gute Reise und einen erholsamen Urlaub.

Auf seine vorsorgliche Anfrage bei der Automobile Association in London hatte er die Auskunft erhalten, daß es, da sowohl Frankreich als auch Italien der Europäischen Wirtschaftsgemeinschaft angehörten, keiner umständlichen Formalitäten bedurfte, um mit einem in Italien polizeilich gemeldeten Wagen nach Frankreich zu fahren, vorausgesetzt, die Wagenpapiere, der Leihvertrag und die Versicherungspolice waren in Ordnung.

Am Informationstisch des Automobil Club Italiano am Corso Venezia hatte man ihm eine angesehene Versicherungsgesellschaft empfohlen, die darauf spezialisiert war, Autofahrer auf Auslandsreisen zu versichern. Dort schloß er eine Zusatzversicherung für eine Fahrt nach Frankreich ab und zahlte wiederum in bar. Die Firma, so wurde ihm bedeutet, arbeitete mit einer großen französischen Versicherungsgesellschaft aufs engste zusammen; Verrechnungsschwierigkeiten seien also nicht zu befürchten.

Anschließend fuhr er den Alfa zum Continentale, stellte ihn auf dem für Hotelgäste reservierten Parkplatz ab und suchte sein Zimmer auf, um den Koffer mit den Einzelteilen des zusammenlegbaren Gewehrs zu holen. Kurz nach der Teezeit war er wieder in der kleinen Nebenstraße bei der Porta Garibaldi und fuhr den Wagen in die Garage.

Nachdem er die Lötkolbenschnur in den Kontakt der Deckenbeleuchtung gesteckt und den Lichtstrahl der auf den Boden gelegten Stablampe so gerichtet hatte, daß er die Unterseite des Wagens beschien, machte er sich hinter vorsorglich verschlossenen Türen an die Arbeit. Zwei Stunden lang war er damit beschäftigt, die dünnen Stahlröhren, die das zerlegte Gewehr enthielten, sorgfältig mit den inneren Flanschen des Chassis' zu verlöten. Einer der Gründe, weshalb er sich für einen Alfa entschieden hatte, war die Tatsache, daß der Wagen, wie er schon in London beim Studium italienischer Automobilkataloge hatte feststellen können, ein solides Stahlchassis mit tiefen seitlichen Flanschen besaß.

Die in dünnen Leinenhüllen steckenden Stahlröhren befestigte er mit Stahldraht im Flansch, und den Draht lötete er überall dort fest, wo er das Chassis berührte.

Sein Overall war ölverschmiert, und seine Hände schmerzten vom Festzurren des Stahldrahts. Aber die Arbeit war getan. Die Stahlröhren waren so gut wie nicht zu entdecken und würden zudem bald von Staub und Schlamm überkrustet sein.

Er packte den Overall, den Lötkolben und den restlichen Draht in die Leinentasche und begrub sie in der hinteren Ecke der Garage unter einem Haufen alter Putzlappen. Die Drahtschere wanderte in das Handschuhfach des Armaturenbretts.

Der Abend dämmerte bereits, als der Schakal den Wagen aus der Garage lenkte. Er legte den Koffer in den Gepäckraum, schloß die Garagentür ab, steckte den Schlüssel ein und fuhr zum Hotel zurück.

Vierundzwanzig Stunden nach seiner Ankunft in Mailand war er wieder in seinem Hotelzimmer, erholte sich unter der Dusche von den Anstrengungen des Tages und badete seine schmerzenden Hände in kaltem Wasser, bevor er sich zum Abendessen anzog.

Auf dem Weg zur Bar, wo er seinen gewohnten Campari mit Soda trank, ging er zur Rezeption, bat um Ausstellung seiner Rechnung, um sie nach dem Abendessen begleichen zu können, und gab Weisung, am folgenden Morgen bereits um 5 Uhr 30 mit einer Tasse Tee geweckt zu werden.

Die Hände auf dem Rücken verschränkt, stand Sir Jasper Quigley am Fenster seines Büros im Foreign Office und sah auf den Paradeplatz der Horse Guards hinunter. Eine Schwadron House Hold Cavalry trabte in makelloser Ordnung über den Kies auf The Mall zu und schwenkte dann in Richtung Buckingham Palace nach links ein.

Es war ein ungemein erfreuliches und erhebendes Bild. An zahllosen Vormittagen hatte Sir Jasper im Ministerium an seinem Fenster gestanden und auf dieses englischste aller englischen Spektakel hinabgestarrt. Oft wollte es ihm scheinen, daß die bloße Tatsache, hier an diesem Fenster stehen und die »Blauen« vorbeireiten, die Sonne scheinen und die Touristen ihre Hälse recken zu sehen, über den weiten Platz hinweg das metallische Klirren der Kürasse und Kandaren, das Wiehern eines Pferdes, das die Sporen bekam, und die »Ahas« und »Ooohs« der Menge zu hören, all die in anderen, unbedeutenderen Ländern in den Botschaften Ihrer Majestät verbrachten Jahre mehr als reichlich aufwog. Es geschah nur selten, daß ihn dieser Anblick nicht unwillkürlich die Schultern straffen, den Bauch in der gestreiften Hose um ein weniges einziehen und in spontan aufwallendem Stolz das Kinn heben ließ. Zuweilen stand er, sobald das Knirschen der Hufe auf dem Kies hörbar wurde, nur deswegen von seinem Platz hinter dem Schreibtisch auf, um sich an das neugotische Fenster zu stellen und sie vorbeidefilieren zu sehen. Und manchmal, wenn er an alle diejenigen jenseits des Kanals dachte, die diese Szenerie zu verändern und das leise Klirren der Sporen durch das Stampfen von *brodequins* aus Paris oder von Schaftstiefeln aus Berlin zu ersetzen trachteten, fühlte er ein leichtes Brennen in den Augen und kehrte eiligst zu seinen Papieren zurück.

Nicht jedoch an diesem Morgen. An diesem Morgen waren seine ohnehin weder vollen noch rosigen Lippen so fest zusammengepreßt, daß sie gänzlich verschwanden. Sir Jasper Quigley hatte eine Mordswut, die sich in dem einen oder anderen winzigen Anzeichen äußerte. Selbstverständlich war er allein.

Er leitete das Frankreich-Referat im Foreign Office, das Büro also, dessen Aufgabe darin bestand, die Affären, Ambitionen und Aktionen dieses verflixten Landes jenseits des Kanals zu studieren und dem Staatssekretär des Äußeren und gelegentlich auch dem Außenminister Ihrer Majestät höchstselbst darüber Bericht zu erstatten.

Er besaß — sonst hätte er den Posten nie bekommen — hierzu alle erforderlichen Qualifikationen: eine lange und ehrenvolle Laufbahn im diplomatischen Dienst und den Ruf eines fundierten politischen Urteilsvermögens, das sich zwar oft genug als fehlbar erwiesen, jedoch stets im Einklang mit dem seiner Vorgesetzten befunden hatte. Er legte sich nie eindeutig fest und hatte daher auch nie nachweislich unrecht gehabt oder in unpassender Weise recht behalten. In seiner ganzen Laufbahn hatte er nicht ein einziges Mal eine unbequeme Ansicht vertreten, noch jemals eine Meinung geäußert, die sich nicht jeweils mit derjenigen gedeckt hätte, die auf höchster Ebene des Diplomatischen Corps gerade vorherrschte.

Seine Ehe mit der anderweitig nicht zu verheiratenden Tochter eines Botschaftsrats in Berlin, der später zur rechten Hand des stellvertretenden Staatssekretärs des Äußeren avancierte, hatte seiner Karriere nicht geschadet. Sie bewirkte im Gegenteil, daß man sein in Berlin formuliertes unglückseliges Memorandum aus dem Jahre 1937, das die Möglichkeit nachteiliger Auswirkungen der deutschen Wiederbewaffnung auf die Zukunft Westeuropas entschieden verneinte, höheren Orts gnädig übersah.

Wieder in London, hatte er während des Krieges eine Zeitlang im Balkan-Referat gearbeitet und sich nachdrücklich für die Unterstützung des jugoslawischen Partisanen Mihailovič und seiner Četniks eingesetzt. Als es der damalige Premierminister unbegreiflicherweise vorzog, auf die Ratschläge eines obskuren jungen Captains namens Fitzroy MacLean zu hören, der mit dem Fallschirm über dem Partisanengebiet abgesprungen war und auf einen dubiosen Kommunisten setzte, der sich Tito nannte, war der junge Quigley in das Frankreich-Referat versetzt worden.

Dort tat er sich als profilierter Fürsprecher der britischen Unterstützung General Girauds in Algerien hervor. Das war oder wäre die einzig richtige Politik gewesen, wenn nicht jener andere, weit weniger bedeutende französische General, der von London aus eine autonome Streitmacht aufzustellen versuchte, die sich »France Libre« nannte, Giraud ausmanövriert hätte. Warum sich Winston jemals mit diesem Mann abgegeben hatte, war allen professionellen außenpolitischen Sachverständigen immer unverständlich geblieben. Nicht, daß auch nur einer von diesen Franzosen jemals zu irgend etwas nütze gewesen wäre.

Niemand konnte behaupten, Sir Jasper, der 1951 für seine Verdienste um die britische Diplomatie geadelt worden war, mangele es an den entscheidenden Voraussetzungen, um einen kompetenten Leiter des Frankreich-Referats abzugeben. Er hatte eine angeborene

Abneigung gegen Frankreich und alles, was irgendwie mit dem Land zusammenhing. Diese Gefühle waren jedoch noch milde zu nennen, verglichen mit denjenigen, die er der Person Präsident de Gaulles selbst gegenüber empfand, seit dieser auf seiner Pressekonferenz vom 23. Januar England den Beitritt zur EWG starrsinnig verwehrt hatte — was Sir Jasper eine höchst unangenehme zwanzigminütige Audienz beim Außenminister einbrachte.

Es hatte geklopft. Sir Jasper wandte sich rasch vom Fenster ab, nahm ein auf seinem Schreibtisch liegendes Schriftstück zur Hand und hielt es so, als sei er durch das Klopfen im Lesen unterbrochen worden.

»Herein.«

Der junge Mann trat ein, schloß die Tür hinter sich und ging auf den Arbeitstisch zu.

Sir Jasper musterte ihn über den Rand seiner Brille hinweg.

»Ah, Lloyd. Lese da gerade den Bericht, den Sie heute nacht erstattet haben. Interessant, interessant. Ein inoffizielles Ersuchen, das ein höherer französischer Polizeibeamter an einen höheren englischen Polizeibeamten richtet. Weitergereicht an einen Superintendenten von Scotland Yards Special Branch, der es seinerseits für richtig hält, einen jungen Beamten des Secret Service — selbstverständlich inoffiziell — zu konsultieren. Hmm?«

»Ja, Sir Jasper.«

Lloyd sah abwartend zu dem spindeldürren Diplomaten hinüber, der am Fenster stand und seinen Bericht studierte, als läse er ihn zum erstenmal. Er kam zu dem Schluß, daß Sir Jasper längst mit dem Inhalt vertraut und seine bemühte Indifferenz wahrscheinlich nichts als Pose war.

»Und dieser junge Beamte wiederum hält es für richtig und angebracht, aus eigenem Ermessen und vermutlich ohne Rücksprache mit seinen Vorgesetzten, dem Special-Branch-Beamten dadurch zu assistieren, daß er ein Gerücht weiterverbreitet. Ein Gerücht zudem, das, ohne auch nur andeutungsweise hierfür einen Beweis zu enthalten, schlankweg impliziert, daß ein britischer Staatsbürger, der als unbescholtener Geschäftsmann gilt, in Wahrheit möglicherweise ein kaltblütiger Mörder sei. Hmmm?«

Worauf, zum Teufel, mag der alte Geier bloß hinauswollen? fragte sich Lloyd. Er sollte es bald erfahren.

»Was mich bestürzt, mein lieber Lloyd, das ist die Tatsache, daß dieses Ansuchen, obschon es — inoffiziell, versteht sich — bereits gestern morgen ergangen ist, dem Leiter derjenigen Abteilung des Ministeriums, die mit allem, was in Frankreich vorgeht, von Amts wegen aufs intensivste befaßt ist, erst volle vierundzwanzig Stunden später zur Kenntnis gelangt. Ein etwas merkwürdiger Sachverhalt, finden Sie nicht?«

Lloyd begriff, woher der Wind wehte. Rivalitäten und Kompetenzstreitigkeiten zwischen den einzelnen Abteilungen also. Aber er wußte auch, daß Sir Jasper ein einflußreicher Mann und in der Technik der innerhalb der Hierarchie der Ämter ausgetragenen Machtkämpfe, in welche die Beteiligten weit mehr Energien zu investieren pflegten als in die Staatsgeschäfte, seit Jahrzehnten versiert war.

»Bei allem Respekt, Sir Jasper — als Superintendent Thomas gestern abend mit seiner — von Ihnen als inoffiziell bezeichneten — Bitte an mich herantrat, war es 21 Uhr. Der Bericht wurde um Mitternacht erstattet.« — »Zugegeben. Aber ich stelle fest, daß dem Ansuchen schon vor Mitternacht stattgegeben worden ist. Wollen Sie mir vielleicht erklären, wie das geschehen konnte?«

»Ich war der Ansicht, daß die Bitte um Hinweise oder auch nur mögliche Fingerzeige nicht über das vertretbare Maß der zwischen den einzelnen Abteilungen üblichen Zusammenarbeit hinausginge«, entgegnete Lloyd.

»So, der Ansicht waren Sie also.« Sir Jasper hatte die Pose nachsichtigen Wohlwollens aufgegeben und ließ sich seinen Unwillen jetzt deutlich anmerken. »Aber offenbar doch wohl über das der zwischen Ihrer Abteilung und dem Frankreich-Referat üblichen Zusammenarbeit, hmmmm?«

»Sie halten meinen Bericht in der Hand, Sir Jasper.«

»Ein bißchen spät, mein Lieber. Ein bißchen spät.«

Lloyd entschloß sich zum Gegenangriff. Es war ihm klar, daß er sich, wenn es wirklich ein Fehler gewesen sein sollte, Thomas zu helfen, ohne vorher mit seinen Vorgesetzten zu sprechen, an seinen eigenen Chef hätte wenden müssen und nicht an Sir Jasper. Und der

Leiter des Secret Intelligence Service war wegen seiner beharrlichen Weigerung, die eigenen Untergebenen von irgend jemand anderem als ihm selbst zurechtweisen zu lassen, bei seinen Leuten so beliebt wie bei den Mandarinen des Foreign Office verhaßt.

»Zu spät wofür, Sir Jasper?«

Sir Jasper warf Lloyd einen mißtrauischen Blick zu. Er würde nicht so töricht sein, zuzugeben, daß es zu spät war, um die von Thomas erbetene Zusammenarbeit zu verhindern.

»Sie sind sich doch darüber im klaren, daß hier der unbescholtene Name eines britischen Staatsbürgers in leichtfertiger Weise aufs Spiel gesetzt worden ist — eines Mannes, gegen den keinerlei belastendes Material, geschweige denn auch nur der Schatten eines Beweises vorliegt. Halten Sie es nicht für ein etwas merkwürdiges Verfahren, den Namen und damit — das darf angesichts der Art der Ermittlung wohl gesagt werden — auch den Ruf eines Mannes in dieser Weise ins Zwielicht zu rücken?«

»Ich bin nicht der Meinung, daß es als rufschädigend bezeichnet werden kann, wenn der Name eines Mannes einem Superintendenten vom Sicherheitsdienst als möglicher Anhaltspunkt für eventuelle Ermittlungen genannt wird.«

Der Diplomat versuchte seine Wut zu beherrschen und kniff die Lippen fest zusammen. Unverschämt war dieser Bursche und obendrein auch noch schlau. Höchste Zeit, daß ihm auf die Finger gesehen wurde. Er hatte sich wieder völlig in der Gewalt.

»Ich verstehe, Lloyd, ich verstehe. Halten Sie es für eine Zumutung, wenn man, was Ihre offenkundige Bereitschaft betrifft, mit dem Sicherheitsdienst zu kooperieren — ohne Frage eine durchaus löbliche Bereitschaft —, von Ihnen erwartet, daß Sie sich nicht ohne Rücksprache mit Ihren Vorgesetzten in die Bresche werfen?«

»Soll das heißen, daß Sie wissen wollen, warum man Sie nicht konsultiert hat, Sir Jasper?«

Sir Jasper sah rot.

»Allerdings. Genau das soll es heißen, und nichts anderes.«

»Sir Jasper, bei allem gebührenden Respekt vor Ihrer Anciennität als Abteilungsleiter darf ich Sie darauf hinweisen, daß ich zum Stab des Service gehöre. Wenn Sie mein Verhalten in dieser Sache tadeln zu müssen glauben, wäre es meinem Dafürhalten nach angebrachter, Sie richteten Ihre Beschwerde an meinen Vorgesetzten statt direkt an mich.«

Angebrachter? Wollte dieser junge Schnösel ihm, dem Leiter des Frankreich-Referats, im Ernst klarmachen, was angebracht war und was nicht?

»Genau das werde ich tun«, fuhr Sir Jasper ihn an. »Genau das. Und in schärfster Form.«

Lloyd machte wortlos kehrt und verließ das Zimmer. Er war sich ziemlich sicher, daß er sich auf ein Donnerwetter vom Alten gefaßt machen mußte. Alles, was er zu seiner Rechtfertigung vorbringen konnte, war, daß Thomas' Ersuchen den Anschein größter Dringlichkeit erweckt und er den Eindruck gewonnen hatte, die Sache dulde keinerlei Aufschub. Wenn der Alte sich auf den Standpunkt stellte, daß der Dienstweg hätte eingehalten werden müssen, dann würde er, Lloyd, den Rüffel einstecken. Aber zumindest käme er vom Alten und nicht von Quigley.

Sir Jasper war jedoch noch ganz unentschlossen, ob er sich beschweren sollte oder nicht. Rein formal war er im Recht; die Auskunft über Calthrop hätte, obschon sie sich auf längst verjährte Unterlagen bezog, in der Tat mit höheren Beamten abgesprochen werden müssen, wenngleich nicht unbedingt mit ihm selbst. Als Leiter des Frankreich-Referats gehörte er zwar zu dem Personenkreis, der die Geheimberichte des SIS erhielt, aber doch nicht zu denen, die eine über ihre eigene Abteilung hinausgehende Weisungsbefugnis besaßen. Er konnte sich bei dem streitbaren Genie – den Ausdruck hatte ein anderer geprägt –, das den SIS leitete, über den Burschen beschweren und vermutlich erreichen, daß ihm tüchtig der Kopf gewaschen wurde. Aber ebensogut konnte er seinerseits den Unwillen des SIS-Chefs darüber, daß ein Beamter des Geheimdienstes ohne *seine* Zustimmung zur Rechenschaft gezogen worden war, zu spüren bekommen, und der Gedanke behagte ihm keineswegs. Zudem hieß es allgemein, der Leiter des SIS stände mit einigen der wichtigsten Männer an der Spitze auf freundschaftlich vertrautem Fuß. Man spielte Bridge miteinander, so wurde behauptet, und gehe gemeinsam auf die Jagd. Und bis zum glorreichen 12. September waren es nur noch vier Wochen. Er hoffte noch immer, zu der einen oder anderen dieser Partys eingeladen zu werden. Nein, es war klüger, die Sache unter den Tisch fallen zu lassen.

Der Schaden ist ohnehin schon angerichtet, dachte er, als er auf den Paradeplatz der Horse Guards hinaussah.

»Der Schaden ist ohnehin schon angerichtet«, bemerkte er, an seinen Lunchgast gewandt, kurz nach 13 Uhr im Klub. »Ich vermute, sie haben die Zusammenarbeit mit den Franzosen bereits aufgenommen. Na, hoffentlich werden sie sich dabei nicht gleich überarbeiten.«

Es war ein guter Witz, und er selbst genoß ihn ungemein. Fatalerweise hatte er seinen Lunchgast, der ebenfalls mit einigen der wichtigsten Leute an der Spitze auf freundschaftlich vertrautem Fuß stand, nicht richtig eingeschätzt.

Sir Jaspers' kleines Bonmot gelangte dem Premierminister fast gleichzeitig mit einem persönlichen Bericht des Commissioner der Londoner Polizeibehörde zur Kenntnis, der ihm, als er gegen 16 Uhr nach einer Fragestunde im Parlament zu seinem Amtssitz Downing Street Nr. 10 zurückkehrte, vorgelegt wurde.

Um 16 Uhr 10 klingelte in Superintendent Thomas' Büro das Telephon.

Thomas hatte den Vormittag und den größten Teil des Nachmittags damit verbracht, nach einem Mann zu fahnden, von dem er nichts weiter als den Namen wußte. Wie immer, wenn es um Erkundigungen nach Personen ging, von denen man wußte, daß sie im Ausland gewesen waren, diente das Paßamt im Petty France als Ausgangspunkt.

Thomas hatte es schon um 9 Uhr aufgesucht und sich Photokopien der Paßanträge von sechs verschiedenen Charles Calthrops aushändigen lassen. Unglücklicherweise hatten sie allesamt weitere Vornamen, die voneinander abwichen. Gegen das Versprechen, die Originale nach Anfertigung von Photokopien umgehend dem Archiv des Paßamts zurückzusenden, gab man ihm auch die den Anträgen beigefügten Photos der sechs Männer mit.

Einer der Pässe war erst nach dem Januar 1961 beantragt worden, aber das mußte nicht unbedingt etwas besagen, wenngleich keinerlei Unterlagen dafür existierten, daß dieser betreffende Charles Calthrop schon zu einem früheren Zeitpunkt einmal einen Paß beantragt hatte. Wenn er aber in der Dominikanischen Republik unter einem anderen Namen aufgetreten war, wie kam es dann, daß in den Gerüchten, die von seiner Beteiligung an der Ermordung Trujillos wissen wollten, der Name Calthrop genannt wurde? Thomas war geneigt, diesen späten Paßantragsteller als Möglichkeit auszuschließen.

Von den übrigen fünf schien einer zu alt zu sein; im August 1963 war er fünfundsechzig. Die vier anderen kamen in Betracht.

Dabei spielte es zunächst keine Rolle, ob sie Lebels auf einen hochgewachsenen blonden Mann lautender Beschreibung entsprachen oder nicht, denn Thomas' Aufgabe bestand hauptsächlich im Eliminieren. Wenn alle sechs als unverdächtig ausschieden, um so besser. Dann würde er Lebel ruhigen Gewissens in diesem Sinn unterrichten können.

Auf jedem Antrag war eine Adresse angegeben. Zwei wiesen eine Londoner Anschrift auf, die beiden anderen kamen aus der Provinz. Es war nicht damit getan, die ebenfalls aufgeführten Telephonnummern anzurufen und jeden der vier Gentlemen zu befragen, ob er im Jahre 1961 die Dominikanische Republik besucht habe. Selbst wenn er dort gewesen war, konnte er es jetzt verneinen.

Auch die Tatsache, daß keiner der Antragsteller in der für die Angabe des Berufs vorgesehenen Spalte »Geschäftsmann« vermerkt hatte, war als solche nicht beweiskräftig. Lloyds Bericht über ein seinerzeit in den Kneipen und Bars von Ciudad Trujillo kursierendes Gerücht bezeichnete Calthrop zwar als Geschäftsmann, aber das mußte nicht unbedingt den Tatsachen entsprechen.

Im Lauf des Vormittags hatten die Grafschafts- und Kreisstadt-Polizeiposten auf Thomas' telephonisches Ersuchen den Aufenthaltsort der beiden außerhalb Londons wohnhaften Calthrops ermittelt. Der eine arbeitete noch, beabsichtigte jedoch, am Wochenende mit seiner Familie auf Urlaub zu fahren. Er wurde in der Mittagspause nach Hause eskortiert, wo man seinen Paß überprüfte. Er enthielt kein Ein- oder Ausreisevisum der Dominikanischen Republik und war nur zweimal benutzt worden, einmal für eine Flugreise nach

Mallorca, das andere Mal für einen Ferienaufenthalt an der Costa Brava. Erkundigungen an seinem Arbeitsplatz hatten zudem ergeben, daß dieser Charles Calthrop noch immer in der Buchhaltungsabteilung der Suppenfabrik, in der er im Januar 1961 arbeitete, tätig und überdies seit zehn Jahren bei der gleichen Firma beschäftigt war.

Der andere außerhalb Londons wohnhafte Calthrop wurde in einem Hotel in Blackpool ausfindig gemacht. Er hatte seinen Paß nicht bei sich, erklärte sich jedoch bereit, die Polizeibehörde seines Heimatortes telephonisch zu ermächtigen, seinen Hausschlüssel beim Nachbarn auszuborgen, das oberste Schubfach seines Schreibtisches zu öffnen und den darin befindlichen Paß in Augenschein zu nehmen. Auch dieser Reiseausweis trug keinen Sichtvermerk dominikanischer Behörden, und die Angaben seines Inhabers — daß er Schreibmaschinenmechaniker und mit Ausnahme seines Sommerurlaubs im ganzen Jahr 1961 seiner Arbeit keinen einzigen Tag ferngeblieben sei — konnten durch eine Rückfrage bei seinem Arbeitgeber bestätigt werden.

Einer der beiden Londoner Calthrops erwies sich als Gemüsehändler, den die beiden unauffälligen Herren in Zivil hinter dem Ladentisch seines Geschäfts in Catford antrafen. Da er über seinem Laden wohnte, konnte er seinen Paß innerhalb weniger Minuten vorweisen. Wie die anderen Pässe wies auch dieser kein Anzeichen dafür auf, daß sein Inhaber jemals die Dominikanische Republik besucht hatte. Auf Befragen versicherte der Gemüsehändler glaubhaft, nicht einmal zu wissen, wo die Insel läge.

Die Ermittlung des vierten und letzten Calthrop erwies sich als schwieriger. Seine vier Jahre zuvor auf dem Paßantrag angegebene Adresse stellte sich als ein Wohnblock in Highgate heraus. Laut Auskunft der Hausverwaltung war er im Dezember 1960 verzogen, ohne eine neue Adresse anzugeben.

Aber Thomas wußte wenigstens seinen zweiten Vornamen. Eine Durchsicht der Telephonbücher war ergebnislos geblieben, unter Hinweis auf seine Befugnis als Special-Branch-Superintendent erhielt er vom General Post Office jedoch die Auskunft, daß ein C. H. Calthrop Inhaber einer Geheimnummer in West London sei.

Die angegebenen Initialen stimmten mit den Vornamen des Gesuchten — Charles Harold — überein. Daraufhin ließ Thomas sich mit dem Einwohnermeldeamt des Bezirks, in welchem die Telephonnummer registriert war, verbinden.

Ja, antwortete die Stimme aus dem Bezirksamt, ein Mr. Charles Harold Calthrop werde in der Tat als Wohnungsinhaber unter der genannten Adresse sowie als Wähler in den entsprechenden Listen des Bezirks geführt.

Thomas entsandte einen Polizeiwagen mit zwei Beamten zu der Wohnung. Auf wiederholtes Klingeln wurde nicht geöffnet. Niemand im Haus schien zu wissen, wo sich Mr. Calthrop aufhielt. Als der Wagen unverrichteter Dinge zum Yard zurückkehrte, ersuchte Thomas das zuständige Finanzamt, an Hand der Steuererklärungen eines Charles Harold Calthrop zu eruieren, wo derselbe gegenwärtig angestellt und bei wem er in den letzten drei Jahren beschäftigt gewesen sei.

Gleich darauf klingelte das Telephon. Thomas nahm ab, meldete sich und lauschte ein paar Sekunden. Er hob die Brauen.

»Ich?« fragte er. »Was, persönlich? Ja, selbstverständlich. Ich komme 'rüber. In fünf Minuten. Gut, bis gleich.«

Er verließ das Gebäude und ging zum Parliament Square hinüber. Unterwegs schneuzte er sich heftig, um die blockierten Stirnhöhlen frei zu bekommen. Weit entfernt, abzuklingen, schien seine Erkältung sich ungeachtet des warmen Sommertags noch verschlimmert zu haben.

Vom Parliament Square aus ging er Whitehall hinauf und wandte sich an der ersten Ecke nach links in die Downing Street. Wie immer wirkte die unauffällige Sackgasse, welche die Amtswohnung der Premierminister Großbritanniens beherbergt, düster und trübsinnig. Vor dem Haus Nr. 10 hatte sich eine Anzahl Schaulustiger eingefunden, die von zwei gleichmütigen Polizisten auf die gegenüberliegende Straßenseite gedrängt wurden.

Thomas kreuzte die Fahrbahn und wandte sich nach rechts. Er durchquerte einen kleinen Innenhof, in dessen Mitte sich ein eingefaßtes Rasenstück befand, und stand vor dem hinteren Eingang von Downing Street Nr. 10. Er drückte den Klingelknopf neben der Tür, die sofort geöffnet wurde. Der hünenhafte Polizeisergeant erkannte ihn gleich und salutierte.

»Tag, Sir, Mister Harrowby bat mich, Sie direkt zu ihm zu führen.«

James Harrowby, der Thomas vor wenigen Minuten in dessen Büro angerufen hatte, war der Chef der persönlichen Sicherungsgruppe des Premierministers. Ein gutaussehender Mann von einundvierzig Jahren, der jedoch weit jünger wirkte, hatte er, wie Thomas, den Rang eines Superintendenten inne. Er stand auf, als Thomas eintrat.

»Kommen Sie herein, Bryn. Nett, Sie zu sehen.« Er nickte dem Sergeant zu. »Danke, Chalmers.« Der Sergeant machte kehrt und schloß die Tür hinter sich.

»Was ist los?« fragte Thomas.

Harrowby sah ihn erstaunt an.

»Ich hatte gehofft, das könnten Sie mir sagen. Er rief mich vor einer Viertelstunde an, erwähnte Ihren Namen und sagte, daß er Sie sofort sprechen müsse. Haben Sie irgend etwas angestellt?«

Thomas dachte an die Ermittlungen, die er angestellt hatte und noch anstellte, und war überrascht, daß die Kenntnis davon in so kurzer Zeit bis nach ganz oben gedrungen sein sollte. Wenn es der Premierminister jedoch vorzog, seinen eigenen Sicherheitsbeauftragten nicht ins Vertrauen zu ziehen, so war das seine Sache.

»Nicht, daß ich wüßte«, sagte er.

Harrowby griff zum Telephon, das auf seinem Schreibtisch stand, und ließ sich mit dem Arbeitszimmer des Premierministers verbinden. Es knackte in der Leitung, und eine Stimme sagte: »Ja?«

»Harrowby, Premierminister. Superintendent Thomas ist bei mir. Ja, Sir, unverzüglich.« Er legte den Hörer auf.

»Er will Sie sofort sehen. Sie müssen irgend etwas angestellt haben. Es warten noch zwei Minister, die ihn sprechen wollen. Kommen Sie.«

Harrowby geleitete ihn aus dem Zimmer hinaus und einen Korridor hinunter, der auf eine mit grünem Flanellstoff ausgekleidete Tür zuführte. Ein Sekretär trat heraus, sah die beiden näher kommen und hielt die Tür auf. Harrowby ging voran, sagte »Superintendent Thomas, Premierminister« und verließ das Zimmer, indem er leise die Tür hinter sich schloß.

Thomas stellte fest, daß der elegant möblierte, stille große Raum mit den hohen Wänden, den vielen Büchern und Zeitungen, die sich auf den Tischen stapelten, und dem Duft nach Pfeifentabak und Holztäfelung eher wie das Arbeitszimmer eines Universitätsprofessors als das eines Premierministers wirkte.

Die Gestalt am Fenster wandte sich um.

»Guten Tag, Superintendent. Bitte, setzen Sie sich doch.«

»Guten Tag, Sir.« Thomas entschied sich für einen Stuhl ohne Armlehne, der an den Tisch gerückt war, und nahm auf der Kante Platz. Er hatte nie Gelegenheit gehabt, den Premierminister aus so großer Nähe zu sehen. Sein melancholisch verhangener Blick erinnerte ihn an den eines Bluthundes, der eine lange Hetzjagd hinter sich hat, die für ihn kein Vergnügen gewesen war.

Der Premier begab sich schweigend an seinen Arbeitstisch und setzte sich. Selbstverständlich hatte Thomas von den in und um Whitehall zirkulierenden Gerüchten gehört, daß die Gesundheit des Premiers nicht die allerbeste sei und die nervliche Anspannung, die es ihn gekostet hatte, die Regierung über die durch den Keeler/Ward-Skandal hervorgerufene Krise einigermaßen heil hinwegzubringen, ihren Tribut gefordert habe. Dennoch war er von dem erschöpften und gealterten Aussehen des ihm gegenübersitzenden Mannes betroffen.

»Superintendent Thomas, ich höre, daß Sie gegenwärtig auf ein gestern morgen telephonisch aus Paris ergangenes Ansuchen eines Kriminaldirektors der französischen *Police Judiciaire* mit Ermittlungen befaßt sind...«

»Ja, Sir.«

»... und daß dieses Ersuchen mit der Befürchtung der französischen Sicherheitsbehörden zusammenhängt, ein vermutlich von der OAS gedungener Mann — ein Berufsmörder — könne auf eine Mission nach Frankreich geschickt worden sein?«

»Das wurde uns nicht ausdrücklich mitgeteilt, Sir. Das Ersuchen bezog sich auf Hinweise zur Identifizierung derartiger Berufskiller, soweit sie uns zur Kenntnis gelangt sind. Irgendwelche Gründe dafür, weshalb Hinweise dieser Art erwünscht sind, wurden nicht genannt.«

»Nun gut. Und welche Schlüsse ziehen Sie aus der Tatsache, daß ein solches Ersuchen gestellt worden ist?«

Thomas zuckte kaum merklich mit den Achseln.

»Die gleichen wie Sie, Sir.«

»Genau. Man braucht kein Hellseher zu sein, um den einzig möglichen Grund zu erraten, warum die französischen Behörden ein solches — Subjekt identifizieren wollen. Und wer wäre Ihrer Ansicht nach als Opfer dieses Mannes ausersehen, falls die Vermutung der französischen Polizei, daß es ihn gibt, zu Recht besteht?«

»Nun, Sir, ich nehme an, die Franzosen befürchten, daß ein Berufsmörder gedungen worden ist, einen Anschlag auf den Präsidenten zu verüben.«

»Genau. Das wäre übrigens nicht der erste derartige Versuch.«

»Nein, Sir. Es sind bereits sechs Attentatsversuche unternommen worden.«

Der Premierminister starrte auf die vor ihm liegenden Papiere, als könne er ihnen irgendeinen Hinweis entnehmen, was in den letzten Monaten seiner Amtszeit aus der Welt geworden war.

»Ist Ihnen klar, Superintendent, daß es in diesem Land offenbar eine Reihe von Leuten gibt, Leuten in durchaus achtbaren und einflußreichen Positionen, die keineswegs unglücklich wären, wenn Sie Ihre Ermittlungen etwas weniger energisch betrieben?«

»Nein, Sir.« Thomas war aufrichtig überrascht.

»Würden Sie mich bitte über den bisherigen Verlauf und gegenwärtigen Stand Ihrer Ermittlungen unterrichten?«

Thomas begann von Anfang an und schilderte, wie es zur Weitergabe des Ersuchens an den Sicherheitsdienst kam, nachdem eine gründliche Durchsicht aller einschlägigen Kriminalakten im Zentralarchiv keine relevanten Ergebnisse gezeitigt hatte; er ging kurz auf das Gespräch mit Lloyd ein, der seinerseits einen Mann namens Calthrop erwähnt hatte, von dem es gerüchtweise hieß, er sei an der Ermordung Trujillos beteiligt gewesen, und berichtete dann über die bisher angestellten Nachforschungen.

Als er sein Resümee beendet hatte, erhob sich der Premierminister und trat ans Fenster, das auf den sonnenbeschienenen kleinen Rasen im Innenhof hinausging. Minutenlang starrte er reglos in den Hof hinunter und ließ die Schultern hängen. Thomas fragte sich, woran er wohl denken mochte. Vielleicht dachte er an einen Strand außerhalb von Algier, an dem er sich mit dem hochmütigen Franzosen, der jetzt dreihundertfünfzig Kilometer entfernt in einem anderen Amtsraum saß und die Geschicke seines Landes lenkte, ergangen und lange unterhalten hatte. Damals waren sie beide zwanzig Jahre jünger gewesen und die vielen Dinge, die sich später ereignen sollten, noch nicht zwischen sie getreten.

Vielleicht mußte er daran denken, wie derselbe Franzose vor acht Monaten in wohlabgewogenen, sonor tönenden Sätzen die Hoffnungen des britischen Premierministers zunichte gemacht hatte, seine politische Karriere mit dem Eintritt Großbritanniens in die Europäische Wirtschaftsgemeinschaft zu krönen und sich mit der Genugtuung dessen, der seinen Traum verwirklicht hat, in das Privatleben zurückziehen zu können.

Vielleicht dachte er aber auch an die hinter ihm liegenden quälenden Monate, in denen die Aussagen eines Zuhälters und einer Kokotte fast den Sturz der Regierung Großbritanniens herbeigeführt hatten. Er war ein alter Mann und noch in einer Welt geboren und aufgewachsen, in der es Maßstäbe für Gut und Böse gab. Er hatte an diese Maßstäbe geglaubt und sie befolgt. In einer Welt, deren Bewohner und Ideen sich gewandelt hatten, gehörte er der Vergangenheit an. Begriff er, daß es jetzt neue Maßstäbe gab, die er vage zu erkennen, aber nicht zu schätzen vermochte?

Vermutlich wußte er, als er auf das sonnenbeschienene kleine Rasenstück hinunterblickte, was bevorstand. Die notwendigen Änderungen – und damit sein Abtritt von der politischen Bühne – konnten nicht mehr auf die lange Bank geschoben werden. Früher oder später würden die neuen Leute die Geschicke der Welt in die Hand nehmen. Auf vielen Gebieten war es schon soweit, daß die Welt sich ihnen auslieferte. Aber sollte sie auch den Zuhältern und Dirnen, Spionen und – Mördern ausgeliefert werden?

Thomas sah, daß der alte Mann die Schultern straffte, bevor er sich zu ihm umwandte.

»Superintendent Thomas, Sie müssen wissen, daß General de Gaulle mein Freund ist. Wenn auch nur die leiseste Möglichkeit besteht, daß sein Leben in Gefahr sein könnte und daß ihm diese Gefahr von einem britischen Staatsangehörigen droht, dann muß der Mann unschädlich gemacht werden. Ab sofort werden Sie Ihre Ermittlungen mit verdoppeltem Eifer betreiben. Innerhalb einer Stunde werden Ihre Vorgesetzten von mir persönlich Vollmacht erhalten, Ihnen jede nur mögliche Hilfe zu gewähren. Sie werden weder in finanzieller noch in personeller Hinsicht an irgendwelche Beschränkungen gebunden sein. Sie sind befugt, wen auch immer Sie wollen zur Mitarbeit in ihrem Team zu verpflichten und Einsicht in jedwede Unterlage aller derjenigen Behörden des Landes zu nehmen, deren Archive für Ihre weiteren Ermittlungen von Nutzen sein könnten. Sie werden auf ausdrückliche persönliche Weisung von mir in dieser Angelegenheit uneingeschränkt mit den französischen Behörden zusammenarbeiten. Und erst, wenn Sie absolut sicher sind, daß der Mann, den die Franzosen identifizieren und festnehmen wollen, wer immer er auch sein mag, kein Engländer ist und auch nicht etwa von hier aus operiert, können Sie die Ermittlungen einstellen. Vorher jedoch werden Sie mir persönlich Bericht erstatten.

Falls sich herausstellen sollte, daß dieser Calthrop oder irgendein anderer Mann, der einen britischen Paß besitzt, mit einiger Wahrscheinlichkeit als der von den französischen Behörden Gesuchte angesehen werden kann, werden Sie ihn festnehmen. Habe ich mich verständlich ausgedrückt?«

Das hatte er. Wie und über welche Kanäle der Premierminister von seinen Ermittlungen erfahren haben mochte, wußte Thomas nicht. Er vermutete jedoch, daß es in irgendeiner Weise mit seiner rätselhaften Bemerkung über gewisse Personen zusammenhing, die es lieber sähen, wenn seine Ermittlungen weniger energisch betrieben würden. Aber sicher war er sich natürlich nicht.

»Ja, Sir«, sagte er.

Der Premierminister neigte den Kopf, um anzudeuten, daß die Audienz beendet sei. Thomas stand auf und ging zur Tür.

»Da wäre noch etwas, Sir«, sagte er. »Ich bin mir nicht ganz klar darüber, ob Sie es für richtig hielten, wenn ich die Franzosen schon jetzt von den Nachforschungen in Kenntnis setzte, die wir gegenwärtig wegen der vor zwei Jahren in der Dominikanischen Republik über Calthrop verbreiteten Gerüchte anstellen.«

»Glauben Sie, bereits hinlängliche Gründe für die Annahme zu haben, daß die frühere Tätigkeit dieses Mannes zu der Beschreibung desjenigen paßt, den die Franzosen identifizieren wollen?«

»Nein, Sir. Abgesehen von den zwei Jahre zurückliegenden Gerüchten haben wir gegen keinen Calthrop auf der weiten Welt auch nur das geringste vorzubringen. Wir wissen gegenwärtig ja noch nicht einmal, ob der Calthrop, den wir seit heute nachmittag ausfindig zu machen versuchen, derselbe ist, der sich im Januar 1961 in der Dominikanischen Republik aufgehalten hat. Wenn nicht, sind wir wieder bei Null angelangt.«

Der Premierminister dachte einen Augenblick nach.

»Ich fände es wenig sinnvoll«, sagte er dann, »wenn Sie Ihre französischen Kollegen mit Hinweisen behelligten, die auf unbegründeten Gerüchten und bloßem Hörensagen beruhen. Beachten Sie bitte, daß ich das Wort ›unbegründet‹ gebraucht habe, Superintendent. Setzen Sie Ihre Nachforschungen mit aller Energie fort. In dem Augenblick, wo Sie genügend Material zu haben glauben, das diesen oder irgendeinen anderen Charles Calthrop betrifft und geeignet ist, den Verdacht seiner Beteiligung an der Ermordung Trujillos zu bestätigen, werden Sie die Franzosen umgehend informieren und den Mann, wer immer er auch sein mag, dingfest machen.«

»Ja, Sir.«

»Und bitten Sie doch Mister Harrowby, zu mir zu kommen. Ich lasse Ihnen dann gleich die nötigen Vollmachten ausstellen.«

In sein Büro zurückgekehrt, bestellte Thomas sechs der besten Kriminalinspektoren von Scotland Yards Special Branch zu sich. Einer wurde aus dem Urlaub zurückgerufen; zwei konnten durch andere Beamte beim Beobachten eines Hauses abgelöst werden, das einem Mann gehörte, der im Verdacht stand, geheime Informationen über die Royal Ordnance Factory, in der er arbeitete, an einen osteuropäischen Militärattaché weitergegeben zu haben. Die beiden Inspektoren, die Thomas am Vortag bei der Durchsicht der sicherheitsdienstlichen Akten assistiert hatten, waren ebenfalls dabei, ferner einer ihrer Amtskollegen, der seinen freien Tag hatte und gerade im Garten beschäftigt war, als der Anruf kam, der ihn in die Zentrale beorderte.

Thomas wies sie ausführlich ein, verpflichtete sie zu absoluter Geheimhaltung und nahm die ganze Zeit über unaufhörlich Anrufe entgegen. Es war kurz nach 18 Uhr, als das Finanzamt die Steuerakte von Charles Harold Calthrop gefunden hatte. Einer der Detektive wurde sofort losgeschickt, um die Akte mit allen Unterlagen abzuholen. Die restlichen Männer setzten sich mit Ausnahme dessen, der zu Calthrops Adresse entsandt worden war, um bei den Nachbarn und Inhabern umliegender Ladengeschäfte Erkundigungen über den Mann einzuziehen, an die Telephone und begannen eine Reihe fernmündlicher Anweisungen durchzugeben, die mit der weiteren Ermittlung zusammenhingen. Im Photolabor wurden Abzüge von der Reproduktion, die nach dem vor vier Jahren für den Paßantrag aufgenommenen Photo hergestellt worden war, angefertigt und jedem der sechs an der Ermittlung beteiligten Inspektoren ausgehändigt.

Die Steuererklärungen des Gesuchten wiesen aus, daß er im vergangenen Jahr erwerbslos und zuvor ein Jahr lang im Ausland gewesen war. Im Rechnungsjahr 1960/61 hatte er jedoch größtenteils für eine Firma gearbeitet, deren Name Thomas als der einer der führenden britischen Hersteller und Exporteure von Handfeuerwaffen bekannt war. Innerhalb einer Stunde hatte er erfahren, wie der Generaldirektor der Firma hieß, und festgestellt, daß der Mann sich zur Zeit in seinem Landhaus in Surrey aufhielt. Thomas hatte ihm seinen Besuch telephonisch angekündigt, und bei anbrechender Abenddämmerung raste der Polizei-Jaguar in Richtung Virginia Water über die Themsebrücke. Patrick Monson sah nicht so aus, wie man sich gemeinhin einen Waffenhändler vorstellt. Aber schließlich, dachte Thomas, tun sie das ja alle nicht. Von Monson erfuhr er, daß die Firma Calthrop fast ein volles Jahr beschäftigt und ihn, was weit wichtiger war, im Dezember 1960 nach Ciudad Trujillo geschickt hatte, um einen aus veräußerten britischen Armeebeständen stammenden Posten Waffen an Trujillos Polizeichef loszuschlagen.

Thomas sah Monson voller Widerwillen an.

Dir ist es herzlich egal, wozu sie benutzt werden, was, Bürschchen? dachte er, unterliess es aber im Interesse der Ermittlung, seinem Abscheu Ausdruck zu geben. Warum hatte Calthrop die Dominikanische Republik so eilig verlassen?

Die Frage schien Monson zu überraschen. Nun, weil Trujillo ermordet worden war, natürlich. Das gesamte Regime war innerhalb weniger Stunden zusammengebrochen. Was hatte ein Mann, der auf die Insel gekommen war, um dem alten Regime eine Ladung Waffen und Munition zu verkaufen, vom neuen zu gewärtigen? Selbstverständlich mußte er sich schleunigst aus dem Staube machen.

Thomas überlegte. Das war zweifellos einleuchtend. Monson berichtete, Calthrop habe später angegeben, im Arbeitszimmer des Präsidenten gesessen und mit dem Polizeichef über den Waffenkauf verhandelt zu haben, als die Nachricht überbracht wurde, daß der General außerhalb der Stadt in einen Hinterhalt geraten und umgebracht worden sei. Der Polizeichef war blaß geworden und sofort zu seiner Hacienda gefahren, wo sein stets aufgetanktes Privatflugzeug startklar für ihn bereitstand. Innerhalb weniger Stunden stürmten die Massen auf der Jagd nach Anhängern des gestürzten Regimes durch die Straßen. Calthrop gelang es, einen Fischer zu bestechen, der ihm die Flucht von der Insel ermöglichte.

Thomas fragte Monson, warum Calthrop die Firma verlassen habe? Er sei entlassen worden, lautete die Antwort. Warum? Monson überlegte längere Zeit. Schließlich sagte er:

»Superintendent, im Handel mit Waffen aus zweiter Hand herrscht ein mörderischer Konkurrenzkampf. Zu erfahren, was ein anderer Händler anbietet und welchen Preis er verlangt, kann für einen Rivalen, der das gleiche Geschäft mit dem gleichen Partner abschließen will, von ausschlaggebender Bedeutung sein. Lassen Sie es mich einmal so ausdrücken: Calthrops Loyalität der Firma gegenüber entsprach nicht ganz unseren Erwartungen.«

Auf der Rückfahrt nach London ließ sich Thomas die Aussagen Monsons noch einmal durch den Kopf gehen. Die seinerzeit von Calthrop für seine Flucht aus der Dominikanischen Republik angegebene Begründung war logisch. Sie bestätigte das vom karibischen

Residenturchef des SIS kolportierte Gerücht von seiner Beteiligung am Attentat keineswegs, sondern entkräftete es eher.

Andererseits war Calthrop laut Monson ein Mann, der nicht davor zurückschreckte, ein doppeltes Spiel zu treiben. Könnte er als der bevollmächtigte Vertreter einer Handfeuerwaffenfabrik, der einen Handel abzuschließen hofft, auf der Insel aufgetreten sein und zugleich im Sold der Revolutionäre gestanden haben? Monson hatte etwas erwähnt, was Thomas beunruhigte: Er hatte gesagt, Calthrop habe nicht viel von Gewehren verstanden, als er in die Firma eintrat. Und ein Meisterschütze mußte doch wohl in jedem Fall ein Experte sein. Andererseits konnte er die entsprechenden Kenntnisse ja auch erworben haben, während er für die Firma arbeitete. Aber warum sollten die Anti-Trujillo-Partisanen ihn gedungen haben, den Wagen des Generals mit einem einzigen Schuß auf einer Schnellstraße zum Stehen zu bringen, wenn er als Gewehrschütze ein Anfänger war? Oder hatten sie ihn gar nicht gedungen? Entsprach Calthrops eigene Darstellung womöglich der Wahrheit?

Thomas zuckte mit den Achseln. Es bewies nichts, und es widerlegte nichts. Also wieder bei Null angelangt, dachte er bitter. Aber in seinem Büro erwartete ihn eine Nachricht, die ihn umstimmte. Der Inspektor, der bei Calthrops Nachbarn Erkundigungen angestellt hatte, war zurückgekehrt. Er hatte eine Nachbarin angetroffen, die als Berufstätige den ganzen Tag über nicht zu Hause gewesen war. Die Frau gab an, Mr. Calthrop sei vor einigen Tagen verreist und habe erwähnt, daß er nach Schottland fahren wolle. Auf dem Rücksitz seines vor dem Haus geparkten Wagens glaubte die Frau etwas bemerkt zu haben, was wie eine zerlegbare Angelrute aussah.

Eine zerlegbare Angelrute? Superintendent Thomas überkam ein plötzliches Frösteln, obschon es im Büro warm war. Als der Kriminalinspektor seinen Bericht beendet hatte, trat einer seiner Kollegen ein.

»Super?«
»Was gibt's?«
»Mir ist gerade etwas eingefallen.«
»Ja?«
»Sprechen Sie französisch?«
»Nein, Sie?«

»Ja, meine Mutter war Französin. Der Killer, nach dem die PJ fahndet, hat doch den Decknamen Schakal, stimmt's?«

»Na, und?«

»Nun, Schakal heißt auf französisch Chacal. C-H-A-C-A-L — fällt Ihnen nichts auf? Vielleicht ist es auch bloß Zufall. Aber der Bursche muß seiner Sache schon verdammt sicher sein, wenn er sich einen Decknamen zulegt, der aus den ersten drei Buchstaben seines Vornamens und den ersten drei Buchstaben seines Nachnamens besteht...«

»Donnerwetter!« sagte Thomas und nieste heftig. Dann griff er nach dem Telephon.

Fünfzehntes Kapitel

Das dritte Treffen im Innenministerium begann erst kurz nach 22 Uhr, weil der Wagen des Ministers auf der Rückfahrt von einem diplomatischen Empfang durch den Verkehr aufgehalten worden war. Sobald der Minister Platz genommen hatte, bedeutete er den Anwesenden mit einer Geste, daß die Sitzung beginnen könne.

Als erster berichtete General Guibaud vom SDECE. Kassel, der als Killer hervorgetretene ehemalige Nazi-Kriegsverbrecher, war von Agenten der Madrider Residentur des SDECE aufgespürt worden. Er lebte zurückgezogen in seiner Penthouse-Wohnung in der spanischen Hauptstadt, war als Partner in das florierende Geschäft eines anderen ehemaligen SS-Führers eingetreten und stand mit an Sicherheit grenzender Wahrscheinlichkeit nicht mit der OAS in Verbindung. Das Madrider Büro, das dessenungeachtet bereits ein umfängliches Dossier über den Mann angelegt hatte, als die Anweisung aus Paris kam, den Fall Kassel nochmals zu überprüfen, war darüber hinaus der Ansicht, daß er nie etwas mit der OAS zu tun gehabt hatte.

In Anbetracht seines Alters, der zunehmenden Häufigkeit seiner rheumatischen Anfälle, die auch seine Beine in Mitleidenschaft zu ziehen begannen, wie auch seines beträchtlichen Alkoholkonsums wegen konnte Kassel als mutmaßlicher Attentäter so gut wie ausgeschlossen werden.

Als der General geendet hatte, richteten sich aller Augen auf Kommissar Lebel. Sein Bericht klang entmutigend. Im Lauf des Tages waren bei der PJ die Auskünfte von den Polizeibehörden der drei Länder eingegangen, die bereits vierundzwanzig Stunden zuvor die Namen einer Reihe möglicher Verdächtiger übermittelt hatten.

Aus den USA war gemeldet worden, daß Chuck Arnold, der Waffenhändler, sich in Kolumbien aufhielt, wo er dem dortigen Stabschef namens seines amerikanischen Auftraggebers einen Posten aus ehemaligen US-Armeebeständen stammender AR-10-Karabiner zu verkaufen suchte. In Bogotá wurde er ohnehin ständig von der CIA beschattet, und es lagen keinerlei Anzeichen dafür vor, daß er irgend etwas anderes im Sinn hatte, als sein Waffengeschäft, ungeachtet der offiziellen Mißbilligung von seiten der amerikanischen Behörden, unter Dach und Fach zu bringen.

Dennoch war das Dossier dieses Mannes per Fernschreiben nach Paris übermittelt worden — wie übrigens auch das Vitellinos. Aus letzterem ging hervor, daß der ehemalige Cosa-Nostra-Gorilla zwar noch nicht aufgespürt worden war, seine Statur und seine ganze Erscheinung — er war ungemein breitschultrig und untersetzt — sich jedoch vom Aussehen des Schakals, wie es der Hotelangestellte in Wien beschrieben hatte, so sehr unterschieden, daß auch er nach Ansicht Lebels von der Liste der Verdächtigen gestrichen werden konnte. Die Südafrikaner hatten in Erfahrung gebracht, daß Piet Schuyper jetzt als Chef einer Privatarmee fungierte, die von einer Diamanten-Bergwerksgesellschaft in einem der westafrikanischen Staaten des Britischen Commonwealth unterhalten wurde. Zu seinen Aufgaben gehörte es, die Grenzen der ausgedehnten Gebiete, die der Gesellschaft gehörten, zu sichern und ständig für eine wirksame Abschreckung der Diamantendiebe zu sorgen. Die Gesellschaft, die sich einzig und allein für den Erfolg, nicht aber für die Art der von ihm praktizierten Abschreckungsmethoden interessierte, hatte auf Rückfrage aus Johannesburg bestätigt, daß er sich in Westafrika befinde und dort seinen Dienst versehe.

Die belgische Polizei hatte Erkundigungen über ihren Ex-Söldner eingeholt. Im Archiv einer der belgischen Botschaften in Westindien war ein Dossier ausgegraben worden, demzufolge der ehedem in katangesischen Diensten stehende Söldner vor drei Monaten bei einer Schlägerei in einer Hafenbar in Guatemala ums Leben gekommen sei.

Als Lebel den letzten Bericht verlesen hatte und von den vor ihm liegenden Dossiers aufblickte, waren vierzehn Augenpaare auf ihn gerichtet, deren Mehrzahl ihn kalt und herausfordernd ansah.

»*Alors, rien?*« fragte Oberst Rolland.

»Nein, nichts«, räumte Lebel ein. »Keiner der uns gegebenen Hinweise scheint irgendwelche Resultate zu erbringen.«

»Ist das alles, was bei Ihrer ›reinen Detektivarbeit‹ herausgekommen ist?« fragte Saint Clair sarkastisch und musterte Bouvier und Lebel mit kalter Verachtung.

»Meine Herren«, sagte der Innenminister, mit Bedacht die Pluralform gebrauchend, damit beide Polizeikommissare sich angesprochen fühlten, »das sieht ja ganz danach aus, als seien wir wieder auf den Ausgangspunkt zurückgeworfen.«

»Das fürchte ich in der Tat«, entgegnete Lebel. Bouvier warf sich für ihn in die Bresche.

»Mein Kollege fahndet praktisch ohne jeglichen Hinweis und ohne auch nur einen einzigen Anhaltspunkt zu haben, nach einem Verbrecher, der vom Typ her kaum zu greifen ist. Diese Sorte pflegt für ihr Geschäft keine Werbung zu betreiben und auch ihre Adresse nicht zu hinterlassen.«

»Darüber sind wir uns durchaus im klaren, mein lieber Kommissar«, bemerkte der Minister eisig, »die Frage ist nur...«

Es klopfte an der Tür. Der Minister runzelte die Stirn; er hatte Anweisung gegeben, die Sitzung nur im dringenden Ausnahmefall zu stören.

»Herein.«

Mit verlegenem Gesicht erschien einer der Portiers des Ministeriums im Türrahmen.

»*Mes excuses, Monsieur le Ministre.* Telephon für Kommissar Lebel. Aus London.« Er spürte den schweigenden Unwillen der Sitzungsteilnehmer und versuchte sich zu rechtfertigen. »Es ist dringend, wurde gesagt.«

Lebel stand auf.

»Wollen Sie mich bitte entschuldigen, meine Herren?«

Nach einer Viertelstunde kam er zurück. Die Atmosphäre in dem Konferenzzimmer war noch so feindselig wie zuvor und die Auseinandersetzung darüber, was als nächstes zu tun sei, in seiner Abwesenheit offenbar fortgesetzt worden. Oberst Saint Clair hatte sich in bitteren Anklagen ergangen und war durch Lebels Rückkehr unterbrochen worden. Als der Kommissar seinen Platz wieder einnahm, schwieg auch er.

Der kleine Kommissar hielt einen Umschlag in der Hand, auf dessen Rückseite er sich etwas notiert hatte.

»Meine Herren, ich glaube, wir haben den Namen des gesuchten Mannes«, sagte er.

Eine halbe Stunde später verließen die Teilnehmer das Konferenzzimmer in geradezu euphorischer Stimmung. Als Lebel ihnen berichtet hatte, was ihm aus London gemeldet worden war, hatten sie einen kollektiven Seufzer der Erleichterung ausgestoßen, der sich wie eine Lokomotive anhörte, die nach langer Fahrt ihre Endstation erreicht hat. Jeder der Männer wußte, daß er von jetzt ab zumindest etwas würde tun können. Innerhalb einer halben Stunde hatte man sich darüber geeinigt, wie man, ohne der Presse gegenüber auch nur ein Wort verlauten zu lassen, ganz Frankreich nach einem Mann namens Calthrop durchkämmen, ihn aufspüren und, wenn nötig, unschädlich machen konnte. Daß mit einer genauen Personenbeschreibung Calthrops erst anderntags in der Frühe zu rechnen war, wenn sie aus London per Fernschreiber übermittelt wurde, wußten sie. Aber bis dahin konnten die *Renseignements Généraux* ihre kilometerlangen Archivregale nach einer auf den Namen dieses Mannes ausgestellten Landkarte oder einem Meldeformular durchforschen, das ihn als Gast eines Hotels irgendwo in Frankreich registrierte. Die Polizeipräfektur konnte ihre eigenen Akten überprüfen und feststellen, ob er sich in einem Hotel im Bereich von Paris aufhielt. Die *Direction de la Surveillance du Territoire* konnte seinen Namen allen Grenzposten, Hafen- und Flughafenverwaltungen Frankreichs mit der Maßgabe übermitteln, den Mann beim Betreten französischen Bodens umgehend festzunehmen.

Falls er noch nicht in Frankreich eingetroffen war, so spielte das keine Rolle. Bis zu seiner Ankunft würde absolutes Stillschweigen gewahrt werden: Um so sicherer konnte man ihn, wenn er kam, sofort fassen.

»Diese erbärmliche Kreatur, der Bursche, der sich Calthrop nennt, ist praktisch schon ein toter Mann«, berichtete Oberst Raoul Saint Clair de Villauban seiner Geliebten, die mit ihm im Bett lag, in der gleichen Nacht.

Als es Jacqueline endlich gelungen war, ihm zu einem verspäteten Höhepunkt zu verhelfen, damit er einschlief, schlug die Uhr unter dem Glassturz Mitternacht, und der 14. August war angebrochen.

Superintendent Thomas lehnte sich in seinem Schreibtischsessel zurück und musterte die sechs Kriminalinspektoren, die er nach Beendigung seines Gesprächs mit Paris von ihren bisherigen Aufgaben entbunden und auf neue angesetzt hatte. Die Turmuhr vom nahen Big Ben schlug Mitternacht.

Die Ausgabe der Orders dauerte eine Stunde. Ein Mann wurde angewiesen, Calthrops Jugend zu recherchieren und festzustellen, wo seine Eltern — sofern sie noch lebten — wohnhaft waren; welche Schulen er besucht hatte und ob er bereits als Schüler ein guter Schütze gewesen war; ob und durch welche sonstigen Leistungen er sich ausgezeichnet hatte usw. Einem zweiten Mann oblag es, Calthrops nächsten Lebensabschnitt von der Schulentlassung über die Ableistung des Militärdienstes (Ausbildung zum Scharfschützen? Charakterliche Beurteilung?) und alle nach der Entlassung in das Zivilleben eingegangenen Arbeitsverhältnisse bis zu dem Zeitpunkt zu durchleuchten, wo er von dem Waffenhändler wegen mangelnder Loyalität gefeuert worden war.

Der dritte und der vierte Kriminalinspektor waren beauftragt, Calthrops Tätigkeit seit der im Oktober 1961 erfolgten Trennung von seinem letzten der Polizei inzwischen bekannten Arbeitgeber zu ermitteln und in Erfahrung zu bringen, wo er sich seither aufgehalten, wen er getroffen, welche Einkünfte er gehabt hatte und aus welchen Quellen sie stammten; da es keine Kriminalakte über ihn gab und man folglich auch nie Fingerabdrücke von ihm genommen hatte, brauchte Thomas unbedingt Photos des Mannes, vorzugsweise solche, die in jüngster Zeit aufgenommen worden waren.

Die letzten beiden Inspektoren sollten feststellen, wo sich Calthrop gegenwärtig aufhielt. Sie waren angewiesen, die Möbel und Gebrauchsgegenstände in seiner Wohnung eingehend auf Fingerabdrücke zu untersuchen und darüber hinaus zu eruieren, wo er den Wagen gekauft hatte. Zu diesem Zweck sollten sie sich bei der Londoner County Hall erkundigen, ob dort Unterlagen über die Ausstellung eines Führerscheins vorhanden waren, und sich, wenn das nicht der Fall sein sollte, an die entsprechenden Ämter in den Landkreisen und Grafschaften wenden. Es war ihnen aufgetragen, Fabrikat und Baujahr, Farbe und polizeiliche Kennzeichen des Wagens festzustellen, seine Garage in Augenschein zu nehmen und die von ihm frequentierte

Werkstatt aufzusuchen, um herauszufinden, ob er eine längere Autoreise geplant hatte; falls dies zutraf, bei der Reederei der Kanalfähren nachzufragen; und schließlich der Reihe nach alle Luftverkehrsgesellschaften abzuklappern, um zu erfahren, ob er bei einer von ihnen — mit welchem Reiseziel auch immer — einen Flug gebucht hatte.

Alle sechs Männer machten sich ausführliche Notizen. Als Thomas geendet hatte, standen sie auf und verließen das Büro. Auf dem Korridor sahen die beiden letzten einander von der Seite an. »Ist doch merkwürdig«, meinte der eine, »daß der Alte uns nicht sagen will, was der Bursche angestellt haben soll oder womöglich noch vorhat.«

»Eines ist sicher«, entgegnete der andere, »eine Aktion von diesem Ausmaß kann nur auf Anweisung von ganz oben gestartet werden. Man möchte fast glauben, der Kerl hätte die Absicht, den König von Siam umzulegen.«

Es dauerte eine Weile, bis ein Richter geweckt und der Haussuchungsbefehl unterschrieben war. In den ersten Morgenstunden, als Thomas in seinem Schreibtischsessel eingenickt war und Claude Lebel in seinem Büro starken schwarzen Kaffee schlürfte, durchsuchten zwei Agenten von Scotland Yards Special Branch Calthrops Wohnung.

Beide waren Experten. Sie begannen mit den Schubladen, deren Inhalt sie auf ein Bettuch leerten und eingehend untersuchten. Als alle Schubladen ausgeräumt waren, nahmen sie sich den Schreibtisch vor, um festzustellen, ob er Geheimfächer enthielt. Anschließend kamen die gepolsterten Möbelstücke an die Reihe, und sehr bald sah die Wohnung aus wie eine Geflügelfarm nach dem Weihnachtsgeschäft. Der eine Agent durchsuchte das Wohnzimmer, der andere das Schlafzimmer. Danach setzten sie ihre Tätigkeit in der Küche und im Bad fort.

Als sie sämtliche Möbel, Kissen, Polster und Matratzen sowie die Mäntel und Anzüge in den Schränken Stück für Stück untersucht hatten, konzentrierten sie sich auf die Fußböden, Wände und Zimmerdecken. Um 6 Uhr morgens war die Wohnung wieder tadellos aufgeräumt. Die Nachbarn standen im Hausflur, beratschlagten flüsternd und blickten argwöhnisch auf die geschlossene Tür der Calthropschen Wohnung. Als sie sich öffnete und die beiden Kriminalinspektoren erschienen, verstummten sie.

Einer der beiden Beamten trug einen Koffer, in dem sich Calthrops Privatkorrespondenz sowie seine persönlichen Dokumente und Papiere befanden. Er verließ das Haus, setzte sich in den vor der Tür wartenden Polizeiwagen und ließ sich zu Thomas in den Yard fahren. Der andere begann umgehend mit der Befragung der Nachbarn, die innerhalb der nächsten beiden Stunden zur Arbeit fahren mußten. Sobald die umliegenden Geschäfte öffneten, würde er die Ladeninhaber interviewen.

Thomas hatte ein paar Minuten mit der Sichtung der aus Calthrops Wohnung mitgenommenen Papiere und Unterlagen verbracht, als der Kriminalinspektor aus der auf dem Fußboden des Büros ausgebreiteten Dokumentensammlung ein kleines blaues Buch herausgriff, zum Fenster ging und die Seiten im Licht der eben aufgehenden Sonne überflog.

»Sehen Sie sich das an, Super«, sagte er und deutete auf einen Stempel, der die aufgeschlagene Seite des Passes in seiner Hand schmückte. »Hier... ›*Republica de Dominica, Aeroporto Ciudad Trujillo, Decembre 1960, Entrada*...‹ Er war also da. Das ist unser Mann.«

Thomas ließ sich den Paß geben, warf einen Blick auf das darin befindliche dominikanische Visum und starrte dann aus dem Fenster.

»Allerdings, das ist er«, sagte er schließlich. »Aber macht es Sie nicht stutzig, daß wir seinen Paß haben?«

»Oh, dieser Hund...!« fluchte der Inspektor, als er begriffen hatte.

»Sie sagen es«, bemerkte Thomas, der seinerseits nur äußerst selten Kraftausdrücke zu gebrauchen pflegte. »Wenn er nicht auf seinem eigenen Paß reist, unter welchem Namen reist er dann? Reichen Sie mir das Telephon herüber und verbinden Sie mich mit Paris.«

Zur gleichen Stunde hatte der Schakal Mailand bereits ein gutes Stück weit hinter sich gelassen. Das Verdeck des Alfa war heruntergeklappt, und auf der Autostrada 7 nach Genua spiegelte sich schon der Glanz der Morgensonne. Auf der breiten, geraden Straße drehte der Schakal den Motor voll auf und ließ die Tachonadel unmittelbar unter dem roten Strich tanzen. Der kühle Wind wühlte in seinem langen hellblonden Haar, das seine Stirn wild umflatterte, aber die dunkle Brille schützte seine Augen.

Auf der Straßenkarte war die Entfernung bis zur französischen Grenze bei Ventimiglia mit rund 210 Kilometer angegeben, und er hatte bereits ein gut Teil der von ihm auf eine Fahrzeit von zwei Stunden geschätzten Strecke zurückgelegt. Kurz nach sieben wurde er vorübergehend durch den in Richtung Hafen rollenden Lastwagenverkehr von Genua aufgehalten, aber schon fünfzehn Minuten später befand er sich auf der A 10 nach San Remo und zur französischen Grenze.

Der Straßenverkehr und die Hitze hatten beträchtlich zugenommen, als er um zehn Minuten vor acht die verschlafenste aller Grenzstationen Frankreichs erreichte. Nach einer halbstündigen Wartezeit in der Fahrzeugschlange wurde er aufgefordert, vor der Zollbaracke vorzufahren. Der Polizeibeamte, der ihm den Paß abgenommen und eine Weile darin herumgeblättert hatte, murmelte »*Un moment, monsieur*« und ging in die Baracke.

Nach ein paar Minuten kehrte er mit einem Mann in Zivilkleidung, der seinen Paß in der Hand hielt, zurück.

»*Bonjour, monsieur.*«

»*Bonjour.*«

»Ist dies Ihr Paß?«

»Ja.«

Neuerliches Durchblättern des Passes.

»Was ist der Zweck Ihrer Reise nach Frankreich?«

»Ich will an die Côte d'Azur fahren.«

»Der Wagen gehört Ihnen?«

»Nein. Das ist ein Mietwagen. Ich hatte geschäftlich in Italien zu tun, und es ergab sich überraschend, daß ich erst in einer Woche wieder in Mailand sein muß. Deswegen habe ich mir den Wagen geliehen, um die Zeit zu nutzen und einen Ausflug nach Frankreich zu machen.«

»Ich verstehe. Kann ich die Wagenpapiere sehen?«

Der Schakal reichte ihm den internationalen und den britischen

Führerschein, den Leihvertrag und die beiden Versicherungspolicen. Der Beamte in Zivil prüfte die Dokumente eingehend.

»Haben Sie Gepäck, Monsieur?«

»Ja, drei Stück im Kofferraum und eine Reisetasche.«

»Bringen Sie bitte alles zur Zollkontrolle in die Baracke.«

Der Polizist half dem Schakal beim Ausladen des Gepäcks und faßte auch mit an, als er es in die Zollstation schaffte.

Bevor er von Mailand abgefahren war, hatte er den alten Militärmantel, die abgetragene Hose und die Schnürstiefel von André Martin, dem nichtexistenten Franzosen, dessen Papiere in das Futter des dritten Koffers eingenäht waren, zu einem Bündel zusammengerollt und in die hintere Ecke des Kofferraums geschoben. Die Kleidungsstücke aus den beiden anderen Koffern waren auf alle drei verteilt worden. Die Medaillen befanden sich in seiner Jackentasche.

Zwei Zollbeamte untersuchten jedes Gepäckstück, während der Schakal das übliche Formular für englische Touristen, die nach Frankreich einreisen, ausfüllte. Nichts von dem, was sich in den Koffern befand, erregte besondere Aufmerksamkeit. Einen flüchtigen Augenblick lang schien die Situation kritisch zu werden, als die Zollbeamten die Flaschen mit den Haarfärbemitteln zur Hand nahmen. Er hatte die Vorsichtsmaßnahme getroffen, sie in geleerte Rasierwasserflaschen umzufüllen. Zu jener Zeit war Pre-Shave-Lotion in Frankreich noch nicht im heutigen Umfang eingeführt, und die beiden Beamten wechselten fragende Blicke, bevor sie die Flaschen in die Reisetasche zurücklegten.

Aus dem Augenwinkel sah der Schakal, daß draußen vor dem Fenster ein weiterer Beamter den Kofferraum und den Kühler des Alfa untersuchte. Glücklicherweise schaute er nicht unter den Wagen. Er entrollte den Militärmantel und die Hose, die er im Kofferraum verstaut hatte, und betrachtete sie mit deutlichem Abscheu. Offenbar nahm er jedoch an, der Mantel sei zum Bedecken der Kühlerhaube in kalten Winternächten bestimmt, und legte die Kleidungsstücke, die auch bei unterwegs etwa vorzunehmenden Reparaturen von Nutzen sein mochten, in den Kofferraum zurück.

Als der Schakal das Formular ausgefüllt hatte, waren die beiden Zollbeamten dabei, die Kofferdeckel zu schließen. Sie nickten dem

Beamten in Zivil zu, der seinerseits die Einreisekarte zur Hand nahm, die darauf vermerkten Eintragungen mit den Angaben im Paß verglich und diesen dem Schakal zurückgab.

»*Merci, monsieur. Bon voyage.*«

Zehn Minuten später hatte der Alfa den östlichen Stadtrand von Mentone erreicht. Nach einem ausgiebigen Frühstück in einem Café mit Aussicht auf die alte Hafenreede und den Jachthafen setzte er die Fahrt auf der Corniche Littorale in Richtung Monaco, Nizza und Cannes fort.

In seinem Londoner Büro rührte Superintendent Thomas in dem starken schwarzen Kaffee, den er sich hatte heraufbringen lassen, und fuhr sich mit der Hand über sein stoppeliges Kinn. Ihm gegenüber saßen die beiden Kriminalinspektoren, die beauftragt waren, Calthrops derzeitigen Aufenthaltsort ausfindig zu machen. Die drei Männer warteten auf die zur Unterstützung angeforderten sechs Sergeants des Sicherheitsdienstes, die Thomas von ihren üblichen dienstlichen Obliegenheiten befreit hatte.

Nachdem sie sich bei ihren Abteilungen zum Dienst gemeldet und dort erfahren hatten, daß sie ab sofort zeitweilig Thomas' Sonderkommission zugeteilt waren, fanden sie sich einer nach dem anderen in dessen Büro ein. Kurz nach 9 Uhr waren alle zur Stelle, und Thomas begann, ihnen die nötigen Anweisungen zu geben.

»Wir fahnden nach einem Mann. Es ist nicht erforderlich, daß Sie wissen, warum wir das tun. Erforderlich ist einzig und allein, daß wir ihn fassen, und das so rasch wie möglich. Wir wissen inzwischen oder glauben doch zu wissen, daß er sich gegenwärtig im Ausland aufhält, und zwar unter falschem Namen und mit gefälschten Papieren. Hier —« sagte er und überreichte jedem von ihnen einen vergrößerten Abzug der Reproduktion, die nach dem Photo auf Calthrops Paßantrag angefertigt worden war —, »so sieht er aus. Vermutlich wird er sein Äußeres jedoch durch maskenbildnerische Tricks verändert haben. Sie, meine Herren, werden jetzt zum Paßamt fahren und sich eine vollständige Liste aller kürzlich gestellten Paßanträge geben lassen. Nehmen Sie sich zunächst die letzten hundert Tage vor. Wenn Sie nichts gefunden haben, gehen Sie nochmals um hundert

Tage zurück. Es wird, weiß Gott, kein Vergnügen für Sie sein, aber ich kann es Ihnen nicht ersparen.«

Er schilderte ihnen kurz die üblichste Methode, wie man sich falsche Papiere beschafft — es war in der Tat diejenige, deren sich der Schakal bedient hatte —, und schloß:

»Wichtig ist vor allem, daß Sie sich nicht mit Geburtsurkunden zufriedengeben. Überprüfen Sie die Totenscheine. Sobald Sie die vollständige Liste vom Paßamt erhalten haben, verlegen Sie die gesamte Aktion ins Somerset House. Verteilen Sie die Namenlisten unter sich und machen Sie sich über die Totenscheine her. Wenn Sie einen Paßantrag finden, den ein Mann gestellt hat, der nicht mehr am Leben ist, dürfte es sich bei dem Betrüger vermutlich um den Gesuchten handeln. Und jetzt vorwärts, meine Herren. An die Arbeit!«

Während die acht Männer den Raum verließen, griff Thomas zum Telephon, um sich mit dem Paßamt und anschließend mit der Zentralregistratur für Geburten, Eheschließungen und Sterbefälle verbinden und von beiden Ämtern zusichern zu lassen, daß seiner anrückenden Sonderkommission bei deren Arbeit jede Hilfe gewährt werden würde.

Zwei Stunden später, als er sich gerade mit einem geborgten Apparat rasierte, meldete sich der dienstältere der beiden Kriminalinspektoren, der als Leiter der Sonderkommission fungierte, telephonisch. Im Zeitraum der letzten hundert Tage seien insgesamt 841 Paßanträge gestellt worden, sagte er. Die hohe Zahl der Anträge sei jahreszeitlich bedingt; im Sommer, wenn die Leute verreisen wollten, pflege sie immer zu steigen.

Bryn Thomas hängte ein und schneuzte sich in sein Taschentuch.

»Verdammter Sommer«, sagte er.

Kurz nach elf erreichte der Schakal das Stadtzentrum von Cannes. Er hielt nach einem ihm zusagenden Luxushotel Ausschau, und nachdem er ein paar Minuten lang herumgefahren war, steuerte er in den Vorhof des Majestic. Er kämmte sich rasch das windzerzauste Haar und betrat das Foyer.

Zu dieser Tageszeit lagen die meisten Hotelgäste am Strand, und die Halle war menschenleer. Sein eleganter leichter Anzug und sein selbstbewußtes Auftreten machten ihn auf den ersten Blick als englischen Gentleman kenntlich, und dem Hotelpagen, den er fragte, wo die Telephonzellen seien, kam es gar nicht in den Sinn, die Brauen hochzuziehen. Die Dame hinter dem Tresen, der die Telephonzentrale vom Eingang zur Garderobe trennte, blickte auf, als er auf sie zutrat.

»Bitte verbinden Sie mich mit Paris, Molitor 5901«, sagte er. Wenige Minuten später wies sie ihm eine Telephonzelle zu, deren schalldichte Tür er hinter sich schloß.

»*Allo, ici Chacal.*«

»*Ici Valmy.* Gott sei Dank, daß Sie anrufen. Seit zwei Tagen haben wir versucht, Sie zu erreichen.«

Wer den Engländer durch das Fenster der Telephonzelle beobachtet hätte, würde ihn erstarren und die Stirn runzeln gesehen haben. Während des etwa zehn Minuten dauernden Gesprächs blieb er zumeist stumm. Nur gelegentlich, wenn er eine knappe Zwischenfrage stellte, bewegten sich seine Lippen. Aber es beobachtete ihn niemand. Die Telephondame war in die Lektüre eines Liebesromans vertieft und sah erst wieder auf, als der hochgewachsene Engländer vor ihr stand und durch seine dunkle Brille auf sie hinabstarrte. Sie las die Gebühren für das Gespräch von dem am Klappenschrank angebrachten Zähler ab und nahm den geforderten Betrag entgegen.

Der Schakal trank ein Kännchen Kaffee auf der Terrasse, von der aus man auf die Croisette und das in der Sonne glitzernde Meer hinausblickte, an dessen Strand sich braungebrannte Sommerfrischler tummelten und balgten. Nachdenklich zog er an seiner Zigarette.

Wie man Kowalsky nach Frankreich gelockt hatte, konnte er sich zusammenreimen; er erinnerte sich an den bulligen Polen in der Wiener Pension. Was ihm nicht in den Kopf wollte, war dagegen, wie der Leibwächter, der vor der Tür gestanden hatte, seinen Decknamen erfahren haben mochte und woher er wußte, zu welchem Zweck er, der Schakal, engagiert worden war. Vielleicht hatte die französische Polizei das selbst herausbekommen. Vielleicht auch hatte Kowalsky seinerseits geahnt, was er war, denn er war selbst ein Killer gewesen, wenn auch nur einer von der tumben, stümperhaften Sorte.

Der Schakal zog Bilanz. Zwar hatte ihm Valmy dringend geraten, auszusteigen und so rasch wie möglich heimzufahren; aber er hatte auch zugeben müssen, daß er von Rodin nicht ermächtigt worden war, die Aktion abzublasen. Was er dem Schakal zu berichten gewußt hatte, bestätigte dessen Vermutungen über die Laxheit der OAS in Sicherheitsfragen. Aber er wußte etwas, was sie nicht wußten und auch die französische Polizei nicht ahnen konnte: daß er unter falschem Namen reiste, einen auf den falschen Namen ausgestellten echten Paß in der Tasche trug und darüber hinaus noch drei weitere gefälschte ausländische Personalausweise mitsamt den dazu passenden Verkleidungen in Reserve hatte.

Eine ungefähre Personenbeschreibung war alles, wovon die französische Polizei ausgehen konnte. Hochgewachsen, blond, ausländischer Nationalität — mehr wußte dieser Kommissar, den Valmy erwähnt hatte, Lebel hieß er, nicht von ihm. Es mußte Tausende und aber Tausende von Ausländern geben, die sich im August in Frankreich aufhielten und dieser Beschreibung entsprachen. Sie konnten sie unmöglich alle verhaften.

Ein weiterer Vorteil für ihn lag in der Tatsache, daß die französische Polizei nach einem Mann fahndete, der den Paß Charles Calthrops trug. Sollte sie nur! Er war Alexander Duggan, und das konnte er jederzeit nachweisen.

Jetzt, wo Kowalsky tot war, wußte niemand mehr — auch Rodin nicht —, wer er war und wo er sich aufhielt. Er war endlich ausschließlich und ganz allein auf sich selbst gestellt, und genau das war es, was er von Anfang an gewollt hatte.

Dessenungeachtet hatten die Risiken zweifellos zugenommen. Da die Tatsache, daß ein Anschlag bevorstand, aufgedeckt worden war, würde er es jetzt mit einem ganzen System zusätzlicher Sicherheitsvorkehrungen aufnehmen müssen. Die Frage war, ob sein bis ins einzelne festgelegter Mordplan sich unter diesen Umständen noch als ausführbar erwies. Je länger er darüber nachdachte, desto überzeugter war er, daß dies der Fall sei.

Aufgeben oder Weitermachen: das blieb dennoch die Frage — und sie mußte beantwortet werden. Aufgeben hieße, sich mit Rodin und seinen Kumpanen auf eine Auseinandersetzung über den Verbleib der auf seinem schweizerischen Konto befindlichen Viertelmillion Dollar einzulassen. Wenn er sich weigerte, ihnen das Geld — oder doch den größten Teil davon — zurückzugeben, würden sie ihn, wo immer er sich vor ihnen verbergen mochte, aufspüren und so lange foltern, bis er die Anweisung zur Rückerstattung der Summe unterschrieb. Und anschließend würden sie ihn dann umbringen. Ihnen zu entkommen, würde viel, viel Geld kosten — ja, vermutlich die Viertelmillion, die er jetzt besaß, gänzlich verschlingen.

Weiterzumachen bedeutete dagegen, erhöhte Gefahren in Kauf zu nehmen, bis der Job erledigt war. Je näher das Datum heranrückte, desto schwieriger würde es werden, in letzter Minute auszusteigen.

Als die Rechnung kam, warf er einen Blick darauf und zuckte zusammen. Mein Gott, die Preise, die diese Leute verlangten! Um sich ein menschenwürdiges Leben leisten zu können, mußte ein Mann reich sein, Dollars haben, Dollars und nochmals Dollars. Er blickte aufs Meer hinaus und zu den geschmeidigen, braungebrannten Mädchen hinüber, die den Strand bevölkerten, sah die Cadillacs und Jaguars, gesteuert von sonnengebräunten, ständig nach attraktiver Weiblichkeit Ausschau haltenden jungen Herren, über die Croisette rollen. Dies war das Leben, das er sich seit der Zeit, als er seine Nase noch an den Schaufenstern der Reisebüros platt drückte, immer schon gewünscht hatte. Sehnsüchtig hatte er die Plakate angestarrt, die ihm ein anderes Leben zeigten, eine andere Welt als die überfüllter Vorortzüge, dreifach ausgefertigter Konnossemente und aus Pappbechern geschlürften lauwarmen Tees. In den letzten drei Jahren schien er es fast geschafft zu haben; maßgeschneiderte Anzüge, kostspielige Mahlzeiten und elegante Frauen waren ihm zur Gewohnheit geworden. Er hatte sich ein modernes Apartment gemietet und einen Sportwagen gekauft. Aufzugeben hieße, auf alles das verzichten.

Der Schakal beglich die Rechnung und hinterließ ein generöses Trinkgeld. Er setzte sich in den Alfa und steuerte ihn durch den lebhaften Verkehr in nördlicher Richtung aus der Stadt hinaus.

Kommissar Lebel saß an seinem Schreibtisch und fühlte sich, als habe er in seinem ganzen Leben noch nie geschlafen und auch keine Aussicht mehr, es jemals zu tun. Auf dem Feldbett in der Ecke schnarchte Lucien Caron, der die ganze Nacht hindurch die mit der Überprüfung der eingegangenen Einreise- und Meldeformulare angelaufene Fahndung nach Charles Calthrop geleitet hatte. Bei Anbruch der Dämmerung war er von Lebel abgelöst worden.

Vor ihm auf der Schreibtischplatte stapelten sich jetzt die Berichte der diversen Dienste und Dienststellen, die mit der Registrierung nach Frankreich einreisender Ausländer beauftragt waren. Die Meldungen lauteten allesamt gleich. Seit Beginn des Jahres hatte kein Mann dieses Namens die Grenze an irgendeinem offiziellen Übergang legal passiert. Weder in der Provinz noch in Paris war ein Mann dieses Namens oder unter diesem Namen in einem Hotel abgestiegen. Er stand auf keiner Liste unerwünschter Ausländer und war der französischen Polizei bisher auch nie in irgendeiner Weise unliebsam aufgefallen.

Sobald Lebel der Bericht einer Dienststelle vorlag, wies er sie telephonisch an, den Stichtag für die Überprüfung weiter und weiter zurückzuverlegen, bis man auf irgendeinen früheren Aufenthalt Calthrops in Frankreich stieß. Auf diese Weise würde sich vielleicht feststellen lassen, ob es eine von ihm bevorzugte Unterkunft gab – das Haus eines Freundes oder irgendein Hotel –, wo er sich womöglich auch jetzt unter falschem Namen verborgen hielt.

Superintendent Thomas' Anruf vom gleichen Morgen hatte die Hoffnung auf eine rasche Ergreifung des Killers praktisch zunichte gemacht. Die Teilnehmer der abendlichen Lagebesprechung waren noch nicht darüber unterrichtet worden, daß sich die Verfolgung der Spur Calthrops vermutlich als Fehlschlag erweisen dürfte. Das würde er ihnen heute abend um 10 Uhr beibringen müssen. Und wenn er bis dahin keinen anderen Namen als Ersatz für Calthrop nennen konnte, hatte er neuerliche Ausfälle von seiten Saint Clairs und die stummen Vorwürfe der anderen Konferenzteilnehmer zu gewärtigen.

Es gab nur zwei Dinge, die ihm eine gewisse Genugtuung bereiteten: zum einen die Tatsache, daß sie nun Calthrops Personenbeschreibung sowie ein En-face-Photo von ihm besaßen. Zwar dürfte er seine äußere Erscheinung beträchtlich verändert haben, wenn er mit falschen Papieren reiste, aber es war immerhin besser als nichts. Und zum anderen empfand er die Tatsache als tröstlich, daß niemand in der Konferenzrunde etwas vorzuschlagen wußte, was besser gewesen wäre als das, was er tat – alles zu überprüfen und jeder Spur, die sich ergeben mochte, sofort nachzugehen. Caron hatte die Theorie entwickelt, daß Calthrop zu dem Zeitpunkt, als die britische Polizei seine Wohnung durchsuchte, möglicherweise nur deswegen nicht dagewesen sei, weil er etwas in der Stadt zu erledigen gehabt habe; daß er keinen zweiten Paß besäße; daß er untergetaucht sei und sein Vorhaben aufgegeben habe.

»In dem Fall könnten wir in der Tat von Glück sagen«, hatte Lebel seufzend bemerkt und hinzugefügt: »Aber ich glaube nicht daran. Special Branch hat gemeldet, daß sich sein Wasch- und Rasierzeug nicht im Badezimmer befand und er einer Nachbarin gegenüber erwähnte, er ginge zum Angeln nach Schottland. Wenn Calthrop seinen Paß zurückließ, dann nur, weil er ihn nicht mehr benötigte. Rechnen Sie nicht damit, daß dieser Mann allzu viele Fehler macht. Ich fange langsam an, eine Vorstellung vom Schakal zu bekommen.«

Der Mann, nach dem die Polizeibehörden zweier Länder jetzt fahndeten, hatte beschlossen, die Grande Corniche mit ihren ewigen Verkehrsstauungen links liegenzulassen und sich auch das südliche Ende der RN 7 zu ersparen. Im August, das wußte er, stellten beide Straßen nur wenig gemilderte Formen der Hölle auf Erden dar.

In dem beruhigenden Bewußtsein der Sicherheit, das ihm der angenommene und in seinem Paß vermerkte Name Duggan verschaffte, entschied er sich dafür, von der Küste aus gemächlich nach Norden durch die Alpes Maritimes und weiter in die hügelige Landschaft Burgunds zu fahren. Er hatte keine sonderliche Eile, denn der für den Anschlag festgesetzte Tag war noch nicht gekommen. Auch war er etwas früher als ursprünglich geplant in Frankreich eingetroffen.

Von Cannes aus fuhr er in nördlicher Richtung nach Grasse, der malerischen Stadt betörender Düfte, und dann auf der RN 85 nach Castellane weiter, von wo aus die turbulenten Wasser des Verdon, von dem nur wenige Kilometer weiter flußaufwärts errichteten Staudamm gebändigt, aus den Savoyer Alpen zu Tal strömten, um sich bei Cadarache mit der Durance zu vereinigen.

Von hier fuhr er nach Barrême und Digne weiter. Der kochenden Hitze in der provenzalischen Ebene entronnen, atmete er die linde, erfrischende Luft der Berge in vollen Zügen. Sobald er das Tempo verlangsamte, spürte er, wie die Sonne auf ihn herabbrannte, aber bei zügigem Fahren war der Wind wie eine kühle Brise, die den Duft der Pinien und der Holzfeuer in den Gehöften zu ihm herübertrug.

Bei Volonne fuhr er über die Durance-Brücke und aß in einem hübschen kleinen Gasthof mit Blick auf den Fluß zu Mittag. Zweihundert Kilometer stromabwärts wurde die Durance zu einem schleimiggrauen Rinnsal, das sich zwischen Cavaillon und Plan d'Orgon träge im sonnengebleichten Kies seines Bettes dahinschlängelte. Aber hier oben in der sanften Hügellandschaft war sie noch ein richtiger Fluß mit Fischen und schattigen Ufern, deren Gras ihr sein saftiges Grün verdankte.

Am Nachmittag fuhr er auf der noch immer dem Lauf der Durance folgenden RN 85 über Sisteron hinaus, bis sich die Straße gabelte und die RN 85 sich in nördlicher Richtung von der Durance entfernte. Bei Einbruch der Dämmerung erreichte er die kleine Stadt Gap. Er hätte auch nach Grenoble weiterfahren können, aber da kein Grund zur Eile bestand und die Aussichten, im Ferienmonat August ein Hotelzimmer zu bekommen, in einer kleinen Stadt günstiger waren, sah er sich nach einem ländlichen Hotel um. Knapp außerhalb des Städtchens fand er das Hôtel du Cerf, welches ehedem einem der Herzöge von Savoyen als Jagdhaus gedient und sich das Air rustikaler Behaglichkeit und ländlicher Tafelfreuden bewahrt hatte.

Es waren noch Zimmer frei. Statt wie gewohnt zu duschen, nahm er zur Abwechslung ein behaglich ausgedehntes Bad und entschied sich dann für den taubengrauen Anzug, zu dem er ein seidenes Hemd und eine gestrickte Krawatte trug. Marie-Louise, das Zimmermädchen, hatte seinen karierten Anzug zum Aufbügeln mitgenommen und zugesagt, ihn anderntags in der Frühe zurückzubringen.

Das Abendessen wurde in einem holzgetäfelten Raum eingenommen, der eine panoramaartige Aussicht auf die bewaldeten Abhänge bot, die vom Schrillen der Zikaden widerhallten. Die Luft war warm, und erst als der Hauptgang abgetragen wurde, machte eine an einem Einzeltisch speisende Dame, die ein weit ausgeschnittenes, ärmelloses Kleid trug, den *maître d'hôtel* darauf aufmerksam, daß es ihr doch ein wenig kühl sei, und bat ihn, die Fenster zu schließen. Der Schakal wandte sich um, als er gefragt wurde, ob er etwas dagegen habe, wenn das Fenster, an dem er saß, zugemacht würde.

Er warf einen Blick auf die Dame. Es war eine ausgesprochen hübsche Frau. Sie mochte in den späten Dreißigern sein und hatte füllige, weiche Arme und einen tief angesetzten, vollen Busen. Mit einem flüchtigen Nicken gab er dem *maître* sein Einverständnis kund und neigte dann, den Blick der hinter ihm sitzenden Frau suchend, leicht den Kopf. Sie reagierte mit einem kühlen Lächeln.

Das Essen war hervorragend. Er hatte gefleckte Bachforelle, über dem Holzfeuer gegrillt, und auf dem Kohlenfeuer gebratene, mit Fenchel und Thymian gewürzte Tournedos bestellt. Der Wein war ein vollmundiger Côtes du Rhône aus der Gegend, der in einer Flasche ohne Etikett serviert wurde. Er war offenkundig aus einem Faß im Keller abgefüllt und vom Wirt persönlich zum *vin de la maison* bestimmt worden. Die meisten Gäste tranken ihn, und das mit gutem Grund.

Als der Schakal sein Fruchteis löffelte, hörte er, wie die hinter ihm sitzende Dame den *maître*, der sie als »Madame la Baronne« titulierte, mit befehlsgewohnt leiser Stimme wissen ließ, daß sie ihren Kaffee in der Halle zu nehmen wünsche. Wenig später bat auch der Schakal, ihm den Kaffee in der Halle zu servieren, und begab sich auf den Weg dorthin.

Der Anruf aus dem Somerset House erreichte Superintendent Thomas um 22 Uhr 15. Er saß bei offenem Fenster in seinem Büro und blickte auf die um diese Zeit stille Straße hinunter, in die kein Restaurant späte Gäste und Autofahrer lockte. Die Bürohäuser zwischen Millbank und Smith Square waren stumme Klötze, dunkel, blind, gleichgültig. Nur in dem unansehnlichen Block, der die Büros von Scotland Yards Special Branch beherbergte, brannte wie immer noch Licht.

Am etwa eine Meile entfernten Strand war das Licht in dem Flügel des Somerset House, in welchem die Totenscheine von Millionen verstorbener britischer Staatsbürger verwahrt wurden, ebenfalls noch nicht erloschen. Hier hockte Thomas' aus sechs Kriminalsergeants und zwei Kriminalinspektoren gebildete Sonderkommission über Stapeln von Dokumenten und Papieren. Alle paar Minuten stand jemand auf und verließ seinen Platz, um einen der ausgesuchten Beamten des Hauses, die heute abend weitaus länger Dienst tun mußten als ihre glücklicheren Kollegen, auf seinem Marsch an den endlosen Aktenregalen entlang zu begleiten und einen weiteren Namen zu überprüfen.

Es war der mit der Leitung der Sonderkommission beauftragte dienstältere Inspektor, der anrief.

Seine Stimme klang müde, aber zuversichtlich — hoffte er sich und seine Kollegen doch mit dem, was er zu melden hatte, von der Mühsal zu erlösen, weitere Hunderte und aber Hunderte Namen von Paßantragstellern auf die Möglichkeit überprüfen zu müssen, daß es auf sie ausgestellte Totenscheine gab.

»Alexander James Quentin Duggan«, verkündete er, als Thomas sich gemeldet hatte.

»Was ist mit ihm?« fragte Thomas.

»Geboren am 3. April 1929 in Sambourne Fishley in der St.-Markus-Gemeinde. Beantragte in der üblichen Weise und auf dem üblichen Formular am 14. Juli dieses Jahres einen Paß. Der Paß wurde am darauffolgenden Tag ausgestellt und am 17. Juli an die auf dem Antragsformular angegebene Adresse geschickt. Wird sich vermutlich um eine Deckadresse handeln.«

»Warum?« fragte Thomas. Er liebte es nicht, wenn man ihn warten ließ.

»Weil Alexander James Quentin Duggan am 8. November 1931 bei einem Verkehrsunfall in seinem Heimatdorf im Alter von zweieinhalb Jahren ums Leben kam.«

Thomas dachte einen Augenblick lang nach.

»Wie viele in den letzten hundert Tagen ausgestellte Pässe haben Sie noch zu überprüfen?« fragte er.

»Etwa dreihundert«, sagte die Stimme am anderen Ende der Leitung.

»Lassen Sie auch die, für den Fall, daß sich ein weiterer Betrüger darunter befindet, noch überprüfen«, ordnete Thomas an. »Geben Sie die Leitung der Sonderkommission an Ihren Kollegen ab. Ich möchte, daß Sie die Adresse, an die der Paß geschickt wurde, auskundschaften. Rufen Sie mich an, sobald Sie sie gefunden haben. Wenn es ein bewohntes Gebäude ist, verlangen Sie den Besitzer oder den Hauswart zu sprechen. Holen Sie alles, was er über Calthrop weiß, aus ihm heraus und bringen Sie mir auch das für die Akten bestimmte Photo

Duggans mit, das seinem Antrag beigefügt war. Ich will mir diesen Calthrop in seiner neuen Verkleidung mal ansehen.«

Es war fast 23 Uhr, als der dienstälteste Inspektor zurückrief. Bei der fraglichen Adresse handelte es sich um ein kleines Tabak- und Zeitungsgeschäft in Paddington. Es war eines von der Sorte, in deren Schaufenster Karten mit den Adressen Prostituierter aushängen. Der Inhaber, der über dem Laden wohnte, war aus dem Schlaf geklingelt worden. Er bestätigte, daß er häufig Postsendungen für Kunden entgegennahm, die keine feste Adresse hatten, und für derartige Dienste eine Gebühr berechnete. An einen Stammkunden namens Duggan konnte er sich nicht erinnern, aber es war möglich, daß Duggan ihn zweimal aufgesucht hatte — einmal, um zu vereinbaren, daß seine Post dort empfangen wurde, und das zweitemal, um die erwartete Sendung abzuholen. Auf der Photographie von Calthrop, die der Inspektor ihm zeigte, hatte der Ladenbesitzer ihn nicht erkannt. Der Inspektor wies ihm auch Duggans Photo vor, das dem Paßantrag beigefügt gewesen war, und diesen Mann glaubte der Ladeninhaber gesehen zu haben. Aber sicher war er sich dessen nicht. Es war gut möglich, daß der Mann eine dunkle Brille getragen hatte. Manche Kunden, die sich für erotische Magazine interessierten, trugen dunkle Brillen.

»Bringen Sie ihn auf die Wache«, befahl Thomas, »und kommen Sie so rasch wie möglich her.« Er drückte auf die Gabel, wählte die Telephonzentrale und ließ sich mit Paris verbinden.

Wiederum kam der Anruf mitten in der Konferenz. Kommissar Lebel hatte erklärt, daß sich Calthrop mit an Sicherheit grenzender Wahrscheinlichkeit nicht unter eigenem Namen in Frankreich aufhalte, es sei denn, er habe sich in einem Fischerboot an Land geschmuggelt oder die Grenze an einer unbewachten Stelle überschritten. Er persönlich glaube jedoch nicht, daß ein »Mann vom Fach« dergleichen je tun würde, denn bei jeder Razzia oder Ausweiskontrolle könne er festgenommen werden, weil sein Paß keinen Einreisestempel aufwies.

Auch war kein Charles Calthrop unter seinem eigenen Namen in irgendeinem französischen Hotel abgestiegen.

Diese Fakten wurden sowohl von den Chefs der RG und der DST als auch vom Polizeipräfekten von Paris bestätigt und daher nicht in Zweifel gezogen.

Es gab, so argumentierte Lebel, zwei Möglichkeiten. Die eine bestand darin, daß der Mann sich keine falschen Papiere beschafft hatte, weil er davon ausgegangen war, daß man ihn nicht verdächtigen würde. In dem Fall hatte ihn die Haussuchung durch die Londoner Polizei von seinem Vorhaben abgebracht. Lebel fügte hinzu, er persönlich glaube nicht an diese Möglichkeit, weil Superintendent Thomas' Leute die Garderobenschränke in der Wohnung halb leer vorgefunden und zudem festgestellt hatten, daß das Wasch- und Rasierzeug des Mannes fehlte, was darauf hindeutete, daß er seine Londoner Wohnung mit einem ganz bestimmten Reiseziel verlassen hatte. Das wurde auch durch die Aussage einer Nachbarin bestätigt, derzufolge Calthrop gesagt habe, er wolle mit dem Wagen eine Rundreise durch Schottland unternehmen. Weder die britische noch die französische Polizei hatte Anlaß, dies für die Wahrheit zu halten.

Die zweite Möglichkeit war, daß Calthrop sich falsche Papiere beschafft hatte, und ihr ging die britische Polizei jetzt nach. In diesem Fall konnte es sein, daß er sich entweder noch gar nicht in Frankreich befand, sondern an irgendeinem anderen Ort aufhielt, wo er seine Vorbereitungen abschloß, oder bereits nach Frankreich eingereist war, ohne Verdacht erregt zu haben. Als Lebel an diesem Punkt seiner Darstellung angelangt war, geschah es, daß einigen Konferenzteilnehmern der Kragen platzte.

»Wollen Sie damit sagen, daß er schon in Frankreich, ja womöglich bereits hier in Paris sein kann?« verlangte Alexandre Sanguinetti zu wissen.

»Der springende Punkt ist, daß er einen Zeitplan hat und daß nur er ihn kennt. Wir ermitteln jetzt seit zweiundsiebzig Stunden. Zu welchem Zeitpunkt seines Terminplans wir uns eingeschaltet haben, können wir nicht wissen. Mit Sicherheit läßt sich nur eines sagen — daß der Killer zwar weiß, wir haben Kenntnis von der Existenz eines Plans zur Ermordung des Präsidenten, daß er aber nicht wissen kann, wie weit unsere Ermittlungen gediehen sind. Deshalb besteht durchaus die Möglichkeit, daß wir einen nichtsahnenden Mann ergreifen, sobald wir ihn unter seinem neuen Namen identifiziert und lokalisiert haben.«

Aber die Versammlung ließ sich mit dieser halbwegs beruhigenden Erklärung nicht abspeisen. Der Gedanke, daß der Killer möglicherweise keinen Kilometer von ihnen entfernt und der Anschlag auf das Leben des Präsidenten auf seinem Zeitplan für morgen vorgesehen war, machte jedem von ihnen heillose Angst.

»Es könnte natürlich auch sein«, gab Oberst Rolland zu bedenken, »daß Calthrop, nachdem er auf Rodins Weisung von dem unbekannten Agenten Valmy über die Aufdeckung der Existenz des Attentatsplans unterrichtet wurde, seine Wohnung verlassen hat, um die Beweise für seine Mordabsichten verschwinden zu lassen. Durchaus denkbar, daß er womöglich in ebendiesem Augenblick seine Waffe und seine Munition in irgendeinem schottischen See versenkt, um sich der Polizei bei seiner Rückkehr unschuldig wie ein neugeborenes Kind zu präsentieren. In diesem Fall wäre es außerordentlich schwierig, Anklage gegen ihn zu erheben.«

Die Konferenzteilnehmer ließen sich Rollands Ausführungen durch den Kopf gehen, und die Zahl derjenigen, die ihm zustimmten, mehrte sich.

»Dann sagen Sie uns doch, Oberst«, unterbrach der Minister das Schweigen, »ob auch Sie sich so verhalten würden, wenn Sie in der Haut dieses Killers steckten und erfahren hätten, daß die Verschwörung aufgedeckt wurde, aber auch wüßten, daß Ihre Identität der Polizei noch immer nicht bekannt ist.«

»Ganz gewiß würde ich das tun, *Monsieur le Ministre*«, antwortete Rolland. »Wenn ich ein erfahrener Berufsmörder wäre, wüßte ich, daß ich irgendwo polizeiaktenkundlich geworden sein muß und daß es, nachdem die Verschwörung aufgedeckt ist, nur eine Frage der Zeit sein kann, bis die Polizei bei mir anklopft und eine Haussuchung macht. Ich würde also alle beweiskräftigen Gegenstände loswerden wollen, und welcher Ort wäre dazu geeigneter als ein See in Schottland?«

Das Lächeln, mit dem die Runde auf Rollands Darlegungen reagierte, machte deutlich, daß sich keiner der Versammelten ihrer zwingenden Logik zu verschließen vermochte.

»Das bedeutet jedoch nicht«, fuhr Rolland fort, »daß wir ihn laufenlassen sollen. Ich bin nach wie vor der Ansicht, wir müssen diesem Mister Calthrop das Handwerk legen.«

Die Gesichter waren wieder ernst geworden. Sekundenlang herrschte Schweigen.

»Da kann ich Ihnen nicht folgen, Oberst«, sagte General Guibaud.

»Ich verweise auf unsere Order«, entgegnete Rolland. »Sie lautet dahin, diesen Mann aufzuspüren und unschädlich zu machen. Er mag seinen Plan vorübergehend aufgegeben haben. Aber es ist möglich, daß er seine Ausrüstung nicht zerstört, sondern lediglich versteckt hat, um sie dem Zugriff der britischen Polizeibehörden zu entziehen. Wer hindert ihn, den Versuch zu einem späteren Zeitpunkt wiederaufzunehmen, und das nach einem neuen Plan, der womöglich noch schwerer zu durchkreuzen ist als der alte?«

»Aber wenn er in England ist und die britische Polizei ihn festnimmt, wird sie ihn doch ohnehin nicht wieder freilassen?« bemerkte jemand.

»Das ist keinesfalls sicher«, sagte Rolland. »Ich halte es sogar für sehr unwahrscheinlich. Sie werden vermutlich keine Beweise haben. Unsere britischen Freunde nehmen es mit der Wahrung der Bürgerrechte bekanntlich sehr genau. Wenn sie ihn gefaßt haben, werden sie ihn verhören und mangels Beweisen wieder laufenlassen.«

»Oberst Rolland hat vollkommen recht«, schaltete sich Saint Clair ein. »Die britische Polizei ist durch einen bloßen Zufall auf diesen Mann gestoßen. Die Engländer können in solchen Dingen unglaublich töricht sein. Es ist ihnen glatt zuzutrauen, daß sie einen derart gefährlichen Mann frei herumlaufen lassen. Oberst Rollands Kommando sollte Auftrag erhalten, diesen Mann ein für allemal unschädlich zu machen.«

Dem Minister war nicht entgangen, daß Lebel sich jeder Beteiligung an der Diskussion enthalten und auch nicht gelächelt hatte.

»Nun, Kommissar, und was meinen Sie? Sind auch Sie wie Oberst Rolland der Ansicht, daß Calthrop seinen Plan zeitweilig aufgegeben und sein Mordwerkzeug versteckt oder zerstört hat?«

Lebel blickte auf und sah, daß sich ihm alle Gesichter erwartungsvoll zugewandt hatten.

»Ich hoffe, daß der Oberst recht hat«, sagte er zögernd. »Aber ich fürchte, er täuscht sich.«

»Warum?« fragte der Minister in schneidend scharfem Tonfall.

»Weil seine Theorie auf der Voraussetzung basiert, daß Calthrop sich entschlossen hat, die Operation abzubrechen. Wie aber, wenn das nicht der Fall sein sollte? Wenn er entweder Rodins Botschaft nicht erhalten oder aber sich dennoch für die Ausführung seines Vorhabens entschieden hat?«

Die allgemeine Mißbilligung, die Lebels Äußerung in der konsternierten Runde hervorrief, machte sich in halblauten Kommentaren Luft. Nur Oberst Rolland schwieg. Er blickte nachdenklich zu dem am unteren Ende des Tisches sitzenden Kommissar hinüber. Dieser kleine, dickliche Mann, dachte er, war offenbar ein weit klügerer Kopf, als irgendeiner der hier versammelten Männer zu erkennen vermochte. Lebels Beurteilung der Lage, das mußte er einräumen, mochte sich durchaus als die richtige erweisen.

Die Gemüter hatten sich noch nicht wieder beruhigt, als Lebel ans Telephon gerufen wurde. Diesmal blieb er länger als zwanzig Minuten weg. Als er wiederkam, referierte er seinerseits weitere zehn Minuten lang vor einer gespannt lauschenden Runde, was ihm soeben aus London gemeldet worden war.

»Was machen wir jetzt?« fragte ihn der Minister, als er geendet hatte. In seiner bedächtig-gelassenen Art gab Lebel seine Anweisungen wie ein General, der seine Truppen aufmarschieren läßt, und keiner der im Raum anwesenden Männer, die ausnahmslos höhere Ränge bekleideten als er, machte auch nur den geringsten Versuch, irgendwelche Einwände zu erheben.

»Das also ist die Situation«, schloß er. »Wir werden eine auf das gesamte Staatsgebiet ausgedehnte, ebenso diskret wie umfassend gehandhabte Fahndung nach Calthrop alias Duggan in seiner neuen Tarnung veranstalten, während die britischen Polizeibehörden die Passagierlisten der Fluggesellschaften, Kanalfähren und so weiter überprüfen. Wenn sie ihn lokalisieren, werden sie ihn, sofern er auf britischem Boden angetroffen wird, festnehmen oder aber, sollte er England bereits verlassen haben, uns sofort benachrichtigen. Lokalisieren wir ihn dagegen, wird er, wenn er sich in Frankreich aufhält, sofort verhaftet. Machen wir ihn in einem dritten Land ausfindig, können wir entweder abwarten, bis er sich nichtsahnend anschickt, die Grenze zu überschreiten, und ihn dabei fassen — oder uns für eine andere Art des Vorgehens entscheiden. Zu dem Zeitpunkt freilich wird meine Aufgabe, den Mann zu finden, bereits abgeschlossen sein. Bis dahin jedoch wäre ich allerdings dankbar, wenn Sie, meine Herren, sich weiterhin an meine Empfehlungen hielten.«

Der Affront war so unerhört, die gelassene Selbstverständlichkeit, mit welcher der kleine Kommissar seinen Anordnungen Nachdruck zu verleihen verstand, so überzeugend, daß niemand etwas zu sagen wagte. Sie nickten nur. Selbst Saint Clair hielt den Mund.

Erst als er kurz nach Mitternacht heimkam, fand er ein aufmerksames Publikum für seinen Wutausbruch über diesen lächerlichen *petit bourgeois*, diese kümmerliche Polizistenseele, die recht behalten hatte, während sich die qualifiziertesten Experten des Landes ausnahmslos getäuscht hatten.

Seine Geliebte lauschte verständnisinnig und voller Mitgefühl, während sie ihm, der bäuchlings auf dem Bett lag, mit kundiger Hand den Nacken massierte. Es begann schon zu dämmern, als er endlich eingeschlafen war und sie sich in die Halle schleichen konnte, um ein kurzes Telephongespräch zu führen.

Superintendent Thomas blickte auf die beiden Paßanträge und zwei Photographien, die im Lichtkreis der Tischlampe auf der Schreibunterlage ausgebreitet waren.

»Gehen wir alles noch einmal rasch durch«, sagte er. »O. K.?«
»Ja, Sir«, erwiderte der neben ihm sitzende dienstälteste Inspektor.
»Gut. Calthrop: Größe fünf Fuß elf Zoll. Stimmt's?«
»Ja, Sir.«
»Duggan: Größe sechs Fuß.«
»Erhöhte Absätze, Sir. Mit spezial angefertigten Schuhen kann man sich bis zu fünf, sechs Zentimeter größer machen. Im Showgeschäft tun das eine Menge Leute. Im übrigen schaut einem bei der Paßkontrolle niemand auf die Füße.«
»Also gut«, räumte Thomas ein. »Schuhe mit erhöhten Absätzen.

Calthrop: Haarfarbe braun. Das besagt nicht viel, denn die kann ebensogut hellbraun wie kastanienbraun sein. Nach dem Photo zu urteilen, hat er dunkelbraunes Haar. Bei Duggan steht auch: Haar braun. Aber es sieht aus, als sei es hellblond.«

»Das stimmt, Sir. Auf Photos sieht Haar jedoch meistens dunkler aus, als es ist. Es hängt davon ab, von wo das Licht kommt und so weiter. Außerdem könnte er es heller getönt haben, um Duggan zu werden.«

»Mag sein. Calthrops Augenfarbe: braun. Duggan: Augenfarbe grau.«

»Kontaktlinsen, Sir. Kein Problem.«

»O. K., Calthrop ist siebenunddreißig, Duggan im April vierunddreißig geworden.«

»Er mußte vierunddreißig werden«, erklärte der Inspektor, »weil der echte Duggan, der kleine Junge, der mit zweieinhalb Jahren ums Leben kam, im April 1929 geboren wurde. Daran konnte nichts geändert werden. Und ein Siebenunddreißigjähriger, dessen Alter im Paß mit vierunddreißig angegeben ist, erregt keinen Verdacht. Man glaubt dem, was im Paß steht.«

Thomas betrachtete die beiden Photos. Calthrops Gesicht wirkte schwerer, voller, wie das eines eher untersetzten Mannes. Aber um Duggan zu werden, konnte er sein Äußeres verändert haben. Vermutlich hatte er es bereits verändert, bevor er mit den OAS-Chefs zusammentraf, und es seither bei dem veränderten Äußeren belassen — auch während der Zeit, in der er seinen Paß beantragte. Männer wie er mußten in der Lage sein, monatelang unter der Tarnung einer zweiten Identität zu leben, wenn sie der Identifizierung entgehen wollten. Eben dieser klugen Vorsicht und gewissenhaften Sorgfalt verdankte es Calthrop vermutlich, daß sein Name in keiner Polizeiakte der Welt zu finden war. Hätte es nicht dieses Gerücht gegeben, das vor ein paar Jahren in Westindien kursierte, wäre man nie auf ihn gekommen.

Aber von jetzt ab war er Duggan. Gefärbtes Haar, getönte Kontaktlinsen, schlankere Figur und überhöhte Absätze — es war Duggans Personenbeschreibung, die er nebst Paßnummer und -photo zur Übermittlung nach Paris in den Telexraum bringen ließ. Lebel würde das Material — er blickte auf seine Armbanduhr — schätzungsweise gegen 2 Uhr morgens erhalten.

»Und alles weitere ist dann deren Sache«, meinte der Inspektor.

»Irrtum, mein Junge«, klärte Thomas ihn auf, »es gibt noch eine Menge Arbeit für uns. Morgen früh fangen wir als erstes mit der Überprüfung der Fluggesellschaften, Reisebüros und Kartenverkaufsstellen für den Kanalverkehr an. Wir müssen nicht nur herausfinden, wer er jetzt ist, sondern auch, wo er jetzt ist.«

In diesem Augenblick kam der Anruf aus dem Somerset House. Der letzte Paßantrag war überprüft und in Ordnung befunden worden.

»O. K., danken Sie den Beamten des Hauses und machen Sie Schluß. Morgen früh pünktlich um 8 Uhr 30 erwarte ich Sie alle sieben in meinem Büro«, sagte Thomas.

Ein Sergeant brachte einen Durchschlag der schriftlichen Erklärung, die der Zeitungs- und Zigarettenhändler auf seiner örtlichen Polizeiwache abgegeben hatte. Thomas überflog die beeidete Aussage, die im wesentlichen wiederholte, was der Mann dem Inspektor schon an der Wohnungstür gesagt hatte.

»Es liegt nichts gegen ihn vor, was uns dazu berechtigen könnte, ihn festzuhalten«, sagte er. »Bestellen Sie den Diensthabenden in Paddington, sie sollen ihn laufenlassen.«

»Ja, Sir«, sagte der Sergeant und trat ab.

Während er mit dem Sergeanten sprach, war es Donnerstag, der 15. August geworden.

Thomas lehnte sich in seinem Schreibtischsessel zurück und versuchte ein wenig zu schlafen.

Sechzehntes Kapitel

Madame la Baronne de la Chalonnière blieb vor ihrer Zimmertür stehen und drehte sich zu dem jungen Engländer um, der sie dorthin begleitet hatte. Im Halbdunkel des Korridors konnte sie sein Gesicht nicht genau erkennen; es war nur ein aufgehellter Fleck im Schatten.

Der Abend war recht amüsant gewesen, und sie hatte sich noch nicht entschieden, ob sie ihn vor ihrer Tür beenden sollte oder nicht. Die Frage beschäftigte sie schon seit einer Stunde.

Einerseits war sie, obwohl sie Liebhaber gehabt hatte, eine achtbare verheiratete Frau; sich von wildfremden Männern verführen zu lassen, sobald sie allein in einem Hotel übernachtete, zählte nicht zu ihren Gewohnheiten. Andererseits war sie in einer Verfassung, in der sie sich Anfechtungen weniger denn je gewachsen fühlte, und ehrlich genug, sich das selbst einzugestehen.

Sie hatte den Tag in den Hochalpen in der Kadettenschule von Barcelonette verbracht, um der Abschlußparade beizuwohnen, an der ihr Sohn als frisch gebackener Unterleutnant der Chasseurs Alpins, des alten Regiments seines Vaters, teilnahm. Obschon sie ohne Zweifel die bei weitem reizvollste Mutter unter den Zuschauern der Parade gewesen war, hatte ihr die Zeremonie, bei der ihr Sohn das Offizierspatent erhielt und in die französische Armee aufgenommen wurde, fast schockartig bewußt gemacht, daß sie nahezu vierzig und Mutter eines erwachsenen Mannes war.

Obwohl sie gut und gern fünf Jahre jünger aussah und sich zuweilen zehn Jahre jünger fühlte, hatte sie die Tatsache, daß ihr Sohn zwanzig geworden war, inzwischen vermutlich mit Frauen schlief und in den Ferien nicht mehr heimkommen würde, um in den Wäldern, die das Schloß der Familie umgaben, auf die Jagd zu gehen, in Ratlosigkeit und Panik versetzt.

Sie hatte die marionettenhafte Galanterie des schnarrenden alten Obersten, der die Kadettenanstalt leitete, und die bewundernden Blicke der apfelbäckigen Klassenkameraden ihres Sohnes lächelnd erduldet und sich plötzlich sehr einsam gefühlt. Ihre Ehe, das war ihr seit Jahren klar, bestand nur noch auf dem Papier, denn der Baron lebte in Paris und war zu sehr damit beschäftigt, den kleinen Mädchen nachzustellen, als daß er den Sommer auf dem Schloß verbracht hätte oder auch nur zur Vereidigung seines Sohnes erschienen wäre.

Während sie in dem schweren Tourenwagen der Familie auf dem Rückweg aus den Hautes Alpes die kurvenreiche Straße nach Gap hinunterjagte, um die Nacht in einem ländlichen Hotel zu verbringen, kam ihr erstmals voll zum Bewußtsein, daß sie hübsch, attraktiv und einsam war. Außer den Aufmerksamkeiten älterer Galane wie des Obersten in der Kadettenanstalt oder frivolen und unbefriedigenden Flirts mit kleinen Jungen hatte sie nichts mehr zu erwarten, und zu irgendeiner karitativen Tätigkeit fühlte sie sich nicht berufen — noch nicht.

Aber was Alfred in Paris trieb, während die halbe Gesellschaft über ihn und die restliche über sie lachte, war für sie eine einzige Beleidigung und Erniedrigung.

Beim Kaffee, den sie in der Hotelhalle nahm, hatte sie sich über ihre Zukunft Gedanken gemacht und unversehens den Wunsch verspürt, sich von jemandem sagen zu lassen, daß sie eine Frau sei und eine schöne dazu, und nicht bloß Madame la Baronne. In genau diesem Augenblick war es dann geschehen, daß der Engländer auf sie zutrat, um sie zu fragen, ob er, da sie allein in der Halle waren, seinen Kaffee bei ihr trinken dürfe. Er hatte sie überrumpelt, und sie war ganz einfach zu überrascht gewesen, um nein zu sagen. In der nächsten Sekunde hätte sie sich am liebsten geohrfeigt, aber schon zehn Minuten später bedauerte sie es kaum mehr, ihn nicht abgewiesen zu haben. Schließlich war er ihrer Schätzung nach zwischen dreißig und fünfunddreißig, also im denkbar besten Alter. Obschon Engländer, sprach er fließend französisch; er sah recht gut aus und konnte amüsant sein. Seine geschickten Komplimente hatten ihr wohlgetan, und sie hatte ihn sogar zu weiteren ermuntert. Es war fast Mitternacht geworden, ehe sie aufstand und erklärte, anderntags in aller Frühe aufbrechen zu müssen.

Er hatte sie die Treppe hinaufbegleitet und vor dem Fenster im Zwischenstock auf die bewaldeten Berghänge hinausgedeutet, die vom hellen Mondlicht beschienen wurden. Sie waren stehengeblieben, um einen Blick auf die schlafende Landschaft zu werfen. Als sie sich vom Fenster wegwandte, mußte sie feststellen, daß seine Augen nicht auf die Aussicht, sondern auf das tiefe Tal zwischen ihren Brüsten gerichtet waren, deren Haut im Mondlicht alabasterweiß erschien.

Er hatte gelächelt, als er ertappt worden war, und, indem er seine Lippen ihrem Ohr näherte, geflüstert: »Bei Mondlicht wird auch der wohlerzogenste Mann zum Halbwilden.« Verstimmung vortäuschend, obschon sie die unverfrorene Bewunderung des Fremden in eine angenehme Erregung versetzte, hatte sie sich auf dem Absatz umgedreht, um die restlichen Stufen zu ihrer Etage hinaufzusteigen.

»Es war ein reizender Abend, Monsieur.«

Die Hand auf der Türklinke, fragte sie sich, ob der Mann sie wohl zu küssen versuchen würde. In gewisser Weise erhoffte sie es. Vielleicht lag es nur am Wein oder an dem feurigen Calvados, den er zum Kaffee bestellt hatte, vielleicht auch an der Szene im Mondlicht — jedenfalls war ihr bewußt, daß sie mit einem solchen Ende des Abends nicht gerechnet hatte.

Sie fühlte, wie sich die Arme des Fremden um sie legten und seine Lippen sich unvermittelt auf ihre preßten. »Das muß aufhören«, sagte ihr eine innere Stimme. Eine Sekunde später erwiderte sie den Kuß mit noch geschlossenen Lippen. Der Wein hatte sie ein bißchen benommen gemacht, ja, es mußte die Wirkung des Weins sein. Sie spürte, wie seine Arme sich fester um sie legten — kraftvolle Arme mit harten Muskeln.

Ihr Schenkel wurde gegen ihn gedrückt, und durch den Satin ihres Kleides fühlte sie die arrogante Härte seines Gliedes. Sie zog ihr Bein schnell zurück und preßte es gleich darauf wieder gegen ihn. Eine bewußte Entscheidung gab es gar nicht; die Gewißheit, daß sie ihn haben wollte, zwischen ihren Schenkeln, in ihrem Schoß, die ganze Nacht, war urplötzlich gekommen.

Als sie merkte, daß seine Hand hinter ihr zur Türklinke tastete, löste sie sich aus der Umarmung, und ohne sich von ihm abzuwenden, trat sie einen Schritt in ihr Zimmer zurück.

»*Viens, primitif.*«

Er folgte ihr und schloß die Tür.

Die ganze Nacht hindurch wurden sämtliche Archive im Pantheon neuerlich durchforscht, diesmal nach dem Namen Duggan und mit mehr Erfolg. Eine Karteikarte fand sich, die besagte, daß Alexander James Quentin Duggan, aus Brüssel kommend, am 22. Juli im Brabant-Expreß nach Frankreich eingereist war. Eine Stunde später wurde ein weiterer Bericht von derselben Zollgrenzwache, die ihren Dienst in den zwischen Brüssel und Paris verkehrenden Expreßzügen versah, gefunden. Er enthielt eine vom 31. Juli datierende Liste der Fahrgäste des Etoile-du-Nord-Expreß, auf der sich auch der Name Duggan befand.

Aus der Polizeipräfektur kam ein auf den Namen Duggan ausgefülltes Anmeldeformular, aus dem hervorging, daß er vom 22. bis einschließlich 30. Juli in einem kleinen Hotel nahe der Place de la Madeleine gewohnt hatte. Die auf der Anmeldung vermerkte Paßnummer stimmte laut Auskunft aus London mit derjenigen überein, die der von ihm beantragte Paß trug. Inspektor Caron war dafür, sofort eine Razzia in dem Hotel zu veranstalten, aber Lebel zog es vor, es in den frühen Morgenstunden allein aufzusuchen und sich mit dem Hotelbesitzer zu unterhalten. Es genügte ihm, zu erfahren, daß der Mann, den er suchte, sich nicht mehr in dem Hotel aufhielt, und der Besitzer war ihm dankbar für die Rücksichtnahme auf seine schlafenden Gäste.

Lebel wies einen Kriminalbeamten an, bis auf weiteres als zahlender Gast im Hotel Quartier zu nehmen und sich, für den Fall, daß Duggan wieder auftauchen sollte, ständig dort aufzuhalten. Der Besitzer wurde informiert und zeigte sich in jeder Weise entgegenkommend.

»Dieser Aufenthalt im Juli war eine Erkundungsreise«, bemerkte Lebel zu Caron, als er morgens um 4 Uhr 30 in sein Büro zurückkam. »Wie immer er vorgehen wird, er hat alles bis ins einzelne geplant und festgelegt.«

Er lehnte sich in seinem Schreibtischsessel zurück, starrte zur Decke hinauf und dachte nach. Warum war er in einem Hotel abgestiegen? Warum nicht im Haus eines OAS-Sympathisanten, wie dies alle flüchtigen OAS-Agenten taten? Weil er sich nicht darauf verließ, daß die OAS-Sympathisanten dichthielten. Recht hatte er. Deswegen arbeitete er allein, vertraute niemandem, plante seine Operation auf seine eigene Weise, benutzte einen gefälschten Paß, verhielt sich unauffällig, erregte keinen Verdacht. Der Besitzer des Hotels, den er soeben befragt hatte, bestätigte dies. »Ein echter Gentleman«, hatte er gesagt. Ein echter Gentleman, dachte Lebel, und gefährlich wie eine Schlange. Echte Gentlemen — für einen Polizisten sind die immer die Schlimmsten. Keiner wagt es, sie zu verdächtigen.

Er blickte auf die beiden Photos von Calthrop und Duggan, die aus London gekommen waren. Durch Veränderung der Körpergröße, der Haar- und Augenfarbe und vermutlich auch des Auftretens und der Manieren war Calthrop Duggan geworden. Er versuchte sich ein Bild von dem Mann zu machen. Wie würde er auf einen wirken, wenn man ihm begegnete? Selbstsicher, arrogant, seiner Unangreifbarkeit gewiß. Gefährlich, durchtrieben, peinlich genau in seinen Vorbereitungen, nichts dem Zufall überlassend. Selbstverständlich bewaffnet, aber womit? Mit einer Automatic, die in einem Halfter unter der linken Achsel steckte? Einem griffbereit um den Brustkorb geschnallten Wurfmesser? Einem Gewehr? Aber wo sollte er es bei der Zollkontrolle verstecken? Wie wollte er mit einer solchen Waffe in General de Gaulles Nähe gelangen, wenn schon jede zweihundert Meter vom Präsidenten entfernt gesichtete Damenhandtasche Verdacht erregte und man Männer kurzerhand abführte, die mit einem länglichen Paket unter dem Arm im Umkreis der Örtlichkeit angetroffen wurden, wo der Präsident sich der Öffentlichkeit zu zeigen beabsichtigte?

Mon Dieu, und dieser Oberst aus dem Elysée-Palast hielt ihn lediglich für irgendeinen x-beliebigen Gangster! Lebel war sich darüber klar, daß er einen Vorteil hatte: Er wußte den neuen Namen des Killers — und der Killer wußte nicht, daß er ihn wußte. Das war seine einzige Trumpfkarte; in jeder anderen Hinsicht war der Schakal im Vorteil, und keiner von den Teilnehmern an den abendlichen Konferenzen würde das zugeben wollen oder können.

Sollte er auf irgendeine Weise Wind davon bekommen, daß du seinen falschen Namen weißt, und seine Identität neuerlich wechseln, dann, Claude, mein Junge, kannst du dich aber auf einiges gefaßt machen.

Laut sagte er: »Auf einiges gefaßt machen.«
Caron sah auf.
»Sie haben recht, Chef. Er ist so gut wie gefaßt.«
Ganz entgegen seiner Gewohnheit reagierte Lebel ihm gegenüber gereizt. Der Mangel an Schlaf fing an, sich bemerkbar zu machen.

Der Lichtstrahl des verblassenden Mondes kroch langsam über das zerwühlte Bettlaken zum Fensterrahmen zurück. Er glitt über das zwischen der Tür und dem Fußende des Bettes zerknüllt am Boden liegende Satinkleid, den abgestreiften Büstenhalter und die Seidenstrümpfe auf dem Teppich. Die beiden nackten Leiber auf dem Bett verblieben im Schatten.

Colette lag auf dem Rücken und sah zur Zimmerdecke hinauf, während ihre Finger durch das blonde Haar des Fremden fuhren, der seinen Kopf auf ihren Bauch gebettet hatte. Ihre Lippen umspielte ein versonnenes Lächeln, als sie an die vergangenen Stunden zurückdachte.

Er war gut gewesen, dieser englische Halbwilde, heftig aber geschickt. Mit seinen Händen, seiner Zunge und seinem Glied hatte er es verstanden, sie fünfmal zum Höhepunkt zu bringen, während er selbst dreimal gekommen war. Sie hatte eine solche Nacht allzu lange entbehrt und mit einer seit Jahren nicht mehr gekannten Intensität reagiert.

Der kleine Reisewecker neben dem Bett zeigte auf Viertel nach fünf. Sie packte den blonden Schopf fester und beutelte ihn ein paarmal.

»Hallo.«

Der blonde Kopf schüttelte ihre Hand ab und drängte sich zwischen ihre Schenkel. Wieder begann sein heißer Atem und das Zucken der suchenden Zunge sie zu kitzeln.

»Nein, genug jetzt.«

Sie preßte rasch die Schenkel zusammen, setzte sich auf, griff ihm ins Haar und bog seinen Kopf zurück, um ihm in die Augen zu sehen. Er richtete sich halb auf, preßte sein Gesicht gegen eine ihrer vollen, schweren Brüste und begann sie zu küssen.

»Ich habe nein gesagt.«

Er blickte zu ihr hinauf.

»Das reicht, Lover. Ich muß in zwei Stunden aufstehen. Geh jetzt in dein Zimmer zurück. Jetzt, mein kleiner Engländer, jetzt.«

Er gehorchte, schwang sich aus dem Bett und suchte seine Kleidungsstücke zusammen. Sie glättete die zerwühlt am Fußende des Bettes liegende Decke und zog sie sich bis unters Kinn herauf. Mit dem Jackett und der Krawatte über dem Arm trat er angekleidet ans Bett und blickte auf sie hinunter. In der halben Dunkelheit konnte sie seine Zähne schimmern sehen, als er grinste. Er setzte sich auf die Bettkante und umfaßte mit der Rechten ihren Nacken.

»War es gut?«

»Hmmmmmm. Sehr gut. Und für dich?«

Er grinste wieder. »Was denkst du?«

Sie lachte. »Wie heißt du?«

Er überlegte einen Augenblick. »Alex«, log er.

»Ja, Alex, es war sehr gut. Aber es wird jetzt Zeit, daß du in dein Zimmer gehst.«

Er beugte sich zu ihr hinab und küßte sie auf den Mund.

»Dann also gute Nacht, Colette.«

In der nächsten Sekunde war er gegangen und hatte leise die Tür hinter sich geschlossen.

Gegen 7 Uhr früh radelte ein Gendarm zum Hôtel du Cerf hinaus, stieg vom Fahrrad und betrat die Hotelhalle. Der Wirt, der bereits in der Rezeption saß, um die Reihenfolge der von einigen seiner Gäste gewünschten Weckanrufe festzulegen und die *café-complet*-Bestellungen telephonisch entgegenzunehmen, begrüßte ihn.

»*Alors*, so früh schon unterwegs?«

»Wie immer«, entgegnete der Gendarm. »Man muß sich tüchtig abstrampeln, wenn man mit dem Fahrrad zu Ihnen hinausfährt, und ich hebe mir diese Tour immer bis zuletzt auf.«

»Erzählen Sie mir nicht«, sagte der Hotelwirt grinsend, »daß wir den besten Kaffee in der Nachbarschaft kochen. Marie-Louise, bringen Sie Monsieur eine Tasse Kaffee. Wenn ich nicht irre, trinkt er ihn gern mit einem *Trou Normand*.«

Der Gendarm lächelte erfreut.

»Hier sind die Anmeldungen«, sagte der Wirt und händigte ihm die von den am Vortag eingetroffenen Gästen ausgefüllten kleinen weißen Formulare aus. »Gestern hatten wir nur drei neue.«

Der Gendarm steckte die Anmeldungen in seine am Koppel befestigte Ledertasche.

»Lohnt sich kaum, extra deswegen herauszukommen«, meinte er grinsend und nahm auf der Sitzbank vor der Rezeption Platz, um auf seinen Kaffee und den Calvados zu warten. Als Marie-Louise beides brachte, scherzte er noch ein wenig mit ihr, bevor er sich dem Apfelschnaps zuwandte.

Es war 8 Uhr geworden, als er sich mit den eingesammelten Formularen in seiner Ledertasche beim Gendarmerie- und Polizeiposten von Gap zurückmeldete. Der wachhabende Inspektor nahm die Anmeldungen entgegen, überflog sie rasch und legte sie in das Abholfach, damit sie im Lauf des Tages nach Lyon zum regionalen Hauptquartier geschickt wurden, von wo aus sie dann später in die Archive der RG nach Paris wanderten. Nicht, daß er diesen Papierkrieg für sonderlich sinnvoll hielt.

Als der Inspektor die Formulare in das Fach legte, beglich Madame Colette de la Chalonnière ihre Rechnung, setzte sich ans Steuer ihres Wagens und fuhr in Richtung Westen davon. Im Stockwerk darüber schlief der Schakal bis 9 Uhr.

Superintendent Thomas, der in seinem Schreibtischsessel eingenickt war, zuckte heftig zusammen, als das Telephon neben ihm schrillte. Es war der Hausapparat, der sein Büro mit dem auf dem gleichen Stockwerk gelegenen Raum verband, in welchem die sechs Sergeants und zwei Inspektoren, seit er ihnen um 8 Uhr 30 neue Instruktionen erteilt hatte, ununterbrochen mit Reisebüros, Fluggesellschaften und Reedereien telephonierten.

Er sah auf seine Uhr. Es war zehn. Verdammt, sieht mir gar nicht ähnlich, am Schreibtisch einzudösen. Dann fiel ihm ein, mit wie wenig Schlaf er sich hatte begnügen müssen, seit Dixon ihn am Montagnachmittag zu sich gerufen hatte. Und jetzt war es der Donnerstagmorgen. Das Telephon klingelte erneut.

»Hallo.«

Die Stimme des dienstälteren Inspektors meldete sich.

»Freund Duggan, Sir. Er ist am Montagvormittag mit einer Linienmaschine der BEA von London abgeflogen. Gebucht hat er den Flug am Sonnabend. Der Name steht einwandfrei fest. Alexander Duggan. Das Ticket wurde am BEA-Schalter auf dem Flugplatz bar bezahlt.«

»Wohin? Ist er nach Paris geflogen?«

»Nein, Super. Nach Brüssel.«

Thomas war jetzt hellwach.

»Hören Sie, er kann auch abgereist und wiedergekommen sein. Überprüfen Sie weiterhin alle in den letzten Tagen vorgenommenen Buchungen und stellen Sie fest, ob vielleicht ein weiterer Flug auf seinen Namen gebucht ist — womöglich mit einer Maschine, die London noch gar nicht verlassen hat. Gehen Sie die Vorausbuchungen durch. Ich will wissen, ob er aus Brüssel zurückgekommen ist — was ich übrigens bezweifle. Ich glaube, wir haben ihn verloren. Da er London jedoch schon ein paar Stunden, bevor unsere Ermittlungen begannen, verlassen hat, trifft uns natürlich keine Schuld. O. K.?«

»O. K. Soll die auf das gesamte Gebiet des Vereinigten Königreichs ausgedehnte Suche nach dem richtigen Calthrop weitergehen? Sie bindet starke Polizeikräfte im ganzen Land, und der Yard hat eben angerufen, um uns zu sagen, daß von den Dienststellen in der Provinz ständig Beschwerden eingehen.«

Thomas dachte einen Augenblick nach.

»Blasen Sie die Suche ab«, sagte er dann. »Ich bin sicher, daß er weg ist.«

Er nahm den Hörer des zweiten Telephonapparats zur Hand und ließ sich mit dem Büro von Kommissar Lebel bei der Police Judiciaire verbinden.

Noch ehe der Donnerstagvormittag herum war, fühlte sich Inspektor Caron reif fürs Irrenhaus. Kurz nach zehn hatten die Engländer angerufen. Er selbst war am Apparat gewesen, dann aber, weil Superintendent Thomas darauf bestand, Lebel zu sprechen, aufgestanden und zu dem in der Zimmerecke aufgestellten Feldbett hinübergegangen, um den schlafenden Inspektor wachzurütteln. Obwohl er aussah, als sei er schon vor einer Woche gestorben, hatte Lebel den Anruf entgegengenommen, den Hörer freilich gleich darauf Caron zurückgereicht, um sich von ihm übersetzen zu lassen, was Thomas ihm und was er seinerseits Thomas zu sagen hatte.

»Sagen Sie ihm«, wies er Caron an, als er die Nachricht verdaut hatte, »daß wir uns von hier aus mit den Belgiern ins Einvernehmen setzen. Sagen Sie ihm, daß ich ihm für seine Hilfe sehr, sehr dankbar bin und ihn, falls wir den Killer irgendwo auf dem Kontinent aufspüren sollten, sofort benachrichtigen werde, damit er seine Männer nach Hause schicken kann.«

Sobald der Hörer aufgelegt war, sagte Lebel: »Geben Sie mir die Sûreté in Brüssel.«

Der Schakal wachte auf, als die Sonne schon hoch über den Hügeln stand und einen weiteren sommerlichheißen Tag ankündigte. Er duschte und zog sich den karierten Anzug an, den Marie-Louise, das Zimmermädchen, aufgebügelt hatte.

Kurz nach halb elf fuhr er im Alfa ins Städtchen, um von der Post aus ein Ferngespräch mit Paris zu führen. Als er zwanzig Minuten später das Postamt verließ, hatte er es offenkundig eilig. In einem nahe gelegenen Haushaltsgeschäft kaufte er eine große Dose mitternachtsblauen Hochglanzlack, eine kleinere Dose weißen Lack sowie einen spitzen Rund- und einen breiten Flachpinsel, ferner einen Schraubenzieher. Dann fuhr er zum Hôtel du Cerf zurück und verlangte seine Rechnung.

Während sie ausgestellt wurde, ging er nach oben, packte rasch seine Koffer und trug sie selbst zum Wagen. Er verstaute die drei größeren Gepäckstücke im Kofferraum, legte die Reisetasche auf den Beifahrersitz und ging in die Hotelhalle, um die Rechnung zu begleichen. Der Portier, der den Wirt in der Rezeption abgelöst hatte, sagte wenig später aus, der Engländer habe nervös gewirkt; er schien in großer Eile gewesen zu sein und habe mit einem neuen Hundertfrancschein gezahlt.

Was er nicht erwähnte, weil er es nicht bemerkt hatte, war die Tatsache, daß der Engländer in seiner Abwesenheit — er war in das Geschäftszimmer gegangen, um den Schein zu wechseln, und hatte das Gästebuch, in das er die Namen der für jenen Tag erwarteten Gäste eintragen wollte, offen liegengelassen – die Eintragungen des Vortages überflogen hatte. Der Engländer hatte eine Seite zurückgeschlagen und sich die hinter dem Namen von Mme. la Baronne de la Chalonnière angegebene Adresse – Haute Chalonnière, Corrèze – gemerkt.

Wenige Minuten nachdem er die Rechnung beglichen hatte, war von der Auffahrt her das dröhnende Motorengeräusch des Alfa zu hören. Es wurde rasch schwächer, und bald hatte es sich gänzlich in der Ferne verloren.

Gegen Mittag rief die Brüsseler Sureté Lebel in seinem Büro an, um zu melden, daß Duggan am Montag nur vier Stunden in der belgischen Hauptstadt verbracht hatte. Er war mit der BEA-Maschine aus London eingetroffen und am Nachmittag mit der Alitalia nach Mailand weitergeflogen. Das Ticket war am Schalter bar bezahlt, der Flug jedoch bereits zwei Tage zuvor telephonisch von London aus gebucht worden.

Lebel ließ sich sofort mit der Mailänder Polizeibehörde verbinden.

Kaum hatte er den Hörer aufgelegt, da klingelte das Telephon wiederum. Diesmal war es die DST, die ihn wissen ließ, daß sie soeben auf dem normalen Dienstweg eine Meldung erhalten hatte, derzufolge sich Alexander James Quentin Duggan unter den am gestrigen Vormittag über die Grenzstation Ventimiglia von Italien nach Frankreich eingereisten Touristen befunden habe.

Lebel bekam einen Tobsuchtsanfall.

»Fast dreißig Stunden«, schrie er, »länger als ein Tag!«

Er schmetterte den Hörer auf die Gabel. Caron zog die Brauen hoch.

»Die Grenzübertrittskarte«, erklärte Lebel resigniert, »hat so lange gebraucht, um von Ventimiglia nach Paris zu gelangen. Die Kollegen sind jetzt dabei, die inzwischen von allen Grenzstationen eingegangenen Karten von gestern morgen zu sortieren. Sie sagen, es sind mehr als fünfundzwanzigtausend. Nur von gestern morgen! Ich hätte sie wohl doch nicht so anbrüllen sollen. Eines wissen wir jetzt wenigstens – er ist in Frankreich. Das steht fest. Wenn ich bei der Besprechung heute abend nicht irgend etwas Konkretes vorzuweisen habe, ziehen die mir die Haut ab. Oh, übrigens – rufen Sie doch bitte nochmals Superintendent Thomas an. Sagen Sie ihm, daß der Schakal in Frankreich ist und wir die Sache von hier aus handhaben.«

Als Caron das Gespräch mit London beendet hatte, meldete sich die Zentrale des regionalen Dienstes der PJ in Lyon. Lebel lauschte gespannt und sah Caron dann triumphierend an. Er legte die Hand auf die Sprechmuschel.

»Wir haben ihn. Er ist gestern abend im Hôtel du Cerf in Gap abgestiegen und hat offenbar vor, zwei Tage dort zu bleiben.« Er nahm die Hand von der Muschel und sprach weiter mit Lyon.

»Hören Sie, Kommissar, ich kann Ihnen jetzt nicht erklären, warum wir diesen Mann fassen wollen. Sie müssen es mir schon abnehmen, daß es wichtig ist. Sie machen jetzt folgendes...«

Er sprach zehn Minuten lang, und als er das Gespräch beendete, klingelte der auf Carons Schreibtisch stehende Telephonapparat. Es war nochmals die DST, die meldete, daß Duggan in einem gemieteten weißen Alfa-Romeo-Zweisitzer eingereist sei, der die polizeilichen Kennzeichen MI-61741 trug.

»Soll ich eine Suchmeldung an alle Gendarmerieposten und Polizeikommissariate durchgeben lassen?« fragte Caron.

Lebel überlegte einen Augenblick lang.

»Nein, noch nicht«, sagte er dann. »Wenn er irgendwo in der Gegend herumgondelt, würde er vermutlich von einem Landgendarmen angehalten werden, der meint, die Suche gelte bloß einem gestohlenen Sportwagen. Der Schakal legt jeden um, der sich ihm in den Weg stellt. Das Gewehr muß irgendwo im Wagen versteckt sein. Entscheidend ist, daß er sich für zwei Nächte in dem Hotel einquartiert hat. Wenn er zurückkommt, wird es von einer ganzen Armee umstellt sein. Ich will nicht, daß bei der Aktion jemand zu Schaden kommt, wenn es irgend zu vermeiden ist. Los jetzt, beeilen Sie sich, Caron. Der Hubschrauber wartet.«

Lebel wollte nicht das Leben irgendeines einzelnen motorisierten Polizisten aufs Spiel setzen. Daß es ein Fehler war, sich von solchen Überlegungen leiten zu lassen, sollte er sehr bald erkennen.

Während Caron und er sich zum Aufbruch anschickten, waren in und um Gap alle verfügbaren Polizeikräfte fieberhaft damit beschäftigt, auf den Ausfallstraßen der Stadt und in der Umgebung des Hotels Straßensperren zu errichten. Die Anweisung dazu war aus Lyon gekommen. Dort und in Grenoble kletterten jetzt mit Maschinenpistolen und Karabinern bewaffnete Bereitschaftspolizisten in schwarze Mannschaftswagen. Und im Polizeilager Satory außerhalb von Paris wurde für Kommissar Lebel ein Hubschrauber flugklar gemacht.

Am frühen Nachmittag war die Hitze selbst im Schatten der Bäume drückend. Der Schakal hatte das Hemd ausgezogen und sich mit bloßem Oberkörper, Pinsel in der einen, Farbtopf in der anderen Hand, an die Arbeit gemacht.

Unmittelbar hinter Gap war er nach Westen abgebogen und über Veyne nach Aspres-sur-Buëch gefahren. Wie ein achtlos abgestreiftes Band schlängelte sich die zumeist bergab verlaufende Straße zwischen den Bergen hindurch. Er fuhr mit halsbrecherischer Geschwindigkeit und zog den Alfa mit quietschenden Reifen durch die engen Kurven, wobei er zweimal um ein Haar einen entgegenkommenden Wagen von der Straße gedrängt und in den Abgrund geschickt hätte. Hinter Aspres setzte er die Fahrt auf der RN 93 fort, die dem Lauf der weiter westlich in die Rhône mündenden Drôme folgte.

Während der nächsten dreißig Kilometer hatte die Straße mehrfach den Fluß gekreuzt. Kurz hinter Luc-en-Diois hielt es der Schakal für an der Zeit, den Wagen in eine der zahlreichen Nebenstraßen zu lenken, die hügelan in die höher gelegenen Dörfer führten. Bei der nächsten Abzweigung bog er ein und folgte nach etwa drei Kilometer einem Pfad, der von der Nebenstraße weg nach rechts in einen Wald führte.

Nach zwei Stunden hatte er es geschafft. Der Wagen war leuchtend dunkelblau gestrichen und der Lack größtenteils schon trocken. Obschon alles andere als eine fachmännische Arbeit, würde sie besonders in der Dämmerung niemandem weiter auffallen, es sei denn, man schaute genauer hin.

Die beiden Nummernschilder waren abgeschraubt und lagen mit der Vorderseite nach unten im Gras. Auf ihre Rückseiten hatte er in Weiß eine fiktive französische Nummer gemalt, die mit der Kennzahl 75 — der Codezahl für Paris — endete. Der Schakal wußte, daß dies auf französischen Straßen die häufigste Wagennummer war.

Daß die auf den weißen italienischen Alfa ausgestellten Leih- und Versicherungspapiere nicht zu dem blauen französischen Alfa paßten, war offenkundig, und wenn er von einer Verkehrsstreife angehalten und ohne Wagenpapiere angetroffen wurde, war er geliefert. Die einzige Frage, die ihn beschäftigte, während er einen Lappen in den Tank tauchte, um sich die Farbflecken von den Händen zu wischen, war die, ob er jetzt starten und dabei in Kauf nehmen sollte, daß die amateurhafte Übermalung des ursprünglich weißen Wagens im hellen Sonnenlicht auffiel, oder ob es klüger wäre, den Einbruch der Dämmerung abzuwarten.

Er schätzte, daß die Polizei, nachdem sie nun schon seinen falschen Namen in Erfahrung gebracht hatte, in Kürze auch heraushaben dürfte, über welche Grenzstation er nach Frankreich eingereist war, und alsbald nach dem Wagen zu fahnden beginnen würde.

Für den Auftrag in Paris war es noch immer mehr als eine Woche zu früh, und er mußte einen Unterschlupf suchen, wo er sich bis dahin verstecken und vor möglicher Entdeckung sicher fühlen konnte. Das hieß, er mußte gut und gern dreihundertachtzig Kilometer in westlicher Richtung zurücklegen, um das Département Corrèze zu erreichen; und am schnellsten gelangte man mit dem Auto dorthin. Es war zwar riskant, aber er beschloß, es darauf ankommen zu lassen. Je eher er startete, desto besser. Es galt, die Strecke hinter sich zu bringen, noch bevor jeder Verkehrspolizist des Landes nach einem Alfa-Romeo mit einem blonden Engländer am Steuer Ausschau hielt.

Er schraubte die neuen Nummernschilder an, warf die Farbtöpfe mit dem restlichen Lack sowie die beiden Pinsel fort, zog sich den seidenen Rollkragenpullover und das Jackett wieder über und ließ den Motor an. Als er in die RN 93 einbog, blickte er auf seine Uhr. Es war 15 Uhr 41.

Hoch über sich hörte er einen Hubschrauber knattern, der nach Osten flog. Bis nach Die waren es noch zwölf Kilometer. Er hätte den Namen der Ortschaft zwar nie englisch ausgesprochen, aber die Koinzidenz der Schreibweise fiel ihm doch auf. Obwohl er nicht abergläubisch war, preßte er die Lippen zusammen, als er sich dem Städtchen näherte. Vor dem Kriegerdenkmal auf dem Marktplatz stand ein baumlanger motorisierter Polizist mitten auf der Fahrbahn und signalisierte ihm, anzuhalten und scharf rechts heranzufahren. Das Gewehr des Schakals befand sich noch immer in den am Chassis befestigten Röhren. Er trug weder eine Automatic noch ein Messer. Eine Sekunde lang war er unschlüssig, ob er anhalten oder Gas geben, den Polizisten mit dem Kotflügel streifen und davonpreschen sollte, um den Wagen zwanzig Kilometer weiter stehenzulassen, sich ohne Spiegel und Waschbecken als Pastor Jensen herzurichten und mit vier Gepäckstücken zu Fuß durchzuschlagen.

Der Polizist nahm ihm die Entscheidung ab. Sobald der Alfa die Fahrt verlangsamt hatte, beachtete der Polizist ihn überhaupt nicht mehr, sondern drehte sich um und blickte in die entgegengesetzte Richtung. Der Schakal steuerte den Wagen an den Straßenrand und wartete.

Vom anderen Ende des Ortes her war Sirenengeheul zu hören. Was auch immer geschehen mochte, es war zu spät, um jetzt noch zu entkommen. Vier Citroën-Polizeiwagen und sechs »Schwarze Marias« rasten durch die Ortschaft. Als der Verkehrspolizist zur Seite sprang und grüßend den Arm hob, preschte der Konvoi an dem geparkten Alfa vorbei und die Straße hinunter, die dieser gekommen war. Durch die vergitterten Fenster, die den Wagen im französischen Volksmund die Bezeichnung »Salatschleuder« eingetragen hatten, konnte der Schakal die dichtbesetzten Reihen behelmter Polizisten mit umgehängten Maschinenpistolen sitzen sehen. Fast ebenso schnell, wie er gekommen war, war der Konvoi wieder verschwunden. Der Verkehrspolizist ließ den grüßenden Arm sinken, bedeutete dem Schakal mit gleichmütiger Geste, daß er jetzt weiterfahren dürfe, und stapfte zu seinem Motorrad, das er gegen das Kriegerdenkmal gelehnt hatte. Er trat noch immer auf den Anlasser, als der Alfa bereits um die Ecke gebogen war, um seine Fahrt in Richtung Westen fortzusetzen.

Es war 16 Uhr 50, als sie sich dem umstellten Hôtel du Cerf näherten. Begleitet von Caron, der einen geladenen und entsicherten MAT-49-Schnellfeuerkarabiner unter dem über seinen rechten Arm gelegten Regenmantel trug, ging Claude Lebel, der anderthalb Kilometer entfernt auf der anderen Seite des Ortes gelandet und von einem Polizeiwagen zum Hotel gefahren worden war, zum Haupteingang.

Daß irgend etwas Ungewöhnliches im Gang war, hatte sich inzwischen im ganzen Städtchen herumgesprochen; nur der Besitzer des Hotels wußte von nichts. Es war seit fünf Stunden von der Außenwelt abgeschnitten, und das Ausbleiben des Forellenverkäufers, der täglich seinen frischen Fang abzuliefern pflegte, war in diesem Zeitraum das einzig ungewöhnliche Vorkommnis gewesen.

Von seinem Empfangschef herbeigerufen, trat der Hotelbesitzer aus dem Büro, wo er über Rechnungen und Bestellungen gesessen hatte, und beantwortete Carons Fragen, während er mißtrauische Blicke auf das unförmige Bündel warf, das dieser unter dem Arm trug. Lebel hörte zu und ließ enttäuscht die Schultern hängen.

Fünf Minuten später wimmelte das Hotel von uniformierten Polizisten. Sie verhörten die Angestellten, untersuchten das Zimmer des Schakals und kehrten das Unterste zuoberst. Lebel trat allein auf die Auffahrt hinaus und starrte zu den umliegenden Berghängen hinüber. Caron gesellte sich zu ihm.

»Meinen Sie wirklich, daß er uns entwischt ist, Chef?« Lebel nickte.

»Darüber gibt es wohl keinen Zweifel.«

»Aber er hat sich doch für zwei Tage angemeldet. Halten Sie es für möglich, daß der Hotelbesitzer mit ihm unter einer Decke steckt?«

»Nein. Seine Angestellten und er sagen die Wahrheit. Der Schakal hat es sich irgendwann heute vormittag anders überlegt und Reißaus genommen. Die Frage ist, wohin er gefahren sein kann und ob er schon weiß, daß wir wissen, wer er ist.«

»Aber wie sollte er das? Das kann er doch gar nicht wissen. Es muß ein Zufall sein.«

»Hoffen wir es, mein lieber Lucien, hoffen wir es.«

»Dann ist die Autonummer das einzige, wovon wir jetzt ausgehen können.«

»Ja. Das war mein Fehler. Wir hätten eine Suchmeldung nach dem Wagen an alle Gendarmerieposten und Polizeikommissariate ergehen lassen sollen. Laufen Sie zu einem der Streifenwagen hinüber und rufen Sie Lyon. Geben Sie die Suchmeldung an alle durch. Höchste Dringlichkeitsstufe. Weißer Alfa-Romeo, Italien, polizeiliches Kennzeichen MI-61741. Vorsicht, Fahrer vermutlich bewaffnet und zum Gebrauch der Schußwaffe entschlossen und so weiter und so weiter.

Sie kennen ja den in solchen Fällen üblichen Text. Halt, noch eines: Niemand darf der Presse gegenüber auch nur ein Wort verlauten lassen. Erwähnen Sie in der Suchmeldung, daß der Mann vermutlich nicht ahnt, daß nach ihm gefahndet wird, und ich jeden zur Verantwortung ziehen werde, der ihm durch Nichtbefolgung dieser Anweisung die Möglichkeit verschafft, es in der Zeitung zu lesen oder im Radio zu hören. Ich werde Kommissar Gaillard vom Regionaldienst in Lyon mit der Abwicklung der Aktion beauftragen, und dann fliegen wir nach Paris zurück.«

Es war fast 18 Uhr, als der blaue Alfa Valence erreichte, wo ein unaufhörlicher Strom von Automobilen auf der Route Nationale 7, die Paris mit der Côte d'Azur verbindet, am Ufer der Rhône entlangschoß. Der Alfa kreuzte die große Nord-Süd-Straße und den in der Spätnachmittagssonne glitzernden breiten Fluß, um seine Fahrt auf der RN 533 fortzusetzen.

Hinter St-Peray preschte der kleine Sportwagen bei sinkender Dämmerung höher und höher in die Berge des Zentralmassivs und der Provinz Auvergne hinauf. Von Le Puy ab stieg die Straße immer steiler an, wurden die Berge immer höher und schien jedes Nest ein florierender Badeort zu sein, von dessen wundertätigen Quellwassern sich Scharen mit Rheuma und Ekzemen gestrafter Großstädter Heilung erhofften.

Hinter Brioude verließ die Straße das Tal der Allier, und die Nachtluft begann nach Heide und dem trocknenden Heu auf den Wiesen des Hochlandes zu duften. In Issoire hielt der Schakal an, um zu tanken, und jagte dann über Mont Doré nach La Bourdoule weiter. Es war fast Mitternacht, als er das Quellgebiet der Dordogne umrundete, die den Felsen der Auvergne entspringt und über ein halbes Dutzend Staudämme nach Süden und Südwesten fließt, um sich bei Bordeaux in die Gironde zu verströmen.

Hinter St-Sauves fuhr er auf der RN 89 nach Ussel, der Kreisstadt von Corrèze, weiter.

»Sie sind ein Narr, Kommissar, ein Narr. Sie hatten ihn schon so gut wie gefaßt, und Sie haben ihn laufenlassen.« Saint Clair hatte sich halb vom Stuhl erhoben, um seinen Vorhaltungen Nachdruck zu verleihen, und starrte wütend auf den neben ihm am unteren Ende des Konferenztisches sitzenden Kommissar hinunter. Der Detektiv fuhr fort, ungerührt in den mitgebrachten Akten zu blättern, als existiere Saint Clair für ihn überhaupt nicht.

Er hatte erkannt, daß dies die einzig richtige Art war, den arroganten Obersten aus dem Palais zu behandeln, und Saint Clair seinerseits war sich nicht sicher, ob die vorgeneigte Kopfhaltung des Kommissars geziemende Zerknirschung oder unverfrorene Gleichgültigkeit ausdrückte. Er zog es vor, das erstere anzunehmen. Als er geendet hatte und sich auf seinen Sessel zurücksinken ließ, hob Lebel den Kopf.

»Wenn Sie die Güte hätten, sich den photokopierten Bericht einmal anzuschauen, der vor Ihnen liegt, dann würden Sie, verehrter Herr Oberst, sich davon überzeugen können, daß wir ihn zu keinem Zeitpunkt schon ›so gut wie gefaßt‹ hatten«, bemerkte er gelassen. »Die Meldung aus Lyon, daß sich am Abend zuvor ein Mann unter dem Namen Duggan in einem Hotel in Gap eingeschrieben habe, hat die PJ erst heute mittag um 12 Uhr 15 erreicht. Wir wissen inzwischen, daß der Schakal das Hotel um 11 Uhr 05 überraschend verließ. Welche Maßnahmen wir auch immer getroffen hätten, er würde in jedem Fall einen Vorsprung von einer Stunde gehabt haben. Auch Ihre die Tüchtigkeit der Polizeibehörden dieses Landes generell in Frage stellenden Bemerkungen muß ich entschieden zurückweisen. Ich darf Sie daran erinnern, daß die Order des Präsidenten dahingeht, diese Angelegenheit unter strengster Geheimhaltung zu handhaben. Es war daher nicht möglich, an jeden Gendarmerieposten der Provinz eine Fahndungsmeldung nach einem Mann namens Duggan ergehen zu lassen, denn das würde Aufsehen erregt und die Presse auf den Plan gerufen haben. Das von Duggan ausgefüllte Meldeformular ist pünktlich abgeholt und noch am gleichen Tag nach Lyon weitergeleitet worden. Dort erst stellte sich heraus, daß Duggan gesucht wird. Diese Verzögerung war unvermeidlich, es sei denn, wir hätten eine auf das gesamte Staatsgebiet ausgedehnte Großfahndung gestartet, und das würde meinen Anweisungen widersprochen haben.

Und schließlich und endlich war Duggan für zwei Tage in dem

Hotel angemeldet. Was ihn heute vormittag um 11 Uhr veranlaßt hat, es sich anders zu überlegen und wegzufahren, wissen wir nicht.«

»Vermutlich doch Ihr Polizeiaufgebot, das sich in der Gegend herumgetrieben hat«, bemerkte Saint Clair gehässig.

»Ich habe bereits klargestellt, daß die Polizeiaktion erst um 12 Uhr 15 anlief, und zu dem Zeitpunkt befand sich der Mann schon seit siebzig Minuten nicht mehr im Hotel«, entgegnete Lebel.

»Nun gut, wir haben eben Pech gehabt, schreckliches Pech«, schaltete sich der Minister ein. »Aber ich begreife noch immer nicht, warum die Fahndung nach dem Wagen nicht sofort veranlaßt wurde. Kommissar?«

»Ich gebe zu, daß das ein Fehler war. Aber ich hatte Grund zu der Annahme, daß der Mann im Hotel war und die Nacht dort verbringen würde. Wenn er in der Umgebung herumgefahren und von einem motorisierten Streifenpolizisten, der es mit einem Autodieb zu tun haben glaubt, gestoppt worden wäre, würde er den nichtsahnenden Polizisten mit großer Wahrscheinlichkeit niedergeschossen haben und uns, auf diese Weise gewarnt, entkommen sein.«

»Und genau das ist ihm ja wohl gelungen«, versetzte Saint Clair.

»Stimmt, aber es gibt keine Anzeichen dafür, daß er gewarnt worden ist, was fraglos der Fall gewesen wäre, wenn ein einzelner Streifenpolizist ihn angehalten hätte. Es kann durchaus sein, daß er aus einer Laune des Augenblicks heraus beschlossen hat, woanders hinzufahren. Wenn das zutreffen und er heute nacht ein anderes Hotel aufsuchen sollte, wird uns das gemeldet werden. Und wenn sein Wagen gesichtet wird, erhalten wir ebenfalls Meldung.«

»Wann ist die Suchmeldung nach dem weißen Alfa hinausgegangen?« fragte Max Fernet, der Direktor des PJ.

»Ich habe die Anweisungen um 17 Uhr 15 vom Hotel aus gegeben«, antwortete Lebel. »Sie müßten bis 19 Uhr alle auf den Überlandstraßen patrouillierenden motorisierten Streifeneinheiten erreicht haben, und die Polizeibeamten in den Städten finden sie bei Antritt des Nachtdienstes vor. In Anbetracht der Gefährlichkeit dieses Mannes habe ich den Wagen als gestohlen eingestuft und die Beamten instruiert, bei seinem Auftauchen sofort die regionale Zentrale zu unterrichten, jedoch ausdrücklich untersagt, daß ein einzelner Polizeibeamter den Mann stellt. Wenn auf dieser Besprechung eine Änderung meiner diesbezüglichen Anweisungen beschlossen werden sollte, muß ich die Anwesenden bitten, die Verantwortung für alle sich daraus ergebenden Folgen zu übernehmen.«

Längere Zeit herrschte Schweigen.

»Die Sorge um das Leben eines Polizeibeamten darf die zum Schutz des Präsidenten der Republik erforderlichen Maßnahmen nicht beeinträchtigen«, ließ sich Oberst Rolland vernehmen. Seine Bemerkung erntete rund um den Tisch herum beifälliges Nicken.

»Das ist schön und gut und zweifellos sehr richtig«, stimmte ihm Lebel zu, »vorausgesetzt, der Polizeibeamte ist in der Lage, diesen Mann unschädlich zu machen. Aber die wenigsten Polizisten und Gendarmen, die in ihrem Revier Streife gehen oder auf den Überlandstraßen patrouillieren, sind hochtrainierte Scharfschützen wie der Schakal. Wenn er gestellt wird, einen oder zwei Beamte niederschießt und entkommt, haben wir es nicht mehr mit einem Killer zu tun, der nicht weiß, daß wir ihm auf der Spur sind, sondern mit einem, der gewarnt und möglicherweise in der Lage ist, sich mit einer weiteren Identität zu tarnen, die wir noch nicht kennen. Hinzu kommt, daß ein solcher Vorfall in allen Zeitungen Schlagzeilen machen würde und wir das nicht herunterspielen könnten. Wenn der eigentliche Zweck seines Aufenthalts in Frankreich achtundvierzig Stunden lang geheim bleibt, sollte mich das außerordentlich wundern. Die Presse wird innerhalb weniger Tage wissen, daß er es auf den Präsidenten abgesehen hat. Wenn irgendeiner der Anwesenden es auf sich nehmen möchte, das dem General gegenüber zu vertreten, bin ich nur zu gern bereit, die Leitung dieser Aktion niederzulegen, damit er sie übernehmen kann.«

Niemand meldete sich. Die Sitzung wurde wie üblich um Mitternacht beendet. Ein neuer Tag war angebrochen — Freitag, der 16. August.

Siebzehntes Kapitel

Als der blaue Alfa in die Place de la Gare von Ussel einbog, war es fast 1 Uhr morgens. Gegenüber dem Bahnhof hatte ein Café noch geöffnet, und ein paar Reisende, die auf einen Nachtzug warteten, schlürften heißen Kaffee. Der Schakal fuhr sich rasch mit dem Kamm durchs Haar und ging an den bereits aufeinandergestellten Tischen und Stühlen vorbei zur Theke. Er fröstelte, denn die nächtliche Bergluft war kühl, wenn man mit einer Geschwindigkeit von mehr als hundert Stundenkilometer im offenen Wagen fuhr. Er fühlte sich wie gerädert, und seine Arm- und Beinmuskel schmerzten, nachdem er den Alfa durch ungezählte enge Kurven gezogen hatte. Zudem war er hungrig, denn seit dem Abendessen vor mehr als achtundvierzig Stunden hatte er außer einem Croissant zum Frühstück nichts mehr zu sich genommen.

Er bestellte sich zwei *tartines beurrées* — der Länge nach von einem schmalen, langgestreckten Brotlaib abgeschnittene und mit Butter bestrichene Scheiben eines kräftigen Landbrotes —, dazu vier hartgekochte Eier und eine große Schale Milchkaffee.

Während das Butterbrot gestrichen und der Kaffee gefiltert wurde, hielt er nach der Telephonzelle Ausschau. Es gab keine, aber am anderen Ende der Theke stand ein Apparat.

»Haben Sie ein örtliches Fernsprechverzeichnis?« fragte er den Wirt, der, noch immer mit dem Bestreichen der *tartines* beschäftigt, stumm auf den Stapel der Telephonbücher wies, der auf dem Regal hinter der Theke lag.

Der Baron war unter »Chalonnière, M le Baron de la...« aufgeführt und als Wohnsitz das Schloß in La Haute Chalonnière angegeben. Der Schakal hatte sich die Adresse gemerkt, aber das Dorf war auf seiner Karte nicht eingezeichnet. Die Telephonnummer wurde jedoch unter dem Amt Egletons geführt, und dieser Ort fand sich rasch auf seiner Karte. Er lag dreißig Kilometer hinter Ussel an der RN 89. Der Schakal machte es sich an einem Tisch bequem, um seine *tartines* mit den hartgekochten Eiern zu verzehren und den Milchkaffee zu trinken.

Kurz vor zwei passierte er ein Schild mit der Aufschrift »Egletons, 6 km« und beschloß, den Wagen in einer der dichten Waldungen, die an die Straße grenzten, stehenzulassen. Die Wälder gehörten vermutlich irgendeinem alteingesessenen Adeligen, dessen Vorfahren, von einer Hundemeute begleitet, hier auf Wildschweinjagd geritten waren. Aber vielleicht war das auch heute noch Brauch, denn weite Teile des Département Corrèze sahen aus, als schriebe man noch die Zeit des Sonnenkönigs.

Ein paar hundert Meter weiter fand er einen in den Wald führenden Weg. Er war mit einem quer über zwei Pfosten gelegten Balken, an dem ein Schild mit der Aufschrift »*Chasse Privée*« hing, zur Straße hin versperrt.

Der Schakal hob den Balken ab, lenkte den Wagen auf den Weg und legte den Balken wieder auf seinen Platz.

Etwa achthundert Meter weit fuhr er auf dem Pfad in den Wald hinein, während die knorrig-bizarren Silhouetten der Bäume, deren Äste wie die knochigen Arme von Gespenstern nach dem Eindringling zu greifen schienen, von den Scheinwerfern des Wagens angeleuchtet wurden. Schließlich stoppte er, schaltete das Licht aus und entnahm dem Handschuhfach Stahlschere und Taschenlampe. Auf dem Rücken liegend, verbrachte er eine Stunde unter dem Wagen, und der betaute Waldboden durchnäßte sein Hemd. Dann waren die das zerlegte Scharfschützengewehr enthaltenden Stahlröhren, die er vor sechzig Stunden mit Lötdraht in ihrem Versteck befestigt hatte, vom Chassis gelöst, und er packte sie in den Koffer mit den alten Kleidungsstücken und dem Armeemantel. Er betrachtete den Wagen ein letztes Mal prüfend von allen Seiten, um sicherzugehen, daß nichts mehr darin verblieben war, was demjenigen, der ihn entdecken würde, auch nur den geringsten Hinweis auf den Fahrer hätte geben können, und steuerte ihn dann mitten in eine nahe Gruppe dichter wilder Rhododendronbüsche hinein.

Dann schnitt er mit der Stahlschere Äste von weiteren Rhododendronbüschen ab und steckte sie überall dort, wo der Alfa das Geäst geknickt hatte, in den Boden. Nach einer Stunde war der kleine Wagen gänzlich der Sicht entzogen.

Er knotete ein Ende seiner Krawatte am Handgriff eines der Koffer fest und das andere an dem zweiten. Auf diese Weise konnte er, indem er sich die Krawatte über die Schulter hängte, so daß er ein Gepäckstück vor der Brust und das andere auf dem Rücken trug, in jeder Hand einen der beiden restlichen Koffer schleppen und den Rückmarsch zur Straße antreten.

Alle hundert Meter stellte er das Gepäck ab, ging zurück, um mit einem Rhododendronzweig die leichten Spuren zu verwischen, die der Alfa auf dem moosigen Waldboden hinterlassen hatte. Es dauerte eine weitere Stunde, bis er die Straße erreicht hatte, unter dem Schlagbaum hindurchgekrochen war und sich einen Kilometer vom Eingang zum Wald entfernt hatte.

Sein karierter Anzug war von Erde und Öl beschmutzt, der seidene Rollkragenpullover klebte ihm am Rücken und unter den Armen feucht auf der Haut, und er glaubte, seine Muskeln würden nie wieder zu schmerzen aufhören. Er stellte die Gepäckstücke ab, setzte sich auf einen der Koffer und begann zu warten, während der Himmel im Osten langsam heller wurde. Überlandbusse, sagte er sich, starten ja früh.

Er hatte tatsächlich Glück. Ein Traktor, der mit einem Anhänger voll Heu nach Egletons unterwegs war, hielt an.

»Autopanne?« fragte der Fahrer.

»Nein. Ich habe Wochenendurlaub bis Montag früh zum Wecken und will per Anhalter nach Hause. Bin letzte Nacht bis Ussel gekommen und wollte weiter nach Tulle. Da habe ich einen Onkel, der mich im Lastwagen bis Bordeaux mitnehmen kann. Weiter als bis hierher bin ich nicht gekommen.« Er grinste den Fahrer an, der lachend mit den Achseln zuckte.

»Verrückt, nachts in dieser Gegend herumzumarschieren. Nach Dunkelwerden fährt kein Mensch mehr auf dieser Strecke. Klettern Sie auf den Anhänger. Ich bringe Sie bis Egletons, und Sie können versuchen, von da aus weiterzukommen.«

Um Viertel vor sieben rollten sie in die kleine Stadt. Der Schakal dankte dem Bauern, ging um den Bahnhof herum und betrat ein Café.

»Gibt es ein Taxi in der Stadt?« fragte er den Mann hinter der Theke.

Der Mann nannte ihm die Telephonnummer, und er rief den Droschkenbetrieb an. Es gab einen Wagen, erfuhr er, der in einer halben Stunde vorfahren könne. Der Schakal benutzte die Wartezeit, um sich in der Herrentoilette des Cafés das Gesicht und die Hände mit kaltem Wasser zu waschen, die Zähne zu putzen und den Anzug zu wechseln.

Das Taxi — ein klappriger alter Renault — kam um 7 Uhr 30.

»Kennen Sie das Dorf La Haute Chalonnière?« fragte er den Fahrer.

»'türlich.«

»Wie weit?«

»Achtzehn Kilometer.« Der Mann deutete mit dem Daumen zum Gebirge hinüber. »Ist da drüben in den Bergen.«

»Fahren Sie mich hin«, sagte der Schakal und hievte sein Gepäck mit Ausnahme eines Koffers, den er mit sich in den Wagen nahm, in die Gepäckablage auf dem Autodach.

Er bestand darauf, sich vor dem Café de la Poste auf dem Dorfplatz absetzen zu lassen. Der Taxifahrer aus der nahen Kleinstadt brauchte nicht zu erfahren, daß er zum Château wollte. Als das Taxi weggefahren war, schaffte er seine Koffer in das Café. Draußen auf dem Dorfplatz, wo zwei vor einen Heuwagen gespannte Ochsen nachdenklich wiederkäuten, während fette schwarze Fliegen ihre sanft dreinblickenden Augen umschwirrten, begann es bereits glühend heiß zu werden.

Im Café war es dunkel und kühl. Der Schakal bemerkte, daß sich die Leute an den Tischen nach ihm umwandten. Eine bäuerlich aussehende alte Frau in einem schwarzen Kleid, die eine Gruppe von Landarbeitern bedient hatte, klapperte in Holzpantinen über den Fliesenboden und trat hinter die Theke.

»Monsieur?« krächzte sie.

Er stellte seine Gepäckstücke ab und beugte sich über die Theke. Die Eingesessenen, das hatte er bemerkt, tranken Rotwein.

»*Un gros rouge, s'il vous plaît, madame.*«

»Wie weit ist es bis zum Schloß, Madame?« fragte er, als die Frau ihm den Wein eingoß. Sie sah ihn mit ihren listigen schwarzen Knopfaugen scharf an.

»Zwei Kilometer, Monsieur.«

Er seufzte müde. »Dieser Idiot von einem Taxifahrer hat mir doch einzureden versucht, hier gäbe es kein Schloß, und mich auf dem Marktplatz abgesetzt.«

»War er aus Egletons?« fragte sie. Der Schakal nickte.

»Die Leute in Egletons sind Narren«, bemerkte sie.

»Ich muß zum Château«, sagte er.

Keiner der Bauern, die rundum an den Tischen saßen und unverwandt herüberblickten, rührte sich. Er zog einen Hundertfrancschein aus der Tasche.

»Wieviel macht der Wein, Madame?«

Die alte Frau betrachtete den Schein mißtrauisch.

»Soviel kann ich nicht wechseln«, sagte sie.

Er hob ratlos die Schultern. »Wenn doch nur jemand mit einem Wagen da wäre, würde der vielleicht auch wechseln können«, sagte er.

Einer der Bauern stand auf und trat an ihn heran.

»Es gibt einen Wagen im Dorf, Monsieur«, sagte er.

Der Schakal drehte sich in gespielter Überraschung um.

»Gehört er Ihnen, *mon ami*?«

»Nein, Monsieur, aber ich kenne den Mann, dem er gehört. Vielleicht fährt er Sie hinauf.«

Der Schakal nickte nachdenklich, als erwäge er die Vorzüge des Angebots.

»Was trinken Sie inzwischen?«

Der Bauer gab der alten Frau einen Wink. Sie goß ihm ein großes Glas Rotwein ein.

»Und Ihre Freunde? Es ist ein heißer Tag. Ein Tag, der durstig macht.«

Das bartstoppelige Gesicht des Bauern verzog sich zu einem breiten Lächeln. Er nickte der alten Frau nochmals zu, die daraufhin zwei volle Flaschen zu der an dem großen Tisch sitzenden Gruppe hinübertrug.

»Benoit, geh und bring den Wagen her«, befahl der Bauer, und einer der Männer leerte sein Glas in einem Zug und ging hinaus.

Der Vorzug des Landvolks der Auvergne, dachte der Schakal, als er auf dem ratternden und schaukelnden Gefährt die letzten beiden Kilometer zum Schloß hinauf zurücklegte, besteht darin, daß es viel zu abweisend und verschlossen ist, um nicht seinen verdammten Mund zu halten — zumindest Fremden gegenüber.

Colette de la Chalonnière hatte sich im Bett aufgesetzt, um ihren Morgenkaffee auszutrinken und den Brief nochmals zu lesen. Der Ärger, der sie bei dessen erster Lektüre überkommen hatte, war einem verdrossenen Abscheu gewichen.

Sie fragte sich, was in aller Welt sie mit dem Rest ihres Lebens anfangen sollte. Nach der gemächlichen Heimfahrt von Gap war sie gestern nachmittag von der alten Ernestine, dem Hausmädchen, das bereits zu Alfreds Vaters Zeiten auf dem Schloß in Diensten stand, und dem Gärtner Louison, einem ehemaligen Bauernjungen, der Ernestine geheiratet hatte, als sie noch die Gehilfin des Hausmädchens war, begrüßt worden.

Die beiden fungierten jetzt praktisch als die Kuratoren des Schlosses, dessen Räume in der Mehrzahl verschlossen und dessen Möbel zum großen Teil mit Schonbezügen bespannt worden waren.

Sie war, darüber gab sie sich keiner Täuschung hin, die Herrin eines leeren Schlosses, in dessen Park keine Kinder mehr spielten und in dessen Hof kein Schloßherr sein Pferd mehr bestieg.

Sie betrachtete nochmals den Ausschnitt aus einem Pariser Modemagazin, den ihr eine Freundin in so rührender Weise zugeschickt hatte; sah ihren darauf abgebildeten Gatten dümmlich ins Blitzlicht lächeln, während sein leerer Blick zwischen der Kameralinse und dem aufreizenden Busen des Starletts, über dessen Schulter er blinzelte, hin und her irrte. Das Mädchen war eine zur Kabaretttänzerin avancierte vormalige Bardame, die dem Vernehmen nach gesagt haben sollte, sie hoffe, den Baron, mit dem sie »sehr befreundet« sei, »eines Tages« heiraten zu können.

Während sie sich das faltige Gesicht und den dünnen Hals des alternden Barons auf dem Photo ansah, fragte sie sich, was mit dem gutaussehenden jungen Partisanenhauptmann der Résistance geschehen sein mochte, in den sie sich 1942 verliebt und den sie im Jahr darauf, als sie ein Kind — ihren Sohn — von ihm erwartete, geheiratet hatte.

Als sie ihm damals in den Bergen begegnete, war sie ein junges Mädchen von noch nicht zwanzig Jahren gewesen, das für die Résistance Meldungen beförderte. Er war ein unter dem Decknamen »Pegasus« bekannter magerer, habichtgesichtiger, befehlsgewohnter Mann in den Dreißigern gewesen, der sofort ihr Herz gewann. Sie hatte sich in einem als Kapelle hergerichteten Keller von einem der Résistance angehörenden Pfarrer heimlich trauen lassen und ihren Sohn in ihrem Vaterhaus zur Welt gebracht.

Nach dem Krieg wurde ihm dann sein Vermögen und der gesamte Landbesitz wieder zugesprochen. Während des alliierten Vormarsches durch Frankreich war sein Vater einem Herzschlag erlegen, und er kehrte aus der Verbannung zurück, um Baron de la Chalonnière zu werden. Das Bauernvolk hatte ihm begeistert zugejubelt, als er seine junge Frau und seinen Sohn zu sich aufs Schloß holte. Das Leben auf den Besitzungen langweilte ihn jedoch schon bald, und die Lockungen, die Paris bereithielt, wie auch der Drang, sich für die im öden Kolonialdienst und im Untergrund verlorenen Jahre der Jugend und des frühen Mannesalters schadlos zu halten, erwiesen sich als zu stark, als daß er ihnen hätte widerstehen können.

Jetzt war er siebenundfünfzig Jahre alt und sah aus wie siebzig.

Die Baronin warf den Brief und den mitgeschickten Ausschnitt aus dem Magazin auf den Boden. Sie sprang aus dem Bett und stellte sich vor den großen Ankleidespiegel an der gegenüberliegenden Wand und zog die ihren Morgenrock vorn zusammenhaltenden Bänder auf. Dann hob sie sich auf die Zehenspitzen, um die Muskeln ihrer Schenkel so zu straffen, als trüge sie Pumps mit hohen Absätzen.

Nicht schlecht, dachte sie. Könnte jedenfalls viel schlimmer sein. Ich habe das, was man eine füllige Figur nennt — den Körper einer reifen Frau. Die Hüften waren breit, aber die Taille dank unzähliger im Sattel verbrachter Stunden und langer Spaziergänge in den Bergen glücklicherweise schlank geblieben. Sie umfaßte mit jeder Hand eine ihrer Brüste und prüfte deren Gewicht. Sie waren zu groß und zu schwer, um wirklich schön genannt zu werden, vermochten aber einen Mann im Bett durchaus noch zu erregen.

Nun, Alfred, dachte sie, was du dir erlaubst, kannst du mir nicht verbieten. Sie schüttelte den Kopf, um ihr schulterlanges Haar zu lösen, und eine Strähne fiel ihr über Wange und Brust. Sie nahm ihre Hände vom Busen, ließ sie zwischen ihre Schenkel gleiten und dachte dabei an den Mann, den sie noch vor wenig mehr als vierundzwanzig Stunden dort gespürt hatte. Er war gut gewesen. Sie wünschte jetzt, daß sie in Gap geblieben wäre. Vielleicht hätten sie zusammen Ferien machen und unter falschem Namen im Land umherfahren können wie Liebesleute, die der bürgerlichen Ordnung ihres Lebens zu entfliehen versuchen. Wozu in aller Welt war sie nach Hause zurückgekehrt?

Vom Schloßhof her drang das Rattern eines klapprigen alten Automobils herauf. Sie band sich den Hausmantel zu und trat ans Fenster. Ein Lieferwagen aus dem Dorf stand dort unten, dessen hintere Türen geöffnet waren. Zwei Männer holten etwas aus dem Laderaum. Louison, der eine der ornamental gefaßten Rasenflächen gejätet hatte, trat hinzu, um mit anzupacken.

Einer der vom Lieferwagen verdeckten Männer ging jetzt um diesen herum, kletterte auf den Fahrersitz und betätigte die knirschende Kupplung. Wer lieferte Waren aufs Schloß? Sie hatte nichts bestellt. Der Wagen setzte sich in Bewegung, und sie stieß einen Laut der Überraschung aus. Drei Koffer und eine Reisetasche waren abgeladen worden, und daneben stand ein Mann. Sie erkannte ihn an dem metallischen Glanz des blonden Haars und lächelte freudestrahlend übers ganze Gesicht.

»Du Bestie. Du schöne, primitive Bestie. Du bist mir nachgefahren.«

Sie eilte ins Badezimmer, um sich anzukleiden.

Als sie an die Treppenbrüstung trat, hörte sie von der Halle her Stimmen. Ernestine fragte, was Monsieur wünsche.

»*Madame la baronne, elle est là?*«

Im nächsten Augenblick kam Ernestine, so schnell ihre alten Beine sie zu tragen vermochten, die Treppe heraufgelaufen.

»Ein Herr fragt nach Ihnen, Madame.«

An jenem Freitag war die allabendliche Besprechung im Innenministerium kürzer als üblich. Zu berichten gab es einzig und allein die

Tatsache, daß es nichts zu berichten gab. Im Lauf der letzten vierundzwanzig Stunden war die Beschreibung des gesuchten Wagens den Polizeidienststellen in ganz Frankreich zugeleitet worden, und zwar, um keine Spekulationen hervorzurufen, auf dem in solchen Fällen gemeinhin üblichen Weg. Der Wagen war nicht gesichtet worden. Gleichzeitig hatte jedes Regionalkommando der Police Judiciaire alle örtlichen Kommissariate in den Stadt- und Landkreisen seines Bereichs angewiesen, bis spätestens anderntags 8 Uhr morgens sämtliche Hotelanmeldeformulare ins Regionalkommando zu schaffen. Dort wurden sie umgehend überprüft. Auf keiner der nach Zehntausenden zählenden Anmeldungen tauchte der Name Duggan auf. Er konnte die letzte Nacht daher nicht in einem Hotel verbracht haben, jedenfalls nicht unter diesem Namen.

»Wir müssen von zwei Möglichkeiten ausgehen«, erklärte Lebel einer schweigenden Zuhörerschaft. »Entweder glaubt er sich noch immer unverdächtigt, und seine Abreise vom Hôtel du Cerf war eine vorher nicht geplante Handlung, mit der er dem Anlaufen unserer Aktion rein zufällig zuvorkam. Dann besteht für ihn kein Grund, nicht ungeniert in aller Öffentlichkeit seinen Alfa zu fahren und seelenruhig unter dem Namen Duggan in Hotels abzusteigen. In diesem Fall muß er früher oder später entdeckt werden. Oder aber er hat auf irgendeine Weise Wind davon bekommen, daß wir ihm auf der Spur sind, und sich entschlossen, den Wagen irgendwo stehenzulassen und sich so durchzuschlagen. Sollte das der Fall sein, gibt es wiederum zwei Möglichkeiten.

Entweder er hat keine weiteren Rollen parat, in die er schlüpfen kann; dann kommt er nicht weit, ohne sich in einem Hotel einzuschreiben oder eine Grenzstation zu passieren. Oder er hat eine weitere gefälschte Identität vorbereitet und bereits angenommen. In diesem Fall ist er nach wie vor ungemein gefährlich.«

»Was veranlaßt Sie zu glauben, daß er eine weitere Identität parat haben könnte?« fragte Oberst Rolland.

»Wir müssen davon ausgehen, daß dieser Mann, dem die OAS eine beträchtliche Summe Geldes für die Ausführung des Attentats geboten hat, zu den raffiniertesten Berufsmördern der Welt gehört. Das setzt voraus, daß er Erfahrung besitzt. Dennoch hat er es fertiggebracht, nie mit dem Gesetz in Konflikt zu geraten und in keiner Kriminalakte verzeichnet zu sein. Das konnte ihm nur gelingen, wenn er seine Aufträge unter falschem Namen und getarnt durch verändertes Äußeres ausführte. Mit anderen Worten, er muß auch in der Verstellung ein Meister sein. Der Vergleich der beiden Photographien beweist uns, daß Calthrop seine Größe durch Tragen von Schuhen mit überhöhten Absätzen verändert, sein Gewicht um einige Kilo reduziert, seine Augenfarbe mittels Kontaktlinsen und seine Haarfarbe durch Färbemittel gewechselt hat, um Duggan zu werden. Und wenn er das einmal gekonnt hat, dürfen wir uns nicht den Luxus leisten, anzunehmen, er könne das nicht ein zweites Mal tun.«

»Aber es gibt keinen Grund zur Annahme, daß er damit rechnet, entdeckt zu werden, bevor er in die Nähe des Präsidenten gelangt ist«, wandte Saint Clair ein. »Warum sollte er derart weitgehende Vorsichtsmaßregeln getroffen und eine zweite — oder womöglich noch mehrere — Tarnrollen vorbereitet haben?«

»Weil er ganz offenbar grundsätzlich derart weitgehende Vorsichtsmaßregeln zu treffen pflegt«, sagte Lebel. »Täte er das nicht, hätten wir ihn inzwischen längst gefaßt.«

»Ich entnehme dem uns von den britischen Behörden zugeleiteten Dossier Calthrops, daß er seine Militärpflicht gleich nach dem Krieg in einem Fallschirmjäger-Regiment ableistete. Vielleicht macht er sich seine dort erworbene Erfahrung im Überleben unter härtesten Bedingungen zunutze und hält sich in den Bergen versteckt«, gab Max Fernet zu bedenken.

»Vielleicht«, räumte Lebel ein.

»In dem Fall braucht er schwerlich noch als potentielle Gefahr erachtet zu werden.«

Lebel dachte einen Augenblick lang nach.

»Von diesem Mann möchte ich das nicht behauptet haben, ehe er nicht hinter Gittern sitzt«, sagte er dann.

»Oder tot ist«, fügte Rolland hinzu.

»Wenn er auch nur einen Funken Verstand hat«, sagte Saint Clair, »macht er, daß er aus Frankreich herauskommt, solange er noch am Leben ist.«

»Ich wünschte, er täte uns den Gefallen«, bemerkte Lebel, als die Sitzung beendet und er wieder in sein Büro zurückgekehrt war, zu Caron. »Aber ich glaube nicht daran. Einstweilen ist er noch ganz schön lebendig, bei bester Gesundheit, in Freiheit und bewaffnet. Wir suchen weiter nach dem Wagen. Er hat drei Gepäckstücke, und zu Fuß kann er damit nicht weit gekommen sein. Finden Sie mir den Wagen, und wir haben etwas, wovon wir ausgehen können.«

Der Mann, den sie suchten, streckte sich wohlig auf einem frisch bezogenen Bett aus, das im Schlafgemach eines Schlosses im Herzen von Corrèze stand. Er hatte gebadet und sich an einem Mahl von Landpaté und Hasenpfeffer gestärkt, zu dem ihm Rotwein, Kaffee und Cognac serviert worden waren. Den Blick auf die vergoldeten Stukkaturen an der Zimmerdecke gerichtet, erwog er, wie er die jetzt noch bis zum Zeitpunkt des Attentats verbleibenden Tage verbringen konnte. In etwa einer Woche, rechnete er sich aus, würde er aufbrechen müssen. Zwar mochte es sich als nicht so einfach erweisen, von hier wegzukommen. Aber es würde zu schaffen sein. Er mußte sich einen Grund einfallen lassen, um gehen zu können.

Die Tür öffnete sich, und die Baronin trat ins Zimmer. Das gelöste Haar fiel ihr bis über die Schultern, und sie trug einen Hausmantel, der am Hals geschlossen, im übrigen aber von oben bis unten vorn offen war. Im Gehen schlug er einen flüchtigen Augenblick lang auf. Sie war gänzlich nackt darunter, hatte jedoch die langen Seidenstrümpfe und hohen Pumps, die sie beim Essen trug, anbehalten.

Auf den Ellbogen gestützt, richtete sich der Schakal halb auf, während sie die Tür abschloß und an das Bett trat. Stumm sah sie auf ihn hinunter. Er hob die Arme und löste die Samtschleife, mit der ihr Hausmantel am Hals geschlossen war. Der Mantel öffnete sich und enthüllte ihre Brüste. Der Schakal beugte sich vor und streifte ihr den mit einer Spitzenborte versehenen Mantel vollends ab. Geräuschlos glitt der seidene Stoff zu Boden. Sie faßte den Schakal bei den Schultern und stieß ihn aufs Bett zurück. Dann packte sie seine Handgelenke und drückte sie, während sie sich auf ihn hockte, auf die Kissen nieder. Als ihre Schenkel sich mit hartem Druck gegen seine Rippen preßten, starrte er ihr herausfordernd in die Augen, und sie hielt seinem unverwandten Blick lächelnd stand. Ihr langes Haar war nach vorn geglitten und hing bis zu ihren Brustspitzen herab.

»*Bon, mon primitif*, und jetzt wollen wir doch einmal sehen, was du alles kannst.«

Als sie ihr Gesäß von seinem Brustkorb hob, reckte er ihr den Kopf entgegen und schickte sich an, es ihr zu zeigen.

Drei Tage lang war die Spur unauffindbar geblieben, und bei jeder abendlichen Besprechung hatte sich die Meinung, der Schakal habe Frankreich still und heimlich verlassen, mehr und mehr durchgesetzt. Auf der Konferenz vom 19. August war es nur noch Lebel, der weiterhin die Ansicht vertrat, der Killer halte sich noch immer irgendwo in Frankreich verborgen und warte dort ab, bis der richtige Zeitpunkt für ihn gekommen sei.

»Der richtige Zeitpunkt wozu?« höhnte Saint Clair. »Das einzige, worauf er warten kann, wenn er sich tatsächlich noch auf französischem Boden aufhält, ist eine Gelegenheit, in Richtung Grenze zu fliehen. In dem Augenblick, wo er sich aus seinem Versteck hervorwagt, fassen wir ihn. Wenn es stimmt, was Sie vermuten, und er jede Verbindung mit der OAS und ihren Sympathisanten vermeidet, hat er keine Helfer, an die er sich wenden und bei denen er Unterschlupf finden kann.«

Rund um den Tisch erhob sich beifälliges Gemurmel von seiten all derjenigen Konferenzteilnehmer, die zu dem Schluß gekommen waren, daß die Polizei versagt und Bouviers Diktum, die Lokalisierung des Killers sei reine Detektivarbeit, sich als Irrtum erwiesen hatte.

Lebel schüttelte eigensinnig den Kopf. Die unablässige Nervenanspannung, der fortgesetzte Mangel an Schlaf und nicht zuletzt die Notwendigkeit, sich selbst und seinen Stab gegen die ständigen Nadelstiche und Vorwürfe von Männern verteidigen zu müssen, die ihre hohen Posten weniger ihrer einschlägigen Erfahrung als vielmehr ihrer parteipolitischen Richtung verdankten, hatten ihn ermüdet und erschöpft. Er wußte sehr wohl, daß er erledigt war, wenn er sich täuschte. Dafür würden einige von den Männern, die an diesem Tisch saßen, schon sorgen. Und wenn er sich nicht täuschte? Wenn der Schakal es nach wie vor auf den Präsidenten abgesehen hatte?

Wenn er durch die Maschen des Netzes schlüpfte und bis zu seinem Opfer vordrang? Es war ihm klar, daß die in dieser Runde Versammelten dann verzweifelt nach einem Prügelknaben suchen würden. Und den würde er abgeben. So oder so war seine Laufbahn als Polizeibeamter zu Ende. Es sei denn — es sei denn, es gelang ihm, den Mann aufzuspüren und an der Tat zu hindern. Natürlich hatte er keine Beweise; nur die merkwürdige innere Gewißheit, mit der er diesen Herren natürlich nicht kommen durfte, daß der Mann, den er jagte, ebenfalls ein Profi war, der seinen Auftrag ausführen würde, koste es, was es wolle.

In den acht Tagen, die er diese Geschichte nun am Hals hatte, war er allmählich dazu gelangt, vor dem Mann mit dem Mördergewehr, der sein Vorhaben bis ins einzelne durchdacht und dabei alle nur denkbaren Eventualitäten eingeplant zu haben schien, eine Art widerwilliger Hochachtung zu empfinden. Dergleichen in diesem Kreis von meist durch politische Ernennungen zu Amt und Würden gelangten Funktionären auch nur anzudeuten, wäre jedoch seinem beruflichen Selbstmord gleichgekommen. Lediglich die Anwesenheit Bouviers, der, den massigen Kopf zwischen die Schultern gezogen, neben ihm saß und vor sich auf die Tischplatte starrte, empfand er als einigermaßen tröstlich. Er war wenigstens auch Detektiv.

»Worauf, weiß ich nicht«, entgegnete Lebel. »Aber er wartet auf etwas oder wartet irgend etwas ab, einen bestimmten Tag vielleicht. Ich habe das Gefühl, meine Herren, daß sich das Thema ›Schakal‹ für uns noch nicht erledigt hat. Warum ich dieses Gefühl habe, kann ich freilich selber nicht erklären.«

»Gefühl!« mokierte sich Saint Clair. »Einen bestimmten Tag! Kommissar, Sie lesen offenbar zu viele romantische Abenteuergeschichten. Aber wir haben es nicht mit der Romantik zu tun, sondern mit der Wirklichkeit. Der Mann hat sich aus dem Staub gemacht, mehr gibt es darüber nicht zu sagen.« Er lehnte sich im Sessel zurück und lächelte selbstgewiß.

»Hoffentlich haben Sie recht«, sagte Lebel leise. »In diesem Fall darf ich Sie, *Monsieur le Ministre*, bitten, mich von der Leitung der Ermittlungen zu entbinden und wieder meine normalen kriminalpolizeilichen Obliegenheiten wahrnehmen zu lassen.«

Der Minister sah ihn unschlüssig an.

»Glauben Sie, es hat Sinn, die Ermittlungen fortzusetzen, Kommissar?« fragte er. »Besteht Ihrer Meinung nach noch immer Gefahr?«

»Was die zweite Frage anlangt, so kann ich darauf nur sagen: Ich weiß es nicht. Hinsichtlich der ersten bin ich der Meinung, daß wir mit den Nachforschungen so lange fortfahren sollten, bis wir unserer Sache absolut sicher sind.«

»Also gut. Meine Herren, ich wünsche, daß der Kommissar seine Ermittlungen fortsetzt und wir weiterhin jeden Abend zusammenkommen, um uns von ihm laufend berichten zu lassen — vorerst jedenfalls noch.«

Auf der Jagd nach schädlichem Getier verfolgte Marcange Mallet am Morgen des 20. August als Wildhüter der zwischen Egletons und Ussel im Département Corrèze gelegenen Waldungen seines Arbeitgebers eine angeschossene Waldtaube, die in ein dichtes Rhododendrongebüsch gefallen war. In der Mitte des Gebüschs fand er die Waldtaube, die flügelschlagend auf dem Fahrersitz eines Sportwagens hockte, der offenkundig verlassen worden war.

Zunächst hatte er, während er dem Vogel den Hals umdrehte, angenommen, daß der Wagen von einem Liebespaar abgestellt worden war, das entgegen dem Verbotsschild, welches er am achthundert Meter entfernten Eingang zum Forst angenagelt hatte, im Wald picknicken wollte. Dann stellte er jedoch fest, daß einige von den Zweigen, die den Wagen vor der Sicht verbargen, in den Boden hineingesteckt waren. Bei näherer Untersuchung entdeckte er an anderen Rhododendronbüschen, die in der unmittelbaren Umgebung des Fundorts wuchsen, die Stümpfe, von denen die Äste abgeschnitten worden waren. Er mußte scharf hinschauen, um sie zu sehen, denn die weißen Schnittflächen waren sorgfältig mit Erde beschmiert worden, damit sie nicht auffielen.

Dem Vogeldreck auf den Sitzen nach zu urteilen, mußte der Wagen zumindest schon seit ein paar Tagen dort gestanden haben. Der Wildhüter packte die Taube und sein Gewehr, radelte durch den Wald zu seinem Häuschen zurück und nahm sich vor, auf seinem Gang ins Dorf, wo er im Laufe des späteren Vormittags ein paar weitere Kaninchenfallen besorgen wollte, den Gendarmen auf den Wagen hinzuweisen.

Es war fast Mittag, als der Dorfgendarm die Kurbel des in seinem Haus installierten Diensttelephons drehte und an das Kommissariat in Ussel einen mündlichen Bericht des Inhalts durchgab, daß im nahen Wald ein herrenloser Wagen gefunden worden sei. Ob es ein weißer Wagen sei, wurde er gefragt. Nein, es war ein blauer Wagen. War es ein italienischer Wagen? Nein, er trug französische Kennzeichen, Fabrikat unbekannt. Gut, sagte die Stimme in Ussel, im Laufe des Nachmittags werde man einen Abschleppwagen schicken. Er möge sich bereithalten, um die Leute an die Fundstätte zu führen, denn gerade jetzt, wo es wegen der Suche nach dem weißen italienischen Sportwagen, die auf Weisung der hohen Herren in Paris im Gang war, so viel Arbeit gab, wurde jeder einzelne Mann dringend gebraucht. Der Dorfgendarm versprach, zur Stelle zu sein, wenn der Abschleppwagen eintraf.

Es war später als 4 Uhr nachmittags geworden, bevor der kleine Wagen auf den Hof des Kommissariats geschleppt wurde, und fast 5 Uhr, ehe einem Autoschlosser der Fahrbereitschaft bei der zur Identifikation vorgenommenen Überprüfung des Wagens auffiel, wie miserabel er lackiert war. Er nahm einen Schraubenzieher und kratzte an der Farbschicht eines Kotflügels. Unter dem Blau erschien ein weißer Streifen. Stutzig geworden, begann er die Nummernschilder zu untersuchen und stellte fest, daß sie offenbar umgedreht worden waren. Wenige Minuten später lag das abgeschraubte vordere Schild auf dem Hof. Die nach oben gekehrte Rückseite zeigte in weißen Lettern die Aufschrift MI 61741, und der Mann von der Fahrbereitschaft rannte zur Wachstube.

Claude Lebel erhielt die Nachricht kurz vor 18 Uhr. Sie kam von Kommissar Valentin vom Regionalkommando der PJ in Clermont-Ferrand, der Hauptstadt der Provinz Auvergne. Lebel war förmlich zusammengefahren, als Valentin zu berichten begann.

»Hören Sie, das ist eminent wichtig. Ich kann Ihnen jetzt nicht erklären, warum, sondern nur wiederholen, daß es wichtig ist. Ja, ich weiß, es widerspricht den Vorschriften, aber in diesem Fall liegen die

Dinge nun einmal so. Daß Sie regulärer Kommissar sind, weiß ich, mein Bester. Wenn Sie sich meine Befugnis in dieser Sache bestätigen lassen wollen, kann ich Sie sofort mit dem Generaldirektor der PJ verbinden. Also, ich möchte, daß Sie umgehend ein Team nach Ussel 'runterschicken. Die besten Leute, die Sie zusammentrommeln können, und davon so viele wie nur irgend möglich. Beginnen Sie mit den Nachforschungen an dem Punkt, wo der Wagen aufgefunden wurde. Schlagen Sie auf Ihrer Karte einen Kreis um diesen Punkt und bereiten Sie alles für eine planmäßige Durchkämmung des Geländes vor. Befragen Sie jeden Bauern, der regelmäßig die Straße nach Ussel befährt, und holen Sie in jedem Dorfgeschäft, jedem Café und in jeder Holzarbeiterhütte Erkundigungen ein.

Ihre Leute suchen einen hochgewachsenen, schlanken Mann, einen gebürtigen Engländer, der aber ausgezeichnet französisch spricht. Er trug drei Koffer und eine Reisetasche. Er hat eine Menge Geld bei sich und ist gut gekleidet, aber es wird ihm vermutlich anzusehen sein, daß er im Freien genächtigt hat.

Ihre Leute sollen fragen, wo er gesehen wurde, wohin er von dort aus gegangen ist, was er kaufen wollte. Oh, und noch etwas — die Presse muß unter allen Umständen ausgeschlossen werden. Was soll das heißen, das geht nicht? Aber natürlich werden die örtlichen Lokalreporter wissen wollen, was los ist. Nun, dann sagen Sie ihnen doch einfach, es sei ein Autounfall passiert, und man glaube, daß einer der Insassen im Schockzustand in der Gegend umherirre. Ja, eine großangelegte Hilfsaktion, meinetwegen. Von mir aus können Sie ihnen sagen, was Sie wollen — Hauptsache, Sie machen sie nicht mißtrauisch. Sagen Sie ihnen auch, daß es jetzt in der Ferienzeit mit über fünfhundert Verkehrsunfällen pro Tag bestimmt keine Story für die überregionalen Blätter sei. Spielen Sie die Sache herunter, das ist die Hauptsache. Und noch etwas — wenn Sie den Mann irgendwo aufspüren, stellen Sie ihn nur ja nicht. Kreisen Sie ihn lediglich ein und passen Sie auf, daß er nicht entwischt. Ich komme so schnell zu Ihnen 'runter, wie ich kann.«

Lebel legte den Hörer auf und wandte sich an Caron.

»Lassen Sie sich mit dem Minister verbinden und bitten Sie ihn, die Besprechung auf acht Uhr vorzuverlegen.

Ich weiß, das ist die Essenszeit, aber es wird nicht lange dauern. Rufen Sie anschließend in Satory an und lassen Sie den Hubschrauber startklar machen. Diesmal für einen Nachtflug nach Ussel. Und sie sollen uns auf jeden Fall sagen, wo sie zu landen gedenken, damit wir einen Wagen dorthin bestellen können, der mich abholt. Sie werden inzwischen allein hier weitermachen müssen.«

Bei Sonnenuntergang errichteten die motorisierten Polizeieinheiten aus Clermont-Ferrand, verstärkt durch eine Reihe weiterer Einsatzwagen, die Ussel zur Verfügung gestellt hatte, ihr mobiles Hauptquartier auf dem Dorfplatz einer kleinen Ortschaft, die in unmittelbarer Nähe des Waldes lag, in welchem der Wagen aufgefunden worden war. Vom Funkwagen aus gab Valentin Anweisungen an die unzähligen Polizeiautos, die sich in den anderen Dörfern der Umgegend sammelten. Er hatte beschlossen, mit einem Radius von acht Kilometer im Umkreis des Ortes, an dem der Wagen entdeckt wurde, zu beginnen und die Nacht durchzuarbeiten. In den Stunden der Dunkelheit war die Chance, die Leute zu Hause anzutreffen, viel größer. Andererseits bestand durchaus die Möglichkeit, daß sich seine Männer in den unübersichtlichen Tälern und auf den Bergabhängen der Gegend verirrten oder irgendeine Holzfällerbude übersahen, in der sich der Flüchtige versteckt haben mochte.

Erschwerend kam ein weiterer Faktor hinzu, den er Paris am Telephon kaum hatte verständlich machen können, auf den er Lebel jedoch — was ihm alles andere als angenehm war — mündlich würde hinweisen müssen. Ohne sein Wissen sollten einige seiner Leute diesen Faktor noch vor Mitternacht zu spüren bekommen. Sie befragten einen Bauern auf dessen etwa drei Kilometer von der Fundstelle des Wagens entfernten Hof.

Der Mann stand im Nachthemd in der Tür und dachte nicht im entferntesten daran, die Detektive hereinzubitten. Die blakende Paraffinlampe in seiner Hand warf ihren flackernden Schein auf die Gruppe.

»Aber Gaston, Sie fahren doch sehr häufig auf dieser Straße zum Markt. Sind Sie auch am Freitagmorgen auf der Straße nach Egletons gefahren?«

Der Bauer kniff leicht die Augen zusammen.
»Schon möglich.«
»Nun, sind Sie gefahren oder nicht?«
»Weiß ich nicht mehr.«
»Haben Sie einen Mann auf der Straße gesehen?«
»Ich kümmere mich um meine eigenen Angelegenheiten.«
»Danach haben wir Sie nicht gefragt. Haben Sie einen Mann gesehen?«
»Ich habe nichts gesehen. Niemanden.«
»Einen blonden Mann. Groß, athletisch. Mit drei Koffern und einer Reisetasche.«
»Ich habe keinen gesehen. *J'ai rien vue, tu comprends.*«
So ging es zwanzig Minuten lang. Schließlich gaben sie es auf und zogen weiter. Die Hunde rissen knurrend an ihren Ketten und schnappten nach den Hosenbeinen der Detektive, die eiligst einen Schritt zur Seite traten und dabei prompt über den Misthaufen stolperten. Der Bauer sah ihnen nach, bis sie die Straße erreicht hatten und in ihrem Wagen davonfuhren. Dann schloß er die Tür und stieg wieder zu seiner Frau ins Bett.

»Die waren doch sicher wegen des Burschen da, den du neulich mitgenommen hast, stimmt's?« fragte sie. »Was haben sie mit ihm vor?«

»Keine Ahnung«, sagte Gaston. »Aber niemand soll von Gaston Grosjean je behaupten können, daß er mitgeholfen hat, einen anderen ans Messer zu liefern.« Er räusperte sich und spuckte in das verglimmende Feuer. »*Sales flics.*«

Er schraubte den Docht zurück und blies die Lampe aus, hob die Beine ins Bett und kroch tiefer in die Federn.

»Viel Glück, Kumpel, wo immer du jetzt auch bist.«

Lebel ließ die Papiere sinken und sah auf.
»Meine Herren, sobald die Sitzung zu Ende ist, fliege ich nach Ussel, um die Suchaktion persönlich zu beaufsichtigen.«
Nahezu eine Minute lang herrschte Schweigen.
»Was glauben Sie, Kommissar«, ließ sich der Minister vernehmen, »kann aus alldem geschlossen werden?«

»Zweierlei, *Monsieur le Ministre*. Wir wissen, daß der Schakal Farbe gekauft haben muß, um den Wagen zu überstreichen. Ich nehme an, die Nachforschungen werden ergeben, daß der Alfa in der Nacht vom Donnerstag auf Freitag, als er von Gap nach Ussel gefahren wurde, bereits umgestrichen war. Wenn das zutrifft — und entsprechende Erkundigungen werden gegenwärtig angestellt —, steht zu vermuten, daß er gewarnt worden ist. Entweder hat jemand ihn angerufen, oder er seinerseits hat jemanden — hier oder in London — angerufen, der ihn über die Aufdeckung seines Pseudonyms Duggan unterrichtete. Er konnte sich ausrechnen, daß wir ihm bis Mittag auf der Spur sein und die Verfolgung des Wagens aufnehmen würden. Deswegen machte er, daß er wegkam, und das so rasch wie möglich.«

Er hatte das Gefühl, die Zimmerdecke müsse bersten, so lastete das Schweigen.

»Wollen Sie im Ernst andeuten«, fragte jemand wie aus weiter Ferne, »daß aus diesem Raum hier Dinge nach außen gedrungen sind?«

»Behaupten kann ich das nicht, Monsieur«, entgegnete Lebel. »Es gibt Telephonfräulein, Fernschreiberinnen und mittlere und untere Beamte, über welche die Orders weitergegeben werden müssen. Schon möglich, daß sich jemand darunter befindet, der heimlich für die OAS arbeitet. Aber eines scheint mir immer deutlicher zu werden. Er ist über die Aufdeckung seiner Absicht, den Präsidenten zu ermorden, informiert worden und hat sich dennoch entschlossen, nicht aufzugeben. Und er wurde von seiner Demaskierung als Alexander Duggan unterrichtet. Einen einzigen Kontakt hat er immerhin. Ich vermute, daß es der Mann namens Valmy ist, dessen Meldung an die OAS von der DST abgefangen wurde.«

»Verdammt«, fluchte der Leiter der DST, »wenn wir den Burschen doch nur im Postamt erwischt hätten.«

»Und wie lautet der zweite Schluß, den wir ziehen können, Kommissar?« fragte der Minister.

»Daß er Frankreich, als er erfuhr, Duggan sei aufgeflogen, nicht etwa zu verlassen versucht hat, sondern ganz im Gegenteil ins Zentrum des Landes weitergefahren ist. Mit anderen Worten, er ist von seinem Vorhaben, das Staatsoberhaupt zu ermorden, keineswegs abgerückt. Er hat sich vielmehr entschlossen, es ganz allein mit uns allen aufzunehmen.«

Der Minister erhob sich und raffte seine Papiere zusammen.

»Wir wollen Sie nicht aufhalten, *Monsieur le Commissaire*. Finden Sie ihn noch heute nacht. Machen Sie ihn unschädlich, wenn es sein muß. Das ist meine Weisung, die ich Ihnen im Namen des Präsidenten erteile.«

Damit verließ er den Konferenzraum.

Eine Stunde später hob Lebels Hubschrauber vom Startplatz in Satory ab und nahm im purpurnen Schein des rasch dunkler werdenden Abendhimmels Kurs nach Süden.

»Unverfrorener Bursche. Wagt es, die Dinge so darzustellen, als seien wir, Frankreichs allerhöchste Staatsdiener, schuld daran. Ich werde das selbstverständlich in meinem nächsten Bericht erwähnen.«

Jacqueline streifte die schmalen Träger ihres dünnen Unterhemdchens von den Schultern und ließ den durchsichtigen Stoff auf ihre Hüften hinabgleiten, um die er sich in weichen Falten schmiegte. Sie spannte die Armmuskeln an, damit sich das Tal zwischen ihren Brüsten zu einem tiefen Spalt verengte, und zog den Kopf ihres Liebhabers an ihren Busen.

»Erzähl mir alles«, girrte sie.

Achtzehntes Kapitel

Auch am Morgen des 21. August war der Himmel so strahlend und klar wie schon an den vorangegangenen vierzehn Tagen der hochsommerlichen Hitzewelle. Von den Fenstern des Château de la Haute Chalonnière aus, die den Blick auf die hügelige Heidelandschaft freigaben, wirkte der Morgen heiter und friedlich und verriet keinerlei Anzeichen der Unruhe, die eben jetzt durch die polizeiliche Großaktion im achtzehn Kilometer entfernten Egletons verursacht wurde.

Nur mit seinem Morgenmantel bekleidet, stand der Schakal im Arbeitszimmer des Barons am Fenster und meldete sein allmorgendliches Routinegespräch mit Paris an. Er hatte seine Geliebte nach einer weiteren wilden Liebesnacht oben in ihrem Zimmer schlafend zurückgelassen.

Als die Verbindung mit Paris hergestellt war, meldete er sich wie gewohnt mit »*Ici Chacal*«.

»*Ici Valmy*«, sagte die heisere Stimme am anderen Ende der Leitung. »Die Dinge sind wieder in Bewegung geraten. Sie haben den Wagen gefunden...«

Er lauschte zwei Minuten lang angespannt und stellte nur ab und zu eine knappe Zwischenfrage. Dann legte er mit einem abschließenden »*Merci*« den Hörer auf und griff nach Zigaretten und Feuerzeug in seine Taschen. Was er soeben erfahren hatte, zwang ihn, seine Pläne, ob er es wollte oder nicht, zu ändern. Er hatte beabsichtigt, noch weitere zwei Tage auf dem Schloß zu bleiben, aber jetzt mußte er von hier verschwinden, und je eher er das tat, desto besser. Außerdem war da noch etwas gewesen, weswegen ihn das Gespräch beunruhigte — etwas, was ihn hätte stutzig machen sollen.

Es war ihm zunächst gar nicht aufgefallen, aber als er jetzt an seiner Zigarette zog, kam es ihm zum Bewußtsein. Kurze Zeit nachdem er den Hörer aufgenommen hatte, war ein leises Klicken in der Leitung vernehmbar gewesen. Bei den Telephongesprächen der letzten drei Tage hatte er nichts dergleichen gehört. In Colettes Zimmer gab es zwar einen Nebenanschluß, aber sie hatte bestimmt ganz fest geschlafen, als er aufstand. Bestimmt... Er drückte die Zigarette aus und warf den Stummel zum offenen Fenster auf den Kiesboden hinaus. Dann drehte er sich abrupt um, rannte lautlos auf bloßen Füßen die Treppe hinauf und stürmte ins Schlafzimmer.

Der Telephonhörer war auf die Gabel zurückgelegt worden. Der Garderobenschrank stand offen, die drei geöffneten Koffer und sein Schlüsselring lagen auf dem Fußboden. Die Baronin hockte inmitten des Durcheinanders auf den Knien und starrte ihn mit weitaufgerissenen Augen an. Um sie herum lag eine Anzahl schlanker Stahlröhren, deren zum Verschluß der offenen Enden bestimmte Kappen abgenommen worden waren. Aus einer der Röhren ragte das Zielfernrohr heraus, aus einer anderen die Mündung des Schalldämpfers. Sie hielt etwas in den Händen — etwas, das sie voll Schrecken angestarrt hatte, als er eintrat.

Sekundenlang blieben beide stumm. Der Schakal faßte sich zuerst.

»Du hast mitgehört.«

»Ich — ich wollte wissen, mit wem du jeden Morgen telephonierst.«

»Ich dachte, du schläfst.«

»Nein. Ich werde immer wach, wenn du aufstehst. Dieses ... Ding — das ist ein Gewehr, eine Mordwaffe.«

Es war mehr eine Feststellung als eine Frage, und doch drückte sich darin die unsinnige Hoffnung aus, er könne erklären, daß es sich um etwas anderes, etwas ganz Harmloses handele. Er sah auf sie hinunter, und zum erstenmal bemerkte sie, daß sich die grauen Flecken in seinen Augen vermehrt und deren Ausdruck wie mit einem wolkigen Schleier überzogen hatten. Sein Blick war kalt und leblos geworden, und sie hatte das Gefühl, als starre eine Maschine sie an.

Sie richtete sich zögernd auf und ließ den Gewehrlauf scheppernd zu Boden fallen.

»Du willst ihn umbringen«, flüsterte sie. »Du bist einer von den OAS-Leuten. Du brauchst dies hier, um de Gaulle damit zu töten.«

Daß er ihr nicht antwortete, war Antwort genug. Sie wollte zur Tür stürzen. Er fing sie mühelos ein und schleuderte sie quer durch den Raum, setzte ihr mit drei raschen Schritten nach und warf sie aufs Bett. Auf das zerwühlte Laken gestreckt, öffnete sie den Mund, um zu schreien. Ein Hieb mit dem Handrücken auf die Halsschlagader würgte den Schrei ab, noch bevor er aus ihrem Mund gedrungen war.

Dann packte der Schakal mit seiner Linken ihr Haar und drehte ihr den Kopf mit dem Gesicht nach unten über die Bettkante. Ein Ausschnitt aus dem Teppichmuster war das letzte, was sie wahrnahm, bevor der Handkantenschlag mit voller Wucht auf ihren Nacken niederfuhr.

Der Schakal ging zur Tür, um zu lauschen, aber von unten drang kein Laut herauf. Ernestine war vermutlich in der im hinteren Teil des Schlosses gelegenen Küche, um das Frühstück zu richten, und Louison würde sich in Kürze auf den Weg zum Markt machen. Glücklicherweise waren beide ziemlich schwerhörig.

Er steckte die Einzelteile des Gewehrs wieder in die Stahlrohre zurück, packte diese in den dritten Koffer mit dem Armeemantel und den ungereinigten Kleidungsstücken André Martins und tastete das Kofferfutter nach den Papieren ab, um sicherzugehen, daß sie sich noch an ihrem Platz befanden. Dann schloß er den Koffer zu. Der zweite Koffer, der die Garderobe des dänischen Pastors Per Jensen enthielt, war geöffnet, aber nicht durchwühlt worden.

Er brauchte fünf Minuten, um sich in dem ans Schlafzimmer angrenzenden Bad zu waschen und zu rasieren. Anschließend nahm er seine Schere zur Hand und verbrachte weitere zehn Minuten damit, sein langes blondes Haar sorgfältig hochzukämmen und es gute fünf Zentimeter kürzer zu schneiden. Alsdann bürstete er genügend Färbemittel hinein, um ihm die eisengraue Haarfarbe eines älteren Mannes zu verleihen. Die Feuchtigkeit des Färbemittels erlaubte es ihm schließlich, es genau in der Weise zu bürsten, wie es auf dem Photo in Pastor Jensens Paß, den er vor sich auf das Bord über dem Waschbecken gelegt hatte, zu sehen war. Zu guter Letzt setzte er sich die Kontaktlinsen ein.

Er spülte alle Spuren des Färbemittels fort, wischte das Waschbecken sorgfältig aus, nahm sein Rasierzeug und kehrte ins Schlafzimmer zurück. Der nackten Leiche auf dem Bett gönnte er keinen weiteren Blick.

Er zog sich die Socken, das Hemd, die Hose und die Weste an, die er in Kopenhagen gekauft hatte, legte den steifen weißen Priesterkragen um und band sich das schwarze Plastron. Schließlich schlüpfte er in die festen schwarzen Schuhe und zog sich die schwarze Anzugjacke über. Er steckte die goldgeränderte Brille in die Brusttasche, packte sein Wasch- und Rasierzeug in die Reisetasche und legte auch das dänische Buch über die französischen Kathedralen dazu. Der Paß des Dänen wanderte in die innere Anzugtasche, ein Bündel Banknoten desgleichen. Seine englischen Kleidungsstücke legte er in den Koffer, aus dem er sie entnommen hatte, und schloß auch diesen ab.

Inzwischen war es fast 8 Uhr geworden, und Ernestine konnte jeden Augenblick mit dem Morgenkaffee kommen. Die Baronin hatte versucht, ihre Affäre vor den Dienstboten zu verheimlichen, denn beide waren in den Baron vernarrt gewesen, als er noch ein kleiner Junge war, und auch dem späteren Schloßherrn rückhaltlos ergeben.

Vom Fenster aus sah der Schakal Louison den breiten Pfad, der zum Portal des Anwesens führte, hinunterradeln, während der leichte Einkaufsanhänger hüpfend hinter dem Rad herrollte. Im gleichen Augenblick hörte er Ernestine an die Tür klopfen. Er gab keinen Laut von sich. Sie pochte nochmals. »Y a vot' café, madame«, kreischte sie durch die verschlossene Tür. Der Schakal überlegte kurz und rief dann mit verschlafener Stimme auf französisch:

»Stellen Sie ihn nur ab, wir holen ihn uns, wenn wir soweit sind.«

Ernestine sagte nur: »Oh.« Skandalös! Dahin war es also gekommen — und das im Schlafzimmer des Schloßherrn! Sie eilte die Treppe hinab, um Louison von ihrer Entdeckung zu unterrichten, aber da er fortgefahren war, mußte sie sich damit begnügen, dem Küchenausguß über die moralische Verkommenheit der Menschen heutzutage, die so ganz anders waren als zu Zeiten des alten Barons, eine längere Predigt zu halten. So konnte sie auch nicht das dumpfe Poltern hören, mit dem vier an zusammengeknoteten Bettlaken aus dem Fenster herabgelassene Gepäckstücke in dem Blumenbeet vor der Schloßfront aufschlugen.

Sie ahnte nicht, daß auf dem Bett im Stockwerk über ihr der leblose Körper ihrer Herrin zu einer täuschend lebensecht wirkenden Schlummerpose arrangiert und der Toten die Bettdecke bis unters Kinn hinaufgezogen wurde. Sie hörte weder das Geräusch, mit dem der draußen auf dem Gesims hockende grauhaarige Mann den Fensterflügel hinter sich zuzog, noch den gedämpften Aufprall, als er mit einem Sprung auf dem Rasen landete.

Was sie hörte, war das Brummen des Motors, als in dem zur Garage umgebauten Pferdestall neben dem Schloß Madames Renault angelassen wurde. Durchs Küchenfenster konnte sie den Wagen gerade noch um die Ecke biegen und über den vorderen Schloßhof die Auffahrt hinunterjagen sehen.

»Na, was die nur jetzt wieder vorhaben mag?« murmelte sie kopfschüttelnd und stieg neuerlich die Treppe hinauf. Der Kaffee auf dem vor der Schlafzimmertür abgestellten Tablett war noch lauwarm und unberührt. Nachdem sie ein paarmal geklopft hatte, versuchte sie die Tür zu öffnen. Sie war abgeschlossen, und die Tür zum Gästezimmer ebenfalls. Niemand antwortete ihr. Ernestine fand, daß hier außergewöhnliche Dinge vor sich gingen, Dinge von der Art, wie sie sich seit den Tagen, da sich die Boches als Dauergäste im Schloß einquartiert und dem Baron die verrücktesten Fragen nach dem jungen Herrn gestellt hatten, nicht mehr passiert waren.

Sie beschloß, Louison zu konsultieren. Er müßte jetzt auf dem Marktplatz angelangt sein, und jemand aus dem Café würde gehen und ihn ans Telephon holen. Sie wußte nicht, wie der Apparat funktionierte; sie glaubte, wenn man den Hörer aufnahm, müsse sich jemand melden und die gewünschte Person ans Telephon holen. Aber es war alles Unsinn. Sie hielt den Hörer zehn Minuten lang an ihr Ohr, ohne daß jemand das Wort an sie richtete. Daß die Schnur dort, wo sie die Scheuerleiste der Bibliothek berührte, säuberlich durchgeschnitten war, entging ihrer Aufmerksamkeit.

Gleich nach dem Frühstück flog Claude Lebel im Hubschrauber nach Paris zurück. Wie er Caron später berichtete, hatte Valentin trotz der Behinderung durch die Sturheit der Bauern ausgezeichnete Arbeit geleistet. Gegen 8 Uhr war die Spur des Schakals bereits bis zu einem Café verfolgt, wo dieser gefrühstückt hatte, und Valentin suchte nach dem Fahrer eines Taxis, das telephonisch bestellt worden war. In der Zwischenzeit hatte er die Errichtung von Straßensperren in einem Umkreis von zwanzig Kilometer rund um Egletons angeordnet, und bis Mittag würden sie an Ort und Stelle gebracht und das Gebiet abgeriegelt sein.

Valentins Umsicht und Tatkraft hatten Lebel bewogen, ihm immerhin anzudeuten, wieviel von der Ergreifung des Schakals abhing, und

Valentin hatte sich seinerseits bereit erklärt, einen Ring um Egletons zu legen, der nach seinen eigenen Worten »so festgeschlossen wie das Arschloch einer Maus« war.

Von Haute Chalonnière aus jagte der Renault in südlicher Richtung durchs Gebirge auf Tulle zu. Der Schakal schätzte, daß die Polizei, wenn sie seit gestern abend im ständig erweiterten Umkreis der Stelle, wo der Alfa gefunden worden war, Ermittlungen durchführte, bei Einbruch der Dämmerung Egletons erreicht haben mußte. Der Mann hinter der Theke würde reden, der Taxifahrer ebenfalls und das Schloß spätestens am Nachmittag umstellt sein, sofern sich das nicht durch irgendwelche unvorhergesehenen Umstände verzögerte.

Aber selbst dann würden sie nach einem blonden Engländer suchen, denn er hatte sorgfältig darauf geachtet, daß ihn niemand als grauhaarigen Pastor zu Gesicht bekam. Dennoch würde er ihnen diesmal nur mit knapper Not entkommen. Er jagte den kleinen Wagen in halsbrecherischem Tempo über die gebirgigen Nebenstraßen und traf schließlich achtzehn Kilometer südwestlich von Egletons auf die RN 8 nach Tulle, wohin es noch zwanzig Kilometer waren. Er warf einen Blick auf seine Armbanduhr: es war zwanzig Minuten vor zehn.

Als er am Ende einer langen Geraden hinter einer Biegung verschwand, kam ein kleiner Polizeikonvoi von Egletons her die Straße heruntergebraust. Er bestand aus einem Streifen- und zwei Mannschaftswagen. Der Konvoi stoppte mitten auf der geraden Strecke, und sechs Polizisten begannen eine Straßensperre zu errichten.

»Was heißt: ›Er ist unterwegs‹?« schnauzte Valentin die weinende Frau des Taxifahrers in Egletons an. »Wohin ist er gefahren?«

»Ich weiß nicht, Monsieur. Ich weiß es nicht. Er wartet jeden Morgen am Bahnhofsplatz auf den Zug aus Ussel. Wenn niemand aussteigt, kommt er hierher zurück und geht in die Werkstatt, um mit den Reparaturarbeiten weiterzumachen. Wenn er nicht zurückkommt, heißt das, daß er einen Fahrgast hat.«

Valentin blickte mißmutig drein. Es hatte keinen Sinn, die Frau anzuschreien. Es war ein Ein-Mann-Taxibetrieb, den ein Bursche leitete, der nebenher auch Autoreparaturen ausführte.

»Hat er am Freitagmorgen irgend jemanden gefahren?« fragte er in ruhigerem Tonfall.

»Ja, Monsieur. Er ist vom Bahnhof zurückgekommen, weil dort niemand war, und dann kam ein Anruf aus dem Café, daß jemand ein Taxi bestellen wollte. Er hatte gerade ein Rad abgenommen und befürchtete, daß der Kunde inzwischen weggehen und ein anderes Taxi nehmen könnte. Deswegen hat er während der ganzen zwanzig Minuten, die es dauerte, bis das Rad wieder dran war, in einem fort geflucht. Dann ist er losgefahren. Er hat den Kunden abgeholt, aber mir nicht gesagt, wohin er mit ihm gefahren ist. Er redet nicht viel mit mir«, fügte sie erklärend hinzu.

Valentin tätschelte ihr die Schulter.

»Schon gut, Madame. Regen Sie sich nicht auf. Wir warten, bis er zurückkommt.« Er wandte sich an einen der Sergeanten. »Schicken Sie einen Mann zum Bahnhof und einen weiteren zum Café gegenüber. Die Nummer von dem Taxi haben Sie. Sobald er auftaucht, will ich ihn sprechen — umgehend.«

Er verließ die Werkstatt und bestieg seinen Wagen.

»Zum Kommissariat«, sagte er. Das Hauptquartier der an der Fahndung beteiligten Einheiten war auf seine Veranlassung in die Polizeiwache von Egletons verlegt worden, die seit Menschengedenken nicht mehr soviel Betriebsamkeit gesehen hatte.

Zehn Kilometer außerhalb Tulles warf der Schakal den Koffer mit seinen englischen Kleidungsstücken und dem Paß Alexander Duggans in eine Schlucht. Der Koffer segelte über das Brückengeländer und verschwand krachend im dichten Unterholz am Fuß des Wasserfalls.

Nach kurzem Suchen hatte er den Bahnhof von Tulle gefunden und parkte den Wagen drei Straßen weiter an unauffälliger Stelle. Er trug seine beiden Koffer und die Reisetasche zum achthundert Meter entfernten Bahnhofsgebäude und trat an den Fahrkartenschalter.

»Einmal zweiter Paris, bitte«, sagte er und blickte über den Rand seiner Brille hinweg durch das kleine Gitterfenster, hinter dem der Bahnangestellte saß. »Wieviel macht das?«

»Siebenundneunzig Neue Franc, Monsieur.«

»Und wann, bitte, geht der nächste Zug?«

»Um 11 Uhr 50. Sie haben fast eine Stunde Zeit. Es gibt ein Restaurant am Ende des Bahnsteigs. Bahnsteig eins nach Paris, *je vous en prie.*«

Der Schakal nahm sein Gepäck auf und begab sich zur Sperre. Die Karte wurde gelocht, er ergriff wiederum seine Koffer und trat auf den Bahnsteig. Eine blaue Uniform versperrte ihm den Weg.

»*Vos papiers, s'il vous plaît.*«

Der Mann vom CRS war sehr jung und gab sich alle Mühe, gestrenger dreinzublicken, als seine Jahre es ihm erlaubten. Er trug einen Schnellfeuerkarabiner, dessen Riemen er über die Schulter gehängt hatte. Der Schakal setzte nochmals sein Gepäck ab und zeigte den dänischen Paß vor. Der CRS-Mann blätterte ihn durch, ohne auch nur ein Wort lesen zu können.

»*Vous êtes Danois?*«

»*Pardon?*«

»*Vous ... Danois?*« Er tippte auf den Paß.

Der Schakal strahlte und nickte hocherfreut.

»*Danske ... ja, ja.*«

Der CRS-Mann reichte ihm den Paß zurück und deutete mit einem Kopfnicken zum Bahnsteig. Ohne sich noch weiter für den dänischen Geistlichen zu interessieren, wandte er sich dem nächsten Reisenden zu, der durch die Sperre trat.

Es war fast 13 Uhr, als Louison zurückkam. Er hatte zwei Glas Wein getrunken, vielleicht auch drei. Seine Frau empfing ihn mit einer aufgeregten Schilderung dessen, was in seiner Abwesenheit geschehen war. Louison nahm die Sache in die Hand.

»Ich werde zum Fenster hinaufklettern«, kündigte er an, »und nachsehen.«

Zunächst einmal hatte er Schwierigkeiten mit der Leiter. Sie neigte sich hartnäckig in jede andere als die von Louison erstrebte Richtung. Aber schließlich ließ sie sich doch unterhalb des Schlafzimmerfensters der Baronin gegen das Mauerwerk lehnen, und Louison begann seinen schwankenden Aufstieg zur obersten Sprosse. Fünf Minuten später kletterte er wieder hinunter.

»Madame la Baronne schläft«, verkündete er.
»Aber sie schläft doch sonst nie so lange«, protestierte Ernestine.
»Nun, dann tut sie es eben heute«, entgegnete Louison. »Man darf sie nicht stören.«

Der Zug nach Paris hatte leichte Verspätung. Er lief um 12 Uhr ein. Unter den Reisenden, die ihn bestiegen, befand sich ein grauhaariger protestantischer Geistlicher. Er setzte sich auf einen Fensterplatz in einem Abteil, in dem sich nur zwei ältere Frauen befanden, putzte seine goldgeränderte Brille, holte ein großformatiges Buch über französische Kathedralen aus seiner Reisetasche und begann zu lesen. Wie er aus dem im Bahnhof ausgehängten Fahrplan ersehen hatte, würde der Zug um 20 Uhr 10 in Paris eintreffen.

Charles Bobet stand am Straßenrand neben seinem defekten Taxi, sah auf seine Uhr und fluchte. Es war halb zwei durch, höchste Zeit zum Mittagessen, und er saß hier einsam und allein auf der Straße zwischen Egletons und dem Flecken Lamazière. Mit einer gebrochenen Vorderachse. *Merde* und nochmals *merde*. Er konnte den Wagen stehenlassen, ins nächste Dorf gehen, von dort mit dem Bus nach Egletons fahren und am Abend mit einem Abschleppwagen zurückkehren. Das allein würde ihn die Einnahmen einer Woche kosten. Aber der Wagen war nicht abzuschließen, und Bobets ganze Existenz hing von dem klapprigen Taxi ab. Da war es schon besser, sich in Geduld zu fassen und auf einen Lastwagen zu warten, der ihn — gegen ein Entgelt natürlich — nach Egletons zurückschleppen könnte, als das Auto den diebischen Dorfkindern zu überlassen, die es von vorn bis hinten durchstöbern würden. Nun, mit dem Mittagessen war es heute zwar nichts, aber im Handschuhfach befand sich noch eine Flasche Wein. Na ja, sie war jetzt schon fast alle. Unter dem Taxi herumzukriechen, machte einen halt durstig. Er setzte sich in den Fond des Wagens, um zu warten. Es war glühend heiß auf der Straße, und bevor es nicht ein wenig abkühlte, würde ohnehin kein Lastwagen daherkommen. Und die Bauern hielten ihre Siesta. Er machte es sich auf den Rücksitzen bequem und war kurz darauf eingenickt.

»Wieso ist er denn immer noch nicht zurück?« brüllte Kommissar Valentin ins Telephon. »Wohin ist der Kerl nur gefahren?« Er saß im Kommissariat von Egletons und sprach mit einem seiner Untergebenen, den er im Haus des Taxifahrers postiert hatte. Die wortreiche Auskunft des Beamten klang beschwichtigend. Valentin schmetterte den Hörer auf die Gabel. Den ganzen Vormittag hindurch und auch während der Mittagsstunde waren Funkberichte von den Streifenwagen eingelaufen, deren Besatzungen die Straßensperren bewachten. Niemand, der einem blonden Engländer auch nur im entferntesten ähnlich sah, hatte den hermetischen Ring um Egletons zu passieren versucht. Jetzt lag das Marktstädtchen wie ausgestorben in der hochsommerlichen Hitze da und döste seelenruhig, als sei es von den zweihundert Polizeibeamten aus Ussel und Clermont-Ferrand nie in seinem Frieden gestört worden.

Bis Ernestine schließlich ihren Willen bekam, war es 4 Uhr nachmittags geworden.

»Du mußt da noch mal hinaufsteigen und Madame wecken«, drängte sie Louison. »Es ist unnatürlich, den ganzen Tag zu verschlafen.«

Der alte Louison, der sich nichts Besseres vorstellen konnte, als genau das zu tun, war zwar anderer Meinung, aber er wußte, daß es zwecklos war, Ernestine etwas ausreden zu wollen, was sie sich in den Kopf gesetzt hatte. So stieg er also nochmals — und diesmal weniger schwankend — die Leiter empor, öffnete das Fenster und trat ins Zimmer. Ernestine schaute von unten zu.

Nach ein paar Minuten erschien der Kopf des alten Mannes im Fenster.

»Ernestine«, rief er heiser, »Madame scheint tot zu sein.«

Er war im Begriff, die Leiter wieder hinunterzusteigen, als Ernestine ihm zurief, er solle die Schlafzimmertür von innen aufschließen. Gemeinsam lugten sie über den Rand der Bettdecke und betrachteten Madames Augen, die starr auf ein nur wenige Zentimeter entferntes Kissen gerichtet waren.

Ernestine übernahm das Kommando.

»Louison.«

»Ja, meine Liebe.«

»Lauf schnell ins Dorf und hole Doktor Mathieu. Beeil dich.«

Wenige Minuten später radelte Louison, so rasch seine alten Beine es erlaubten, die Auffahrt hinunter. Er traf Dr. Mathieu, der seit vierzig Jahren sämtliche Gebrechen, Krankheiten und Unpäßlichkeiten der Leute von Haute Chalonnière behandelte, im Schatten eines Aprikosenbaums in seinem Garten schlafend an, und der alte Landarzt sagte zu, sogleich zu kommen. Es war 16 Uhr 30, als sein Wagen auf den Schloßhof rollte. Fünfzehn Minuten später richtete er sich nach abgeschlossener Untersuchung der Leiche auf und wandte sich den beiden Hausangestellten zu, die auf der Schwelle der Schlafzimmertür stehengeblieben waren.

»Madame ist tot«, erklärte er mit zitternder Stimme. »Ihr Genick ist gebrochen. Wir müssen den Gendarmen holen.«

Gendarm Caillou war ein Mann von Methode. Er wußte, welcher Ernst seiner Aufgabe, den Arm des Gesetzes zu verkörpern, zukam und wie wichtig es war, alle Tatsachen klarzustellen. Nachdem man sich an den Küchentisch gesetzt hatte, nahm er die Aussagen Ernestines, Louisons und Dr. Mathieus zu Protokoll.

»Es besteht kein Zweifel«, sagte er, als der Doktor seine Erklärung unterschrieben hatte, »daß ein Mord begangen wurde. Verdächtig ist in erster Linie offenkundig der blonde Engländer, der sich hier aufgehalten hat und mit Madames Wagen davongefahren ist. Ich werde die Sache sofort dem Hauptquartier in Egletons melden.«

Und er radelte den Hügel hinunter ins Dorf zurück.

Um 18 Uhr 30 rief Claude Lebel Kommissar Valentin aus Paris an.

»*Alors*, Valentin?«

»Noch nichts«, antwortete Valentin. »Seit dem späten Vormittag haben wir alle Straßen und Wege, die aus der Gegend herausführen, blockiert. Er muß noch im Sperrgebiet sein, es sei denn, er ist sehr weit gekommen, nachdem er den Wagen stehengelassen hat. Dieser dreimal verfluchte Taxifahrer, der ihn am Freitag gefahren hat, ist noch immer nicht aufgetaucht. Ich habe Streifen losgeschickt, damit sie die Straßen in der Umgebung nach ihm absuchen – Augenblick mal, eben kommt gerade eine neue Meldung.«

Lebel konnte Valentin mit jemandem im Hintergrund reden hören, der sehr schnell sprach. Dann meldete sich Valentins Stimme wieder am Apparat.

»Himmelherrgott, was wird denn hier nur gespielt? Es ist ein Mord passiert.«

»Wo?« fragte Lebel mit sofort erwachtem Interesse.

»Auf einem Schloß in der Umgebung. Die Meldung ist gerade eben vom Dorfpolizisten durchgegeben worden.«

»Wer ist das Opfer?«

»Die Schloßherrin. Warten Sie — eine Baronin de la Chalonnière.«

Caron sah Lebel blaß werden.

»Valentin, hören Sie zu. Das war er. Ist er schon aus dem Schloß entkommen?«

Wieder gab es eine kurze Beratung im Polizeikommissariat von Egletons.

»Ja«, sagte Valentin dann. »Er ist heute morgen im Wagen der Baronin weggefahren. Ein kleiner Renault. Der Gärtner hat die Leiche gefunden, aber erst heute nachmittag. Er hatte gedacht, die Baronin schliefe noch. Dann ist er durchs Fenster geklettert und hat sie entdeckt.«

»Haben Sie die polizeilichen Kennzeichen und die Beschreibung des Wagens?« fragte Lebel.

»Ja.«

»Dann geben Sie Großalarm. Zur Geheimhaltung besteht keine Notwendigkeit mehr. Jetzt machen wir regelrecht Jagd auf einen Mörder. Ich werde sofort Alarm für das gesamte Staatsgebiet auslösen lassen. Aber versuchen Sie unbedingt, die Spur noch in der Nähe des Tatorts aufzunehmen, wenn Sie irgend können. Sehen Sie zu, daß Sie auf jeden Fall seine generelle Fluchtrichtung feststellen.«

»Wird gemacht. Jetzt können wir richtig loslegen.«

Lebel hängte ein.

»Mein Gott, ich werde alt. Der Name der Baronin stand auf der Gästeliste des Hôtel du Cerf für die Nacht, die der Schakal dort verbracht hat.«

Der Renault wurde von einem Verkehrspolizisten um 19 Uhr 30 in

Tulle in einer Nebenstraße entdeckt. Es war 19 Uhr 45, als er sich im Kommissariat zurückmeldete, und 19 Uhr 55, als Tulle sich mit Valentin in Verbindung setzte. Um 20 Uhr 05 rief der Kommissar der Auvergne Lebel an.

»Etwa fünfhundert Meter vom Bahnhof entfernt«, berichtete er.

»Haben Sie einen Fahrplan zur Hand?«

»Ja, es müßte hier irgendwo einer vorhanden sein.«

»Um welche Zeit ist der Morgenzug nach Paris von Tulle abgefahren, und wann kommt er an der Gare d'Austerlitz an? Beeilen Sie sich, Mann! Um Gottes willen, beeilen Sie sich!«

Am anderen Ende der Leitung fand ein hastiger Disput statt.

»Nur zwei Züge täglich«, sagte Valentin. »Der Morgenzug ging um 11 Uhr 50 von Tulle ab und ist in Paris um — Augenblick, das werden wir gleich haben —, um 20 Uhr 10...«

Lebel ließ Tulle in der Leitung hängen. Er rief Caron zu, rasch mitzukommen, und stürzte zur Tür hinaus.

Pünktlich auf die Minute dampfte der 20-Uhr-10-Expreß in die Halle der Gare d'Austerlitz. Er war kaum zum Stillstand gekommen, als den ganzen glitzernden Zug entlang auch schon die Türen aufgestoßen wurden und die Reisenden auf den Bahnsteig strömten, um dort von wartenden Verwandten und Freunden begrüßt zu werden oder den Torbogen zuzustreben, die aus der Wandelhalle zu den Taxis führten. Zu ihnen zählte auch ein hochgewachsener, grauhaariger Geistlicher in steifem, weißem Kragen. Er erreichte den Taxistand als einer der ersten und verstaute seine drei Gepäckstücke im Fond eines Mercedes-Benz-Diesel.

Der Fahrer schaltete die Uhr ein und fuhr langsam die abschüssige Auffahrt hinunter, die in einem halbkreisförmigen Bogen auf das Ausfahrttor zuführte. Chauffeur und Fahrgast fiel ein wehklagender Heulton auf, der das Stimmgewirr der Reisenden, die sich eines Taxis zu bemächtigen versuchten, bevor sie an der Reihe waren, teils untermalte, teils übertönte. Als das Taxi die Straße erreicht hatte und kurz anhielt, bevor es in den Verkehr einscherte, brausten drei Streifenwagen und zwei geschlossene Mannschaftswagen durch das Einfahrtstor und stoppten vor dem Haupteingang des Bahnhofs.

»Na, die Brüder sind ja wieder ganz schön in Fahrt heute abend«, sagte der Taxifahrer. »Wohin soll's denn gehen, *Monsieur l'Abbé?*«

Der Geistliche nannte ihm die Adresse eines kleinen Hotels am Quai des Grands Augustins.

Um 21 Uhr war Claude Lebel wieder in seinem Büro, wo er einen Zettel mit der Nachricht vorfand, daß Kommissar Valentin vom Kommissariat in Tulle um seinen Rückruf bäte. In fünf Minuten war die Verbindung hergestellt. Während Valentin berichtete, machte sich Lebel Notizen.

»Haben Sie Fingerabdrücke am Wagen abgenommen?« fragte er.

»Selbstverständlich. Auch im Schloß, in dem Zimmer. Hunderte von Abdrücke, alle übereinstimmend.«

»Schaffen Sie sie so rasch wie möglich her.«

»Wird gemacht. Wollen Sie, daß ich Ihnen auch den CRS-Mann vom Bahnhof in Tulle hinaufschicke?«

»Nein, nicht nötig. Mehr, als er uns bereits gesagt hat, wird er ohnehin nicht zu berichten haben. Vielen Dank für alles, Valentin. Sie können Ihre Leute nach Hause schicken. Er ist jetzt in unserem Bereich. Wir werden die Sache von hier aus handhaben.«

»Sind Sie sicher, daß es der dänische Geistliche ist?« fragte Valentin. »Es könnte auch eine zufällige Übereinstimmung sein.«

»Nein«, sagte Lebel, »er ist es, verlassen Sie sich darauf. Er hat einen seiner Koffer weggeworfen. Wahrscheinlich werden Sie ihn irgendwo zwischen La Haute Chalonnière und Tulle auffinden. Achten Sie besonders auf die Flüsse und die Schluchten. Aber die anderen drei Gepäckstücke stimmen allzu genau mit der Beschreibung überein. Er ist es garantiert.«

»Ein Pfaffe also diesmal«, bemerkte er bitter zu Caron, als er den Hörer aufgelegt hatte. »Ein dänischer Geistlicher. Name unbekannt, der CRS-Mann konnte sich nicht mehr erinnern, was im Paß stand. Der menschliche Faktor, immer wieder der menschliche Faktor. Ein Taxifahrer schläft am Straßenrand ein, ein Gärtner ist zu ängstlich, um nachzusehen, warum seine Arbeitgeberin sechs Stunden verschläft, ein Polizeibeamter weiß nicht mehr, auf welchen Namen ein Paß ausgestellt war. Eines kann ich Ihnen sagen, Lucien, dies ist mein letzter

Fall. Ich werde alt. Alt und langsam. Lassen Sie meinen Wagen vorfahren, ja? Es ist mal wieder Zeit für die Abendvorstellung.«

Die Besprechung im Ministerium verlief in einer gespannten, ja gereizten Atmosphäre. Vierzig Minuten lang lauschten die Konferenzteilnehmer Lebels Bericht, der die Verfolgung der Spur von der Waldlichtung im Département Corrèze nach Egletons, von der Unauffindbarkeit des Taxichauffeurs als des wichtigsten Zeugen, über den Mord im Schloß bis zu dem hochgewachsenen, grauhaarigen dänischen Geistlichen, der in Tulle den Expreßzug nach Paris bestieg, Phase für Phase schilderte.

»Kurz und gut«, erklärte Saint Clair eisig, als Lebel geendet hatte, »der Killer ist jetzt in Paris, unter einem neuen Namen und mit einem neuen Gesicht. Sie scheinen wiederum versagt zu haben, mein lieber Kommissar.«

»Heben wir uns die gegenseitigen Anschuldigungen und Vorwürfe für später auf, meine Herren«, schaltete sich der Minister ein. »Wie viele Dänen übernachten heute in Paris?«

»Vermutlich einige hundert, *Monsieur le Ministre*.«

»Können wir sie überprüfen?«

»Erst morgen früh, wenn die Meldeformulare in die Präfektur gebracht werden«, antwortete Lebel.

»Ich werde veranlassen, daß jedes Hotel um Mitternacht, um 2 und um 4 Uhr morgens kontrolliert wird«, erklärte der Polizeipräfekt. »Als Beruf wird er in der entsprechenden Spalte ›Pastor‹ angeben müssen, wenn er den Hotelportier nicht mißtrauisch machen will.«

Die Mienen der Konferenzteilnehmer hellten sich auf.

»Er wird vermutlich einen Schal über seinem Priesterkragen tragen oder ihn abnehmen und sich als ›Mister Soundso‹ eintragen«, bemerkte Lebel. Mehrere Herren bedachten ihn mit ärgerlichen Blicken.

»Angesichts dieser Situation scheint nur eines noch übrigzubleiben, meine Herren«, sagte der Minister. »Ich werde den Präsidenten um eine weitere Unterredung ersuchen und ihn dringend bitten, jedwedes Erscheinen in der Öffentlichkeit absagen zu lassen, bis dieser Mann aufgespürt und dingfest gemacht worden ist. Inzwischen wird morgen in aller Frühe jeder in Paris registrierte Däne persönlich über-

prüft werden. Kann ich mich, was das betrifft, auf Sie verlassen, Kommissar? — Und Sie, *Monsieur le Préfet de Police?*«
Lebel und Papon nickten.
»Das wäre dann wohl alles, meine Herren.«

»Was mich wirklich ärgert«, sagte Lebel, als er wieder in seinem Büro war, zu Caron, »ist, daß sie nicht von der Meinung abzubringen sind, es läge alles bloß an seinem Glück und an unserer Dummheit. Nun ja, Glück hat er in der Tat gehabt, aber er ist auch teuflisch schlau. Und wir haben viel Pech gehabt und auch manchen Fehler gemacht. Ich habe sie gemacht. Aber da ist noch etwas. Zweimal haben wir ihn nur um Stunden verfehlt. Einmal ist er uns in Gap im letzten Augenblick in einem übermalten Wagen entwischt. Jetzt bringt er seine Geliebte um und verschwindet wenige Stunden, nachdem der Alfa gefunden wird, aus dem Schloß. Und beide Male hatte ich am Abend zuvor den Teilnehmern der Besprechung im Ministerium erklärt, wir hätten ihn so gut wie gefaßt und mit seiner Verhaftung könne innerhalb der nächsten zwölf Stunden gerechnet werden. Lucien, mein Lieber, ich glaube, ich komme nicht drumherum, von meinen uneingeschränkten Machtbefugnissen Gebrauch zu machen und einen kleinen Telephonabhördienst einzurichten.«

Er lehnte sich ans Fensterbrett und blickte über die gemächlich dahinfließende Seine hinweg zum Quartier Latin hinüber, dessen strahlende Lichter sich im Wasser spiegelten.

Dreihundert Meter von ihm entfernt stand ein anderer Mann am offenen Fenster und starrte nachdenklich in die sommerliche Nacht hinaus und zu dem wuchtigen Gebäudekomplex der Police Judiciaire hinüber, der sich vor den angestrahlten Türmen von Notre-Dame dunkel abzeichnete. Der Mann trug schwarze Beinkleider und Schuhe sowie einen seidenen Rollkragenpullover, der sein darunter befindliches weißes Hemd und das schwarze Plastron bedeckte. Er rauchte eine englische King-Size-Filterzigarette, und sein junges Gesicht kontrastierte auffallend mit dem eisgrauen Haarschopf, der es krönte.

Während die beiden Männer einander über das Wasser der Seine hinweg nichtsahnend anblickten, begannen die Pariser Kirchenglocken den 22. August einzuläuten.

Dritter Teil

Das Ende

Neunzehntes Kapitel

Claude Lebel verbrachte eine schlechte Nacht. Gegen halb zwei — er war gerade eingeschlafen — rüttelte Caron ihn wach.
»Entschuldigen Sie, Chef, aber mir kommt gerade eine Idee. Dieser Schakal — also der hat doch einen dänischen Paß, nicht wahr?«
Lebel nickte.
»Nun, den muß er schließlich von irgendwoher bekommen haben. Entweder ist er gefälscht, oder er hat ihn gestohlen. Und da der Gebrauch dieses Passes für ihn mit einem Wechsel der Haarfarbe verbunden war, scheint er ihn gestohlen zu haben.«
»Läßt sich hören. Weiter.«
»Abgesehen von der im Juli unternommenen Erkundungsreise nach Paris war er die ganze Zeit in London. Die Wahrscheinlichkeit spricht demnach dafür, daß er ihn in einer der beiden Städte gestohlen hat. Und was macht ein Däne, wenn ihm sein Paß abhanden gekommen oder gestohlen worden ist? Ganz klar — er geht auf sein Konsulat.«
Lebel schlug die Decke zurück und stand vom Feldbett auf.
»Manchmal, mein lieber Lucien, habe ich das Gefühl, daß Sie es noch weit bringen werden. Verbinden Sie mich mit Superintendent Thomas in seiner Privatwohnung und dann mit dem dänischen Generalkonsul in Paris. In dieser Reihenfolge.«
Die nächste Stunde verbrachte er damit, beide Herren telephonisch dazu zu überreden, aufzustehen und sich in ihre diesbezüglichen Büros zu begeben. Er selbst legte sich gegen 3 Uhr morgens wieder aufs Feldbett. Um vier weckte ihn ein Anruf der Polizeipräfektur, der ihn davon unterrichtete, daß mehr als neunhundertachtzig von dänischen Besuchern ausgefüllte Meldeformulare um Mitternacht und um 2 Uhr morgens eingesammelt worden waren und gegenwärtig nach den Gesichtspunkten »dringend verdächtig«, »verdächtig« und »sonstige« sortiert wurden.
Um sechs — er war noch immer wach und trank gerade Kaffee, um es auch zu bleiben — riefen die Fernmeldeingenieure von der DST an, denen er kurz nach Mitternacht seine Weisungen erteilt hatte. Ein aufschlußreiches Gespräch war von ihnen abgehört worden. Er nahm

einen Wagen und fuhr mit Caron durch die frühmorgendlichen Straßen ins Hauptquartier der DST. In einem im Keller des Gebäudes untergebrachten Fernmeldelabor hörten sie sich eine Bandaufnahme an.

Sie begann mit einem lauten Klicken, dem eine Anzahl schwirrender Geräusche, die klangen, als wähle jemand eine siebenstellige Nummer, dann der Summton der Telephonklingel und schließlich das Klicken, mit dem der Hörer abgenommen wurde, folgten.

Eine heisere Stimme sagte: »*Allo?*«

Eine weibliche Stimme sagte: »*Ici Jacqueline.*«

Die Männerstimme antwortete: »*Ici Valmy.*«

Die Frau sagte: »Sie wissen, daß er als dänischer Geistlicher getarnt ist. Sie überprüfen im Lauf der Nacht die Meldeformulare aller Dänen und sammeln die Anmeldungen um 12, 2 und 4 Uhr in den Hotels ein. Anschließend werden sie jeden einzelnen Dänen vernehmen.«

Ein paar Sekunden herrschte Schweigen. Dann sagte der Mann: »*Merci*«. Er hängte ein und die Frau ebenfalls.

Lebel starrte auf die langsam rotierende Bandspule.

»Sie wissen die Nummer, die sie angerufen hat?« fragte er den Ingenieur.

»Ja. Wir können es aufgrund der Zeit errechnen, welche die Wählscheibe braucht, um sich auf Null zurückzudrehen. Die Nummer war MOLITOR 5901.«

»Haben Sie die Adresse?«

Der Mann reichte ihm einen Zettel. Lebel warf einen Blick darauf.

»Kommen Sie, Lucien. Wir wollen Monsieur Valmy einen Besuch abstatten.«

Um 7 Uhr pochte es an die Wohnungstür. Der Schulmeister kochte sich gerade einen Kaffee. Er runzelte die Stirn, drehte die Gasflamme kleiner und ging quer durchs Wohnzimmer zur Tür, um zu öffnen. Vier Männer standen ihm gegenüber. Er wußte, wer sie waren und was sie wollten, ohne daß man es ihm hätte sagen müssen. Die beiden Polizisten in Uniform sahen aus, als würden sie sich gleich auf ihn stürzen, aber der freundlich dreinblickende kleine Mann bedeutete ihnen mit einem Wink, sich nicht einzumischen.

»Wir haben Ihr Telephon abgehört«, sagte er. »Sie sind Valmy.«

Dem Schulmeister war keinerlei Gefühlsregung anzumerken. Er wich einen Schritt zurück und ließ die vier eintreten.

»Darf ich mich anziehen?« fragte er.

»Ja, selbstverständlich.«

Er brauchte nur wenige Minuten, um sich unter den Augen der beiden uniformierten Polizeibeamten Hemd und Hose überzuziehen; den Pyjama hatte er darunter anbehalten.

Der junge Beamte in Zivil war im Türrahmen stehengeblieben, während der ältere in der Wohnung umherging und die überall aufgeschichteten Stöße von Büchern und Zeitschriften in Augenschein nahm.

»Es wird eine Ewigkeit dauern, bis alles dies hier durchgesehen und aufgenommen ist, Lucien«, sagte er. Der junge Mann im Türrahmen nickte.

»Ist, Gott sei Dank, nicht Sache unserer Abteilung.«

»Sind Sie soweit?« fragte der kleine Mann den Schulmeister.

»Ja.«

»Dann bringen Sie ihn zum Wagen hinunter.«

Der Kommissar blieb allein in der Wohnung zurück, nachdem Valmy abgeführt worden war, und blätterte in den Papieren, an denen der Schulmeister offenbar am Abend zuvor gearbeitet hatte. Es waren jedoch alles korrigierte Schulaufgaben. Der Mann schien vorwiegend von zu Hause aus operiert zu haben; er würde den ganzen Tag in der Wohnung verbleiben müssen, um das Telephon zu bedienen, falls der Schakal sich meldete. Es war zehn Minuten nach sieben, als es klingelte. Lebel starrte den Apparat ein paar Sekunden lang unschlüssig an. Dann streckte er die Hand aus und nahm den Hörer ab.

»*Allo?*«

»*Ici Chacal.*«

Lebel überlegte verzweifelt.

»*Ici Valmy*«, sagte er. Es entstand eine Pause. Ihm fiel nichts ein, was er sonst noch hätte sagen können.

»Was gibt es Neues?« fragte die Stimme am anderen Ende der Leitung.

»Nichts. Sie haben die Spur in Corrèze verloren.«

Seine Stirn hatte sich mit feinem Schweiß bedeckt. Alles hing davon ab, daß der Mann noch ein paar Stunden länger dort blieb, wo er jetzt war. Es klickte in der Leitung, und dann war nichts mehr zu hören. Lebel legte den Hörer auf und rannte die Treppe hinunter zum Wagen, der vor dem Haus auf ihn wartete.

»Zurück in mein Büro«, rief er dem Fahrer zu.

Der Schakal stand in der Telephonzelle im Foyer eines kleinen Hotels am Seineufer und starrte konsterniert durchs Glasfenster hinaus. Nichts? Sie mußten den Taxifahrer in Egletons vernommen und die Spur von dort nach Haute Chalonnière verfolgt haben. Sie mußten die Leiche im Schloß entdeckt und den verschwundenen Renault aufgefunden haben. Sie mußten...

Er verließ die Telephonzelle und durchquerte mit langen Schritten das Foyer.

»Meine Rechnung, bitte«, rief er dem Empfangschef im Vorbeigehen zu. »Ich bin in fünf Minuten wieder unten.«

Der Anruf von Superintendent Thomas kam um 7 Uhr 30, als Lebel gerade sein Büro betrat.

»Tut mir leid, daß es so lange gedauert hat«, sagte der britische Detektiv. »Ich habe Stunden gebraucht, um die dänischen Konsularbeamten wach zu kriegen und dazu zu bewegen, in ihr Büro zurückzukehren. Sie hatten vollkommen recht. Am 14. Juli hat ein dänischer Pastor den Verlust seines Passes gemeldet. Er vermutete, daß er ihm aus seinem Hotelzimmer im Londoner Westend gestohlen wurde, konnte es aber nicht beweisen. Zur Erleichterung des Hotelmanagers hat er keine Beschwerde eingelegt. Name: Pastor Per Jensen, wohnhaft in Kopenhagen. Personenbeschreibung: einsachtzig groß, Augen blau, Haar grau.«

»Das ist er. Danke, Superintendent.« Lebel hängte ein. »Verbinden Sie mich mit der Präfektur«, rief er Caron zu.

Um 8 Uhr 30 hielten vier geschlossene Mannschaftswagen vor dem

Hotel am Quai des Grands Augustins. Die Polizeibeamten durchstöberten Zimmer 37, bis es aussah, als sei es von einem Taifun verwüstet worden.

»Tut mir leid, *Monsieur le Commissaire*«, erklärte der Besitzer dem übernächtigt aussehenden Detektiv, der die Razzia leitete. »Pastor Jensen ist vor einer Stunde abgereist.«

Der Schakal hatte ein Taxi angehalten und sich zur Gare d'Austerlitz, an der er gestern angekommen war, zurückfahren lassen, weil sich die Suche nach ihm inzwischen auf einen anderen Stadtteil konzentriert haben würde. Er gab den Koffer, in dem sich das Gewehr, der Militärmantel und die anderen Bekleidungsstücke des fiktiven Franzosen André Martin befanden, in der Gepäckaufbewahrung ab und behielt lediglich den Koffer mit der Kleidung und den Papieren des amerikanischen Studenten Marty Schulberg sowie die Reisetasche, in die er die zum Make-up benötigten Artikel gesteckt hatte, bei sich.

Mit diesen beiden Gepäckstücken und noch immer im schwarzen Anzug — unter dem er jedoch einen Rollkragenpullover trug, der den steifen weißen Kragen und das schwarze Plastron verdeckte —, betrat er ein schäbiges kleines Hotel gleich um die Ecke vom Bahnhof. Der Portier ließ ihn das Meldeformular selbst ausfüllen und war zu träge, die Eintragungen, wie es die Vorschrift bestimmte, mit den Angaben im Paß zu vergleichen.

Oben in seinem Zimmer begann der Schakal sofort, sich Gesicht und Haar herzurichten. Der graue Farbton wurde mit Hilfe eines Lösemittels herausgewaschen und das jetzt wieder blonde Haar kastanienbraun gefärbt. Die blauen Kontaktlinsen brauchten nicht entfernt zu werden, aber die goldgeränderte Brille wurde durch eine schwere Hornbrille ersetzt. Die schwarzen Schuhe, die Socken, das Hemd, das Plastron und der Anzug des Geistlichen wanderten zusammen mit dem Paß von Pastor Jensen aus Kopenhagen in den Koffer. Statt dessen zog er die Socken, die Jeans, das T-Shirt, die Sneakers und die Windjacke des amerikanischen College-Boys aus Syracuse im Staat New York an.

Gegen 11 Uhr war er zum Aufbruch bereit. In der linken Brusttasche seiner Windjacke steckte der Paß des Amerikaners, in der rechten ein Packen französischer Banknoten. Den Koffer mit den Sachen Pastor Jensens stellte er in den Garderobenschrank, den Schrankschlüssel warf er in den Abfluß des Bidets. Er verließ das Hotel über die Feuerleiter und gab die Reisetasche wenige Minuten später in der Gepäckaufbewahrung der Gare d'Austerlitz ab. Den Gepäckschein steckte er zu dem des Koffers in seine Gesäßtasche und machte sich auf den Weg. Er nahm ein Taxi, ließ sich zur Ecke des Boulevard Saint-Michel und der rue de la Huchette fahren und tauchte in den engen Gassen des vorwiegend von Studenten und anderen jungen Leuten bewohnten Quartier Latin unter.

Als er in einer verrauchten Gastwirtschaft an einem der hinteren Tische Platz gefunden hatte, um ein billiges Mittagessen einzunehmen, begann er sich zu fragen, wo er die Nacht verbringen würde. Er bezweifelte nicht, daß seine Rolle als Pastor Jensen von Lebel inzwischen aufgedeckt worden war, und gab Marty Schulberg nicht mehr als vierundzwanzig Stunden.

Verfluchter Hund, dieser Lebel, dachte er wütend, lächelte jedoch sofort, als die Kellnerin ihm strahlend die Karte reichte.

»Danke, Honey.«

Um 10 Uhr setzte sich Lebel nochmals mit Thomas in Verbindung. Seine Bitte entlockte diesem ein leises Stöhnen, aber er gab die Zusage, daß er alles tun würde, was in seiner Macht stünde.

Als das Gespräch beendet war, bestellte Thomas den dienstältesten Inspektor, der in der vergangenen Woche in die Fahndung eingeschaltet gewesen war, zu sich.

»Setzen Sie sich«, sagte er. »Die Franzmänner haben sich nochmals gemeldet. Er scheint ihnen wiederum entwischt zu sein. Jetzt ist er irgendwo in Paris, und sie befürchten, daß er eine weitere falsche Identität parat hat. Wir beide werden der Reihe nach alle hiesigen Konsulate anrufen und um eine Liste sämtlicher Pässe bitten, die seit dem 1. Juli von Ausländern als verloren oder gestohlen gemeldet wurden. Die Konsulate afrikanischer und asiatischer Staaten können Sie auslassen. Beschränken Sie sich auf die europäischen und amerikanischen Länder und nehmen Sie noch Australien und

Südafrika hinzu. In jedem einzelnen Fall muß die Körpergröße des Paßinhabers aufgenommen werden. Alle Männer über einssiebzig sind verdächtig. Los geht's!«

Die tägliche Besprechung im Ministerium war auf 14 Uhr vorverlegt worden.
    Lebel erstattete wie immer in seiner nüchtern-monotonen Weise Bericht. Die Reaktion der Konferenzteilnehmer war alles andere als freundlich.
    »Verflucht!« rief der Minister mitten im Vortrag aus. »Der Hund hat aber auch wirklich teuflisches Glück!«
    »Nein, *Monsieur le Ministre*, das hat nichts mit Glück zu tun. Oder doch nur sehr wenig. Er ist laufend über unsere Maßnahmen informiert worden — in jeder Phase. Das ist auch der Grund, weshalb er Gap in solcher Eile verlassen hat und sich nach dem Mord an der Frau in La Haute Chalonnière gerade noch rechtzeitig, bevor das Netz sich um ihn zusammenzog, aus dem Staub machen konnte.
    Abend für Abend habe ich in diesem Kreis über den jeweiligen Stand der Ermittlungen referiert. Dreimal standen wir kurz davor, ihn zu fassen. Heute morgen war es die Verhaftung Valmys und meine Unfähigkeit, Valmys Stimme am Telephon zu imitieren, die ihn veranlaßte, das Hotel überstürzt zu verlassen und eine andere Identität anzunehmen. Aber in den beiden anderen Fällen ist er am frühen Morgen, nachdem ich dieser Versammlung Bericht erstattet hatte, gewarnt worden.«
    Eisiges Schweigen herrschte in dem Konferenzzimmer.
    »Ich glaube mich zu erinnern«, bemerkte der Minister schließlich in spürbar befremdeten Tonfall, »daß Sie schon einmal etwas Derartiges erwähnten. Ich hoffe, Sie können das begründen, Kommissar.«
    Statt zu antworten, stellte Lebel ein batteriebetriebenes Tonbandgerät auf den Tisch und betätigte den Startknopf. In dem Schweigen, das im Konferenzraum herrschte, klangen die Stimmen der mitgeschnittenen telephonischen Unterhaltung metallisch und harsch. Als das Gespräch beendet war, starrten alle Konferenzteilnehmer das

auf dem Tisch stehende Gerät an. Oberst Saint Clair war aschgrau geworden, und seine Hände zitterten leicht, als er seine Papiere zusammenraffte.

»Wessen Stimme war das?« fragte der Minister schließlich.

Lebel schwieg. Saint Clair erhob sich zögernd, und aller Blicke richteten sich auf ihn.

»Ich bedaure, Ihnen sagen zu müssen, *Monsieur le Ministre*, daß es die Stimme einer — einer Freundin von mir war. Sie wohnt gegenwärtig bei mir... Verzeihen Sie.«

Er verließ das Konferenzzimmer, um in den Elysée-Palast zurückzukehren und seinen Abschied einzureichen. Rings um den Tisch starrten die Zurückgebliebenen auf ihre Hände.

»Alsdann, Kommissar«, ließ sich die jetzt wieder ganz ruhige Stimme des Ministers vernehmen, »fahren Sie bitte fort.«

Lebel berichtete weiter und erwähnte seine an Superintendent Thomas in London gerichtete Bitte, jeden dort in den letzten fünfzig Tagen gemeldeten Paßdiebstahl oder -verlust zu überprüfen.

»Ich hoffe«, schloß er, »noch heute abend eine kurze Liste mit vermutlich nicht mehr als zwei, drei Fällen zu erhalten, die auf die Beschreibung passen, welche wir vom Schakal haben. Sobald ich sie in Händen halte, werde ich die Behörden der Heimatländer dieser Touristen, denen in London der Paß abhanden gekommen ist, um Photos der Betreffenden bitten. Denn wir können sicher sein, daß der Schakal inzwischen nicht mehr wie Calthrop oder Duggan oder Jensen aussieht, sondern so, wie es seine neue Identität erfordert. Wenn alles klappt, habe ich morgen mittag die Photos.«

»Ich meinerseits«, sagte der Minister, »kann Ihnen von der Unterredung berichten, die ich mit Präsident de Gaulle hatte. Er hat sich rundheraus geweigert, von seinem Programm für die nächsten Tage auch nur im geringsten abzugehen und sich auf diese Weise der Gefahr, die ihm droht, zu entziehen. Das war, ehrlich gesagt, kaum anders zu erwarten. In einem Punkt habe ich den Staatspräsidenten jedoch zu einer Konzession bewegen können. Das strikte Gebot der Geheimhaltung wurde, zumindest in dieser Hinsicht, aufgehoben.

Der Schakal ist jetzt ein regulärer Mörder. Er hat die Baronin de la Chalonnière bei einem Einbruch, der ihrem Schmuck galt, auf ihrem Schloß umgebracht. Es wird vermutet, daß er nach Paris geflohen ist und sich dort verborgen hält. Haben wir uns verstanden, meine Herren?

Das ist es, was wir der Presse gegenüber rechtzeitig zur Veröffentlichung in den Nachmittagsblättern, zumindest aber den Spätausgaben, verlautbaren werden. Sie, Kommissar, sind ermächtigt, die Presse, sobald Sie sich, was seine neue Identität oder die Wahl zwischen zwei, drei möglichen Identitäten betrifft, mit denen er sich jetzt tarnt, ganz sicher sind, diesen Namen oder diese Namen zu nennen. Das ermöglicht es den Morgenblättern, die Story mit einem neuen Aufhänger zu aktualisieren.

Wenn das Photo von dem bedauernswerten Touristen, der in London seinen Paß verloren hat, morgen vormittag eintrifft, können Sie es den Abendzeitungen, dem Rundfunk und dem Fernsehen für die zweite Folge der Mörderjagd-Story freigeben. Unabhängig davon wird jeder Polizeibeamte und jeder CRS-Mann in Paris, sobald wir einen Namen wissen, auf der Straße patrouillieren und sich von jedem Passanten, der ihm in den Weg kommt, die Ausweispapiere zeigen lassen.«

Der Polizeipräfekt, der Chef des CRS und der Direktor der PJ machten sich eifrig Notizen. Der Minister faßte zusammen:

»Die DST wird, unterstützt von den RG, jeden ihr als Sympathisanten der OAS bekannten Staatsbürger eingehend überprüfen. Ist das klar?«

Die Chefs der DST und der RG nickten lebhaft.

»Die Police Judiciaire wird jeden ihr verfügbaren Detektiv von der Aufgabe, mit der er gegenwärtig befaßt ist, abziehen und auf die Mörderjagd ansetzen.«

Max Fernet, Leiter der PJ, nickte.

»Was den Elysée-Palast selbst betrifft, so werde ich eine vollständige Liste aller Reisen, Exkursionen und öffentlichen Veranstaltungen anfordern, die der Präsident in nächster Zeit plant, selbst wenn er seinerseits über die zu seinem Schutz getroffenen zusätzlichen Maßnahmen im einzelnen nicht unterrichtet sein sollte. Kommissar

Ducret, ich kann mich doch darauf verlassen, daß die präsidiale Sicherungsgruppe die Person des Präsidenten hermetischer denn je abriegelt?«

Jean Ducret, Chef der persönlichen Sicherungsgruppe de Gaulles, neigte den Kopf.

»Soviel mir bekannt ist, unterhält die Brigade Criminelle« — der Minister sah zu Kommissar Bouvier hinüber — »zahlreiche Kontakte mit der Unterwelt. Sie muß sie allesamt aktivieren und ihre Verbindungsleute anweisen, die Augen nach diesem Mann offenzuhalten, dessen Name und Personenbeschreibung ihnen noch bekanntgegeben werden. In Ordnung?«

Maurice Bouvier nickte mißvergnügt. Insgeheim war er beunruhigt. Er hatte im Lauf der Jahre nicht wenige Verbrecherjagden miterlebt, aber diese nahm gigantische Ausmaße an. In dem Augenblick, wo Lebel einen Namen und eine Paßnummer bekanntgab, würden nahezu hunderttausend Mann, von den Sicherheitskräften bis zu den Mitgliedern der Unterwelt, die Straßen, Hotels, Bars und Restaurants von Paris nach einem einzigen Mann absuchen.

»Gibt es noch irgendeine Informationsquelle, die ich übersehen habe?« fragte der Minister.

Oberst Rolland warf erst General Guibaud und dann Kommissar Bouvier einen raschen Blick zu. Er hüstelte.

»Nun, da ist natürlich noch die *Union Corse.*«

General Guibaud betrachtete angelegentlich seine Fingerspitzen. Bouvier sah Rolland entsetzt an. Die Mehrzahl der anderen Konferenzteilnehmer blickte betreten drein. Die Korsische Union, welche die Nachfahren der »Brüder von Ajaccio« und »Söhne der Vendetta« in der Bruderschaft der Korsen vereinigte, war und ist auch heute noch das größte Syndikat des organisierten Verbrechens in Frankreich. Schon damals kontrollierte sie Marseille und die Côte d'Azur. Von nicht wenigen Kennern wurde die Union für älter und gefährlicher gehalten als die Mafia. Da sie nicht wie diese zu Beginn unseres Jahrhunderts nach Amerika hatte emigrieren müssen, war es ihr gelungen, die Publizität zu vermeiden, die das Wort »Mafia« seither in der ganzen Welt zu einem Begriff werden ließ.

Zweimal bereits hatte sich der Gaullismus mit der Union verbündet und die Partnerschaft beide Male als nützlich, aber auch ungemein lästig empfunden. Denn die Union pflegte stets ein Entgelt zu fordern, zumeist in Form einer Lockerung der polizeilichen Kontrolle ihrer illegalen geschäftlichen Unternehmungen. Die Union hatte den Alliierten 1944 bei der Landung in Südfrankreich geholfen und seither Marseille und Toulon vollständig kontrolliert. Sie hatte den Gaullisten im Kampf gegen die algerischen Siedler und nach dem April 1961 gegen die OAS Beistand geleistet und als Gegenleistung ihre Fühler weit nach Norden und bis nach Paris hinein ausgestreckt.

Maurice Bouvier hatte ihre kriminelle Energie als Polizeibeamter hassen gelernt, aber es war ihm bekannt, daß Rollands Aktionsdienst die Korsen in beträchtlichem Ausmaß für seine Zwecke einspannte.

»Meinen Sie, daß sie uns weiterhelfen können?« fragte der Minister.

»Wenn der Schakal so ausgekocht ist, wie er uns geschildert wird«, entgegnete Rolland, »würde ich annehmen, daß, wenn es überhaupt jemand fertigbekommt, ihn in Paris aufzuspüren, dies nur die Union schaffen kann.«

»Wie viele Mitglieder hat sie in Paris?« fragte der Minister zweifelnd.

»Etwa achtzigtausend. Einige sind bei der Polizei, andere beim Zoll, beim CRS oder beim Geheimdienst — und wieder andere gehören natürlich zur Unterwelt. Und die sind organisiert.«

»Schalten Sie sie ein«, sagte der Minister.

Weitere Vorschläge wurden nicht gemacht.

»Also, das wäre es dann für heute. Kommissar Lebel, alles, was wir von Ihnen wollen, ist ein Name, eine Personenbeschreibung und eine Photographie. Danach gebe ich ihm höchstens noch sechs Stunden, die er auf freiem Fuß ist.«

»Genaugenommen haben wir noch drei Tage«, sagte Lebel, der längere Zeit gedankenverloren aus dem Fenster gestarrt hatte. Seine Zuhörer schauten ihn perplex an.

»Woher wollen Sie das wissen?« fragte Max Fernet.

Lebel blinzelte mehrmals ganz rasch.

»Ich muß um Entschuldigung bitten. Es war schon sehr dumm von mir, das nicht eher zu erkennen. Seit einer Woche ist mir klar, daß der Schakal einen Plan besitzt und den Tag für die Ermordung des Präsidenten längst bestimmt hat. Warum hat er sich, als er Gap verließ, nicht sofort als Pastor Jensen verkleidet? Warum ist er nicht nach Valence gefahren und hat gleich den Expreßzug nach Paris genommen? Warum hat er sich, nachdem er nach Frankreich eingereist war, noch eine ganze Woche lang die Zeit vertrieben?«

»Nun, warum?« fragte jemand.

»Weil er sich für einen bestimmten Tag entschieden hat«, sagte Lebel. »Er weiß, wann er losschlagen wird. Kommissar Ducret, hat der Präsident heute, morgen oder am Samstag irgendwelche Verpflichtungen außerhalb des Palastes?«

Ducret schüttelte den Kopf.

»Und was ist für Sonntag, den 25. August, vorgesehen?« fragte Lebel.

Rund um den langen Tisch war ein Seufzen vernehmbar, das klang, als sei ein Windstoß in ein Getreidefeld gefahren.

»Der Befreiungstag natürlich«, rief der Minister aus. »Und das Verrückte an der Sache ist, daß die meisten von uns jenen Tag, den Tag der Befreiung von Paris, 1944 mit ihm zusammen erlebt haben.«

»Genau«, sagte Lebel. »Er ist wahrhaftig kein schlechter Psychologe, unser Schakal. Er weiß, daß es einen Tag im Jahr gibt, den General de Gaulle niemals irgendwo anders als in Paris verbringen wird. Es ist sozusagen sein großer Tag. Und dieser Tag ist es, auf den der Mörder gewartet hat.«

»In dem Fall«, erklärte der Minister zuversichtlich, »haben wir ihn. Ohne seine Informationsquelle findet er keinen Winkel in ganz Paris, wo er sich verstecken könnte, keine Gemeinschaft von Parisern, die ihm, und sei es unwissentlich, Unterschlupf und Schutz gewähren würde. Wir haben ihn. Kommissar Lebel, nennen Sie uns den Namen dieses Mannes.«

Claude Lebel stand auf und ging zur Tür. Die anderen erhoben sich ebenfalls und waren im Begriff, sich zum Essen zu begeben.

»Oh, sagen Sie mir doch eines«, rief der Minister Lebel nach. »Wie sind Sie eigentlich darauf gekommen, das Telephon in Oberst Saint Clairs Privatwohnung abzuhören?«

»Ich bin nicht darauf gekommen«, sagte er, »und habe deswegen gestern nacht bei Ihnen allen das Telephon anzapfen lassen. Guten Tag, meine Herren.«

Am gleichen Nachmittag um 5 Uhr kam der Schakal, als er, eine dunkle Brille, wie sie hier jedermann trug, vor den Augen, bei einem Glas Bier auf einer Caféterrasse an der Place de l'Odéon saß, die rettende Idee. Er verdankte sie dem Anblick zweier Männer, die auf dem Bürgersteig vorüberschlenderten. Er zahlte sein Bier, stand auf und ging. Hundert Meter weiter fand er, was er suchte — einen Schönheitssalon für Damen. Er betrat den Laden und tätigte ein paar Einkäufe.

Um sechs änderten die Abendzeitungen ihre Schlagzeilen. Die Spätausgaben trugen in fetten Balken die Überschrift: »*Assassin de la Belle Baronne se rufugie à Paris*«. Darunter prangte ein vor fünf Jahren auf einer Party in Paris aufgenommenes Photo der Baronin de la Chalonnière. Es war im Archiv einer Bildagentur ausgegraben worden, und alle Blätter brachten das gleiche Photo.

Mit einem Exemplar des »France-Soir« unter dem Arm betrat Oberst Rolland um 18 Uhr 30 ein kleines Café nahe der rue Washington. Der Barmann mit dem blauschwarzen Schimmer auf Kinnlade und Wangen sah ihn scharf an und nickte dann einem anderen Mann im hinteren Teil des Cafés zu.

Der zweite Mann kam herangeschlendert und trat auf Rolland zu.

»Oberst Rolland?«

Der Chef des Aktionsdienstes nickte.

»Bitte folgen Sie mir.«

Er führte den Oberst durch die Hintertür des Cafés und über eine Treppe in ein kleines Wohnzimmer im ersten Stock hinauf, das vermutlich zu den Privaträumen des Cafébesitzers zählte. Er klopfte, und eine Stimme rief: »*Entrez.*«

Als sich die Tür hinter ihm schloß, drückte Rolland die ausgestreckte Hand des Mannes, der sich aus einem Sessel erhoben hatte.

»Oberst Rolland? *Enchanté.* Ich bin der Capu der *Union Corse.* Ich höre, daß Sie einen bestimmten Mann suchen...«

Es war 20 Uhr, als Lebel der Anruf aus London durchgestellt wurde. Superintendent Thomas' Stimme klang müde.

Es war kein leichter Tag für ihn gewesen. Einige Konsulate hatten sich entgegenkommend gezeigt, andere in der Zusammenarbeit als ungemein schwierig erwiesen.

Von Frauen, Negern, Asiaten und Männern unter einssiebzig abgesehen, waren in den letzten fünfzig Tagen insgesamt acht ausländischen Touristen die Pässe in London abhanden gekommen oder gestohlen worden, berichtete er. Sorgfältig hatte er sich die Namen, die Paßnummern und Personenbeschreibungen der Betreffenden notiert.

»Lassen Sie uns zunächst diejenigen eliminieren, die nicht in Frage kommen«, schlug er Lebel vor. »Drei haben ihren Paß zu einem Zeitpunkt verloren, zu dem der Schakal, alias Duggan, nachweislich nicht in London war. Wir haben Flugbuchungen und Schiffspassagen ebenfalls bis zum 1. Juli einschließlich überprüft. Offenbar ist er am 18. Juli mit der Abendmaschine nach Kopenhagen geflogen. Laut BEA hat er in Brüssel an ihrem Schalter für ein Ticket bar gezahlt und am 6. August abends die Maschine zurück nach England genommen.«

»Ja, das dürfte stimmen«, sagte Lebel. »Wir haben festgestellt, daß er auf dieser Reise auch in Paris gewesen ist. Vom 22. bis zum 31. Juli.«

»Als er weg war«, sagte Thomas, »sind also drei Pässe gestohlen oder verloren worden. Die können wir ausschließen, ja?«

»Ja«, sagte Lebel.

»Von den übrigen fünf Paßinhabern ist einer extrem groß — mehr als sechs Fuß sechs Zoll, das heißt also in Ihrer Sprache über zwei Meter. Abgesehen davon ist er Italiener und seine Größe daher im Paß in Zentimetern angegeben. Jeder französische Zollbeamte würde es lesen können und den Unterschied sofort bemerken, es sei denn, der Schakal ginge auf Stelzen.«

»Sie haben recht, das muß ja ein Riese gewesen sein. Der Mann kommt nicht in Frage. Was ist mit den anderen vier?«

»Tja, der eine ist enorm dick, wiegt zweihundertzweiundvierzig Pfund, fast zweieinhalb Zentner also. Der Schakal müßte seinen Anzug so auswattieren, daß er kaum noch darin gehen könnte.«

»Kann also ebenfalls ausgeschlossen werden«, sagte Lebel. »Wer sonst noch?«

»Einer ist Norweger, der andere Amerikaner«, sagte Thomas. »Auf beide paßt die Beschreibung. Hochgewachsen, breitschultrig, zwischen zwanzig und fünfzig. Zwei Dinge sprechen dagegen, daß der Norweger Ihr Mann sein könnte. Zum einen ist er blond, und ich glaube nicht, daß der Schakal, nachdem er als Duggan aufgeflogen ist, zu seiner eigenen Haarfarbe zurückkehren würde. Damit sähe er Duggan allzu ähnlich. Zum anderen hat der Norweger seinem Konsul gemeldet, der Paß müsse ihm abhanden gekommen sein, als er bei einer Bootsfahrt mit seiner Freundin auf dem Serpentine-Teich im Hyde Park in voller Kleidung ins Wasser gefallen sei. Er schwört, daß der Paß in seiner Brusttasche gesteckt habe, als er hineinfiel, und nicht mehr drin war, als er fünfzehn Minuten später an Land kletterte. Der Amerikaner dagegen hat gegenüber der Polizei im Londoner Flughafen unter Eid erklärt, daß ihm seine Reisetasche mit dem darin befindlichen Paß gestohlen wurde, als er in der Haupthalle nur einmal kurz in eine andere Richtung schaute. Was meinen Sie?«

»Schicken Sie mir rasch alle Angaben über den Amerikaner. Ich lasse mir sein Photo vom Paßamt in Washington kommen. Und seien Sie nochmals für Ihre Unterstützung bedankt.«

Am gleichen Tag fand abends um 10 Uhr eine zweite Sitzung statt. Es war die bisher kürzeste. Eine Stunde zuvor hatten alle Abteilungen des Staatssicherheitsapparats bereits Photokopien mit der genauen Personenbeschreibung des wegen Mordes gesuchten Amerikaners Marty Schulberg erhalten. Eine Photographie hoffte man noch vor dem nächsten Morgen zu erhalten, rechtzeitig für die ersten Ausgaben der Abendblätter, die um 10 Uhr vormittags an den Kiosken erschienen.

Der Minister erhob sich.

»Meine Herren, als wir uns das erstemal hier zusammensetzten, schlossen wir uns Kommissar Bouviers Auffassung an, daß die Identifizierung des unter dem Decknamen ›Der Schakal‹ bekannten Mörders im wesentlichen die Aufgabe eines Detektivs sei. In der Rückschau erweist sich nun, wie richtig diese Einschätzung gewesen war. Wir können von Glück sagen, daß wir in den vergangenen zehn Tagen über die Dienste Kommissar Lebels verfügten. Ungeachtet des dreimaligen Wechsels der Identität des Mörders, von Calthrop zu Duggan, von Duggan zu Jensen und von Jensen zu Schulberg, und trotz des fortgesetzten Geheimnisverrats, der in diesem Raum seinen Ausgang nahm, ist es gelungen, den gesuchten Mann zu identifizieren und ihn innerhalb der Stadtgrenzen von Paris zu lokalisieren. Wir schulden ihm Dank.« Er verneigte sich leicht vor Lebel, der verlegen dreinblickte.

»Jetzt aber«, fuhr der Minister fort, »ist die Reihe an uns. Wir wissen seinen Namen, haben seine Personenbeschreibung, und seine Paßnummer sowie seine Nationalität sind uns ebenfalls bekannt. In wenigen Stunden werden wir auch sein Photo haben. Ich bin zuversichtlich, daß wir den Mann mit Hilfe der Ihnen zur Verfügung stehenden Mittel und Kräfte rasch fassen. Schon jetzt ist jeder Polizeibeamte in Paris, jeder CRS-Mann und jeder Detektiv unterrichtet. Noch vor dem Morgengrauen, spätestens aber ab morgen mittag wird der Gesuchte sich nirgendwo mehr verborgen halten können.

Und nun lassen Sie mich Ihnen nochmals danken, Kommissar Lebel, und Sie von der schweren Bürde befreien, die Ihnen mit dieser Ermittlung auferlegt war. In den kommenden Stunden werden wir nicht mehr auf Ihre unschätzbare Hilfe angewiesen sein. Ihre Arbeit ist getan, und gut getan. Ich danke Ihnen.«

Er wartete geduldig. Lebel blinzelte rasch ein paarmal und stand auf. Er nickte der Versammlung mächtiger Männer, die über Tausende von Untergebenen und Millionen Francs zu bestimmen hatten, kurz zu. Sie erwiderten seinen Gruß mit einem freundlichen Lächeln. Er wandte sich um und verließ den Raum.

Zum erstenmal seit zehn Tagen ging Kommissar Lebel zum Schlafen nach Hause. Als er den Schlüssel ins Schloß steckte und von seiner Frau die ersten Vorwürfe zu hören bekam, schlug es Mitternacht, und der 23. August war gekommen.

Zwanzigstes Kapitel

Eine Stunde vor Mitternacht betrat der Schakal die Bar. Sie war so dunkel, daß er ein paar Sekunden lang weder die Ausmaße noch die Form des Raums abzuschätzen vermochte. Linkerhand erstreckte sich die Theke vor einer erleuchteten Reihe von Spiegeln und Flaschen. Als die Tür sich hinter ihm schloß, starrte ihn der Barmixer mit unverhohlener Neugier an.

Der Raum war schlauchartig eng und entlang der rechten Wand mit kleinen Tischen ausgestattet. Jenseits der Bar erweiterte er sich zu einem Salon, und dort gab es größere Tische, an denen vier oder sechs Personen Platz finden konnten. Längs der Theke stand eine Anzahl Barhocker. Die meisten Stühle und Barhocker waren von der Stammkundschaft besetzt.

Die Unterhaltung an den Tischen nahe der Tür war verstummt, während die Gäste den Schakal musterten, und die plötzliche Stille dehnte sich rasch bis in die Tiefe des Raums aus, als den etwas weiter entfernt sitzenden Kunden die Blicke ihrer Begleiter auffielen und sie sich ihrerseits umdrehten, um die athletische Gestalt an der Tür in Augenschein zu nehmen. Ein paar geflüsterte Bemerkungen wurden ausgetauscht, hier und dort war kokettes Kichern und leises Lachen vernehmbar. Der Schakal erspähte einen freien Barhocker und drängte sich zwischen der Theke zur Linken und der Reihe kleiner Tische zur Rechten hindurch, um darauf Platz zu nehmen. Das erregte Getuschel in seinem Rücken entging ihm nicht.

»*Oh, regarde-moi ça!* Diese Muskeln! Darüber könnte ich glatt den Verstand verlieren.«

Der Barmixer eilte vom anderen Ende der Theke herbei, um seine Order entgegenzunehmen und ihn näher betrachten zu können. Seine karminroten Lippen verzogen sich zu einem koketten Lächeln. »*Bon soir — monsieur.*«

Hinter dem Schakal wurde mehrstimmiges Prusten und Kichern laut.

»*Donnez-moi un Scotch.*«

Der Barmixer tänzelte entzückt davon. Ein Mann, ein Mann, ein echter Mann! Oh, was für ein tolles Gerangel das heute abend noch geben würde! Er konnte die *petites folles* im hinteren Raum der Bar bereits ihre Krallen schärfen sehen. Die meisten warteten auf ihre »festen« Freier, aber einige waren nicht verabredet und daher »noch zu haben«. Dieser neue Junge würde gewiß Furore machen, dachte der Barmixer.

Der Gast, der unmittelbar neben dem Schakal an der Bar saß, wandte sich ihm zu und betrachtete ihn mit offenkundiger Neugierde. Sein Haar war metallischgolden getönt und wie bei jungen griechischen Göttern auf einem antiken Fries in sorgfältig gedrehten Löckchen in die Stirn gekämmt. Damit jedoch endete die Ähnlichkeit auch schon. Die Augen waren blau untermalt, die Lippen korallenfarben und die Wangen gepudert. Aber das Make-up konnte die scharfen Gesichtsfalten des alternden Lüstlings nicht überdecken, und den Ausdruck nackter Gier in seinen Augen milderte auch die Wimperntusche nicht.

»*Tu m' invites?*« fragte er kokett lispelnd.

Der Schakal schüttelte den Kopf. Achselzuckend wandte sich der Transvestit wieder seinem Gefährten zu. Unter Piepslauten vorgetäuschten Erschreckens setzten sie mit vielem Getuschel ihre Unterhaltung fort. Der Schakal hatte seine Windjacke ausgezogen, und als er jetzt nach dem Drink griff, den ihm der Barmixer servierte, spielte seine Schulter- und Rückenmuskulatur unter dem engen T-Shirt.

Kurz vor Mitternacht begannen die Freier aufzukreuzen. Sie nahmen an den hinteren Tischen Platz, musterten die Umsitzenden und winkten wiederholt den Barmixer zu sich heran, um sich flüsternd mit ihm zu beraten. Dann kehrte er hinter die Theke zurück und gab einer der »Damen« einen Wink.

»Monsieur Pierre möchte sich mit dir unterhalten, Liebste. Sei ein bißchen nett zu ihm und heule, um Gottes willen, nicht gleich los wie das letztemal.«

Der Schakal traf seine Wahl kurz nach Mitternacht. Zwei der Männer im hinteren Teil der Bar schauten seit einiger Zeit zu ihm herüber. Sie saßen an verschiedenen Tischen und warfen einander zwischendurch giftige Blicke zu. Beide waren sie mittleren Alters; der eine war feist und hatte winzig kleine, in konzentrische Fettpolster gebettete Augen und Speckfalten im Nacken, die ihm über den Kragen quollen. Der andere war dürr, wirkte elegant, hatte den Hals eines Geiers und eine ausgedehnte Glatze unter den quer über den Schädel geklebten spärlichen Haarsträhnen. Er trug einen vorzüglich geschneiderten Anzug mit engen Hosenbeinen und einer Jacke, aus deren Ärmel spitzenbesetzte Manschetten hervorschauten. Um den Geierhals hatte er ein locker geknotetes Foulardtuch geschlungen. Wird sicher was mit Kunst, mit Mode oder Haarmode zu tun haben, schätzte der Schakal.

Der Feiste gab dem Barmixer einen Wink und flüsterte ihm etwas ins Ohr. Der Barmixer ließ den ihm zugesteckten Geldschein in der Gesäßtasche seiner engsitzenden Hose verschwinden und kehrte zur Theke zurück.

»Der Monsieur möchte fragen, ob du ein Glas Champagner mit ihm trinken würdest«, flüsterte er dem Schakal schelmisch lächelnd zu.

Der Schakal setzte sein Whiskyglas ab.

»Bestellen Sie dem Monsieur«, sagte er laut genug, um es alle Umsitzenden hören zu lassen, »daß ich ihn abstoßend finde.«

Entsetzt schnappten die in der Nähe befindlichen »Damen« nach Luft, und einige der zierlichen jungen Männer stiegen von ihren Barhockern und traten näher herzu, um sich nur ja kein Wort entgehen zu lassen. Der Barmixer riß erschrocken die Augen auf. »Er lädt dich zum Champagner ein, Süßer. Wir kennen ihn, er ist steinreich. Du hast einen Haupttreffer erzielt.«

Statt zu antworten, nahm der Schakal sein Glas, verließ seinen Platz an der Bar und schlenderte zu dem alten Beau hinüber.

»Erlauben Sie, daß ich mich zu Ihnen setze?« fragte er. »Man belästigt mich.«

Der kunstvoll Hergerichtete fühlte sich so geschmeichelt, daß ihm fast die Sinne zu schwinden drohten. Ein paar Minuten später brach der Feiste auf und verließ beleidigt das Lokal, während sein Rivale, die magere alte Hand lässig auf die des jungen Amerikaners an seinem Tisch gelegt, seinem neuen Freund bestätigte, wie unmöglich die Manieren gewisser Leute seien.

Der Schakal und sein Begleiter verließen die Bar nach 1 Uhr. Ein paar Minuten zuvor hatte der besorgte väterliche Freund, dessen Name Jules Bernard war, seinen Schützling gefragt, wo er wohne, und dieser ihm verschämt gestanden, daß er keine Unterkunft habe und überdies völlig pleite sei. Was Bernard betraf, so wagte er seinem Glück kaum zu trauen. Das träfe sich gut, erklärte er seinem jungen Freund. Er nämlich besäße eine schöne Wohnung, hübsch eingerichtet und wundervoll ruhig gelegen. Er lebe allein, niemand störe seinen Frieden, und mit den Nachbarn im Haus vermeide er jeden Kontakt, denn er habe in dieser Beziehung schlechte Erfahrungen gemacht. Er wäre entzückt, wenn Jung Martin für die Dauer seines Pariser Aufenthaltes bei ihm wohnen würde. Unter eindringlichen Beteuerungen überschwenglicher Dankbarkeit hatte der Schakal die Einladung angenommen. Unmittelbar bevor sie aufbrachen, war er rasch auf die Toilette (es gab nur eine) gegangen und wenige Minuten später mit dick untermalten Augen, gepuderten Wangen und karminrotgefärbten Lippen zurückgekehrt. Bernard hatte ganz entsetzt dreingeblickt, aber nichts gesagt, solange sie sich in der Bar befanden.

»In dieser Aufmachung solltest du nicht herumlaufen«, protestierte er, als sie auf die Straße hinaustraten. »Du siehst damit aus wie all die anderen gräßlichen Pupen da drinnen. Du bist ein sehr gut aussehender Junge und hast es nicht nötig, dir das Zeug ins Gesicht zu schmieren.«

»Tut mir leid, Jules. Ich dachte, du fändest mich hübscher so. Wenn wir nach Hause kommen, wische ich es mir gleich ab.«

Wieder versöhnt, führte Bernard den Schakal zu seinem Wagen. Er erklärte sich bereit, seinen neuen Freund zunächst zur Gare d'Austerlitz zu fahren, damit er sein Gepäck abholte, bevor sie in Bernards Wohnung gingen. An der ersten Kreuzung wurden sie von einem Polizisten gestoppt. Als der Beamte sich zum linken Vorderfenster hinunterbeugte, knipste der Schakal die Innenbeleuchtung an. Der Polizist starrte sechzig Sekunden lang entgeistert in den Wagen und zog dann angewidert den Kopf zurück.

»*Allez*«, befahl er, ohne die Insassen eines weiteren Blicks zu würdigen, und murmelte: »*Sales pédés*«, als der Wagen anfuhr.

Kurz vor dem Bahnhof wurden sie nochmals angehalten und zum Vorweisen ihrer Papiere aufgefordert. Der Schakal kicherte verführerisch.

»Ist das alles, was ihr wollt?« fragte er schelmisch.

»Macht, daß ihr weiterkommt«, sagte der Polizist und trat zur Seite.

»Provoziere sie doch nicht so«, warnte ihn Bernard *sotto voce*. »Du bringst uns noch ins Gefängnis.«

Der Schakal löste seinen Koffer und die Reisetasche am Gepäckschalter aus, ohne dabei Schlimmerem als dem verächtlichen Blick des diensttuenden Beamten zu begegnen, und verstaute beide Gepäckstücke im Kofferraum des Wagens.

Auf der Fahrt zu Bernards Wohnung wurden sie wiederum angehalten. Diesmal waren es zwei CRS-Männer, ein Sergeant und ein Gemeiner, die wenige hundert Meter vor dem Haus, in dem Bernard wohnte, auf einer Straßenkreuzung standen und die Ausweise aller Fahrzeuginhaber kontrollierten. Der Gemeine trat an das rechte Fenster, blickte dem Schakal ins Gesicht und zuckte zurück.

»Oh, mein Gott. Wohin wollt denn ihr zwei beiden?«

»Na, was glaubst du wohl, Süßer?«

Der CRS-Mann verzog angewidert das Gesicht.

»Schiebt ab, ihr geilen Pupen! Los, weiterfahren.«

»Sie hätten sie nach ihren Ausweispapieren fragen sollen«, hielt ihm der Sergeant vor, als der Wagen sich entfernte.

»Aber Sergeant«, winkte der Gemeine ab, »wir suchen nach einem Burschen, der eine Baronin erst um und dumm gevögelt und dann totgeschlagen hat — und nicht nach zwei schwulen Tunten.«

Um 2 Uhr morgens betraten Bernard und der Schakal die Wohnung. Der Schakal bestand darauf, im Wohnzimmer auf der Couch zu schlafen, und Bernard erhob keine Einwände, wenngleich er es nicht lassen konnte, durch die Schlafzimmertür zu spähen, als der junge Amerikaner sich auszog. Es würde offenkundig einer geduldigen, aber konsequenten Taktik bedürfen, um den durchtrainierten Studenten aus dem Staat New York zu verführen. In der Nacht sah sich der Schakal in der mit weibisch-betulichem Geschmack dekorierten, im übrigen aber hochmodern eingerichteten Küche um und inspizierte die Lebensmittelvorräte im Kühlschrank. Er kam zu dem Schluß, daß sich eine Person mit den vorhandenen Lebensmitteln drei Tage lang ernähren konnte; für zwei reichten sie jedoch nicht. Am Morgen wollte Bernard frische Milch holen, aber der Schakal beharrte darauf, daß er es vorziehe, seinen Kaffee mit Dosenmilch zu trinken. So verbrachten sie den Vormittag in der Wohnung. Der Schakal schaltete den Fernseher ein, um die Mittagssendung des Nachrichtendienstes zu sehen.

Die erste Meldung betraf die Jagd nach dem Mörder der Baronin de la Chalonnière, deren Leiche vor achtundvierzig Stunden aufgefunden worden war. Jules Bernard schrie entsetzt auf.

»Uuuh, Brutalität kann ich nicht ertragen«, erklärte er.

Im nächsten Augenblick erschien in Großaufnahme ein Gesicht auf dem Bildschirm: ein gutgeschnittenes junges Gesicht mit kastanienbraunem Haar und Hornbrille. Wie der Nachrichtensprecher sagte, handelte es sich um das des Mörders, eines amerikanischen Studenten namens Marty Schulberg. Hatte irgend jemand diesen Mann gesehen oder Kenntnis von seinem gegenwärtigen Aufenthaltsort erlangt? Sachdienliche Hinweise nahm jedes Polizeikommissariat entgegen...

Bernard, der auf dem Sofa saß, drehte sich um und blickte auf. Sein letzter Gedanke war, daß der Sprecher sich geirrt haben mußte, denn er hatte gesagt, Schulbergs Augen seien blau. Aber die auf ihn hinunterstarrenden Augen über den stählernen Fingern, die ihm die Kehle zudrückten, waren grau...

Wenige Minuten später schloß der Schakal den eingebauten Garderobenschrank in der Diele, hinter dessen Tür Jules Bernard mit gebrochenen Augen, verzerrten Gesichtszügen und heraushängender Zunge ins Dunkel starrte. Der Schakal richtete sich auf eine zweitägige Wartezeit ein, nahm ein Magazin aus dem Zeitschriftenständer im Wohnzimmer und machte es sich bequem.

In diesen zwei Tagen wurde ganz Paris gründlicher durchkämmt als je zuvor in seiner Geschichte. Jedes Hotel, vom elegantesten und teuersten bis hinunter zur schäbigsten Absteige, wurde von Polizeibeamten aufgesucht; jede Gästeliste wurde überprüft; jede Pension, jedes Boardinghouse, jede Herberge Zimmer für Zimmer durchsucht. Bars, Restaurants, Nachtklubs, Kabaretts und Cafés wurden von Razzien heimgesucht, bei denen Detektive Kellnern, Barmixern und Rausschmeißern das Photo des Gesuchten vorhielten. Die Häuser und Wohnungen aller polizeinotorischen OAS-Sympathisanten wurden durchsucht. Man sistierte mehr als siebzig junge Männer, die unleugbar eine gewisse Ähnlichkeit mit dem Mörder aufwiesen, um sie nach langwierigen Verhören mit den in solchen Fällen üblichen Entschuldigungen wieder freizulassen — und das auch nur, weil sie allesamt Ausländer waren und Ausländer höflicher behandelt werden mußten als Einheimische. Auf den Straßen, in Taxis und Bussen wurden Hunderttausende zum Vorweisen ihrer Papiere aufgefordert, auf allen Ausfallstraßen Sperren errichtet und Nachtvögel alle fünfhundert Meter angehalten und nach dem Ausweis befragt.

In der Unterwelt waren die Korsen auf ihre Weise tätig. Sie tauchten in den Schlupfwinkeln der Zuhälter, Prostituierten, Taschendiebe, Strolche, Schwindler und Hehler auf und ließen keinen Zweifel daran, daß jeder, der Informationen verschwieg, mit unnachsichtigen Strafmaßnahmen von seiten der Union zu rechnen hatte.

Vom ranghöchsten Kriminaldirektor über den altgedienten Landgendarmen bis zum einfachsten Soldaten hatte der Staat insgesamt hunderttausend Mann aufgeboten. Die auf fünfzigtausend Mitglieder geschätzte Unterwelt behielt alle in ihren Gefilden auftauchenden neuen Gesichter im Auge. Wer nächtens oder bei Tag in der Fremdenverkehrsindustrie tätig war, wurde zur Wachsamkeit angehalten. Jugendlich aussehende Detektive unterwanderten Debattierklubs, studentische Vereinigungen und Gruppen aller Schattierungen. Agenturen, die Adressen für Austauschstudenten vermittelten, wurden aufgesucht und zur Mitarbeit vergattert.

Am 24. August bekam Claude Lebel, der in seiner alten Strickjacke und geflickten Hosen in seinem Garten gewerkelt hatte, spätnachmittags einen Anruf aus dem Innenministerium. Der Minister bestellte ihn zu einer Unterredung in sein privates Arbeitszimmer. Um 18 Uhr holte ihn ein Wagen ab.

Lebel bekam einen Schreck, als er den Minister sah. Der dynamische Chef des gesamten französischen Sicherheitsapparats wirkte müde und abgespannt. Er schien innerhalb der letzten achtundvierzig Stunden merklich gealtert zu sein, und um die Augen hatte der Mangel an Schlaf viele feine Linien eingezeichnet. Er forderte Lebel auf, in dem Sessel vor seinem Schreibtisch Platz zu nehmen, und setzte sich seinerseits auf den Drehstuhl, von dem er sonst gern mit einer halben Wendung nach links auf die Place Beauvau hinausblickte. Heute freilich schaute er kein einziges Mal aus dem Fenster.

»Wir können ihn nicht finden«, sagte er unvermittelt. »Er ist verschwunden, wie vom Erdboden verschluckt. Wir sind überzeugt, daß die OAS-Leute ebensowenig wie wir wissen, wo er ist. In der Unterwelt hat man ihn auch nicht gesichtet. Die *Union Corse* hält es für ausgeschlossen, daß er noch in der Stadt ist.«

Er schwieg, seufzte und richtete den Blick auf den ihm gegenübersitzenden kleinen Detektiv, der mehrmals blinzelte, aber nichts sagte.

»Ich glaube, wir haben uns nie richtig klargemacht, was für ein Mann das ist, den Sie da die letzten beiden Wochen hindurch verfolgt haben. Was meinen Sie?«

»Er ist hier, irgendwo«, sagte Lebel. »Was ist für morgen vorgesehen?«

Der Minister sah aus, als leide er körperliche Schmerzen. »Der Präsident weigert sich, das vorgesehene Programm für die nächsten Tage auch nur im geringsten abzuändern. Ich habe heute morgen mit ihm gesprochen. Er war höchst ungehalten. Also bleibt es morgen bei dem bereits veröffentlichten Veranstaltungsprogramm. Um 10 Uhr wird er die Ewige Flamme unter dem Arc de Triomphe neu entfachen, um elf die Heilige Messe in Notre-Dame besuchen, um 12 Uhr 30 in Montvalérien vor dem Schrein der Märtyrer der Résistance stille Einkehr halten und anschließend zum Lunch in den Elysée-Palast zurückfahren. Nach dem Mittagsschlaf folgt am Nachmittag noch eine weitere Veranstaltung — die Überreichung der *Médailles de la Libération* an zehn Veteranen der Widerstandsbewegung, deren Verdienste um die Sache der Résistance damit eine späte Anerkennung erfahren sollen.

Das wird sich um 16 Uhr auf dem Platz vor der Gare Montparnasse abspielen. Er hat den Ort selbst ausgesucht. Wie Sie wissen, haben die Ausschachtungsarbeiten für den neuen Bahnhof, der fünfhundert Meter vom alten entfernt gebaut wird, bereits begonnen. Wo jetzt noch die Bahnhofsgebäude stehen, soll ein Geschäftshochhaus nebst Shopping-Center errichtet werden. Wenn die Bauarbeiten nach Plan verlaufen, dürfte dies der letzte Befreiungstag sein, an dem die Fassade des alten Bahnhofs noch steht.«

»Welche Sicherungs- und Absperrungsmaßnahmen sind vorgesehen?« fragte Lebel.

»Nun, mit dieser Frage haben wir uns alle gemeinsam ausgiebig befaßt. Die Menge soll bei sämtlichen Kundgebungen sehr viel weiter als bisher üblich vom Schauplatz der jeweiligen Zeremonie entfernt bleiben. Einige Stunden vor Beginn jeder Veranstaltung werden zunächst die Sperrgitter errichtet und dann innerhalb des abgeriegelten Gebiets alle Häuser und Hinterhäuser von oben bis unten durchsucht, Torwege und Innenhöfe inspiziert und selbst die Gullys in Augenschein genommen. Vor und während der Feierlichkeiten postieren wir auf jedem benachbarten Dach bewaffnete Beobachter, die die gegenüberliegenden Dächer und Fenster ständig im Auge behalten. Außer den Kabinettsmitgliedern, den Mitgliedern des Senats und der Deputiertenkammer sowie natürlich den unmittelbaren Teilnehmern an den Feierlichkeiten darf niemand die Absperrung passieren.

Wir haben diesmal außerordentlich weitgehende Sicherheitsvorkehrungen getroffen. Selbst die Gesimse sowohl im Kirchenschiff als auch an der Außenfront von Notre-Dame werden bis unters Dach und zwischen den Türmen mit Polizeibeamten besetzt sein.

Sämtliche Priester, die an der Messe teilnehmen, sollen auf Waffen durchsucht werden, desgleichen die Meßdiener und Chorknaben. Für den Fall, daß er sich als Sicherheitsbeamter tarnen sollte, werden bei Morgengrauen besondere Abzeichen an alle Polizei- und CRS-Kräfte ausgegeben.

In den letzten vierundzwanzig Stunden ist der Citroën, in dem der Präsident fahren wird, heimlich mit kugelsicheren Scheiben ausgerüstet worden. Ich muß Sie übrigens bitten, hierüber kein Sterbenswörtchen verlauten zu lassen. Der Präsident darf davon nichts wissen. Er wäre außer sich, wenn es ihm zu Ohren käme. Wie immer wird Marroux ihn fahren, und er ist angewiesen, ein rascheres Tempo als sonst zu nehmen, für den Fall, daß unser Freund versuchen sollte, auf den fahrenden Wagen zu schießen. Ducret hat ein Aufgebot besonders hochgewachsener Offiziere und Beamter mobilisiert, die sich, ohne daß es dem General auffällt, möglichst eng um ihn scharen werden.

Unabhängig davon soll ausnahmslos jeder, der sich ihm auf zweihundert Meter nähert, durchsucht werden. Das wird uns todsicher Ärger mit dem Diplomatischen Corps einbringen, und die Presse droht bereits mit einem Aufstand. Sämtliche Presse- und Diplomatenausweise werden morgen in aller Frühe überraschend gegen neue ausgetauscht, damit sich der Schakal nicht unter diese Leute schmuggeln kann. Überflüssig zu sagen, daß die Polizei angewiesen ist, jeden, der mit einem Paket oder einem länglichen Gegenstand unter dem Arm angetroffen wird, sofort abzuführen. Nun, Kommissar, haben Sie darüber hinaus irgendwelche Vorschläge zu machen?«

Lebel überlegte einen Augenblick, wobei er wie ein Schuljunge, der sich seinem Direktor gegenüber zu rechtfertigen sucht, seine Hände abwechselnd rieb und zwischen die Knie steckte. In der Tat empfand er als Polizeibeamter, der sich von unten heraufgedient und sein Leben damit verbracht hatte, Gesetzesbrecher zur Strecke zu bringen, indem er seine Augen ein bißchen weiter aufsperrte als andere Leute, manche Errungenschaften der Fünften Republik durchaus eindrucksvoll.

»Ich glaube nicht«, sagte er schließlich, »daß er das Risiko eingehen wird, eventuell selbst bei der Sache draufzugehen. Er ist ein Söldner, er tötet für Geld. Er will mit heiler Haut davonkommen und sein Geld genießen. Und er hat seinen Plan bis ins Einzelne ausgearbeitet, als er in der letzten Juliwoche auf seiner Erkundungsreise hier war. Wenn er die Erfolgschancen seines Vorhabens oder die Fluchtmöglichkeiten auch nur im geringsten bezweifelte, wäre er längst aus der Sache ausgestiegen.

Er muß also noch irgend etwas *in petto* haben. Er konnte von selbst darauf kommen, daß es einen Tag im Jahr gibt — den Tag der Befreiung —, an welchem es dem General der eigene Stolz, gleichgültig, welche Gefahr für sein Leben damit verbunden sein mag, strikt verbietet, zu Hause zu bleiben.

Er dürfte sich auch darüber im klaren sein, daß die Sicherungsmaßnahmen, besonders seit uns seine Anwesenheit zur Kenntnis gelangt ist, so sehr verstärkt worden sind, wie Sie, *Monsieur le Ministre*, es soeben geschildert haben. Und doch hat er nicht aufgegeben.«

Lebel stand auf und begann höchst protokollwidrig im Arbeitszimmer des Ministers auf und ab zu gehen, während er in seinen Überlegungen fortfuhr:

»Er hat nicht aufgegeben. Und er wird auch nicht aufgeben. Warum? Weil er überzeugt ist, daß er seinen Auftrag erledigen und mit heiler Haut davonkommen kann. Folglich muß er auf irgendeine Möglichkeit verfallen sein, an die noch niemand gedacht hat. Vielleicht eine Bombe, die durch Fernzündung zur Explosion gebracht wird, oder ein entsprechendes Gewehr. Aber eine Bombe kann zu leicht entdeckt werden, und damit wäre das Vorhaben gescheitert. Also ist es eine Schußwaffe. Deswegen mußte er im Wagen nach Frankreich einreisen. Das Gewehr war im Wagen, vermutlich ans Chassis geschweißt oder irgendwie in der Auskleidung der Karosserie versteckt.«

»Aber mit einem Gewehr kommt er doch nie an de Gaulle heran!« rief der Minister aus. »Niemand wird in seine Nähe gelassen, außer einigen wenigen ausgesuchten Leuten, und die werden vorher auf Waffen durchsucht. Wie sollte ein Mann mit einem Gewehr jemals durch die Absperrung kommen?«

Lebel unterbrach seine Wanderung durchs Zimmer und blieb vor dem Schreibtisch des Ministers stehen. Er zuckte mit den Achseln.

»Ich weiß es nicht. Aber er ist überzeugt, daß er es kann, und bislang hat er recht behalten, obwohl er einiges Pech gehabt hat — aber auch einiges Glück. Obwohl er von zwei der besten Polizeiapparate der Welt ausgemacht und gejagt wurde, ist er hier. Mit einem Gewehr, in einem Schlupfwinkel, womöglich mit einem wieder anderen Gesicht und mit einer weiteren Identitätskarte. Eines ist sicher, *Monsieur le Ministre*. Wo immer er auch ist, morgen muß er auftauchen. Und sobald er das tut, muß er als das erkannt werden, was er ist. Da gibt's nur noch eins — die alte Detektivregel, daß man die Augen offenhalten muß. Mehr, *Monsieur le Ministre*, habe ich, was die Sicherheitsvorkehrungen betrifft, nicht vorzuschlagen. Sie scheinen mir in der Tat umfassend, ja überwältigend zu sein. Ich kann Sie nur bitten, mich bei jeder der Veranstaltungen umherstreifen und versuchen zu lassen, ob ich ihn entdecke. Das ist alles, was jetzt noch übrigbleibt.«

Der Minister war enttäuscht. Er hatte auf irgendeine Eingebung, eine brillante Idee des Detektivs gehofft, der von Bouvier noch vor vierzehn Tagen als der beste in ganz Frankreich bezeichnet worden war. Und dieser Mann wußte ihm nichts anderes zu sagen, als daß er die Augen aufhalten müsse. Der Minister erhob sich.

»Aber selbstverständlich«, sagte er kalt. »Bitte tun Sie das, *Monsieur le Commissaire.*«

Später am gleichen Abend begann der Schakal in Jules Bernards Schlafzimmer mit seinen Vorbereitungen. Neben die ausgetretenen schwarzen Schuhe hatte er die grauen Wollsocken, die Hose und das kragenlose Hemd, den langen Militärmantel mit einer Reihe angehefteter Orden und Medaillen sowie das schwarze *beret* des Kriegsveteranen André Martin auf das Bett gelegt. Die in Brüssel gefälschten Papiere, die dem Träger der ausgebreiteten Kleidungsstücke eine neue Identität verschafften, warf er dazu.

Auch den leichten Gurt aus dichtgewebtem Material, den er sich in London hatte anfertigen lassen, sowie die fünf Stahlröhren, die wie aus Aluminium aussahen und den Kolben, das Schloß, den Lauf, das Zielfernrohr und den Schalldämpfer des Gewehrs enthielten, legte er auf das Bett, desgleichen den schwarzen Gummipfropf, in welchem die fünf Explosivgeschosse steckten. Er entnahm dem Pfropfen zwei der Geschosse und knipste ihnen mit der Kneifzange aus dem Handwerkskasten unter dem Küchenausguß vorsichtig die Spitze ab. Dann holte er die beiden in den Geschossen befindlichen Korditstäbchen heraus und legte sie sorgsam zur Seite, während er die entleerten Patronenhülsen in den Aschenkasten warf. Ihm verblieben noch immer drei Geschosse, und das genügte.

Er hatte sich zwei Tage lang nicht rasiert, und ein leichter goldener Stoppelbart wuchs ihm auf Kinn und Wangen. Er würde ihn mit dem Klapprasiermesser, das er bei seiner Ankunft in Paris erstanden hatte, in absichtlich unbeholfener Weise entfernen. Die After-shavelotion-Flaschen, in denen sich das Haarfärbemittel befand, das er bereits für Pastor Jensen benutzt hatte, wie auch das Lösungsmittel standen ebenfalls auf dem Regal im Badezimmer. Marty Schulbergs

Kastanienbraun hatte er sich bereits aus seinem jetzt wieder blonden Haar herausgespült, das er vor dem Badezimmerspiegel kürzer und kürzer schnitt, bis es in bürstenartigen Büscheln zu Berge stand.

Er überprüfte nochmals seine Vorbereitungen für den kommenden Tag, um sicherzugehen, daß er an alles gedacht hatte. Dann machte er sich ein Omelett, ließ sich vor dem Fernseher bequem nieder und betrachtete eine Varietéschau, bis es Zeit wurde, schlafen zu gehen.

Der 25. August 1963 war ein glühendheißer Sonntag. Wie ein Jahr und drei Tage zuvor, als Oberstleutnant Bastien-Thiry und seine Männer bei dem Überfall in Petit-Clamart versucht hatten, Charles de Gaulle ums Leben zu bringen, bescherte er Paris den Höhepunkt der sommerlichen Hitzewelle. Daß ihre Tat eine Kette folgenschwerer Ereignisse auslöste, die erst am Nachmittag dieses Sommersonntags abreißen sollte, hatte keiner der damaligen Verschwörer ahnen können.

Aber wenn auch Paris seine an diesem Tag neunzehn Jahre zurückliegende Befreiung von den Deutschen feierte, so gab es doch fünfundsiebzigtausend Pariser, die nicht mitfeierten, sondern in blauen Sergehemden und zweiteiligen Uniformen schwitzten und ihre Mitbürger zu Ruhe und Ordnung anhielten. Die von ekstatischen Presseartikeln angekündigten Feierlichkeiten zu Ehren des Tags der Befreiung hatten massenhaften Zulauf. Die Mehrzahl derjenigen, die ihnen beiwohnten, erhielt freilich kaum Gelegenheit, des Staatsoberhauptes auch nur flüchtig ansichtig zu werden, das zwischen dichten Reihen von Polizisten und Sicherheitsbeamten dahinschritt, um die Gedächtnisfeierlichkeiten zu zelebrieren.

Zusätzlich zur Kohorte ausgesuchter Offiziere und Zivilbeamter, die, hoch erfreut ob der überraschenden Ehre, dem unmittelbaren Gefolge des Präsidenten anzugehören, nicht begriffen hatten, daß die einzige ihnen gemeinsame Qualifikation hierzu in ihrer überdurchschnittlichen Körpergröße bestand und jeder von ihnen dem Präsidenten als lebender Schild diente, wurde General de Gaulle von seinen vier Leibwächtern vor den Blicken der Menge abgeschirmt.

Glücklicherweise verhinderte seine Kurzsichtigkeit im Verein mit seiner beharrlichen Weigerung, sich der Öffentlichkeit mit Brille zu präsentieren, daß er die bulligen Gestalten Roger Tessiers, Paul Comitis, Raymond Sasias und Henri d'Jouders zur Kenntnis nahm, die ihn beiderseits auf Tuchfühlung flankierten.

Für die Presseleute waren sie »Gorillas«, und viele glaubten, der Ausdruck bezöge sich lediglich auf das Aussehen dieser Männer. Tatsächlich aber meinte er auch ihre Gangart, für die es übrigens einen konkreten Grund gab. Jeder von ihnen war ein Experte in allen Kampfarten und hatte ungemein muskulöse Schultern und einen entsprechenden Brustkasten. Bei der geringsten Muskelanspannung wurden ihre Arme durch den seitlichen Zug der Rückenmuskulatur vom Körper weggedrängt, so daß sie — in deutlichem Abstand zu ihm — zwangsläufig in die typische Pendelbewegung gerieten. Zudem trugen die vier ihre bevorzugte Automatic unter der linken Achsel, was den gorillahaften Gang noch betonte. Sie gingen mit halbgeöffneten Händen, die blitzschnell zum Halfter greifen und die Waffe hervorziehen konnten, um beim ersten Anzeichen akuter Gefahr das Feuer zu eröffnen.

Aber es gab keinerlei Anlaß für derlei Reflexbewegungen. Die Zeremonie unter dem Triumphbogen verlief genau nach Plan, während rundum auf den Dächern der die Place de l'Etoile umgebenden Häuser Männer mit Feldstechern und Karabinern hinter Schornsteingruppen hockten und die Szenerie wachsam beobachteten. Als die Automobilkolonne des Präsidenten schließlich die Champs Elysées hinunter in Richtung Notre-Dame davonbrauste, atmeten sie allesamt erleichtert auf und kamen wieder herunter.

Vor und in der Kathedrale war es das gleiche. Der Kardinalerzbischof von Paris zelebrierte, flankiert von Prälaten und anderen Geistlichen, die beim Anlegen ihrer Gewänder ausnahmslos überwacht worden waren, die heilige Messe. Auf der Orgelempore hockten zwei mit geladenen Karabinern bewaffnete Männer, von deren Anwesenheit selbst der Erzbischof nichts wußte, und behielten die unten im Kirchenschiff versammelte Menge im Auge. Unter die Andächtigen hatten sich zahllose Polizeibeamte in Zivil gemischt, die zwar nicht knieten und die Augen schlossen, aber ebenso inständig wie die Gläubigen ihre Gebete das alte Polizistengebet beteten: »O Herr, gib, daß es nicht geschieht, wenn ich Dienst habe.«

Draußen wurden mehrere Zuschauer, obwohl sie zweihundert Meter vom Portal der Kathedrale entfernt standen, kurzerhand abgeführt, weil sie in ihre Taschen gegriffen hatten. Einer hatte sich unter dem Arm gekratzt, ein anderer seine Zigarettenpackung hervorholen wollen.

Und noch immer geschah nichts. Von keinem Hausdach knallte ein Gewehrschuß, auch krachte keine Bombe. Die Polizisten kontrollierten sich sogar gegenseitig und vergewisserten sich ständig, ob ihre Kollegen auch das Abzeichen auf dem Revers ihrer Uniformjacken trugen, das jeder von ihnen erst an diesem Morgen erhalten hatte, damit der Schakal es sich nicht noch beschaffen oder anfertigen lassen und sich als Polizist kostümieren konnte. Ein CRS-Mann, der sein Abzeichen verloren hatte, wurde auf der Stelle festgenommen und in einen wartenden Polizeiwagen verfrachtet. Man nahm ihm die Maschinenpistole ab, und es wurde Abend, ehe man ihn wieder freiließ — und das auch nur, nachdem insgesamt zwanzig seiner Kollegen ihn persönlich identifiziert und sich für ihn verbürgt hatten.

In Montvalérien erreichte die Spannung dann ihren Höhepunkt. Ob der Präsident sie überhaupt zur Kenntnis nahm, muß dahingestellt bleiben; falls ihm etwas auffiel, ließ er sich doch nichts anmerken. Die Sicherheitsbeamten schätzten, daß dem General, solange er sich in dem zur Gedenkstätte umgewandelten Beinhaus aufhielt, keine Gefahr drohe, daß dagegen die durch die engen Straßen dieses Arbeiterviertels führende Anfahrt zu dem alten Gefängnisbau, bei der die Wagenkolonne vor jeder Straßenecke die Fahrt verlangsamen mußte, dem Mörder sehr wohl Gelegenheit zu dem geplanten Attentatsversuch bieten würde.

Der Schakal aber befand sich zu jenem Zeitpunkt ganz woanders.

Pierre Valremy hatte die Nase voll. Ihm war heiß, die verschwitzte Uniformbluse klebte ihm am Rücken, an der Schulter scheuerte ihm der Gurt des umgehängten Schnellfeuerkarabiners durch den groben Stoff der Bluse hindurch die Haut wund, er hatte Durst, es ging auf Mittag, und auf das Mittagessen mußte er zu all dem auch noch verzichten. Er begann es zu bereuen, dem CRS jemals beigetreten zu sein.

Dabei hatte alles so rosig ausgesehen, als er unter Hinweis auf die Notwendigkeit zu personellen Einsparungsmaßnahmen aus der Fabrik entlassen worden war und ihn der Mann auf dem Arbeitsamt auf das Plakat an der Wand hinwies, das einen strahlenden jungen Mann in der Uniform des CRS zeigte, der aller Welt beteuerte, einen interessanten Job mit Aufstiegsmöglichkeiten und der Aussicht auf ein abenteuerliches Leben gefunden zu haben. Die Uniform auf dem Bild sah aus, als sei sie von Balenciaga persönlich maßgeschneidert. Kurz entschlossen hatte Valremy unterschrieben.

Vom Leben in der Kaserne, die wie ein Gefängnis aussah und in der Tat einst genau das gewesen war, hatte ihm keiner etwas erzählt. Auch nicht vom ewigen Drill oder von den häufigen Nachtübungen und ebensowenig von dem kratzenden Serge der Uniformbluse und dem stundenlangen Herumstehen an Straßenecken, wo er bei bitterer Kälte wie bei sengender Hitze auf den »großen Fang« gewartet hatte, der niemals kam. Die Papiere der Leute waren immer in Ordnung, und das genügte, um einen in den Suff zu treiben.

Und jetzt diese Reise nach Paris — das erste Mal in seinem Leben, daß er aus Rouen herausgekommen war. Er hatte gedacht, er bekäme etwas von der Stadt des Lichts zu sehen — aber weit gefehlt. Das war nicht drin, nicht mit Sergeant Barbichet als Zugführer. Statt dessen nur das Übliche, und davon sogar mehr als üblich.

»Die Absperrung da drüben, Valremy. Da stellen Sie sich jetzt hin und passen auf. Achten Sie darauf, daß die Leute die Barriere nicht wegschieben, und lassen Sie niemanden durch, der nicht dazu befugt ist, klar? Sie haben eine verantwortungsvolle Aufgabe, mein Junge.«

»Verantwortungsvoll« war gut. Mann, die drehten aber wirklich schon ganz schön durch wegen ihrer Pariser Befreiungsfeier. Schafften da Tausende von Soldaten aus der Provinz in die Stadt, um die Pariser Truppen zu verstärken. Männer aus zehn verschiedenen Städten waren letzte Nacht in seinem Quartier untergebracht gewesen, und die aus Paris hatten da so was von einem Gerücht läuten hören, daß irgendeiner von denen da oben glaubte, irgendwas würde noch passieren heute — weswegen denn auch sonst die ganze Aufregung? Na ja, waren ja alles bloß Gerüchte. Es passierte ja doch nie was.

Valremy drehte sich um und blickte die rue de Rennes hinauf. Die Barriere, die er bewachte, gehörte zu einer Reihe gleichartiger Sperrgatter, die sich etwa zweihundertfünfzig Meter vor dem Place du 18 Juin von Haus zu Haus quer über die Straße erstreckten. In seinem Rücken erhob sich das zweihundertfünfzig Meter jenseits des Platzes befindliche Bahnhofsgebäude, auf dessen Vorplatz die Feierstunde abgehalten werden sollte. Zum Bahnhof zurückblickend, konnte er dort eine Anzahl Männer die Plätze markieren sehen, auf denen die Kriegsveteranen, die in- und ausländischen Würdenträger und die Musikkapelle der *Garde Republicaine* Aufstellung nehmen würden. Noch drei Stunden. Herrgott, wollte die Zeit denn gar nicht verstreichen?

An den Sperrgattern begannen sich die ersten Zuschauer einzufinden. Es gab eben Menschen, die eine sagenhafte Geduld hatten, dachte er. Das mußte man sich mal vorstellen — freiwillig bei dieser Hitze stundenlang zu warten, bloß um dreihundert Meter weit weg eine Menge Köpfe zu sehen und zu wissen, daß irgendwo mitten darunter Charles de Gaulle sein mußte. Und doch waren sie immer zur Stelle, wenn es hieß, er käme.

Es mochten inzwischen etwa hundert bis zweihundert Personen geworden sein, die einzeln und in Gruppen hinter der Absperrung standen, als er den alten Mann sah. Er kam die Straße hinuntergehumpelt, als würde er keine fünfhundert Meter mehr hinter sich bringen. Das schwarze *beret* war voller Schweißflecken, und der lange Militärmantel hing ihm lappig bis unter das Knie. Von seiner Brust baumelte eine Reihe leise klimpernder Medaillen. Tiefes Mitleid lag in den Blicken, mit denen einige der Leute hinter der Absperrung die jammervolle Gestalt bedachten.

Diese kauzigen Opas bewahrten doch immer noch ihre uralten Medaillen auf, als seien sie das einzige, was das Leben ihnen je beschert hatte, dachte Valremy. Na ja, vielleicht waren sie wirklich das einzige, was einige von ihnen noch besaßen. Besonders, wenn einem ein Bein abgeschossen worden war. Vielleicht hat er sich ja ein bißchen umgetan, als er noch jung war und zwei Beine hatte, auf denen er den Weibern nachlaufen konnte, sagte sich Valremy, während er den langsam heranhumpelnden alten Mann nicht aus den Augen ließ. Jetzt sah er aus wie die am Felsen zerschmetterte alte Seemöwe, die der CRS-Mann einmal am Strand von Kermadec gesehen hatte.

Menschenskind noch mal, das mußte man sich bloß mal vorstellen, wie das wäre, wenn man für den Rest seines Lebens auf einem Bein umherhumpelte und wie der da ohne seine Aluminiumkrücke keinen Schritt mehr vom Fleck käme.

Der Mann humpelte auf ihn zu.

»*Je peux passer?*« fragte er ängstlich.

»Na, dann zeigen Sie mir erst mal Ihren Ausweis, Opa.«

Der Veteran griff fahrig in die Brusttasche seines Hemdes, das dringend der Reinigung bedurft hätte. Er zog zwei Ausweiskarten hervor, die Valremy eingehend in Augenschein nahm. André Martin, französischer Staatsbürger, dreiundfünfzig Jahre alt, geboren in Colmar im Elsaß, wohnhaft in Paris. Die andere Karte war auf denselben Namen ausgestellt und »*Mutilé de Guerre*« — Kriegsversehrter — überschrieben. Allerdings, dachte Valremy, erwischt hat's dich, und das nicht zu knapp.

Er betrachtete die Photos auf den beiden Ausweisen. Sie zeigten den gleichen Mann, waren aber zu verschiedenen Zeitpunkten aufgenommen. Er blickte auf.

»Nehmen Sie das *beret* ab.«

Der alte Mann nahm die Mütze ab und knäuelte sie in der Hand zusammen. Valremy verglich das Gesicht vor ihm mit dem auf den Photos abgebildeten. Es war dasselbe. Der Mann, der vor ihm stand, sah krank aus. Er hatte sich beim Rasieren mehrfach geschnitten und das Blut mit kleinen Fetzen von Toilettenpapier, die auf den Schnittwunden klebten, zu stillen versucht. Sein Gesicht war grau und von einer fettigen Schweißschicht bedeckt. Über der Stirn stand das vom Abnehmen der Mütze durcheinandergebrachte graue Haar büschelweise in alle Himmelsrichtungen vom Schädel ab. Valremy reichte ihm die Ausweise zurück.

»Wozu wollen Sie denn hier durchgehen?«

»Ich wohne da«, sagte der alte Mann. »Ich lebe von meiner Rente. Ich habe eine Mansarde.«

Valremy entriß dem Alten nochmals die Ausweise, um die darauf angegebene Adresse zu überprüfen. Die Identitätskarte gab sie mit

154 rue de Rennes, Paris 6ième, an. Der CRS-Mann sah zu dem Haus hinauf, vor dem er stand. Das Schild über dem Eingang trug die Nummer 132. 154 mußte sich demnach ein Stück weiter die Straße hinunter befinden. Einen alten Mann passieren zu lassen, der nach Hause wollte, konnte schließlich nicht verboten sein. »Also gut, gehen Sie. Aber machen Sie mir keinen Ärger. In einer Stunde kommt Charlemagne.«

Der alte Mann lächelte, steckte seine Ausweise ein und wäre auf seinem einen Bein und seiner Krücke womöglich noch ins Stolpern geraten, wenn ihn Valremy nicht hilfreich gestützt hätte.

»Ich weiß. Einer von meinen alten Kameraden bekommt heute seine Medaille. Ich habe meine vor zwei Jahren gekriegt«, er tippte auf die *Médaille de la Libération* auf seiner Brust, »aber nur vom Verteidigungsminister.«

Valremy warf einen Blick auf die Auszeichnung. Also das war die Befreiungsmedaille. Verdammt kleines Ding, was sie einem dafür gaben, daß man sich ein Bein abschießen ließ. Er erinnerte sich plötzlich seiner amtlichen Würde und entließ den Veteran mit einem flüchtigen Nicken. Der alte Mann humpelte mühsam davon. Valremy drehte sich um und drängte einen Passanten zurück, der ebenfalls durch die Absperrung zu schlüpfen versuchte.

»Nichts da, treten Sie hinter die Barriere zurück.«

Das letzte, was er von dem alten Soldaten sah, der ganz am Ende der Straße unmittelbar vor dem Platz in einem Hauseingang verschwand, waren die langen Schöße des Militärmantels.

Madame Berthe sah überrascht auf, als der Schatten auf sie fiel. Es war ein anstrengender Tag gewesen, mit all den Polizisten in sämtlichen Wohnungen, und sie wagte sich nicht auszumalen, was die Mieter wohl dazu gesagt hätten, wenn sie dagewesen wären. Zum Glück waren sie alle bis auf drei in den Sommerferien.

Als die Polizei abzog, hatte sie sich endlich auf ihrem gewohnten Platz im Hauseingang niederlassen und in Ruhe noch ein wenig stricken können. Die offiziellen Feierlichkeiten, die in zwei Stunden auf dem hundert Meter entfernten Bahnhofsvorplatz beginnen sollten, interessierten sie nicht im mindesten.

»*Excusez-moi, madame,* ich dachte — dürfte ich Sie vielleicht um ein Glas Wasser bitten? Es ist so schrecklich heiß draußen, und wenn man bei der feierlichen Ordensverleihung zuschauen möchte...«

Sie sah das Gesicht und die Gestalt eines alten Mannes vor sich, der in einem Militärmantel steckte, wie ihr verstorbener Mann ihn einst getragen hatte, mit Medaillen, die knapp unterhalb des Kragenaufschlags auf der linken Brustseite hin und herschwangen. Er stützte sich schwer auf seine Krücke, und unter dem Mantelsaum sah nur ein Bein hervor. Sein Gesicht war mager und verschwitzt. Madame Berthe legte ihr Strickzeug zusammen und steckte es in die Schürzentasche.

»*Oh, mon pauv' monsieur.* So herumzulaufen — und bei der Hitze. Die Feier fängt erst in zwei Stunden an. Sie haben noch viel, viel Zeit. Kommen Sie, kommen Sie doch herein.«

Sie eilte ihm geschäftig in ihre durch eine Glastür von der Halle abgetrennte Wohnung voraus. Der Kriegsveteran humpelte ihr nach.

Das Rauschen des Wasserstrahls aus dem Zapfhahn in der Küche ließ sie nicht hören, wie die Tür geschlossen wurde; sie spürte kaum, daß sich die Finger der Linken des Mannes um ihren Unterkiefer legten. Und das Knirschen der unmittelbar hinter ihrem rechten Ohr eingedrückten Knöchelchen am Warzenfortsatz ihres Schläfenbeins kam völlig überraschend. Das Bild des laufenden Wasserhahns mit dem Glas darunter zerplatzte in tausend rote und schwarze Flecken, und ihr Körper glitt schlaff zu Boden.

Der Schakal knöpfte seinen Mantel auf und löste den Gurt, mit dem er sich den rechten Unterschenkel unter das Gesäß gebunden hatte. Als er das verkrampfte Bein abwechselnd streckte und beugte, um die Durchblutung anzuregen, verzog sich sein Gesicht vor Schmerz. Es dauerte einige Minuten, bevor er wieder mit dem Bein auftreten und es mit seinem Gewicht belasten konnte.

Fünf Minuten später war Madame Berthe mit der Wäscheleine, die er unter dem Ausguß fand, an Händen und Füßen gefesselt und ihr Mund mit einem großen Heftpflaster zugeklebt. Er schleifte sie in die Waschküche und schloß die Tür. Eine rasche Durchsuchung des Wohnzimmers förderte die in der Tischschublade liegenden Wohnungsschlüssel zutage. Er knöpfte sich den Mantel zu, nahm die Krücke wieder auf — dieselbe, mit der er zwölf Tage zuvor auf den Flughäfen von Brüssel und Mailand durch die Zollkontrolle gehumpelt war — und schaute vorsichtig hinaus. Die Halle war leer. Er verließ das Wohnzimmer der Concierge, schloß hinter sich ab und rannte die Treppen hinauf.

Im sechsten Stock klopfte er an die Wohnungstür von Mlle. Béranger. Nichts. Er wartete ein paar Sekunden und klopfte dann nochmals. Weder aus dieser noch aus der benachbarten Wohnung von M. und Mme. Charrier drang ein Laut. Er holte die Schlüssel aus der Tasche, suchte nach dem Schildchen mit dem Namen Béranger, fand es und betrat die Wohnung. Rasch zog er die Tür hinter sich zu und schloß ab. Er durchquerte den Raum und sah aus dem Fenster. Männer in blauen Uniformen bezogen auf den Dächern der gegenüberliegenden Häuser Posten. Er war gerade noch zur rechten Zeit gekommen. Mit ausgestrecktem Arm entriegelte er leise das Fenster und zog die nach innen zu öffnenden Flügel so weit auf, daß sie die Wohnzimmerwand berührten. Dann trat er ein paar Schritte zurück. Ein breiter Lichtstrahl fiel schräg durchs Fenster auf den Teppich und ließ das restliche Zimmer dunkler erscheinen. Solange er nicht in den Bereich dieses Lichtstrahls trat, würden ihn die Beobachter vom gegenüberliegenden Hausdach aus nicht sehen können.

Im Schatten der zurückgezogenen Gardine schlich er sich dicht neben das Fenster und stellte fest, daß er nach unten und rechts auf den hundertdreißig Meter entfernten Bahnhofsvorplatz sehen konnte.

Er rückte den Wohnzimmertisch von der Seite her bis auf zweieinhalb Meter an das Fenster heran, nahm die Decke und die Vase mit den künstlichen Blumen herunter und legte ein paar Kissen von den Sesseln darauf. Sie sollten ihm als Schießauflage dienen.

Dann zog er den Militärmantel aus und krempelte sich die Ärmel hoch. Die Krücke wurde Stück für Stück auseinandergenommen und der an ihrem unteren Ende befestigte Gummipfropf, in welchem die restlichen drei Explosivgeschosse steckten, abgeschraubt. Die von der Einnahme des Schießpulvers aus den anderen beiden Geschossen herrührende Übelkeit, der er sein so überzeugend elendes, schweißfeuchtes Aussehen verdankte, begann erst jetzt abzuklingen.

Er schraubte ein weiteres Teilstück der Krücke auf und ließ den Schalldämpfer herausgleiten. Dem nächsten entnahm er das Zielfernrohr. Dort, wo sich die beiden oberen Streben der Krücke vereinigten, war der Durchmesser der Stahlröhren am größten. Dieser Teil enthielt den Verschluß und den Lauf des Gewehrs. Aus dem ypsilonförmig gegabelten Rahmen holte er die beiden Stahlröhren heraus, die, zusammengesetzt, den Gewehrkolben bildeten. Zuletzt kam die mit einer Lederpolsterung für die Achsel versehene obere Querstrebe der Krücke an die Reihe, in welcher lediglich der Abzug des Gewehrs versteckt war. Über den Gewehrkolben gestülpt, wurde die ausgepolsterte Strebe zur Schulterstütze.

Liebevoll setzte er das Gewehr zusammen — Verschluß und Lauf, obere und untere Kolbenstrebe, Schulterstütze, Schalldämpfer und Abzugszunge. Zu guter Letzt streifte er das Zielfernrohr über den Lauf und drehte es fest.

Er stellte einen Stuhl hinter den Tisch, setzte sich und spähte, leicht über das auf den Kissen aufliegende Gewehr gebeugt, durchs Zielfernrohr. Der sonnenbeschienene Bahnhofsvorplatz jenseits der Place du 18 Juin sprang ihm entgegen. Der Kopf eines der Männer, die noch immer damit beschäftigt waren, die Aufstellungsplätze für die bevorstehenden Feierlichkeiten zu markieren, erschien in gestochener Schärfe im Blickfeld. Er war ebenso groß, wie die Melone auf der Lichtung im Ardenner Wald ausgesehen hatte.

Zufrieden stellte er die drei Patronen, wie Soldaten ausgerichtet, am Rand der Tischplatte auf. Mit Daumen und Zeigefinger zog er den Gewehrriegel zurück und führte das erste Geschoß in die Kammer ein. Eines würde genügen, aber er hatte noch zwei weitere in Reserve. Er schob den Riegel wieder vor und schloß ihn mit einer halben Drehung. Dann legte er das Gewehr sorgsam auf die Kissen zurück und suchte in seinen Taschen nach Zigaretten und Streichhölzern.

Er zog gierig an der ersten Zigarette und lehnte sich zurück, um eindreiviertel Stunden zu warten.

Einundzwanzigstes Kapitel

Kommissar Claude Lebel fühlte sich, als hätte er in seinem ganzen Leben noch nie ein Glas Wasser zu trinken bekommen. Sein Mund war trocken, und seine Zunge klebte ihm am Gaumen, als ob sie dort angeschweißt sei. Aber es war keineswegs nur die Hitze, die ihm dieses Gefühl verursachte. Zum erstenmal seit vielen Jahren bekam er es wirklich mit der Angst zu tun. Heute nachmittag, dessen war er ganz sicher, würde etwas passieren, aber auf das Wie und Wann hatte er noch immer keinen Hinweis entdecken können.

Er war an diesem Morgen sowohl beim Arc de Triomphe als auch in der Kathedrale von Notre-Dame und in Montvalérien gewesen. Nicht der geringste Zwischenfall hatte sich ereignet. Beim gemeinsamen Mittagessen mit einigen der Mitglieder des Sonderkomitees, das bei Morgengrauen zum letztenmal im Innenministerium getagt hatte, war er Zeuge des Stimmungswandels geworden, in dessen Verlauf angstvolle Spannung und ohnmächtiger Zorn unversehens in fast so etwas wie Euphorie umschlugen. Nur eine einzige Feierlichkeit stand jetzt noch aus, und wie man ihm versichert hatte, war die unmittelbare Umgebung der Place du 18 Juin mit beispielloser Gründlichkeit durchkämmt und hermetisch abgeriegelt worden.

»Er ist weg«, sagte Rolland, als er in Begleitung der Männer, mit denen er unweit des Elysée-Palastes, wo der Präsident sein Mittagsmahl einnahm, in einer Brasserie gegessen hatte, auf die sonnenbeschienene Straße hinaustrat. »Und das war zweifellos das Klügste, was er machen konnte. Irgendwann und irgendwo wird er sicher wieder auftauchen, und dann werden ihn meine Männer fassen.«

Jetzt streifte Lebel mutlos am Saum der Menschenmenge entlang, die auf dem Boulevard du Montparnasse zweihundert Meter von der Place du 18 Juin entfernt gehalten wurde — so weit vom Ort der Feierlichkeiten weg, daß niemand etwas von dem zu sehen bekommen würde, was sich dort abspielte. Alle an den Straßensperren postierten Polizeibeamten und CRS-Männer meldeten das gleiche: Keiner hatte auch nur einen einzigen Passanten durchgelassen, seit die Abriegelung um 12 Uhr mittags in Kraft getreten war.

Die Hauptstraßen waren gesperrt, die Nebenstraßen waren gesperrt und alle engen Gassen, Durchgänge und Passagen ebenfalls. Die Hausdächer wurden, sofern sie nicht von Wachen besetzt waren, ständig beobachtet, und das Bahnhofsgebäude mit seinen zahllosen bahnamtlichen Büros, deren Fenster auf den Vorplatz hinausgingen, wimmelte von Sicherheitsbeamten. Sie hockten auf den Lokomotivschuppen und hoch über den Bahnsteigen, auf deren Gleisen kein Zug einlief; für die Dauer des Nachmittags war der gesamte Eisenbahnverkehr zur Gare St-Lazare umgeleitet worden.

Die Polizei hatte jedes Haus im Umkreis vom Keller bis unters Dach durchsucht. Die Mieter waren zum großen Teil verreist, in die Sommerferien an die See oder ins Gebirge gefahren.

Kurz, der Sperrkreis um die Place du 18 Juin war, um mit Valentins Worten zu reden, »so fest geschlossen wie das Arschloch einer Maus«. Bei dem Gedanken an die Ausdrucksweise des Kommissars aus der Auvergne mußte Lebel unwillkürlich lächeln. Dann war das Lächeln auf seinem Gesicht urplötzlich wie weggewischt. Auch Valentin hatte den Schakal nicht fassen können.

Lebel wandte sich nach rechts, ging die rue de Vaugirard bis zur ersten Straßenecke hinauf, wandte sich abermals nach rechts und stieß, nachdem er mehrfach seinen Polizeiausweis hatte vorzeigen müssen, am Ende der kurzen rue Littré auf die rue de Rennes. Auch hier bot sich ihm das gleiche Bild: Zweihundert Meter vor dem Platz war die Straße blockiert, die Menschenmenge hinter die Absperrung zurückgedrängt und die Straße bis auf patrouillierende CRS-Männer gähnend leer. Er begann neuerlich die Posten abzugehen.

Irgendwas Besonderes gewesen? Nein, *Monsieur le Commissaire*. Niemanden durchgelassen, überhaupt niemanden? Nein, Monsieur. Auf dem Bahnhofsvorplatz begann die Musikkapelle der *Garde Républicaine* ihre Instrumente zu stimmen. Lebel sah auf seine Armbanduhr. Der General mußte jetzt jeden Augenblick eintreffen. Keinen passieren lassen? Überhaupt keinen? Nein, Monsieur, niemanden. Gut so, machen Sie weiter.

Vom Vorplatz her drang ein lauter Kommandoruf herüber, und aus dem Boulevard du Montparnasse donnerte eine Motorradkolonne über die Place du 18 Juin. Lebel sah sie in den Bahnhofsvorplatz einschwenken, während die Polizisten straff salutierten. Aller Augen folgten den glänzenden schwarzen Limousinen. Die nur wenige Meter von ihm entfernte Menschenmenge drängte gegen die Absperrung. Lebel sah zu den Hausdächern hinauf. Verläßliche Burschen, diese Posten da oben. Ohne dem Schauspiel hier unten auch nur einen Blick zu schenken, hockten sie dort auf den Balustraden und behielten die Fenster und Dächer der gegenüberliegenden Häuser im Auge.

Lebel hatte die Westseite der rue de Rennes erreicht. Ein junger CRS-Mann stand breitbeinig in dem engen Durchgang, der zwischen dem letzten der quer über die Fahrbahn errichteten Sperrgatter und dem Haus Nr. 132 verblieben war. Lebel wies ihm seine Karte vor. Der CRS-Mann salutierte.

»Haben Sie irgend jemanden passieren lassen?«

»Nein, *Monsieur le Commissaire*.«

»Wie lange stehen Sie schon hier?«

»Seit zwölf Uhr, Monsieur. Seit die Straße gesperrt wurde.«

»Und durch diese Lücke hier ist niemand durchgelassen worden?«

»Nein, Monsieur. Das heißt, nur der alte Krüppel, der da hinten wohnt.«

»Welcher Krüppel?«

»Älterer Mann, Monsieur. Kriegsversehrter. Sah hundeelend aus. Hat seine Identitätskarte und den Versehrtenausweis vorgezeigt und seine Adresse mit 154 rue de Rennes angegeben. Also den mußte ich ganz einfach durchlassen, *Monsieur le Commissaire*. Sah wirklich hundsmiserabel aus, richtig krank. Kein Wunder bei dieser Hitze und in dem schweren Wachmantel. Eigentlich verrückt, so was.«

»Wachmantel?«

»Jawohl, Monsieur. Langer, schwerer Mantel. Militärmantel, wie ihn früher mal die alten Soldaten getragen haben. Viel zu heiß für dieses Wetter.«

»Was war los mit ihm?«

»Na ja, dem wird's wohl bißchen zu warm gewesen sein, nehme ich an.«

»Sie sagten, er sei kriegsversehrt. Was fehlte ihm denn?«

»Ein Bein, Monsieur. Kam von ganz da hinten angehumpelt, auf einer Krücke.«

Vom Bahnhofsvorplatz klangen die ersten schmetternden Trompetenstöße herüber. »*Allons, enfants de la patrie, le jour de gloire est arrivé* . . .« Einige Zuschauer stimmten die Marseillaise an.

»Krücke?« Lebel selbst meinte die eigene Stimme in diesem Augenblick wie aus weiter Ferne zu hören. Der CRS-Mann sah ihn besorgt an.

»Ja, Monsieur, eine Krücke, wie sie jeder Beinamputierte hat. So eine aus Aluminium, glaube ich . . .«

Lebel drehte sich abrupt um, befahl dem CRS-Mann, ihm zu folgen, und rannte die Straße hinunter.

Sie hatten an der Stirnseite des Bahnhofs im strahlenden Sonnenschein Aufstellung genommen. Längs der Bahnhofsfassade waren die Wagen Stoßstange an Stoßstange vorgefahren. Ihnen gegenüber, vor dem schmiedeeisernen Gitter, das den Vorplatz von der Place du 18 Juin trennte, standen die zehn Veteranen, um ihre Medaillen aus der Hand des Staatsoberhauptes zu empfangen. Auf der Ostseite des Bahnhofsvorplatzes waren die Mitglieder der Regierung und des Diplomatischen Corps versammelt. In ihren dunklen Anzügen bildeten sie einen massiven schwarzen Block, in dem nur da und dort das Band der Ehrenlegion als roter Tupfen aufleuchtete.

Die *Garde Republicaine* mit den dichten roten Federbüschen auf ihren blitzblanken Helmen war auf der Westseite des Bahnhofsvorplatzes angetreten. Die Musikkapelle stand einen Schritt vor der Front.

Eine Anzahl Protokollbeamter und leitender Funktionäre der Präsidialkanzlei umdrängte eine der am Bahnhofseingang vorgefahrenen Limousinen. Die Musikkapelle intonierte die Marseillaise.

Der Schakal hob das Gewehr und spähte durch das Zielfernrohr auf den Vorplatz hinunter. Er visierte den linken Flügelmann der Kriegsveteranen an, der als erster seine Medaille bekommen würde. Er war klein und untersetzt und hielt sich sehr gerade. Sein Gesicht erschien, nahezu im Vollprofil, scharf durchgezeichnet im Fadenkreuz. In wenigen Minuten würde sich ihm ein anderes hinzugesellen, ein stolzes, arrogantes Gesicht, welches das des Veteranen um gute dreißig Zentimeter überragte und vom Schirm eines vorn mit zwei goldenen Sternen geschmückten Khaki-Képis beschattet wurde.

»*Marchons, marchons à la victoire...*« Wumm-ba-wumm. Die letzten Takte der Nationalhymne waren verklungen, und in die eingetretene Stille hinein gellte das Kommando »Präsentiert das Gewehr!« über den Bahnhofsvorplatz. Ein schlagartiges, dreifach klatschendes Geräusch folgte, als weißbehandschuhte Finger den befohlenen Präsentiergriff im gleichen Takt ausführten. Die um die Limousine versammelte Gruppe teilte sich, und in ihrer Mitte erschien eine einzelne hochgewachsene Gestalt, die jetzt auf die angetretenen Kriegsveteranen zuschritt. Etwa fünfzig Meter vor ihnen blieb die Gruppe stehen. Nur der Minister für die Angelegenheiten ehemaliger Kriegsteilnehmer, der die Veteranen ihrem Präsidenten vorstellen würde, und ein zweiter Mann, der ein Samtkissen trug, auf dem zehn Medaillen und eine gleiche Anzahl farbiger Bänder lagen, folgten Charles de Gaulle.

»Hier?« fragte Lebel. Er war stehengeblieben und deutete keuchend auf einen Hauseingang.

»Ich glaube ja, Monsieur. Ja, hier war es. Der vorletzte Eingang. Hier ist er 'rein.«

Der kleine Detektiv stürzte in den Hauseingang, und Valremy rannte ihm nach. Er war ganz froh, nicht mehr auf der Straße zu sein, wo ihr absonderliches Verhalten Aufsehen erregt und bei einigen der höheren Offiziere auf dem Bahnhofsvorplatz, die jetzt straffe Haltung annahmen, mißbilligendes Stirnrunzeln hervorgerufen hatte. Nun ja, wenn er sich deswegen zum Rapport würde melden müssen, könnte er immer noch sagen, daß der komische kleine Mann sich als Polizeikommissar ausgegeben und er, Valremy, ihn zurückzuhalten versucht habe.

Als er in die Halle stürmte, rüttelte der Detektiv an der Tür zum Zimmer der Concierge.

»Wo ist die Concierge?« schrie er.

»Keine Ahnung, Monsieur.«

Bevor er ihn noch daran hätte hindern können, hatte der kleine Mann die Milchglasscheibe mit dem Ellenbogen eingeschlagen, hindurchgelangt und die Tür geöffnet.

»Kommen Sie!« rief er und rannte hinein.

Und ob ich dir nachkomme! dachte Valremy. Du scheinst mir ja völlig durchzudrehen.

Er fand den kleinen Detektiv in der Waschküche auf dem Fußboden kniend vor. Als er ihm über die Schulter blickte, sah er die Concierge gefesselt am Boden liegen. Sie war noch immer bewußtlos.

»Donnerwetter.« Plötzlich dämmerte ihm, daß der kleine Mann doch kein Spinner, sondern tatsächlich ein Kriminalkommissar war und daß sie beide einen Verbrecher jagten. Dies war der große Augenblick, auf den er immer gewartet hatte, und er wünschte jetzt nur, er wäre schon wieder heil und wohlbehalten in der Kaserne zurück.

»Oberstes Stockwerk«, rief der Detektiv und begann die Treppen in einem Tempo hinaufzuhetzen, das ihm Valremy, der seinen umgehängten Schnellfeuerkarabiner spannte und entsicherte, während er Lebel nachstürzte, nicht zugetraut hätte.

Der französische Staatspräsident blieb vor dem ersten der angetretenen Veteranen stehen und beugte sich ein wenig zu dem Minister hinab, der ihm erklärte, wer der Mann war und welche Verdienste er sich auf den Tag genau vor neunzehn Jahren erworben hatte. Als der Minister seine Ausführungen beendet hatte, wandte sich der Staatspräsident dem Mann mit dem Kissen zu und nahm eine der darauf liegenden Medaillen zur Hand. Während die Kapelle leise »La Marjolaine« zu intonieren begann, heftete der hochgewachsene General dem vor ihm stehenden älteren Mann die Medaille auf die stolzgeschwellte Brust. Dann trat er einen Schritt zurück und salutierte.

Sechs Stockwerke hoch und hundertdreißig Meter entfernt, hielt der Schakal das Gewehr sehr ruhig im Anschlag und visierte durchs Zielfernrohr. Ganz deutlich konnte er die Gesichtszüge erkennen, die vom Schirm des Képis beschatteten Brauen, den ernsten Blick, die bugartig vorspringende gewaltige Nase. Er sah ihn die salutierende Hand vom Mützenschirm nehmen, und jetzt befand sich die dargebotene Schläfe haargenau im Fadenkreuz des Zielfernrohrs. Sachte nahm er Druckpunkt und drückte dann ganz ruhig durch...

Bruchteile von Sekunden später starrte er auf den Bahnhofsvorplatz hinunter, als könne er seinen Augen nicht trauen. Noch bevor das Geschoß den Lauf verließ, hatte der französische Staatspräsident unvermittelt den Kopf vorgebeugt. Während der Killer ihn in ungläubigem Staunen beobachtete, küßte er den Mann, der in straffer Haltung vor ihm stand, feierlich auf beide Wangen. Da er einen Kopf größer war als der Veteran, hatte er sich zu ihm vor- und hinabbeugen müssen, um diese, bei solchen Anlässen in Frankreich und manchen anderen Ländern übliche, für Angelsachsen jedoch immer wieder verblüffende Geste zu vollführen.

Man errechnete später, daß das Geschoß den Kopf des Präsidenten nur um Millimeter verfehlte. Ob er den Peitschenknall hörte, mit dem es auf seiner geneigten Flugbahn die Schallmauer durchschlug, ist nicht bekannt. Anzumerken war ihm jedenfalls nichts. Der Minister und der Mann mit dem Ordenskissen hatten nichts gehört, und diejenigen, die fünfzig Meter entfernt standen, ebensowenig.

Das Geschoß bohrte sich in den von der Sonne aufgeweichten Asphaltboden des Bahnhofsvorplatzes und explodierte, ohne Schaden anzurichten, als es gute zwei Zentimeter tief in die Teerschicht eingedrungen war. »La Marjolaine« wurde weitergespielt. Der Präsident richtete sich wieder auf, nachdem er den zweiten Kuß gegeben hatte, und trat gemessenen Schritts auf den nächsten Veteranen zu.

Hinter seinem Gewehr hockend, begann der Schakal leise haßerfüllt zu fluchen. Nie zuvor in seinem Leben hatte er aus einer Entfernung von hundertdreißig Meter ein unbewegtes Ziel verfehlt. Aber dann fing er sich wieder; es war noch immer Zeit. Er riß den Verschluß des Gewehrs auf, aus dem die leere Patronenhülse heraussprang und auf den Teppich fiel, griff nach dem zweiten Geschoß, legte es in die Kammer ein und verriegelte den Verschluß.

Keuchend erreichte Claude Lebel den sechsten Stock. Er glaubte, gleich müsse ihm das Herz aus der Brust springen und auf dem ganzen Treppenflur umherhüpfen. Es gab zwei Türen zu Wohnungen, die auf die Straßenfront hinausgingen. Er sah unschlüssig von der einen zur anderen, und der CRS-Mann trat mit dem entsicherten Schnellfeuerkarabiner im Arm hinter ihn. Während Lebel noch zögerte, drang aus der Wohnung zur Rechten ein leises, aber unverkennbares Geräusch, das wie »Fffopp!« klang. Lebel deutete mit dem Zeigefinger auf das Türschloß.

»Aufschießen!« befahl er und trat zur Seite. Der CRS-Mann verlagerte sein Gewicht auf beide Beine, senkte das Kinn und gab einen Feuerstoß ab. Holzsplitter, Metall und plattgeschlagene Patronenhülsen flogen in alle Richtungen. Die Tür bog sich und sprang mit einem Ruck auf und schwang nach innen. Valremy drang als erster in die Wohnung ein, Lebel folgte dicht hinter ihm.

Die kurzen grauen Haarbüschel konnte Valremy wiedererkennen, aber das war auch alles. Dieser Mann hier hatte zwei Beine, trug keinen Wachmantel mehr, und die Arme, die das Gewehr hielten, waren die eines noch jungen, kraftvollen Mannes. Der Killer ließ ihm keine Chance; er erhob sich halb vom Stuhl hinter dem Tisch und feuerte mit einer geschmeidigen Drehung zur Tür hin in leichtgebückter Haltung aus der Hüfte.

Der Schuß fiel lautlos. Der Widerhall der eigenen Salve dröhnte Valremy noch immer in den Ohren. Das Geschoß zerschmetterte ihm das Brustbein und explodierte. Er fühlte, wie es ihn von innen heraus zerriß und zerfetzte, und spürte das wütende Zustechen von schneidendem Schmerz; und dann spürte er es nicht mehr. Das Licht schwand, als sei es mitten im Sommer Winter geworden. Der Teppich kam auf ihn zu und schlug gegen sein Gesicht — oder war er es, der mit dem Gesicht auf den Teppich schlug? Fühllosigkeit schwemmte über Oberschenkel und Leib nach oben und erreichte Brust und Hals. Das letzte, was er wahrnahm, war ein salziger Geschmack im Mund, wie er ihn vom Baden im Meer bei Kermadec her kannte, und eine einbeinige Seemöwe, die auf einem Pfahl hockte. Dann wurde alles dunkel.

Claude Lebel hob den Blick von Valremys Leiche und sah dem anderen Mann in die Augen. Sein Herz machte ihm jetzt keinerlei Schwierigkeiten; es schien gar nicht mehr pumpen zu wollen.

»Schakal«, sagte er. Der andere Mann sagte nur: »Lebel.« Er machte sich an dem Gewehr zu schaffen, dessen Riegel er zurückkriß. Lebel sah Metall aufblinken, als die leere Patronenhülse zu Boden fiel. Der Mann griff blitzschnell nach etwas auf der Tischplatte und steckte es in die Gewehrkammer. Noch immer waren seine grauen Augen unverwandt auf Lebel gerichtet.

Er will mich kaltmachen, dachte Lebel, und ein merkwürdiges Gefühl der Unwirklichkeit überkam ihn. Gleich wird er schießen. Er wird mich umbringen.

Er zwang sich, zu Boden zu blicken. Der Junge vom CRS war seitlich hingeschlagen, und der seinen Händen entglittene Karabiner lag Lebel vor den Füßen. Ohne zu überlegen, ließ er sich auf die Knie fallen, packte die MAT 49 und riß sie mit einer Hand hoch, während er mit der anderen nach dem Abzug tastete. Er hörte, wie der Schakal den Verschluß seines Gewehrs zuschnappen ließ, und hatte selbst schon den Abzug gefunden. Er zog ihn durch.

Das ohrenbetäubende Krachen der explodierenden Munition, das den kleinen Raum widerhallend erfüllte, war bis hinaus auf den Bahnhofsvorplatz zu hören. Den noch am gleichen Tag erfolgten Anfragen der Presse wurde entgegnet, es müsse sich um ein Motorrad mit schadhaftem Auspuff gehandelt haben, das irgendein Kerl nur wenige Straßen vom Schauplatz der Gedenkfeier entfernt angelassen habe. Eine halbe Magazinladung von 9-mm-Geschossen zerfetzte dem Schakal die Brust, warf ihn empor, drehte ihn in der Luft einmal um sich selbst und schmetterte seinen durchsiebten Körper in die gegenüberliegende Zimmerecke, wo er als blutgetränktes, unordentliches Kleiderbündel nahe dem Sofa liegenblieb. Im Fallen hatte er noch die Stehlampe umgerissen.

Unten auf dem Bahnhofsvorplatz begann die Kapelle »Mon régiment est ma patrie« zu spielen.

Am gleichen Tag erhielt Superintendent Thomas um 18 Uhr einen Anruf aus Paris. Als er aufgelegt hatte, rief er den dienstältesten Inspektor seines engeren Mitarbeiterstabs zu sich.

»Sie haben ihn erwischt«, sagte er. »In Paris. Das hat sich also erledigt. Aber es wäre gut, wenn Sie rasch in seine Wohnung gingen und die dort verbliebenen Sachen nochmals sichteten.«

Es war gegen 20 Uhr. Der Inspektor schickte sich gerade an, Calthrops persönliche Habe einer letzten Prüfung zu unterziehen, als er jemanden durch die offene Wohnungstür kommen hörte.

Ein großer, breitschultriger Mann war eingetreten und betrachtete ihn mit finsterer Miene.

»Was wollen Sie?« fragte der Inspektor.

»Genau das darf ich Sie wohl fragen. Was, zum Teufel, haben Sie hier zu suchen?«

»Jetzt reicht's mir aber«, sagte der Inspektor. »Wie heißen Sie?«

»Calthrop«, sagte der Mann. »Charles Calthrop. Und das hier ist meine Wohnung. Also, was tun Sie hier? 'raus mit der Sprache!«

Der Inspektor wünschte, er hätte eine Waffe bei sich.

»Schon gut«, sagte er leise, ohne den Mann aus den Augen zu lassen. »Am besten, Sie kommen gleich mit mir auf einen Plausch zu Scotland Yard.«

»Mit Vergnügen«, sagte Calthrop. »Sie sind mir eine Erklärung schuldig.«

Tatsächlich war es dann aber Calthrop, der Erklärungen abgab. Man ließ ihn erst nach vierundzwanzig Stunden frei, nachdem nicht weniger als insgesamt drei voneinander unabhängige Bestätigungen aus Frankreich gekommen waren, daß der Schakal tot sei, und die Inhaber fünf abgelegener schottischer Gasthöfe bezeugt hatten, daß Charles Calthrop in den letzten drei Wochen seiner Anglerleidenschaft gefrönt und sich in dieser Zeit als Gast bei ihnen eingemietet hatte.

»Wenn der Schakal nicht Calthrop war«, bemerkte Thomas zu seinem Inspektor, nachdem er Calthrop schließlich hatte gehen lassen, »wer, zum Teufel, war er dann?«

»Es kommt überhaupt nicht in Frage«, erklärte der Commissioner der städtischen Polizeibehörde in London am nächsten Tag gegenüber Assistant Commissioner Dixon und Superintendent Thomas mit allem Nachdruck, »daß die Regierung Ihrer Majestät jemals einräumt, dieses Schakal-Subjekt könne die britische Staatsangehörigkeit gehabt haben. Soweit sich das von hier aus überblicken läßt, wurde in der Tat zeitweilig ein gewisser Engländer verdächtigt. Das hat sich aber jetzt aufgeklärt. Uns ist auch bekannt, daß dieser Bursche, dieser Schakal, sich auf seiner — ähem — Mission in Frankreich vorübergehend als Engländer ausgegeben und einen ihm aufgrund falscher Angaben ausgestellten Paß besessen hat. Aber er gab sich auch als Däne, als Amerikaner und als Franzose aus, und zwar mit Hilfe zweier gestohlener Pässe und gefälschter französischer Ausweispapiere. Was uns betrifft, so ist festzuhalten, daß es unsere Ermittlungen waren, die es den Franzosen möglich machten, den unter dem falschen Namen Duggan in Frankreich umherreisenden Schakal in diesem Nest da ... in ... äh ... Gap aufzuspüren. Das wäre alles, meine Herren. Der Fall ist damit abgeschlossen.«

Am Tag darauf wurde auf dem Friedhof eines Pariser Vororts in einem nicht näher bezeichneten Grab die Leiche eines Mannes beerdigt. Dem Totenschein zufolge handelte es sich um einen namenlosen ausländischen Touristen unbekannter Nationalität, der am Sonntag, dem 25. August 1963, auf einer Schnellstraße außerhalb der Stadt von einem Automobil, dessen Fahrer flüchtig war, überfahren und getötet wurde. Bei dem Begräbnis waren ein Priester, ein Polizeibeamter, ein Angestellter der Friedhofsverwaltung, zwei Totengräber sowie ein weiterer Mann zugegen, der es ablehnte, seinen Namen zu nennen. Mit Ausnahme des letzteren zeigte keiner der Anwesenden auch nur eine Spur von Teilnahme, als der schlichte Fichtensarg in das ausgehobene Grab gesenkt wurde. Als alles vorüber war, drehte sich der Mann um und ging, eine einsame kleine Gestalt, die lange Friedhofsallee zum Ausgang zurück, nach Hause zu seiner Frau und seinen Kindern.

Der Weg des Schakals war zu Ende.

Die JubiläumsEdition.

Die erfolgreichsten Taschenbücher der Serie Piper in einer exquisiten, hochwertigen Ausstattung.

Ingeborg Bachmann
Sämtliche Gedichte
Serie Piper 4106

Alessandro Baricco
Seide
Roman
Serie Piper 4107

Madeleine Bourdouxhe
Gilles' Frau
Roman
Serie Piper 4108

Frederick Forsyth
Der Schakal
Thriller
Serie Piper 4109

Karin Fossum
Stumme Schreie
Roman
Serie Piper 4110

Fruttero & Lucentini
Der Liebhaber ohne festen Wohnsitz
Roman
Serie Piper 4111

Anne Holt
Das achte Gebot
Roman
Serie Piper 4112

Michael Köhlmeier
Die besten Sagen des klassischen Altertums
Serie Piper 4113

Sándor Márai
Die Glut
Roman
Serie Piper 4114

Dacia Maraini
Die stumme Herzogin
Roman
Serie Piper 4115

Sten Nadolny
Die Entdeckung der Langsamkeit
Roman
Serie Piper 4116

Anita Shreve
Olympia
Roman
Serie Piper 4117

Antonio Skármeta
Mit brennender Geduld
Roman
Serie Piper 4118

Die JubiläumsEdition.
Die erfolgreichsten Taschenbücher der Serie Piper in einer exquisiten, hochwertigen Ausstattung.

Richard P. Feynman
Sie belieben wohl zu scherzen, Mr. Feynman!
Abenteuer eines neugierigen Physikers
Serie Piper 4119

Brigitte Hamann
Hitlers Wien
Lehrjahre eines Diktators
Serie Piper 4120

Wassily Kandinsky /
Franz Marc (Hg.)
Der Blaue Reiter
Serie Piper 4121

Anne Morrow Lindbergh
Muscheln in meiner Hand
Eine Antwort auf die Konflikte unseres Daseins
Serie Piper 4123

Karl R. Popper
Alles Leben ist Problemlösen
Über Erkenntnis, Geschichte und Politik
Serie Piper 4122

Paul Watzlawick
Anleitung zum Unglücklichsein
Serie Piper 4124

Robert L. Wolke
Was Einstein seinem Friseur erzählte
Naturwissenschaft im Alltag
Serie Piper 4125

Anthologien

Michaela Kenklies (Hg.)
Die schönsten Geschichten für alle, die Bücher lieben
Serie Piper 4197

Klaus Stadler /
Ulrich Wank (Hg.)
Die wichtigsten Denkanstöße für alle, die mehr wissen wollen
Serie Piper 4196

SERIE PIPER

Frederick Forsyth

»Zeitgeschichte und Erfindung sind bei Forsyth so brillant gemischt, daß man die Grenzen nicht sieht und sich letzten Endes fragen muß, ob man wirklich einen Roman vor sich hat oder eine Reportage aus unseren Tagen.«
Die Welt

Der Schakal
Roman. Aus dem Englischen von Tom Knoth. 438 Seiten. Serie Piper

Die Akte ODESSA
Roman. Aus dem Englischen von Tom Knoth. 395 Seiten. Serie Piper

Die Hunde des Krieges
Roman. Aus dem Englischen von Norbert Wölfl. 436 Seiten. Serie Piper

Der Lotse
Aus dem Englischen von Rolf und Hedda Soellner. Mit Illustrationen von Chriss Foss. 75 Seiten. Serie Piper

Frederick Forsyth

»Die handwerkliche Perfektion ist schier unerschöpflich, das wohlige Gruseln fast endlos.«
Neue Zürcher Zeitung

Des Teufels Alternative
Roman. Aus dem Englischen von Wulf Bergner. 512 Seiten. Serie Piper

In Irland gibt es keine Schlangen
Zehn Stories. Aus dem Englischen von Rolf und Hedda Soellner. 323 Seiten. Serie Piper

Das vierte Protokoll
Roman. Aus dem Englischen von Rolf und Hedda Soellner. 500 Seiten. Serie Piper

Der Unterhändler
Roman. Aus dem Englischen von Christian Spiel und Rudolf Hermstein. 526 Seiten. Serie Piper

Manuel Vázquez Montalbán

Wenn Tote baden

Ein Pepe-Carvalho-Roman.
Aus dem Spanischen von Bernhard
Straub. Durchgesehen von Anne
Halfmann. 288 Seiten. Serie Piper

Pepe Carvalho, Meisterdetektiv aus Barcelona, kämpfte einst gegen das Franco-Regime. Jetzt kämpft der passionierte Feinschmecker mit seinem Gewicht: Er ist auf Abmagerungskur in der international renommierten Kurklinik Faber & Faber im idyllischen Tal des Río Sangre. Die langweilige Routine des Speiseplans aus Rohkost und Mineralwasser wird jedoch jäh unterbrochen: Im Swimmingpool wird die Leiche einer reichen Amerikanerin gefunden. Als sich noch weitere Tote einstellen, wird Pepe Carvalho aktiv. Inmitten der dekadenten Bourgeoisie Europas, die hier bei Diäten und Schlammbädern hungert, forscht er nach dem Mörder und seinem Motiv.

Manuel Vázquez Montalbán

Die Einsamkeit des Managers

Ein Pepe-Carvalho-Roman.
Aus dem Spanischen von Bernhard
Straub und Günter Albrecht.
Durchgesehen von Anne Halfmann. 240 Seiten. Serie Piper

1975 kehrt Privatdetektiv Pepe Carvalho, Ex-Kommunist und Ex-CIA–Agent, aus dem Exil nach Spanien zurück. General Franco liegt im Sarg, die Demokratie steckt noch in den Kinderschuhen. Da wird ein alter Bekannter von Carvalho ermordet: Jaumá, Manager eines internationalen Konzerns, dessen Leiche man mit einem Damenslip in der Hosentasche gefunden hat. Mord im Milieu, wie die Polizei glaubt? Oder wußte Jaumá einfach zuviel über die geheimen Pläne seines Arbeitgebers? Als Pepe Carvalho eingeschaltet wird und Nachforschungen anstellt, beißt er nicht nur auf Granit, sondern der Konzern tritt ihm auch kräftig auf die Füße.

SERIE PIPER

SERIE PIPER

Carlo Fruttero & Franco Lucentini

Der Liebhaber ohne festen Wohnsitz
Roman. Aus dem Italienischen von Dora Winkler. 319 Seiten. Serie Piper

Wer ist dieser mysteriöse Mr. Silvera, der als Reiseleiter fassadensüchtigen Touristen die Schätze Venedigs näherbringt? Die römische Prinzessin, im Auftrag eines Auktionshauses in der Lagunenstadt, verfällt umgehend seinem Charme. Als zwischen der Principessa und ihrem »Mystery Man« eine hinreißende Liebesgeschichte beginnt, benutzt sie ihn auch, um mit seiner Hilfe das Geheimnis dubioser Händler um illegale Kunsttransaktionen zu lüften.

»Unterhaltung auf allerhöchstem Niveau. Und noch mehr: eine lesbare Liebesgeschichte.«
Der Tagesspiegel

Carlo Fruttero & Franco Lucentini

Der Palio der toten Reiter
Roman. Aus dem Italienischen von Burkhart Kroeber. 200 Seiten. Serie Piper

Ein Mailänder Anwaltsehepaar gerät auf einen mysteriösen Landsitz in der Toskana und in eine seltsame Abendrunde. Gesprächsthema ist das bevorstehende Reiterfest in Siena. In derselben Nacht wird ein Toter in der Bibliothek gefunden. Das Autorenduo läßt mit genüßlicher Ironie die Welt der Fernseh- und Konsumwirklichkeit mit uralten kulturellen Ritualen zusammenprallen.

»Fruttero und Lucentini haben mit dem Roman ein gleichermaßen witziges wie tiefsinniges und mitunter auch bitterböses Psychogramm des Durchschnittsitalieners entworfen.«
Tages-Anzeiger

Carlo Lucarelli
Der rote Sonntag
Ein Fall für Commissario De Luca. Aus dem Italienischen von Monika Lustig. 208 Seiten. Serie Piper

Commissario De Luca schlägt den Mantelkragen hoch. Ein kühler Wind weht durch das regennasse Bologna. Es ist der April des Jahres 1948. Nervosität und die lähmende Spannung der ersten demokratischen Wahlen liegen über der Stadt, als De Luca sich auf den Weg macht in die Via delle Oche. Dort soll sich der kommunistische Bordellhandlanger Ermes Ricciotti erhängt haben. Die Indizien am Tatort sprechen eine andere Sprache, doch von oberster Stelle werden De Lucas Ermittlungen im Keim erstickt. Bis er der »Tripolina«, der verschlossenen, dunkelhaarigen Bordellbesitzerin, näherkommt. Mit seinem eigenen festen Moralkodex bewegt sich Commissario De Luca in diesem Netz aus Lügen, Betrug und politischer Machtgier. Lakonie, der scharfe Blick fürs Milieu und bestechend vielschichtige Charaktere zeichnen die Romane von Carlo Lucarelli aus – und die ganz besondere Atmosphäre ihrer Zeit.

Anne Holt
Das einzige Kind
Roman. Aus dem Norwegischen von Gabriele Haefs. 294 Seiten. Serie Piper

»Olav ist zwölf Jahre alt, chronisch hungrig, unglaublich fett und sehr unglücklich. Er ist ›das einzige Kind‹ seiner geliebten und gequälten Mutter, die ihn fürchtet. So landet er schließlich im Kinderheim ›Frühlingssonne‹. Dort führt Agnes Vestavik zwar ein strenges Regiment, überblickt aber nicht die Situation. Folglich stirbt sie, mit einem Messer im Rücken. Gleichzeitig verschwindet Olav. Und Hauptkommissarin Wilhelmsen weigert sich verzweifelt, ein zwölfjähriges Kind des Mordes zu verdächtigen. Sehr spröde erzählt sie ihre dunkle und spannende Story, bespielt den Plot nach allen Regeln der Schreibkunst – eine präzise, düstere Romancienne mit kriminellen Neigungen. Ihr drittes Buch ist schon eine schöne Geschichte. Ihre schönste bis jetzt.«
Hamburger Abendblatt

SERIE PIPER

SERIE PIPER

Fran Dorf
Der lange Schlaf
Roman. Aus dem Amerikanischen von Leon Mengden. 479 Seiten. Serie Piper

Nach zwanzig Jahren erwacht Lana aus einer katatonischen Trance, einem totenähnlichen Zustand. Sie hat keine Erinnerung mehr an jenen tragischen Tag des Woodstock-Festivals, als sie von einem siebzig Meter hohen Felsvorsprung stürzte. Sie ahnt auch nichts von dem Sensationsprozeß, in dem ihr Jugendfreund Ethan wegen versuchten Mordes an ihr verurteilt wurde. Während die völlig überraschten Ärzte noch über das vermeintliche Wunder ihrer Genesung rätseln, gelingt dem Mann, der sie vielleicht umbringen wollte, die Flucht aus dem Gefängnis. Immer näher kommt er ihr, und wo er auftritt, sät er Gewalt. Aber will er wirklich vollenden, was er vor zwei Jahrzehnten begonnen hat? Fran Dorfs Roman handelt von der vernichtenden Kraft der Leidenschaft und zieht den Leser durch seinen raffinierten und dramatischen Aufbau bis zur letzten Seite in seinen Bann.

Fran Dorf
Die Totdenkerin
Psychothriller. Aus dem Amerikanischen von Leon Mengden. 393 Seiten. Serie Piper

»Ich bin mit zusätzlichen Sinnen ausgestattet geboren worden. Ich kann hören, was die Leute denken.« Die schöne und reiche Laura stürzt die Vernehmungsbeamten in zunehmende Verwirrung. Sie besteht darauf, einen Mord begangen zu haben, obwohl die Zeugin einen Mann gesehen hat. Sie kennt die Zahl der Messerstiche, mit denen die Frau umgebracht wurde, und sie hat – vielleicht – ein Motiv. Aber sonst gibt es keine Hinweise, daß Laura tatsächlich die Täterin war. Ein Fall von Schizophrenie? Mysteriöse Geschehnisse und die parapsychologischen Fähigkeiten dieser geheimnisvollen Frau stellen die Ermittler vor ein Rätsel. Als der Psychiater David Lauras ungewöhnliche geistige Fähigkeiten untersucht, verliebt er sich rettungslos in seine Patientin ... Ein raffinierter Psychothriller der Bestsellerautorin Fran Dorf.

Andrea Camilleri
Jagdsaison
Roman. Aus dem Italienischen von Monika Lustig. 160 Seiten.
Serie Piper

Neun Tote in wenigen Monaten sollten in dem sizilianischen Städtchen Vigàta eigentlich mehr Aufregung verursachen. Doch erst der neue Stadtkommandant aus dem Norden Italiens beginnt an der Zufälligkeit dieser Heimsuchung zu zweifeln. Was geschieht, wenn einer aus Liebe zu fast allem bereit ist, erzählt dieser sinnlich-skurrile Roman aus der Feder eines der erfolgreichsten Schriftsteller Italiens.

»Camilleri erzählt mit spürbarer Lust an überraschenden Wendungen und komischen Situationen von wunderbar plastischen Figuren.«
Frankfurter Rundschau

Andrea Camilleri
Die sizilianische Oper
Roman. Aus dem Italienischen von Monika Lustig. 270 Seiten.
Serie Piper

Aufruhr im sizilianischen Städtchen Vigàta. Zankapfel ist eine umstrittene Opernaufführung: Gegen allen Protest hat der frischgebackene Präfekt die entsetzlich schlechte Oper eines drittklassigen Komponisten durchgesetzt. Vigàtas Hitzköpfe entfachen ein wunderbar groteskes Spektakel, bei dem nicht nur das neue Opernhaus abbrennt.

»Mit der Leichtigkeit eines Pianisten spielt Camilleri auf der Klaviatur Siziliens und seiner Mentalität. Eine Vielstimmigkeit an Bildern und Sprachen, eine menschliche Komödie in der Tradition Gogols und Pirandellos.«
Corriere della sera